読んでおきたいベスト集! 太宰治

別冊宝島編集部 編

宝島社
文庫

宝島社

読んでおきたいベスト集！太宰治●目次

二十世紀旗手

——（生れて、すみません。）

初出　一九三七年一月　改造

序唱　神の焰の苛烈《かれつ》を知れ

苦悩たかきが故に尊からず。これでもか、これでもか、生垣へだてたる立葵《たちあおい》の二株、おたがい、高い、高い、ときそって伸びて、伸びて、ひょろひょろ、いじけた花の二、三輪、あかき色の華美を誇りし昔わすれ顔、黒くしなびた花弁の皺《しわ》もかなしく、「九天たかき神の園生《そのう》、われは草鞋《わらじ》のままにてあがりこみ、たしかに神域犯したてまつりて、けれども恐れず、この手でただいま、御園の花を手折《たお》って来ました。それぱかりでは、ない。神の昼寝の美事な寝顔までも、これ、この眼で、たしかに覗《のぞ》き見してまいりましたぞ」などと、旗取り競争第一着、駿足の少年にも似たる有頂天の姿には、いまだ愛くるしさも残りて在り、見物人も微笑、もしくは苦笑もて、ゆるしていたが、一夜、この子は、相手もあろに氷よりも冷い冷い三日月さまに惚《ほ》れられて、あやしく狂い、「神も私も五十歩百歩、大差ござらぬ。あの日、三伏《さんぷく》の炎熱、神もまたオリンピック模様の浴衣《ゆかた》いちまい、腕まくりのお姿でござった」

聞くもの大笑せぬはなく、意外、望外の拍手、大喝采。ああ、かの壇上の青黒き皮膚、痩狗《そうく》そのままに、くちばし突出、身の丈ひょろひょろと六尺にちかき、かたち老いたる童子、実は、れいの高い高いの立葵の精は、この満場の拍手、叫喚の怒濤《どとう》を、目に見、耳に聞き、この奇現象、すべて彼が道化役者そのままの、おかしの風貌ゆえとも気づかず、ぶくぶくの鼻うごめかして、いまは、まさしく狂喜、眼のいろ、いよいよ奇怪に燃え立ちて、「今宵七夕《たなばた》まつりに敢えて宣言、私こそ神である。九天たかく在《おわ》します神は、来る日も来る日も昼寝のみ、まったくの怠慢。私いちど、しのび足、かれの寝所に滑り込んで神の冠、そっとこの大頭《おおあたま》へ載せてみたことさえございます。神罰なんぞ恐れんや。はっはっは。いっそ、その罰、拝見したいものではある！」予期の喝采、起らなかった。しんとなった。つづいてざわざわの潮ざい、「身のほど知らぬふざけた奴」「神さま、これこそ夢であるように。きゃっ！　この劇場には鼠がいますね」「賤民の増長傲慢《ごうまん》、これで充分との節度を知らぬ、いやしき性よ、ああ、あの貌《かお》、ふためと見られぬ雨蛙」

一瞬、はっし！　なかば喪心の童子の鼻柱めがけて、石、投ぜられて、そのとき、そもそも、かれの不幸のはじめ、おのれの花の高さ誇らむプライドのみにて仕事するから、このような、痛い目に遭うのだ。芸術は、旗取り競争じゃないよ。それ、それ。汚い。鼻血。見るがいい、君の一点の非なき短篇集「晩年」とやらの、冷酷、見るがいい。傑作のお手本、あかはだか苦しく、どうか蒲《がま》の穂敷きつめた暖き寝所つくって下さいね、と眠られぬ夜、蚊帳《かや》のそとに立って君へお願いして、寒いのであろう、二つ三つ大きいくしゃみ残して消え去った、とか、いうじゃないか。わが生涯の情熱すべてこの一巻に収め得たぞ、と、ほっと溜息もらすまもなし、罰だ、罰だ、神の罰か、市民の罰か、困難不運、愛憎転変、かの黄金の冠を誰知るまいとこっそりかぶって鏡にむかい、にっとひとりで笑っただけの罪、けれども神はゆるさなかった。君、神様は、天然の木枯《こがら》しと同じくらいに、いやなものだよ。峻厳《しゅんげん》、執拗《しつよう》、わが首すじおさえては、ごぼごぼ沈めて水底這わせ、人の子まさに溺死《できし》せんとの刹那《せつな》、すこし御手ゆるめ、そっと浮かせていただいて陽の目うれしく、ほうと深い溜息、せめて、五年ぶりのこの陽を、なお念いりにおがみましょうと、両手合せた、とたん、首筋の御手のちから加わりて、また、また、五百何十回めかの沈下、泥中の亀の子のお家来になりに沈んでゆきます。身を捨ててこそ浮ぶ瀬あるものでして、と苦労人の忠告、その忠告は、まちがっています。いちど沈めば、ぐうとそれきり沈みきりに沈んで、まさに、それっきりのぱあ、浮ぶお姿、ひとりでもあったなら、拝みたいものだよ。われより若き素直の友に、この世のまことの悪を教えむものと、坐り直したときには、すでに、神の眼、ぴかと光りて御左手なるタイムウオッチ、そろそろ沈下の刻限を告げて、「ああ、また、また、五年は水の底、ふたたびお眼にかかれますかどうか」

神の胴間声《どうまごえ》、「用意!」「こいしくば、たずねきてみよ、みずの底、ああ、せめて、もう一言、あの、――」聞ゆるは、ただ、波の音のみにて。

壱唱　ふくろうの啼《な》く夜かたわの子うまれけり

さいさきよいぞ。いま、壱唱、としたためて、まさしく、奇蹟《きせき》あらわれました。ニッケル小型五銭だまくらいの豆スポット。朝日が、いまだあけ放たぬ雨戸の、釘穴をくぐって、ちょうど、この、「壱唱」の壱の字へ、さっと光を投入したのだ。奇蹟だ、奇蹟だ、握手、ばんざい。ばからしく、あさまし、くだらぬ騒ぎやめて、神聖の仕事はじめよ。はいと答えて、みち問えば、女、啞なり、枯野原。問うだけ損だよ、めくらめっぽう、私はひとり行くのだと悪ふざけしている間に、ゼラチンそろそろかたまって、何か一定の方向を指示してくれないものでもない、心もとなき杖をたよりに、一人二役の掛け合いまんざい、孤立の身の上なれども仲間大勢のふりして、且《かつ》うたい、且かたり、むずかしき一篇《ひとみ》のロマンスの周囲を、およそ百日のあいだ、ぬき足、さし足、カナリヤねらう黒き瞳濡れたる小猫の様にて、そろりそろり、めぐりあるいて、およろこび下さい、ようやく昨夜、語る糸口見つけましたぞ、お茶を一ぱい飲んで、それから、ゆっくり。

お話のまえに、一こと、おことわりして置きたいこと、ほかではございませぬ、ここには、私すべてを出し切っていませんよ、という、これはまた、おそろしく陳腐の言葉、けれどもこれは作者の親切、正覚坊《しょうがくぼう》の甲羅《こうら》ほどの氷のかけら、どんぶりこ、どんぶりこ、のどかに海上ながれて来ると、老練の船長すかさずさっと進路をかえて、危い、危い、突き当ったら沈没、氷山の水中にかくれてある部分は、そうですねえ、あのまんじゅう笠くらいのものにしたところで、水の中の根は、河馬五匹の体積、充分にございます。きみもまた、まこと、われを知りたく思ったときには、わが家たずねてわれと一週間ともに起居して、眠るまも与えぬわがそよぐ舌の盛観にしたしく接し、そうして、太宰の能力、それも十分の一くらい、やっと、さぐり当てることができるのじゃないか、とこの言葉の、ほぼ正確なることを信じてよろしい。一語はっするということは、すなわち、二、三千の言葉を逃がす冷酷むざんの損失を意味しております。そうして、以上の、われにも似合わぬ、幼き強がりの言葉の数々、すべてこれ、わが肉体滅亡の予告であること信じてよろしい。二度とふたたびお逢いできぬだろう心もとなさ、謂《い》わば私のゴルゴタ、訳《と》けば髑髏《されこうべ》、ああ、この荒涼の心象風景への明確なる認定が言わせた老いの繰りごと。れいの、「いのち」の、もてあそびではない。すでに神の罰うけて、与えられたる暗たんの命数にしたがい、今さら誰を恨《うら》もう、すべては、おのれひとりの罪、この小説書きながらも、つくづくと生き、もて行くことのもの憂く、まったくもって、笹の葉の霜、いまは、せめて佳品の二、三も創りお世話になったやさしき人たちへの、わが分相応のささやかなお礼奉公、これぞ、かの、死出の晴着のつもり、夜々、ねむらず、心くだいて綴り重ねし一篇のロマンス、よし、下品のできであろうと、もうそのときは私も知らない。罪、誕生の時刻にあり。

弐唱　段数漸減《ぜんげん》の法

だんだん下に落ちて行く。だんだん上に昇ったつもりで、得意満面、扇子をさっとひらいて悠々涼を納めながらも、だんだん下に落ちて行く。五段落して、それから、さっと三段あげる。人みな同じ、五段おとされたこと忘れ果て、三段の進級、おめでとう、おめでとうと言い交して、だらしない。十年ほど経って一夜、おやおや？と不審、けれどもその時は、もうおそい。にがく笑って、これが世の中、と呟《つぶや》いて、きれいさっぱり諦める。それこそは、世の中。

参唱　同行二人

巡礼しようと、なんど真剣に考えたか知れぬ。ひとり旅して、菅笠《すげがさ》には、同行二人と細くしたためて、私と、それからもう一人、道づれの、その、同行の相手は、姿見えぬ人、うなだれつつ、わが背後にしずかにつきしたがえるもの、水の精、嫋々《じょうじょう》の影、唇赤き少年か、鼠いろの明石《あかし》着たる四十のマダムか、レモン石鹸にて全身の油を洗い流して清浄の、やわらかき乙女か、誰と指呼《しこ》できぬながらも、やさしきもの、同行二人、わが身に病いさえなかったなら、とうの昔、よき音《ね》の鈴もちて曰《いわ》くありげの青年巡礼、かたちだけでも清らに澄まして、まず、誰さん、某さん、おいとま乞いにお宅の庭さきに立ちて、ちりりんと鈴の音にさえわが千万無量のかなしみこめて、庭に茂れる一木一草、これが今生《こんじょう》の見納め、断絶の思いくるしく、泣き泣き巡礼、秋風と共に旅立ち、いずれは旅の土に埋められるおのが果なきさだめ、手にとるように、ありありと、判っております。そうして、そのうちに、私は、どうやら、おぼつかなき恋をした。名は言われぬ。恋をした素ぶりさえ見せられぬ、くるしく、――口くさってても言われぬ、――不義。もう一言だけ、告白する。私は、巡礼志願の、それから後に恋したのではないのだ。わが胸のおもい、消したくて、消したくて、巡礼思いついたにすぎないのです。私の欲していたもの、全世界ではなかった。百年の名声でもなかった。タンポポの花一輪の信頼が欲しくて、チサの葉いちまいのなぐさめが欲しくて、一生を棒に振った。

四唱　信じて下さい

東郷平八郎の母上は、わが子の枕もと歩かなかった。この子は、将来きっと百千の人のかしらに立つ人ゆえ、かならず無礼あってはならぬと、わが子ながらも尊敬、つつしみ、つつしみ、奉仕した。けれども、わが家の事情は、ちがっていた。七ツ、八ツのころより私ずいぶんわびしく、客間では毎夜、祖母をかしらに、母、それから親戚のもの二、三ちらほら、夏と冬には休暇の兄や姉、ときどき私の陰口たたいて、私が客間のまえの廊下とおったときに、「いまから、あんなにできるのは、中学、大学へはいってから急に成績落ちるものゆえ、あまり褒《ほ》めないほうがよろしい」など、すぐ上の兄のふんべつ臭き言葉、ちらと小耳にはさんで、おのれ！　親兄弟みんなたばになって、七ツのおれをいじめている、とひがんでおって、その頃から、家族の客間の会議をきらって、もっぱら台所の石の炉縁に親しみ、冬は、馬鈴薯《ばれいしょ》を炉の灰に埋めて焼いて、四、五の作男と一緒にたべた。一日わが孤立の姿、黙視し兼ねてか、ひとりの老婢《ろうひ》、わが肩に手を置き、へんな文句を教えてくれた。曰く、見どころがあって、稽古《けいこ》がきびしすぎ。

不眠症は、そのころから、芽ばえていたように覚えています。私のすぐ上の姉は、私と仲がよかった。私、小学四、五年のころ、姉は女学校、夏と冬と、年に二回の休暇にて帰省のとき、姉の友人、萱野《かやの》さんという眼鏡かけて小柄、中肉の女学生が、よく姉につれられて、遊びに来ました。色白くふっくりふくれた丸ぽちゃの顔、おとがい二重、まつげ長くて、眠っているときの他には、いつもくるくるお道化ものらしく微笑んでいる真黒い目、眼鏡とってぱしぱし瞬《またた》きながら嗅ぐようにして雑誌を読んでいる顔、熊の子のように無心に見えて、愛くるしく思いました。私より三つも年上だったのに。

もっとさきから、お目にかからぬさきから、私は、あなたのお名前知っていた。姉からの手紙には、こんなことが書かれていました。

「梅組の組長さん、萱野アキさん、おまえがこうしてグミや、ほしもち、季節季節わすれず送ってよこすのを、ほめていました。やさしい弟さんを持って、仕合せね、とうらやんでいます。おまえの手紙の中の津軽なまり、仮名ちがいなかったなら、姉は、もっともっとたくさんのお友達に威張れるのに、ねえ、――」

あなたはあの頃、画家になるのだと言って、たいへん精巧のカメラを持っていて、ふるさとの夏の野道を歩きながら、パチリパチリだまって写真とる対象物、それが不思議に、私の見つけた景色と同一、そっくりそのまま、北国の夏は、南国の初秋、まっかに震えて杉の根株にまつわりついている一列の蔦《つた》の葉に、私がちらと流し眼くれた、とたんに、パチリとあなたのカメラのまばたきの音。私は、そのたびごとに小さい溜息吐《ためいきつ》かなければならなかった。けれども一日、うらめしい思いに泣かされたことございました。そのころも、いまも、私やっぱり一村童、大正十年、カメラ珍らしく、カメラ納めた黒鞄《くろかわ》の胴乱《どうらん》、もじもじ恥じらいつつも、ぼくに持たせて、とたのんで肩にかつがせてもらって、青い浴衣に赤い絞り染めの兵古帯《へこおび》すがたのあなたのお供、その日、樹蔭でそっとネガのプレートあけて見て、そこには、ただ一色の乳白、首ふって不満顔、知らぬふりしてもとの鞘《さや》におさめていたのに、その夜の現像室は、阿鼻《あび》叫喚《きょうかん》、種板みごとに黒一色、無智の犯人たちまちばれて、その日より以後、あなたは私に、胴乱もたせてはくれなかった。わが既往《きおう》の失敗とがめず、もいちど信じてだまって持たせてくれたなら、私いのち投げてもプレート守ったにちがいない。また、あの頃に、かくれんぼ、あなたは鬼、みんな隠れてしまうのを待つ間ひとり西洋間のソファに埋まり、つまらなそうに雑誌読んでいたゆえ、同じように、かくれんぼつまらない思いの私、かくれなければならぬ番の当の私、ところもあろうに、あなたのソファのかげにかくれた。いいよう、と遠く弟の声して、あなたは雑誌もったまま立っていって捜しに出かけた。知っている？　わすれているだろうな。すぐに、みんな捜し出されて、ぞろぞろ西洋間へひきあげて、「おさむさんは、まだだよ」

「いいえ。そのソファのかげにいます」

私はソファのかげからあらわれた。あなたは、知っている？　冷くつぶやいた。

「だって、あたしは鬼だもの」

二十年、私は鬼を忘れない。先日、浅田夫人恋の三段飛という見出しの新聞記事を読みました。あなたは、二科の新人。有田教授の、――いや、いうまい。思えば、あのころ、十六歳の夏から、あなたの眉間《みけん》に、きょうの不幸を予言する不吉の皺《しわ》がございました。

「お金持ちの人ほど、お金にあこがれるのね。お金かせいでこさえたことがないから、お金、とうとく、こわいのね」

あなたのお言葉、わすれていませぬ。公言ゆるせ。萱野さん、あなたは私の兄に恋していました。

先夜、あの新聞の記事読んで、あなたの淋しさ思って三時間ほど、ひとりで蚊帳《かや》の中で泣いたものだ。一策なし、一計なし、純粋に、君のくるしみに、涙ながした。一銭の報酬いらぬ。その晩、あなたに、強くなってもらいたく、あなたの純潔信じて居るものの在ることお知らせしたく、あなたに自信もって生きてもらいたくて、ただ、それだけの理由で、おたよりしようと、インク瓶のキルクのくち抜いて、つまずいた。福田蘭童《らんどう》、あの人、こんな手紙、女のひとへ幾枚も、幾枚も、書いたのだ。寸分《すんぶん》ちがわぬ愛の手紙を。

五唱　嘘つきと言われるほどの律儀者《りちぎもの》

まちを歩けば、あれ嘘つきが来た。夕焼あかき雁の腹雲、両手、着物のやつくちに不精者らしくつっこみ、おのおの固き乳房をそっとおさえて、土蔵の白壁によりかかって立ちならんで居る一群の、それも十四、五、六の娘たち、たがいに目まぜ、こっくり首肯《うなず》き、くすぐったげに首筋ちぢめて、くつくつ笑う、その笑われるほどの嘘き、この世の正直者ときわまった。今朝、ふるさとの新聞にて、なんとか家なる料亭、けしからぬ宿を兼ねて、それも歌舞伎のすっぽん真似《まね》てボタンひとつ押せば、電気仕掛け、するすると大型ベッド出現の由、読みながら噴き出した。あきらかに善人、女将あるいはギャング映画の影響うけて、やがて、わが悪の華、ひそかに実現はかったのではないのか、そんな大型の証拠、つきつけられては、ばからしきくらいに絶体絶命、ひと言も弁解できないじゃないか、ばかだなあ、田舎の悪人は、愛嬌《あいきょう》あって、たのもしいね。まこと本場の悪人は、不思議や、生き神、生き仏、良心あって、しっかりもの。しかも裏の事実は一人の例外なしに、堂々、不正の天才、おしゃかさんでさえ、これら大人物に対しては旗色わるく、縁《えん》なき衆生《しゅじょう》と陰口きいた。

六唱　ワンと言えなら、ワンと言います

「前略。手紙で失礼ですがお願いいたします。本社発行の『秘中の秘』十月号に現代学生気質ともいうべき学生々活の内容を面白い読物にして、世の遊学させている父兄

達に、なるほどと思わせるようなものを載せたいと思うのです。で、代表的な学校、（帝大、早稲田、慶応、目白女子大学、東京女子医専など）をえらび、毎月連載したいと思います。ついては、先ず来月は帝大の巻にしたいと思いますが、貴方様にお願いできないかと思うのです。四百字詰原稿十五枚前後、内容はリアルに面白くお願いしたいと存じます。締切は、かならず、厳守して頂きたいと存じます。甚《はなは》だ手紙で失礼ですが、ぜひ御承諾下さって御執筆のほど懇願いたします。『秘中の秘』編輯部」

「ははあ、蝙蝠《こうもり》は、あれは、むかし鳥獣合戦の日に、あちこち裏切って、ずいぶん得して、のち、仕組みがばれて、昼日中は、義理がわるくて外出できず、日没とともに、こそこそ出歩き、それでもやはりはにかんで、ずいぶん荒《すさ》んだ飛びかたしている。そう、そう、忘れていました、たしかに、それに、ちがいない、いや、あなたのことではございませぬ。私内心うち明けて申しましょう。実は、どうも、わが身、きたなき蝙蝠と、そんなに変らぬ思いがして、どうにも、こうにも、閉口しているのです。生きて行くためには、パンよりも、さきに、葡萄酒が要る。三日ごはん食べずに平気、そのかわり、あの、握りの部分にトカゲの顔を飾りつけたる八円のステッキ買いたい。失恋自殺の気持が、このごろになってやっと判ってまいりました。花束を持って歩くことと、それから、この、失恋自殺と、二つながら、中学校、高等学校、大学まで、思うさえ背すじに冷水はしるほど、気恥ずかしき行為と考えていましたところ、このごろは、白き花一輪にさえほっと救いを感じ、わが、こいこがれる胸の思いに、気も遠くなり、世界がしんとなって、砂が音なく崩れるように私の命も消えてゆきそうで、どうにも窮しております。からだのやり場がございません。私は、荒んだ遊びを覚えました。そうして、金につまった。いまも、ふと、蚊帳の中の蚊を追い、わびしさ、ふるさとの吹雪と同じくらいに猛烈、数十丈の深さの古井戸に、ひとり墜落、呼べども叫べども、誰の耳にもとどかぬ焦慮、青苔ぬらぬら、聞ゆるはわが木霊《こだま》のみ、うつろの笑い、手がかりなきかと、なま爪はげて血だるまの努力、かかる悲惨の孤独地獄、お金がほしくてならないのです。ワンと言えなら、ワン、と言います。どんなにも面白く書きますから、一枚五円の割でお金下さい。五円、もとより、いちどだけ。このつぎには、五十銭でも五銭でも、お言葉にしたがいますゆえ、何卒《なにとぞ》、いちど、たのみます。五円の稿料いただいても、けっしてご損おかけせぬ態《てい》の自信ございます。拙稿きっと、支払ったお金の額だけ働いてくれることと存じます。四日、深夜。太宰治」

「拝復。四日深夜付貴翰拝誦《きかんはいしょう》。稿料の件は御希望には副《そ》えませんが原稿は直ちに御執《と》りかかり下さる様お願い申します。普通稿料一円です。先ずは御返事まで。匆々《そうそう》。『秘中の秘』編輯部」

「お葉書拝読。四日深夜、を、ことさらに引用して、少し意地がわるい。全文のかげにて、ぷんぷんお怒りの御様子。私、おのれ一個のプライドゆえに五円をお願いしたわけではなかったのです。わが身ひとつのための貪欲に非ず、名知らぬ寒しき人に投げ与えむため、または、かのよき人よろこばせむための金銭の必要。けれども、いまは、詮なし。急に小声で、——それでは、書かせていただきます。太宰治」

七唱　わが日わが夢

——東京帝国大学内部、秘中の秘。——

（内容三十枚。全文省略《カット》。）

八唱　憤怒《ふんぬ》は愛慾の至高の形貌《けいぼう》にして、云々

「ちょっと旅行していました留守に原稿やら、度々の来信に接して、失礼しました。が、原稿は相当ひどい原稿ですね。あれでは幾らひいき目に見ても使えません。書き直して貰っても駄目かと思います。貴兄にとってはあれが力作かもしれませんが、当

方ではあれでは迷惑ですし、あれで原稿料を要求されても困ると思います。いずれ、貴兄に機会があればお詫びするとして取敢《とりあ》えず原稿を御返却いたします。匆々。『秘中の秘』編輯部」

月のない闇黒《あんこく》の一夜、湖心の波、ひたひたと舟の横腹を舐《な》めて、深さ、さあ五百ひろはねえずらよ、とかこの子の無心の答えに打たれ、われと、それから女、凝然《ぎょうぜん》の恐怖、地獄の底の細き呼び声さえ、聞えて来るような心地、死ぬることさえ忘却し果てた、あの夜の寒い北風が、この一葉のハガキの隅からひょうひょう吹きすさびて、これだから家へかえりたくないのだ、三界に家なき荒涼の心もてあまして、ふらふら外出、電車の線路ふみ越えて、野原を行き、田圃を行き、やがて、私のまだ見ぬ美しき町へ行きついた。

行くところなき思いの夜は、三十八度の体温を、アスピリンにて三十七度二、三分までさげて、停車場へ行き、三、四十銭の切符を買い、どこか知らぬ名の町まで、ふらと出かけて、そうして、そこの薄暗き盛り場のろのろ歩いて、路のかたわら、唐突の一本の松の枝ぶり立ちどまって見あげなどして、それから、ふところの本を売って、活動写真館へはいる。入口の風鈴の音わすれ難く、小用はたしながら、窓外の縁日、カアバイド燈のまわりの浴衣《ゆかた》着たる人の群ながめて、ああ、みんな生きている、と思って涙が出て、けれども、「泣かされました」など、つまらぬことだ、市民は、その生活の最頂点の感激を表現するのに、涙にかきくれたる様を告白して、人もおのれも深く首肯《うなず》き、おお、お、かなしかろ、と底の底まで、割り切れたる態にて落ちついているが、それでは、私は、どうする。一日一ぱい、人に知られず、くやし泣きに泣いてばかりいる、この私は、どうする。その日も、私は、市川の駅へふらと下車して、兄いもうと、という活動写真を見もてゆくにしたがい、そろそろ自身狼狽《ろうばい》、歯くいしばっても歔欷《きょき》の声、そのうちに大声出そうで、出そうで、小屋からまろび出て、思いのたけ泣いて泣いて泣いてから考えた。弱い、踏みにじられたる、いまさら恨《うら》み言えた義理じゃない人の忍びに忍んで、こらえにこらえて、足げにされたる塵芥、腐った女の、いまわのきわの一すじの、神への抗議、おもんの憤怒が、私を泣かせた、ここを忘れてはならない、人の子、その生涯に、三たび、まことに憤怒することあるべし、とモオゼの呟《つぶや》き。

どのような人でも、生きて在る限りは、立派に尊敬、要求すべきである。生あるもの、すべて世の中になくてかなわぬ重要の歯車、人を非難し、その人の尊さ、かれのわびしさ、理解できぬとあれば、作家、みごとに失格である。この世に無用の長物ひとつもなし。蘭童《らんどう》あるが故に、一女優のひとすじの愛あらわれ、菊池寛の海容《かいよう》の人情讃えられ、または蘭童かかりつけの××の閨房《けいぼう》に御夫人感謝のつつましき白い花咲いた。

――お葉書、拝見いたしましたが、ぼくの原稿、どうしても、――だめですか？

――ええ。だめですねえ。これ、ほかの人書いて下さった原稿ですが、こんなのがいいのです。リアルに、統計的に、とにかく、あなたの原稿、もういちど、読んでみて下さい。そうして、考えて下さい。

――ぼく、もとから、へたな作家なんだ。くやし泣きに、泣いて書くより他に、てを知らなかった。

――失恋自殺は、どうなりました。

――電車賃かして下さい。

――…………。

――あてにして来たので、一銭もないのです。うちへかえればございます。すぐお返しできます。一円でも、二円でも。

――市内に友人ないのか。

――赤羽におじさんおります。

――そんなら歩いてかえりたまえ。なんだい、君、すぐそこじゃないか。お濠《ほり》をぐるっとめぐって、参謀本部のとこから、日比谷へ出て、それから新橋駅へ出て、赤羽は、その裏じゃないか。

――そうですか、――じゃ、――ありがとう。

――や、しっけい。また、あそびに来たまえ。そのうち、何か、うめ合せしよう、ね。

やっぱり怒れず、そのまま炎天の都塵、三度も、四度も、めまいして、自動車にひかれたく思って、どんどん道路横断、三里のみちを歩きながら、思うことには、人間すべて善玉だ。豪雨の一夜、郊外の泥道、這うようにして荻窪の郵便局へたどりついて一刻争う電報たのんだところ、いまはすでに時間外、規定の時を七分すぎて居ります。料金倍額いただきましょう。私はたと困惑、濡れ鼠のすがたのまま、思い設けぬこの恥辱のために満身かっかっとほてって、蚊のなくが如き声して、いま所持のお金きっちり三十銭、私の不注意でございました。なんとか助けて下さい、と懇願しても、その三十歳くらいの黄色い歯の出た痩せこけた老婆、ろくろく返事もなく、規則は規則ですからねえ、と呟いて、そろばんぱちぱち、あまりのことに私は言葉を失い、しょんぼり辞去いたしましたが、篠《しの》つく雨の中、こんなばかげたことがあろうか、まごうかたなき悪玉、私うまれてこのかた二十八年、あとにもさきにも、かの女事務員ひとり、他は、すべて、私と同じくらいの無心の善人でございました。いまのあの編輯人の無礼も、かれの全然無警戒のしからしめた外貌にすぎない。作家というものは、なんでもわかって、こちとらの苦しみすべて呑みこんでいるのだ、怒り給うことなし、ときめてしまって甘えている。可愛さあまって憎さが百倍とは、このことであろうか、などと一文の金もなき謂わば賤民、人相よく、ひとりで呟いてひとりで微笑んでいた。私は、この世の愚昧《ぐまい》の民を愛する。

九唱　ナタアリヤさん、キスしましょう

その翌、翌日、まえの日の賤民とはちがって、これは又、帝国ホテルの食堂、本麻の蚊がすり、ろの袴《はかま》、白足袋《たび》の、まごうかたなき、太宰治。ふといロイド眼鏡かけて、ことし流行とやらのオリンピックブルウのドレス着ている浅田夫人、幼な名は、萱野《かやの》さん。ふたり涼しげに談笑しながら食事していた。きのう、私、さいごの手段、相手もあろうに、萱野さんから、二百円、いや、拾円紙幣二十枚お借りした。資生堂二階のボックスでお逢いして、私が二百円と言いもおわらぬうちに、三度も四度もあわてて首肯《うなず》き、さっと他の話にさらっていった。二時間のち、同じところで二十枚のばいきんだらけのくしゃくしゃ汚き紙片、できるだけむぞうさに手交して、宅のサラリイ前借りしたのよ、と小さく笑った萱野さんの、にっくき嘘、そんな端々にまで、私の燃ゆる瞳の火を消そうと警戒の伏線、私はそれを悲しく思った。その夜、花の都、ネ

オンの森とやらの、その樹樹のまわりを、くぐり抜け、すり抜け、むなしくぐるぐる駈けずりまわった。使えないのだ。どうしても、そのお金を使えないのだ。奴婢《ぬひ》の愛。女中部屋の縁《へり》のない赤ちゃけた畳、びんつけ油のにおい、竹の行李《こうり》の底から恥かしき三徳《さんとく》出して、一枚、二枚とくしゃくしゃの紙幣、わが目前にならべられて与えられたような気がして、夜明けと共に、電話した。思いがけぬ大金ころがりこんで、お金お返しできますから、と事務的の口調で言って、場所は、帝国ホテル、と付け加えた。華麗豪壮の、せめて、おわかれの場を創りあげたかった。

その日、快晴、談笑の数刻の後、私はお金をとり出し、昨夜の二十枚よりは、新しい、別な二十枚であることを言外に匂わせながら、しかも昨夜この女から受けとったままに、うちの三枚の片隅に赤インキのシミあったことに、はっと気づいて、もうおそい、萱野さん気づかぬように、気づかぬように、人知れぬ深い祈り、ミレエの晩鐘におとらず深き、人生の幕の陰の祈り。

「萱野さん、かぞえて下さい。きちんとして置こうよ。気まずさも、一時の気まずさも、生きて行くために、どうしても必要なことなのだから」

言葉のままに、わかる女だ。こちらの気持を、そのまま正確にキャッチ、やや口ひきしめて首肯き、おぼつかなき風の手つきで、かぞえた。十七枚。ふと首かしげて、とっさに了解。薔薇《ばら》は蘇生した。ゆっくり真紅含羞《がんしゅう》の顔をあげて、私の、ずるい、平気な笑顔を見つけて、小娘のような無染の溜息、それでも、「むずかしいのねえ、ありがとう」とかしこい一言、小声でいうのを忘れなかった。そうして、わかれた。一万五千円の学費つかって、学問して、そうして、おぼえたものは、ふたり、同じ烈しき片思いのまま、やはりこのまま、わかれよ、という、味気ない礼儀、むざんの作法。ああ、まこと、憤怒は、愛慾の至高の形貌《けいぼう》にして、云々。

十唱　あたしも苦しゅうございます

おい、襖《ふすま》あけるときには、気をつけておくれ、いつ何時、敷居にふらっと立っているかしれないから、と某日、笑いながら家人に言いつけたところ、家人、何も言わず、私の顔をつくづく見つめて、あきらかにかれ、発狂せむほどの大打撃、口きけぬほどの恐怖、唇までまっしろになって、一尺、二尺、坐ったままで後ずさりして、ついには隣りの六畳まで落ちのびて、はじめて人ごこち取りかえした様子、声を出さずに慟《どう》哭《こく》はじめた。家人の緊張は、その日より今にいたるまで、なかなか解止せず、いつの間にやら衣紋竹《えもんだけ》を全廃していた。なるほどな、とそのときはじめて気づいたことだが、かの衣紋竹にぞろっと着物かかって居るかたちは、そっくり、あの姿そのままでございました。そのほかにも、かれ、蚊帳吊るため部屋の四隅に打ちこまれてある三寸くぎ抜かばやと、もともと四尺八寸の小女、高所の釘と背のびしながらの悪戦苦闘、ちらと拝見したこともございました。

いま庭の草むしっている家人の姿を、われ籐椅子《とういす》に寝ころんだまま見つめて、純白のホオムドレス、いよいよ看護婦に似て来たな、と可哀そうに思っています。わが家の悪癖、かならず亭主が早死《はやじに》して、一時は、曾祖母、祖母、母、叔母、と四人の後家さんそろって居ました。わけても叔母は、二人の亭主を失った。

終唱　そうして、このごろ

芸術、もともと賑やかな、華美の祭礼。プウシュキンもとより論を待たず、芭蕉、トルストイ、ジッド、みんなすぐれたジャアナリスト、釣舟の中に在っては、われの み簑《みの》を着して船頭ならびに爾余《じよ》の者とは自らかたち分明の心得わすれぬ八十歳ちかき青年、××翁の救われぬ臭癖見たか、けれども、あれでよいのだ。芸術、もとこれ、不倫の申しわけ、——余談は、さて置き、萱野さんとは、それっきりなの？　ああ、どのようなロマンスにも、神を恐れぬ低劣の結末が、宿命的に要求される。悪かしこい読者は、はじめ五、六行読んで、そっと、結末の一行を覗《のぞ》き読みして、ああ、まずいまずいと大あくび。よろしい、それでは一つ、しんじつ未曾有《みぞう》、雲散霧消の結末つくって、おまえのくさった腹綿を煮えくりかえさせてあげるから。

そうして、それから、――私たちは諦《あきら》めなかった。帝国ホテルの黄色い真昼、卓をへだてて立ちあがり、濁りなき眼で、つくづく相手の瞳を見合った。強くなれ、なれ。烈風、衣服はおろか、骨も千切れよ、と私たち二人の身のまわりを吹き荒《すさ》ぶ思い、見ゆるは、おたがいの青いマスク、ほかは万丈の黄塵に呑まれて一物もなし。この暴風に抗して、よろめきよろめき、卓を押しのけ、手を握り、腕を摑み、胴を抱いた。抱き合った。二十世紀の旗手どのは、まず、行為をさきにする。健全の思念は、そのあとから、ぞろぞろついてきてくれる。尼になるお光よりは、お染を、お七を、お舟を愛する。まず、試みよ。声の大なる言葉のほうが、「真理」に化す。ばか、と言われた時には、その二倍、三倍の大声で、ばか、と言い返せよ。論より証拠、私たちの結婚を妨げる何物もなかった。

「これが、おまえとの結婚ロマンス。すこし色艶つけて書いてみたが、もし不服あったら、その個所だけ特別に訂正してあげてもいい」

かの白衣の妻が答えた。

「これは、私ではございませぬ」

にこりともせず、きっぱり頭を横に振った。

「こんなひと、いないわ。こんな、ありもしない影武者つかって、なんとかして、ごまかそうとしているのね。どうしても、あのおかたのことは、お書きになれないお苦しさ、判るけれど、他にも苦しい女、ございます」

だから、はじめから、ことわってある。名は言われぬ、恋をした素ぶりさえ見せられぬ、くるしく、――口くさっても言われぬ、――不義、と。

ああ、あざむけ、あざむけ。ひとたびあざむけば、君、死ぬるとも告白、ざんげしてはいけない。胸の秘密、絶対ひみつのまま、狡智《こうち》の極致、誰にも打ちあけずに、そのまま息を静かにひきとれ。やがて冥途《めいど》とやらへ行って、いや、そこでもだまって微笑《ほほえ》むのみ、誰にも言うな。あざむけ、あざむけ、巧みにあざむけ、神より上手にあざむけ、あざむけ。

もののみごとにだまされ給え。人、七度の七十倍ほどだまされてからでなければ、まことの愛の微光をさぐり当て得ぬ。嘘、わが身に快く、充分に美しく、たのしく、しずかに差し出された美事のデッシュ、果実山盛り、だまって受けとり、たのしみ給え。世の中、すこしでも賑やかなほうがいいのだ。知っているだろう? 田舎芝居、菜の花畑に鏡立て、よしずで囲った楽屋の太夫に、十円の御祝儀、こころみに差し出せば、たちまち表の花道に墨くろぐろと貼り出されて曰《いわ》く、一金壱千円也、書生様より。景気を創る。はからずも、わが国古来の文学精神、ここにいた。

あの言葉、この言葉、三十にちかき雑記帳それぞれにくしゃくしゃ満載、みんな君への楽しきお土産《みやげ》、けれども非運、関税のべら棒に高くて、あたら無数の宝物、お役所の、青ペンキで塗りつぶされたるトタン屋根の倉庫へ、どさんとほうり込まれて、ぴしゃんと錠《じょう》をおろされて、それっきり、以来、十箇月、桜の花吹雪より藪蚊《やぶか》を経て、しおから蜻蛉《とんぼ》、紅葉も散り、ひとびと黒いマント着て巷《ちまた》をうろつく師走にいたり、やっと金策成って、それも、三十にちかき荷物のうち、もっとも安直の、ものの数ならぬ小さい小さいバスケット一箇だけ、きらきら光る真鍮《しんちゅう》の、南京錠ぴちっとあけて、さて皆様の目のまえに飛び出したものは、おや、おや、これは慮外、百千の思念の小蟹、あるじあわてふためき、あれを追い、これを追い、一行書いては破り、一語書きかけては破り、しだいに悲しく、たそがれの部屋の隅にてペン握りしめたまんま、めそめそ泣いていたという。

ダス・ゲマイネ

初出　一九三五年十月　文藝春秋

一　幻燈

当時、私には一日一日が晩年であった。

恋をしたのだ。そんなことは、全くはじめてであった。それより以前には、私の左の横顔だけを見せつけ、私のおとこを売ろうとあせり、相手が一分間でもためらったが最後、たちまち私はきりきり舞いをはじめて、疾風のごとく逃げ失せる。けれども私は、そのころすべてにだらしなくなっていて、ほとんど私の身にくっついてしまったかのようにも思われていたその賢明な、怪我の少ない身構えの法をさえ持ち堪《こた》えることができず、謂《い》わば手放しで、節度のない恋をした。好きなのだから仕様がないという嗄《しわが》れた呟《つぶや》きが、私の思想の全部であった。二十五歳。私はいま生れた。生きている。生き、切る。私はほんとうだ。好きなのだから仕様がない。しかしながら私は、はじめから歓迎されなかったようである。無理心中という古くさい概念を、そろそろとからだで了解しかけてきた矢先、私は手ひどくはねつけられ、そうしてそれっきりであった。相手はどこかへ消えうせたのである。

友人たちは私を呼ぶのに佐野次郎左衛門、もしくは佐野次郎《さのじろ》という昔のひとの名でもってした。

「さのじろ。——でも、よかった。そんな工合いの名前のおかげで、おめえの恰好もどうやらついてきたじゃないか。ふられても恰好がつくなんてのは、てんからひとに甘ったれている証拠らしいが、——ま、落ちつく」

馬場がそう言ったのを私は忘れない。そのくせ、私を佐野次郎なぞと呼びはじめたのは、たしかに馬場なのである。私は馬場と上野公園内の甘酒屋で知り合った。清水寺のすぐちかくに赤い毛氈《もうせん》を敷いた縁台を二つならべて置いてある小さな甘酒屋で知り合った。

私が講義のあいまあいまに大学の裏門から公園へぶらぶら歩いて出ていって、その甘酒屋にちょいちょい立ち寄ったわけは、その店に十七歳の、菊という小柄で利発そうな、眼のすずしい女の子がいて、それの様が私の恋の相手によくよく似ていたからであった。私の恋の相手というのは逢うのに少しばかり金のかかるたちの女であったから、私は金のないときには、その甘酒屋の縁台に腰をおろし、一杯の甘酒をゆるゆると啜《すす》りながらその菊という女の子を私の恋の相手の代理として眺めて我慢していたものであった。ことしの早春に、私はこの甘酒屋で異様な男を見た。その日は土曜日で、朝からよく晴れていた。私はフランス叙情詩の講義を聞きおえて、真昼頃、梅は咲いたか桜はまだかいな。たったいま教わったばかりのフランスの叙情詩とは打って変ったかかる無学な文句に、勝手なふしをつけて繰りかえし繰りかえし口ずさみながら、れいの甘酒屋を訪れたのである。そのときすでに、ひとりの先客があった。私は、おどろいた。先客の恰好が、どうもなんだか奇態に見えたからである。ずいぶん痩《や》せ細っているようであったけれども身丈《みたけ》は尋常であったし、着ている背広服も黒サアジのふつうのものであったが、そのうえに羽織っている外套《がいとう》がだいいち怪しかった。なんという型のものであるか私には判らぬけれども、ひとめ見た印象で言えば、シルレルの外套である。天鵞絨《ビロード》と紐釦《ボタン》がむやみに多く、色は見事な銀鼠《ぎんねず》であって、話にならんほどにだぶだぶしていた。そのつぎには顔である。これをもひとめ見た印象で言わせてもらえば、シューベルトに化け損ねた狐である。不思議なくらいに顕著なおでこと、鉄縁の小さな眼鏡とたいへんなちぢれ毛と、尖《とが》った顎《あご》と、無精鬚《ぶしょうひげ》。皮膚は、大仰な言いかたをすれば、鶯《うぐいす》の羽のような汚い青さで、まったく光沢がなかった。その男が赤毛氈の縁台のまんなかにあぐらをかいて坐ったまま大きい碾茶《ひきちゃ》の茶碗でたいぎそうに甘酒をすすりながら、ああ、片手あげて私へおいでおいでをしたではないか。ながく躊躇《ちゅうちょ》をすればするほどこれはいよいよ薄気味わるいことになりそうだな、とそう直覚したので、私は自分にもなんのことやら意味の分らぬ微笑を無理して浮べながら、その男の坐っている縁台の端に腰をおろした。

「けさ、とても固いするめを食ったものだから」わざと押し潰《つぶ》しているような低いかすれた声であった。「右の奥歯がいたくてなりません。歯痛ほど閉口なものはないね。

アスピリンをどっさり呑めば、けろっとなおるのだが。おや、あなたを呼んだのは僕だったのですか？　しつれい。僕にはねえ」私の顔をちらと見てから、口角に少し笑いを含めて、「ひとの見さかいができねえんだ。めくら。――そうじゃない。僕は平凡なのだ。見せかけだけさ。僕のわるい癖でしてね。はじめに逢ったひとには、ちょっとこう、いっぷう変っているように見せたくてたまらないのだ。自縄自縛《じじょうじばく》という言葉がある。ひどく古くさい。いかん。病気ですね。君は、文科ですか？　ことし卒業ですね？」

私は答えた。

「いいえ。もう一年です。あの、いちど落第したものですから」

「はあ、芸術家ですな」にこりともせず、おちついて甘酒をひと口すすった。

「僕はそこの音楽学校にかれこれ八年います。なかなか卒業できない。まだいちども試験というものに出席しないからだ。ひとがひとの能力を試みるなんてことは、君、容易ならぬ無礼だからね」

「そうです」

「と言ってみただけのことさ。つまりは頭がわるいのだよ。僕はよくここにこうして坐りこみながら眼のまえをぞろぞろと歩いて通る人の流れを眺めているのだが、はじめのうちは堪忍できなかった。こんなにたくさんひとがいるのに、誰も僕を知っていない、僕に留意しない、そう思うと、――いや、そうさかんに合槌《あいづち》うたなくたってよい。はじめから君の気持で言っているのだ。けれどもいまの僕なら、そんなことぐらい平気だ。かえって快感だ。枕のしたを清水がさらさら流れているようで。あきらめじゃない。王侯のよろこびだよ」ぐっと甘酒を呑みほしてから、だしぬけに碾茶の茶碗を私の方へのべてよこした。

「この茶碗に書いてある文字、――白馬《ハクバ》驕《オゴリテ》不行《ユカズ》。よせばいいのに。てれくさくてかなわん。君にゆずろう。僕が浅草の骨董屋《こっとうや》から高い金を出して買ってきて、この店にあずけてあるのだ。とくべつに僕用の茶碗としてね。僕は君の顔が好きなんだ。瞳《ひとみ》のいろが深い。あこがれている眼だ。僕が死んだなら、君がこの茶碗を使うのだ。僕は明日あたり死ぬかも知れないからね」

それからというもの、私たちはその甘酒屋で実にしばしば落ち合った。馬場はなかなかに死ななかったのである。死なないばかりか、少し太った。蒼黒《あおぐろ》い両頬が桃の実のようにむっつりふくれた。彼はそれを酒ぶとりであると言って、こうからだが太ってくると、いよいよ危いのだ、と小声で付け加えた。私は日ましに彼と仲良くなった。なぜ私は、こんな男から逃げ出さずに、かえって親密になっていったのか。馬場の天才を信じたからであろうか。

昨年の晩秋、ヨオゼフ・シゲティというブダペスト生れのヴァイオリンの名手が日本へやって来て、日比谷の公会堂で三度ほど演奏会をひらいたが、三度が三度ともたいへんな不人気であった。孤高狷介《けんかい》のこの四十歳の天才は、憤ってしまって、東京朝日新聞へ一文を寄せ、日本人の耳は驢馬《ろば》の耳だ、なんて悪罵《あくば》したものであるが、日本の聴衆へのそんな罵言の後には、かならず、「ただしひとりの青年を除いて」という一句が詩のルフランのように括弧でくくられて書かれていた。いったい、ひとりの青年とは誰のことなんだとそのじぶん楽壇でひそひそ論議されたものだそうであるが、それは、馬場であった。

馬場はヨオゼフ・シゲティと逢って話を交した。日比谷公会堂での三度目の辱かしめられた演奏会がおわった夜、馬場は銀座のある名高いビヤホオルの奥隅の鉢の木の蔭《かげ》に、シゲティの赤い大きな禿頭《はげあたま》を見つけた。馬場は躊躇せず、その報いられなかった世界的な名手がことさらに平気を装うて薄笑いしながらビイルを舐《な》めているテエブルのすぐ隣りのテエブルに、つかつか歩み寄っていって坐った。その夜、馬場とシゲティとは共鳴をはじめて、銀座一丁目から八丁目までのめぼしいカフエを一軒一軒、たんねんに呑んでまわった。勘定はヨオゼフ・シゲティが払った。シゲティは、酒を呑んでも行儀がよかった。黒の蝶ネクタイを固くきちんと結んだままで、女給たちにはついに一指も触れなかった。理智で切りきざんだ工合いの芸でなければ面白くないのです。文学のほうではアンドレ・ジッドとトオマス・マンが好きです、と言ってから淋しそうに右手の親指の爪を噛《か》んだ。ジッドをチットと発音していた。夜のまったく明けはなれたころ、二人は、帝国ホテルの前庭の蓮《はす》の池のほとりでお互いに顔をそむけながら力の抜けた握手を交してそそくさと別れ、その日のうちにシゲティは横浜からエムプレス・オブ・カナダ号に乗船してアメリカへむけて旅立ち、その翌《あく》る日、東京朝日新聞にれいのルフラン付きの文章が掲載されたというわけであった。けれども私は、彼もさすがにてれくさそうにして眼を激しくしばたたかせながら、そうして、おしまいにはほとんど不機嫌になってしまって語って聞かせたこんなふうの手柄話を、あんまり信じる気になれないのである。彼が異国人と夜のまったく明けはなれるまで談じ合うほど語学ができるかどうか、そういうことからして怪しいもんだと私は思っている。疑いだすと果しがないけれども、いったい、彼にはどのような音楽理論があるのか、ヴァイオリニストとしてどれくらいの腕前があるのか、作曲家としてはどんなものか、そんなことさえ私には一切わかっておらぬのだ。馬場はときたま、てかてか黒く光るヴァイオリンケエスを左腕にかかえて持って歩いていることがあるけれども、ケエスの中にはつねに一物もはいっていないのである。彼の言葉に依れば、彼のケエスそれ自体が現代のシンボルだ、中はうそ寒くからっぽであるというんだが、そんなときには私は、この男はいったいヴァイオリンを一度でも手にしたことがあるのだろうかという変な疑いをさえ抱くのである。

そんな案配であるから、彼の天才を信じるも信じないも、彼の技倆《ぎりょう》を計るよすがさえない有様で、私が彼にひきつけられたわけは、他にあるのにちがいない。私もまたヴァイオリンよりヴァイオリンケエスを気にする組ゆえ、馬場の精神や技倆より、彼の風姿や冗談に魅せられたのだというような気もする。彼は実にしばしば服装をかえて、私のまえに現われる。さまざまの背広服のほかに、学生服を着たり、菜葉服を着たり、あるときには角帯に白足袋という恰好で私を狼狽《ろうばい》させ赤面させた。彼の平然と呟くところによれば、彼がこのようにしばしば服装をかえるわけは、自分についてどんな印象をもひとに与えたくない心からなんだそうである。言い忘れていたが、馬場の生家は東京市外の三鷹村下連雀《しもれんじゃく》にあり、彼はそこから市内へ毎日かかさず出て来て遊んでいるのであって、親爺は地主か何かでかなりの金持ちらしく、そんな金持ちであるからこそ様々に服装をかえたりなんかしてみることもできるわけで、これも謂わば地主の悴《せがれ》の贅沢《ぜいたく》の一種類にすぎないのだし、——そう考えてみれば、べつだん私は彼の風采《ふうさい》のゆえにひきつけられているのでもないようだぞ。金銭のせいであろうか。頗る《すこぶ》言いにくい話であるが、彼とふたりで遊び歩いていると勘定はすべて彼が払う。私を押しのけてまで支払うのである。友情と金銭とのあいだには、このうえなく微妙な相互作用がたえずはたらいているものらしく、彼の豊潤の状態が私にとっていくぶん魅力になっていたことも争われない。これは、ひょっとしたら、馬場と私との交際は、はじめっから旦那と家来の関係にすぎず、徹頭徹尾、私がへえへえ牛耳られていたという話に終るだけのことのような気もする。

ああ、どうやらこれは語るに落ちたようだ。つまりそのころの私は、さきにも鳥渡《ちょっと》言って置いたように金魚の糞《ふん》のような無意志の生活をしていたのであって、金魚が泳げば私もふらふらついて行くというような、そんなはかない状態で馬場とのつき合いをもつづけていたにちがいないのである。ところが、八十八夜。——妙なことには、馬場はなかなか暦に敏感らしく、きょうは、かのえさる、仏滅だと言ってしょげかえっているかと思うと、きょうは端午だ、やみまつり、などと私にはよく意味のわからぬようなことまでぶつぶつ呟いていたりする有様で、その日も、私が上野公園のれいの甘酒屋で、はらみ猫、葉桜、花吹雪、毛虫、そんな風物のかもし出す晩春のぬくぬくした爛熟の雰囲気をからだじゅうに感じながら、ひとりしてビイルを呑んでいたのであるが、ふと気がついてみたら、馬場がみどりいろの派手な背広服を着ていつの間にか私のうしろのほうに坐っていたのである。れいの低い声で、「きょうは八十八夜」そうひとこと呟いたかと思うともう、てれくさくてかなわんとでもいうようにむっくり立ちあがって両肩をぶるっと大きくゆすった。八十八夜を記念しようという、なんの意味もない決心を笑いながら固めて、二人、浅草へ呑みに出かけることになったのであるが、その夜、私はいっそく飛びに馬場へ離れがたない親狎《しんこう》の念を抱くにいたった。浅草の酒の店を五、六軒。馬場はドクタア・プラアゲと日本の楽壇との喧嘩《けんか》を噛んで吐きだすようにしながらながと語り、プラアゲは偉い男さ、なぜって、とまた独りごとのようにしてその理由を呟いているうちに、私は私の女と逢いたくて、いても立ってもいられなくなった。私は馬場を誘った。幻燈を見に行こうと囁《ささや》いたのだ。馬場は幻燈を知らなかった。よし、よし。きょうだけは僕が先輩です。八十八夜だから連れていってあげましょう。私はそんなてれかくしの冗談を言いながら、プラアゲ、プラアゲ、となおも低く呟きつづけている馬場を無理、矢理、自動車に押しこんだ。急げ！　ああ、いつもながらこの大川を越す瞬間のときめき。幻燈のまち。そのまちには、よく似た路地が蜘蛛《くも》の巣のように四通八達していて、路地の両側の家々の、一尺に二尺くらいの小窓小窓でわかい女の顔が花やかに笑っているのであって、このまちへ一歩踏みこむと肩の重みがすっと抜け、ひとはおのれの一切の姿勢を忘却し、逃げ了《おお》せた罪人のように美しく落ちつきはらって一夜をすごす。

馬場にはこのまちが始めてのようであったが、べつだん驚きもせずゆったりした歩調で私と少しはなれて歩きながら、両側の小窓小窓の女の顔をひとつひとつ熟察していた。路地へはいり路地を抜け路地を曲り路地へ行きついてから私は立ちどまり馬場の横腹をそっと小突いて、僕はこの女のひとを好きなのです。ええ、よっぽどまえからと囁いた。私の恋の相手はまばたきもせず小さい下唇だけをきゅっと左へうごかして見せた。馬場も立ちどまり、両腕をだらりとさげたまま首を前へ突きだして、私の女をつくづくと凝視しはじめたのである。やがて、振りかえりざま、叫ぶようにして言った。

「やあ、似ている。似ている」

はっとはじめて気づいた。

「いいえ、菊ちゃんにはかないません」

私は固くなって、へんな応えかたをした。ひどくりきんでいたのである。馬場はかるく狼狽《ろうばい》の様子で、

「くらべたりするもんじゃないよ」と言って笑ったが、すぐにけわしく眉をひそめ、「いや、ものごとはなんでも比較してはいけないんだ。比較根性の愚劣」と自分へ説き聞かせるようにゆっくり呟きながら、ぶらぶら歩きだした。あくる朝、私たちはかえりの自動車のなかで、黙っていた。一口でも、ものを言えば殴り合いになりそうな気まずさ。自動車が浅草の雑沓《ざっとう》のなかにまぎれこみ、私たちもただの人の気楽さをようやく感じてきたころ、馬場はまじめに呟いた。

「ゆうべ女のひとがねえ、僕にこういって教えたものだ。あたしたちだって、はたから見るほど楽じゃないんだよ」

私は、つとめて大袈裟《おおげさ》に噴きだして見せた。馬場はいつになくはればれと微笑《ほほえ》み、

私の肩をぽんと叩いて、

「日本で一番よいまちだ。みんな胸を張って生きているよ。恥じていない。おどろいたなあ。一日一日をいっぱいに生きている」

それ以後、私は馬場へ肉親のように馴れて甘えて、生れてはじめて友だちを得たような気さえしていた。友を得たと思ったとたんに私は恋の相手をうしなった。それが、口に出して言われないような、われながらみっともない形で女のひとに逃げられたものであるから、私は少し評判になり、とうとう、佐野次郎というくだらない名前までつけられた。いまだからこそ、こんなふうになんでもない口調で語れるのであるが、当時は、笑い話どころではなく、私は死のうと思っていた。幻燈のまちの病気もなおらず、いつ不具者になるかわからぬ状態であったし、ひとはなぜ生きていなければいけないのか、そのわけが私には呑みこめなかった。ほどなく暑中休暇にはいり、東京から二百里はなれた本州の北端の山の中にある私の生家にかえって、一日一日、庭の栗の木のしたで籐《とう》椅子にねそべり、煙草を七十本ずつ吸ってぼんやりくらしていた。馬場が手紙を寄こした。

拝啓。

死ぬことだけは、待って呉れないか。僕のために。君が自殺をしたなら、僕は、ああ僕へのいやがらせだな、とひそかに自惚《うぬぼ》れる。それでよかったら、死にたまえ。僕もまた、かつては、いや、いまもなお、生きることに不熱心である。けれども僕は自殺をしない。誰かに自惚れられるのが、いやなんだ。病気と災難とを待っている。けれどもいまのところ、僕の病気は歯痛と痔《じ》である。死にそうもない。災難もなかなか来ない。僕の部屋の窓を夜どおし明けはなして盗賊の来襲を待ち、ひとつ彼に殺させてやろうと思っているのであるが、窓からこっそり忍びこむ者は、蛾《が》と羽蟻《はあり》とかぶとむし、それから百万の蚊軍。（君曰《いわ》く、ああ僕とそっくりだ！）君、一緒に本を出さないか。僕は、本でも出して借金を全部かえしてしまって、それから三日三晩くらいぶっつづけにこんこんと眠りたいのだ。借金とは宙ぶらりんな僕の肉体だ。僕の胸には借金の穴が黒くぽかんとあいている。本を出したおかげでこの満たされぬ空洞がいよいよ深くなるかも知れないが、そのときにはまたそれでよし。とにかく僕は、僕自身にうまくひっこみをつけたいのだ。本の名は、海賊。具体的なことがらについては、君と相談のうえできめるつもりであるが、僕のプランとしては、輸出むきの雑誌にしたい。相手はフランスがよかろう。君はたしかにずば抜けて語学ができる様子だから、僕たちの書いた原稿をフランス語に直しておくれ。アンドレ・ジッドに一冊送って批評をもらおう。ああ、ヴァレリイと直接に論争できるぞ。あの眠たそうなプルウストをひとつうろたえさせてやろうじゃないか。（君曰く、残念、プルウストはもう死にました。）コクトオはまだ生きているよ。君、ラディゲが生きていたらねえ。デコブラ先生にも送ってやってよろこばせてやるか、可哀そうに。

こんな空想はたのしくないか。しかも実現はさほど困難でない。（書きしだい、文字が乾く。手紙文という特異な文体。叙述でもなし、会話でもなし、描写でもなし、どうも不思議な、それでいてちゃんと独立している無気味な文体。いや、ばかなことを言った。）ゆうべ徹夜で計算したところに依ると、三百円で、素晴らしい本が出来る。それくらいなら、僕ひとりでも、どうにかできそうである。君は詩を書いてポオル・フォオルに読ませたらよい。僕はいま海賊の歌という四楽章からなる交響曲を考えている。できあがったら、この雑誌に発表し、どうにかしてラヴェルを狼狽させてやろうと思っている。くりかえして言うが、実現は困難でない。金さえあれば、できる。実現不可能の理由としては、何があるか。君もはなやかな空想でせいぜい胸をふくらませて置いたほうがよい。どうだ。（手紙というものは、なぜおしまいに健康を祈らなければいけないのか。頭はわるいし、文章はまずく、話術が下手くそでも、手紙だけは巧い男という怪談がこの世の中にある。）ところで僕は、手紙上手であるか。それとも手紙下手であるか。さよなら。

これは別なことだが、いまちょっと胸に浮んだから書いておく。古い質問、「知ることは幸福であるか」

馬場数馬。

佐野次郎左衛門様

二　海賊

ナポリを見てから死ね！

Pirateという言葉は、著作物の剽窃《ひょうせつ》者を指していうときにも使用されるようだが、それでもかまわないか、と私が言ったら、馬場は即座に、いよいよ面白いと答えた。Le Pirate,――雑誌の名はまずきまった。マラルメやヴェルレエヌの関係していたLa Basoche,ヴェルハアレン一派のLa Jeune Belgique, そのほかLa Semaine, Le Type. いずれも異国の芸苑《げいえん》に咲いた真紅の薔薇《ばら》。むかしの若き芸術家たちが世界に呼びかけた機関雑誌。ああ、われらもまた。暑中休暇がすんであたふたと上京したら、馬場の海賊熱はいよいよあがっていて、やがて私にもそのまま感染し、ふたり寄ると触るとLePirateについての、はなやかな空想を、いやいや、具体的なプランについて語り合ったのである。春と夏と秋と冬と一年に四回ずつ発行のこと。菊倍判六十頁。全部アート紙。クラブ員は海賊のユニフォオムを一着すること。胸には必ず季節の花を。クラブ員相互の合言葉。――一切誓うな。幸福とは？　審判する勿《なか》れ。ナポリを見てから死ね！　等々。仲間はかならず二十代の美青年たるべきこと。一芸に於いて秀抜の技倆を有すること。The Yellow Bookの故智にならい、ビアズレイに匹敵する天才画家を見つけ、これにどんどん挿画をかかせる。国際文化振興会などをたよらずに異国へわれらの芸術をわれらの手で知らせてやろう。資金として馬場が二百円、私が百円、そのうえほかの仲間たちから二百円ほど出させる予定である。仲間、――馬場が彼の親類筋にあたる佐竹六郎という東京美術学校の生徒をまず私に紹介してくれる段取りとなった。その日、私は馬場との約束どおり、午後の四時頃、上野公園の菊ちゃんの甘酒屋を訪れたのであるが、馬場は紺飛白《こんがすり》の単衣《ひとえ》に小倉の袴《はかま》という維新風俗で赤毛氈の縁台に腰かけて私を待っていた。馬場の足もとに、真赤な麻の葉模様の帯をしめ白い花の簪《かんざし》をつけた菊ちゃんが、お給仕の塗盆を持って丸く蹲《うずくま》って馬場の顔をふり仰いだまま、みじろぎもせずじっとしていた。馬場の蒼黒い顔には弱い西日がぽっと明るくさしていて、夕靄《ゆうもや》がもやもや烟《けむ》ってふたりのからだのまわりを包み、なんだかおかしな、狐狸のにおいのする風景であった。私が近づいていって、やあ、と馬場に声をかけたら、菊ちゃんが、あ、と小さく叫んで飛びあがり、ふりむいて私に白い歯を見せて挨拶したが、みるみる豊かな頰をあかくした。私も少しどぎまぎして、わるかったかな？　と思わず口を滑らせたら、菊ちゃんは一瞬はっと表情をかえて妙にまじめな眼つきで私の顔を見つめたかと思うと、くるっと私に背をむけお盆で顔をかくすようにして店の奥へ駈けこんでいったものだ。なんのことはない、あやつり人形の所作でも見ているような心地がした。私はいぶかしく思いながらその後姿をそれとなく見送り縁台に腰をおろすと、馬場はにやにやうす笑いして言いだした。

「信じ切る。そんな姿はやっぱり好いな。あいつがねえ」白馬驕不行の碾茶の茶碗は流石《さすが》にてれくさい故をもってか、とうのむかしに廃止されて、いまは普通のお客と同じに店の青磁の茶碗。番茶を一口すすって、「僕のこの不精髭を見て、幾日くらいたてばそんなに伸びるの？　と聞くから、二日くらいでこんなになってしまうのだよ。ほら、じっとして見ていなさい。鬚がそよそよと伸びるのが肉眼でも判るほどだから、と真顔で教えたら、だまってしゃがんで僕の顎を皿のようなおおきい眼でじっと見つめるじゃないか。おどろいたね。君、無智ゆえに信じるのか、それとも利発ゆえに信じるのか。ひとつ、信じるという題目で小説でも書こうかなあ。AがBを信じている。そこへCやDやEやFやGやHやそのほかたくさんの人物がつぎつぎに出て来て、手を変え品を変え、さまざまにBを中傷する。――それから、――Aはやっぱり Bを信じている。疑わない。てんから疑わない。安心している。Aは女、Bは男、つまらない小説だね。ははん」へんにはしゃいでいた。私は、彼の言葉をそのままに聞いているだけで彼の胸のうちをべつだん何も忖度《そんたく》してはいないのだというところをすぐにも見せなければいけないと思ったから、

「その小説は面白そうですね。書いてみたら？」

できるだけ余念なさそうな口調で言って、前方の西郷隆盛の銅像をぼんやり眺めた。

馬場は助かったようであった。いつもの不機嫌そうな表情を、円滑に、取り戻すことができたのである。

「ところが、――僕には小説が書けないのだ。君は怪談を好むたちだね？」

「ええ、好きですよ。なによりも、怪談がいちばん僕の空想力を刺激するようです」

「こんな怪談はどうだ」

馬場は下唇をちろと舐めた。

「知性の極というものは、たしかにある。身の毛もよだつ無間奈落《むけんならく》だ。こいつをちらとでも覗《のぞ》いたら最後、ひとは一こともものを言えなくなる。筆を執っても原稿用紙の隅に自分の似顔画を落書したりなどするだけで、一字も書けない。それでいて、そのひとは世にも恐ろしいあるひとつの小説をこっそり企てる。企てた、とたんに、世界じゅうの小説がにわかに退屈でしらじらしくなってくるのだ。それはほんとうに、おそろしい小説だ。たとえば、帽子をあみだにかぶっても気になるし、まぶかにかぶっても落ちつかないし、ひと思いに脱いでみてもいよいよ変だという場合、ひとはどこで位置の定着を得るかというような自意識過剰の統一の問題などに対しても、この小説は碁盤のうえに置かれた碁石のような涼しい解決を与えている。涼しい解決？　そうじゃない。無風。カットグラス。白骨。そんな工合いの冴え冴《さざ》えした解決だ。いや、そうじゃない。どんな形容詞もない、ただの、『解決』だ。そんな小説はたしかにある。けれども人は、ひとたびこの小説を企てたその日から、みるみる痩せおとろえ、はては発狂するか自殺するか、もしくは唖者になってしまうのだ。君、ラディゲは自殺したんだってね。コクトオは気がちがいそうになって日がな一日オピアムばかりやってるそうだし、ヴァレリイは十年間、唖者になった。このたったひとつの小説をめぐって、日本なんかでも一時ずいぶん悲惨な犠牲者が出たものだ。現に、君、——」

「おい、おい」という嗄れた呼び声が馬場の物語の邪魔をした。ぎょっとして振りむくと、馬場の右脇にコバルト色の学生服を着た背のきわめてひくい若い男がひっそり立っていた。

「おそいぞ」馬場は怒っているような口調で言った。

「おい、この帝大生が佐野次郎左衛門さ。こいつは佐竹六郎だ。れいの画かきさ」

佐竹と私とは苦笑しながら軽く目礼を交した。佐竹の顔は肌理《きめ》も毛穴も全然ないてかてかに磨きあげられた乳白色の能面の感じであった。瞳の焦点がさだかでなく、硝子《ガラ》子《ス》製の眼玉のようで、鼻は象牙《ぞうげ》細工のように冷く、鼻筋が剣のようにするどかった。眉は柳の葉のように細長く、うすい唇は苺《いちご》のように赤かった。そんなに絢爛《けんらん》たる面貌にくらべて、四肢の貧しさは、これまた驚くべきほどであった。身長五尺に満たないくらい、痩せた小さい両の掌は蜥蜴《とかげ》のそれを思い出させた。佐竹は立ったまま、老人のように生気のない声でぼそぼそ私に話しかけたのである。

「あんたのことを馬場から聞きましたよ。ひどいめに遭ったものですねえ。なかなかやると思っていますよ」

私はむっとして、佐竹のまぶしいほど白い顔をもいちど見直した。箱のように無表情であった。

馬場は音たかく舌打ちして、「おい佐竹、からかうのはやめろ。ひとを平気でからかうのは、卑劣な心情の証拠だ。罵《ののし》るなら、ちゃんと罵るがいい」

「からかってやしないよ」しずかにそう応えて、胸のポケットからむらさき色のハンケチをとり出し、頸《くび》のまわりの汗をのろのろ拭きはじめた。

「あああ」

馬場は溜息《ためいき》ついて縁台にごろんと寝ころがった。

「おめえは会話の語尾に、ねえ、とか、よ、とかをつけなければものを言えないのか。その語尾の感嘆詞みたいなものだけは、よせ。皮膚にべとつくようでかなわんのだ」

私もそれは同じ思いであった。

佐竹はハンケチをていねいに畳んで胸のポケットにしまいこみながら、よそごとのようにして呟いた。

「朝顔みたいなつらをしやがって、とくるんじゃないかね？」

馬場はそっと起きあがり、すこし声をはげまして言った。

「おめえとはここで口論したくねえんだ。どっちもある第三者を計算にいれてものを言っているのだからな。そうだろう?」

何か私の知らない仔細《しさい》があるらしかった。

佐竹は陶器のような青白い歯を出して、にやっと笑った。

「もう僕への用事はすんだのかね?」

「そうだ」

馬場はことさらに傍見《わきみ》をしながら、さもさもわざとらしい小さなあくびをした。

「じゃあ、僕は失敬するよ」

佐竹は小声でそう呟き、金側の腕時計を余程ながいこと見つめて何か思案しているふうであったが、「日比谷へ新響を聞きに行くんだ。近衛もこのごろは商売上手になったよ。僕の座席のとなりにいつも異人の令嬢が坐るのでねえ。このごろはそれがたのしみさ」

言い終えたら、鼠のような身軽さでちょこちょこ走り去った。

「ちえっ! 菊ちゃん、ビイルをおくれ。おめえの色男がかえっちゃった。佐野次郎、呑まないか。僕はつまらん奴を仲間にいれたなあ。あいつは、いそぎんちゃくだよ。あんな奴と喧嘩したら、倒立《さかだ》ちしたってこっちが負けだ。ちっとも手むかいせずに、こっちの殴った手へべっとりくっついて来る」

急に真剣そうに声をひそめて、「あいつ、菊の手を平気で握りしめたんだよ。あんなたちの男が、ひとの女房を易々と手にいれたりなどするんだねえ。インポテンスじゃないかと思うんだけれど。なに、名ばかりの親戚《しんせき》で僕とは血のつながりなんか絶対にない。――僕は菊のまえであいつと議論したくねえんだ。はり合うなんて、いやなこった。――君、佐竹の自尊心の高さを考えると、僕はいつでもぞっとするよ」

ビイルのコップを握ったまま、深い溜息をもらした。

「けれども、あいつの画だけは正当に認めなければいけない」

私はぼんやりしていた。だんだん薄暗くなって色々の灯でいろどられてゆく上野広小路の雑沓の様子を見おろしていたのである。そうして馬場のひとりごととは千里万里もかけはなれた、つまらぬ感傷にとりつかれていた。

「東京だなあ」というたったそれだけの言葉の感傷に。

ところが、それから五、六日して、上野動物園で貘《ばく》の夫婦をあらたに購入したという話を新聞で読み、ふとその貘を見たくなって学校の授業がすんでから、動物園に出かけていったのであるが、そのとき、水禽《みずどり》の大鉄傘ちかくのベンチに腰かけてスケッチブックへ何やらかいている佐竹を見てしまったのである。しかたなく傍へ寄っていって、軽く肩をたたいた。

「ああ」と軽くうめいて、ゆっくり私のほうへ頸をねじむけた。

「あなたですか。びっくりしましたよ。ここへお坐りなさい。いま、この仕事を大急ぎで片づけてしまいますから、それまで鳥渡《ちょっと》、待っていて下さいね。お話したいことがあるのです」

へんによそよそしい口調でそう言って鉛筆を取り直し、またスケッチにふけりはじめた。私はそのうしろに立ったままで暫《しばら》くもじもじしていたが、やがて決心をつけてベンチへ腰をおろし、佐竹のスケッチブックをそっと覗いてみた。佐竹はすぐに察知したらしく、「ペリカンをかいているのです」とひくく私に言って聞かせながら、ペリカンの様々の姿態をおそろしく乱暴な線でさっさと写しとっていた。

「僕のスケッチをいちまい二十円くらいで、何枚でも買ってくれるというひとがあるのです」にやにやひとりで笑いだした。

「僕は馬場みたいに出鱈目《でたらめ》を言うことはきらいですねえ。荒城の月の話はまだですか?」

「荒城の月、ですか?」

私にはわけがわからなかった。

「じゃあ、まだですね」

うしろむきのペリカンを紙面の隅に大きく写しながら、「馬場がむかし、滝廉太郎《れんたろう》という匿名で荒城の月という曲を作って、その一切の権利を山田耕筰に三千円で売りつけた」

「それが、あの、有名な荒城の月ですか？」

私の胸は躍った。

「嘘ですよ」

一陣の風がスケッチブックをぱらぱらめくって、裸婦や花のデッサンをちらちら見せた。

「馬場の出鱈目は有名ですよ。また巧妙ですからねえ。誰でもはじめは、やられますよ。ヨオゼフ・シゲティは、まだですか？」

「それは聞きました」

私は悲しい気持ちであった。

「ルフラン附きの文章か」

つまらなそうにそう言って、スケッチブックをぱちんと閉じた。

「どうもお待たせしました。すこし歩きましょうよ。お話したいことがあるのです」

きょうは貘の夫婦をあきらめよう。そうして、私にとって貘よりもさらにさらに異様に思われるこの佐竹という男の話に、耳傾けよう。水禽の大鉄傘を過ぎて、おっとせいの水槽のまえを通り、小山のように巨大なひぐまの、檻《おり》のまえにさしかかったころ、佐竹は語りはじめた。まえにも何回となく言って言い馴れているような諳誦《あんしょう》口調であって、文章にすればいくらか熱のある言葉のようにもみえるが実際は、れいの嗄《しわが》れた陰気くさい低声でもってさらさら言い流しているだけのことなのである。

「馬場は全然だめです。音楽を知らない音楽家があるでしょうか。僕はあいつが音楽について論じているのをついぞ聞いたことがない。ヴァイオリンを手にしたのを見たことがない。作曲する？　おたまじゃくしさえ読めるかどうか。馬場の家では、あいつに泣かされているのですよ。いったい音楽学校にはいっているのかどうか、それさえはっきりしていないのです。むかしはねえ、あれで小説家になろうと思って勉強したこともあるんですよ。それがあんまり本を読みすぎた結果、なんにも書けなくなったのだそうです。ばかばかしい。このごろはまた、自意識過剰とかいう言葉のひとつ覚えで、恥かしげもなくほうぼうへそれを言いふらして歩いているようです。僕はむずかしい言葉じゃ言えないけれども、自意識過剰というのは、たとえば、道の両側に何百人かの女学生が長い列をつくってならんでいて、そこへ自分が偶然にさしかかり、そのあいだをひとりで、のこのこ通って行くときの一挙手一投足、ことごとくぎこちなく視線のやりば首の位置すべてに困《こう》じ果てきりきり舞いをはじめるような、そんな工合いの気持ちのことだと思うのですが、もしそれだったら、自意識過剰というものは、実にもう、七転八倒の苦しみであって、馬場みたいにあんな出鱈目な饒舌《じょうぜつ》を弄《ろう》することは勿論できないはずだし、――だいいち雑誌を出すなんて浮いた気持ちになれるのがおかしいじゃないですか！　海賊。なにが海賊だ。いい気なもんだ。あなた、あんまり馬場を信じ過ぎると、あとでたいへんなことになりますよ。それは僕がはっきり予言して置いてもいい。僕の予言は当りますよ」

「でも」

「でも？」

「僕は馬場さんを信じています」

「はあ、そうですか」

私の精一ぱいの言葉を、なんの表情もなく聞き流して、「今度の雑誌のことだって、僕は徹頭徹尾、信じていません。僕に五十円出せと言うのですけれども、ばからしい。ただわやわや騒いでいたいのですよ。一点の誠実もありません。あなたはまだごぞんじないかも知れないが明後日、馬場と僕と、それから馬場が音楽学校のある先輩に紹介されて識《し》った太宰治とかいうわかい作家と、三人であなたの下宿をたずねることになっているのですよ。そこで雑誌の最後的プランをきめてしまうのだとか言っていましたが、――どうでしょう。僕たちはその場合、できるだけつまらなそうな顔をしてやろうじゃありませんか。そうして相談に水をさしてやろうじゃありませんか。どんな素晴らしい雑誌を出してみたところで、世の中は僕たちにうまく恰好をつけてはくれません。どこまでやっていっても中途半端でほうり出されます。僕はビアズレイでなくても一向かまわんですよ。懸命に画をかいて、高い価で売って、遊ぶ。それで結構なんです」

言い終えたところは山猫の檻のまえであった。山猫は青い眼を光らせ、背《せ》を丸くして私たちをじっと見つめていた。佐竹はしずかに腕を伸ばして吸いかけの煙草の火を山猫の鼻にぴたっとおしつけた。そうして佐竹の姿は巖のように自然であった。

三 登竜門

ここを過ぎて、一つ二銭の栄螺《さざえ》かな。


「なんだか、——とんでもない雑誌だそうですね」

「いいえ。ふつうのパンフレットです」

「すぐそんなことを言うからな。君のことは実にしばしば話に聞いて、よく知っています。ジッドとヴァレリイとをやりこめる雑誌なんだそうですね」

「あなたは、笑いに来たのですか」

私がちょっと階下へ行っているまに、もう馬場と太宰が言い合いをはじめた様子で、お茶道具をしたから持ってきて部屋へはいったら、馬場は部屋の隅の机に頬杖《ほおづえ》ついて居汚く坐り、また太宰という男は馬場と対角線をなして向きあったもう一方の隅の壁に背をもたせ細長い両の毛臑《けずね》を前へ投げだして坐り、ふたりながら眠たそうに半分閉じた眼と大儀そうなのろのろした口調でもって、けれども腹綿は恚忿《いふん》と殺意のために煮えくりかえっているらしく眼がしらや言葉のはしはしが児蛇の舌のようにちろちろ燃えあがっているのが私にさえたやすくそれと察知できるくらいに、なかなか険しくわたり合っていたのである。佐竹は太宰のすぐ傍にながながと寝そべり、いかにも、つまらなそうに眼玉をきょろきょろうごかしながら煙草をふかしていた。はじめからいけなかった。その朝、私がまだ寝ているうちに馬場が私の下宿の部屋を襲った。きょうは学生服をきちんと着て、そのうえに、ぶくぶくした黄色いレンコオトを羽織っていた。雨にびっしょり濡れたそのレンコオトを脱ぎもせずに部屋をぐるぐるいそがしげに廻って歩いた。歩きながら、ひとりごとのようにして呟《つぶや》くのである。

「君、君。起きたまえ。僕はひどい神経衰弱らしいぞ。こんなに雨が降っては、僕はきっと狂ってしまう。海賊の空想だけでも痩せてしまう。君、起きたまえ。ついせんだって僕は太宰治という男に逢ったよ。僕の学校の先輩から小説の素晴らしく巧い男だといって紹介されたのだが、――何も宿命だ。仲間にいれてやることにした。君、太宰ってのは、おそろしくいやな奴だぞ。そうだ。まさしく、いや、な奴だ。嫌悪の情だ。僕はあんなふうの男とは肉体的に相容れないものがあるようだ。頭は丸坊主。しかも君、意味深げな丸坊主だ。悪い趣味だよ。そうだ、そうだ。あいつはからだのぐるりを趣味でかざっているのだ。小説家ってのは、皆あんな工合いのものかねえ。思索や学究や情熱なぞをどこに置き忘れて来たのか。まるっきりの、根っからの戯作《げさく》者《しゃ》だ。蒼黒《あおぐろ》くてらでらした大きい油顔で、鼻が、——君レニエの小説で僕はあんな鼻を読んだことがあるぞ。危険きわまる鼻。危機一髪、団子鼻に堕そうとするのを鼻のわきの深い皺《しわ》がそれを助けた。まったくねえ。レニエはうまいことを言う。眉毛は太く短くまっ黒で、おどおどした両の小さい眼を被いかくすほどもじゃもじゃ繁茂していやがる。額はあくまでもせまく皺が横に二筋はっきりきざまれていて、もう、なっちゃいない。首がふとく、襟脚はいやに鈍重な感じで、顎《あご》の下に赤い吹出物の跡を三つも僕は見つけた。僕の目算では、身丈は五尺七寸、体重は十五貫、足袋は十一文、年齢は断じて三十まえだ。おう、だいじなことを言い忘れた。ひどい猫背《ねこぜ》で、とんとせむし、——君、ちょっと眼をつぶってそんなふうの男を想像してごらん。ところが、これは嘘なんだ。まるっきり嘘なんだ。おおやま師。装っているのだ。それにちがいないんだ。なにからなにまで見せかけなのだ。僕の睨《にら》んだ眼に狂いはない。ところどころに生え伸びたまだらな無精鬚《ぶしょうひげ》。いや、あいつに無精なんてあり得ない。どんな場合でもあり得ない。わざとつとめて生やした鬚だ。ああ、僕はいったい誰のことを言っているのだ！

ごらん下さい、私はいまこうしています、ああしていますと、いちいち説明をつけなければ指一本うごかせず咳ばらい一つできない。いやなこった！　あいつの素顔は、眼も口も眉毛もないのっぺらぼうさ。眉毛を描いて眼鼻をくっつけ、そうして知らんふりをしていやがる。しかも君、それをあいつは芸にしている。ちぇっ！　僕はあいつを最初瞥見《べっけん》したとき、こんにゃくの舌で顔をぺろっと舐《な》められたような気がしたよ。思えば、たいへんな仲間ばかり集ってきたものさ。佐竹、太宰、佐野次郎、馬場、はは ん、この四人が、ただ黙って立ち並んだだけでも歴史的だ。そうだ！　僕はやるぞ。なにも宿命だ。いやな仲間もまた一興じゃないか。僕はいのちをことし一年限りとしてLePirate に僕の全部の運命を賭《か》ける。乞食になるか、バイロンになるか。神われに五ペンスを与う。佐竹の陰謀なんて糞《くそ》くらえだ！」

ふいと声を落して、「君、起きろよ。雨戸をあけてやろう。もうすぐみんなここへ来るよ。きょうこの部屋で海賊の打ち合せをしようと思ってね」

私は馬場の興奮に釣られてうろうろしはじめ、蒲団を蹴《け》って起きあがり、馬場とふたりで腐りかけた雨戸をがたぴしこじあけた。本郷のまちの屋根屋根は雨でけむっていた。

ひるごろ、佐竹が来た。レンコオトも帽子もなく、天鵞絨《ビロード》のズボンに水色の毛糸のジャケツを着けたきりで、顔は雨に濡れて、月のように青く光った不思議な頬の色であった。夜光虫は私たちに一言の挨拶もせず、溶けて崩れるようにへたへたと部屋の隅に寝そべった。

「かんにんしてくれよ。僕は疲れているんだ」

すぐつづいて太宰が障子をあけてのっそりあらわれた。ひとめ見て、私はあわてふためいて眼をそらした。これはいけないと思った。彼の風貌は、馬場の形容を基にして私が描いて置いた好悪ふたつの影像のうち、わるいほうの影像と一分一厘の間隙《かんげき》もなくぴったり重なり合った。そうして尚さらいけないことには、そのときの太宰の服装がそっくり、馬場のかねがね最もいみきらっているたちのものだったではないか。派手な大島絣《がすり》の袷《あわせ》に総絞りの兵古帯《へこおび》、荒い格子縞のハンチング、浅黄の羽二重の長襦袢《ながじゅばん》の裾がちらちらこぼれて見えて、その裾をちょっとつまみあげて坐ったものであるが、窓のそとの景色を、形だけ眺めたふりをして、「ちまたに雨が降る」と女のような細い甲高い声で言って、私たちのほうを振りむき赤濁りに濁った眼を糸のように細くし顔じゅうをくしゃくしゃにして笑ってみせた。私は部屋から飛び出してお茶を取りに階下へ降りた。お茶道具と鉄瓶とを持って部屋へかえって来たら、もうすでに馬場と太宰が争っていたのである。

太宰は坊主頭のうしろへ両手を組んで、「言葉はどうでもよいのです。いったいやる気なのかね？」

「何をです」

「雑誌をさ。やるなら一緒にやってもいい」

「あなたは一体、何しにここへ来たのだろう」

「さあ、――風に吹かれて」

「言って置くけれども、御託宣と、警句と、冗談と、それから、そのにやにや笑いだけはよしにしましょう」

「それじゃ、君に聞くが、君はなんだって僕を呼んだのだ」

「おめえはいつでも呼べば必ず来るのかね？」

「まあ、そうだ。そうしなければいけないと自分に言い聞かせてあるのです」

「人間のなりわいの義務。それが第一。そうですね？」

「ご勝手に」

「おや、あなたは妙な言葉を体得していますね。ふてくされ。ああ、ごめんだ。あなたと仲間になるなんて！　とこう言い切るとあなたのほうじゃ、すぐもうこっちをポンチにしているのだからな。かなわんよ」

「それは、君だって僕だってはじめからポンチなのだ。ポンチにするのでもなければ、ポンチになるのでもない」

「私はある。おおきいふぐりをぶらさげて、さあ、この一物をどうしてくれる。そんな感じだ。困りましたね」

「言いすぎかもしれないけれど、君の言葉はひどくしどろもどろの感じです。どうかしたのですか？　――なんだか、君たちは芸術家の伝記だけを知っていて、芸術家の仕事をまるっきり知っていないような気がします」

「それは非難ですか？　それともあなたの研究発表ですか？　答案だろうか。僕に採点しろというのですか？」

「――中傷さ」

「それじゃ言うが、そのしどろもどろは僕の特質だ。たぐい稀な特質だ」

「しどろもどろの看板」

「懐疑説の破綻《はたん》と来るね。ああ、よしてくれ。僕は掛合い万歳は好きでない」

「君は自分の手塩にかけた作品を市場にさらしたあとの突き刺されるような悲しみを知らないようだ。お稲荷さまを拝んでしまったあとの空虚を知らない。君たちは、たったいま、一《いち》の鳥居をくぐっただけだ」

「ちぇっ！　また御託宣か。――僕はあなたの小説を読んだことはないが、リリシズムと、ウイットと、ユウモアと、エピグラムと、ポオズと、そんなものを除き去ったら、跡になんにも残らぬような駄洒落《だじゃれ》小説をお書きになっているような気がするのです。僕はあなたに精神を感ぜずに世間を感ずる。芸術家の気品を感ぜずに、人間の胃《い》腑《ふ》を感ずる」

「わかっています。けれども、僕は生きて行かなくちゃいけないのです。たのみます、といって頭をさげる、それが芸術家の作品のような気さえしているのだ。僕はいま世渡りということについて考えている。僕は趣味で小説を書いているのではない。結構な身分でいて、道楽で書くくらいなら、僕ははじめから何も書きはせん。とりかかれば、一通りはうまくできるのが判っている。けれども、とりかかるまえに、これは何故に今さらしくとりかかる値打ちがあるのか、それを四方八方から眺めて、まあ、まあ、ことごとしくとりかかるにも及ぶまいということに落ちついて、結局、何もしない」

「それほどの心情をお持ちになりながら、なんだって、僕たちと一緒に雑誌をやろうなどと言うのだろう」

「こんどは僕を研究する気ですか？　僕は怒りたくなったからです。なんでもいい、叫びが欲しくなったのだ」

「あ、それは判る。つまり楯を持って恰好をつけたいのですね。けれども、――いや、そむいてみることさえできない」

「君を好きだ。僕なんかも、まだ自分の楯を持っていない。みんな他人の借り物だ。どんなにぼろぼろでも自分専用の楯があったら」

「あります」私は思わず口をはさんだ。

「イミテエション！」

「そうだ。佐野次郎にしちゃ大出来だ。一世一代だぞ、これあ。太宰さん。付け鬚模様の銀鍍金《めっき》の楯があなたによく似合うそうですよ。いや、太宰さんは、もう平気でその楯を持って構えていなさる。僕たちだけがまるはだかだ」

「へんなことを言うようですけれども、君はまるはだかの野苺と着飾った市場の苺とどちらに誇りを感じます。登竜門というものは、ひとを市場へ一直線に送りこむ外面《げめん》如菩薩《にょぼさつ》の地獄の門だ。けれども僕は着飾った苺の悲しみを知っている。そうしてこのごろ、それを尊く思いはじめた。僕は逃げない。連れて行くところまでは行ってみる」

口を曲げて苦しそうに笑った。

「そのうちに君、眼がさめて見ると、――」

「おっとそれあ言うな」馬場は右手を鼻の先で力なく振って、太宰の言葉をさえぎった。「眼がさめたら、僕たちは生きて居れない。おい、佐野次郎。よそうよ。面白くねえや。君にはわるいけれども、僕は、やめる。僕はひとの食いものになりたくないのだ。太宰に食わせる油揚げはよそを捜して見つけたらいい。太宰さん。海賊クラブは一日きりで解散だ。そのかわり、――」

立ちあがって、つかつか太宰のほうへ歩み寄り、「ばけもの！」

太宰は右の頬を殴られた。平手で音高く殴られた。太宰は瞬間まったくの小児のような泣きべそを掻《か》いたが、すぐ、どす黒い唇を引きしめて、傲然《ごうぜん》と頭をもたげた。私はふっと、太宰の顔を好きに思った。佐竹は眼をかるくつぶって眠ったふりをしていた。

雨は晩になってもやまなかった。私は馬場とふたり、本郷の薄暗いおでんやで酒を呑んだ。はじめは、ふたりながら死んだように黙って呑んでいたのであるが、二時間くらいたってから、馬場はそろそろしゃべりはじめた。

「佐竹が太宰を抱き込んだにちがいないのさ。下宿のまえまでふたり一緒に来たのだ。それくらいのことは、やる男だ。君、僕は知っているよ。佐竹は君に何かこっそり相談したことがありはしないか」

「あります」

私は馬場に酌をした。なんとかしていたわりたかった。

「佐竹は僕から君をとろうとしたのだ。別に理由はない。あいつは、へんな復讐心《ふくしゅうしん》を持っている。僕よりえらい。いや、僕にはよく判らない。――いや、ひょっとしたら、なんでもない俗な男なのかもしれん。そうだ、あんなのが世間から人並の男と言われるのだろう。だが、もういい。雑誌をよしてさばさばしたよ。今夜は僕、枕を高くしてのうのうと寝るぞ！　それに、君、僕はちかく勘当されるかも知れないのだよ。一朝めざむれば、わが身はよるべなき乞食であった。雑誌なんて、はじめから、やる気はなかったのさ。君を好きだから、君を離したくなかったから、海賊なんぞ持ちだしたまでのことだ。君が海賊の空想に胸をふくらめて、様々のプランを言いだすときの潤んだ眼だけが、僕の生き甲斐《がい》だった。この眼を見るために僕はきょうまで生きてきたのだと思った。僕は、ほんとうの愛情というものを君に教わって、はじめて知ったような気がしている。君は透明だ、純粋だ。おまけに、――美少年だ！　僕は君の瞳《ひとみ》のなかにフレキシビリティの極致を見たような気がする。そうだ。知性の井戸の底を覗いたのは、僕でもない太宰でもない佐竹でもない、君だ！　意外にも君であった。――ちぇっ！　僕はなぜこうべらべらしゃべってしまうのだろう。軽薄。狂躁《きょうそう》。ほんとうの愛情というものは死ぬまで黙っているものだ。菊のやつが僕にそう教えたことがある。君、ビッグ・ニュウス。どうしようもない。菊が君に惚《ほ》れているぞ。佐野次郎さんには、死んでも言うものか。死ぬほど好きなひとだもの。そんな逆説めいたことを口走って、サイダアを一瓶、頭から僕にぶっかけて、きゃっきゃっと気ちがいみたいに笑った。ところで君は、誰をいちばん好きなんだ。太宰を好きか？　え。佐竹か？　まさかねえ。そうだろう？　僕、――」

「僕は」

私はぶちまけてしまおうと思った。

「誰もみんなきらいです。菊ちゃんだけを好きなんだ。川のむこうにいた女よりさきに菊ちゃんを見て知っていたような気もするのです」

「まあ、いい」

馬場はそう呟いて微笑んでみせたが、いきなり左手で顔をひたと覆って、嗚咽《おえつ》をはじめた。芝居の台詞《せりふ》みたいな一種リズミカルな口調でもって、「君、僕は泣いているのじゃないよ。うそ泣きだ。そら涙だ。ちくしょう！　みんなそう言って笑うがいい。僕は生れたときから死ぬるきわまで狂言をつづけさせる。僕は幽霊だ。ああ、僕を忘れないでくれ！　僕には才分があるのだ。荒城の月を作曲したのは、誰だ。滝廉太郎を僕じゃないという奴がある。それほどまでにひとを疑わなくちゃ、いけないのか。嘘なら嘘でいい。——いや、うそじゃない。正しいことは正しく言い張らなければいけない。絶対に嘘じゃない」

私はひとりでふらふら外へ出た。雨が降っていた。ちまたに雨が降る。ああ、これは先刻、太宰が呟いた言葉じゃないか。そうだ、私は疲れているんだ。かんにんしておくれ。あ！

佐竹の口真似をした。ちぇっ！　ああ、舌打ちの音まで馬場に似て来たようだ。

そのうちに、私は荒涼たる疑念にとらわれはじめたのである。私はいったい誰だろう、と考えて、慄然《りつぜん》とした。私は私の影を盗まれた。何が、フレキシビリティの極致だ！　私は、まっすぐに走りだした。歯医者。小鳥屋。甘栗屋。ベエカリイ。花屋。街路樹。古本屋。洋館。走りながら私は自分が何やらぶつぶつ低く呟いているのに気づいた。――走れ、電車。走れ、佐野次郎。走れ、電車。走れ、佐野次郎。出鱈目な調子をつけて繰り返し繰り返し歌っていたのだ。あ、これが私の創作だ。私の創った唯一の詩だ。なんというだらしなさ！　頭がわるいから駄目なんだ。だらしがないから駄目なんだ。ライト。爆音。星。葉。信号。風。あっ！

四

「佐竹。ゆうべ佐野次郎が電車にはね飛ばされて死んだのを知っているか」

「知っている。けさ、ラジオのニュウスで聞いた」

「あいつ、うまく災難にかかりやがった。僕なんか、首でも吊らなければおさまりがつきそうもないのに」

「そうして、君がいちばん長生きをするだろう。いや、僕の予言はあたるよ。君、――」

「なんだい」

「ここに二百円だけある。ペリカンの画が売れたのだ。佐野次郎氏と遊びたくてせっせとこれだけこしらえたのだが」

「僕におくれ」

「いいとも」

「菊ちゃん。佐野次郎は死んだよ。ああ、いなくなったのだ。どこを捜してもいないよ。泣くな」

「はい」

「百円あげよう。これで綺麗《きれい》な着物と帯とを買えば、きっと佐野次郎のことを忘れる。水は器にしたがうものだ。おい、おい、佐竹。今晩だけ、ふたりで仲よく遊ぼう。僕がいいところへ案内してやる。日本でいちばん好いところだ。——こうしてお互いに生きているというのは、なんだか、なつかしいことでもあるな」

「人は誰でもみんな死ぬさ」

富嶽百景

初出　一九三九年二月　文体

富士の頂角、広重《ひろしげ》の富士は八十五度、文晁《ぶんちょう》の富士も八十四度くらい、けれども、陸軍の実測図によって東西及び南北に断面図を作ってみると、東西縦断は頂角、百二十四度となり、南北は百十七度である。広重、文晁に限らず、たいていの絵の富士は、鋭角である。いただきが、細く、高く、華奢《きゃしゃ》である。北斎にいたっては、その頂角、ほとんど三十度くらい、エッフェル鉄塔のような富士をさえ描いている。けれども、実際の富士は、鈍角も鈍角、のろくさと拡がり、東西、百二十四度、南北は百十七度、決して、秀抜の、すらと高い山ではない。たとえば私が、印度《インド》かどこかの国から、突然、鷲《わし》にさらわれ、すとんと日本の沼津あたりの海岸に落されて、ふと、この山を見つけても、そんなに驚嘆しないだろう。ニッポンのフジヤマを、あらかじめ憧《あこが》れているからこそ、ワンダフルなのであって、そうでなくて、そのような俗な宣伝を、一さい知らず、素朴な、純粋の、うつろな心に、果して、どれだけ訴え得るか、そのことになると、多少、心細い山である。低い。裾のひろがっている割に、低い。あれくらいの裾を持っている山ならば、少くとも、もう一・五倍、高くなければいけない。

十国峠から見た富士だけは、高かった。あれは、よかった。はじめ、雲のために、いただきが見えず、私は、その裾の勾配から判断して、たぶん、あそこあたりが、いただきであろうと、雲の一点にしるしをつけて、そのうちに、雲が切れて、見ると、ちがった。私が、あらかじめ印《しるし》をつけて置いたところより、その倍も高いところに、青いいただきが、すっと見えた。おどろいた、というよりも私は、へんにくすぐったく、げらげら笑った。やっていやがる、と思った。人は、完全のたのもしさに接すると、まず、だらしなくげらげら笑うものらしい。全身のネジが、他愛なくゆるんで、これはおかしな言いかたであるが、帯紐《おびひも》といて笑うといったような感じである。諸君が、もし恋人と逢って、逢ったとたんに、恋人がげらげら笑い出したら、慶祝である。必ず、恋人の非礼をとがめてはならぬ。恋人は、君に逢って、君の完全のたのもしさを、全身に浴びているのだ。

東京の、アパートの窓から見る富士は、くるしい。冬には、はっきり、よく見える。小さい、真白い三角が、地平線にちょこんと出ていて、それが富士だ。なんのことはない、クリスマスの飾り菓子である。しかも左のほうに、肩が傾いて心細く、船尾のほうからだんだん沈没しかけてゆく軍艦の姿に似ている。三年まえの冬、私はある人から、意外の事実を打ち明けられ、途方に暮れた。その夜、アパートの一室で、ひとりで、がぶがぶ酒のんだ。一睡もせず、酒のんだ。あかつき、小用に立って、アパートの便所の金網張られた四角い窓から、富士が見えた。小さく、真白で、左のほうにちょっと傾いて、あの富士を忘れない。窓の下のアスファルト路を、さかなやの自転車が疾駆《しっく》し、おう、けさは、やけに富士がはっきり見えるじゃねえか、めっぽう寒いや、など呟《つぶや》きのこして、私は、暗い便所の中に立ちつくし、窓の金網撫でながら、じめじめ泣いて、あんな思いは、二度と繰りかえしたくない。

昭和十三年の初秋、思いをあらたにする覚悟で、私は、かばんひとつさげて旅に出た。

甲州。ここの山々の特徴は、山々の起伏の線の、へんに虚《むな》しい、なだらかさにある。小島烏水《うすい》という人の日本山水論にも、「山の拗《す》ね者は多く、此土に仙遊するが如し」とあった。甲州の山々は、あるいは山の、げてものなのかもしれない。私は、甲府市からバスにゆられて一時間。御坂峠《みさかとうげ》へたどりつく。

御坂峠、海抜千三百米《メートル》。この峠の頂上に、天下茶屋という、小さい茶店があって、井伏鱒二氏が初夏のころから、ここの二階に、こもって仕事をしておられる。私は、それを知ってここへ来た。井伏氏のお仕事の邪魔にならないようなら、隣室でも借りて、私も、しばらくそこで仙遊しようと思っていた。

井伏氏は、仕事をしておられた。私は、井伏氏のゆるしを得て、当分その茶屋に落ちつくことになって、それから、毎日、いやでも富士と真正面から、向き合っていなければならなくなった。この峠は、甲府から東海道に出る鎌倉往還の衝《しょう》に当っていて、北面富士の代表観望台であると言われ、ここから見た富士は、むかしから富士三景の一つにかぞえられているのだそうであるが、私は、あまり好かなかった。好かないばかりか、軽蔑《けいべつ》さえした。あまりに、おあつらえむきの富士である。まんなかに富士があって、その下に河口湖が白く寒々とひろがり、近景の山々がその両袖にひっそり蹲《うずくま》って湖を抱きかかえるようにしている。私は、ひとめ見て、狼狽し、顔を赤らめた。これは、まるで、風呂屋のペンキ画だ。芝居の書割だ。どうにも註文どおりの景色で、私は、恥ずかしくてならなかった。

私が、その峠の茶屋へ来て二、三日経って、井伏氏の仕事も一段落ついて、ある晴れた午後、私たちは三ツ峠へのぼった。三ツ峠、海抜千七百米。御坂峠より、少し高い。急坂を這《は》うようにしてよじ登り、一時間ほどにして三ツ峠頂上に達する。蔦《つた》かずら搔きわけて、細い山路、這うようにしてよじ登る私の姿は、決して見よいものではなかった。井伏氏は、ちゃんと登山服着ておられて、軽快の姿であったが、私には登山服の持ち合せがなく、ドテラ姿であった。茶屋のドテラは短く、私の毛臑《けずね》は、一尺以上も露出して、しかもそれに茶屋の老爺から借りたゴム底の地下足袋をはいたので、われながらむさ苦しく、少し工夫して、角帯をしめ、茶屋の壁にかかっていた古い麦《むぎ》藁帽《わらぼう》をかぶってみたのであるが、いよいよ変で、井伏氏は、人のなりふりを決して軽蔑しない人であるが、このときだけは流石《さすが》に少し、気の毒そうな顔をして、男は、しかし、身なりなんか気にしないほうがいい、と小声で呟いて私をいたわってくれたのを、私は忘れない。とかくして頂上についたのであるが、急に濃い霧が吹き流れて来て、頂上のパノラマ台という、断崖《だんがい》の縁《へり》に立ってみても、いっこうに眺望がきかない。

何も見えない。井伏氏は、濃い霧の底、岩に腰をおろし、ゆっくり煙草を吸いながら、放屁なされた。いかにも、つまらなそうであった。パノラマ台には、茶店が三軒ならんで立っている。そのうちの一軒、老爺と老婆と二人きりで経営しているじみな一軒を選んで、そこで熱い茶を呑んだ。茶店の老婆は気の毒がり、ほんとうに生憎《あいにく》の霧で、もう少し経ったら霧もはれると思いますが、富士は、ほんのすぐそこに、くっきり見えます、と言い、茶店の奥から富士の大きい写真を持ち出し、崖の端に立ってその写真を両手で高く掲示して、ちょうどこの辺に、このとおりに、こんなに大きく、こんなにはっきり、このとおりに見えます、と懸命に註釈するのである。私たちは、番茶をすすりながら、その富士を眺めて、笑った。いい富士を見た。霧の深いのを、残念にも思わなかった。

その翌々日であったろうか、井伏氏は、御坂峠を引きあげることになって、私も甲府までおともした。甲府で私は、ある娘さんと見合いすることになっていた。井伏氏に連れられて甲府のまちはずれの、その娘さんのお家へお伺いした。井伏氏は、無雑作な登山服姿である。私は、角帯に、夏羽織を着ていた。娘さんの家のお庭には、薔薇がたくさん植えられていた。母堂に迎えられて客間に通され、挨拶して、そのうちに娘さんも出て来て、私は、娘さんの顔を見なかった。井伏氏と母堂とは、おとな同士の、よもやまの話をして、ふと、井伏氏が、

「おや、富士」と呟いて、私の背後の長押《なげし》を見あげた。私も、からだを捻《ね》じ曲げて、うしろの長押を見上げた。富士山頂大噴火口の鳥瞰《ちょうかん》写真が、額縁にいれられて、かけられていた。まっしろい睡蓮《すいれん》の花に似ていた。私は、それを見とどけ、また、ゆっくりからだを捻じ戻すとき、娘さんを、ちらと見た。きめた。多少の困難があっても、このひとと結婚したいものだと思った。あの富士は、ありがたかった。

井伏氏は、その日に帰京なされ、私は、ふたたび御坂にひきかえした。それから、九月、十月、十一月の十五日まで、御坂の茶屋の二階で、少しずつ、少しずつ、仕事をすすめ、あまり好かないこの「富士三景の一つ」と、へたばるほど対談した。

いちど、大笑いしたことがあった。大学の講師か何かやっている浪漫派の一友人が、ハイキングの途中、私の宿に立ち寄って、そのときに、ふたり二階の廊下に出て、富士を見ながら、

「どうも俗だねえ。お富士さん、という感じじゃないか」

「見ているほうで、かえって、てれるね」

などと生意気なこと言って、煙草をふかし、そのうちに、友人は、ふと、

「おや、あの僧形《そうぎょう》のものは、なんだね？」と顎でしゃくった。

墨染めの破れたころもを身にまとい、長い杖を引きずり、富士を振り仰ぎ振り仰ぎ、峠をのぼって来る五十歳くらいの小男がある。

「富士見西行、といったところだね。かたちが、できてる」私は、その僧をなつかしく思った。

「いずれ、名のある聖僧かも知れないね」

「ばか言うなよ、乞食《こじき》だよ」

友人は、冷淡だった。

「いや、いや。脱俗しているところがあるよ。歩きかたなんか、なかなか、できてるじゃないか。むかし、能因法師が、この峠で富士をほめた歌を作ったそうだが、――」

私が言っているうちに友人は、笑い出した。

「おい、見給え。できてないよ」

能因法師は、茶店のハチという飼犬に吠えられて、周章狼狽《しゅうしょうろうばい》であった。その有様は、いやになるほど、みっともなかった。

「だめだねえ。やっぱり」

私は、がっかりした。

乞食の狼狽は、むしろ、あさましいほどに右往左往、ついには杖をかなぐり捨て、取り乱し、取り乱し、いまはかなわずと退散した。実に、それは、できてなかった。富士も俗なら、法師も俗だ、ということになって、いま思い出しても、ばかばかしい。

新田という二十五歳の温厚な青年が、峠を降りきった岳麓の吉田という細長い町の、郵便局につとめていて、そのひとが、郵便物によって、私がここに来ていることを知った、と言って、峠の茶屋をたずねて来た。二階の私の部屋で、しばらく話をして、ようやく馴れて来たころ、新田は笑いながら、実は、もう二、三人、僕の仲間がありまして、皆で一緒にお邪魔にあがるつもりだったのですが、いざとなると、どうも皆、しりごみしまして、太宰さんは、ひどいデカダンで、それに、性格破産者だ、と佐藤春夫先生の小説に書いてございましたし、まさか、こんなまじめな、ちゃんとしたおかただとは、思いませんでしたから、僕も、無理に皆を連れて来るわけには、いきませんでした。こんどは、皆を連れて来ます。かまいませんでしょうか。

「それは、かまいませんけれど」

私は、苦笑していた。

「それでは、君は、必死の勇をふるって、君の仲間を代表して僕を偵察に来たわけですね」

「決死隊でした」

新田は、率直だった。

「ゆうべも、佐藤先生のあの小説を、もういちど繰りかえして読んで、いろいろ覚悟をきめて来ました」

私は、部屋の硝子戸越しに、富士を見ていた。富士は、のっそり黙って立っていた。偉いなあ、と思った。

「いいねえ。富士は、やっぱり、いいとこあるねえ。よくやってるなあ」

富士には、かなわないと思った。念々と動く自分の愛憎が恥ずかしく、富士は、やっぱり偉い、と思った。よくやってる、と思った。

「よくやっていますか」

新田には、私の言葉がおかしかったらしく、聡明に笑っていた。

新田は、それから、いろいろな青年を連れて来た。皆、静かなひとである。皆は、私を、先生、と呼んだ。私はまじめにそれを受けた。私には、誇るべき何もない。学問もない。才能もない。肉体よごれて、心もまずしい。けれども、苦悩だけは、その青年たちに、先生、と言われて、だまってそれを受けていいくらいの、苦悩は、経てきた。たったそれだけ。藁《わら》一すじの自負である。けれども、私は、この自負だけは、はっきり持っていたいと思っている。わがままな駄々っ子のように言われてきた私の、裏の苦悩を、いったい幾人知っていたろう。新田と、それから田辺という短歌の上手な青年と、二人は、井伏氏の読者であって、その安心もあって、私は、この二人と一ばん仲良くなった。いちど吉田に連れていってもらった。おそろしく細長い町であった。岳麓の感じがあった。富士に、日も、風もさえぎられて、ひょろひょろに伸びた茎のようで、暗く、うすら寒い感じの町であった。道路に沿って清水が流れている。これは、岳麓の町の特徴らしく、三島でも、こんな工合いに、町じゅうを清水が、どんどん流れている。富士の雪が溶けて流れてくるのだ、とその地方の人たちが、まじめに信じている。吉田の水は、三島の水に較べると、水量も不足だし、汚い。水を眺めながら、私は、話した。

「モウパスサンの小説に、どこかの令嬢が、貴公子のところへ毎晩、川を泳いで逢いにいったと書いてあったが、着物は、どうしたのだろうね。まさか、裸ではなかろう」

「そうですね」

青年たちも、考えた。

「海水着じゃないでしょうか」

「頭の上に着物を載せて、むすびつけて、そうして泳いでいったのかな?」

青年たちは、笑った。

「それとも、着物のまま入って、ずぶ濡れの姿で貴公子と逢って、ふたりでストオヴでかわかしたのかな? そうすると、かえるときには、どうするだろう。せっかく、かわかした着物を、またずぶ濡れにして、泳がなければいけない。心配だね。貴公子のほうで泳いで来ればいいのに。男なら、猿股一つで泳いでも、そんなにみっともなくないからね。貴公子、鉄鎚《かなづち》だったのかな?」

「いや、令嬢のほうで、たくさん惚れていたからだと思います」

新田は、まじめだった。

「そうかもしれないね。外国の物語の令嬢は、勇敢で、可愛いね。好きだとなったら、川を泳いでまで逢いに行くんだからな。日本では、そうはいかない。なんとかいう芝居があるじゃないか。まんなかに川が流れて、両方の岸で男と姫君とが、愁嘆《しゅうたん》している芝居が。あんなとき、何も姫君、愁嘆する必要がない。泳いでゆけば、どんなものだろう。芝居で見ると、とても狭い川なんだ。じゃぶじゃぶ渡っていったら、どんなもんだろう。あんな愁嘆なんて、意味ないね。同情しないよ。朝顔の大井川は、あれは大水で、それに朝顔は、めくらの身なんだし、あれには多少、同情するが、けれども、あれだって、泳いで泳げないことはない。大井川の棒杭《ぼうぐい》にしがみついて、天道《てんどう》さまを、うらんでいたんじゃ、意味ないよ。あ、ひとりいるよ。日本にも、勇敢なやつが、ひとりあったぞ。あいつは、すごい。知ってるかい？」

「ありますか」

青年たちも、眼を輝かせた。

「清姫。安珍を追いかけて、日高川を泳いだ。泳ぎまくった。あいつは、すごい。ものの本によると、清姫は、あのとき十四だったんだってね」

路を歩きながら、ばかな話をして、まちはずれの田辺の知合いらしい、ひっそり古い宿屋に着いた。

　そこで飲んで、その夜の富士がよかった。夜の十時ごろ、青年たちは、私ひとりを宿に残して、おのおの家へ帰っていった。私は、眠れず、どてら姿で、外へ出てみた。おそろしく、明るい月夜だった。富士が、よかった。月光を受けて、青く透きとおるようで、私は、狐に化かされているような気がした。富士が、したたるように青いのだ。燐が燃えているような感じだった。鬼火。狐火。ほたる。すすき。葛《くず》の葉。私は、足のないような気持で、夜道を、まっすぐに歩いた。下駄の音だけが、自分のものでないように、他の生きもののように、からんころんからんころん、とても澄んで響く。そっと、振りむくと、富士がある。青く燃えて空に浮んでいる。私は溜息をつく。維新の志士。鞍馬天狗《くらまてんぐ》。私は、自分を、それだと思った。ちょっと気取って、ふところ手して歩いた。ずいぶん自分が、いい男のように思われた。ずいぶん歩いた。財布を落した。五十銭銀貨が二十枚くらい入っていたので、重すぎて、それで懐からするっと脱け落ちたのだろう。私は、不思議に平気だった。金がなかったら、御坂まで歩いてかえればいい。そのまま歩いた。ふと、いま来た路を、そのとおりに、もういちど歩けば、財布はある、ということに気がついた。ふところ手のまま、ぶらぶら引きかえした。富士。月夜。維新の志士。財布を落した。興あるロマンスだと思った。財布は路のまんなかに光っていた。あるにきまっている。私は、それを拾って、宿へ帰って、寝た。

富士に、化かされたのである。私は、あの夜、阿呆《あほう》であった。完全に、無意志であった。あの夜のことを、いま思い出しても、へんに、だるい。

吉田に一泊して、あくる日、御坂へ帰って来たら、茶店のおかみさんは、にやにや笑って、十五の娘さんは、つんとしていた。私は、不潔なことをして来たのではないということを、それとなく知らせたく、きのう一日の行動を、聞かれもしないのに、ひとりでこまかに言いたてた。泊った宿屋の名前、吉田のお酒の味、月夜富士、財布を落したこと、みんな言った。娘さんも、機嫌が直った。

「お客さん！　起きて見よ！」

かん高い声である朝、茶店の外で、娘さんが絶叫したので、私は、しぶしぶ起きて、廊下へ出て見た。

娘さんは、興奮して頬をまっかにしていた。だまって空を指さした。見ると、雪。はっと思った。富士に雪が降ったのだ。山頂が、まっしろに、光りかがやいていた。御坂の富士も、ばかにできないぞと思った。

「いいね」

とほめてやると、娘さんは得意そうに、「すばらしいでしょう？」といい言葉使って、「御坂の富士は、これでも、だめ？」としゃがんで言った。私が、かねがね、こんな富士は俗でだめだ、と教えていたので、娘さんは、内心しょげていたのかもしれない。

「やはり、富士は、雪が降らなければ、だめなものだ」

もっともらしい顔をして、私は、そう教えなおした。

私は、どてら着て山を歩き回って、月見草の種を両の手のひらに一ぱいとって来て、それを茶店の背戸に播《ま》いてやって、「いいかい、これは僕の月見草だからね、来年また来て見るのだからね、ここへお洗濯の水なんか捨てちゃいけないよ」娘さんは、うなずいた。

ことさらに、月見草を選んだわけは、富士には月見草がよく似合うと、思い込んだ事情があったからである。御坂峠のその茶店は、謂《い》わば山中の一軒家であるから、郵便物は、配達されない。峠の頂上から、バスで三十分程ゆられて峠の麓、河口湖畔の、河口村という文字通りの寒村にたどり着くのであるが、その河口村の郵便局に、私宛の郵便物が留め置かれて、私は三日に一度くらいの割で、その郵便物を受け取りに出かけなければならない。天気の良い日を選んで行く。ここのバスの女車掌は、遊覧客のために、格別風景の説明をしてくれない。それでもときどき、思い出したように、甚だ散文的な口調で、あれが三ツ峠、向こうが河口湖、わかさぎという魚がいます、など、物憂そうな、呟きに似た説明をして聞かせることもある。

河口局から郵便物を受け取り、またバスにゆられて峠の茶屋に引返す途中、私のすぐとなりに、濃い茶色の被布《ひふ》を着た青白い端正の顔の、六十歳くらい、私の母とよく似た老婆がしゃんと坐っていて、女車掌が、思い出したように、みなさん、今日は富士がよく見えますね、と説明ともつかず、また自分ひとりの咏嘆《えいたん》ともつかぬ言葉を、突然言い出して、リュックサック背負った若いサラリイマンや、大きい日本髪ゆって、口もとを大事にハンケチでおおいかくし、絹物まとった芸者風の女など、からだをねじ曲げ、一せいに車窓から首を出して、いまさらのごとく、その変哲もない三角の山を眺めては、やあ、とか、まあ、とか間抜けた嘆声を発して、車内はひとしきり、ざわめいた。けれども、私のとなりの御隠居は、胸に深い憂悶《ゆうもん》でもあるのか、他の遊覧客とちがって、富士には一瞥《いちべつ》も与えず、かえって富士と反対側の、山路に沿った断崖をじっと見つめて、私にはその様が、からだがしびれるほど快く感ぜられ、私もまた、富士なんか、あんな俗な山、見たくもないという、高尚な虚無の心を、その老婆に見せてやりたく思って、あなたのお苦しみ、わびしさ、みなよくわかる、と頼まれもせぬのに、共鳴の素振りを見せてあげたく、老婆に甘えかかるように、そっとすり寄って、老婆とおなじ姿勢で、ぼんやり崖の方を、眺めてやった。

老婆も何かしら、私に安心していたところがあったのだろう、ぼんやりひとこと、

「おや、月見草」

そう言って、細い指でもって、路傍の一箇所をゆびさした。さっと、バスは過ぎてゆき、私の目には、いま、ちらとひとめ見た黄金色の月見草の花ひとつ、花弁もあざやかに消えず残った。

三七七八米の富士の山と、立派に相対峙《あいたいじ》し、みじんもゆるがず、なんと言うのか、金剛力草とでも言いたいくらい、けなげにすっくと立っていたあの月見草は、よかった。富士には、月見草がよく似合う。

十月のなかば過ぎても、私の仕事は遅々として進まぬ。人が恋しい。夕焼け赤き雁《がん》の腹雲《はらぐも》、二階の廊下で、ひとり煙草を吸いながら、わざと富士には目もくれず、それこそ血の滴《したた》るような真赤な山の紅葉を、凝視していた。茶店のまえの落葉を掃きあつめている茶店のおかみさんに、声をかけた。

「おばさん！　あしたは、天気がいいね」

自分でも、びっくりするほど、うわずって、歓声にも似た声であった。おばさんは箒《はうき》の手をやすめ、顔をあげて、不審げに眉をひそめ、

「あした、何かおありなさるの？」

そう聞かれて、私は窮した。

「なにもない」

おかみさんは笑い出した。

「おさびしいのでしょう。山へでもおのぼりになったら？」

「山は、のぼっても、すぐまた降りなければいけないのだから、つまらない。どの山へのぼっても、おなじ富士山が見えるだけで、それを思うと、気が重くなります」

私の言葉が変だったのだろう。おばさんはただ曖昧《あいまい》にうなずいただけで、また枯葉を掃いた。

ねるまえに、部屋のカーテンをそっとあけて硝子窓越しに富士を見る。月のある夜は富士が青白く、水の精みたいな姿で立っている。私は溜息をつく。ああ、富士が見える。星が大きい。あしたは、お天気だな、とそれだけが、幽《かす》かに生きている喜びで、そうしてまた、そっとカーテンをしめて、そのまま寝るのであるが、あした、天気だからとて、別段この身には、なんということもないのに、と思えば、おかしく、ひとりで蒲団の中で苦笑するのだ。くるしいのである。仕事が、——純粋に運筆することの、その苦しさよりも、いや、運筆はかえって私の楽しみでさえあるのだが、そのことではなく、私の世界観、芸術というもの、あすの文学というもの、謂《い》わば、新しさというもの、私はそれらに就いて、未《ま》だ愚図愚図、思い悩み、誇張ではなしに、身悶えしていた。

素朴な、自然のもの、従って簡潔な鮮明なもの、そいつをさっと一挙動で摑まえて、そのままに紙にうつしとること、それより他にはないと思い、そう思うときには、眼前の富士の姿も、別な意味をもって目にうつる。この姿は、この表現は、結局、私の考えている「単一表現」の美しさなのかもしれない、と少し富士に妥協しかけて、けれどもやはりどこかこの富士の、あまりにも棒状の素朴には閉口しているところもあり、これがいいなら、ほていさまの置物だっていいはずだ、ほていさまの置物は、どうにも我慢できない、あんなもの、とても、いい表現とは思えない、この富士の姿も、やはりどこか間違っている、これは違う、と再び思いまどうのである。

朝に、夕に、富士を見ながら、陰鬱な日を送っていた。十月の末に、麓の吉田のまちの、遊女の一団体が、御坂峠へ、おそらくは年に一度くらいの開放の日なのであろう、自動車五台に分乗してやって来た。私は二階から、その様を見ていた。自動車からおろされて、色さまざまの遊女たちは、バスケットからぶちまけられた一群の伝書鳩のように、はじめは歩く方向を知らず、ただかたまってうろうろして、沈黙のまま押し合い、へし合いしていたが、やがてそろそろ、その異様の緊張がほどけて、てんでにぶらぶら歩きはじめた。茶店の店頭に並べられてある絵葉書を、おとなしく選んでいるもの、佇《たたず》んで富士を眺めているもの、暗く、わびしく、見ちゃいれない風景であった。二階のひとりの男の、いのち惜しまぬ共感も、これら遊女の幸福に関しては、なんの加えるところがない。私は、ただ、見ていなければならぬのだ。苦しむものは苦しめ。落ちるものは落ちよ。私に関係したことではない。それが世の中だ。そう無理につめたく装い、かれらを見下ろしているのだが、私は、かなり苦しかった。富士にたのもう。突然それを思いついた。おい、こいつらを、よろしく頼むぜ、そんな気持で振り仰げば、寒空のなか、のっそり突っ立っている富士山、そのときの富士はまるで、どてら姿に、ふところ手して傲然《ごうぜん》とかまえている大親分のようにさえ見えたのであるが、私は、そう富士に頼んで、大いに安心し、気軽くなって茶店の六歳の男の子と、ハチというむく犬を連れ、その遊女の一団を見捨てて、峠のちかくのトンネルの方へ遊びに出掛けた。トンネルの入口のところで、三十歳くらいの痩せた遊女が、ひとり、何かしらつまらぬ草花を、だまって摘み集めていた。私たちが傍を通っても、ふりむきもせず熱心に草花をつんでいる。この女のひとのことも、ついでに頼みます、とまた振り仰いで富士にお願いしておいて、私は子供の手をひき、とっとと、トンネルの中に入って行った。トンネルの冷い地下水を、頬に、首筋に、滴々と受けながら、おれの知ったことじゃない、とわざと大股に歩いてみた。

そのころ、私の結婚の話も、一頓挫《いちとんざ》のかたちであった。私のふるさとからは、全然、助力が来ないということが、はっきり判ってきたので、私は困ってしまった。せめて百円くらいは、助力してもらえるだろうと、虫のいい、ひとりぎめをして、それでもって、ささやかでも、厳粛な結婚式を挙げ、あとの、世帯を持つに当っての費用は、私の仕事でかせいで、しようと思っていた。けれども、二、三の手紙の往復により、のうちから助力は、全くないということが明らかになって、私は、途方にくれていたのである。このうえは、縁談ことわられても仕方がない、と覚悟をきめ、とにかく先方へ、事の次第を洗いざらい言ってみよう、と私は単身、峠を下り、甲府の娘さんのお家へお伺いした。さいわい娘さんも、家にいた。私は客間に通され、娘さんと母堂と二人を前にして、悉皆《しっかい》の事情を告白した。ときどき演説口調になって、閉口した。けれども、割に素直に語りつくしたように思われた。娘さんは、落ちついて、「それで、おうちでは、反対なのでございましょうか」と、首をかしげて私にたずねた。

「いいえ、反対というのではなく」、私は右の手のひらを、そっと卓の上に押し当て「おまえひとりで、やれ、という工合いらしく思われます」

「結構でございます」母堂は、品よく笑いながら、「私たちも、ごらんのとおりお金持ちではございませぬし、ことごとしい式などは、かえって当惑するようなもので、ただ、あなたおひとり、愛情と、職業に対する熱意さえ、お持ちならば、それで私たち、結構でございます」

私は、お辞儀するのも忘れて、しばらく呆然と庭を眺めていた。眼の熱いのを意識した。この母に、孝行しようと思った。

かえりに、娘さんは、バスの発着所まで送って来てくれた。歩きながら、「どうです。もう少し交際してみますか？」

きざなことを言ったものである。

「いいえ。もう、たくさん」

娘さんは、笑っていた。

「なにか、質問ありませんか？」

いよいよ、ばかである。

「ございます」

私は何を聞かれても、ありのまま答えようと思っていた。

「富士山には、もう雪が降ったでしょうか」

私は、その質問に拍子抜けがした。

「降りました。いただきのほうに、——」と言いかけて、ふと前方を見ると、富士が見える。へんな気がした。

「なあんだ。甲府からでも、富士が見えるじゃないか。ばかにしていやがる」やくざな口調になってしまって、「いまのは、愚問です。ばかにしていやがる」

娘さんは、うつむいて、くすくす笑って、「だって、御坂峠にいらっしゃるのですし、富士のことでもお聞きしなければ、わるいと思って」

おかしな娘さんだと思った。

甲府から帰って来ると、やはり、呼吸ができないくらいにひどく肩が凝《こ》っているのを覚えた。

「いいねえ、おばさん。やっぱし御坂は、いいよ。自分のうちに帰って来たような気さえするのだ」

夕食後、おかみさんと、娘さんと、交る交る、私の肩をたたいてくれる。おかみさんの拳《こぶし》は固く、鋭い。娘さんのこぶしは柔かく、あまり効きめがない。もっと強く、もっと強くと私に言われて、娘さんは薪《まき》を持ち出し、それでもって私の肩をとんとん叩いた。それ程にしてもらわなければ、肩の凝りがとれないほど、私は甲府で緊張し、一心に努めたのである。

甲府へ行って来て、二、三日、流石《さすが》に私はぼんやりして、仕事する気も起らず、机のまえに坐って、とりとめのない楽書をしながら、バットを七箱も八箱も吸い、また寝ころんで、金剛石も磨かずば、という唱歌を、繰り返し繰り返し歌ってみたりしているばかりで、小説は、一枚も書きすすめることができなかった。

「お客さん。甲府へ行ったら、わるくなったわね」

朝、私が机に頬杖つき、目をつぶって、さまざまのことを考えていたら、私の背後で、床の間ふきながら、十五の娘さんは、しんからいまいましそうに、多少、とげとげしい口調で、そう言った。私は、振りむきもせず、「そうかね。わるくなったかね」

娘さんは、拭き掃除の手を休めず、「ああ、わるくなった。この二、三日、ちっとも勉強すすまないじゃないの。あたしは毎朝、お客さんの書き散らした原稿用紙、番号順にそろえるのが、とっても、たのしい。たくさんお書きになっていれば、うれしい。ゆうべもあたし、二階へそっと様子を見に来たの、知ってる？　お客さん、ふとん頭からかぶって、寝てたじゃないか」

私は、ありがたい事だと思った。大袈裟な言いかたをすれば、これは人間の生き抜く努力に対しての、純粋な声援である。なんの報酬も考えていない。私は、娘さんを、美しいと思った。

十月末になると、山の紅葉も黒ずんで、汚くなり、とたんに一夜あらしがあって、みるみる山は、真黒い冬木立に化してしまった。遊覧の客も、いまはほとんど、数えるほどしかない。茶店もさびれて、ときたま、おかみさんが、六つになる男の子を連れて、峠のふもとの船津、吉田に買物をしに出かけて行って、あとには娘さんひとり、遊覧の客もなし、一日中、私と娘さんと、ふたり切り、峠の上で、ひっそり暮すことがある。私が二階で退屈して、外をぶらぶら歩き回り、茶店の背戸で、お洗濯している娘さんの傍へ近寄り、「退屈だね」と大声で言って、ふと笑いかけたら、娘さんはうつむき、私はその顔を覗《のぞ》いてみて、はっと思った。泣きべそかいているのだ。あきらかに恐怖の情である。そうか、と苦が苦がしく私は、くるりと回れ右して、落葉しきつめた細い山路を、まったくいやな気持で、どんどん荒く歩き回った。

それからは、気をつけた。娘さんひとりきりのときには、なるべく二階の室から出ないようにつとめた。茶店にお客でも来たときには、私がその娘さんを守る意味もあり、のしのし二階から降りていって、茶店の一隅に腰をおろしゆっくりお茶を飲むのである。いつか花嫁姿のお客が、紋付きを着た爺さんふたりに付き添われて、自動車に乗ってやって来て、この峠の茶屋でひと休みしたことがある。そのときも、娘さんひとりしか茶店にいなかった。私は、やはり二階から降りていって、隅の椅子に腰をおろし、煙草をふかした。花嫁は裾模様の長い着物を着て、金襴《きんらん》の帯を背負い、角隠しつけて、堂々正式の礼装であった。全く異様のお客様だったので、娘さんもどうあしらいしていいのかわからず、花嫁さんと、二人の老人にお茶をついでやっただけで、私の背後にひっそり隠れるように立ったまま、だまって花嫁のさまを見ていた。一生にいちどの晴れの日に、——峠の向う側から、反対側の船津か、吉田のまちへ嫁入りするのであろうが、その途中、この峠の頂上で一休みして、富士を眺めるということは、はたで見ていても、くすぐったい程、ロマンチックで、そのうちに花嫁は、そっと茶店から出て、茶店のまえの崖のふちに立ち、ゆっくり富士を眺めた。脚をX形に組んで立っていて、大胆なポーズであった。余裕のあるひとだな、となおも花嫁を、富士と花嫁を、私は観賞していたのであるが、間もなく花嫁は、富士に向って、大きな欠伸《あくび》をした。

「あら！」

と背後で、小さい叫びを挙げた。娘さんも、素早くその欠伸を見つけたらしいのである。やがて花嫁の一行は、待たせておいた自動車に乗り、峠を降りていったが、あとで花嫁さんは、さんざんだった。

「馴れていやがる。あいつは、きっと二度目、いや、三度目くらいだよ。おむこさんが、峠の下で待っているだろうに、自動車から降りて、富士を眺めるなんて、はじめてのお嫁だったら、そんな太いこと、できるわけがない」

「欠伸したのよ」娘さんも、力こめて賛意を表した。「あんな大きい口あけて欠伸して、図々しいのね。お客さん、あんなお嫁さんもらっちゃ、いけない」

私は年甲斐もなく、顔を赤くした。私の結婚の話も、だんだん好転していって、ある先輩に、すべてお世話になってしまった。結婚式も、ほんの身内の二、三のひとにだけ立ち会ってもらって、まずしくとも厳粛に、その先輩の宅で、していただけるようになって、私は人の情に、少年の如く感奮していた。

十一月にはいると、もはや御坂の寒気、堪えがたくなった。茶店では、ストオヴを備えた。

「お客さん、二階はお寒いでしょう。お仕事のときは、ストオヴの傍でなさったら」と、おかみさんは言うのであるが、私は、人の見ているまえでは、仕事のできないたちなので、それは断った。おかみさんは心配して、峠の麓の吉田へ行き、炬燵《こたつ》をひとつ買って来た。私は二階の部屋でそれにもぐって、この茶店の人たちの親切には、しんからお礼を言いたく思って、けれども、もはやその全容の三分の二ほど、雪をかぶった富士の姿を眺め、また近くの山々の、蕭条《しょうじょう》たる冬木立に接しては、これ以上、この峠で、皮膚を刺す寒気に辛抱していることも無意味に思われ、山を下ることに決意した。山を下る、その前日、私は、どてらを二枚かさねて着て、茶店の椅子に腰かけて、熱い番茶を啜《すす》っていたら、冬の外套着た、タイピストでもあろうか、若い知的の娘さんがふたり、トンネルの方から、何かきゃっきゃっ笑いながら歩いて来て、ふと眼前に真白い富士を見つけ、打たれたように立ち止り、それから、ひそひそ相談の様子で、そのうちのひとり、眼鏡かけた、色の白い子が、にこにこ笑いながら、私のほうへやって来た。

「相すみません。シャッター切って下さいな」

　私は、へどもどした。私は機械のことには、あまり明るくないのだし、写真の趣味は皆無であり、しかも、どてらを二枚もかさねて着ていて、茶店の人たちさえ、山賊みたいだ、といって笑っているような、そんなむさくるしい姿でもあり、多分は東京の、そんな華やかな娘さんから、はいからの用事を頼まれて、内心ひどく狼狽したのである。けれども、また思い直し、こんな姿はしていても、やはり、見る人が見れば、どこかしら、きゃしゃな俤《おもかげ》もあり、写真のシャッターくらい器用に手さばきできるほどの男に見えるのかもしれない、などと少し浮き浮きした気持も手伝い、私は平静を装い、娘さんの差し出すカメラを受け取り、何気なさそうな口調で、シャッターの切りかたを鳥渡《ちょっと》たずねてみてから、わなわなわななき、レンズをのぞいた。まんなかに大きい富士、その下に小さい、罌粟《けし》の花ふたつ。ふたり揃いの赤い外套を着ているのである。ふたりは、ひしと抱き合うように寄り添い、屹《き》っとまじめな顔になった。私は、おかしくてならない。カメラ持つ手がふるえて、どうにもならぬ。笑いをこらえて、レンズをのぞけば、罌粟の花、いよいよ澄まして、固くなっている。どうにも狙いがつけにくく、私は、ふたりの姿をレンズから追放して、ただ富士山だけを、レンズ一ぱいにキャッチして、富士山、さようなら、お世話になりました。パチリ。

「はい、うつりました」

「ありがとう」

ふたり声をそろえてお礼を言う。うちへ帰って現像してみた時には驚くだろう。富士山だけが大きく写っていて、ふたりの姿はどこにも見えない。

その翌る日に、山を下りた。まず、甲府の安宿に一泊して、その翌る朝、安宿の廊下の汚い欄干によりかかり、富士を見ると、甲府の富士は、山々のうしろから、三分の一ほど顔を出している。酸漿《ほおずき》に似ていた。

昭和十四年二月―三月

女生徒

初出　一九三九年四月　文学界

朝、眼をさますときの気持は、面白い。かくれんぼのとき、押入れの真っ暗い中に、じっと、しゃがんで隠れていて、突然、でこちゃんに、がらっと襖《ふすま》をあけられ、日の光がどっと来て、でこちゃんに、「見つけた!」と大声で言われて、まぶしさ、それから、へんな間の悪さ、それから、胸がどきどきして、着物のまえを合せたりして、ちょっと、てれくさく、押入れから出てきて、急にむかむか腹立たしく、あの感じ、いや、ちがう、あの感じでもない、なんだか、もっとやりきれない。箱をあけると、その中に、また小さい箱があって、その小さい箱をあけると、またその中に、もっと小さい箱があって、そいつをあけると、また、また、小さい箱があって、その小さい箱をあけると、また箱があって、そうして、七つも、八つも、あけていって、とうとうおしまいに、さいころくらいの小さい箱が出てきて、そいつをそっとあけてみて、何もない、からっぽ、あの感じ、少し近い。パチッと眼がさめるなんて、あれは嘘だ。濁って濁って、そのうちに、だんだん澱粉《でんぷん》が下に沈み、少しずつ上澄《うわずみ》ができて、やっと疲れて眼がさめる。朝は、なんだか、しらじらしい。悲しいことが、たくさんたくさん胸に浮かんで、やりきれない。いやだ。いやだ。朝の私は一ばん醜《みにく》い。両方の脚が、くたくたに疲れて、そうして、もう、何もしたくない。熟睡していないせいかしら。朝は健康だなんて、あれは嘘。朝は灰色。いつもいつも同じ。一ばん虚無だ。朝の寝床の中で、私はいつも厭世的だ。いやになる。いろいろ醜い後悔ばっかり、いちどに、どっとかたまって胸をふさぎ、身悶《みもだ》えしちゃう。

朝は、意地悪《いじわる》。

「お父さん」と小さい声で呼んでみる。へんに気恥ずかしく、うれしく、起きて、さっさと蒲団《ふとん》をたたむ。蒲団を持ち上げるとき、よいしょ、と掛声して、はっと思った。私は、いままで、自分が、よいしょなんて、げびた言葉を言い出す女だとは、思ってなかった。よいしょ、なんて、お婆さんの掛声みたいで、いやらしい。どうして、こんな掛声を発したのだろう。私のからだの中に、どこかに、婆さんがひとついるようで、気持がわるい。これからは、気をつけよう。ひとの下品な歩き恰好《かっこう》を顰蹙《ひんしゅく》していながら、ふと、自分も、そんな歩きかたしているのに気がついた時みたいに、すごく、しょげちゃった。

朝は、いつでも自信がない。寝巻のままで鏡台のまえに坐る。眼鏡をかけないで、鏡を覗くと、顔が、少しぼやけて、しっとり見える。自分の顔の中で一ばん眼鏡が厭《いや》なのだけれど、他の人には、わからない眼鏡のよさも、ある。眼鏡をとって、遠くを見るのが好きだ。全体がかすんで、夢のように、覗き絵みたいに、すばらしい。汚ないものなんて、何も見えない。大きいものだけ、鮮明な、強い色、光だけが目にはいって来る。眼鏡をとって人を見るのも好き。相手の顔が、皆、優しく、きれいに、笑って見える。それに、眼鏡をはずしている時は、決して人と喧嘩《けんか》をしようなんて思わないし、悪口も言いたくない。ただ、黙って、ポカンとしているだけ。そうして、そんな時の私は、人にもおひとよしに見えるだろうと思えば、なおのこと、私は、ポカンと安心して、甘えたくなって、心も、たいへんやさしくなるのだ。

だけど、やっぱり眼鏡は、いや。眼鏡をかけたら顔という感じがなくなってしまう。顔から生れる、いろいろの情緒、ロマンチック、美しさ、激しさ、弱さ、あどけなさ、哀愁、そんなもの、眼鏡がみんな遮《さえぎ》ってしまう。それに、目でお話をするということも、可笑《おか》しなくらいできない。

眼鏡は、お化け。

自分で、いつも自分の眼鏡が厭だと思っているゆえか、目の美しいことが、一ばんいいと思われる。鼻がなくても、口が隠されていても、目が、その目を見ていると、もっと自分が美しく生きなければと思わせるような目であれば、いいと思っている。私の目は、ただ大きいだけで、なんにもならない。じっと自分の目を見ていると、がっかりする。お母さんでさえ、つまらない目だと言っている。こんな目を光のない目と言うのであろう。たどん、と思うと、がっかりする。これですからね。ひどいですよ。鏡に向うと、そのたんびに、うるおいのあるいい目になりたいと、つくづく思う。青い湖のような目、青い草原に寝て大空を見ているような目、ときどき雲が流れて写る。鳥の影まで、はっきり写る。美しい目のひととたくさん逢ってみたい。

けさから五月、そう思うと、なんだか少し浮き浮きして来た。やっぱり嬉《うれ》しい。もう夏も近いと思う。庭に出ると苺《いちご》の花が目にとまる。お父さんの死んだという事実が、不思議になる。死んで、いなくなる、ということは、理解できにくいことだ。腑《ふ》に落ちない。お姉さんや、別れた人や、長いあいだ逢わずにいる人たちが懐《なつ》かしい。どうも朝は、過ぎ去ったこと、もうせんの人たちの事が、いやに身近に、おタクワンの臭《にお》いのように味気なく思い出されて、かなわない。

ジャピイと、カア（可哀想《かわいそう》な犬だから、カアと呼ぶんだ）と、二匹もつれ合いながら、走って来た。二匹をまえに並べて置いて、ジャピイだけを、うんと可愛がってやった。ジャピイの真白い毛は光って美しい。カアは、きたない。ジャピイを可愛がっていると、カアは、傍で泣きそうな顔をしているのをちゃんと知っている。カアが片輪だということも知っている。カアは、悲しくて、いやだ。可哀想で可哀想でたまらないから、わざと意地悪くしてやるのだ。カアは、野良犬みたいに見えるから、いつ犬殺しにやられるか、わからない。カアは、足が、こんなだから、逃げるのに、おそいことだろう。カア、早く、山の中にでも行きなさい。おまえは誰にも可愛がられないのだから、早く死ねばいい。私は、カアだけでなく、人にもいけないことをする子なんだ。人を困らせて、刺戟する。ほんとうに厭な子なんだ。縁側に腰かけて、ジャピイの頭を撫《な》でてやりながら、目に浸《し》みる青葉を見ていると、情なくなって、土《つち》の上に坐りたいような気持になった。泣いてみたくなった。うんと息《いき》をつめて、目を充血させると、少し涙が出るかも知れないと思って、やってみたが、だめだった。もう、涙のない女になったのかも知れない。

あきらめて、お部屋の掃除をはじめる。お掃除しながら、ふと「唐人お吉」を唄う。ちょっとあたりを見廻したような感じ。普段、モオツァルトだの、バッハだのに熱中しているはずの自分が、無意識に、「唐人お吉」を唄ったのが、面白い。蒲団を持ち上げるとき、よいしょ、と言ったり、お掃除しながら、唐人お吉を唄うようでは、自分も、もう、だめかと思う。こんなことでは、寝言などで、どんなに下品なこと言い出すか、不安でならない。でも、なんだか可笑しくなって、箒《ほうき》の手を休めて、ひとりで笑う。

きのう縫い上げた新しい下着を着る。胸のところに、小さい白い薔薇《ばら》の花を刺繍《ししゅう》して置いた。上衣を着ちゃうと、この刺繍見えなくなる。誰にもわからない。得意である。

お母さん、誰かの縁談のために大童《おおわらわ》、朝早くからお出掛け。私の小さい時からお母さんは、人のために尽すので、なれっこだけれど、本当に驚くほど、始終うごいているお母さんだ。感心する。お父さんが、あまりにも勉強ばかりしていたから、お母さんは、お父さんのぶんもするのである。お父さんは、社交とかからは、およそ縁が遠いけれど、お母さんは、本当に気持のよい人たちの集まりを作る。二人とも違ったところを持っているけれど、お互いに、尊敬し合っていたらしい。醜いところのない、美しい安らかな夫婦、とでも言うのであろうか。ああ、生意気、生意気。

おみおつけの温《あたた》まるまで、台所口に腰掛けて、前の雑木林を、ぼんやり見ていた。そしたら、昔にも、これから先にも、こうやって、台所の口に腰かけて、このとおりの姿勢でもって、しかもそっくり同じことを考えながら前の雑木林を見ていた、見ている、ような気がして、過去、現在、未来、それが一瞬間のうちに感じられるような、変な気持がした。こんな事は、時々ある。誰かと部屋に坐って話をしている。目が、テエブルのすみに行ってコトンと停《と》まって動かない。口だけが動いている。こんな時に、変な錯覚を起すのだ。いつだったか、こんな同じ状態で、同じ事を話しながら、やはり、テエブルのすみを見ていた、また、これからさきも、いまのことが、そっくりそのままに自分にやって来るのだ、と信じちゃう気持になるのだ。どんな遠くの田舎の野道を歩いていても、きっと、この道は、いつか来た道、と思う。歩きながら道《みち》傍《ばた》の豆の葉を、さっと毟《むし》りとっても、やはり、この道のここのところで、この葉を毟りとったことがある、と思う。そうして、また、これからも、何度も何度も、この道を歩いて、ここのところで豆の葉を毟るのだ、と信じるのである。また、こんなこともある。あるときお湯につかっていて、ふと手を見た。そしたら、これからさき、何年かたって、お湯にはいったとき、この、いまの何げなく、手を見た事を、そして見ながら、コトンと感じたことをきっと思い出すに違いない、と思ってしまった。そう思ったら、なんだか、暗い気がした。また、ある夕方、御飯をおひつに移している時、インスピレーション、と言っては大袈裟《おおげさ》だけれど、何か身内にピュウッと走り去ってゆくものを感じて、なんと言おうか、哲学のシッポと言いたいのだけれど、そいつにやられて、頭も胸も、すみずみまで透明になって、何か、生きて行くことにふわっと落ちついたような、黙って、音も立てずに、トコロテンがそろっと押し出される時のような柔軟性でもって、このまま浪のまにまに、美しく軽く生きとおせるような感じがしたのだ。このときは、哲学どころのさわぎではない。盗み猫のように、音も立てずに生きて行く予感なんて、ろくなことはないと、むしろ、おそろしかった。あんな気持の状態が、永くつづくと、人は、神がかりみたいになっちゃうのではないかしら。キリスト。でも、女のキリストなんてのは、いやらしい。

結局は、私ひまなもんだから、生活の苦労がないもんだから、毎日、幾百、幾千の見たり聞いたりの感受性の処理ができなくなって、ポカンとしているうちに、そいつらが、お化けみたいな顔になってポカポカ浮いてくるのではないのかしら。

食堂で、ごはんを、ひとりでたべる。ことし、はじめて、キウリをたべる。キウリの青さから、夏が来る。五月のキウリの青味には、胸がカラッポになるような、うずくような、くすぐったいような悲しさがある。ひとりで食堂でごはんをたべていると、やたらむしょうに旅行に出たい。汽車に乗りたい。新聞を読む。近衛さんの写真が出ている。近衛さんて、いい男なのかしら。私は、こんな顔を好かない。額《ひたい》がいけない。新聞では、本の広告文が一ばんたのしい。一字一行で、百円、二百円と広告料とられるのだろうから、皆、一生懸命だ。一字一句、最大の効果を収めようと、うんうん唸《うな》って、絞《しぼ》り出したような名文だ。こんなにお金のかかる文章は、世の中に、少いであろう。なんだか、気味がよい。痛快だ。

ごはんをすまして、戸じまりして、登校。大丈夫、雨が降らないとは思うけれど、それでも、きのうお母さんから、もらったよき雨傘どうしても持って歩きたくて、そいつを携帯。このアンブレラは、お母さんが、昔、娘さん時代に使ったもの。面白い傘を見つけて、私は、少し得意。こんな傘を持って、パリイの下町を歩きたい。きっと、いまの戦争が終ったころ、こんな、夢を持ったような古風のアンブレラが流行するだろう。この傘には、ボンネット風の帽子が、きっと似合う。ピンクの裾《すそ》の長い、衿《えり》の大きく開いた着物に、黒い絹レエスで編んだ長い手袋をして、大きな鍔《つば》の広い帽子には、美しい紫のすみれをつける。そうして深緑のころにパリイのレストランに昼食をしに行く。もの憂《う》そうに軽く頬杖して、外を通る人の流れを見ていると、誰かが、そっと私の肩を叩《たた》く。急に音楽、薔薇のワルツ。ああ、おかしい、おかしい。現実は、この古ぼけた奇態な、柄《え》のひょろ長い雨傘一本。自分が、みじめで可哀想。マッチ売りの娘さん。どれ、草でも、むしって行きましょう。

出がけに、うちの門のまえの草を、少しむしって、お母さんへの勤労奉仕。きょうは何かいいことがあるかもしれない。同じ草でも、どうしてこんな、むしりとりたい草と、そっと残して置きたい草と、いろいろあるのだろう。可愛い草と、そうでない草と、形は、ちっとも違っていないのに、それでも、いじらしい草と、にくにくしい草と、どうしてこう、ちゃんとわかれているのだろう。理窟はないんだ。女の好ききらいなんて、ずいぶんいい加減なものだと思う。十分間の勤労奉仕をすまして、停車場へ急ぐ。畠道を通りながら、しきりと絵が画きたくなる。途中、神社の森の小路を通る。これは、私ひとりで見つけて置いた近道である。森の小路を歩きながら、ふと下を見ると、麦が二寸ばかりあちこちに、かたまって育っている。その青々した麦を見ていると、ああ、ことしも兵隊さんが来たのだと、わかる。去年も、たくさんの兵隊さんと馬がやって来て、この神社の森の中に休んで行った。しばらく経ってそこを通ってみると、麦が、きょうのように、すくすくしていた。けれども、その麦は、それ以上育たなかった。ことしも、兵隊さんの馬の桶からこぼれて生えて、ひょろひょろ育ったこの麦は、この森はこんなに暗く、全く日が当らないものだから、可哀想に、これだけ育って死んでしまうのだろう。

　神社の森の小路を抜けて、駅近く、労働者四、五人と一緒になる。その労働者たちは、いつもの例で、言えないような厭な言葉を私に向かって吐きかける。私は、どうしたらよいかと迷ってしまった。その労働者たちを追い抜いて、どんどんさきに行ってしまいたいのだが、そうするには、労働者たちの間を縫ってくぐり抜け、すり抜けしなければならない。おっかない。それと言って、黙って立ちんぼして、労働者たちをさきに行かせて、うんと距離のできるまで待っているのは、もっともっと胆力の要《い》ることだ。それは失礼なことなのだから、労働者たちは怒るかも知れない。からだは、カッカしてくるし、泣きそうになってしまった。私は、その泣きそうになるのが恥ずかしくて、その者達に向かって笑ってやった。そして、ゆっくりと、その者達のあとについて歩いていった。そのときは、それ限りになってしまったけれど、その口惜《くや》しさは、電車に乗ってからも消えなかった。こんなくだらない事に平然となれるように、早く強く、清く、なりたかった。

　電車の入口のすぐ近くに空いている席があったから、私はそこへそっと私のお道具を置いて、スカアトのひだをちょっと直して、そうして坐ろうとしたら、眼鏡の男の人が、ちゃんと私のお道具をどけて席に腰かけてしまった。

「あの、そこは私、見つけた席ですの」と言ったら、男は苦笑して平気で新聞を読み出した。よく考えてみると、どっちが図々しいのかわからない。こっちのほうが図々しいのかも知れない。

仕方なく、アンブレラとお道具を、網棚に乗せ、私は吊り革にぶらさがって、いつもの通り、雑誌を読もうと、パラパラ片手でペエジを繰っているうちに、ひょんな事を思った。

自分から、本を読むということを取ってしまったら、この経験のない私は、泣きべそをかくことだろう。それほど私は、本に書かれてある事に頼っている。一つの本を読んでは、パッとその本に夢中になり、信頼し、同化し、共鳴し、それに生活をくっつけてみるのだ。また、他の本を読むと、たちまち、クルッとかわって、すましている。人のものを盗んできて自分のものにちゃんと作り直す才能は、そのずるさは、これは私の唯一の特技だ。本当に、このずるさ、いんちきには厭になる。毎日毎日、失敗に失敗を重ねて、あか恥ばかりかいていたら、少しは重厚になるかも知れない。けれども、そのような失敗にさえ、なんとか理窟をこじつけて、上手につくろい、ちゃんとしたような理論を編み出し、苦肉の芝居なんか得々《とくとく》とやりそうだ。

(こんな言葉もどこかの本で読んだことがある)

ほんとうに私は、どれが本当の自分だかわからない。読む本がなくなって、真似するお手本がなんにも見つからなくなった時には、私は、いったいどうするだろう。手も足も出ない、萎縮《いしゅく》の態で、むやみに鼻をかんでばかりいるかも知れない。何しろ電車の中で、毎日こんなにふらふら考えているばかりでは、だめだ。からだに、厭な温かさが残って、やりきれない。何かしなければ、どうにかしなければと思うのだが、どうしたら、自分をはっきり摑《つか》めるのか。これまでの私の自己批判なんて、まるで意味ないものだったと思う。批判をしてみて、厭な、弱いところに気附くと、すぐそれに甘くおぼれて、いたわって、角《つの》をためて牛を殺すのはよくない、などと結論するのだから、批判も何もあったものでない。何も考えない方が、むしろ良心的だ。

この雑誌にも、「若い女の欠点」という見出しで、いろんな人が書いて在る。読んでいるうちに、自分のことを言われたような気がして恥ずかしい気にもなる。それに書く人、人によって、ふだんばかだと思っている人は、そのとおりに、ばかの感じがするようなことを言っているし、写真で見て、おしゃれの感じのする人は、おしゃれの言葉遣いをしているので、可笑《おか》しくて、ときどきくすくす笑いながら読んで行く。宗教家は、すぐに信仰を持ち出すし、教育家は、始めから終りまで恩、恩、と書いてある。政治家は、漢詩を持ち出す。作家は、気取って、おしゃれな言葉を使っている。しょっている。

でも、みんな、なかなか確実なことばかり書いてある。個性のないこと。深味のないこと。正しい希望、正しい野心、そんなものから遠く離れている事。つまり、理想のないこと。批判はあっても、自分の生活に直接むすびつける積極性のないこと。無反省。本当の自覚、自愛、自重がない。勇気のある行動をしても、そのあらゆる結果について、責任が持てるかどうか。自分の周囲の生活様式には順応し、これを処理することに巧みであるが、自分、ならびに自分の周囲の生活に、正しい強い愛情を持っていない。本当の意味の謙遜がない。独創性にとぼしい。模倣だけだ。人間本来の「愛」の感覚が欠如してしまっている。お上品ぶっていながら、気品がない。そのほか、たくさんのことが書かれている。本当に、読んでいて、はっとすることが多い。決して否定できない。

けれどもここに書かれてある言葉全部が、なんだか、楽観的な、この人たちの普段の気持とは離れて、ただ書いてみたというような感じがする。「本当の意味の」とか、「本来の」とかいう形容詞がたくさんあるけれど、「本当の」愛、「本当の」自覚、とは、どんなものか、はっきり手にとるようには書かれていない。この人たちには、わかっているのかも知れない。それならば、もっと具体的に、ただひと言、右へ行け、左へ行け、と、ただひと言、権威をもって指で示してくれたほうが、どんなに有難《ありがた》いかわからない。私たち、愛の表現の方針を見失っているのだから、あれもいけない、これもいけない、と言わずに、こうしろ、ああしろ、と強い力で言いつけてくれたら、私たち、みんな、そのとおりにする。誰も自信がないのかしら。ここに意見を発表している人たちも、いつでも、どんな場合にでも、こんな意見を持っている、というわけではないのかもしれない。正しい希望、正しい野心を持っていない、と叱っていられるけれども、そんなら私たち、正しい理想を追って行動した場合、この人たちはどこまでも私たちを見守り、導いていってくれるだろうか。

私たちには、自身の行くべき最善の場所、行きたく思う美しい場所、自身を伸ばして行くべき場所、おぼろげながら判っている。よい生活を持ちたいと思っている。それこそ正しい希望、野心を持っている。頼れるだけの動かない信念をも持ちたいと、あせっている。しかし、これら全部、娘なら娘としての生活の上に具現しようとかかったら、どんなに努力が必要なことだろう。お母さん、お父さん、姉、兄たちの考えかたもある。（口だけでは、やれ古いのなんのって言うけれども、決して人生の先輩、老人、既婚の人たちを軽蔑なんかしていない。それどころか、いつでも二目《にもく》も三目《さんもく》も置いているはずだ）始終生活と関係のある親類というものも、ある。知人もある。友達もある。それから、いつも大きな力で私たちを押し流す「世の中」というものもあるのだ。これらすべての事を思ったり見たり考えたりすると、自分の個性を伸ばすどころの騒ぎではない。まあ、まあ目立たずに、普通の多くの人たちの通る路をだまって進んで行くのが、一ばん利巧なのでしょうくらいに思わずにはいられない。少数者への教育を、全般へ施《ほどこ》すなんて、ずいぶんむごいことだとも思われる。学校の修身と、世の中の掟《おきて》と、すごく違っているのが、だんだん大きくなるにつれてわかってきた。学校の修身を絶対に守っていると、その人はばかを見る。変人と言われる。出世しないで、いつも貧乏だ。嘘をつかない人なんて、あるかしら。あったら、その人は、永遠に敗北者だ。私の肉親関係のうちにも、ひとり、行い正しく、固い信念を持って、理想を追及してそれこそ本当の意味で生きているひとがあるのだけれど、親類のひとみんな、そのひとを悪く言っている。馬鹿あつかいしている。私なんか、そんな馬鹿あつかいされて敗北するのがわかっていながら、お母さんや皆に反対してまで自分の考えかたを伸ばすことは、できない。おっかないのだ。小さい時分には、私も、自分の気持とひとの気持と全く違ってしまったときには、お母さんに、

「なぜ？」と聴《き》いたものだ。そのときには、お母さんは、何かひと言で片づけて、そうして怒ったものだ。悪い、不良みたいだ、と言って、お母さんは悲しがっていたようだった。お父さんに言ったこともある。お父さんは、そのときただ黙って笑っていた。そしてあとでお母さんに「中心はずれの子だ」とおっしゃっていたそうだ。だんだん大きくなるにつれて、私は、おっかなびっくりになってしまった。洋服いちまい作るのにも、人々の思惑を考えるようになってしまった。自分の個性みたいなものを、本当は、こっそり愛しているのだけれども、愛して行きたいとは思うのだけど、それをはっきり自分のものとして体現するのは、おっかないのだ。人々が、よいと思う娘

になろうといつも思う。たくさんの人たちが集まったとき、どんなに自分は卑屈になることだろう。口に出したくもないことを、気持と全然はなれたことを、嘘ついてペチャペチャやっている。そのほうが得《とく》だ、得だと思うからなのだ。いやなことだと思う。早く道徳が一変するときがくればよいと思う。そうすると、こんな卑屈さも、また自分のためでなく、人の思惑のために毎日をポタポタ生活することもなくなるだろう。

おや、あそこ、席が空いた。いそいで網棚から、お道具と傘をおろし、すばやく割りこむ。右隣は中学生、左隣は、子供背負ってねんねこ着ているおばさん。おばさんは、年よりのくせに厚化粧をして、髪を流行まきにしている。顔は綺麗なのだけれど、のどの所に皺《しわ》が黒く寄っていて、あさましく、ぶってやりたいほど厭だった。人間は、立っているときと、坐っているときと、まるっきり考えることが違ってくる。坐っていると、なんだか頼りない、無気力なことばかり考える。私と向かい合っている席には、四、五人、同じ年齢《とし》恰好のサラリイマンが、ぼんやり坐っている。三十ぐらいであろうか。みんな、いやだ。眼が、どろんと濁っている。覇気《はき》がない。けれども、私がいま、このうちの誰かひとりに、にっこり笑って見せると、たったそれだけで私は、ずるずる引きずられて、その人と結婚しなければならぬ破目におちるかも知れないのだ。女は、自分の運命を決するのに、微笑一つでたくさんなのだ。おそろしい。不思議なくらいだ。気をつけよう。けさは、ほんとに妙なことばかり考える。二、三日まえから、うちのお庭を手入れしに来ている植木屋さんの顔が目にちらついて、しかたがない。どこからどこまで植木屋さんなのだけれど、顔の感じが、どうしてもちがう。大袈裟に言えば、思索家みたいな顔をしている。色は黒いだけにしまって見える。目がよいのだ。眉もせまっている。鼻は、すごく獅子っぱなだけれど、それがまた、色の黒いのにマッチして、意志が強そうに見える。唇のかたちも、なかなかよい。耳は少し汚い。手といったら、それこそ植木屋さんに逆もどりだけれど、黒いソフトを深くかぶった日蔭の顔は、植木屋さんにして置くのは惜しい気がする。お母さんに、三度も四度も、あの植木屋さん、はじめから植木屋さんだったのかしら、とたずねて、しまいに叱られてしまった。きょう、お道具を包んできたこの風呂敷は、ちょうど、あの植木屋さんがはじめて来た日に、お母さんからもらったのだ。あの日は、うちのほうの大掃除だったので、台所直しさんや、畳屋さんもはいっていて、お母さんも箪《たん》笥《す》のものを整理して、そのときに、この風呂敷が出てきて、私がもらった。綺麗な女らしい風呂敷。綺麗だから、結ぶのが惜しい。こうして坐って、膝の上にのせて、何度もそっと見てみる。撫でる。電車の中の皆の人にも見てもらいたいけれど、誰も見ない。この可愛い風呂敷を、ただ、ちょっと見つめてさえ下さったら、私は、その人のところへお嫁に行くことにきめてもいい。本能、という言葉につき当ると、泣いてみたくなる。本能の大きさ、私たちの意志では動かせない力、そんなことが、自分の時々のいろんなことから判ってくると、気が狂いそうな気持になる。どうしたらよいのだろうか、とぼんやりなってしまう。否定も肯定もない、ただ、大きな大きなものが、がばと頭からかぶさってきたようなものだ。そして私を自由に引きずりまわしているのだ。引きずられながら満足している気持と、それを悲しい気持で眺めている別の感情と。なぜ私たちは、自分だけで満足し、自分だけを一生愛して行けないのだろう。本能が、私のいままでの感情、理性を喰ってゆくのを見るのは、情ない。ちょっとでも自分を忘れることがあった後は、ただ、がっかりしてしまう。あの自分、この自分にも本能が、はっきりあることを知ってくるのは、泣けそうだ。お母さん、お父さんと呼びたくなる。けれども、また、真実というものは、案外、自分が厭だと思っているところに在るのかも知れないのだから、いよいよ情ない。

もう、お茶の水。プラットフォムに降り立ったら、なんだかすべて、けろりとしていた。いま過ぎたことを、いそいで思いかえしたく努めたけれど、いっこうに思い浮かばない。あの、つづきを考えようと、あせったけれど、何も思うことがない。からっぽだ。その時、時には、ずいぶんと自分の気持を打ったものもあったようだし、くるしい恥ずかしいこともあったはずなのに、過ぎてしまえば、何もなかったのと全く同じだ。いま、という瞬間は、面白い。いま、いま、いま、と指でおさえているうちにも、いま、は遠くへ飛び去って、あたらしい「いま」がきている。ブリッジの階段をコトコト昇りながら、ナンジャラホイと思った。ばかばかしい。私は、少し幸福すぎるのかも知れない。

けさの小杉先生は綺麗。私の風呂敷みたいに綺麗。美しい青色の似合う先生。胸の真紅のカーネーションも目立つ。「つくる」ということが、なかったら、もっともっとこの先生すきなのだけれど。あまりにポオズをつけすぎる。どこか、無理がある。あれじゃあ疲れることだろう。性格も、どこか難解なところがある。わからないところをたくさん持っている。暗い性質なのに、無理に明るく見せようとしているところも見える。しかし、なんといっても魅《ひ》かれる女のひとだ。学校の先生なんてさせて置くの惜しい気がする。お教室では、まえほど人気がなくなったけれど、私は、私ひとりは、まえと同様に魅《ひ》かれている。山中、湖畔の古城に住んでいる令嬢、そんな感じがある。厭に、ほめてしまったものだ。小杉先生のお話は、どうして、いつもこんなに固いのだろう。頭がわるいのじゃないかしら。悲しくなっちゃう。さっきから、愛国心について永々《ながなが》と説いて聞かせているのだけれど、そんなこと、わかりきっているじゃないか。どんな人にだって、自分の生まれたところを愛する気持はあるのに。つまらない。机に頬杖ついて、ぼんやり窓のそとを眺める。風の強いゆえか、雲が綺麗だ。お庭の隅に、薔薇の花が四つ咲いている。黄色が一つ、白が二つ、ピンクが一つ。

ぽかんと花を眺めながら、人間も、本当によいところがある、と思った。花の美しさを見つけたのは、人間だし、花を愛するのも人間だもの。

お昼御飯のときは、お化け話が出る。ヤスベエねえちゃんの、一高《いちこう》七不思議の一つ、「開《あ》かずの扉」には、もう、みんな、きゃあ、きゃあ。ドロンドロン式でなく、心理的なので、面白い。あんまり騒いだので、いま食べたばかりなのに、もうペコになってしまった。さっそくアンパン夫人から、キャラメル御馳走になる。それからまた、ひとしきり恐怖物語にみなさん夢中。誰でもかれでも、このお化け話とやらには、興味が湧《わ》くらしい。一つの刺戟でしょうかな。それから、これは怪談ではないけれど、「久原房之助」の話、おかしい、おかしい。

午後の図画の時間には、皆、校庭に出て、写生のお稽古。伊藤先生は、どうして私を、いつも無意味に困らせるのだろう。きょうも私に、先生ご自身の絵のモデルになるよう言いつけた。私のけさ持参した古い雨傘が、クラスの大歓迎を受けて、皆さん騒ぎたてるものだから、とうとう伊藤先生にもわかってしまって、その雨傘持って、校庭の隅の薔薇の傍に立っているよう、言いつけられた。先生は、私のこんな姿を画いて、こんど展覧会に出すのだそうだ。三十分間だけ、モデルになってあげることを承諾する。すこしでも、人のお役に立つことは、うれしいものだ。けれども、伊藤先生と二人で向かい合っていると、とても疲れる。話がねちねちして理窟が多すぎるし、あまりにも私を意識しているゆえか、スケッチしながらでも話すことが、みんな私のことばかり。返事するのも面倒くさく、わずらわしい。ハッキリしない人である。変に笑ったり、先生のくせに恥ずかしがったり、何しろサッパリしないのには、ゲッとなりそうだ。「死んだ妹を、思い出します」なんて、やりきれない。人は、いい人なんだろうけれど、ゼスチュアが多すぎる。

ゼスチュアといえば、私だって、負けないでたくさんに持っている。私のは、その上、ずるくて利巧に立ちまわる。本当にキザなのだから始末に困る。「自分は、ポオズをつくりすぎて、ポオズに引きずられている嘘つきの化けものだ」なんて言って、これがまた、一つのポオズなのだから、動きがとれない。こうして、おとなしく先生のモデルになってあげていながらも、つくづく、「自然になりたい、素直になりたい」と祈っているのだ。本なんか読むの止めてしまえ。観念だけの生活で、無意味な、高慢ちきの知ったかぶりなんて、軽蔑、軽蔑。やれ生活の目標がないの、もっと生活に、人生に、積極的になればいいの、自分には矛盾があるのどうのって、しきりに考えたり悩んだりしているようだが、おまえのは、感傷だけさ。自分を可愛がって、慰めているだけなのさ。それからずいぶん自分を買いかぶっているのですよ、ああ、こんな心の汚い私をモデルにしたりなんかして、先生の画は、きっと落選だ。美しいはずがないもの。いけないことだけれど、伊藤先生がばかに見えてしようがない。先生は、私の下着に、薔薇の花の刺繍のあることさえ、知らない。

だまって同じ姿勢で立っていると、やたら無性《むしょう》に、お金が欲しくなってくる。十円あれば、よいのだけれど。「マダム・キュリイ」が一ばん読みたい。それから、ふっと、お母さん長生きするように、と思う。先生のモデルになっていると、へんに、つらい。くたくたに疲れた。

放課後は、お寺の娘さんのキン子さんと、こっそり、ハリウッドへ行って、髪をやってもらう。できあがったのを見ると、頼んだようにできていないので、がっかりだ。どう見たって、私は、ちっとも可愛くない。あさましい気がした。したたかに、しょげちゃった。こんな所へ来て、こっそり髪をつくってもらうなんて、すごく汚らしい一羽の雌鶏《めんどり》みたいな気さえしてきて、つくづくいまは後悔した。私たち、こんなところへくるなんて、自分自身を軽蔑していることだと思った。お寺さんは、大はしゃぎ。「このまま、見合いに行こうかしら」なぞと乱暴なこと言い出して、そのうちに、なんだかお寺さんご自身、見合いに、ほんとうに行くことにきまってしまったような錯覚を起したらしく、

「こんな髪には、どんな色の花を挿《さ》したらいいの？」とか、「和服のときには、帯は、どんなのがいいの？」なんて、本気にやり出す。

ほんとに、何も考えない可愛らしいひと。

「どなたと見合いなさるの？」と私も、笑いながら尋ねると、「もち屋は、もち屋と言いますからね」と、澄まして答えた。それどういう意味なの、と私も少し驚いて聴いてみたら、お寺の娘はお寺へお嫁入りするのが一ばんいいのよ、一生食べるのに困らないし、と答えて、また私を驚かせた。キン子さんは、全く無性格みたいで、それゆえ、女らしさで一ぱいだ。学校で私と席がお隣同士だというだけで、そんなに私は親しくしてあげているわけでもないのに、お寺さんのほうでは、私のことを、あたしの一ばんの親友です、なんて皆に言っている。可愛い娘さんだ。一日置きに手紙をよこしたり、なんとなくよく世話をしてくれて、ありがたいのだけれど、きょうは、あんまり大袈裟にはしゃいでいるので、私も、さすがにいやになった。お寺さんとわかれて、バスに乗ってしまった。なんだか、なんだか憂鬱《ゆううつ》だ。バスの中で、いやな女のひとを見た。襟《えり》のよごれた着物を着て、もじゃもじゃの赤い髪を櫛《くし》一本に巻きつけている。手も足もきたない。それに男か女か、わからないような、むっとした赤黒い顔をしている。それに、ああ、胸がむかむかする。その女は、大きいおなかをしているのだ。ときどき、ひとりで、にやにや笑っている。雌鶏。こっそり、髪をつくりに、ハリウッドなんかへ行く私だって、ちっとも、この女のひとと変らないのだ。

けさ、電車で隣り合せた厚化粧のおばさんをも思い出す。ああ、汚い、汚い。女は、いやだ。自分が女だけに、女の中にある不潔さが、よくわかって、歯ぎしりするほど、厭だ。金魚をいじったあとの、あのたまらない生臭さが、自分のからだ一ぱいにしみついているようで、洗っても、洗っても、落ちないようで、こうして一日一日、自分も雌の体臭を発散させるようになって行くのかと思えば、また、思い当ることもあるので、いっそこのまま、少女のままで死にたくなる。ふと、病気になりたく思う。うんと重い病気になって、汗を滝のように流して細く痩《や》せたら、私も、すっきり清浄になれるかも知れない。生きている限りは、とてものがれられないことなのだろうか。しっかりした宗教の意味もわかりかけてきたような気がする。

バスから降りると、少しほっとした。どうも乗り物は、いけない。空気が、なまぬるくて、やりきれない。大地は、いい。土を踏んで歩いていると、自分を好きになる。どうも私は、少しおっちょこちょいだ。極楽トンボだ。かえろかえろと何見てかえる、畠の玉ねぎ見いかえろ、かえろが鳴くからかえろ。と小さい声で唄ってみて、この子は、なんてのんきな子だろう、と自分ながら歯がゆくなって、背ばかり伸びるこのボーボーが憎らしくなる。いい娘さんになろうと思った。

このお家に帰る田舎道は、毎日毎日、あんまり見なれているので、どんな静かな田舎だか、わからなくなってしまった。ただ、木、道、畠、それだけなのだから。きょうは、ひとつ、よそからはじめてこの田舎にやって来た人の真似をして見よう。私は、ま、神田あたりの下駄屋さんのお嬢さんで、生まれてはじめて郊外の土を踏むのだ。

すると、この田舎は、いったいどんなに見えるだろう。すばらしい思いつき。可哀想な思いつき。私は、あらたまった顔つきになって、わざと、大袈裟にきょろきょろしてみる。小さい並木路を下るときには、振り仰いで新緑の枝々を眺め、まあ、と小さい叫びを挙《あ》げてみて、土橋を渡るときには、しばらく小川をのぞいて、水鏡に顔をうつして、ワンワンと、犬の真似して吠《ほ》えてみたり、遠くの畠を見るときは、目を小さくして、うっとりした風《ふう》をして、いいわねえ、と呟《つぶや》いて溜息。神社では、また一休み。神社の森の中は、暗いので、あわてて立ち上って、おお、こわこわ、と言い肩を小さく窄《すぼ》めて、そそくさ森を通り抜け、森のそとの明るさに、わざと驚いたようなふうをして、いろいろ新しく新しく、と心掛けて田舎の道を、凝《こ》って歩いているうちに、なんだか、たまらなく淋しくなってきた。とうとう道傍の草原に、ペタリと坐ってしまった。草の上に坐ったら、つい今しがたまでの浮き浮きした気持ちが、コトンと音たてて消えて、ぎゅっとまじめになってしまった。そうして、このごろの自分を、静かに、ゆっくり思ってみた。なぜ、このごろの自分が、いけないのか。どうして、こんなに不安なのだろう。いつでも、何かにおびえている。この間も、誰かに言われた。

「あなたは、だんだん俗っぽくなるのね」

そうかも知れない。私は、たしかに、いけなくなった。くだらなくなった。いけない、いけない。弱い、弱い。だしぬけに、大きな声が、ワッと出そうになった。ちぇも、そんな叫び声あげたくらいで、自分の弱虫を、ごまかそうたって、だめだぞ。もっとどうにかなれ。私は、恋をしているのかも知れない。青草原に仰向《あおむ》けに寝ころがった。

「お父さん」と呼んでみる。お父さん、お父さん。夕焼の空は綺麗です。そうして、夕靄《もや》は、ピンク色。夕日の光が靄の中に溶けて、にじんで、そのために靄がこんなに、やわらかいピンク色になったのでしょう。そのピンクの靄がゆらゆら流れて、木立の間にもぐっていったり、路の上を歩いたり、草原を撫でたり、そうして、私のからだを、ふんわり包んでしまいます。私の髪の毛一本一本まで、ピンクの光は、そっと幽《かす》かにてらして、そうしてやわらかく撫でてくれます。それよりも、この空は、美しい。このお空には、私うまれてはじめて頭を下げたいのです。私は、いま神様を信じます。これは、この空の色は、なんという色なのかしら。薔薇。火事。虹。天使の翼。大伽《が》藍《らん》。いいえ、そんなんじゃない。もっと、もっと神々《こうごう》しい。

「みんなを愛したい」と涙が出そうなくらい思いました。じっと空を見ていると、だんだん空が変ってゆくのです。だんだん青味がかってゆくのです。ただ、溜息ばかりで、裸になってしまいたくなりました。それから、いまほど木の葉や草が透明に、美しく見えたこともありません。そっと草に、さわってみました。

美しく生きたいと思います。

家へ帰ってみると、お客様。お母さんも、もうかえっておられる。れいによって、何か、にぎやかな笑い声。お母さんは、私と二人きりのときには、顔がどんなに笑っていても、声をたてない。けれども、お客様とお話しているときには、顔は、ちっとも笑ってなくて、声ばかり、かん高く笑っている。挨拶して、すぐ裏へまわり、井戸端で手を洗い、靴下脱いで、足を洗っていたら、さかなやさんが来て、お待ちどおさま、まいど、ありがとうと言って、大きなお魚《さかな》を一匹、井戸端へ置いていった。なんという、おさかなか、わからないけれど、鱗《うろこ》のこまかいところ、これは北海のものの感じがする。お魚を、お皿に移して、また手を洗っていたら、北海道の夏の臭いがした。おととしの夏休みに、北海道のお姉さんの家へ遊びに行ったときのことを思い出す。苫小牧《とまこまい》のお姉さんの家は、海岸に近いゆえか、始終お魚の臭いがしていた。お姉さんが、あのお家のがらんと広いお台所で、夕方ひとり、白い女らしい手で、上手にお魚をお料理していた様子も、はっきり浮かぶ。私は、あのとき、なぜかお姉さんに甘えたくて、たまらなく焦《こ》がれて、でもお姉さんには、あのころ、もう年《とし》ちゃんも生まれていて、お姉さんは、私のものではなかったのだから、それを思えば、ヒュウと冷いすきま風が感じられて、どうしても、姉さんの細い肩に抱きつくことができなくて、死ぬほど寂しい気持ちで、じっと、あのほの暗いお台所の隅に立ったまま、気の遠くなるほどお姉さんの白くやさしく動く指先を見つめていたことも、思い出される。

過ぎ去ったことは、みんな懐かしい。肉親って、不思議なもの。他人ならば、遠く離れるとしだいに淡く、忘れてゆくものなのに、肉親は、なおさら、懐かしい美しいところばかり思い出されるのだから。

井戸端の茱萸《ぐみ》の実が、ほんのりあかく色づいている。もう二週間もしたら、たべれるようになるかも知れない。去年は、おかしかった。私が夕方ひとりで茱萸をとってたべていたら、ジャピイ黙って見ているので、可哀想で一つやった。そしたら、ジャピイ食べちゃった。また二つやったら、食べた。あんまり面白くて、この木をゆすぶって、ポタポタ落としたら、ジャピイ夢中になって食べはじめた。ばかなやつ。茱萸を食べる犬なんて、はじめてだ。私も背伸びしては、茱萸をとって食べている。ジャピイも下で食べている。可笑しかった。そのこと、思い出したら、ジャピイを懐かしくて、「ジャピイ！」と呼んだ。

ジャピイは、玄関のほうから、気取って走って来た。急に、歯ぎしりするほどジャピイを可愛くなっちゃって、シッポを強く摑《つか》むと、ジャピイは私の手を柔かく噛んだ。涙が出そうな気持になって、頭を打《ぶ》ってやる。ジャピイは、平気で、井戸端の水を音をたてて呑む。

お部屋へはいると、ぽっと電燈が、ともっている。しんとしている。お父さんいない。やっぱり、お父さんがいないと、家の中に、どこか大きい空席が、ポカンと残って在るような気がして、身悶えしたくなる。和服に着換え、脱ぎ捨てた下着の薔薇にきれいなキスして、それから鏡台のまえに坐ったら、客間のほうからお母さんたちの笑い声が、どっと起って、私は、なんだか、むかっとなった。お母さんは、私と二人きりのときはいいけれど、お客が来たときには、へんに私から遠くなって、冷くよそよそしく、私はそんな時に、一ばんお父さんが懐かしく悲しくなる。

鏡を覗くと、私の顔は、おや、と思うほど活き活《い》きしている。顔は、他人だ。私自身の悲しさや苦しさや、そんな心持とは、全然関係なく、別個に自由に活きている。きょうは頬紅も、つけないのに、こんなに頬がぱっと赤くて、それに、唇も小さく赤く光って、可愛い。眼鏡をはずして、そっと笑ってみる。眼が、とってもいい。青く青く、澄んでいる。美しい夕空を、ながいこと見つめたから、こんなにいい目になったのかしら。しめたものだ。

少し浮き浮きして台所へ行き、お米をといでいるうちに、また悲しくなってしまった。せんの小金井の家が懐かしい。胸が焼けるほど恋しい。あの、いいお家には、お父さんもいらしったし、お姉さんもいた。お母さんだって、若かった。私が学校から帰ってくると、お母さんと、お姉さんと、何か面白そうに台所か、茶の間で話をしている。おやつを貰《もら》って、ひとしきり二人に甘えたり、お姉さんに喧嘩ふっかけたり、それからきまって叱られて、外へ飛び出して遠くへ遠くへ自転車乗り。夕方には帰って来て、それから楽しく御飯だ。本当に楽しかった。自分を見詰めたり、不潔にぎくしゃくすることもなく、ただ、甘えていればよかったのだ。なんという大きい特権を私は享受していたことだろう。しかも平気で。心配もなく、寂しさもなく、苦しみもなかった。お父さんは、立派なよいお父さんだった。お姉さんは、優しく、私は、いつもお姉さんにぶらさがってばかりいた。けれども、すこしずつ大きくなるにつれて、だいいち私が自身いやらしくなって、私の特権はいつの間にか消失して、あかはだか、醜い醜い。ちっとも、ひとに甘えることができなくなって、考えこんでばかりいて、くるしいことばかり多くなった。お姉さんは、お嫁にいってしまったし、お父さんは、もういない。たったお母さんと私だけになってしまった。お母さんもお淋しいことばかりなのだろう。こないだもお母さんは、「もうこれからさきは、生きる楽しみがなくなってしまった。あなたを見たって、私は、ほんとうは、あまり楽しみを感じない。ゆるしておくれ。幸福も、お父さんがいらっしゃらなければ、こないほうがよい」とおっしゃった。

蚊が出てくると、ふとお父さんを思い出し、ほどきものをすると、お父さんを思い出し、爪を切るときにもお父さんを思い出し、お茶がおいしいときにも、きっとお父さんを思い出すそうである。私が、どんなにお母さんの気持をいたわって、話し相手になってあげても、やっぱりお父さんとは違うのだ。夫婦愛というものは、この世の中で一ばん強いもので、肉親の愛よりも、尊いものにちがいない。生意気なこと考えたので、ひとりで顔があかくなってきて、私は、濡《ぬ》れた手で髪をかきあげる。しゅっしゅっとお米をとぎながら、私は、お母さんが可愛く、いじらしくなって、大事にしようと、しんから思う。こんなウェーヴかけた髪なんか、さっそく解きほぐしてしまって、そうして髪の毛をもっと長く伸ばそう。お母さんは、せんから、私の髪の短いのを厭がっていらしたから、うんと伸ばして、きちんと結って見せたら、よろこぶだろう。けれども、そんなことまでして、お母さんを、いたわるのも厭だな。いやらしい。考えてみると、このごろの、私のいらいらは、ずいぶんお母さんと関係がある。お母さんの気持に、ぴったり添ったいい娘でありたいし、それだからとて、へんに御機嫌とるのもいやなのだ。だまっていても、お母さん、私の気持をちゃんとわかって安心していらしたら、一番いいのだ。私は、どんなに、わがままでも、決して世間の物笑いになるようなことはしないのだし、つらくても、淋しくっても、だいじのところは、きちんと守って、そうしてお母さんと、この家とを、愛して愛して、愛しているのだから、お母さんも、私を絶対に信じて、ぼんやりのんきにしていらしったら、それでいいのだ。私は、きっと立派にやる。身を粉《こ》にしてつとめる。それがいまの私にとっても、一ばん大きいよろこびなんだし、生きる道だと思っているのに、お母さんたら、ちっとも私を信頼しないで、まだまだ、子供あつかいにしている。私が子供っぽいこと言うと、お母さんはよろこんで、こないだも、私が、ばからしい、わざとウクレレ持ち出して、ポンポンやってはしゃいで見せたら、お母さんは、しんから嬉しそうにして、「おや、雨かな？　雨だれの音が聞えるね」と、とぼけて言って、私をからかって、私が、本気でウクレレなんかに熱中しているとでも思っているらしい様子なので、私は、あさましくて、泣きたくなった。お母さん、私は、もう大人《おとな》なのですよ。世の中のこと、なんでも、もう知っているのですよ。安心して、私になんでも相談して下さい。うちの経済のことなんかでも、私に全部打ち明けて、こんな状態だから、おまえもと言って下さったなら、私は決して、靴なんかねだりはしません。しっかりした、つましい、つましい娘になります。ほんとうに、それは、たしかなのです。それなのに。ああ、それなのに、という歌があったのを思い出して、ひとりでくすくす笑ってしまった。気がつくと、私はぼんやりお鍋《なべ》に両手をつっこんだままで、ばかみたいに、あれこれ考えていたのである。

いけない、いけない。お客様へ、早く夕食差し上げなければ。さっきの大きいお魚は、どうするのだろう。とにかく三枚におろして、お味噌につけて置くことにしよう。そうして食べると、きっとおいしい。料理は、すべて、勘で行かなければいけない。キウリが少し残っているから、あれでもって、三杯酢。それから、私の自慢の卵焼き。それから、もう一品。あ、そうだ。ロココ料理にしよう。これは、私の考案したものでございまして。お皿ひとつひとつに、それぞれ、ハムや卵や、パセリや、キャベツ、ほうれんそう、お台所に残って在るもの一切合切《いっさいがっさい》、いろとりどりに、美しく配合させて、手際《てぎわ》よく並べて出すのであって、手数は要らず、経済だし、ちっとも、おいしくはないけれども、でも食卓は、ずいぶん賑《にぎ》やかに華麗になって、何だか、たいへん贅沢《ぜいたく》な御馳走のように見えるのだ。卵のかげにパセリの青草、その傍に、ハムの赤い珊瑚礁《さんごしょう》がちらと顔を出していて、キャベツの黄色い葉は、牡丹《ぼたん》の花瓣《かべん》のように、鳥の羽の扇子のようにお皿に敷かれて、緑したたる菠薐草《ほうれんそう》は、牧場か湖水か。こんなお皿が、二つも三つも並べられて食卓に出されると、お客様はゆくりなく、ルイ王朝を思い出す。まさか、それほどでもないけれど、どうせ私は、おいしい御馳走なんて作れないのだから、せめて、ていさいだけでも美しくして、お客様を眩惑《げんわく》させて、ごまかしてしまうのだ。料理は、見かけが第一である。たいてい、それで、ごまかせます。けれども、このロココ料理には、よほど絵心《えごころ》が必要だ。色彩の配合について、人一倍、敏感でなければ、失敗する。せめて私くらいのデリカシイがなければね。ロココという言葉を、こないだ辞典でしらべてみたら、華麗のみにて内容空疎の装飾様式、と定義されていたので、笑っちゃった。名答である。美しさに、内容なんてあってたまるものか。純粋の美しさは、いつも無意味で、無道徳だ。きまっている。だから、私は、ロココが好きだ。

いつもそうだが、私はお料理して、あれこれ味をみているうちに、なんだかひどい虚無にやられる。死にそうに疲れて、陰鬱になる。あらゆる努力の飽和状態におちいるのである。もう、もう、なんでも、どうでも、よくなってくる。ついには、ええっ！と、やけくそになって、味でも体裁でも、めちゃめちゃに、投げとばして、ばたばたやってしまって、じつに不機嫌な顔して、お客に差し出す。

きょうのお客様は、ことにも憂うつ。大森の今井田さん御夫婦に、ことし七つの良夫さん。今井田さんは、もう四十ちかいのに、好男子みたいに色が白くて、いやらしい。なぜ、敷島なぞを吸うのだろう。両切の煙草でないと、なんだか、不潔な感じがする。煙草は、両切に限る。敷島なぞを吸っていると、そのひとの人格までが、疑わしくなるのだ。いちいち天井を向いて煙を吐いて、はあ、はあ、なるほど、なんて言っている。いまは、夜学の先生をしているそうだ。奥さんは、小さくて、おどおどして、そして下品だ。つまらないことにでも、顔を畳にくっつけるようにして、からだをくねらせて、笑いむせぶのだ。可笑しいことなんてあるものか。そうして大袈裟に笑い伏すのが、何か上品なことだろうと、思いちがいしているのだ。いまのこの世の中で、こんな階級の人たちが、一ばん悪いのではないかしら。一ばん汚い。プチ・ブルというのかしら。小役人というのかしら。子供なんかも、へんに小《こ》ましゃくれて、素直な元気なところが、ちっともない。そう思っていながらも、私はそんな気持を、みんな抑えて、お辞儀をしたり、笑ったり、話したり、良夫さんを可愛い可愛いと言って頭を撫でてやったり、まるで嘘ついて皆をだましているのだから、今井田御夫婦なんかでも、まだまだ、私よりは清純かも知れない。みなさん私のロココ料理をたべて、私の腕前をほめてくれて、私はわびしいやら、腹立たしいやら、泣きたい気持なのだけれど、それでも、努めて、嬉しそうな顔をして見せて、やがて私も御相伴《ごしょうばん》して一緒にごはんを食べたのであるが、今井田さんの奥さんの、しつこい無智なお世辞には、さすがにむかむかして、よし、もう嘘は、つくまいと屹《き》っとなって、「こんなお料理、ちっともおいしくございません。なんにもないので、私の窮余の一策なんですよ」と、私は、ありのまま事実を、言ったつもりなのに、今井田さん御夫婦は、窮余の一策とは、うまいことをおっしゃる、と手を拍《う》たんばかりに笑い興じるのである。私は、口惜しくて、お箸とお茶碗ほうり出して、大声あげて泣こうかしらと思った。じっとこらえて、無理に、にやにや笑って見せたら、お母さんまでが、「この子も、だんだん役に立つようになりましたよ」と、お母さん、私のかなしい気持、ちゃんとわかっていらっしゃる癖に、今井田さんの気持を迎えるために、そんなくだらないことを言って、ほほと笑った。お母さん、そんなにまでして、こんな今井田なんかの御機嫌とることは、ないんだ。お客さんと対しているときのお母さんは、お母さんじゃない。ただの弱い女だ。お父さんが、いなくなったからって、こんなにも卑屈になるものか。情なくなって、何も言えなくなっちゃった。帰って下さい、帰って下さい。私の父は、立派なお方だ。やさしくて、そうして人格が高いんだ。お父さんがいないからって、そんなに私たちをばかにするんだったら、いますぐ帰って下さい。よっぽど今井田に、そう言ってやろうと思った。それでも私は、やっぱり弱くて、良夫さんにハムを切ってあげたり、奥さんにお漬物とってあげたり奉仕をするのだ。

ごはんがすんでから、私はすぐに台所へひっこんで、あと片附けをはじめた。早く独《ひと》りになりたかったのだ。何も、お高くとまっているのではないけれども、あんな人たちとこれ以上、無理に話を合せてみたり、一緒に笑ってみたりする必要もないように思われる。あんな者にも、礼儀を、いやいや、へつらいを致す必要なんて絶対にない。いやだ。もう、これ以上は厭だ。私は、つとめられるだけは、つとめたのだ。お母さんだって、きょうの私のがまんして愛想《あいそ》よくしている態度を、嬉しそうに見ていたじゃないか。あれだけでも、よかったんだろうか。強く、世間のつきあいは、つきあい、自分は自分と、はっきり区別して置いて、ちゃんちゃん気持よく物事に対応して処理して行くほうがいいのか、または、人に悪く言われても、いつでも自分を失わず、韜晦《とうかい》しないで行くほうがいいのか、どっちがいいのか、わからない。一生、自分と同じくらい弱いやさしい温かい人たちの中でだけ生活して行ける身分の人は、うらやましい。苦労なんて、苦労せずに一生すませるんだったら、わざわざ求めて苦労する必要なんてないんだ。そのほうが、いいんだ。

自分の気持を殺して、人につとめることは、きっといいことに違いないんだけれど、これからさき、毎日、今井田御夫婦みたいな人たちに無理に笑いかけたり、相槌《あいづち》うたなければならないのだったら、私は、気ちがいになるかも知れない。自分なんて、とても監獄に入れないな、と可笑しいことを、ふと思う。監獄どころか、女中さんにもなれない。奥さんにもなれない。いや、奥さんの場合は、ちがうんだ。この人のために一生つくすのだ、とちゃんと覚悟がきまったら、どんなに苦しくとも、真黒になって働いて、そうして充分に生き甲斐《がい》があるのだから、希望があるのだから、私だって、立派にやれる。あたりまえのことだ。朝から晩まで、くるくるコマ鼠のように働いてあげる。じゃんじゃんお洗濯をする。たくさんよごれものがたまった時ほど、不愉快なことがない。焦《い》ら焦《い》らして、ヒステリイになったみたいに落ちつかない。死んでも死にきれない思いがする。よごれものを、全部、一つものこさず洗ってしまって、物干竿にかけるときは、私は、もうこれで、いつ死んでもいいと思うのである。

今井田さん、おかえりになる。何やら用事があるとかで、お母さんを連れて出掛けてしまう。はいはい附いて行くお母さんもお母さんだし、今井田が何かとお母さんを利用するのは、こんどだけではないけれど、今井田御夫婦のあつかましさが、厭で厭で、ぶんなぐりたい気持がする。門のところまで、皆さんをお送りして、ひとりぼんやり夕闇の路を眺めていたら、泣いてみたくなってしまう。

　郵便函《ばこ》には、夕刊と、お手紙二通。一通はお母さんへ、松坂屋から夏物売出しのご案内。一通は、私へ、いとこの順二さんから。こんど前橋の連隊へ転任することになりました。お母さんによろしく、と簡単な通知である。将校さんだって、そんなに素晴らしい生活内容などは、期待できないけれど、でも、毎日毎日、厳酷に無駄なく起居するその規律がうらやましい。いつも身が、ちゃんちゃんと決っているのだから、気持の上から楽なことだろうと思う。私みたいに、何もしたくなければ、いっそ何もしなくてすむのだし、どんな悪いことでもできる状態に置かれているのだし、また、勉強しようと思えば、無限といっていいくらいに勉強の時間があるのだし、欲を言ったら、よほどの望みでもかなえてもらえるような気がするし、ここからここまでという努力の限界を与えられたら、どんなに気持が助かるかわからない。うんと固くしばってくれると、かえって有難いのだ。戦地で働いている兵隊さんたちの欲望は、たった一つ、それはぐっすり眠りたい欲望だけだ、と何かの本に書かれて在ったけれど、その兵隊さんの苦労をお気の毒に思う半面、私は、ずいぶんうらやましく思った。いやらしい、煩瑣《はんさ》な堂々めぐりの、根も葉もない思案の洪水から、きれいに別れて、ただ眠りたい眠りたいと渇望している状態は、じつに清潔で、単純で、思うさえ爽快《そうかい》を覚えるのだ。私など、これはいちど、軍隊生活でもして、さんざ鍛われたら、少しは、はっきりした美しい娘になれるかも知れない。軍隊生活しなくても、新ちゃんみたいに、素直な人だってあるのに、私は、よくよく、いけない女だ。わるい子だ。新ちゃんは、順二さんの弟で、私とは同じとしなんだけれど、どうしてあんなに、いい子なんだろう。私は、親類中で、いや、世界中で、一ばん新ちゃんを好きだ。新ちゃん、目が見えないんだ。わかいのに、失明するなんて、なんということだろう。こんな静かな晩は、お部屋にお一人でいらして、どんな気持だろう。私たちなら、侘《わ》びしくても、本を読んだり、景色を眺めたりして、幾分それをまぎらかすことができるけれど、新ちゃんには、それができないんだ。ただ、黙っているだけなんだ。これまで人一倍、がんばって勉強して、それからテニスも、水泳もお上手だったのだもの、いまの寂しさ、苦しさはどんなだろう。ゆうべも新ちゃんのことを思って、床にはいってから五分間、目をつぶってみた。床にはいって目をつぶっているのでさえ、五分間は長く、胸苦しく感じられるのに、新ちゃんは、朝も昼も夜も、幾日も幾月も、何も見ていないのだ。不平を言ったり、癇癪《かんしゃく》を起したり、わがまま言ったりして下されば、私もうれしいのだけれど、新ちゃんは、何も言わない。新ちゃんが不平や人の悪口言ったのを聞いたことがない。その上いつも明るい言葉遣い、無心の顔つきをしているのだ。それがなおさら、私の胸に、ピンときてしまう。

あれこれ考えながらお座敷を掃《は》いて、それから、お風呂をわかす。お風呂番をしながら、蜜柑箱《みかんばこ》に腰かけ、ちろちろ燃える石炭の灯をたよりに学校の宿題を全部すましてしまう。それでも、まだお風呂がわかないので、濹東綺譚を読み返してみる。書かれてある事実は、決して厭な、汚いものではないのだ。けれども、ところどころ作者の気取りが目について、それがなんだか、やっぱり古い、たよりなさを感じさせるのだ。お年寄りのせいであろうか。でも、外国の作家は、いくらとしとっても、もっと大胆に甘《あま》く、対象を愛している。そうして、かえって厭味がない。けれども、この作品は、日本では、いいほうの部類なのではあるまいか。わりに嘘のない、静かな諦《あきら》めが、作品の底に感じられてすがすがしい。この作者のものの中でも、これが一ばん枯れていて、私は好きだ。この作者は、とっても責任感の強いひとのような気がする。日本の道徳に、とてもとても、こだわっているので、かえって反撥《はんぱつ》して、へんにどぎつくなっている作品が多かったような気がする。愛情の深すぎる人に有りがちな偽悪趣味。わざと、あくどい鬼の面をかぶって、それでかえって作品を弱くしている。けれども、この濹東綺譚には、寂しさのある動かない強さが在る。私は、好きだ。

お風呂がわいた。お風呂場に電燈をつけて、着物を脱ぎ、窓を一ぱいに開け放してから、ひっそりお風呂にひたる。珊瑚樹の青い葉が窓から覗いていて、一枚一枚の葉が、電燈の光を受けて、強く輝いている。空には星がキラキラ。なんど見直しても、キラキラ。仰向いたまま、うっとりしていると、自分のからだのほの白さが、わざと見ないのだが、それでも、ぼんやり感じられ、視野のどこかに、ちゃんとはいっている。なお、黙っていると、小さい時の白さと違うように思われてくる。いたたまらない。肉体が、自分の気持と関係なく、ひとりでに成長して行くのが、たまらなく、困惑する。めきめきと、おとなになってしまう自分を、どうすることもできなく、悲しい。なりゆきにまかせて、じっとして、自分の大人になって行くのを見ているより仕方がないのだろうか。いつまでも、お人形みたいなからだでいたい。お湯をじゃぶじゃぶ掻《か》きまわして、子供の振ふりをしてみても、なんとなく気が重い。これからさき、生きてゆく理由がないような気がしてきて、くるしくなる。庭の向こうの原っぱで、おねえちゃん！　と、半分泣きかけて呼ぶ他所《よそ》の子供の声に、はっと胸を突かれた。私を呼んでいるのではないけれども、いまのあの子に泣きながら慕《した》われているその「おねえちゃん」を羨《うらやま》しく思うのだ。私にだって、あんなに慕って甘えてくれる弟が、ひとりでもあったなら、私は、こんなに一日一日、みっともなく、まごついて生きてはいない。生きることに、ずいぶん張り合いも出てくるだろうし、一生涯を弟に捧げて、つくそうという覚悟だって、できるのだ。ほんとうに、どんなつらいことでも、堪えてみせる。ひとり力《りき》んで、それから、つくづく自分を可哀想に思った。

風呂からあがって、なんだか今夜は、星が気にかかって、庭に出てみる。星が、降るようだ。ああ、もう夏が近い。蛙があちこちで鳴いている。麦が、ざわざわいっている。何回、振り仰いでみても、星がたくさん光っている。去年のこと、いや去年じゃない、もう、おととしになってしまった。私が散歩に行きたいと無理言っていると、お父さん、病気だったのに、一緒に散歩に出て下さった。いつも若かったお父さん。ドイツ語の「おまえ百まで、わしゃ九十九まで」という意味とやらの小唄を教えて下さったり、星のお話をしたり、即興の詩を作ってみせたり、ステッキついて、唾《つば》をピュッピュッ出し出し、あのパチクリをやりながら一緒に歩いて下さった、よいお父さん。黙って星を仰いでいると、お父さんのこと、はっきり思い出す。あれから、一年、二年経って、私は、だんだんいけない娘になってしまった。ひとりきりの秘密を、たくさんたくさん持つようになりました。

お部屋へ戻って、机のまえに坐って頬杖つきながら、机の上の百合《ゆり》の花を眺める。いいにおいがする。百合のにおいをかいでいると、こうしてひとりで退屈していても、決してきたない気持が起きない。この百合は、きのうの夕方、駅のほうまで散歩していって、そのかえりに花屋さんから一本買って来たのだけれど、それからは、この私の部屋は、まるっきり違った部屋みたいにすがすがしく、襖《ふすま》をするするとあけると、もう百合のにおいが、すっと感じられて、どんなに助かるかわからない。こうして、じっと見ていると、ほんとうにソロモンの栄華以上だと、実感として、肉体感覚として、首肯《しゅこう》される。ふと、去年の夏の山形を思い出す。山に行ったとき、崖の中腹に、あんまりたくさん、百合が咲き乱れていたので驚いて、夢中になってしまった。でも、その急な崖には、とてもよじ登ってゆくことができないのが、わかっていたから、どんなに魅《ひ》かれても、ただ、見ているより仕方がなかった。そのとき、ちょうど近くに居合せた見知らぬ坑夫が、黙ってどんどん崖によじ登っていって、そしてまたたく中《うち》に、いっぱい、両手で抱え切れないほど、百合の花を折ってきてくれた。そうして、少しも笑わずに、それをみんな私に持たせた。それこそ、いっぱい、いっぱいだった。どんな豪勢なステージでも、結婚式場でも、こんなにたくさんの花をもらった人はないだろう。花でめまいがするって、そのとき初めて味わった。その真白い大きい大きい花束を両腕をひろげてやっとこさ抱えると、前が全然見えなかった。親切だった、ほんとうに感心な若いまじめな坑夫は、いまどうしているかしら。花を、危《あぶ》ない所に行って取ってきてくれた、ただ、それだけなのだけれど、百合を見るときには、きっと坑夫を思い出す。

机の引き出しをあけて、かきまわしていたら、去年の夏の扇子が出てきた。白い紙に、元禄時代の女のひとが行儀わるく坐り崩れて、その傍に、青い酸漿《ほおずき》が二つ書き添えられて在る。この扇子から、去年の夏が、ふうと煙みたいに立ちのぼる。山形の生活、汽車の中、浴衣《ゆかた》、西瓜《すいか》、川、蝉、風鈴。急に、これを持って汽車に乗りたくなってしまう。扇子をひらく感じって、よいもの。ぱらぱら骨がほどけていって、急にふわっと軽くなる。クルクルもてあそんでいたら、お母さん帰っていらした。御機嫌がよい。

「ああ、疲れた、疲れた」といいながら、そんなに不愉快そうな顔もしていない。ひとの用事をしてあげるのがお好きなのだから仕方がない。

「なにしろ、話がややこしくて」など言いながら着物を着換えてお風呂へはいる。

お風呂から上がって、私と二人でお茶を飲みながら、へんにニコニコ笑って、お母さん何を言い出すかと思ったら、

「あなたは、こないだから『裸足《はだし》の少女』を見たい見たいと言ってたでしょう？　そんなに行きたいなら、行ってもよござんす。そのかわり、今晩は、ちょっとお母さんの肩をもんで下さい。働いて行くのなら、なおさら楽しいでしょう？」

もう私は嬉しくてたまらない。「裸足の少女」という映画も見たいとは思っていたのだが、このごろ私は遊んでばかりいたので、遠慮していたのだ。それをお母さん、ちゃんと察して、私に用事を言いつけて、私に大手《おおで》をふって映画見にゆけるように、しむけて下さった。ほんとうに、うれしく、お母さんが好きで、自然に笑ってしまった。

お母さんと、こうして夜ふたりきりで暮すのも、ずいぶん久しぶりだったような気

がする。お母さん、とても交際が多いのだから。お母さんだって、いろいろ世間から馬鹿にされまいと思って努めておられるのだろう。こうして肩をもんでいると、お母さんのお疲れが、私のからだに伝わってくるほど、よくわかる。大事にしよう、と思う。先刻、今井田が来ていたときに、お母さんを、こっそり恨《うら》んだことを、恥ずかしく思う。ごめんなさい、と口の中で小さく言ってみる。私は、いつも自分のことだけを考え、思って、お母さんには、やはり、しん底から甘えて乱暴な態度をとっている。お母さんは、その都度《つど》、どんなに痛い苦しい思いをするか、そんなものは、てんで、はねつけている自分だ。お父さんがいなくなってからは、お母さんは、ほんとうにお弱くなっているのだ。私自身、くるしいの、やりきれないのと言ってお母さんに完全にぶらさがっているくせに、お母さんが少しでも私に寄りかかったりすると、いやらしく、薄汚いものを見たような気持がするのは、本当に、わがままずぎる。お母さんだって、私だって、やっぱり同じ弱い女なのだ。これからは、お母さんと二人だけの生活に満足し、いつもお母さんの気持になってあげて、昔の話をしたり、お父さんの話をしたり、一日でもよい、お母さん中心の日を作れるようにしたい。そうして、立派に生き甲斐を感じたい。お母さんのことを、心では、心配したり、よい娘になろうと思うのだけれど、行動や、言葉に出る私は、わがままな子供ばっかりだ。それに、このごろの私は、子供みたいに、きれいなところさえない。汚《よご》れて、恥ずかしいことばかりだ。くるしみがあるの、悩んでいるの、寂しいの、悲しいのって、それはいったい、なんのことだ。はっきり言ったら、死ぬる。ちゃんと知っていながら、一ことだって、それに似た名詞ひとつ形容詞ひとつ言い出せないじゃないか。ただ、どぎまぎして、おしまいには、かっとなって、まるでなにかみたいだ。むかしの女は、奴隷とか、自己を無視している虫けらとか、人形とか、悪口言われているけれど、いまの私なんかよりは、ずっとずっと、いい意味の女らしさがあって、心の余裕もあったし、忍従を爽《さわ》やかにさばいて行けるだけの叡智《えいち》もあったし、純粋の自己犠牲の美しさも知っていたし、完全に無報酬の、奉仕のよろこびもわきまえていたのだ。

「ああ、いいアンマさんだ。天才ですね」

お母さんは、れいによって私をからかう。

「そうでしょう？ 心がこもっていますからね。でも、あたしの取柄《とりえ》は、アンマ上下《かみしも》、それだけじゃないんですよ。それだけじゃ、心細いわねえ。もっと、いいとこもあるんです」

素直に思っていることを、そのまま言ってみたら、それは私の耳にも、とっても爽やかに響いて、この二、三年、私が、こんなに、無邪気に、ものをはきはき言えたことは、なかった。自分のぶんを、はっきり知ってあきらめたときに、はじめて、平静な新しい自分が生れてくるのかもしれない、と嬉しく思った。

今夜はお母さんに、いろいろの意味でお礼もあって、アンマがすんでから、オマケとして、クオレを少し読んであげる。お母さんは、私がこんな本を読んでいるのを知ると、やっぱり安心なような顔をなさるが、先日私が、ケッセルの昼顔を読んでいたら、そっと私から本を取りあげて、表紙をちらっと見て、とても暗い顔をなさって、けれども何も言わずに黙って、そのまますぐに本をかえして下さったけれど、私もなんだか、いやになって続けて読む気がしなくなった。お母さん、昼顔を読んだことがないはずなのに、それでも勘で、わかるらしいのだ。夜、静かな中で、ひとりで声たててクオレを読んでいると、自分の声がとても大きく間抜けてひびいて、読みながら、ときどき、くだらなくなって、お母さんに恥ずかしくなってしまう。あたりが、あんまり静かなので、ばかばかしさが目立つ。クオレは、いつ読んでも、小さい時に読んで受けた感激とちっとも変らぬ感激を受けて、自分の心も、素直に、きれいになるような気がして、やっぱりいいなと思うのであるが、どうも、声を出して読むのと、目で読むのとでは、ずいぶん感じがちがうので、驚き、閉口の形である。でも、お母さんは、エンリコのところや、ガロオンのところでは、うつむいて泣いておられた。うちのお母さんも、エンリコのお母さんのように立派な美しいお母さんである。

お母さんは、さきにおやすみ。けさ早くからお出掛けだったゆえ、ずいぶん疲れたことと思う。お蒲団《ふとん》を直してあげて、お蒲団の裾のところをハタハタ叩いてあげる。

お母さんは、いつでも、お床へはいるとすぐ眼をつぶる。

私は、それから風呂場でお洗濯。このごろ、へんな癖で、十二時ちかくなってお洗濯をはじめる。昼間じゃぶじゃぶやって時間をつぶすの、惜しいような気がするのだけれど、反対かも知れない。窓からお月様が見える。しゃがんで、しゃッしゃッと洗いながら、お月様に、そっと笑いかけてみる。お月様は、知らぬ顔をしていた。ふと、この同じ瞬間、どこかの可哀想な寂しい娘が、同じようにこうしてお洗濯しながら、このお月様に、そっと笑いかけた、たしかに笑いかけた、と信じてしまって、それは、遠い田舎の山の頂上の一軒家、深夜だまって背戸《せど》でお洗濯している、くるしい娘さんが、いま、いるのだ、それから、パリイの裏町の汚いアパアトの廊下で、やはり私と同じとしの娘さんが、ひとりでこっそりお洗濯して、このお月様に笑いかけた、とちっとも疑うところなく、望遠鏡でほんとに見とどけてしまったように、色彩も鮮明にくっきり思い浮かぶのである。私たちみんなの苦しみを、ほんとに誰も知らないのだもの。いまに大人になってしまえば、私たちの苦しさ侘びしさは、可笑しなものだった、となんでもなく追憶できるようになるかも知れないのだけれど、けれども、その大人になりきるまでの、この長い厭な期間を、どうして暮していったらいいのだろう。誰も教えてくれないのだ。ほって置くよりしようのない、ハシカみたいな病気なのかしら。でも、ハシカで死ぬる人もあるし、ハシカで目のつぶれる人だってあるのだ。

放って置くのは、いけないことだ。私たち、こんなに毎日、鬱々したり、かっとなったり、そのうちには、踏みはずし、うんと堕落して取りかえしのつかないからだになってしまって一生をめちゃめちゃに送る人だってあるのだ。また、ひと思いに自殺してしまう人だってあるのだ。そうなってしまってから、世の中のひとたちが、ああ、もう少し生きていたらわかることなのに、もう少し大人になったら、自然とわかってくることなのにと、どんなに口惜しがったって、その当人にしてみれば、苦しくて苦しくて、それでも、やっとそこまで堪えて、何か世の中から聞こう聞こうと懸命に耳をすましていても、やっぱり、何かあたりさわりのない教訓を繰り返して、まあ、まあと、なだめるばかりで、私たち、いつまでも、恥ずかしいスッポカシをくっているのだ。私たちは、決して刹那主義《せつなしゅぎ》ではないけれども、あんまり遠くの山を指さして、あそこまで行けば見はらしがいい、と、それは、きっとその通りで、みじんも嘘《うそ》のないことは、わかっているのだけれど、現在こんな烈しい腹痛を起しているのに、その腹痛に対しては、見て見ぬふりをして、ただ、さあさあ、もう少しのがまんだ、あの山の山頂まで行けば、しめたものだ、とただ、そのことばかり教えている。きっと、誰かが間違っている。わるいのは、あなただ。

お洗濯をすまして、お風呂場のお掃除をして、それから、こっそりお部屋の襖をあけると、百合のにおい。すっとした。心の底まで透明になってしまって、崇高なニヒル、とでもいったような工合いになった。しずかに寝巻に着換えていたら、いままですやすや眠ってるとばかり思っていたお母さん、目をつぶったまま突然言い出したので、びくっとした。お母さん、ときどきこんなことをして、私をおどろかす。

「夏の靴がほしいと言っていたから、きょう渋谷へ行ったついでに見てきたよ。靴も、高くなったねえ」

「いいの、そんなに欲しくなくなったの」

「でも、なければ、困るでしょう」

「うん」

明日もまた、同じ日がくるのだろう。幸福は一生、来ないのだ。それは、わかっている。けれども、きっとくる、あすはくる、と信じて寝るのがいいのでしょう。わざと、どさんと大きい音たてて蒲団にたおれる。ああ、いい気持だ。蒲団が冷いので、背中がほどよくひんやりして、ついうっとりなる。幸福は一夜おくれてくる。ぼんやり、そんな言葉を思い出す。幸福を待って待って、とうとう堪え切れずに家を飛び出してしまって、そのあくる日に、素晴らしい幸福の知らせが、捨てた家を訪れたが、もうおそかった。幸福は一夜おくれてくる。幸福は、――

お庭をカアの歩く足音がする。パタパタパタパタ、カアの足音には、特徴がある。右の前足が少し短く、それに前足はO型でガニだから、足音にも寂しい癖があるのだ。

よくこんな真夜中に、お庭を歩きまわっているけれど、何をしているのかしら。カアは、可哀想。けさは、意地悪してやったけれど、あすは、かわいがってあげます。私は悲しい癖で、顔を両手でぴったり覆っていなければ、眠れない。顔を覆って、じっとしている。

眠りに落ちるときの気持って、へんなものだ。鮒《ふな》か、うなぎか、ぐいぐい釣糸をひっぱるように、なんだか重い、鉛みたいな力が、糸でもって私の頭を、ぐっとひいて、私がとろとろ眠りかけると、また、ちょっと糸をゆるめる。すると、私は、はっと気を取り直す。また、ぐっと引く。とろとろ眠る。また、ちょっと糸を放す。そんなことを三度か、四度くりかえして、それから、はじめて、ぐうっと大きく引いて、こんどは朝まで。

おやすみなさい。私は、王子さまのいないシンデレラ姫。あたし、東京の、どこにいるか、ごぞんじですか？　もう、ふたたびお目にかかりません。

走れメロス

初出　一九四〇年五月　新潮

メロスは激怒した。必ず、かの邪智暴虐《じゃちぼうぎゃく》の王を除かなければならぬと決意した。メロスには政治がわからぬ。メロスは、村の牧人である。笛を吹き、羊と遊んで暮して来た。けれども邪悪に対しては、人一倍に敏感であった。

きょう未明メロスは村を出発し、野を越え山越え、十里はなれたこのシラクスの市にやって来た。メロスには父も、母もない。女房もない。十六の、内気な妹と二人暮しだ。この妹は、村のある律気な一牧人を、近々、花婿《はなむこ》として迎える事になっていた。結婚式も間近かなのである。メロスは、それゆえ、花嫁の衣裳やら祝宴の御馳走やらを買いに、はるばる市にやって来たのだ。まず、その品々を買い集め、それから都の大路をぶらぶら歩いた。

メロスには竹馬の友があった。セリヌンティウスである。今はこのシラクスの市で、石工をしている。その友を、これから訪ねてみるつもりなのだ。久しく逢わなかったのだから、訪ねて行くのが楽しみである。歩いているうちにメロスは、まちの様子を怪しく思った。ひっそりしている。もう既に日も落ちて、まちの暗いのは当りまえだが、けれども、なんだか、夜のせいばかりではなく、市全体が、やけに寂しい。のんきなメロスも、だんだん不安になって来た。路で逢った若い衆をつかまえて、何かあったのか、二年まえにこの市に来たときは、夜でも皆が歌をうたって、まちは賑やかであったはずだが、と質問した。若い衆は、首を振って答えなかった。しばらく歩いて老爺《ろうや》に逢い、こんどはもっと、語勢を強くして質問した。老爺は答えなかった。メロスは両手で老爺のからだをゆすぶって質問を重ねた。老爺は、あたりをはばかる低声で、わずか答えた。

「王様は、人を殺します」

「なぜ殺すのだ」

「悪心を抱いている、というのですが、誰もそんな、悪心を持ってはおりませぬ」

「たくさんの人を殺したのか」

「はい、はじめは王様の妹婿さまを。それから、御自身のお世嗣《よつぎ》を。それから、妹さまを。それから、妹さまの御子さまを。それから、皇后さまを。それから、賢臣のアレキス様を」

「おどろいた。国王は乱心か」

「いいえ、乱心ではございませぬ。人を、信ずる事ができぬ、というのです。このごろは、臣下の心をも、お疑いになり、わずかに派手な暮しをしている者には、人質ひとりずつ差し出すことを命じております。御命令を拒めば十字架にかけられて、殺されます。きょうは、六人殺されました」

聞いて、メロスは激怒した。

「呆《あき》れた王だ。生かしておけぬ」

メロスは、単純な男であった。買い物を、背負ったままで、のそのそ王城にはいって行った。たちまち彼は、巡邏《じゅんら》の警吏に捕縛された。調べられて、メロスの懐中からは短剣が出て来たので、騒ぎが大きくなってしまった。メロスは、王の前に引き出された。

「この短刀で何をするつもりであったか。言え！」

暴君ディオニスは静かに、けれども威厳を以《もっ》て問いつめた。その王の顔は蒼白《そうはく》で、眉間《みけん》の皺《しわ》は、刻み込まれたように深かった。

「市を暴君の手から救うのだ」とメロスは悪びれずに答えた。

「おまえがか？」王は、憫笑《びんしょう》した。

「仕方のないやつじゃ。おまえには、わしの孤独がわからぬ」

「言うな！」とメロスは、いきり立って反駁《はんばく》した。

「人の心を疑うのは、最も恥ずべき悪徳だ。王は、民の忠誠をさえ疑っておられる」

「疑うのが、正当の心構えなのだと、わしに教えてくれたのは、おまえたちだ。人の心は、あてにならない。人間は、もともと私慾のかたまりさ。信じては、ならぬ」

暴君は落着いて呟《つぶや》き、ほっと溜息《ためいき》をついた。

「わしだって、平和を望んでいるのだが」

「なんの為の平和だ。自分の地位を守る為か」

こんどはメロスが嘲笑した。

「罪の無い人を殺して、何が平和だ」

「だまれ、下賤《げせん》の者」

王は、さっと顔を挙げて報いた。

「口では、どんな清らかな事でも言える。わしには、人の腹綿の奥底が見え透いてならぬ。おまえだって、いまに、磔《はりつけ》になってから、泣いて詫《わ》びたって聞かぬぞ」

「ああ、王は悧巧《りこう》だ。自惚《うぬぼ》れているがよい。私は、ちゃんと死ぬる覚悟で居るのに。命乞いなど決してしない。ただ、——」と言いかけて、メロスは足もとに視線を落し瞬時ためらい、「ただ、私に情をかけたいつもりなら、処刑までに三日間の日限を与えて下さい。たった一人の妹に、亭主を持たせてやりたいのです。三日のうちに、私は村で結婚式を挙げさせ、必ず、ここへ帰って来ます」

「ばかな」と暴君は、嗄《しわが》れた声で低く笑った。

「とんでもない嘘《うそ》を言うわい。逃がした小鳥が帰って来るというのか」

「そうです。帰って来るのです」

メロスは必死で言い張った。「私は約束を守ります。私を、三日間だけ許して下さい。妹が、私の帰りを待っているのだ。そんなに私を信じられないならば、よろしい、この市にセリヌンティウスという石工がいます。私の無二の友人だ。あれを、人質としてここに置いて行こう。私が逃げてしまって、三日目の日暮まで、ここに帰って来なかったら、あの友人を絞め殺して下さい。たのむ、そうして下さい」

それを聞いて王は、残虐な気持で、そっとほくそ笑んだ。生意気なことを言うわい。どうせ帰って来ないにきまっている。この嘘つきに騙《だま》された振りして、放してやるのも面白い。そうして身代わりの男を、三日目に殺してやるのも気味がいい。人は、これだから信じられぬと、わしは悲しい顔して、その身代わりの男を磔刑に処してやるのだ。世の中の、正直者とかいう奴輩《やつばら》にうんと見せつけてやりたいものさ。

「願いを、聞いた。その身代わりを呼ぶがよい。三日目には日没までに帰って来い。おくれたら、その身代わりを、きっと殺すぞ。ちょっとおくれて来るがいい。おまえの罪は、永遠にゆるしてやろうぞ」

「なに、何をおっしゃる」

「はは。いのちが大事だったら、おくれて来い。おまえの心は、わかっているぞ」

メロスは口惜しく、地団駄《じだんだ》踏んだ。ものも言いたくなくなった。

竹馬の友、セリヌンティウスは、深夜、王城に召された。暴君ディオニスの面前で、佳《よ》き友と佳き友は、二年ぶりで再会した。メロスは、友に一切の事情を語った。セリヌンティウスは無言で首肯《うなず》き、メロスをひしと抱きしめた。友と友の間は、それでよかった。セリヌンティウスは、縄打たれた。メロスは、すぐに出発した。初夏、満天の星である。

　メロスはその夜、一睡もせず十里の路を急ぎに急いで、村へ到着したのは、翌《あく》る日の午前、陽は既に高く昇って、村人たちは野に出て仕事をはじめていた。メロスの十六の妹も、きょうは兄の代わりに羊群の番をしていた。よろめいて歩いて来る兄の、疲労困憊《こんぱい》の姿を見つけて驚いた。そうして、うるさく兄に質問を浴びせた。

「なんでもない」

　メロスは無理に笑おうと努めた。

「市に用事を残して来た。またすぐ市に行かなければならぬ。明日、おまえの結婚式を挙げる。早いほうがよかろう」

　妹は頬をあからめた。

「うれしいか。綺麗《きれい》な衣裳も買って来た。さあ、これから行って、村の人たちに知らせて来い。結婚式は、明日だと」

　メロスは、また、よろよろと歩き出し、家へ帰って神々の祭壇を飾り、祝宴の席を調え、間もなく床に倒れ伏し、呼吸もせぬくらいの深い眠りに落ちてしまった。

　眼が覚めたのは夜だった。メロスは起きてすぐ、花婿の家を訪れた。そうして、少し事情があるから、結婚式を明日にしてくれ、と頼んだ。婿の牧人は驚き、それはいけない、こちらには未だ何の仕度もできていない、葡萄《ぶどう》の季節まで待ってくれ、と答えた。メロスは、待つことはできぬ、どうか明日にしてくれ給え、と更に押してたのんだ。婿の牧人も頑強であった。なかなか承諾してくれない。夜明けまで議論をつづけて、やっと、どうにか婿をなだめ、すかして、説き伏せた。

結婚式は、真昼に行われた。新郎新婦の、神々への宣誓が済んだころ、黒雲が空を覆い、ぽつりぽつり雨が降り出し、やがて車軸を流すような大雨となった。祝宴に列席していた村人たちは、何か不吉なものを感じたが、それでも、めいめい気持を引きたて、狭い家の中で、むんむん蒸し暑いのも怺《こら》え、陽気に歌をうたい、手を拍《う》った。メロスも、満面に喜色を湛《たた》え、しばらくは、王とのあの約束をさえ忘れていた。祝宴は、夜に入っていよいよ乱れ華やかになり、人々は、外の豪雨を全く気にしなくなった。メロスは、一生このままここにいたい、と思った。この佳い人たちと生涯暮して行きたいと願ったが、いまは、自分のからだで、自分のものではない。ままならぬ事である。メロスは、わが身に鞭打ち、ついに出発を決意した。あすの日没までには、まだ十分の時が在る。ちょっと一眠りして、それからすぐに出発しよう、と考えた。その頃には、雨も小降りになっていよう。少しでも永くこの家に愚図愚図とどまっていたかった。メロスほどの男にも、やはり未練の情というものはある。今宵呆然、歓喜に酔っているらしい花嫁に近寄り、「おめでとう。私は疲れてしまったから、ちょっとご免こうむって眠りたい。眼が覚めたら、すぐに市に出かける。大切な用事があるのだ。私がいなくても、もうおまえには優しい亭主があるのだから、決して寂しい事はない。おまえの兄の、一ばんきらいなものは、人を疑う事と、それから、嘘をつく事だ。おまえも、それは、知っているね。亭主との間に、どんな秘密でも作ってはならぬ。おまえに言いたいのは、それだけだ。おまえの兄は、たぶん偉い男なのだから、おまえもその誇りを持っていろ」

花嫁は、夢見心地で首肯《うなず》いた。メロスは、それから花婿の肩をたたいて、

「仕度のないのはお互いさまさ。私の家にも、宝といっては、妹と羊だけだ。他には、何もない。全部あげよう。もう一つ、メロスの弟になったことを誇ってくれ」

花婿は揉《も》み手して、てれていた。メロスは笑って村人たちにも会釈《えしゃく》して、宴席から立ち去り、羊小屋にもぐり込んで、死んだように深く眠った。

眼が覚めたのは翌る日の薄明の頃である。メロスは跳ね起き、南無三、寝過したか、いや、まだまだ大丈夫、これからすぐに出発すれば、約束の刻限までには十分間に合う。きょうは是非とも、あの王に、人の信実の存するところを見せてやろう。そうして笑って磔の台に上ってやる。メロスは、悠々と身仕度をはじめた。雨も、いくぶん小降りになっている様子である。身仕度はできた。さて、メロスは、ぶるんと両腕を大きく振って、雨中、矢の如く走り出た。

私は、今宵、殺される。殺される為に走るのだ。身代わりの友を救う為に走るのだ。

王の奸佞邪智を打ち破る為に走るのだ。走らなければならぬ。そうして、私は殺される。若い時から名誉を守れ。さらば、ふるさと。若いメロスは、つらかった。幾度か、立ちどまりそうになった。えい、えいと大声挙げて自身を叱りながら走った。村を出て、野を横切り、森をくぐり抜け、隣村に着いた頃には、雨も止《や》み、日は高く昇って、そろそろ暑くなって来た。メロスは額《ひたい》の汗をこぶしで払い、ここまで来れば大丈夫、もはや故郷への未練はない。妹たちは、きっと佳い夫婦になるだろう。私には、いま、なんの気がかりもないはずだ。まっすぐに王城に行き着けば、それでよいのだ。そんなに急ぐ必要もない。ゆっくり歩こう、と持ちまえの呑気《のんき》さを取り返し、好きな小歌をいい声で歌い出した。ぶらぶら歩いて二里行き三里行き、そろそろ全里程の半ばに到達した頃、降って湧《わ》いた災難、メロスの足は、はたと、とまった。見よ、前方の川を。きのうの豪雨で山の水源地は氾濫《はんらん》し、濁流滔々《とうとう》と下流に集り、猛勢一挙に橋を破壊し、どうどうと響きをあげる激流が、木葉微塵《こっぱみじん》に橋桁《はしげた》を跳ね飛ばしていた。彼は茫然と、立ちすくんだ。あちこちと眺めまわし、また、声を限りに呼びたててみたが、繋舟《けいしゅう》は残らず浪に浚《さら》われて影なく、渡し守りの姿も見えない。流れはいよいよ、ふくれ上り、海のようになっている。メロスは川岸にうずくまり、男泣きに泣きながらゼウスに手を挙げて哀願した。

「ああ、鎮《しず》めたまえ、荒れ狂う流れを！　時は刻々に過ぎて行きます。太陽も既に真昼時です。あれが沈んでしまわぬうちに、王城に行き着くことが出来なかったら、あの佳い友達が、私のために死ぬのです」

濁流は、メロスの叫びをせせら笑う如く、ますます激しく躍り狂う。浪は浪を呑み、捲き、煽《あお》り立て、そうして時は、刻一刻と消えて行く。今はメロスも覚悟した。泳ぎ切るより他にない。ああ、神々も照覧あれ！　濁流にも負けぬ愛と誠の偉大な力を、いまこそ発揮して見せる。メロスは、ざんぶと流れに飛び込み、百匹の大蛇のようにのた打ち荒れ狂う浪を相手に、必死の闘争を開始した。満身の力を腕にこめて、押し寄せ渦巻き引きずる流れを、なんのこれしきと掻《か》きわけ掻きわけ、めくらめっぽう獅子奮迅の人の子の姿には、神も哀れと思ったか、ついに憐愍《れんびん》を垂れてくれた。押し流されつつも、見事、対岸の樹木の幹に、すがりつく事ができたのである。ありがたい。メロスは馬のように大きな胴震いを一つして、すぐにまた先きを急いだ。一刻といえども、むだにはできない。陽は既に西に傾きかけている。ぜいぜい荒い呼吸をしながら峠をのぼり、のぼり切って、ほっとした時、突然、目の前に一隊の山賊が躍り出た。

「待て」

「何をするのだ。私は陽の沈まぬうちに王城へ行かなければならぬ。放せ」

「どっこい放さぬ。持ちもの全部を置いて行け」

「私にはいのちの他には何もない。その、たった一つの命も、これから王にくれてやるのだ」

「その、いのちが欲しいのだ」

「さては、王の命令で、ここで私を待ち伏せしていたのだな」

山賊たちは、ものも言わず一斉に棍棒《こんぼう》を振り挙げた。メロスはひょいと、からだを折り曲げ、飛鳥の如く身近かの一人に襲いかかり、その棍棒を奪い取って、「気の毒だが正義のためだ！」と猛然一撃、たちまち、三人を殴り倒し、残る者のひるむ隙《すき》に、さっさと走って峠を下った。一気に峠を駈け降りたが、流石《さすが》に疲労し、折から午後の灼熱《しゃくねつ》の太陽がまともに、かっと照って来て、メロスは幾度となく眩暈《めまい》を感じ、これではならぬ、と気を取り直しては、よろよろ二、三歩あるいて、ついに、がくりと膝を折った。立ち上る事ができぬのだ。天を仰いで、くやし泣きに泣き出した。

ああ、あ、濁流を泳ぎ切り、山賊を三人も撃ち倒し韋駄天《いだてん》、ここまで突破して来たメロスよ。真の勇者、メロスよ。今、ここで、疲れ切って動けなくなるとは情けない。愛する友は、おまえを信じたばかりに、やがて殺されなければならぬ。おまえは、稀代《きたい》の不信の人間、まさしく王の思う壺《つぼ》だぞ、と自分を叱ってみるのだが、全身萎《な》えて、もはや芋虫《いもむし》ほどにも前進かなわぬ。路傍の草原にごろりと寝ころがった。身体疲労すれば、精神も共にやられる。もう、どうでもいいという、勇者に不似合いな不貞《ふて》腐《くさ》れた根性が、心の隅に巣喰った。私は、これほど努力したのだ。約束を破る心は、みじんもなかった。神も照覧、私は精一ぱいに努めて来たのだ。動けなくなるまで走って来たのだ。私は不信の徒ではない。ああ、できる事なら私の胸を截《た》ち割って、真紅の心臓をお目に掛けたい。愛と信実の血液だけで動いているこの心臓を見せてやりたい。けれども私は、この大事な時に、精も根も尽きたのだ。私は、よくよく不幸な男だ。私は、きっと笑われる。私の一家も笑われる。私は友を欺《あざむ》いた。中途で倒れるのは、はじめから何もしないのと同じ事だ。ああ、もう、どうでもいい。これが、私の定った運命なのかもしれない。セリヌンティウスよ、ゆるしてくれ。君は、いつでも私を信じた。私も君を、欺かなかった。私たちは、本当に佳い友と友であったのだ。いちどだって、暗い疑惑の雲を、お互い胸に宿したことはなかった。いまだって、君は私を無心に待っているだろう。ああ、待っているだろう。

ありがとう、セリヌンティウス。よくも私を信じてくれた。それを思えば、たまらない。友と友の間の信実は、この世で一ばん誇るべき宝なのだからな。セリヌンティウス、私は走ったのだ。君を欺くつもりは、みじんもなかった。信じてくれ！　私は急ぎに急いでここまで来たのだ。濁流を突破した。山賊の囲みからも、するりと抜けて一気に峠を駈け降りて来たのだ。私だから、できたのだよ。ああ、この上、私に望み給うな。放って置いてくれ。どうでも、いいのだ。私は負けたのだ。だらしがない。笑ってくれ。王は私に、ちょっとおくれて来い、と耳打ちした。おくれたら、身代りを殺して、私を助けてくれると約束した。私は王の卑劣を憎んだ。けれども、今になってみると、私は王の言うままになっている。私は、おくれて行くだろう。王は、ひとり合点して私を笑い、そうして事も無く私を放免するだろう。そうなったら、私は、死ぬよりつらい。私は、永遠に裏切り者だ。地上で最も、不名誉の人種だ。セリヌンティウスよ、私も死ぬぞ。君と一緒に死なせてくれ。君だけは私を信じてくれるにちがいない。いや、それも私の、ひとりよがりか？　ああ、もういっそ、悪徳者として生き伸びてやろうか。村には私の家がある。羊もいる。妹夫婦は、まさか私を村から追い出すような事はしないだろう。正義だの、信実だの、愛だの、考えてみれば、くだらない。人を殺して自分が生きる。それが人間世界の定法ではなかったか。ああ、何もかも、ばかばかしい。私は、醜い裏切り者だ。どうとも、勝手にするがよい。やんぬる哉《かな》。――四肢を投げ出して、うとうと、まどろんでしまった。

ふと耳に、潺々《せんせん》、水の流れる音が聞えた。そっと頭をもたげ、息を呑んで耳をすました。すぐ足もとで、水が流れているらしい。よろよろ起き上って、見ると、岩の裂目から滾々《こんこん》と、何か小さく囁《ささや》きながら清水が湧き出ているのである。その泉に吸い込まれるようにメロスは身をかがめた。水を両手で掬《すく》って、一くち飲んだ。ほうと長い溜息が出て、夢から覚めたような気がした。歩ける。行こう。肉体の疲労恢復《かいふく》と共に、わずかながら希望が生れた。義務遂行の希望である。わが身を殺して、名誉を守る希望である。斜陽は赤い光を、樹々の葉に投じ、葉も枝も燃えるばかりに輝いている。日没までには、まだ間がある。私を、待っている人があるのだ。少しも疑わず、静かに期待してくれている人があるのだ。私は、信じられている。私の命なぞは、問題ではない。死んでお詫び、などと気のいい事は言って居られぬ。私は、信頼に報いなければならぬ。いまはただその一事だ。走れ！　メロス。

私は信頼されている。私は信頼されている。先刻の、あの悪魔の囁きは、あれは夢だ。悪い夢だ。忘れてしまえ。五臓が疲れているときは、ふいとあんな悪い夢を見るものだ。メロス、おまえの恥ではない。やはり、おまえは真の勇者だ。再び立って走れるようになったではないか。ありがたい！　私は、正義の士として死ぬ事ができるぞ。ああ、陽が沈む。ずんずん沈む。待ってくれ、ゼウスよ。私は生れた時から正直な男であった。正直な男のままにして死なせて下さい。

路行く人を押しのけ、跳《は》ねとばし、メロスは黒い風のように走った。野原で酒宴の、その宴席のまっただ中を駈け抜け、酒宴の人たちを仰天させ、犬を蹴《け》とばし、小川を飛び越え、少しずつ沈んでゆく太陽の、十倍も早く走った。一団の旅人と颯《さ》っとすれちがった瞬間、不吉な会話を小耳にはさんだ。

「いまごろは、あの男も、磔にかかっているよ」

ああ、その男、その男のために私は、いまこんなに走っているのだ。その男を死なせてはならない。急げ、メロス。おくれてはならぬ。愛と誠の力を、いまこそ知らせてやるがよい。風態なんかは、どうでもいい。メロスは、いまは、ほとんど全裸体であった。呼吸も出来ず、二度、三度、口から血が噴き出た。見える。はるか向うに小さく、シラクスの市の塔楼が見える。塔楼は、夕陽を受けてきらきら光っている。

「ああ、メロス様」

うめくような声が、風と共に聞えた。

「誰だ」

メロスは走りながら尋ねた。

「フィロストラトスでございます。貴方のお友達セリヌンティウス様の弟子でございます」

その若い石工も、メロスの後について走りながら叫んだ。

「もう、駄目でございます。むだでございます。走るのは、やめて下さい。もう、あの方《かた》をお助けになることはできません」

「いや、まだ陽は沈まぬ」

「ちょうど今、あの方が死刑になるところです。ああ、あなたは遅かった。おうらみ申します。ほんの少し、もうちょっとでも、早かったなら！」

「いや、まだ陽は沈まぬ」

メロスは胸の張り裂ける思いで、赤く大きい夕陽ばかりを見つめていた。走るより他はない。

「やめて下さい。走るのは、やめて下さい。いまはご自分のお命が大事です。あの方は、あなたを信じておりました。刑場に引き出されても、平気でいました。王様が、さんざんあの方をからかっても、メロスは来ます、とだけ答え、強い信念を持ちつづけている様子でございました」

「それだから、走るのだ。信じられているから走るのだ。間に合う、間に合わぬは問題でないのだ。人の命も問題でないのだ。私は、なんだか、もっと恐ろしく大きいものの為に走っているのだ。ついて来い！　フィロストラトス」

「ああ、あなたは気が狂ったか。それでは、うんと走るがいい。ひょっとしたら、間に合わぬものでもない。走るがいい」

　言うにや及ぶ。まだ陽は沈まぬ。最後の死力を尽して、メロスは走った。メロスの頭は、からっぽだ。何一つ考えていない。ただ、わけのわからぬ大きな力にひきずられて走った。陽は、ゆらゆら地平線に没し、まさに最後の一片の残光も、消えようとした時、メロスは疾風の如く刑場に突入した。間に合った。

「待て。その人を殺してはならぬ。メロスが帰って来た。約束のとおり、いま、帰って来た」と大声で刑場の群衆にむかって叫んだつもりであったが、喉《のど》がつぶれ嗄《しわが》れた声が幽《かす》かに出たばかり、群衆は、ひとりとして彼の到着に気がつかない。すでに磔の柱が高々と立てられ、縄を打たれたセリヌンティウスは、徐々に釣り上げられてゆく。メロスはそれを目撃して最後の勇、先刻、濁流を泳いだように群衆を掻きわけ、掻きわけ、

「私だ、刑吏！　殺されるのは、私だ。メロスだ。彼を人質にした私は、ここにいる！」と、かすれた声で精一ぱいに叫びながら、ついに磔台に昇り、釣り上げられてゆく友の両足に、齧《かじ》りついた。群衆は、どよめいた。あっぱれ。ゆるせ、と口々にわめいた。セリヌンティウスの縄は、ほどかれたのである。

「セリヌンティウス」メロスは眼に涙を浮べて言った。「私を殴れ。ちから一ぱいに頰を殴れ。私は、途中で一度、悪い夢を見た。君がもし私を殴ってくれなかったら、私は君と抱擁する資格さえないのだ。殴れ」

セリヌンティウスは、すべてを察した様子で首肯《うなず》き、刑場一ぱいに鳴り響くほど音高くメロスの右頰を殴った。殴ってから優しく微笑《ほほえ》み、「メロス、私を殴れ。同じくらい音高く私の頰を殴れ。私はこの三日の間、たった一度だけ、ちらと君を疑った。生れて、はじめて君を疑った。君が私を殴ってくれなければ、私は君と抱擁できない」

メロスは腕に唸《うな》りをつけてセリヌンティウスの頰を殴った。

「ありがとう、友よ」

二人同時に言い、ひしと抱き合い、それから嬉し泣きにおいおい声を放って泣いた。

群衆の中からも、すすり泣く声が聞えた。暴君ディオニスは、群衆の背後から二人の様を、まじまじと見つめていたが、やがて静かに二人に近づき、顔をあからめて、こう言った。

「おまえらの望みは叶《かな》ったぞ。おまえらは、わしの心に勝ったのだ。信実とは、決して空虚な妄想ではなかった。どうか、わしをも仲間に入れてくれまいか。どうか、わしの願いを聞き入れて、おまえらの仲間の一人にしてほしい」

どっと群衆の間に、歓声が起った。

「万歳、王様万歳」

ひとりの少女が、緋《ひ》のマントをメロスに捧げた。メロスは、まごついた。佳き友は、気をきかせて教えてやった。

「メロス、君は、まっぱだかじゃないか。早くそのマントを着るがいい。この可愛い娘さんは、メロスの裸体を、皆に見られるのが、たまらなく口惜しいのだ」

勇者は、ひどく赤面した。


（古伝説と、シルレルの詩から。）

きりぎりす

初出　一九四〇年十一月　新潮

おわかれ致《いた》します。あなたは、嘘《うそ》ばかりついていました。私にも、いけない所が、あるのかもしれません。けれども、私は、私のどこが、いけないのか、わからないの。私も、もう二十四です。このとしになっては、どこがいけないと言われても、私には、もう直す事ができません。いちど死んで、キリスト様のように復活でもしない事には、なおりません。自分から死ぬという事は、一ばんの罪悪のような気も致しますから、私は、あなたと、おわかれして私の正しいと思う生きかたで、しばらく生きて努めてみたいと思います。私には、あなたが、こわいのです。きっと、この世では、あなたの生きかたのほうが正しいのかもしれません。けれども、私には、それでは、とても生きて行けそうもありません。私が、あなたのところへ参りましてから、もう五年になります。十九の春に見合いをして、それからすぐに、私は、ほとんど身一つで、あなたのところへ参りました。今だから申しますが、父も、母も、この結婚には、ひどく反対だったのでございます。弟も、あれは、大学へはいったばかりの頃《ころ》でありましたが、姉さん、大丈夫かい？　等と、ませた事を言って、不機嫌《ふきげん》な様子を見せていました。あなたが、いやがるだろうと思いましたから、きょうまで黙っておりましたが、あの頃、私には他に二つ、縁談がございました。もう記憶も薄れている程なのですが、おひとりは、何でも、帝大の法科を出たばかりの、お坊ちゃんで外交官志望とやら聞きました。お写真も拝見しました。楽天家らしい晴れやかな顔をしていました。これは、池袋の大姉さんの御推薦でした。もうひとりのお方は、父の会社に勤めておられる、三十歳ちかくの技師でした。五年も前の事ですから、記憶もはっきり致しませんが、なんでも、大きい家の総領で、人物も、しっかりしているとやら聞きました。父のお気に入りらしく、父も母も、それは熱心に、支持していました。お写真は、拝見しなかった、と思います。こんな事はどうでもいいのですが、また、あなたに、ふふんと笑われますと、つらいので、記憶しているだけの事を、はっきり申し上げました。いま、こんな事を申し上げるのは、決して、あなたへの厭《いや》がらせのつもりでも何でもございません。それは、お信じ下さい。私は、困ります。他のいいところへお嫁に行けばよかったなどと、そんな不貞な、ばかな事は、みじんも考えておりませんのですから。あなた以外の人は、私には考えられません。いつもの調子で、お笑いになると、私は困ってしまいます。私は本気で、申し上げているのです。おしまい迄《まで》お聞き下さい。あの頃も、いまも、私は、あなた以外の人と結婚する気は、少しもありません。それは、はっきりしています。私は子供の時から、愚図々々が何より、きらいでした。あの頃、父に、母に、また池袋の大姉さんにも、いろいろ言われ、とにかく見合いだけでもなどと、すすめられましたが、私にとっては、見合いもお祝言《しゅうげん》も同じものの様な気がしていましたから、かるがると返事はできませんでした。そんなおかたと結婚する気は、まるっきりなかったのです。みんなの言う様に、そんな、申しぶんのないおかただったら、殊更《ことさら》に私でなくても、他に佳《よ》いお嫁さんが、いくらでも見つかる事でしょうし、なんだか張り合いのないことだと思っていました。この世界中に（などと言うと、あなたは、すぐお笑いになります）私でなければ、お嫁に行けないような人のところへ行きたいものだと、私はぼんやり考えておりました。丁度その時に、あなたのほうからの、あのお話があったのでした。ずいぶん乱暴な話だったので、父も母も、はじめから不機嫌でした。だって、あの骨董屋《こっとうや》の但馬《たじま》さんが、父の会社へ画を売りに来て、れいのお喋《しゃべ》りを、さんざんした揚句の果に、この画の作者は、いまにきっと、ものになります。どうです、お嬢さんをなどと不謹慎な冗談を言い出して、父は、いい加減に聞き流し、とにかく画だけは買って会社の応接室の壁に掛けて置いたら、二、三日して、また但馬さんがやって来て、こんどは本気に申し込んだというじゃありませんか。乱暴だわ。お使者の但馬さんも但馬さんなら、その但馬さんにそんな事を頼む男も男だ、と父も母も呆《あき》れていました。でも、あとで、あなたにお伺いして、それは、あなたの全然ご存じなかった事で、すべては但馬さんの忠義な一存からだったという事が、わかりました。但馬さんには、ずいぶんお世話になりました。いまの、あなたの御出世も、但馬さんのお蔭よ。本当に、あなたには、商売を離れて尽して下さった。あなたを見込んだというわけね。これからも、但馬さんを忘れては、いけません。あの時、私は但馬さんの無鉄砲な申し込みの話を聞いて、少し驚きながらも、ふっと、あなたにお逢いしてみたくなりました。なんだか、とても嬉《うれ》しかったの。私は、ある日こっそり父の会社に、あなたの画を見に行きました。その時のことを、あなたにお話し申したかしら。私は父に用事のある振りをして応接室にはいり、ひとりで、つくづくあなたの画を見ました。あの日は、とても寒かった。火の気のない、広い応接室の隅《すみ》に、ぶるぶる震えながら立って、あなたの画を見ていました。あれは、小さい庭と、日当りのいい縁側の画でした。縁側には、誰も坐《すわ》っていないで、白い座蒲団《ざぶとん》だけが一つ、置かれていました。青と黄色と、白だけの画でした。見ているうちに、私は、もっとひどく、立って居られないくらいに震えてきました。この画は、私でなければ、わからないのだと思いました。真面目《まじめ》に申し上げているのですから、お笑いになっては、いけません。私は、あの画を見てから、二、三日、夜も昼も、からだが震えてなりませんでした。どうしても、あなたのとこへ、お嫁に行かなければ、と思いました。蓮葉《はすは》な事で、からだが燃えるように恥ずかしく思いましたが、私は母にお願いしました。母は、とても、いやな顔をしました。私はけれども、それは覚悟していた事でしたので、あきらめずに、こんどは直接、但馬さんに御返事いたしました。但馬さんは大声で、えらい！　とおっしゃって立ち上り、椅子に躓《つまず》いて転びましたが、あの時は、私も但馬さんも、ちっとも笑いませんでした。それからの事は、あなたも、よく御承知のはずでございます。私の家では、あなたの評判は、日が経《た》つにつれて、いよいよ悪くなる一方でした。あなたが、瀬戸内海の故郷から、親にも無断で東京へ飛び出して来て、御両親は勿論《もちろん》、親戚の人ことごとくが、あなたに愛想づかしをしている事、お酒を飲む事、展覧会に、いちども出品していない事、左翼らしいという事、美術学校を卒業しているかどうか怪しいという事、その他たくさん、どこで調べてくるのか、父も母も、さまざまの事実を私に言い聞かせて叱《しか》りました。けれども、但馬さんの熱心なとりなしで、どうやら見合いまでには漕《こ》ぎつけました。千疋屋《せんびきや》の二階に、私は母と一緒にまいりました。あなたは、私の思っていたとおりの、おかたでした。ワイシャツの袖口《そでぐち》が清潔なのに、感心いたしました。私が、紅茶の皿を持ち上げた時、意地悪くからだが震えて、スプーンが皿の上でかちゃかちゃ鳴って、ひどく困りました。家へ帰ってから、母は、あなたの悪口を、一そう強く言っていました。あなたが煙草《たばこ》ばかり吸って、母には、ろくに話をしてあげなかったのが、何より、いけなかったようでした。人相が悪い、という事も、しきりに言っていました。見込みがないというのです。けれども私は、あなたのところへ行く事に、きめていました。ひとつき、すねて、とうとう私が勝ちました。但馬さんとも相談して、私は、ほとんど身一つで、あなたのところへ参りました。淀橋《よどばし》のアパートで暮した二箇年《か》ほど、私にとって楽しい月日《つきひ》は、ありませんでした。毎日毎日、あすの計画で胸が一ぱいでした。あなたは、展覧会にも、大家《たいか》の名前にも、てんで無関心で、勝手な画ばかり描いていました。貧乏になればなるほど、私はぞくぞく、へんに嬉しくて、質屋にも、古本屋にも、遠い思い出の故郷のような懐《なつか》しさを感じました。お金が本当に何もなくなった時には、自分のありったけの力を、ためす事ができて、とても張り合いがありました。だって、お金のない時の食事ほど楽しくて、おいしいのですもの。つぎつぎに私は、いいお料理を、発明したでしょう？　いまは、だめ。なんでも欲しいものを買えると思えば、何の空想も湧《わ》いてきません。市場へ出掛けてみても私は、虚無です。よその叔母さんたちの買うものを、私も同じ様に買って帰るだけです。あなたが急にお偉くなって、あの淀橋のアパートを引き上げ、この三鷹《みたか》町の家に住むようになってからは、楽しい事が、なんにもなくなってしまいました。私の、腕の振いどころがなくなりました。あなたは、急にお口《くち》もお上手になって、私を一そう大事にして下さいましたが、私は自身が何だか飼い猫のように思われて、いつも困っておりました。私は、あなたを、この世で立身なさるおかたとは思わなかったのです。死ぬまで貧乏で、わがまま勝手な画ばかり描いて、世の中の人みんなに嘲笑《ちょうしょう》せられて、けれども平気で誰にも頭を下げず、たまには好きなお酒を飲んで一生、俗世間に汚されずに過して行くおかただとばかり思っておりました。私は、ばかだったのでしょうか。でも、ひとりくらいは、この世に、そんな美しい人がいるはずだ、と私は、あの頃も、いまもなお信じております。その人の額《ひたい》の月桂樹《げっけいじゅ》の冠は、他の誰にも見えないので、きっと馬鹿扱いを受けるでしょうし、誰もお嫁に行ってあげてお世話しようともしないでしょうから、私が行って一生お仕えしようと思っていました。私は、あなたこそ、その天使だと思っていました。私でなければ、わからないのだと思っていました。それが、まあ、どうでしょう。急に、何だか、お偉くなってしまって。私は、どういうわけだか、恥ずかしくてたまりません。

私は、あなたの御出世を憎んでいるのではございません。あなたの、不思議なほどに哀しい画が、日一日と多くの人に愛されているのを知って、私は神様に毎夜お礼を言いました。泣くほど嬉しく思いました。あなたが淀橋のアパートで二年間、気のむくままに、お好きなアパートの裏庭を描いたり、深夜の新宿の街を描いて、お金がまるっきりなくなった頃には但馬さんが来て、二、三枚の画と交換に十分のお金を置いて行くのでしたが、あの頃は、あなたは、但馬さんに画を持って行かれる事が、ひどく淋《さび》しい御様子で、お金の事になど、てんで無関心でありました。但馬さんは、来る度毎に私を、こっそり廊下へ呼び出して、どうぞ、よろしく、ときまったように真面目に言ってお辞儀をし、白い角封筒を、私の帯の間につっ込んで下さるのでした。あなたは、いつでも知らん顔をしておりますし、私だって、すぐその角封筒の中味《なかみ》を調べるような卑しい事は致しませんでした。なければないで、やって行こうと思っていたのですもの。いくらいただいたなど、あなたに報告した事も、ありません。あなたを汚したくなかったのです。本当に、私は一度だって、あなたに、お金が欲しいの、有名になって下さいの、とお願いした事はございませんでした。あなたのような、口下手な、乱暴なおかたは、（ごめんなさい）お金持にもならないし、有名になど決してなれるものでないと私は、思っていました。けれども、それは、見せかけだったのね。どうして、どうして。

但馬さんが個展の相談を持って来られた時から、あなたは、何だか、おしゃれになりました。まず、歯医者へ通いはじめました。あなたは虫歯が多くて、お笑いになると、まるでおじいさんのように見えましたが、けれどもあなたは、ちっとも気になさらず、私が、歯医者へおいでになるようにおすすめしても、いいよ、歯がみんななくなりゃあ総入歯にするんだ、金歯を光らせて女の子に好かれたって仕様がない、などと冗談ばかりおっしゃって、一向に歯のお手入れをなさらなかったのに、どういう風の吹き廻しか、お仕事の合間、合間に、ちょいちょいと出かけて行っては、一本二本と、金歯を光らせてお帰りになるようになりました。こら、笑ってみろ、と私が言ったら、あなたは、鬚《ひげ》もじゃの顔を赤くして、但馬の奴《やつ》が、うるさく言うんだ、と珍しく気弱い口調で弁解なさいました。個展は、私が淀橋へまいりましてから二年目の秋に、ひらかれました。私は、うれしゅうございました。あなたの画が、一人でも多くの人に愛されるのに、なんで、うれしくない事がありましょう。私には、先見の明《めい》があったのですものね。でも、新聞でもあんなに、ひどくほめられるし、出品の画が、全部売り切れたそうですし、有名な大家《たいか》からも手紙が来ますし、あんまり、よすぎて、私は恐しい気が致しました。会場へ、見に来いと、あなたにも、但馬さんにも、あれほど強く言われましたけれど、私は、全身震えながら、お部屋で編物ばかりしていました。あなたの、あの画が、二十枚も、三十枚も、ずらりと並んで、それを大勢の人たちが、眺《なが》めている有様を、想像してさえ、私は泣きそうになってしまいます。こんなに、いい事が、こんなに早く来すぎては、きっと、何か悪い事が起るのだとさえ、考えました。私は、毎夜、神様に、お詫《わ》びを申しました。どうか、もう、幸福は、これだけでたくさんでございますから、これから後、あの人が病気などなさらぬよう、悪い事の起らぬよう、お守り下さい、と念じていました。あなたは毎夜、但馬さんに誘われて、ほうぼうの大家《たいか》のところへ挨拶《あいさつ》に参ります。翌朝お帰りの事も、ございましたが、私は別に何とも思っていないのに、あなたは、それは精《くわ》しく前夜の事を私に語って下さって、何先生は、どうだとか、あれは愚物だとか、無口なあなたらしくもなく、ずいぶんつまらぬお喋りをはじめます。私は、それまで二年、あなたと暮して、あなたが人の陰口をたたいたのを伺った事が一度もありませんでした。何先生は、どうだって、あなたは唯我独尊《ゆいがどくそん》のお態度で、てんで無関心の御様子だったではありませんか。それに、そんなお喋りをして、前夜は、あなたに何のうしろ暗いところもなかったという事を、私に納得させようと、お努めになっておられるようなのですが、そんな気弱な遠廻しの弁解をなさらずとも、私だって、まさか、これまで何も知らずに育ってきたわけでもございませんし、はっきりおっしゃって下さったほうが、一日くらい苦しくても、あとは私はかえって楽になります。所詮《しょせん》は生涯の、女房なのですから。私は、そのほうの事では、男の人を、あまり信用しておりませんし、また、滅茶に疑ってもおりません。そのほうの事でしたら、私は、ちっとも心配しておりませぬし、また、笑って怺《こら》える事もできるのですけれど、他に、もっと、つらい事がございます。

私たちは、急にお金持ちになりました。あなたも、ひどくおいそがしくなりました。二科会から迎えられて、会員になりました。そうして、あなたは、アパートの小さい部屋を、恥ずかしがるようになりました。但馬さんもしきりに引越すようにすすめて、こんなアパートにいるのでは、世の中の信用も如何《いかが》と思われるし、だいいち画の値段が、いつまでも上りません、一つ奮発して大きい家を、お借りなさい、と、いやな秘策をさずけ、あなたまで、そりゃあそうだ、こんなアパートにいると、人が馬鹿にしやがる、などと下品なことを、意気込んで言うので、私は何だか、ぎょっとして、ひどく淋しくなりました。但馬さんは自転車に乗ってほうぼう走り廻り、この三鷹町の家を見つけて下さいました。としの暮に私たちは、ほんのわずかなお道具を持って、この、いやに大きいお家へ引越して参りました。あなたは、私の知らぬ間にデパートへ行って何やらかやら立派なお道具を、本当にたくさん買い込んで、その荷物が、次々とデパートから配達されてくるので、私は胸がつまって、それから悲しくなりました。これではまるで、そこらにたくさんある当り前の成金《なりきん》と少しも違っていないのですもの。けれども私は、あなたに悪くて、努めて嬉しそうに、はしゃいでいました。いつの間にか私は、あの、いやな「奥様」みたいな形になっていました。あなたは、女中を置こうとさえ言い出しましたけれど、それだけは、私は、何としても、いやで、反対いたしました。私には、人を、使うことができません。引越してきて、すぐにあなたは、年賀状を、移転通知を兼ねて三百枚も刷らせました。三百枚。いつのまに、そんなにお知合いができたのでしょう。私には、あなたが、たいへんな危い綱渡りをはじめているような気がして、恐しくてなりませんでした。いまに、きっと、悪い事が起こる。あなたは、そんな俗な交際などなさって、それで成功なさるようなおかたでは、ありません。そう思って、私は、ただはらはらして、不安な一日一日を送っていたのでございますが、あなたは躓《つまず》かぬばかりか、次々と、いい事ばかりが起こるのでした。私が間違っているのでしょうか。私の母も、ちょいちょい、この家へ訪ねてくるようになって、その度毎に、私の着物やら貯金帳やらを持ってきて下さって、とても機嫌《きげん》がいいのです。父も、会社の応接間の画を、はじめは、いやがって会社の物置にしまわせていたのだそうですが、こんどは、それを家へ持って来て、額縁も、いいのに変えて、父の書斎に掛けているのだそうです。池袋の大姉さんも、しっかりおやりなどと、お手紙を下さるようになりました。お客様も、ずいぶん多くなりました。応接間が、お台所まで聞えてきまして、お客様で一ぱいになる事もありました。そんな時、あなたの陽気な笑い声が、お台所まで聞えてきました。あなたは、ほんとに、お喋りになりました。以前あなたは、あんなに無口だったので、私は、ああ、このおかたは、何もかもわかっていながら、何でも皆つまらないから、こんなに、いつでも黙っておられるのだ、とばかり思い込んでおりましたが、そうでもないらしいのね。あなたは、お客様の前で、とてもつまらない事を、おっしゃっておられます。前の日に、お客様から伺ったばかりの画の論を、そっくりそのまま御自分の意見のように鹿爪《しかつめ》らしく述べていたり、また、私が小説を読んで感じた事をあなたに、ちょっと申し上げると、あなたはその翌日、すましてお客様に、モオパスサンだって、やはり信仰には、おびえていたんだね、なんて私の愚論をそのままお聞かせしているものですから、私はお茶を持って応接間にはいりかけて、あまり恥ずかしくて立ちすくんでしまう事もありました。あなたは、以前は、なんにも知らなかったのね。ごめんなさい。私だって、なんにも、ものを知りませんけれども、自分の言葉だけは、持っているつもりなのに、あなたは、全然、無口か、でもないと、人の言った事ばかりを口真似《くちまね》しているだけなんですもの。それなのに、あなたは不思議に成功なさいました。そのとしの二科の画は、新聞社から賞さえもらって、その新聞には、何だか恥ずかしくて言えないような最大級の讃辞が並べられておりました。孤高、清貧、思索、憂愁、祈り、シャヴァンヌ、その他いろいろございました。あなたは、あとでお客様とその新聞の記事についてお話なされ、割合、当っていたようだね、などと平気でおっしゃっておられましたが、まあ何という事を、おっしゃるのでしょう。私たちは清貧ではございません。貯金帳を、ごらんにいれましょうか。あなたは、この家に引越してきてからは、まるで人が変ったように、お金の事を口になさるようになりました。お客様に画をたのまれると、あなたは、必ずお値段の事を悪びれもせずに、言い出します。はっきりさせておいたほうが、後でいざこざが起こらなくて、お互いに気持がいいからね、などと、あなたはお客様におっしゃっておられますが、私はそれを小耳にはさんで、やはり、いやな気が致しました。なんでそんなに、お金にこだわることがあるのでしょう。いい画さえ描いていれば、暮しのほうは、自然に、どうにかなっていくものと私には思われます。いいお仕事をなさって、そうして、誰にも知られず、貧乏で、つつましく暮していく事ほど、楽しいものはありません。私は、お金も何も欲しくありません。心の中で、遠い大きいプライドを持って、こっそり生きていたいと思います。あなたは私の、財布の中まで、おしらべになるようになりました。お金がはいると、あなたは、あなたの大きい財布と、それから、私の小さい財布とに、お金をわけて、おいれになります。あなたの財布には、大きいお紙幣《さつ》を五枚ばかり、私の財布には、大きいお紙幣一枚を、四つに畳んでお容れになります。あとのお金は、郵便局と銀行へ、おあずけになります。私は、いつでも、それを、ただ傍で眺めています。いつか私が、貯金帳をいれてある書棚《しょだな》の引き出しの鍵《かぎ》を、かけるのを忘れていたら、あなたは、それを見つけて、困るね、と、しんから不機嫌に、私におこごとを言うので、私は、げっそり致しました。画廊へ、お金を受取りにおいでになれば、三日目くらいにお帰りになりますが、そんな時でも、深夜、酔ってがらがらと玄関の戸をあけて、おはいりになるや否や、おい、三百円あましてきたぞ、調べてみなさい、などと悲しい事を、おっしゃいます。あなたのお金ですもの、いくらお使いになったって平気ではないでしょうか。たまには気晴しに、うんとお金を使いたくなる事もあるだろうと思います。みんな使うと、私が、がっかりするとでも思っておられるのでしょうか。私だって、お金の有難さは存じていますが、でも、その事ばかり考えて生きているのでは、ございません。三百円だけ残して、そうして得意顔でお帰りになるあなたのお気持が、私には淋しくてなりません。私は、ちっともお金を欲しく思っていません。何を買いたい、何を食べたい、何を観たいとも思いません。家の道具も、たいてい廃物利用で間に合わせておりますし、着物だって染め直し、縫い直しますから一枚も買わずにすみます。どうにでも、私は、やっていきます。手拭掛《てぬぐいかけ》一つだって、私は新しく買うのは、いやです。むだな事ですもの。あなたは時々、私を市内へ連れ出して、高い支那料理などを、ごちそうして下さいましたが、私にはちっともおいしいとは思われませんでした。何だか落ちつかなくて、おっかなびっくりの気持で、本当に、勿体《もったい》なくて、むだな事だと思いました。三百円よりも、支那料理よりも、私には、あなたが、この家のお庭に、へちまの棚を作って下さったほうが、どんなに嬉《うれ》しいかわかりません。八畳間の縁側には、あんなに西日が強く当るのですから、へちまの棚をお作りになると、きっと工合がいいと思います。あなたは、私があれほどお願いしても、植木屋を呼んだらいいとか、おっしゃって、ご自分で作っては、くださいません。植木屋を呼ぶなんて、そんなお金持の真似《まね》は、私は、いやです。あなたに、作っていただきたいのに、あなたは、よし、よし、来年は、などとおっしゃるばかりで、とうとう今日まで、作っては下さいません。あなたは、御自分の事では、ひどく、むだ使いをなさるのに、人の事には、いつでも知らん顔をなさって居ります。いつでしたかしら、お友達の雨宮さんが、奥さんの御病気で困って、御相談にいらした時、あなたは、わざわざ私を応接間にお呼びになって、家にいま、お金があるかい？　と真面目《まじめ》な顔をして、お聞きになるので、私は、可笑《おか》しいやら、ばからしいやらで、困ってしまいました。私が顔を赤くして、もじもじしていると、隠すなよ、そこらを掻《か》き廻したら、二十円くらいは出てくるだろう、と私に、からかうようにおっしゃるので、私は、びっくりしてしまいました。たった二十円。私は、あなたの顔を見直しました。あなたは、私の視線を、片手で、払いのけるようにして、いいから僕に貸しておくれ、けちけちするなよ、とおっしゃって、それから雨宮さんのほうに向って、お互い、こんな時には、貧乏は、つらいね、と笑っておっしゃるのでした。私は、呆《あき》れて、何も申し上げたくなくなりました。あなたは清貧でも何でも、ありません。憂愁だなんて、いまの、あなたのどこに、そんな美しい影があるのでしょう。あなたは、その反対の、わがままな楽天家です。毎朝、洗面所で、おいとこそうだよ、なんて大声で歌っておられるでは、ありませんか。私は御近所に恥ずかしくてなりません。祈り、シャヴァンヌ、もったいないと思います。孤高だなんて、あなたは、お取巻きのかたのお追従《ついしょう》の中でだけ生きているのにお気付かれないのですか。あなたは、家へおいでになるお客様たちに先生と呼ばれて、誰かれの画を、片端からやっつけて、いかにも自分と同じ道を歩むものは誰もないような事をおっしゃいますが、もし本当にそうお思いなら、そんなに矢鱈《やたら》に、ひとの悪口をおっしゃってお客様たちの同意を得る事など、要らないと思います。あなたは、お客様たちから、その場かぎりの御賛成でも得たいのです。なんで孤高な事がありましょう。そんなに来る人、来る人に感服させなくても、いいじゃありませんか。あなたは、とても嘘《うそ》つきです。昨年、二科から脱退して、新浪漫派とやらいう団体を、お作りになる時だって、私は、ひとりで、どんなに惨《みじ》めな思いをしていた事でしょう。だって、あなたは、蔭であんなに笑って、ばかにしていたおかた達ばかりを集めて、あの団体を、お作りになったのでございますもの。あなたには、まるで御定見が、ございません。この世では、やはり、あなたのような生きかたが、正しいのでしょうか。葛西《かさい》さんがいらした時には、お二人で、雨宮さんの悪口をおっしゃって、憤慨したり、嘲笑《ちょうしょう》したりしておられますし、雨宮さんがおいでの時は、雨宮さんに、とても優しくしてあげて、やっぱり友人は君だけだなどと、嘘とは、とても思えないほど感激的におっしゃって、そうして、こんどは葛西さんの御態度について非難を、おはじめになるのです。世の中の成功者とは、みんな、あなたのような事をして暮しているものなのでしょうか。よくそれで、躓《つまず》かずに生きて行けるものだと、私は、そら恐しくも、不思議にも思います。きっと、悪い事が起こる。起こればいい。あなたのお為にも、神の実証のためにも、何か一つ悪い事が起こるように、私の胸のどこかで祈っているほどになってしまいました。けれども、悪い事は起こりませんでした。一つも起こりません。相変らず、いい事ばかりが続きます。あなたの団体の、第一回の展覧会は、非常な評判のようでございました。あなたの、菊の花の絵は、いよいよ心境が澄み、高潔な愛情が馥郁《ふくいく》と匂《にお》っているとか、お客様たちから、お噂《うわさ》を承りました。どうして、そういう事になるのでしょう。私は、不思議でたまりません。ことしのお正月には、あなたは、あなたの画の最も熱心な支持者だという、あの有名な、岡井先生のところへ、御年始に、はじめて私を連れてまいりました。先生は、あんなに有名な大家《たいか》なのに、それでも、私たちの家よりも、お小さいくらいのお家に住まわれておられました。あれで、本当だと思います。でっぷり太っておられて、てこでも動かない感じで、あぐらをかいて、そうして眼鏡越しに、じろりと私を見る、あの大きい眼も、本当に孤高なお方の眼でございました。私は、あなたの画を、はじめて父の会社の寒い応接室で見た時と同じ様に、こまかく、からだが震えてなりませんでした。先生は、実に単純な事ばかり、ちっともこだわらずに、おっしゃいます。私を見て、おう、いい奥さんだ、お武家《ぶけ》そだちらしいぞ、と冗談をおっしゃったら、あなたは真面目《まじめ》に、はあ、これの母が士族でして、などといかにも誇らしげに申しますので、私は冷汗を流しました。母が、なんで士族なものですか。父も、母も、ねっからの平民でございます。そのうちに、あなたは、人におだてられて、これの母は華族でして、等とおっしゃるようになるのではないでしょうか。そら恐しい事でございます。先生ほどのおかたでも、あなたの全部のいんちきを見破る事ができないとは、不思議であります。世の中は、みんな、そんなものなのでしょうか。先生は、あなたのこの頃のお仕事を、さぞ苦しいだろうと言って、しきりに労《いたわ》っておいでになりましたが、私は、あなたの毎朝の、おいとこそうだよ、という歌を歌っておいでになるお姿を思い出し、何がなんだか判《わか》らなくなり、しきりに可笑しく、噴き出しそうにさえなりました。先生のお家から出て、一町も歩かないうちに、あなたは砂利を蹴《け》って、ちえっ！　女には、甘くていやがら、とおっしゃいましたので、私はびっくり致《いた》しました。あなたは、卑劣です。たったいままで、あの御立派な先生の前で、ぺこぺこしていらした癖に、もうすぐ、そんな陰口をたたくなんて、あなたは、気違いです。あの時から、私は、あなたと、おわかれしようと思いました。この上、怺《こら》えている事ができませんでした。あなたは、きっと、間違っております。わざわいが、起こってくれたらいい、と思います。けれども、やっぱり、悪い事は起こりませんでした。あなたは但馬さんの、昔の御恩をさえ忘れた様子で、但馬のばかが、また来やがった、などとお友達におっしゃって、但馬さんも、それを、いつのまにか、ご存じになったようで、ご自分から、但馬のばかが、また来ましたよ、なんて言って笑いながら、のこのこ勝手口から、おあがりになります。もう、あなた達の事は、私には、さっぱり判りません。人間の誇りが、一体、どこへ行ったのでしょう。おわかれ致します。あなた達みんな、ぐるになって、私をからかっておられるような気さえ致します。先日あなたは、新浪漫派の時局的意義とやらについて、ラジオ放送をなさいました。私が茶の間で夕刊を読んでいたら、不意にあなたのお名前が放送せられ、つづいてあなたのお声が。私には、他人の声のような気が致しました。なんという不潔に濁った声でしょう。いやな、お人だと思いました。はっきり、あなたという男を、遠くから批判できました。あなたは、ただのお人です。これからも、ずんずん、うまく、出世をなさるでしょう。くだらない。「私の、こんにちあるは」というお言葉を聞いて、私は、スイッチを切りました。一体、何になったおつもりなのでしょう。恥じて下さい。「こんにちあるは」なんて恐しい無智な言葉は、二度と、ふたたび、おっしゃらないで下さい。ああ、あなたは早く躓いたら、いいのだ。私は、あの夜、早く休みました。電気を消して、ひとりで仰向に寝ていると、背筋の下で、こおろぎが懸命に鳴いていました。縁の下で鳴いているのですけれど、それが、ちょうど私の背筋の真下あたりで鳴いているので、なんだか私の背骨の中で小さいきりぎりすが鳴いているような気がするのでした。この小さい、幽《かす》かな声を一生忘れずに、背骨にしまって生きて行こうと思いました。この世では、きっと、あなたが正しくて、私こそ間違っているのだろうとも思いますが、私には、どこが、どんなに間違っているのか、どうしても、わかりません。

トカトントン

初出　一九四七年一月　群像

拝啓。

一つだけ教えて下さい。困っているのです。

私はことし二十六歳です。生れたところは、青森市の寺町です。たぶんご存じないでしょうが、寺町の清華寺の隣りに、トモヤという小さい花屋がありました。わたしはそのトモヤの次男として生れたのです。青森の中学校を出て、それから横浜のある軍需工場の事務員になって、三年勤め、それから軍隊で四年間暮し、無条件降伏と同時に、生れた土地へ帰って来ましたが、既に家は焼かれ、父と兄と嫂《あによめ》と三人、その焼跡にあわれな小屋を建てて暮していました。母は、私の中学四年の時に死んだのです。

さすがに私は、その焼跡の小さい住宅にもぐり込むのは、父にも兄夫婦にも気の毒で、父や兄とも相談の上、このAという青森市から二里ほど離れた海岸の部落の三等郵便局に勤める事になったのです。この郵便局は、死んだ母の実家で、局長さんは母の兄に当っているのです。ここに勤めてから、もうかれこれ一箇年以上になりますが、日ましに自分がくだらないものになっていくような気がして、実に困っているのです。

私があなたの小説を読みはじめたのは、横浜の軍需工場で事務員をしていた時でした。「文体」という雑誌に載っていたあなたの短い小説を読んでから、それから、あなたの作品を捜して読む癖がついて、いろいろ読んでいるうちに、あなたが私の中学校の先輩であり、またあなたは中学時代に青森の寺町の豊田さんのお宅にいらしたのだと言う事を知り、胸のつぶれる思いをしました。呉服屋の豊田さんなら、私の家と同じ町内でしたから、私はよく知っているのです。先代の太左衛門さんは、ふとっていらっしゃいましたから、太左衛門というお名前もよく似合っていましたが、当代の太左衛門さんは、痩《や》せてそうしてイキでいらっしゃるから、羽左衛門さんとでもお呼びしたいようでした。でも、皆さんがいいお方のようですね。こんどの空襲で豊田さんも全焼し、それに土蔵まで焼け落ちたようで、お気の毒です。私はあなたが、あの豊田さんのお家にいらした事があるのだという事を知り、よっぽど当代の太左衛門さんにお願いして紹介状を書いていただき、あなたをおたずねしようかと思いましたが、小心者ですから、ただそれを空想してみるばかりで、実行の勇気はありませんでした。

　そのうちに私は兵隊になって、千葉県の海岸の防備にまわされ、終戦までただもう毎日々々、穴掘りばかりやらされていましたが、それでもたまに半日でも休暇があると町へ出て、あなたの作品を捜して読みました。そうして、あなたに手紙を差上げたくて、ペンを執ってみた事が何度あったか知れません。けれども、拝啓、と書いて、それから、何と書いていいのやら、別段用事はないのだし、それに私はあなたにとってはまるで赤の他人なのだし、ペンを持ったままひとりで当惑するばかりなのです。やがて、日本は無条件降伏という事になり、私も故郷にかえり、Aの郵便局に勤めましたが、こないだ青森へ行ったついでに、青森の本屋をのぞき、あなたの作品を捜して、そうしてあなたも罹災《りさい》して生れた土地の金木町に来ているという事を、あなたの御作品によって知り、再び胸のつぶれる思いが致しました。それでも私は、あなたの御生家に突然たずねて行く勇気はなく、いろいろ考えた末、とにかく手紙を、書きしたためる事にしたのです。こんどは私も、拝啓、と書いただけで途方にくれるような事はないのです。なぜなら、これは用事の手紙ですから。しかも火急の用事です。

教えていただきたい事があるのです。本当に、困っているのです。しかもこれは、私ひとりの問題でなく、他にもこれと似たような思いで悩んでいるひとがあるような気がしますから、私たちのために教えて下さい。横浜の工場にいた時も、また軍隊にいた時も、あなたに手紙を出したいと思い続け、いまやっとあなたに手紙を差上げる、その最初の手紙が、このようなよろこびの少い内容のものになろうとは、まったく、思いも寄らない事でありました。

昭和二十年八月十五日正午に、私たちは兵舎の前の広場に整列させられて、そうして陛下みずからの御放送だという、ほとんど雑音に消されて何一つ聞きとれなかったラジオを聞かされ、そうして、それから、若い中尉がつかつかと壇上に駈けあがって、「聞いたか。わかったか。日本はポツダム宣言を受諾し、降参をしたのだ。しかし、それは政治上の事だ。われわれ軍人は、あく迄《まで》も抗戦をつづけ、最後には皆ひとり残らず自決して、以て大君におわびを申し上げる。自分はもとよりそのつもりでいるのだから、皆もその覚悟をしておれ。いいか。よし。解散」

そう言って、その若い中尉は壇から降りて眼鏡をはずし、歩きながらぽたぽた涙を落しました。厳粛とは、あのような感じを言うのでしょうか。私はつっ立ったまま、あたりがもやもやと暗くなり、どこからともなく、つめたい風が吹いて来て、そうして私のからだが自然に地の底へ沈んで行くように感じました。

死のうと思いました。死ぬのが本当だ、と思いました。前方の森がいやにひっそりして、漆黒に見えて、そのてっぺんから一むれの小鳥が一つまみの胡麻粒《ごまつぶ》を空中に投げたように、音もなく飛び立ちました。

ああ、その時です。背後の兵舎のほうから、誰やら金槌《かなづち》で釘《くぎ》を打つ音が、幽《かす》かに、トカトントンと聞えました。それを聞いたとたんに、眼から鱗《うろこ》が落ちるとはあんな時の感じを言うのでしょうか、悲壮も厳粛も一瞬のうちに消え、私は憑《つ》きものから離れたように、きょろりとなり、なんともどうにも白々しい気持で、夏の真昼の砂原を眺め見渡し、私には如何《いか》なる感慨も、何も一つもありませんでした。

そうして私は、リュックサックにたくさんのものをつめ込んで、ぼんやり故郷に帰還しました。

あの、遠くから聞えて来た幽かな、金槌の音が、不思議なくらい綺麗《きれい》に私からミリタリズムの幻影を剥《は》ぎとってくれて、もう再び、あの悲壮らしい厳粛らしい悪夢に酔わされるなんて事は絶対になくなったようですが、しかしその小さい音は、私の脳髄の金的《きんてき》を射貫《いぬ》いてしまったものか、それ以後げんざいまで続いて、私は実に異様な、いまわしい癲癇《てんかん》持ちみたいな男になりました。

と言っても決して、兇暴《きょうぼう》な発作などを起すというわけではありません。その反対です。何か物事に感激し、奮い立とうとすると、どこからともなく、幽かに、トカトントンとあの金槌の音が聞えて来て、とたんに私はきょろりとなり、眼前の風景がまるでもう一変してしまって、映写がふっと中絶してあとにはただ純白のスクリーンだけが残り、それをまじまじと眺めているような、何ともはかない、ばからしい気持になるのです。

さいしょ、私は、この郵便局に来て、さあこれからは、何でも自由に好きな勉強ができるのだ、まず一つ小説でも書いて、そうしてあなたのところへ送って読んでいただこうと思い、郵便局の仕事のひまひまに、軍隊生活の追憶を書いてみたのですが、大いに努力して百枚ちかく書きすすめて、いよいよ今明日のうちに完成だという秋の夕暮、局の仕事もすんで、銭湯へ行き、お湯にあたたまりながら、今夜これから最後の章を書くにあたり、オネーギンの終章のような、あんなふうの華やかな悲しみの結び方にしようか、それともゴーゴリの「喧嘩《けんか》噺《ばなし》」式の絶望の終局にしようか、などひどい興奮でわくわくしながら、銭湯の高い天井からぶらさがっている裸電球の光を見上げた時、トカトントン、と遠くからあの金槌の音が聞えたのです。とたんに、さっと浪がひいて、私はただ薄暗い湯槽《ゆぶね》の隅で、じゃぼじゃぼお湯を掻《か》きまわして動いている一個の裸形《らぎょう》の男に過ぎなくなりました。

まことにつまらない思いで、湯槽から這《は》い上って、足の裏の垢《あか》など落して、銭湯の他の客たちの配給の話などに耳を傾けていました。プウシキンもゴーゴリも、それはまるで外国製の歯ブラシの名前みたいな、味気ないものに思われました。銭湯を出て、橋を渡り、家へ帰って黙々とめしを食い、それから自分の部屋に引き上げて、机の上の百枚ちかくの原稿をぱらぱらとめくって見て、あまりのばかばかしさに呆《あき》れ、うんざりして、破る気力もなく、それ以後の毎日の鼻紙に致しました。それ以来、私はきょうまで、小説らしいものは一行も書きません。伯父のところに、わずかながら蔵書がありますので、時たま明治大正の傑作小説集など借りて読み、感心したり、感心しなかったり、甚だふまじめな態度で吹雪の夜は早寝という事になり、まったく「精神的」でない生活をして、そのうちに、世界美術全集などを見て、以前あんなに好きだったフランスの印象派の画には、さほど感心せず、このたびは日本の元禄時代の尾形光琳《こうりん》と尾形乾山《けんざん》と二人の仕事に一ばん眼をみはりました。光琳の躑躅《つつじ》などは、セザンヌ、モネー、ゴーギャン、誰の画よりも、すぐれていると思われました。こうしてまた、だんだん私の所謂《いわゆる》精神生活が、息を吹きかえして来たようで、けれどもさすがに自分が光琳、乾山のような名家になろうなどという大それた野心を起す事はなく、まあ片田舎のディレッタント、そうして自分に出来る精一ぱいの仕事は、朝から晩まで郵便局の窓口に坐って、他人の紙幣をかぞえている事、せいぜいそれくらいのところだが、私のような無能無学の人間には、そんな生活だって、あながち堕落の生活ではあるまい。謙譲の王冠というものも、あるかも知れぬ。平凡な日々の業務に精励するという事こそ最も高尚な精神生活かもしれない。などと少しずつ自分の日々の暮しにプライドを持ちはじめて、その頃ちょうど円貨の切り換えがあり、こんな片田舎の三等郵便局でも、いやいや、小さい郵便局ほど人手不足でかえって、てんてこ舞いのいそがしさだったようで、あの頃は私たちは毎日早朝から預金の申告受付けだの、旧円の証紙張りだの、へとへとになっても休む事ができず、殊にも私は、伯父の居候の身分ですから御恩返しはこの時とばかりに、両手がまるで鉄の手袋でもはめているように重くて、少しも自分の手の感じがしなくなったほどに働きました。

そんなに働いて、死んだように眠って、そうして翌《あく》る朝は枕元の眼ざまし時計の鳴ると同時にはね起き、すぐ局へ出て大掃除をはじめます。掃除などは、女の局員がする事になっていたのですが、その円貨切り換えの大騒ぎがはじまって以来、私の働き振りに異様なハズミがついて、何でもかでも滅茶苦茶に働きたくなって、きのうよりは今日、きょうよりは明日と物凄《ものすご》い加速度を以て、ほとんど半狂乱みたいな獅子奮迅《ししふんじん》をつづけ、いよいよ切り換えの騒ぎも、きょうでおしまいという日に、私はやはり薄暗いうちから起きて局の掃除を大車輪でやって、全部きちんとすましてから私の受持の窓口のところに腰かけて、ちょうど朝日が私の顔にまっすぐにさして来て、私は寝不足の眼を細くして、それでも何だかひどく得意な満足の気持で、労働は神聖なり、という言葉などを思い出し、ほっと溜息《ためいき》をついた時に、トカトントンとあの音が遠くから幽かに聞えたような気がして、もうそれっきり、何もかも一瞬のうちに馬鹿らしくなり、私は立って自分の部屋に行き、蒲団《ふとん》をかぶって寝てしまいました。ごはんの知らせが来ても、私は、からだ具合が悪いから、きょうは起きない、とぶっきらぼうに言い、その日は局でも一ばんいそがしかったようで、最も優秀な働き手の私に寝込まれて実にみんな困った様子でしたが、私は終日うつらうつら眠っていました。伯父への御恩返しも、こんな私の我儘《わがまま》のために、かえってマイナスになったようでしたが、もはや、私には精魂こめて働く気などは少しもなく、その翌る日には、ひどく朝寝坊をして、そうしてぼんやり私の受持の窓口に坐り、あくびばかりして、たいていの仕事は、隣りの女の局員にまかせきりにしていました。そうしてその翌日も、翌々日も、私は甚だ気力のないのろのろしていて不機嫌な、つまり普通の、あの窓口局員になりました。

「まだお前は、どこか、からだ具合がわるいのか」

と伯父の局長に聞かれても薄笑いして、

「どこも悪くない。神経衰弱かも知れん」

と答えます。

「そうだ、そうだ」と伯父は得意そうに、「俺もそうにらんでいた。お前は頭が悪いくせに、むずかしい本を読むからそうなる。俺やお前のように、頭の悪い男は、むずかしい事を考えないようにするのがいいのだ」と言って笑い、私も苦笑しました。

この伯父は専門学校を出た筈《はず》の男ですが、さっぱりどこにもインテリらしい面影がないんです。

そうしてそれから、(私の文章には、ずいぶん、そうしてそれからが多いでしょう? これもやはり頭の悪い男の文章の特色でしょうかしら。自分でも大いに気になるのですが、でも、つい自然に出てしまうので、泣寝入りです)そうしてそれから、私は、恋をはじめたのです。お笑いになってはいけません。いや、笑われたって、どう仕様もないんです。金魚鉢のメダカが、鉢の底から二寸くらいの個所にうかんで、じっと静止して、そうしておのずから身ごもっているように、私も、ぼんやり暮しながら、いつとはなしに、どうやら、羞《は》ずかしい恋をはじめていたのでした。

恋をはじめると、とても音楽が身にしみて来ますね。あれが恋の病の一ばんたしかな兆候だと思います。

片恋なんです。でも私は、その女のひとを好きで好きで仕方がないんです。そのひとは、この海岸の部落にたった一軒しかない小さい旅館の、女中さんなのです。まだ、はたち前のようです。伯父の局長は酒飲みですから、何か部落の宴会が、その旅館の奥座敷でひらかれたりするたびごとに、きっと欠かさず出かけますので、伯父とその女中さんとはお互い心易い様子で、女中さんが貯金だの保険だのの用事で郵便局の窓口の向う側にあらわれると、伯父はかならず、可笑《おか》しくもない陳腐《ちんぷ》な冗談を言ってその女中さんをからかうのです。

「このごろはお前も景気がいいと見えて、なかなか貯金にも精が出るのう。感心かんしん。いい旦那でも、ついたかな？」

「つまらない」

と言います。そうして、じっさい、つまらなそうな顔をして言います。ヴァン・ダイクの画の、女の顔でなく、貴公子の顔に似た顔をしています。時田花江という名前です。貯金帳にそう書いてあるんです。以前は、宮城県にいたようで、貯金帳の住所欄には、以前のその宮城県の住所も書かれていて、そうして赤線で消されて、その傍にここの新しい住所が書き込まれています。女の局員たちの噂《うわさ》では、なんでも、宮城県のほうで戦災に遭って、無条件降伏直前に、この部落へひょっこりやって来た女で、あの旅館のおかみさんの遠い血筋のものだとか、そうして身持ちがよろしくないようで、まだ子供のくせに、なかなかの凄腕《すごうで》だとかいう事でしたが、疎開して来たひとで、その土地の者たちの評判のいいひとなんて、ひとりもありません。私はそんな、凄腕などという事は少しも信じませんでしたが、しかし、花江さんの貯金も決して乏しいものではありませんでした。郵便局の局員が、こんな事を公表してはいけない事になっているのですけど、とにかく花江さんは、局長にからかわれながらも、一週間にいちどくらいは二百円か三百円の新円を貯金しに来て、総額がぐんぐん殖えているんです。まさか、いい旦那がついたから、とも思いませんが、私は花江さんの通帳に弐百円とか参百円とかのハンコを押すたんびに、なんだか胸がどきどきして顔があからむのです。

そうして次第に私は苦しくなりました。花江さんは決して凄腕なんかじゃないんだけれども、しかし、この部落の人たちはみんな花江さんをねらって、お金なんかをやって、そうして、花江さんをダメにしてしまうのではなかろうか。きっとそうだ、と思うと、ぎょっとして夜中に床からむっくり起き上った事さえありました。

けれども花江さんは、やっぱり一週間にいちどくらいの割で、平気でお金を持って来ます。いまはもう、胸がどきどきして顔が赤らむどころか、あんまり苦しくて顔が蒼《あお》くなり額に脂汗のにじみ出るような気持で、花江さんの取り澄まして差し出す証紙を貼《は》った汚い十円紙幣を一枚二枚と数えながら、やにわに全部ひき裂いてしまいたい発作に襲われた事が何度あったかしれません。そうして私は、花江さんに一こと言ってやりたかった。あの、れいの鏡花の小説に出て来る有名な、せりふ、「死んでも、ひとのおもちゃになるな！」と、キザもキザ、それに私のような野暮な田舎者には、とても言い出し得ない台詞《せりふ》ですが、でも私は大まじめに、その一言を言ってやりたくて仕方がなかったんです。死んでも、ひとのおもちゃになるな、物質がなんだ、金銭がなんだ、と。

思えば思われるという事は、やっぱりあるものでしょうか。あれは五月の、なかば過ぎの頃でした。花江さんは、れいの如く、澄まして局の窓口の向う側にあらわれ、どうぞと言ってお金と通帳を私に差し出します。私は溜息をついてそれを受け取り、悲しい気持で汚い紙幣を一枚二枚とかぞえます。そうして通帳に金額を記入して、黙って花江さんに返してやります。

「五時頃、おひまですか？」

私は、自分の耳を疑いました。春の風にたぶらかされているのではないかと思いました。それほど低く素早い言葉でした。

「おひまでしたら、橋にいらして」

そう言って、かすかに笑い、すぐにまた澄まして花江さんは立ち去りました。

私は時計を見ました。二時すこし過ぎでした。それから五時まで、だらしない話ですが、私は何をしていたか、いまどうしても思い出す事ができないのです。きっと、何やら深刻な顔をして、うろうろして、突然となりの女の局員に、きょうはいいお天気だ、なんて曇っている日なのに、大声で言って、相手がおどろくと、ぎょろりと睨《にら》んでやって、立ち上って便所へ行ったり、まるで阿呆みたいになっていたのでしょう。五時、七、八分まえに私は、家を出ました。途中、自分の両手の指の爪がのびているのを発見して、それがなぜだか、実に泣きたいくらい気になったのを、いまでも覚えています。

橋のたもとに、花江さんが立っていました。スカートが短かすぎるように思われました。長いはだかの脚をちらと見て、私は眼を伏せました。

「海のほうへ行きましょう」

花江さんは、落ちついてそう言いました。

花江さんがさきに、それから五、六歩はなれて私が、ゆっくり海のほうへ歩いて行きました。そうして、それくらい離れて歩いているのに、二人の歩調が、いつのまにか、ぴったり合ってしまって、困りました。曇天で、風が少しあって、海岸には砂ほこりが立っていました。

「ここが、いいわ」

岸にあがっている大きい漁船と漁船のあいだに花江さんは、はいって行って、そうして砂地に腰をおろしました。

「いらっしゃい。坐ると風が当らなくて、あたたかいわ」

　私は花江さんが両脚を前に投げ出して坐っている個所から、二メートルくらい離れたところに腰をおろしました。

「呼び出したりして、ごめんなさいね。でも、あたし、あなたに一こと言わずには居られないのよ。あたしの貯金の事、ね、へんに思っていらっしゃるんでしょう？」

　私も、ここだと思い、しゃがれた声で答えました。

「へんに、思っています」

「そう思うのが当然ね」と言って花江さんは、うつむき、はだかの脚に砂を掬《すく》って振りかけながら、「あれはね、あたしのお金じゃないのよ。あたしのお金だったら、貯金なんかしやしないわ。いちいち貯金なんて、めんどうくさい」

　なるほどと思い、私は黙ってうなずきました。

「そうでしょう？　あの通帳はね、おかみさんのものなのよ。でも、それは絶対に秘密よ。あなた、誰にも言っちゃだめよ。おかみさんが、なぜそんな事をするのか、あたしには、ぼんやりわかっているんだけど、でも、それはね、とても複雑している事なんですから、言いたくないわ。つらいのよ、あたしは。信じて下さる？」

　すこし笑って花江さんの眼が妙に光って来たと思ったら、それは涙でした。

私は花江さんにキスしてやりたくて、仕様がありませんでした。花江さんとなら、どんな苦労をしてもいいと思いました。

「この辺のひとたちは、みんな駄目ねえ。あたし、あなたに、誤解されてやしないかと思って、あなたに一こと言いたくって、それできょうね、思い切って」

その時、実際ちかくの小屋から、トカトントンという釘を打つ音が聞えたのです。この時の音は、私の幻聴ではなかったのです。海岸の佐々木さんの納屋《なや》で、事実、音高く釘を打ちはじめたのです。トカトントン、トントントカトン、とさかんに打ちます。私は、身ぶるいして立ち上りました。

「わかりました。誰にも言いません」

花江さんのすぐうしろに、かなり多量の犬の糞《ふん》があるのをそのとき見つけて、よっぽどそれを花江さんに注意してやろうかと思いました。

波は、だるそうにうねって、きたない帆をかけた船が、岸のすぐ近くをよろよろと、とおって行きます。

「それじゃ、失敬」

空々漠々たるものでした。貯金がどうだって、俺の知った事か。もともと他人なんだ。ひとのおもちゃになったって、どうなったって、ちっともそれは俺に関係した事じゃない。ばかばかしい。腹がへった。

それからも、花江さんは相変らず、一週間か十日目くらいに、お金を持って来て貯金して、もういまでは何千円かの額になっていますが、私には少しも興味がありません。花江さんの言ったように、それはおかみさんのお金なのか、または、やっぱり花江さんのお金なのか、どっちにしたって、それは全く私には関係のない事ですもの。そうして、いったいこれは、どちらが失恋したという事になるのかと言えば、私には、どうしても、失恋したのは私のほうだというような気がしているのですけれども、しかし、失恋して別段かなしい気も致しませんから、これはよっぽど変った失恋の仕方だと思っています。そうして私は、またもや、ぼんやりした普通の局員になったのです。

六月にはいってから、私は用事があって青森へ行き、偶然、労働者のデモを見ました。それまでの私は社会運動または政治運動というようなものには、あまり興味がない、というよりは、絶望に似たものを感じていたのです。誰がやったって、同じ様なものなんだ。また自分が、どのような運動に参加したって、所詮《しょせん》はその指導者たちの、名誉欲か権勢欲の乗りかかった船の、犠牲になるだけの事だ。何の疑うところもなく堂々と所信を述べ、わが言に従えば必ずや汝《なんじ》自身ならびに汝の家庭、汝の村、汝の国、否全世界が救われるであろうと、大見得を切って、救われないのは汝らがわが言に従わないからだとうそぶき、そうして一人のおいらんに、振られて振られて振られとおして、やけになって公娼《こうしょう》廃止を叫び、憤然として美男の同志を殴り、あばれて、うるさがられて、たまたま勲章をもらい、沖天《ちゅうてん》の意気をもってわが家に駈け込み、かあちゃんこれだ、と得意満面、その勲章の小箱をそっとあけて女房に見せると、女房は冷たく、あら、勲五等じゃないの、せめて勲二等くらいでなくちゃねえ、と言い、亭主がっかり、などという何が何やらまるで半気狂《きちが》いのような男が、その政治運動だの社会運動だのに没頭しているものとばかり思い込んでいたのです。それですから、ことしの四月の総選挙も、民主主義とか何とか言って騒ぎ立てても、私には一向にその人たちを信用する気が起らず、自由党、進歩党は相変らずの古くさい人たちばかりのようでまるで問題にならず、また社会党、共産党は、いやに調子づいてはしゃいでいるけれども、これはまた敗戦便乗とでもいうのでしょうか、無条件降伏の屍《しかばね》にわいた蛆虫《うじむし》のような不潔な印象を消す事が出来ず、四月十日の投票日にも私は、伯父の局長から自由党の加藤さんに入れるようにと言われていたのですが、はいはいと言って家を出て海岸を散歩して、それだけで帰宅しました。社会問題や政治問題に就いてどれだけ言い立てても、私たちの日々の暮しの憂鬱は解決されるものではないと思っていたのですが、しかし、私はあの日、青森で偶然、労働者のデモを見て、私の今までの考えは全部間違っていた事に気がつきました。

生々溌剌《せいせいはつらつ》、とでも言ったらいいのでしょうか。なんとまあ、楽しそうな行進なのでしょう。憂鬱の影も卑屈の皺《しわ》も、私は一つも見出す事が出来ませんでした。伸びて行く活力だけです。若い女のひとたちも、手に旗を持って労働歌を歌い、私は胸が一ぱいになり、涙が出ました。ああ、日本が戦争に負けて、よかったのだと思いました。生れてはじめて、真の自由というものの姿を見た、と思いました。もしこれが、政治運動や社会運動から生れた子だとしたなら、人間はまず政治思想、社会思想をこそ第一に学ぶべきだと思いました。

なおも行進を見ているうちに、自分の行くべき一条の光りの路がいよいよ間違いなしに触知せられたような大歓喜の気分になり、涙が気持よく頬を流れて、そうして水にもぐって眼をひらいてみた時のように、あたりの風景がぼんやり緑色に烟《けむ》って、そうしてその薄明の漾々《ようよう》と動いている中を、真紅の旗が燃えている有様を、ああその色を、私はめそめそ泣きながら、死んでも忘れまいと思ったら、トカトントンと遠く幽かに聞えて、もうそれっきりになりました。

いったい、あの音はなんでしょう。虚無《ニヒル》などと簡単に片づけられそうもないんです。あのトカトントンの幻聴は、虚無《ニヒル》をさえ打ちこわしてしまうのです。

夏になると、この地方の青年たちの間で、にわかにスポーツ熱がさかんになりました。私には多少、年寄りくさい実利主義的な傾向もあるのでしょうか、何の意味もなくまっぱだかになって角力《すもう》をとり、投げられて大怪我をしたり、顔つきをかえて走って誰よりも誰が早いとか、どうせ百メートル二十秒の組でどんぐりの背ならべなのに、ばかばかしい、というような気がして、青年たちのそんなスポーツに参加しようと思った事はいちどもなかったのです。けれども、ことしの八月に、この海岸線の各部落を縫って走破する駅伝競走というものがあって、この郡の青年たちが大勢参加し、このAの郵便局も、その競走の中継所という事になり、青森を出発した選手が、ここで次の選手と交代になるのだそうで、午前十時少し過ぎ、そろそろ青森を出発した選手たちがここへ到着する頃だというので、局の者たちは皆、外へ見物に出て、私と局長だけ局に残って簡易保険の整理をしていましたが、やがて、来た、来た、というどよめきが聞え、私は立って窓から見ていましたら、それがすなわちラストへビーというものののつもりなのでしょう、両手の指の股《また》を蛙《かえる》の手のようにひろげ、空気を掻き分けて進むというような奇妙な腕の振り具合で、そうしてまっぱだかにパンツ一つ、もちろん裸足《はだし》で、大きい胸を高く突き上げ、苦悶《くもん》の表情よろしく首をそらして左右にうごかし、よたよたと走って局の前まで来て、ううんと一声唸《うな》って倒れ、「ようし！頑張ったぞ！」と附添の者が叫んで、それを抱き上げ、私の見ている窓の下に連れて来て、用意の手桶《ておけ》の水を、ざぶりとその選手にぶっかけ、選手はほとんど半死半生の危険な状態のようにも見え、顔は真蒼《まっさお》でぐたりとなって寝ている、その姿を眺めて私は、実に異様な感激に襲われたのです。

可憐《かれん》、などと二十六歳の私が言うのも思い上っているようですが、いじらしさ、と言えばいいか、とにかく、力の浪費もここまで来ると、見事なものだと思いました。このひとたちが、一等をとったって二等をとったって、世間はそれにほとんど興味を感じないのに、それでも生命懸《いのち》けで、ラストヘビーなんかやっているのです。別に、この駅伝競走によって、所謂《いわゆる》文化国家を建設しようという理想を持っているわけでもないでしょうし、また、理想も何もないのに、それでも、おていさいから、そんな理想を口にして走って、もって世間の人たちにほめられようなどとも思っていないでしょう。また、将来大マラソン家になろうという野心もなく、どうせ田舎の駈けっくらで、タイムも何も問題にならん事は、よく知っているでしょうし、家へ帰っても、その家族の者たちに手柄話などする気もなく、かえってお父さんに叱られはせぬかと心配して、けれども、それでも走りたいのです。いのちがけで、やってみたいのです。誰にほめられなくてもいいんです。ただ、走ってみたいのです。無報酬の行為です。幼児の危い木登りには、まだ柿の実を取って食おうという欲がありましたが、このいのちがけのマラソンには、それさえありません。ほとんど虚無の情熱だと思いました。それが、その時の私の空虚な気分にぴったり合ってしまったのです。

　私は局員たちを相手にキャッチボールをはじめました。へとへとになるまで続けると、何か脱皮に似た爽《さわ》やかさが感ぜられ、これだと思ったとたんに、やはりあのトカトントンが聞えるのです。あのトカトントンの音は、虚無の情熱をさえ打ち倒します。

もう、この頃では、あのトカトントンが、いよいよ頻繁に聞え、新聞をひろげて、新憲法を一条一条熟読しようとすると、トカトントン、局の人事に就いて伯父から相談を掛けられ、名案がふっと胸に浮んでも、トカトントン、あなたの小説を読もうとしても、トカトントン、こないだこの部落に火事があって起きて火事場に駈けつけようとして、トカトントン、伯父のお相手で、晩ごはんの時お酒を飲んで、も少し飲んでみようかと思って、トカトントン、もう気が狂ってしまっているのではなかろうかと思って、これもトカトントン、自殺を考え、トカトントン。

「人生というのは、一口に言ったら、なんですか」

と私は昨夜、伯父の晩酌の相手をしながら、ふざけた口調で尋ねてみました。

「人生、それはわからん。しかし、世の中は、色と欲さ」

案外の名答だと思いました。そうして、ふっと私は、闇屋《やみや》になろうかしらと思いました。しかし、闇屋になって一万円もうけた時のことを考えたら、すぐトカトントンが聞えて来ました、
教えて下さい。この音は、なんでしょう。そうして、この音からのがれるには、どうしたらいいのでしょう。私はいま、実際、この音のために身動きができなくなっています。どうか、ご返事を下さい。

なお最後にもう一言つけ加えさせていただくなら、私はこの手紙を半分も書かぬうちに、もう、トカトントンが、さかんに聞えて来ていたのです。こんな手紙を書く、つまらなさ。それでも、我慢してとにかく、これだけ書きました。そうして、あんまりつまらないから、やけになって、ウソばっかり書いたような気がします。花江さんなんて女もいないし、デモも見たのじゃないんです。その他の事も、たいがいウソのようです。
しかし、トカトントンだけは、ウソでないようです。読みかえさず、このままお送り致します。敬具。

この奇異なる手紙を受け取った某作家は、むざんにも無学無思想の男であったが、次の如き返答を与えた。

拝復。気取った苦悩ですね。僕は、あまり同情してはいないんですよ。十指の指差すところ、十目の見るところの、いかなる弁明も成立しない醜態を、君はまだ避けているようですね。真の思想は、叡智《えいち》よりも勇気を必要とするものです。マタイ十章、二八、「身を殺して霊魂《たましい》を殺し得ぬ者どもを懼《おそ》るな、身と霊魂《たましい》とをゲヘナにて滅し得る者をおそれよ」この場合の「懼る」は、「畏敬《いけい》」の意にちかいようです。このイエスの言に、霹靂《へきれき》を感ずる事ができたら、君の幻聴は止む筈《はず》です。不尽《ふじん》。

ヴィヨンの妻

初出　一九四七年三月　展望

一

あわただしく、玄関をあける音が聞えて、私はその音で、眼をさましましたが、それは泥酔の夫の、深夜の帰宅にきまっているのでございますから、そのまま黙って寝ていました。

夫は、隣の部屋に電気をつけ、はあっはあっ、とすさまじく荒い呼吸をしながら、机の引出しや本箱の引出しをあけて掻《か》きまわし、何やら捜している様子でしたが、やがて、どたりと畳に腰をおろして坐ったような物音が聞えまして、あとはただ、はあっはあっという荒い呼吸ばかりで、何をしている事やら、私が寝たまま、

「おかえりなさいまし。ごはんは、おすみですか？　お戸棚に、おむすびがございますけど」

と申しますと、

「や、ありがとう」といつになく優しい返事をいたしまして、

「坊やはどうです。熱は、まだありますか？」とたずねます。

これも珍らしい事でございました。坊やは、来年は四つになるのですが、栄養不足のせいか、または夫の酒毒のせいか、病毒のせいか、よその二つの子供よりも小さいくらいで、歩く足許《あしもと》さえおぼつかなく、言葉もウマウマとか、イヤイヤとかを言える

くらいが関の山で、脳が悪いのではないかとも思われ、私はこの子を銭湯に連れて行きはだかにして抱き上げて、あんまり小さく醜く痩《や》せているので、凄《さび》しくなって、おおぜいの人の前で泣いてしまった事さえございました。そうしてこの子は、しょっちゅう、おなかをこわしたり、熱を出したり、夫はほとんど家に落ちついている事はなく、子供の事など何と思っているのやら、坊やが熱を出しまして、と私が言っても、あ、そう、お医者に連れて行ったらいいでしょう、と言って、いそがしげに二重廻しを羽織ってどこかへ出掛けてしまいます。お医者に連れて行きたくっても、お金も何もないのですから、私は坊やに添寝して、坊やの頭を黙って撫《な》でてやっているより他はないのでございます。

けれどもその夜はどういうわけか、いやに優しく、坊やの熱はどうだ、など珍らしくたずねて下さって、私はうれしいよりも、何だかおそろしい予感で、背筋が寒くなりました。何とも返辞の仕様がなく黙っていますと、それから、しばらくは、ただ、夫の烈《はげ》しい呼吸ばかり聞えていましたが、

「ごめん下さい」

と、女のほそい声が玄関で致します。私は、総身に冷水を浴びせられたように、ぞっとしました。

「ごめん下さい。大谷《おおたに》さん」

こんどは、ちょっと鋭い語調でした。同時に、玄関のあく音がして、

「大谷さん！　いらっしゃるんでしょう?」

と、はっきり怒っている声で言うのが聞えました。

夫は、その時やっと玄関に出た様子で、

「なんだい」

と、ひどくおどおどしているような、まの抜けた返事をいたしました。

「なんだいではありませんよ」と女は、声をひそめて言い、「こんな、ちゃんとしたお家もあるくせに、どろぼうを働くなんて、どうした事です。ひとのわるい冗談はよして、あれを返して下さい。でなければ、私はこれからすぐ警察に訴えます」

「何を言うんだ。失敬な事を言うな。ここは、お前たちの来るところではない。帰れ！　帰らなければ、僕のほうからお前たちを訴えてやる」

その時、もうひとりの男の声が出ました。

「先生、いい度胸だね。お前たちの来るところではない、とは出かした。呆《あき》れてものが言えねえや。他の事とは違う。よその家の金を、あんた、冗談にも程度がありますよ。いままでだって、私たち夫婦は、あんたのために、どれだけ苦労をさせられて来たか、わからねえのだ。それなのに、こんな、今夜のような情ねえ事をし出かしてくれる。先生、私は見そこないましたよ」

「ゆすりだ」と夫は、威たけ高に言うのですが、その声は震えていました。

「恐喝だ。帰れ！　文句があるなら、あした聞く」

「たいへんな事を言いやがるなあ、先生、すっかりもう一人前の悪党だ。それではもう警察へお願いするより手がねえぜ」

その言葉の響きには、私の全身鳥肌立ったほどの凄《すご》い憎悪がこもっていました。

「勝手にしろ！」と叫ぶ夫の声は既に上ずって、空虚な感じのものでした。

私は起きて寝巻きの上に羽織を引掛け、玄関に出て、二人のお客に、

「いらっしゃいまし」

と挨拶しました。

「や、これは奥さんですか」

膝《ひざ》きりの短い外套《がいとう》を着た五十すぎくらいの丸顔の男のひとが、少しも笑わずに私に向ってちょっと首肯《うなず》くように会釈しました。

女のほうは四十前後の痩せて小さい、身なりのきちんとしたひとでした。

「こんな夜中にあがりまして」

とその女のひとは、やはり少しも笑わずにショールをはずして私にお辞儀をかえしました。

その時、やにわに夫は、下駄を突っかけて外に飛び出ようとしました。

「おっと、そいつあいけない」

男のひとは、その夫の片腕をとらえ、二人は瞬時もみ合いました。

「放せ！　刺すぞ」

夫の右手にジャックナイフが光っていました。そのナイフは、夫の愛蔵のものでございまして、たしか夫の机の引出しの中にあったので、それではさっき夫が家へ帰るなり何だか引出しを掻きまわしていたようでしたが、かねてこんな事になるのを予期して、ナイフを捜し、懐にいれていたのに、違いありません。

男のひとは身をひきました。そのすきに夫は大きい鴉《からす》のように二重廻しの袖をひるがえして、外に飛び出しました。

「どろぼう！」

と男のひとは大声を挙げ、つづいて外に飛び出そうとしましたが、私は、はだしで土間に降りて男を抱いて引きとめ、

「およしなさいまし。どちらにもお怪我があっては、なりませぬ。あとの始末は、私がいたします」

と申しますと、傍から四十の女のひとも、

「そうですね、とうさん。気ちがいに刃物です。何をするかわかりません」

と言いました。

「ちきしょう！　警察だ。もう承知できねえ」

ぼんやり外の暗闇を見ながら、ひとりごとのようにそう呟《つぶや》き、けれども、その男のひとの総身の力は既に抜けてしまっていました。

「すみません。どうぞ、おあがりになって、お話を聞かして下さいまし」

と言って私は式台にあがってしゃがみ、

「私でも、あとの始末は出来るかも知れませんから。どうぞ、おあがりになって、どうぞ。きたないところですけど」

二人の客は顔を見あわせ、幽《かす》かに首肯き合って、それから男のひとは様子をあらため、

「何とおっしゃっても、私どもの気持は、もうきまっています。しかし、これまでの経緯《いきさつ》は一応、奥さんに申し上げておきます」

「はあ、どうぞ。おあがりになって。そうして、ゆっくり」

「いや、そんな、ゆっくりもしておられませんが」

と言い、男のひとは外套を脱ぎかけました。

「そのままで、どうぞ。お寒いんですから、本当に、そのままで、お願いします。家の中には火の気が一つもないのでございますから」

「では、このままで失礼します」

「どうぞ。そちらのお方も、どうぞ、そのままで」

男のひとがさきに、それから女のひとが、夫の部屋の六畳間にはいり、腐りかけているような畳、破れほうだいの障子、落ちかけている壁、紙がはがれて中の骨が露出している襖《ふすま》、片隅に机と本箱、それもからっぽの本箱、そのような荒涼たる部屋の風景に接して、お二人とも息を呑んだような様子でした。

破れて綿のはみ出ている座蒲団《ざぶとん》を私はお二人にすすめて、

「畳が汚うございますから、どうぞ、こんなものでも、おあてになって」

と言い、それから改めてお二人に御挨拶を申しました。

「はじめてお目にかかります。主人がこれまで、たいへんなご迷惑ばかりおかけしてまいりましたようで、また、今夜は何をどう致しました事やら、あのようなおそろしい真似などして、おわびの申し上げ様もございませぬ。何せ、あのような、変った気性の人なので」

と言いかけて、言葉がつまり、落涙しました。

「奥さん。まことに失礼ですが、いくつにおなりで？」

と男のひとは、破れた座蒲団に悪びれず大あぐらをかいて、肘《ひじ》をその膝の上に立て、こぶしで顎《あご》を支え、上半身を乗り出すようにして私に尋ねます。

「あの、私でございますか？」

「ええ。たしか旦那は三十、でしたね？」

「はあ、私は、あの、……四つ下です」

「すると、二十、六、いやこれはひどい。まだ、そんなですか？　いや、その筈《はず》だ。旦那が三十ならば、そりゃその筈だけど、おどろいたな」

「私も、さきほどから」と女のひとは、男のひとの背中の蔭から顔を出すようにして、「感心しておりました。こんな立派な奥さんがあるのに、どうして大谷さんは、あんなに、ねえ」

「病気だ。病気なんだよ。以前はあれほどでもなかったんだが、だんだん悪くなりやがった」

　と言って大きい溜息《ためいき》をつき、

「実は、奥さん」とあらたまった口調になり、「私ども夫婦は、中野駅の近くに小さい料理屋を経営していまして、私もこれも上州の生れで、私はこれでも堅気のあきんどだったのでございますが、道楽気が強い、というのでございましょうか、田舎のお百姓を相手のケチな商売にもいや気がさして、かれこれ二十年前、この女房を連れて東京へ出て来まして、浅草の、或る料理屋に夫婦ともに住込みの奉公をはじめまして、まあ人並に浮き沈みの苦労をして、すこし蓄えも出来ましたので、いまのあの中野の駅ちかくに、昭和十一年でしたか、六畳一間に狭い土間付きのまことにむさくるしい小さい家を借りまして、一度の遊興費が、せいぜい一円か二円の客を相手の、心細い飲食店を開業いたしまして、それでもまあ夫婦がぜいたくもせず、地道に働いて来たつもりで、そのおかげか焼酎《しょうちゅう》やらジンやらを、割にどっさり仕入れて置く事が出来まして、その後の酒不足の時代になりましてからも、よその飲食店のように転業などせずに、どうやら頑張って商売をつづけてまいりまして、また、そうなると、ひいきのお客もむきになって応援をして下さって、所謂《いわゆる》あの軍官の酒さかなが、こちらへも少しずつ流れて来るような道を、ひらいて下さるお方もあり、対米英戦がはじまって、だんだん空襲がはげしくなって来てからも、私どもには足手まといの子供はなし、故郷へ疎開などする気も起らず、まあこの家が焼ける迄《まで》は、と思って、この商売一つにかじりついて来て、どうやら罹災《りさい》もせず終戦になりましたのでほっとして、こんどは大ぴらに闇酒を仕入れて売っているという、手短かに語ると、そんな身の上の人間なのでございます。けれども、こうして手短かに語ると、さして大きな難儀もなく、割に運がよく暮して来た人間のようにお思いになるかもしれませんが、人間の一生は地獄でございまして、寸善尺魔《すんぜんしゃくま》、とは、まったく本当の事でございますね。一寸《いっすん》の仕合せには一尺の魔物が必ずくっついてまいります。人間三百六十五日、何の心配もない日が、一日、いや半日あったら、それは仕合せな人間です。あなたの旦那の大谷さんが、はじめて私どもの店に来ましたのは、昭和十九年の、春でしたか、とにかくその頃はまだ、対米英戦もそんなに負けいくさではなく、いや、そろそろもう負けいくさになっていたのでしょうが、私たちにはそんな、実体、ですか、真相、ですか、そんなものはわからず、ここ二、三年頑張れば、どうにかこうにか対等の資格で、和睦《わぼく》ができるくらいに考えていまして、大谷さんがはじめて私どもの店にあらわれた時にも、たしか、久留米絣《くるめがすり》の着流しに二重廻しを引っかけていた筈で、けれども、それは大谷さんだけでなく、まだその頃は東京でも防空服装で身をかためて歩いている人は少く、たいてい普通の服装でのんきに外出できた頃でしたので、私どもも、その時の大谷さんの身なりを、別段だらしないとも何とも感じませんでした。大谷さんは、その時、おひとりではございませんでした。奥さんの前ですけれども、いや、もう何も包みかくしなく洗いざらい申し上げましょう、旦那は、ある年増女に連れられて店の勝手口からこっそりはいってまいりましたのです。もっとも、もうその頃は、私どもの店も、毎日おもての戸は閉めっきりで、その頃のはやり言葉で言うと閉店開業というやつで、ほんの少数の馴染客だけ、勝手口からこっそりはいり、そうしてお店の土間の椅子席でお酒を飲むという事はなく、奥の六畳間で電気を暗くして大きい声を立てずに、こっそり酔っぱらうという仕組みになっていまして、また、その年増女というのは、そのすこし前まで、新宿のバーで女給さんをしていたひとで、その女給時代に、筋のいいお客を私の店に連れて来て飲ませて、私の家の馴染にしてくれるという、まあ蛇《じゃ》の道はへび、という具合の付き合いをしておりまして、そのひとのアパートはすぐ近くでしたので、新宿のバーが閉鎖になって女給をよしましてからも、ちょいちょい知り合いの男のひとを連れてまいりまして、私どもの店にもだんだん酒が少くなり、どんなに筋のいいお客でも、飲み手がふえるというのは、以前ほど有難くないばかりか、迷惑にさえ思われたのですが、しかし、その前の四、五年間、ずいぶん派手な金遣いをするお客ばかり、たくさん連れて来てくれたのでございますから、その義理もあって、その年増のひとから紹介された客には、私どもも、いやな顔をせずお酒を差し上げる事にしていたのでした。だから旦那がその時、その年増のひと、秋ちゃん、といいますが、そのひとに連れられて裏の勝手口からこっそりはいって来ても、別に私どもも怪しむ事なく、れいのとおり、奥の六畳間に上げて、焼酎を出しました。大谷さんは、その晩はおとなしく飲んで、お勘定は秋ちゃんに払わせて、また裏口からふたり一緒に帰って行きましたが、私には奇妙にあの晩の、大谷さんのへんに静かで上品な素振りが忘れられません。魔物がひとの家にはじめて現われる時には、あんなひっそりした、ういういしいみたいな姿をしているものなのでしょうか。その夜から、私どもの店は大谷さんに見込まれてしまったのでした。それから十日ほど経って、こんどは大谷さんがひとりで裏口からまいりまして、いきなり百円紙幣を一枚出して、いやその頃はまだ百円と言えば大金でした、いまの二、三千円にも、それ以上にも当る大金でした、それを無理矢理、私の手に握らせて、たのむ、と言って、気弱そうに笑うのです。もう既に、だいぶ召上っている様子でしたが、とにかく、奥さんもご存じでしょう、あんな酒の強いひとはありません。酔ったのかと思うと、急にまじめな、ちゃんと筋のとおった話をするし、いくら飲んでも、足もとがふらつくなんて事は、ついぞ一度も私どもに見せた事はないのですからね。人間三十前後は謂《い》わば血気のさかりで、酒にも強い年頃ですが、しかし、あんなのは珍らしい。その晩も、どこかよそで、かなりやって来た様子なのに、それから私の家で、焼酎を立てつづけに十杯も飲み、まるでほとんど無口で、私ども夫婦が何かと話しかけても、ただはにかむように笑って、うん、うん、とあいまいに首肯き、突然、何時《なんじ》ですか、と時間をたずねて立ち上り、お釣を、と私が言いますと、いや、いい、と言い、それは困ります、と私が強く言いましたら、にやっと笑って、それではこの次まであずかって置いて下さい、また来ます、と言って帰りましたが、奥さん、私どもがあのひとからお金をいただいたのは、あとにもさきにも、ただこの時いちど切り、それからはもう、なんだかんだとごまかして、三年間、一銭のお金も払わずに、私どものお酒をほとんどひとりで、飲みほしてしまったのだから、呆れるじゃありませんか」

　思わず、私は、噴き出しました。理由のわからない可笑《おか》しさが、ひょいとこみ上げて来たのです。あわてて口をおさえて、おかみさんのほうを見ると、おかみさんも妙

に笑ってうつむきました。それから、ご亭主も、仕方なさそうに苦笑いして、

「いや、まったく、笑い事ではないんだが、あまり呆れて、笑いたくもなります。じっさい、あれほどの腕前を、他のまともな方面に用いたら、大臣にでも、博士にでも、なんにでもなれますよ。私ども夫婦ばかりでなく、あの人に見込まれて、すってんてんになってこの寒空に泣いている人間が他にもまだまだある様子だ。げんにあの秋ちゃんなど、大谷さんと知り合ったばかりに、いいパトロンには逃げられるし、お金も着物もなくしてしまうし、いまはもう長屋の汚い一部屋で乞食みたいな暮らしをしているそうだが、じっさい、あの秋ちゃんは、大谷さんと知り合った頃には、あさましいくらいのぼせて、私たちにも何かと吹聴していたものです。だいいち、ご身分が凄い。四国のある殿様の別家の、大谷男爵の次男で、いまは不身持のため勘当せられているが、いまに父の男爵が死ねば、長男と二人で、財産をわける事になっている。頭がよくて、天才、というものだ。二十一で本を書いて、それが石川啄木《たくぼく》という大天才の書いた本よりも、もっと上手で、それからまた十何冊だかの本を書いて、としは若いけれども、日本一の詩人、という事になっている。おまけに大学者で、学習院から一高、帝大とすすんで、ドイツ語フランス語、いやもう、おっそろしい、何が何だか秋ちゃんに言わせるとまるで神様みたいな人で、しかし、それもまた、まんざら皆うそではないらしく、他のひとから聞いても、大谷男爵の次男で、有名な詩人だという

事に変りはないので、こんな、うちの婆まで、いいとしをして、秋ちゃんと競争してのぼせ上って、さすがに育ちのいいお方はどこか違っていらっしゃる、なんて言って大谷さんのおいでを心待ちにしているていたらくなんですから、たまりません。いまはもう、華族もへったくれもなくなったようですが、終戦前までは、女を口説くには、とにかくこの華族の勘当息子という手に限るようでした。へんに女が、くわっとなるらしいんです。やっぱりこれは、その、いまはやりの言葉で言えば奴隷根性というものなんでしょうね。私なんぞは、男の、それも、すれっからしと来ているのでございますから、たかが華族の、いや、奥さんの前ですけれども、四国の殿様のそのまた分家の、おまけに次男なんて、そんなのは何も私たちと身分のちがいがあろうはずがないと思っていますし、まさかそんな、あさましく、くわっとなったりなどはしやしません。ですけれども、やはり、何だかどうもあの先生は、私にとっても苦手でして、もうこんどこそ、どんなにたのまれてもお酒は飲ませまいと固く決心していても、追われて来た人のように、意外の時刻にひょいとあらわれ、私どもの家へ来てやっとほっとしたような様子をするのを見ると、つい決心もにぶってお酒を出してしまうのです。酔っても、別に馬鹿騒ぎをするわけじゃないし、あれでお勘定さえきちんとしてくれたら、いいお客なんですがねえ。自分で自分の身分を吹聴するわけでもないし、天才だのなんだのとそんな馬鹿げた自慢をした事もありませんし、秋ちゃんなんかが、あの先生の傍で、私どもに、あの人の偉さについて広告したりなどすると、僕はお金がほしいんだ、ここの勘定を払いたいんだ、とまるっきり別な事を言って座を白けさせてしまいます。あの人が私どもに今までお酒の代を払った事はありませんが、あのひとのかわりに、秋ちゃんが時々支払って行きますし、また、秋ちゃんの他にも、秋ちゃんに知られては困るらしい内緒の女のひともありまして、そのひとはどこかの奥さんのようで、そのひとも時たま大谷さんと一緒にやって来まして、これもまた大谷さんのかわりに、過分のお金を置いて行く事もありまして、私どもだって、商人でございますから、そんな事でもなかった日には、いくら大谷先生であろうが宮様であろうが、そんなにいつまでも、ただで飲ませるわけにはまいりませんのです。けれども、そんな時たまの支払いだけでは、とても足りるものではなく、もう私どもの大損で、なんでも小金井に先生の家があって、そこにはちゃんとした奥さんもいらっしゃるという事を聞いていましたので、いちどそちらへお勘定の相談にあがろうと思って、それとなく大谷さんにお宅はどのへんでしょうと、たずねる事もありましたが、すぐ勘付いて、ないものはないんだよ、どうしてそんなに気をもむのかね、喧嘩《けんか》わかれは損だぜ、などと、いやな事を言います。それでも、私どもは何とかして、先生のお家だけでも突きとめておきたくて、二、三度あとをつけてみた事もありましたが、そのたんびに、うまく巻かれてしまうのです。そのうちに東京は大空襲の連続という事になりまして、何が何やら、大谷さんが戦闘帽などかぶって舞い込んで来て、勝手に押入れの中からブランデイの瓶なんか持ち出して、ぐいぐい立ったまま飲んで風のように立ち去ったりなんかして、お勘定も何もあったものでなく、やがて終戦になりましたので、こんどは私ども大っぴらで闇の酒さかなを仕入れて、店先には新しいのれんを出し、いかに貧乏の店でも張り切って、お客への愛嬌《あいきょう》に女の子をひとり雇ったり致しましたが、またもや、あの魔物の先生があらわれまして、こんどは女連れでなく、必ず二、三人の新聞記者や雑誌記者と一緒にまいりまして、なんでもこれからは、軍人が没落して今まで貧乏していた詩人などが世の中からもてはやされるようになったとかいうその記者たちの話でございまして、大谷先生は、その記者たちを相手に、外国人の名前だか、英語だか、哲学だか、何だかわけのわからないような、へんな事を言って聞かせて、そうしてひょいと立って外へ出て、それっきり帰りません。記者たちは、興覚め顔に、あいつどこへ行きやがったんだろう、そろそろおれたちも帰ろうか、など帰り支度をはじめ、私は、お待ち下さい、先生はいつもあの手で逃げるのです、お勘定はあなたたちから戴きます、と申します。おとなしく皆で出し合って支払って帰る連中もありますが、大谷に払わせろ、おれたちは五百円生活をしているんだ、と言って怒る人もあります。怒られても私は、いいえ、大谷さんの借金が、いままでいくらになっているかご存じですか？　もしあなたたちが、その借金をいくらでも大谷さんから取って下さったら、私は、あなたたちに、その半分は差し上げます、と言いますと、記者たちも呆れた顔を致しまして、なんだ、大谷がそんなひでえ野郎とは思わなかった、こんどからはあいつと飲むのはごめんだ、おれたちには今夜は金は百円もない、あした持って来るから、それまでこれをあずかって置いてくれ、と威勢よく外套を脱いだりなんかするのでございます。記者というものは柄が悪い、と世間から言われているようですけれども、大谷さんにくらべると、どうしてどうして、正直であっさりして、大谷さんが男爵の御次男なら、記者たちのほうが、公爵の御総領くらいの値打ちがあります。大谷さんは、終戦後は一段と酒量もふえて、人相がけわしくなり、これまで口にした事のなかったひどく下品な冗談などを口走り、また、連れて来た記者をやにわに殴って、つかみ合いの喧嘩をはじめたり、また、私どもの店で使っているまだはたち前の女の子を、いつのまにやらだまし込んで手に入れてしまった様子で、私どもも実に驚き、まったく困りましたが、既にもう出来てしまった事ですから泣き寝入りの他はなく、女の子にもあきらめるように言いふくめて、こっそり親御の許《もと》にかえしてやりました。大谷さん、何ももう言いません、拝むから、これっきり来ないで下さい、と私が申しましても、大谷さんは、闇でもうけているくせに人並の口をきくな、僕はなんでも知っているぜ、と下司《げす》な脅迫がましい事など言いまして、またすぐ次の晩に平気な顔してまいります。私どもも、大戦中から闇の商売などして、その罰が当って、こんな化け物みたいな人間を引き受けなければならなくなったのかも知れませんが、しかし、今晩のような、ひどい事をされては、もう詩人も先生もへったくれもない、どろぼうです、私どものお金を五千円ぬすんで逃げ出したのですからね。いまはもう私どもも、仕入れに金がかかって、家の中にはせいぜい五百円か千円の現金があるくらいのもので、いや本当の話、売り上げの金はすぐ右から左へ仕入れに注《つ》ぎ込んでしまわなければならないんです。今夜、私どもの家に五千円などという大金があったのは、もうことしも大みそかが近くなって来ましたし、私が常連のお客さんの家を廻ってお勘定をもらって歩いて、やっとそれだけ集めてまいりましたのでして、これはすぐ今夜にでも仕入れのほうに手渡してやらなければ、もう来年の正月からは私どもの商売をつづけてやって行かれなくなるような、そんな大事な金で、女房が奥の六畳間で勘定して戸棚の引出しにしまったのを、あのひとが土間の椅子席でひとりで酒を飲みながらそれを見ていたらしく、急に立ってつかつかと六畳間にあがって、無言で女房を押しのけ引出しをあけ、その五千円の札束をわしづかみにして二重まわしのポケットにねじ込み、私どもがあっけにとられているうちに、さっさと土間に降りて店から出て行きますので、私は大声を挙げて呼びとめ、女房と一緒に後を追い、私はこうなればもう、どろぼう！　と叫んで、往来のひとたちを集めてしばってもらおうかとも思ったのですが、とにかく大谷さんは私どもとは知り合いの間柄ですし、それもむごすぎるように思われ、今夜はどんな事があっても大谷さんを見失わないようにどこまでも後をつけて行き、その落ちつく先を見とどけて、おだやかに話してあの金をかえしてもらおう、とまあ私どもも弱い商売でございますから、私ども夫婦は力を合せ、やっと今夜はこの家をつきとめて、かんにん出来ぬ気持をおさえて、金をかえして下さいと、おんびんに申し出たのに、まあ、何という事だ、ナイフなんか出して、刺すぞだなんて、まあ、なんという」

またもや、わけのわからぬ可笑しさがこみ上げて来まして、私は声を挙げて笑ってしまいました。おかみさんも、顔を赤くして少し笑いました。私は笑いがなかなかとまらず、ご亭主に悪いと思いましたが、なんだか奇妙に可笑しくて、いつまでも笑いつづけて涙が出て、夫の詩の中にある「文明の果の大笑い」というのは、こんな気持の事を言っているのかしらと、ふと考えました。

二

とにかく、しかし、そんな大笑いをして、すまされる事件ではございませんでしたので、私も考え、その夜お二人に向って、それでは私が何とかしてこの後始末をする事に致しますから、警察沙汰にするのは、もう一日お待ちになって下さいまし、明日そちらさまへ、私のほうからお伺い致します、と申し上げまして、その中野のお店の場所をくわしく聞き、無理にお二人にご承諾をねがいまして、その夜はそのままでひとまず引きとっていただき、それから、寒い六畳間のまんなかに、ひとり坐って物案じいたしましたが、べつだん何のいい工夫も思い浮びませんでしたので、立って羽織を脱いで、坊やの寝ている蒲団《ふとん》にもぐり、坊やの頭を撫《な》でながら、いつまでもいつまで経っても、夜が明けなければいい、と思いました。

私の父は以前、浅草公園の瓢箪池《ひょうたんいけ》のほとりに、おでんの屋台を出していました。母は早くなくなり、父と私と二人きりで長屋住居をしていて、屋台のほうも父と二人でやっていましたのですが、いまのあの人がときどき屋台に立ち寄って、私はそのうちに父をあざむいて、あの人と、よそで逢うようになりまして、坊やがおなかに出来ましたので、いろいろごたごたの末、どうやらあの人の女房というような形になったものの、もちろん籍も何もはいっておりませんし、坊やは、てなし児という事になっていますし、あの人は家を出ると三晩も四晩も、いいえ、ひとつきも帰らぬ事もございまして、どこで何をしている事やら、帰る時は、いつも泥酔していて、真蒼《まっさお》な顔で、はあっはあっと、くるしそうな呼吸をして、私の顔を黙って見て、ぽろぽろ涙を流す事もあり、またいきなり、私の寝ている蒲団にもぐり込んで来て、私のからだを固く抱きしめて、

「ああ、いかん。こわいんだ。こわいんだよ、僕は。こわい！　たすけてくれ！」

などと言いまして、がたがた震えている事もあり、眠ってからも、うわごとを言うやら、呻《うめ》くやら、そうして翌《あく》る朝は、魂の抜けた人みたいにぼんやりして、そのうちにふっといなくなり、それっきりまた三晩も四晩も帰らず、古くからの夫の知り合いの出版のほうのお方が二、三人、そのひとたちが私と坊やの身を案じて下さって、時たまお金を持って来てくれますので、どうやら私たちも飢え死にせずにきょうまで暮してまいりましたのです。

とろとろと、眠りかけて、ふと眼をあけると、雨戸のすきまから、朝の光線がさし込んでいるのに気付いて、起きて身支度をして坊やを背負い、外に出ました。もうとても黙って家の中におられない気持でした。

どこへ行こうというあてもなく、駅のほうに歩いて行って、駅の前の露店で飴《あめ》を買い、坊やにしゃぶらせて、それから、ふと思いついて吉祥寺までの切符を買って電車に乗り、吊皮《つりかわ》にぶらさがって何気なく電車の天井にぶらさがっているポスターを見ますと、夫の名が出ていました。それは雑誌の広告で、夫はその雑誌に「フランソワ・ヴィヨン」という題の長い論文を発表している様子でした。私はそのフランソワ・ヴィヨンという題と夫の名前を見つめているうちに、なぜだかわかりませぬけれども、とてもつらい涙がわいて出て、ポスターが霞《かす》んで見えなくなりました。

吉祥寺で降りて、本当にもう何年振りかで井の頭公園に歩いて行って見ました。池のはたの杉の木が、すっかり伐《き》り払われて、何かこれから工事でもはじめられる土地みたいに、へんにむき出しの寒々した感じで、昔とすっかり変っていました。

坊やを背中からおろして、池のはたのこわれかかったベンチに二人ならんで腰をかけ、家から持って来たおいもを坊やに食べさせました。

「坊や。綺麗《きれい》なお池でしょ？　昔はね、このお池に鯉《こい》トトや金《きん》トトが、たくさんたくさんいたのだけれども、いまはなんにも、いないわねえ。つまんないねえ」

坊やは、何と思ったのか、おいもを口の中に一ぱい頰張ったまま、けけ、と妙に笑いました。わが子ながら、ほとんど阿呆の感じでした。

その池のはたのベンチにいつまでいたって、何のらちのあく事ではなし、私はまた坊やを背負って、ぶらぶら吉祥寺の駅のほうへ引返し、にぎやかな露店街を見て廻って、それから、駅で中野行きの切符を買い、何の思慮も計画もなく、謂《い》わばおそろしい魔の淵《ふち》にするすると吸い寄せられるように、電車に乗って中野で降りて、きのう教えられたとおりの道筋を歩いて行って、あの人たちの小料理屋の前にたどりつきました。

表の戸は、あきませんでしたので、裏へまわって勝手口からはいりました。ご亭主さんはいなくて、おかみさんひとり、お店の掃除をしていました。おかみさんと顔が合ったとたんに私は、自分でも思いがけなかった嘘《うそ》をすらすらと言いました。

「あの、おばさん、お金は私が綺麗におかえし出来そうですの。今晩か、でなければ、あした、とにかく、はっきり見込みがついたのですから、もうご心配なさらないで」

「おや、まあ、それはどうも」

と言って、おかみさんは、ちょっとうれしそうな顔をしましたが、それでも何か腑《ふ》に落ちないような不安な影がその顔のどこやらに残っていました。

「おばさん、本当よ。かくじつに、ここへ持って来てくれるひとがあるのよ。それまで私は、人質になって、ここにずっといる事になっていますの。それなら、安心でしょう？ お金が来るまで、私はお店のお手伝いでもさせていただくわ」

私は坊やを背中からおろし、奥の六畳間にひとりで遊ばせて置いて、くるくると立ち働いて見せました。坊やは、もともとひとり遊びには馴《な》れておりますので、少しも邪魔になりません。また頭が悪いせいか、人見知りをしないたちなので、おかみさんにも笑いかけたりして、私がおかみさんのかわりに、おかみさんの家の配給物をとりに行ってあげている留守にも、おかみさんからアメリカの罐詰《かんづめ》の殻《から》を、おもちゃ代わりにもらって、それを叩いたりころがしたりしておとなしく六畳間の隅で遊んでいたようでした。

お昼頃、ご亭主がおさかなや野菜の仕入れをして帰って来ました。私は、ご亭主の顔を見るなり、また早口に、おかみさんに言ったのと同様の嘘を申しました。

ご亭主は、きょとんとした顔になって、

「へえ？　しかし、奥さん、お金ってものは、自分の手に、握ってみないうちは、あてにならないものですよ」

と案外、しずかな、教えさとすような口調で言いました。

「いいえ、それがね、本当にたしかなのよ。だから、私を信用して、おもて沙汰にするのは、きょう一日待って下さいな。それまで私は、このお店でお手伝いしていますから」

「お金が、かえって来れば、そりゃもう何も」とご亭主は、ひとりごとのように言い、「何せことしも、あと五、六日なのですからね」

「ええ、だから、それだから、あの私は、おや？　お客さんですわよ。いらっしゃいまし」と私は、店へはいって来た三人連れの職人ふうのお客に向って笑いかけ、それから小声で、

「おばさん、すみません。エプロンを貸して下さいな」

「や、美人を雇いやがった。こいつあ、凄い」

と客のひとりが言いました。

「誘惑しないで下さいよ」とご亭主は、まんざら冗談でもないような口調で言い、「お

金のかかっているからだですから」

「百万ドルの名馬か？」

ともうひとりの客は、げびた洒落《しゃれ》を言いました。

「名馬も、雌は半値だそうです」

と私は、お酒のお燗《かん》をつけながら、負けずに、げびた受けこたえを致しますと、一ばん若いお客が、呶鳴《どな》るように言いまして、

「けんそんするなよ。これから日本は、馬でも犬でも、男女同権だってさ」と一ばん若いお客が、呶鳴《どな》るように言いまして、「ねえさん、おれは惚《ほ》れた。一目惚れだ。が、しかし、お前は、子持ちだな？」

「いいえ」と奥から、おかみさんは、坊やを抱いて出て来て、

「これは、こんど私どもが親戚《しんせき》からもらって来た子ですの。これでもう、やっと私どもにも、あとつぎが出来たというわけですわ」

「金も出来たし」

と客のひとりが、からかいますと、ご亭主はまじめに、

「いろも出来、借金も出来」と呟《つぶや》き、それから、ふいと語調をかえて、「何にしますか？　よせ鍋《なべ》でも作りましょうか？」

と客にたずねます。私には、その時、ある事が一つ、わかりました。やはりそうか、と自分でひとり首肯《うなず》き、うわべは何気なく、お客にお銚子《ちょうし》を運びました。

その日は、クリスマスの、前夜祭とかいうのに当っていたようで、そのせいか、お客が絶えることなく、次々と参りまして、私は朝からほとんど何一つ戴いておらなかったのでございますが、胸に思いがいっぱい籠《こも》っているためか、おかみさんから何かおあがりと勧められても、いいえ沢山と申しまして、そうしてただもう、くるくると羽衣一まいを纏《まと》って舞っているように身軽く立ち働き、自惚《うぬぼ》れかも知れませぬけれども、その日のお店は異様に活気づいていたようで、私の名前をたずねたり、また握手などを求めたりするお客さんが二人、三人どころではございませんでした。

けれども、こうしてどうなるのでしょう。私には何も一つも見当が付いていないのでした。ただ笑って、お客のみだらな冗談にこちらも調子を合せて、更にもっと下品な冗談を言いかえし、客から客へ滑り歩いてお酌して廻って、そうしてそのうちに、自分のこのからだがアイスクリームのように溶けて流れてしまえばいい、などと考えるだけでございました。

奇蹟はやはり、この世の中にも、ときたま、あらわれるものらしゅうございます。九時すこし過ぎくらいの頃でございましたでしょうか。クリスマスのお祭りの、紙の三角帽をかぶり、ルパンのように顔の上半分を覆いかくしている黒の仮面をつけた男と、それから三十四、五の瘦《や》せ型の綺麗な奥さんと二人連れの客が見えまして、男のひとは、私どもには後向きに、土間の隅の椅子に腰を下しましたが、私はその人がお店にはいってくるとすぐに、誰だか解りました。どろぼうの夫です。向こうでは、私のことに何も気付かぬようでしたので、私も知らぬ振りして他のお客とふざけ合い、そうして、その奥さんが夫と向い合って腰かけて、

「ねえさん、ちょっと」

と呼びましたので、

「へえ」

と返辞して、お二人のテーブルのほうに参りまして、

「いらっしゃいまし。お酒でございますか？」

と申しました時に、ちらと夫は仮面の底から私を見て、さすがに驚いた様子でしたが、私はその肩を軽く撫でて、

「クリスマスおめでとうって言うの？　なんていうの？　もう一升くらいは飲めそうね」

と申しました。

奥さんはそれには取り合わず、改まった顔つきをして、

「あの、ねえさん、すみませんがね、ここのご主人にないないお話し申したい事がございますのですけど、ちょっとここへご主人を」

と言いました。

私は奥で揚物《あげもの》をしているご亭主のところへ行き、

「大谷が帰ってまいりました。会ってやって下さいまし。でも、連れの女のかたに、私のことは黙っていて下さいね。大谷が恥ずかしい思いをするといけませんから」

「いよいよ、来ましたね」

ご亭主は、私の、あの嘘を半ばは危《あや》ぶみながらも、それでもかなり信用していてくれたもののようで、夫が帰って来たことも、それも私の何か差しがねによっての事と単純に合点している様子でした。

「私のことは、黙っててね」

と重ねて申しますと、

「そのほうがよろしいのでしたら、そうします」

と気さくに承知して、土間に出て行きました。

ご亭主は土間のお客を一わたりざっと見廻し、それから真っ直ぐに夫のいるテーブルに歩み寄って、その綺麗な奥さんと何か二言、三言話を交して、それから三人そろって店から出て行きました。

もういいのだ。万事が解決してしまったのだと、なぜだかそう信ぜられて、流石《さすが》にうれしく、紺絣《こんがすり》の着物を着たまだはたち前くらいの若いお客さんの手首を、だしぬけに強く摑《つか》んで、

「飲みましょうよ、ね、飲みましょう。クリスマスですもの」

三

ほんの三十分、いいえ、もっと早いくらい、おや、と思ったくらいに早く、ご亭主がひとりで帰って来まして、私の傍に寄り、

「奥さん、ありがとうございました。お金はかえして戴きました」

「そう。よかったわね。全部？」

ご亭主は、へんな笑い方をして、

「ええ、きのうの、あの分《ぶん》だけはね」

「これまでのが全部で、いくらなの？　ざっと、まあ、大負けに負けて」

「二万円」

「それだけでいいの？」

「大負けに負けました」

「おかえし致します。おじさん、あすから私を、ここで働かせてくれない？　ね、そうして！　働いて返すわ」

「へえ？　奥さん、とんだ、おかるだね」

私たちは、声を合せて笑いました。

その夜、十時すぎ、私は中野の店をおいとまして、坊やを背負い、小金井の私たちの家にかえりました。やはり夫は帰って来ていませんでしたが、しかし私は、平気でした。あすまた、あのお店へ行けば、夫に逢えるかもしれない。どうして私はいままで、こんないい事に気づかなかったのかしら。きのうまでの私の苦労も、所詮《しょせん》は私が馬鹿で、こんな名案に思いつかなかったからなのだ。私だって昔は浅草の父の屋台で、客あしらいは決して下手ではなかったのだから、これからあの中野のお店できっと巧く立ちまわれるに違いない。現に今夜だって私は、チップを五百円ちかくもらったのだもの。

ご亭主の話によると、夫は昨夜あれから何処《どこ》か知り合いの家へ行って泊ったらしく、それから、けさ早く、あの綺麗な奥さんの営んでいる京橋のバーを襲って、朝からウイスキーを飲み、そうして、そのお店に働いている五人の女の子に、クリスマス・プレゼントだと言って無闇にお金をくれてやって、それからお昼頃にタクシーを呼び寄せさせて何処かへ行き、しばらくたって、クリスマスの三角帽やら仮面やら、デコレーションケーキやら七面鳥まで持ち込んで来て、四方に電話を掛けさせ、お知り合いの方たちを呼び集め、大宴会をひらいて、いつもちっともお金を持っていない人なのにと、バーのマダムが不審がって、そっと問いただしてみたら、夫は平然と、昨夜のことを洗いざらいそのまま言うので、そのマダムも前から大谷とは他人の仲ではないらしく、とにかくそれは警察沙汰になって騒ぎが大きくなっても、つまらないし、かえさなければなりませんと親身に言って、お金はそのマダムがたてかえて、そうして夫に案内させ、中野のお店に来てくれたのだそうで、中野のお店のご亭主は私に向って、

「たいがい、そんなところだろうとは思っていましたが、しかし、奥さん、あなたはよくその方角にお気が付きましたね。大谷さんのお友だちにでも頼んだのですか」

とやはり私が、はじめからこうしてかえって来るのを見越して、このお店に先廻りして待っていたもののように考えているらしい口振りでしたから、私は笑って、

「ええ、そりゃもう」

とだけ、答えて置きましたのです。

その翌る日からの私の生活は、今までとはまるで違って、浮々した楽しいものになりました。さっそく電髪屋に行って、髪の手入れも致しましたし、お化粧品も取りそろえまして、着物を縫い直したり、また、おかみさんから新しい白足袋を二足もいただき、これまでの胸の中の重苦しい思いが、きれいに拭《ぬぐ》い去られた感じでした。

朝起きて坊やと二人で御飯をたべ、それから、お弁当をつくって坊やを背負い、中野にご出勤ということになり、大みそか、お正月、お店のかきいれどきなので、椿屋《つばきや》

の、さっちゃん、というのがお店での私の名前なのでございますが、そのさっちゃんは毎日、眼のまわるくらいの大忙しで、二日に一度くらいは夫も飲みにやって参りまして、お勘定は私に払わせて、またふっといなくなり、夜おそく私のお店を覗《のぞ》いて、

「帰りませんか」

とそっと言い、私も首肯いて帰り支度をはじめ、一緒にたのしく家路をたどる事も、しばしばございました。

「なぜ、はじめからこうしなかったのでしょうね。とっても私は幸福よ」

「女には、幸福も不幸もないものです」

「そうなの？　そう言われると、そんな気もして来るけど、それじゃ、男の人は、どうなの？」

「男には、不幸だけがあるんです。いつも恐怖と、戦ってばかりいるのです」

「わからないわ、私には。でも、いつまでも私、こんな生活をつづけていきとうございますわ。椿屋のおじさんも、おばさんも、とてもいいお方ですもの」

「馬鹿なんですよ、あのひとたちは。田舎者ですよ。あれでなかなか慾張りでね。僕に飲ませて、おしまいには、もうけようと思っているのです」

「そりゃ商売ですもの、当り前だわ。だけど、それだけでもないんじゃない？　あなたは、あのおかみさんを、かすめたでしょう」

言《い》ってたわ」

「昔ね。おやじは、どう？　気付いているの？」

「ちゃんと知っているらしいわ。いろも出来、借金も出来、といつか溜息《ためいき》まじりに言ってたわ」

「僕はね、キザのようですけど、死にたくて、仕様がないんです。生れた時から、死ぬ事ばかり考えていたんだ。皆のためにも、死んだほうがいいんです。それはもう、たしかなんだ。それでいて、なかなか死ねない。へんな、こわい神様みたいなものが、僕の死ぬのを引きとめるのです」

「お仕事が、おありですから」

「仕事なんてものは、なんでもないんです。傑作も駄作もありやしません。人がいいと言えば、よくなるし、悪いと言えば、悪くなるんです。ちょうど吐くいきと、引くいきみたいなものなんです。おそろしいのはね、この世の中の、どこかに神がいる、という事なんです。いるんでしょうね？」

「え？」

「いるんでしょうね？」

「私には、わかりませんわ」

「そう」

十日、二十日とお店にかよっているうちに、私には、椿屋にお酒を飲みに来ているお客さんがひとり残らず犯罪人ばかりだという事に、気がついてまいりました。夫などはまだまだ、優しいほうだと思うようになりました。また、お店のお客さんばかりでなく、路を歩いている人みなが、何か必ずうしろ暗い罪をかくしているように思われて来ました。立派な身なりの、五十年配の奥さんが、椿屋の勝手口にお酒を売りに来て、一升三百円、とはっきり言いまして、それはいまの相場にしては安いほうですので、おかみさんがすぐに引きとってやりましたが、水酒でした。あんな上品そうな奥さんさえ、こんな事をたくらまなければならなくなっている世の中で、我が身にうしろ暗いところが一つもなくて生きて行く事は、不可能だと思いました。トランプの遊びのように、マイナスを全部あつめるとプラスに変わるという事は、この世の道徳には起り得ない事でしょうか。

神がいるなら、出て来て下さい！　私は、お正月の末に、お店のお客にけがされました。

その夜は、雨が降っていました。夫は、あらわれませんでしたが、夫の昔からの知り合いの出版のほうの方で、時たま私のところへ生活費をとどけて下さった矢島さんが、その同業のお方らしい、やはり矢島さんくらいの四十年配のお方と二人でお見えになり、お酒を飲みながら、お二人で声高く、大谷の女房がこんなところで働いているのは、よろしくないとか、よろしいとか、半分は冗談みたいに言い合い、私は笑い

ながら、

「その奥さんは、どこにいらっしゃるの？」

とたずねますと、矢島さんは、

「どこにいるのか知りませんがね、すくなくとも、椿屋のさっちゃんよりは、上品で綺麗だ」

と言いますので、

「やけるわね。大谷さんみたいな人となら、私は一夜でもいいから、添ってみたいわ。私はあんな、ずるいひとが好き」

「これだからねえ」

と矢島さんは、連れのお方のほうに顔を向け、口をゆがめて見せました。

その頃になると、私が大谷という詩人の女房だという事が、夫と一緒にやって来る記者のお方たちにも知られていましたし、またそのお方たちから聞いてわざわざ私をからかいにおいでになる物好きなお方などもありまして、お店はにぎやかになる一方で、ご亭主のご機嫌もいよいよ、まんざらでございませんでしたのです。

その夜は、それから矢島さんたちは紙の闇取引の商談などして、お帰りになったのは十時すぎで、私も今夜は雨も降るし、夫もあらわれそうもございませんでしたので、お客さんがまだひとり残っておりましたけれども、そろそろ帰り支度をはじめて、奥

の六畳の隅に寝ている坊やを抱き上げて背負い、

「また、傘をお借りしますわ」

と小声でおかみさんにお頼みしますと、

「傘なら、おれも持っている。お送りしましょう」

とお店に一人のこっていた二十五、六の、痩せて小柄な工員ふうのお客さんが、まじめな顔をして立ち上りました。それは、私には今夜がはじめてのお客さんでした。

「はばかりさま。ひとり歩きには馴れていますから」

「いや、お宅は遠い。知っているんだ。おれも、小金井の、あの近所の者なんだ。お送りしましょう。おばさん、勘定をたのむ」

お店では三本飲んだだけで、そんなに酔ってもいないようでした。

一緒に電車に乗って、小金井で降りて、それから雨の降るまっくらい路を相合傘で、ならんで歩きました。その若いひとは、それまでほとんど無言でいたのでしたが、ぽつりぽつり言いはじめ、

「知っているのです。おれはね、あの大谷先生の詩のファンなのですよ。おれもね、詩を書いているのですがね。そのうち、大谷先生に見ていただこうと思っていたのですがね。どうもね、あの大谷先生が、こわくてね」

家につきました。

「ありがとうございました。また、お店で」

「ええ、さようなら」

若いひとは、雨の中を帰って行きました。

深夜、がらがらと玄関のあく音に、眼をさましましたが、れいの夫の泥酔のご帰宅かと思い、そのまま黙って寝ていましたら、

「ごめん下さい。大谷さん、ごめん下さい」

という男の声が致します。

起きて電燈をつけて玄関に出て見ますと、さっきの若いひとが、ほとんど直立できにくいくらいにふらふらして、

「奥さん、ごめんなさい。かえりにまた屋台で一ぱいやりましてね、実はね、おれの家は立川でね、駅へ行ってみたらもう、電車がねえんだ。奥さん、たのみます。泊めて下さい。ふとんも何も要りません。この玄関の式台でもいいのだ。あしたの朝の始発が出るまで、ごろ寝させて下さい。雨さえ降ってなきゃ、その辺の軒下にでも寝るんだが、この雨では、そうもいかねえ。たのみます」

「主人もおりませんし、こんな式台でよろしかったら、どうぞ」

と私は言い、破れた座蒲団を二枚、式台に持って行ってあげました。

「すみません。ああ酔った」

と苦しそうに小声で言い、すぐにそのまま式台に寝ころび、私が寝床に引返した時には、もう高い鼾《いびき》が聞えていました。

そうして、その翌る日のあけがた、私は、あっけなくその男の手にいれられました。

その日も私は、うわべは、やはり同じ様に、坊やを背負って、お店の勤めに出かけました。

中野のお店の土間で、夫が、酒のはいったコップをテーブルの上に置いて、ひとりで新聞を読んでいました。コップに午前の陽《ひ》の光が当って、きれいだと思いました。

「誰もいないの？」

夫は、私のほうを振り向いて見て、

「うん。おやじはまだ仕入れから帰らないし、ばあさんは、ちょっといままでお勝手のほうにいたようだったけど、いませんか？」

「ゆうべは、おいでにならなかったの？」

「来ました。椿屋のさっちゃんの顔を見ないとこのごろ眠れなくなってね、十時すぎにここを覗いてみたら、いましがた帰りましたというのでね」

「それで？」

「泊っちゃいましたよ、ここへ。雨はざんざ降っているし」

「あたしも、こんどから、このお店にずっと泊めてもらう事にしようかしら」

「いいでしょう、それも」

「そうするわ。あの家をいつまでも借りてるのは、意味ないもの」

夫は、黙ってまた新聞に眼をそそぎ、

「やあ、また僕の悪口を書いている。エピキュリアンのにせ貴族だってさ。こいつは、当っていない。神におびえるエピキュリアン、とでも言ったらよいのに。さっちゃん、ごらん、ここに僕のことを、人非人《にんぴにん》なんて書いていますよ。違うよねえ。僕は今だから言うけれども、去年の暮にね、ここから五千円持って出たのは、さっちゃんと坊やに、あのお金で久し振りのいいお正月をさせたかったからです。人非人でないから、あんな事も仕出かすのです」

私は格別うれしくもなく、

「人非人でもいいじゃないの。私たちは、生きていさえすればいいのよ」

と言いました。

斜陽

初出　一九四七年七月　新潮

一

朝、食堂でスウプを一さじ、すっと吸ってお母さまが、

「あ」

と幽《かす》かな叫び声をお挙げになった。

「髪の毛？」

スウプに何か、イヤなものでも入っていたのかしら、と思った。

「いいえ」

お母さまは、何事もなかったように、またひらりと一さじ、スウプをお口に流し込み、すましてお顔を横に向け、お勝手の窓の、満開の山桜に視線を送り、そうしてお顔を横に向けたまま、またひらりと一さじ、スウプを小さなお唇のあいだに滑り込ませた。ヒラリ、という形容は、お母さまの場合、決して誇張ではない。婦人雑誌などに出ているお食事のいただき方などとは、てんでまるで、違っていらっしゃる。弟の直治《なおじ》がいつか、お酒を飲みながら、姉の私に向ってこう言った事がある。

「爵位《しゃくい》があるから、貴族だというわけにはいかないんだぜ。爵位がなくても、天爵というものを持っている立派な貴族のひともあるし、おれたちのように爵位だけは持っていても、貴族どころか、賤民《せんみん》にちかいのもいる。岩島なんてのは（と直治の学友の

伯爵のお名前を挙げて）あんなのは、まったく、新宿の遊廓《ゆうかく》の客引き番頭よりも、もっとげびてる感じじゃねえか。こないだも、柳井《やない》（と、やはり弟の学友で、子爵の御次男のかたのお名前を挙げて）の兄貴の結婚式に、あんちきしょう、タキシイドなんか着て、なんだってまた、タキシイドなんかを着てくる必要があるんだ、それはまあいいとして、テーブルスピーチの時に、あの野郎、ゴザイマスルという不可思議な言葉をつかったのには、げっとなった。気取るという事は、上品という事と、ぜんぜん無関係なあさましい虚勢だ。高等御下宿《おん》と書いてある看板が本郷あたりによくあったものだけれども、じっさい華族なんてものの大部分は、高等御乞食《おんこじき》とでもいったようなものなんだ。しんの貴族は、あんな岩島みたいな下手な気取りかたなんか、しやしないよ。おれたちの一族でも、ほんものの貴族は、まあ、ママくらいのものだろう。あれは、ほんものだよ。かなわねえところがある」

スウプのいただきかたにしても、私たちなら、お皿《さら》の上にすこしうつむき、そうしてスプウンを横に持ってスウプを掬《すく》い、スプウンを横にしたまま口元に運んでいただくのだけれども、お母さまは左手のお指を軽くテーブルの縁《ふち》にかけて、上体をかがめる事もなく、お顔をしゃんと挙げて、お皿をろくに見もせずスプウンを横にしてさっと掬って、それから、燕《つばめ》のように、とでも形容したいくらいに軽く鮮やかにスプウンをお口と直角になるように持ち運んで、スプウンの尖端《せんたん》から、スウプをお唇のあいだに流し込むのである。そうして、無心そうにあちこち傍見《わきみ》などなさりながら、ひらりひらりと、まるで小さな翼のようにスプウンをあつかい、スウプを一滴もおこぼしになる事もないし、吸う音もお皿の音も、ちっともお立てにならぬのだ。それは所謂《いわゆる》正式礼法にかなったいただき方ではないかもしれないけれども、私の目には、とても可《か》愛《わい》らしく、それこそほんものみたいに見える。また、事実、お飲物は、口に流し込むようにしていただいたほうが、不思議なくらいにおいしいものだ。けれども、私は直治の言うような高等御乞食なのだから、お母さまのようにあんなに軽く無雑作《むぞうさ》にスプウンをあやつる事ができず、仕方なく、あきらめて、お皿の上にうつむき、所謂正式礼法どおりの陰気ないただき方をしているのである。

スウプに限らず、お母さまの食事のいただき方は、頗《すこぶ》る礼法にはずれている。お肉が出ると、ナイフとフオクで、さっさと全部小さく切りわけてしまって、それからナイフを捨て、フオクを右手に持ちかえ、その一きれ一きれをフオクに刺してゆっくり楽しそうに召し上がっていらっしゃる。また、骨つきのチキンなど、私たちがお皿を鳴らさずに骨から肉を切りはなすのに苦心している時、お母さまは、平気でひょいと指先で骨のところをつまんで持ち上げ、お口で骨と肉をはなして澄ましていらっしゃる。そんな野蛮な仕草も、お母さまがなさると、可愛らしいばかりか、へんにエロチックにさえ見えるのだから、さすがにほんものは違ったものである。骨つきのチキンの場合だけでなく、お母さまは、ランチのお菜《さい》のハムやソセージなども、ひょいと指先でつまんで召し上る事さえ時たまある。

「おむすびが、どうしておいしいのだか、知っていますか。あれはね、人間の指で握りしめて作るからですよ」

とおっしゃった事もある。

本当に、手でたべたら、おいしいだろうな、と私も思う事があるけれど、私のような高等御乞食が、下手に真似《まね》してそれをやったら、それこそほんものの乞食の図になってしまいそうな気もするので我慢している。

弟の直治でさえ、ママにはかなわねえ、と言っているが、つくづく私も、お母さまの真似は困難で、絶望みたいなものをさえ感じる事がある。いつか、西片町のおうちの奥庭で、秋のはじめの月のいい夜であったが、私はお母さまと二人でお池の端のあずまやで、お月見をして、狐《きつね》の嫁入りと鼠《ねずみ》の嫁入りとは、お嫁のお支度がどうちがうか、など笑いながら話合っているうちに、お母さまは、つとお立ちになって、あずまやの傍《そば》の萩《はぎ》のしげみの奥へおはいりになり、それから、萩の白い花のあいだから、もっとあざやかに白いお顔をお出しになって、少し笑って、

「かず子や、お母さまがいま何をなさっているか、あててごらん」

とおっしゃった。

「お花を折っていらっしゃる」

と申し上げたら、小さい声を挙げてお笑いになり、

「おしっこよ」

とおっしゃった。

ちっともしゃがんでいらっしゃらないのには驚いたが、けれども、私などにはとても真似られない、しんから可愛らしい感じがあった。

けさのスウプの事から、ずいぶん脱線しちゃったけれど、こないだ或《あ》る本で読んで、ルイ王朝の頃の貴婦人たちは、宮殿のお庭や、それから廊下の隅《すみ》などで、平気でおしっこをしていたという事を知り、その無心さが、本当に可愛らしく、私のお母さまなども、そのようなほんものの貴婦人の最後のひとりなのではなかろうかと考えた。

さて、けさは、スウプを一さじお吸いになって、あ、と小さい声をお挙げになったので、髪の毛？　とおたずねすると、いいえ、とお答えになる。

「塩辛かったかしら」

けさのスウプは、こないだアメリカから配給になった罐詰《かんづめ》のグリンピイスを裏ごしして、私がポタージュみたいに作ったもので、もともとお料理には自信がないので、お母さまに、いいえ、と言われても、なおも、はらはらしてそうたずねた。

「お上手にできました」

お母さまは、まじめにそう言い、スウプをすまして、それからお海苔《のり》で包んだおむすびを手でつまんでおあがりになった。

私は小さい時から、朝ごはんがおいしくなく、十時頃にならなければ、おなかがすかないので、その時も、スウプだけはどうやらすましたけれども、食べるのがたいぎで、おむすびをお皿に載せて、それにお箸《はし》を突込み、ぐしゃぐしゃにこわして、それから、その一かけらをお箸でつまみ上げ、お母さまがスウプを召し上る時のスプウンみたいに、お箸をお口と直角にして、まるで小鳥に餌《えさ》をやるような工合《ぐあ》いにお口に押し込み、のろのろといただいているうちに、お母さまはもうお食事を全部すましてしまって、そっとお立ちになり、朝日の当っている壁にお背中をもたせかけ、しばらく黙って私のお食事の仕方を見ていらして、

「かず子は、まだ、駄目なのね。朝御飯が一番おいしくなるようにならなければ」

とおっしゃった。

「お母さまは？　おいしいの？」

「そりゃもう。私は病人じゃないもの」

「かず子だって、病人じゃないわ」

「だめ、だめ」

お母さまは、淋《さび》しそうに笑って首を振った。

私は五年前に、肺病という事になって、寝込んだ事があったけれども、あれは、わがまま病だったという事を私は知っている。けれども、お母さまのこないだの御病気は、あれこそ本当に心配な、哀《かな》しい御病気だった。だのに、お母さまは、私の事ばかり心配していらっしゃる。

「あ」

と私が言った。

「なに？」

とこんどは、お母さまのほうでたずねる。

顔を見合せ、何か、すっかりわかり合ったものを感じて、うふふと私が笑うと、お母さまも、にっこりお笑いになった。

何か、たまらない恥ずかしい思いに襲われた時に、あの奇妙な、あ、という幽かな叫び声が出るものなのだ。私の胸に、いま出し抜けにふうっと、六年前の私の離婚の時の事が色あざやかに思い浮んで来て、たまらなくなり、思わず、あ、と言ってしまったのだが、お母さまの場合は、どうなのだろう。まさかお母さまに、私のような恥ずかしい過去があるわけはなし、いや、それとも、何か。

「お母さまも、さっき、何かお思い出しになったのでしょう？　どんな事？」

「忘れたわ」

「私の事？」

「いいえ」

「直治の事？」

「そう」

と言いかけて、首をかしげ、

「かも知れないわ」

とおっしゃった。

弟の直治は大学の中途で召集され、南方の島へ行ったのだが、消息が絶えてしまって、終戦になっても行先が不明で、お母さまは、もう直治には逢《あ》えないと覚悟している、とおっしゃっているけれども、私は、そんな、「覚悟」なんかした事は一度もない、きっと逢えるとばかり思っている。

「あきらめてしまったつもりなんだけど、おいしいスウプをいただいて、直治を思って、たまらなくなった。もっと、直治に、よくしてやればよかった」

直治は高等学校にはいった頃から、いやに文学にこって、ほとんど不良少年みたいな生活をはじめて、どれだけお母さまに御苦労をかけたか、わからないのだ。それだのにお母さまは、スウプを一さじ吸っては直治を思い、あ、とおっしゃる。私はごはんを口に押し込み眼が熱くなった。

「大丈夫よ。直治は、大丈夫よ。直治みたいな悪漢は、なかなか死ぬものじゃないわよ。死ぬひとは、きまって、おとなしくて、綺麗《きれい》で、やさしいものだわ。直治なんて、棒でたたいたって、死にやしない」

お母さまは笑って、

「それじゃ、かず子さんは早死にのほうかな」

と私をからかう。

「あら、どうして？　私なんか、悪漢のおデコさんですから、八十歳までは大丈夫よ」

「そうなの？　そんなら、お母さまは、九十歳までは大丈夫ね」

「ええ」

と言いかけて、少し困った。悪漢は長生きする。綺麗なひとは早く死ぬ。お母さまは、お綺麗だ。けれども、長生きしてもらいたい。私は頗《すこぶ》るまごついた。

「意地わるね！」

と言ったら、下唇《したくちびる》がぷるぷる震えてきて、涙が眼からあふれて落ちた。

蛇《へび》の話をしようかしら。その四、五日前の午後に、近所の子供たちが、お庭の垣《かき》の竹藪《たけやぶ》から、蛇の卵を十ばかり見つけてきたのである。

子供たちは、

「蝮《まむし》の卵だ」

と言い張った。私はあの竹藪に蝮が十匹も生れては、うっかりお庭にも降りられないと思ったので、

「焼いちゃおう」

と言うと、子供たちはおどり上がって喜び、私のあとからついてくる。

竹藪の近くに、木の葉や柴《しば》を積み上げて、それを燃やし、その火の中に卵を一つずつ投げ入れた。卵は、なかなか燃えなかった。子供たちが、更に木の葉や小枝を焔《ほのお》の上にかぶせて火勢を強くしても、卵は燃えそうもなかった。

下の農家の娘さんが、垣根の外から、

「何をしていらっしゃるのですか?」

と笑いながらたずねた。

「蝮の卵を燃やしているのです。蝮が出ると、こわいんですもの」

「大きさは、どれくらいですか?」

「うずらの卵くらいで、真白なんです」

「それじゃ、ただの蛇の卵ですわ。蝮の卵じゃないでしょう。生《なま》の卵は、なかなか燃えませんよ」

娘さんは、さも可笑《おか》しそうに笑って、去った。

三十分ばかり火を燃やしていたのだけれども、どうしても卵は燃えないので、子供たちに卵を火の中から拾わせて、梅の木の下に埋めさせ、私は小石を集めて墓標を作ってやった。

「さあ、みんな、拝むのよ」

私がしゃがんで合掌すると、子供たちもおとなしく私のうしろにしゃがんで合掌したようであった。そうして子供たちとわかれて、私ひとり石段をゆっくりのぼってくると、石段の上の、藤棚《ふじだな》の蔭《かげ》にお母さまが立っていらして、

「可哀《かわい》そうな事をするひとね」

とおっしゃった。

「蝮かと思ったら、ただの蛇だったの。けれど、ちゃんと埋葬してやったから、大丈夫」

とは言ったものの、こりゃお母さまに見られて、まずかったかなと思った。

お母さまは決して迷信家ではないけれども、十年前、お父上が西片町のお家で亡くなられてから、蛇をとても恐れていらっしゃる。お父上の御臨終の直前に、お母さまが、お父上の枕元《まくらもと》に細い黒い紐《ひも》が落ちているのを見て、何気なく拾おうとなさったら、それが蛇だった。するすると逃げて、廊下に出てそれからどこへ行ったかわからなくなったが、それを見たのは、お母さまと、和田の叔父さまとお二人きりで、お二人は

顔を見合せ、けれども御臨終のお座敷の騒ぎにならぬよう、こらえて黙っていらしたという。私たちも、その場に居合せていたのだが、その蛇の事は、だから、ちっとも知らなかった。

けれども、そのお父上の亡くなられた日の夕方、お庭の池のはたの、木という木に蛇がのぼっていた事は、私も実際に見て知っている。私は二十九のばあちゃんだから、十年前のお父上の御逝去《ごせいきょ》の時は、もう十九にもなっていたのだ。もう子供ではなかったのだから、十年経《た》っても、その時の記憶はいまでもはっきりしていて、間違いはないはずだが、私がお供えの花を剪《き》りに、お庭のお池のほうに歩いて行って、池の岸のつつじのところに立ちどまって、ふと見ると、そのつつじの枝先に、小さい蛇がまきついていた。すこしおどろいて、つぎの山吹の花枝を折ろうとすると、その枝にも、まきついていた。隣りの木犀《もくせい》にも、若楓《わかかえで》にも、えにしだにも、藤にも、桜にも、どの木にも、どの木にも、蛇がまきついていたのである。けれども私には、そんなにこわく思われなかった。蛇も、私と同様にお父上の逝去を悲しんで、穴から這《は》い出てお父上の霊を拝んでいるのであろうというような気がしただけであった。そうして私は、そのお庭の蛇の事を、お母さまにそっとお知らせしたら、お母さまは落ちついて、ちょっと首を傾けて何か考えるような御様子をなさったが、べつに何もおっしゃりはしなかった。

けれども、この二つの蛇の事件が、それ以来お母さまを、ひどい蛇ぎらいにさせたのは事実であった。蛇ぎらいというよりは、蛇をあがめ、おそれる、つまり畏怖《いふ》の情をお持ちになってしまったようだ。

蛇の卵を焼いたのを、お母さまに見つけられ、お母さまはきっと何かひどく不吉なものをお感じになったに違いないと思ったら、私も急に蛇の卵を焼いたのがたいへんなおそろしい事だったような気がしてきて、この事がお母さまに或いは悪い祟《たた》りをするのではあるまいかと、心配で心配で、あくる日も、またそのあくる日も忘れる事ができずにいたのに、けさは食堂で、美しい人は早く死ぬ、などめっそうもない事をつい口走って、あとで、どうにも言いつくろいができず、泣いてしまったのだが、朝食のあと片づけをしながら、何だか自分の胸の奥に、お母さまのお命をちぢめる気味わるい小蛇が一匹はいり込んでいるようで、いやでいやで仕様がなかった。

そうして、その日、私はお庭で蛇を見た。その日は、とてもなごやかないいお天気だったので、私はお台所のお仕事をすませて、それからお庭の芝生の上に籐椅子《とういす》をはこび、そこで編物を仕様と思って、籐椅子を持ってお庭に降りたら、庭石の笹《ささ》のところに蛇がいた。おお、いやだ。私はただそう思っただけで、それ以上深く考える事もせず、籐椅子を持って引返して縁側にあがり、縁側に椅子を置いてそれに腰かけて編物にとりかかった。午後になって、私はお庭の隅の御堂の奥にしまってある蔵書の中から、ローランサンの画集を取り出してこようと思って、お庭へ降りたら、芝生の上を、蛇が、ゆっくりゆっくり這っている。朝の蛇と同じだった。ほっそりした、上品な蛇だった。私は、女蛇だ、と思った。彼女は、芝生を静かに横切って野ばらの蔭まで行くと、立ちどまって首を上げ、細い焔のような舌をふるわせた。そうして、あたりを眺《なが》めるような恰好《かっこう》をしたが、しばらくすると、首を垂れ、いかにも物憂《ものう》げにうずくまった。私はその時にも、ただ美しい蛇だ、という思いばかりが強く、やがて御堂に行って画集を持ち出し、かえりにさっきの蛇のいたところをそっと見たが、もういなかった。

夕方ちかく、お母さまと支那間でお茶をいただきながら、お庭のほうを見ていたら、石段の三段目の石のところに、けさの蛇がまたゆっくりとあらわれた。

お母さまもそれを見つけ、

「あの蛇は？」

とおっしゃるなり立ち上って私のほうに走り寄り、私の手をとったまま立ちすくんでおしまいになった。そう言われて、私も、はっと思い当り、

「卵の母親？」

と口に出して言ってしまった。

「そう、そうよ」

お母さまのお声は、かすれていた。

私たちは手をとり合って、息をつめ、黙ってその蛇を見護《みまも》った。石の上に、物憂げにうずくまっていた蛇は、よろめくようにまた動きはじめ、そうして力弱そうに石段を横切り、かきつばたのほうに這入《はい》って行った。

「けさから、お庭を歩きまわっていたのよ」

と私が小声で申し上げたら、お母さまは、溜息《ためいき》をついてくたりと椅子に坐《すわ》り込んでおしまいになって、

「そうでしょう? 卵を捜しているのですよ。可哀そうに」

と沈んだ声でおっしゃった。

私は仕方なく、ふふと笑った。

夕日がお母さまのお顔に当って、お母さまのお眼が青いくらいに光って見えて、その幽かに怒りを帯びたようなお顔は、飛びつきたいほどに美しかった。そうして、私は、ああ、お母さまのお顔は、さっきのあの美しい蛇に、どこか似ていらっしゃる、と思った。そうして私の胸の中に住む蝮みたいにごろごろして醜い蛇が、この悲しみが深くて美しい美しい母蛇をいつか、食い殺してしまうのではなかろうかと、なぜだか、なぜだか、そんな気がした。

私はお母さまの軟らかなきゃしゃなお肩に手を置いて、理由のわからない身悶《みもだ》えを

した。

私たちが、東京の西片町のお家を捨て、伊豆《いず》のこの、ちょっと支那ふうの山荘に引越して来たのは、日本が無条件降伏をしたとしの、十二月のはじめであった。お父上がお亡くなりになってから、私たちの家の経済は、お母さまの弟で、そうしていまではお母さまのたった一人の肉親でいらっしゃる和田の叔父さまが、全部お世話して下さっていたのだが、戦争が終わって世の中が変り、和田の叔父さまが、もう駄目《だめ》だ、家を売るより他《ほか》はない、女中にも皆ひまを出して、親子二人で、どこか田舎の小綺麗な家を買い、気ままに暮したほうがいい、とお母さまにお言い渡しになった様子で、お母さまは、お金の事は子供よりも、もっと何もわからないお方だし、和田の叔父さまからそう言われて、それではどうかよろしく、とお願いしてしまったようである。

十一月の末に叔父さまから速達が来て、駿豆《すんず》鉄道の沿線に河田子爵《ししゃく》の別荘が売り物に出ている、家は高台で見晴しがよく、畑も百坪ばかりある、あのあたりは梅の名所で、冬暖かく夏涼しく、住めばきっと、お気に召すところと思う、先方と直接お逢いになってお話をする必要もあると思われるから、明日、とにかく銀座の私の事務所までおいでを乞《こ》う、という文面で、

「お母さま、おいでなさる？」

と私がたずねると、

「だって、お願いしていたのだもの」

と、とてもたまらなく淋しそうに笑っておっしゃった。

翌《あく》る日、もとの運転手の松山さんにお伴《とも》をたのんで、お母さまは、お昼すこし過ぎにおでかけになり、夜の八時頃、松山さんに送られてお帰りになった。

「きめましたよ」

かず子のお部屋へはいって来て、かず子の机に手をついてそのまま崩れるようにお坐りになり、そう一言《ひとこと》おっしゃった。

「きめたって、何を？」

「全部」

「だって」

と私はおどろき、

「どんなお家だか、見もしないうちに、……」

お母さまは机の上に片肘《かたひじ》を立て、額に軽くお手を当て、小さい溜息をおつきになり、

「和田の叔父さまが、いい所だとおっしゃるのだもの。私は、このまま、眼をつぶってそのお家へ移って行っても、いいような気がする」

とおっしゃってお顔を挙げて、かすかにお笑いになった。そのお顔は、少しやつれ

て、美しかった。

「そうね」

と私も、お母さまの和田の叔父さまに対する信頼心の美しさに負けて、合槌《あいづち》を打ち、

「それでは、かず子も眼をつぶるわ」

二人で声を立てて笑ったけれども、笑ったあとが、すごく淋しくなった。

それから毎日、お家へ人夫が来て、引越しの荷ごしらえがはじまった。和田の叔父さまも、やって来られて、売り払うものは売り払うようにそれぞれ手配をして下さった。私は女中のお君と二人で、衣類の整理をしたり、がらくたを庭先で燃やしたりしていそがしい思いをしていたが、お母さまは、少しも整理のお手伝いも、お指図《さしず》もなさらず、毎日お部屋で、なんとなく、ぐずぐずしていらっしゃるのである。

「どうなさったの？　伊豆へ行きたくなくなったの？」

と思い切って、少しきつくお訊《たず》ねしても、

「いいえ」

とぼんやりしたお顔でお答えになるだけであった。

十日ばかりして、整理ができ上った。私は、夕方お君と二人で、紙くずや藁《わら》を庭先で燃やしていると、お母さまも、お部屋から出ていらして、縁側にお立ちになって黙って私たちの焚火《たきび》を見ていらした。灰色みたいな寒い西風が吹いて、煙が低く地を這《は》

っていて、私は、ふとお母さまの顔を見上げ、お母さまのお顔色が、いままで見たこともなかったくらいに悪いのにびっくりして、

「お母さま！　お顔色がお悪いわ」

と叫ぶと、お母さまは薄くお笑いになり、

「なんでもないの」

とおっしゃって、そっとまたお部屋におはいりになった。

その夜、お蒲団《ふとん》はもう荷造りをすましてしまったので、お君は二階の洋間のソファに、お母さまと私は、お母さまのお部屋に、お隣りからお借りした一組のお蒲団をしいて、二人一緒にやすんだ。

お母さまは、おや？　と思ったくらいに老《ふ》けた弱々しいお声で、

「かず子がいるから、かず子がいてくれるから、私は伊豆へ行くのですよ。かず子がいてくれるから」

と意外な事をおっしゃった。

私は、どきんとして、

「かず子がいなかったら？」

と思わずたずねた。

お母さまは、急にお泣きになって、

「死んだほうがよいのです。お父さまの亡くなったこの家で、お母さまも、死んでしまいたいのよ」

と、とぎれとぎれにおっしゃって、いよいよはげしくお泣きになった。

お母さまは、今まで私に向って一度だってこんな弱音をおっしゃった事がなかったし、また、こんなに烈《はげ》しくお泣きになっているところを私に見せた事もなかった。お父上がお亡くなりになった時も、また私がお嫁に行く時も、そして赤ちゃんをおなかにいれてお母さまの許《もと》へ帰って来た時も、そして、赤ちゃんが病院で死んで生れた時も、それから私が病気になって寝込んでしまった時も、また、直治が悪い事をした時も、お母さまは、決してこんなお弱い態度をお見せになりはしなかった。お父上がお亡くなりになって十年間、お母さまは、お父上の在世中と少しも変らない、のんきな、優しいお母さまだった。そうして、私たちも、いい気になって甘えて育ってきたのだ。けれども、お母さまには、もうお金がなくなってしまった。みんな私たちのために、私と直治のために、みじんも惜しまずにお使いになってしまったのだ。そうしてもう、この永年住みなれたお家から出て行って、伊豆の小さい山荘で私とたった二人きりで、わびしい生活をはじめなければならなくなった。もしお母さまが意地悪でケチケチして、私たちを叱《しか》って、そうして、こっそりご自分だけのお金をふやす事を工夫なさるようなお方であったら、どんなに世の中が変っても、こんな、死にたくなるようなお気持になりになる事はなかったろうに、ああ、お金がなくなるという事は、なんというおそろしい、みじめな、救いのない地獄だろう、と生れてはじめて気がついた思いで、胸が一ぱいになり、あまり苦しくて泣きたくても泣けず、人生の厳粛とは、こんな時の感じを言うのであろうか、身動き一つできない気持で、仰向《あおむけ》に寝たまま、私は石のように凝《じ》っとしていた。

翌る日、お母さまは、やはりお顔色が悪く、なお何やらぐずぐずして、少しでも永くこのお家にいらっしゃりたい様子であったが、和田の叔父さまが見えられて、もう荷物はほとんど発送してしまったし、きょう伊豆に出発、とお言いつけになったので、お母さまは、しぶしぶコートを着て、おわかれの挨拶《あいさつ》を申し上げるお君や、出入りのひとたちに無言でお会釈なさって、叔父さまと私と三人、西片町のお家を出た。

汽車は割に空《す》いていて、三人とも腰かけられた。汽車の中では、叔父さまは非常な上機嫌《じょうきげん》でうたいなど唸《うな》っていらっしゃったが、お母さまはお顔色が悪く、うつむいて、とても寒そうにしていらした。三島で駿豆鉄道に乗りかえ、伊豆長岡で下車して、それからバスで十五分くらいで降りてから山のほうに向って、ゆるやかな坂道をのぼって行くと、小さい部落があって、その部落のはずれに、支那ふうの、ちょっとこった山荘があった。

「お母さま、思ったよりもいい所ね」

と私は息をはずませて言った。

「そうね」

とお母さまも、山荘の玄関の前に立って、一瞬うれしそうな眼つきをなさった。

「だいいち、空気がいい。清浄な空気です」

と叔父さまは、ご自慢なさった。

「本当に」

とお母さまは微笑《ほほえ》まれて、

「おいしい。ここの空気は、おいしい」

とおっしゃった。

そうして、三人で笑った。

玄関にはいってみると、もう東京からのお荷物が着いていて、玄関からお部屋からお荷物で一ぱいになっていた。

「次には、お座敷からの眺めがよい」

叔父さまは浮かれて、私たちをお座敷に引っぱって行って坐らせた。

午後の三時頃で、冬の日が、お庭の芝生にやわらかく当っていて、芝生から石段を降りつくしたあたりに小さいお池があり、梅の木がたくさんあって、お庭の下には蜜《み》柑畑《かんばたけ》がひろがり、それから村道があって、その向うは水田で、それからずっと向うに松林があって、その松林の向うに、海が見える。海は、こうしてお座敷に坐っていると、ちょうど私のお乳のさきに水平線がさわるくらいの高さに見えた。

「やわらかな景色ねえ」

とお母さまは、もの憂そうにおっしゃった。

「空気のせいかしら。陽《ひ》の光が、まるで東京と違うじゃないの。光線が絹ごしされているみたい」

と私は、はしゃいで言った。

十畳間と六畳間と、それから支那式の応接間と、それからお玄関が三畳、お風呂場のところにも三畳がついていて、それから食堂とお勝手と、それからお二階に大きいベッドの付いた来客用の洋間が一間、それだけの間数《まかず》だけれども、私たち二人、いや、直治が帰って三人になっても、別に窮屈でないと思った。

叔父さまは、この部落でたった一軒だという宿屋へ、お食事を交渉に出かけ、やがてとどけられたお弁当を、お座敷にひろげて御持参のウイスキイをお飲みになり、この山荘の以前の持主でいらした河田子爵と支那で遊んだ頃の失敗談など語って、大陽気であったが、お母さまは、お弁当にもほんのちょっとお箸をおつけになっただけで、やがて、あたりが薄暗くなってきた頃、

「すこし、このまま寝かして」

と小さい声でおっしゃった。

私がお荷物の中からお蒲団を出して、寝かせてあげ、何だかひどく気がかりになってきたので、お荷物から体温計を捜し出して、お熱を計ってみたら、三十九度あった。

叔父さまもおどろいたご様子で、とにかく下の村まで、お医者を捜しに出かけられた。

「お母さま！」

とお呼びしても、ただ、うとうとしていらっしゃる。

私はお母さまの小さいお手を握りしめて、すすり泣いた。お母さまが、お可哀想で、お可哀想で、いいえ、私たち二人が可哀想で可哀想で、いくら泣いても、とまらなかった。泣きながら、ほんとうにこのままお母さまと一緒に死にたいと思った。もう私たちは、何も要らない。私たちの人生は、西片町のお家を出た時に、もう終ったのだと思った。

二時間ほどして叔父さまが、村の先生を連れて来られた。村の先生は、もうだいぶおとし寄りのようで、そうして仙台平《せんだいひら》の袴《はかま》を着け、白足袋をはいておられた。

ご診察が終って、

「肺炎になるかも知れませんでございます。けれども、肺炎になりましても、御心配はございません」

と、何だかたよりない事をおっしゃって、注射をして下さって帰られた。

翌る日になっても、お母さまのお熱は、さがらなかった。和田の叔父さまは、私に二千円お手渡しになって、もし万一、入院などしなければならぬようになったら、東京へ電報を打つように、と言い残して、ひとまずその日に帰京なされた。

私はお荷物の中から最小限の必要な炊事道具を取り出し、おかゆを作ってお母さまにすすめた。お母さまは、おやすみのまま、三さじおあがりになって、それから、首を振った。

お昼すこし前に、下の村の先生がまた見えられた。こんどはお袴は着けていなかったが、白足袋は、やはりはいておられた。

「入院したほうが、……」

と私が申し上げたら、

「いや、その必要は、ございませんでしょう。きょうは一つ、強いお注射をしてさし上げますから、お熱もさがる事でしょう」

と、相変らずたよりないようなお返事で、そうして、所謂《いわゆる》その強い注射をしてお帰りになられた。

けれども、その強い注射が奇効を奏したのか、その日のお昼すぎに、お母さまのお顔が真赤《まっか》になって、そうしてお汗がひどく出て、お寝巻を着かえる時、お母さまは笑

って、

「名医かも知れないわ」

とおっしゃった。

熱は七度にさがっていた。私はうれしく、この村にたった一軒の宿屋に走って行き、そこのおかみさんに頼んで、鶏卵を十ばかりわけてもらい、さっそく半熟にしてお母さまに差し上げた。お母さまは半熟を三つと、それからおかゆをお茶碗《ちゃわん》に半分ほどいただいた。

あくる日、村の名医が、また白足袋をはいてお見えになり、私が昨日の強い注射の御礼を申し上げたら、効《き》くのは当然、というようなお顔で深くうなずき、ていねいにご診察なさって、そうして私のほうに向き直り、

「大奥さまは、もはや御病気ではございません。でございますから、これからは、何をおあがりになっても、何をなさってもよろしゅうございます」

と、やはり、へんな言いかたをなさるので、私は噴き出したいのを怺《こら》えるのに骨が折れた。

先生を玄関までお送りして、お座敷に引返してきてみると、お母さまは、お床の上にお坐りになっていらして、

「本当に名医だわ。私は、もう、病気じゃない」

と、とても楽しそうなお顔をして、うっとりとひとりごとのようにおっしゃった。

「お母さま、障子をあけましょうか。雪が降っているのよ」

花びらのような大きい牡丹雪《ぼたんゆき》が、ふわりふわり降りはじめていたのだ。私は、障子をあけ、お母さまと並んで坐り、硝子戸《ガラスど》越しに伊豆の雪を眺めた。

「もう病気じゃない」

と、お母さまは、またひとりごとのようにおっしゃって、

「こうして坐っていると、以前の事が、皆ゆめだったような気がする。私は本当は、引越し間際《まぎわ》になって、伊豆へ来るのが、どうしても、なんとしても、いやになってしまったの。西片町のあのお家に、一日でも半日でも永くいたかったの。汽車に乗った時には、半分死んでいるような気持で、ここに着いた時も、はじめちょっと楽しいような気分がしたけど、薄暗くなったら、もう東京がこいしくて、胸がこげるようで、気が遠くなってしまったの。普通の病気じゃないんです。神さまが私をいちどお殺しになって、それから昨日までの私と違う私にして、よみがえらせて下さったのだわ」

それから、きょうまで、私たち二人きりの山荘生活が、まあ、どうやら事もなく、安穏《あんのん》につづいてきたのだ。部落の人たちも私たちに親切にしてくれた。ここへ引越して来たのは、去年の十二月、それから、一月、二月、三月、四月のきょうまで、私たちはお食事のお支度の他は、たいていお縁側で編物したり、支那間で本を読んだり、

お茶をいただいたり、ほとんど世の中と離れてしまったような生活をしていたのである。二月には梅が咲き、この部落全体が梅の花で埋まった。そうして三月になっても、風のないおだやかな日が多かったので、満開の梅は少しも衰えず、三月の末まで美しく咲きつづけた。朝も昼も、夕方も、夜も、梅の花は、溜息《ためいき》の出るほど美しかった。そうしてお縁側の硝子戸をあけると、いつでも花の匂《にお》いがお部屋にすっと流れて来た。三月の終りには、夕方になると、きっと風が出て、私が夕暮の食堂でお茶碗を並べていると、窓から梅の花びらが吹き込んできて、お茶碗の中にはいって濡《ぬ》れた。四月になって、私とお母さまがお縁側で編物をしながら、二人の話題は、たいてい畑作りの計画であった。お母さまもお手伝いしたいとおっしゃる。ああ、こうして書いてみると、いかにも私たちは、いつかお母さまのおっしゃったように、いちど死んで、違う私たちになってよみがえったようでもあるが、しかし、イエスさまのような復活は、所詮《しょせん》、人間にはできないのではなかろうか。お母さまは、あんなふうにおっしゃったけれども、それでもやはり、スウプを一さじ吸っては、直治を思い、あ、とお叫びになる。そうして私の過去の傷痕《きずあと》も、実は、ちっともなおっていはしないのである。

ああ、何も一つも包みかくさず、はっきり書きたい。この山荘の安穏は、全部いつわりの、見せかけに過ぎないと、私はひそかに思う時さえあるのだ。これが私たち親子が神さまからいただいた短い休息の期間であったとしても、もうすでにこの平和には、何か不吉な、暗い影が忍び寄って来ているような気がしてならない。お母さまは、幸福をお装いになりながらも、日に日に衰え、そうして私の胸には蝮《まむし》が宿り、お母さまを犠牲にしてまで太り、自分でおさえてもおさえても太り、ああ、これがただ季節のせいだけのものであってくれたらよい、私にはこの頃、こんな生活が、とてもたまらなくなる事があるのだ。蛇の卵を焼くなどというはしたない事をしたのも、そのような私のいらいらした思いのあらわれの一つだったのに違いないのだ。そうしてただ、お母さまの悲しみを深くさせ、衰弱させるばかりなのだ。

恋、と書いたら、あと、書けなくなった。

二

蛇《へび》の卵の事があってから、十日ほど経ち、不吉な事がつづいて起り、いよいよお母さまの悲しみを深くさせ、そのお命を薄くさせた。

私が、火事を起しかけたのだ。

私が火事を起す。私の生涯《しょうがい》にそんなおそろしい事があろうとは、幼い時から今まで、一度も夢にさえ考えた事がなかったのに。

お火を粗末にすれば火事が起る、というきわめて当然の事にも、気づかないほどの私はあの所謂《いわゆる》「おひめさま」だったのだろうか。

夜中にお手洗いに起きて、お玄関の衝立《ついたて》の傍《そば》まで行くと、お風呂場《ふろば》のほうが明るい。何気なく覗《のぞ》いてみると、お風呂場の硝子戸《ガラスど》が真赤で、パチパチという音が聞える。小走りに走って行ってお風呂場のくぐり戸をあけ、はだしで外に出てみたら、お風呂のかまどの傍に積み上げてあった薪《まき》の山が、すごい火勢で燃えている。

庭つづきの下の農家に飛んで行き、力一ぱいに戸を叩《たた》いて、

「中井さん！　起きて下さい、火事です！」

と叫んだ。

中井さんは、もう、寝ていらっしゃったらしかったが、

「はい、直《す》ぐ行きます」

と返事して、私が、おねがいします、早くおねがいします、と言っているうちに、浴衣《ゆかた》の寝巻のままでお家から飛び出て来られた。

二人で火の傍に駈《か》け戻り、バケツでお池の水を汲《く》んでかけていると、お座敷の廊下のほうから、お母さまの、ああっ、という叫びが聞えた。私はバケツを投げ捨て、お庭から廊下に上って、

「お母さま、心配しないで、大丈夫、休んでいらして」

と、倒れかかるお母さまを抱きとめ、お寝床に連れて行って寝かせ、また火のとこ

ろに飛んでかえって、こんどはお風呂の水を汲んでは中井さんに手渡し、中井さんはそれを薪の山にかけたが火勢は強く、とてもそんな事では消えそうもなかった。

「火事だ。火事だ。お別荘が火事だ」

という声が下のほうから聞えて、たちまち四、五人の村の人たちが、垣根《かきね》をこわして、飛び込んでいらした。そうして、垣根の下の、用水の水を、リレー式にバケツで運んで、二、三分のあいだに消しとめて下さった。もう少しで、お風呂場の屋根に燃え移ろうとするところであった。

よかった、と思ったとたんに、私はこの火事の原因に気づいてぎょっとした。本当に、私はその時はじめて、この火事騒ぎは、私が夕方、お風呂のかまどの燃え残りの薪を、かまどから引き出して消したつもりで、薪の山の傍に置いた事から起ったのだ、という事に気づいたのだ。そう気づいて、泣き出したくなって立ちつくしていたら、前のお家の西山さんのお嫁さんが垣根の外で、お風呂場が丸焼けだよ、かまどの火の不始末だよ、と声高《こわだか》に話すのが聞えた。

村長の藤田さん、二宮巡査、警防団長の大内さんなどが、やって来られて、藤田さんは、いつものお優しい笑顔で、

「おどろいたでしょう。どうしたのですか?」

とおたずねになる。

「私が、いけなかったのです。消したつもりの薪を、……」

と言いかけて、自分があんまりみじめで、涙がわいて出て、それっきりうつむいて黙った。警察に連れて行かれて、罪人になるのかも知れない、とそのとき思った。はだしで、お寝巻のままの、取乱した自分の姿が急にはずかしくなり、つくづく、落ちぶれたと思った。

「わかりました。お母さんは？」

と藤田さんは、いたわるような口調で、しずかにおっしゃる。

「お座敷にやすませております。ひどくおどろいていらして、……」

「しかし、まあ」

とお若い二宮巡査も、

「家に火がつかなくて、よかった」

となぐさめるようにおっしゃる。

するとそこへ下の農家の中井さんが、服装を改めて出直して来られて、

「なにね、薪がちょっと燃えただけなんです。ボヤ、とまでも行きません」

と息をはずませて言い、私のおろかな過失をかばって下さる。

「そうですか。よくわかりました」

と村長の藤田さんは二度も三度もうなずいて、それから二宮巡査と何か小声で相談

をなさっていらしたが、

「では、帰りますから、どうぞ、お母さんによろしく」

とおっしゃって、そのまま、警防団長の大内さんやその他の方たちと一緒にお帰りになる。

二宮巡査だけ、お残りになって、そうして私のすぐ前まで歩み寄って来られて、呼吸だけのような低い声で、

「それではね、今夜の事は、べつに、とどけない事にしますから」

とおっしゃった。

二宮巡査がお帰りになったら、下の農家の中井さんが、

「二宮さんは、どう言われました？」

と、実に心配そうな、緊張のお声でたずねる。

「とどけないって、おっしゃいました」

と私が答えると、垣根のほうにまだ近所のお方がいらして、その私の返事を聞きとった様子で、そうか、よかった、よかった、と言いながら、ぞろぞろ引上げて行かれた。

中井さんも、おやすみなさい、を言ってお帰りになり、あとには私ひとり、ぼんやり焼けた薪の山の傍に立ち、涙ぐんで空を見上げたら、もうそれは夜明けちかい空の

気配であった。

風呂場で、手と足と顔を洗い、お母さまに逢《あ》うのが何だかおっかなくって、お風呂場の三畳間で髪を直したりしてぐずぐずして、それからお勝手に行き、夜のまったく明けはなれるまで、お勝手の食器の用もない整理などしていた。

夜が明けて、お座敷のほうに、そっと足音をしのばせて行って見ると、お母さまは、もうちゃんとお着換えをすましておられて、そうして支那間のお椅子《いす》に、疲れ切ったようにして腰かけていらした。私を見て、にっこりお笑いになったが、そのお顔は、びっくりするほど蒼《あお》かった。

私は笑わず、黙って、お母さまのお椅子のうしろに立った。

しばらくしてお母さまが、

「なんでもない事だったのね。燃やすための薪だもの」

とおっしゃった。

私は急に楽しくなって、ふふんと笑った。機《おり》にかないて語《かた》る言《ことば》は銀《ぎん》の彫刻物《ほりもの》に金《きん》の林檎《りんご》を嵌《は》めたるが如《ごと》し、という聖書の箴言《しんげん》を思い出し、こんな優しいお母さまを持っている自分の幸福を、つくづく神さまに感謝した。ゆうべの事は、ゆうべの事。もうくよくよすまい、と思って、私は支那間の硝子戸越しに、朝の伊豆の海を眺《なが》め、いつまでもお母さまのうしろに立っていて、おしまいにはお母さまのしずかな呼吸と私の呼吸がぴったり合ってしまった。

朝のお食事を軽くすましてから、私は、焼けた薪の山の整理にとりかかっていると、この村でたった一軒の宿屋のおかみさんであるお咲《さき》さんが、

「どうしたのよ？　どうしたのよ？　いま、私、はじめて聞いて、まあ、ゆうべは、いったい、どうしたのよ？」

と言いながら庭の枝折戸《しおりど》から小走りに走ってやって来られて、そうしてその眼には、涙が光っていた。

「すみません」

と私は小声でわびた。

「すみませんも何も。それよりも、お嬢さん、警察のほうは？」

「いいんですって」

「まあよかった」

と、しんから嬉しそうな顔をして下さった。

私はお咲さんに、村の皆さんへどんな形で、お礼とお詫《わ》びをしたらいいか、相談した。お咲さんは、やはりお金がいいでしょう、と言い、それを持ってお詫びまわりをすべき家々を教えて下さった。

「でも、お嬢さんがおひとりで回るのがおいやだったら、私も一緒について行ってあ

げますよ」

「ひとりで行ったほうが、いいのでしょう？」

「ひとりで行ける？　そりゃ、ひとりで行ったほうがいいの」

「ひとりで行くわ」

それからお咲さんは、焼跡の整理を少し手伝って下さった。

整理がすんでから、私はお母さまからお金をいただき、百円紙幣を一枚ずつ美濃紙《みのがみ》に包んで、それぞれの包みに、おわび、と書いた。

まず一ばんに役場へ行った。村長の藤田さんはお留守だったので、受付の娘さんに紙包を差し出し、

「昨夜は、申しわけない事を致しました。これから、気をつけますから、どうぞおゆるし下さいまし。村長さんに、よろしく」

とお詫びを申し上げた。

それから、警防団長の大内さんのお家へ行き、大内さんがお玄関に出て来られて、私を見て黙って悲しそうに微笑《ほほえ》んでいらして、私は、どうしてだか、急に泣きたくなり、

「ゆうべは、ごめんなさい」

と言うのが、やっとで、いそいでおいとまして、道々、涙があふれてきて、顔がだ

めになったので、いったんお家へ帰って、洗面所で顔を洗い、お化粧をし直して、また出かけようとして玄関で靴《くつ》をはいていると、お母さまが、出ていらして、

「まだ、どこかへ行くの？」

とおっしゃる。

「ええ、これからよ」

私は顔を挙げないで答えた。

「ご苦労さまね」

しんみりおっしゃった。

お母さまの愛情に力を得て、こんどは一度も泣かずに、全部をまわる事ができた。

区長さんのお家に行ったら、区長さんはお留守で、息子さんのお嫁さんが出ていらしたが、私を見るなりかえって向うで涙ぐんでおしまいになり、また、巡査のところでは、二宮巡査が、よかった、よかった、とおっしゃってくれるし、みんなお優しいお方たちばかりで、それからご近所のお家を回って、やはり皆さまから、同情され、なぐさめられた。ただ、前のお家の西山さんのお嫁さん、といっても、もう四十くらいのおばさんだが、そのひとにだけは、びしびし叱《しか》られた。

「これからも気をつけて下さいよ。宮様だか何さまだか知らないけれども、私は前から、あんたたちのままごと遊びみたいな暮し方を、はらはらしながら見ていたんです。

子供が二人で暮しているみたいなんだから、いままで火事を起さなかったのが不思議なくらいのものだ。本当にこれからは、気をつけて下さいよ。ゆうべだって、あんた、あれで風が強かったら、この村全部が燃えたのですよ」

　この西山さんのお嫁さんは、下の農家の中井さんなどは村長さんや二宮巡査の前に飛んで出て、ボヤとまでも行きません、と言ってかばって下さったのに、垣根の外で、風呂場が丸焼けだよ、かまどの火の不始末だよ、と大きい声で言っていらしたひとである。けれども、私は西山さんのお嫁さんのおこごとにも、真実を感じた。本当にそのとおりだと思った。少しも、西山さんのお嫁さんを恨む事はない。お母さまは、燃やすための薪だもの、と冗談をおっしゃって私をなぐさめて下さったが、しかし、あの時に風が強かったら、西山さんのお嫁さんのおっしゃるとおり、この村全体が焼けたのかも知れない。そうなったら私は、死んでおわびしたっておっつかない。私が死んだら、お母さまも生きては、いらっしゃらないだろうし、また亡くなったお父上のお名前をけがしてしまう事にもなる。いまはもう、宮様も華族もあったものではないけれども、しかし、どうせほろびるものなら、思い切って華麗にほろびたい。火事を出してそのお詫びに死ぬなんて、そんなみじめな死に方では、死んでも死に切れまい。とにかく、もっと、しっかりしなければならぬ。

　私は翌日から、畑仕事に精を出した。下の農家の中井さんの娘さんが、時々お手伝いして下さった。火事を出すなどという醜態を演じてからは、私のからだの血が何だか少し赤黒くなったような気がして、その前には、私の胸に意地悪の蝮《まむし》が住み、こんどは血の色まで少し変ったのだから、いよいよ野性の田舎娘になって行くような気分で、お母さまとお縁側で編物などをしていても、へんに窮屈で息苦しく、かえって畑へ出て、土を掘り起したりしているほうが気楽なくらいであった。

筋肉労働、というのかしら。このような力仕事は、私にとっていまがはじめてではない。私は戦争の時に徴用されて、ヨイトマケまでさせられた。いま畑にはいて出ている地下足袋も、その時、軍のほうから配給になったものである。地下足袋というものを、その時、それこそ生れてはじめてはいてみたのであるが、びっくりするほど、はき心地がよく、それをはいてお庭を歩いてみたら、鳥やけものが、はだしで地べたを歩いている気軽さが、自分にもよくわかったような気がして、とても、胸がうずくほど、うれしかった。戦争中の、たのしい記憶は、たったそれ一つきり。思えば、戦争なんて、つまらないものだった。

昨年は、何もなかった。

一昨年は、何もなかった。

その前のとしも、何もなかった。

そんな面白い詩が、終戦直後の或《あ》る新聞に載っていたが、本当に、いま思い出してみても、さまざまの事があったような気がしながら、やはり、何もなかったと同じ様な気もする。私は、戦争の追憶は語るのも、聞くのも、いやだ。人がたくさん死んだのに、それでも陳腐で退屈だ。けれども、私は、やはり自分勝手なのであろうか。私が徴用されて地下足袋をはき、ヨイトマケをやらされた時の事だけは、そんなに陳腐だとも思えない。ずいぶんいやな思いもしたが、しかし、私はあのヨイトマケのおかげで、すっかりからだが丈夫になり、いまでも私は、いよいよ生活に困ったら、ヨイトマケをやって生きて行こうと思う事があるくらいなのだ。

戦局がそろそろ絶望になってきた頃、軍服みたいなものを着た男が、西片町のお家へやって来て、私に徴用の紙と、それから労働の日割を書いた紙を渡した。日割の紙を見ると、私はその翌日から一日置きに立川の奥の山へかよわなければならなくなっていたので、思わず私の眼から涙があふれた。

「代人《だいにん》では、いけないのでしょうか」

涙がとまらず、すすり泣きになってしまった。

「軍から、あなたに徴用がきたのだから、必ず、本人でなければいけない」

とその男は、強く答えた。

私は行く決心をした。

その翌日は雨で、私たちは立川の山の麓《ふもと》に整列させられ、まず将校のお説教があった。

「戦争には、必ず勝つ」

と冒頭して、

「戦争には必ず勝つが、しかし、皆さんが軍の命令通りに仕事しなければ、作戦に支障を来《きた》し、沖縄のような結果になる。必ず、言われただけの仕事は、やってほしい。それから、この山にも、スパイが這入《はい》っているかも知れないから、お互いに注意すること。皆さんもこれからは、兵隊と同じに、陣地の中へ這入って仕事をするのであるから、陣地の様子は、絶対に、他言《たごん》しないように、充分に注意してほしい」

と言った。

山には雨が煙り、男女とりまぜて五百ちかい隊員が、雨に濡《ぬ》れながら立ってその話を拝聴しているのだ。隊員の中には、国民学校の男生徒女生徒もまじっていて、みな寒そうな泣きべその顔をしていた。雨は私のレンコートをとおして、上衣《うわぎ》にしみてきて、やがて肌着《はだぎ》までぬらしたほどであった。

その日は一日、モッコかつぎをして、帰りの電車の中で、涙が出て来て仕様がなかったが、その次の時には、ヨイトマケの綱引だった。そうして、私にはその仕事が一ばん面白かった。

二度、三度、山へ行くうちに、国民学校の男生徒たちが私の姿を、いやにじろじろ見るようになった。ある日、私がモッコかつぎをしていると、男生徒が二、三人、私とすれちがって、それから、そのうちの一人が、

「あいつが、スパイか」

と小声で言ったのを聞き、私はびっくりしてしまった。

「なぜ、あんな事を言うのかしら」

と私は、私と並んでモッコをかついで歩いている若い娘さんにたずねた。

「外人みたいだから」

若い娘さんは、まじめに答えた。

「あなたも、あたしをスパイだと思っていらっしゃる？」

「いいえ」

こんどは少し笑って答えた。

「私、日本人ですわ」

と言って、その自分の言葉が、われながら馬鹿《ばか》らしいナンセンスのように思われて、ひとりでくすくす笑った。

あるお天気のいい日に、私は朝から男の人たちと一緒に丸太はこびをしていると、

監視当番の若い将校が顔をしかめて、私を指差し、

「おい、君。君は、こっちへ来給《きたま》え」

と言って、さっさと松林のほうへ歩いて行き、私が不安と恐怖で胸をどきどきさせながら、その後について行くと、林の奥に製材所からきたばかりの板が積んであって、将校はその前まで行って立ちどまり、くるりと私のほうに向き直って、

「毎日、つらいでしょう。きょうは一つ、この材木の見張番をしていて下さい」

と白い歯を出して笑った。

「ここに、立っているのですか？」

「ここは、涼しくて静かだから、この板の上でお昼寝でもしていて下さい。もし、退屈だったら、これは、お読みかも知れないけど」

と言って、上衣のポケットから小さい文庫本を取り出し、てれたように、板の上にほうり、

「こんなものでも、読んでいて下さい」

文庫本には、「トロイカ」と記されていた。

私はその文庫本を取り上げ、

「ありがとうございます。うちにも、本のすきなのがいまして、いま、南方に行っていますけど」

と申し上げたら、聞き違いしたらしく、

「ああ、そう。あなたの御主人なのですね。南方じゃあ、たいへんだ」

と首を振ってしんみり言い、

「とにかく、きょうはここで見張番という事にして、あなたのお弁当は、あとで自分が持って来てあげますから、ゆっくり、休んでいらっしゃい」

と言い捨て、急ぎ足で帰って行かれた。

私は、材木に腰かけて、文庫本を読み、半分ほど読んだ頃《ころ》、あの将校が、こつこつと靴の音をさせてやって来て、

「お弁当を持って来ました。おひとりで、つまらないでしょう」

と言って、お弁当を草原の上に置いて、また大急ぎで引返して行かれた。

私は、お弁当をすましてから、こんどは、材木の上に這《は》い上って、横になって本を読み、全部読み終えてから、うとうととお昼寝をはじめた。

眼がさめたのは、午後の三時すぎだった。私は、ふとあの若い将校を、前にどこかで見かけた事があるような気がして来て、考えてみたが、思い出せなかった。材木から降りて、髪を撫《な》でつけていたら、また、こつこつと靴の音が聞えて来て、

「やあ、きょうは御苦労さまでした。もう、お帰りになってよろしい」

私は将校のほうに走り寄って、そうして文庫本を差し出し、お礼を言おうと思った

が、言葉が出ず、黙って将校の顔を見上げ、二人の眼が合った時、私の眼からぽろぽろ涙が出た。すると、その将校の眼にも、きらりと涙が光った。

そのまま黙っておわかれしたが、その若い将校は、それっきりいちども、私たちの働いているところに顔を見せず、私は、あの日に、たった一日遊ぶ事ができただけで、それからは、やはり一日置きに立川の山で、苦しい作業をした。お母さまは、私のからだを、しきりに心配して下さったが、私はかえって丈夫になり、いまではヨイトマケ商売にもひそかに自信を持っているし、また、畑仕事にも、べつに苦痛を感じない女になった。

戦争の事は、語るのも聞くのもいや、などと言いながら、つい自分の「貴重なる経験談」など語ってしまったが、しかし、私の戦争の追憶の中で、少しでも語りたいと思うのは、ざっとこれくらいの事で、あとはもう、いつかのあの詩のように、

昨年は、何もなかった。
一昨年は、何もなかった。
その前のとしも、何もなかった。

とでも言いたいくらいで、ただ、ばかばかしく、わが身に残っているものは、この

地下足袋いっそく、というはかなさである。

地下足袋の事から、ついむだ話をはじめて脱線しちゃったけれど、私は、この、戦争の唯一の記念品とでもいうべき地下足袋をはいて、毎日のように畑に出て、胸の奥のひそかな不安や焦躁《しょうそう》をまぎらしているのだけれども、お母さまは、この頃、目立って日に日にお弱りになっていらっしゃるように見える。

蛇の卵。

火事。

あの頃から、どうもお母さまは、めっきり御病人くさくおなりになった。そうして私のほうでは、その反対に、だんだん粗野な下品な女になって行くような気もする。なんだかどうも私が、お母さまからどんどん生気を吸いとって太って行くような心地がしてならない。

火事の時だって、お母さまは、燃やすための薪だもの、と御冗談を言って、それっきり火事のことに就《つ》いては一言もおっしゃらず、かえって私をいたわるようにしていらしたが、しかし、内心お母さまの受けられたショックは、私の十倍も強かったのに違いない。あの火事があってから、お母さまは、夜中に時たま呻《うめ》かれる事があるし、また、風の強い夜などは、お手洗いにおいでになる振りをして、深夜いくどもお床から脱けて家中をお見回《みまわ》りになるのである。そうしてお顔色はいつも冴《さ》えず、お歩きになるのさえやっとのように見える日もある。畑も手伝いたいと、前はおっしゃってい たが、いちど私が、およしなさいと申し上げたのに、井戸から大きい手桶《ておけ》で畑に水を五、六ぱいお運びになり、翌日、いきのできないくらいに肩がこる、とおっしゃって一日、寝たきりで、そんな事があってからは流石《さすが》に畑仕事はあきらめた御様子で、時たま畑へ出て来られても、私の働き振りを、ただ、じっと見ていらっしゃるだけである。

「夏の花が好きなひとは、夏に死ぬっていうけれども、本当かしら」

きょうもお母さまは、私の畑仕事をじっと見ていらして、ふいとそんな事をおっしゃった。私は黙っておナスに水をやっていた。ああ、そういえば、もう初夏だ。

「私は、ねむの花が好きなんだけれども、ここのお庭には、一本もないのね」

と、お母さまは、また、しずかにおっしゃる。

「夾竹桃《きょうちくとう》がたくさんあるじゃないの」

私は、わざと、つっけんどんな口調で言った。

「あれは、きらいなの。夏の花は、たいていすきだけど、あれは、おきゃんすぎて」

「私なら薔薇《ばら》がいいな。だけど、あれは四季咲きだから、薔薇の好きなひとは、春に死んで、夏に死んで、秋に死んで、冬に死んで、四度も死に直さなければいけないの？」

二人、笑った。

「すこし、休まない？」

とお母さまは、なおお笑いになりながら、

「きょうは、ちょっとかず子さんと相談したい事があるの」

「なあに？　死ぬお話なんかは、まっぴらよ」

私はお母さまの後について行って、藤棚《ふじだな》の下のベンチに並んで腰をおろした。藤の花はもう終って、やわらかな午後の日ざしが、その葉をとおして私たちの膝《ひざ》の上に落ち、私たちの膝をみどりいろに染めた。

「前から聞いていただきたいと思っていた事ですけどね、お互いに気分のいい時に話そうと思って、きょうまで機会を待っていたの。どうせ、いい話じゃあないのよ。でも、きょうは何だか私もすらすら話せるような気がするもんだから、まあ、あなたも、我慢しておしまいまで聞いて下さいね。実はね、直治《なおじ》は、生きているのです」

私は、からだを固くした。

「五、六日前に、和田の叔父さまからおたよりがあってね、叔父さまの会社に以前つとめていらしたお方で、さいきん南方から帰還して、叔父さまのところに挨拶《あいさつ》にいらして、その時、よもやまの話の末に、そのお方が偶然にも直治と同じ部隊で、そうして直治は無事で、もうすぐ帰還するだろうという事がわかったの。でも、ね、一ついやな事があるの。そのお方の話では、直治はかなりひどい阿片《アヘン》中毒になっているらしい、と……」

「また！」

私はにがいものを食べたみたいに、口をゆがめた。直治は、高等学校の頃に、ある小説家の真似《まね》をして、麻薬中毒にかかり、そのために、薬屋からおそろしい金額の借りを作って、お母さまは、その借りを薬屋に全部支払うのに二年もかかったのである。

「そう。また、はじめたらしいの。けれども、それのなおらないうちは、帰還もゆるされないだろうから、きっとなおして帰って来るだろうと、そのお方も言っていらしたそうです。叔父さまのお手紙では、なおして帰って来たとしても、そんな心掛けの者では、すぐどこかへ勤めさせるというわけにはいかぬ、いまのこの混乱の東京で働いては、まともの人間でさえ少し狂ったような気分になる、中毒のなおったばかりの半病人なら、すぐ発狂気味になって、何を仕出かすか、わかったものでない、それで、直治が帰って来たら、すぐこの伊豆の山荘に引取って、どこへも出さずに、当分ここで静養させたほうがよい、それが一つ。それから、ねえ、かず子、叔父さまがねえ、もう一つお言いつけになっているのだよ。叔父さまのお話では、もう私たちのお金が、なんにもなくなってしまったんだって。貯金の封鎖だの、財産税だので、もう叔父さまも、これまでのように私たちにお金を送ってよこす事がめんどうになったのだそうです。

それでね、直治が帰って来て、お母さまと、直治と、かず子と三人あそんで暮していては、叔父さまもその生活費を都合なさるのにたいへんな苦労をしなければならぬから、いまのうちに、かず子のお嫁入りさきを捜すか、または、御奉公のお家を捜すか、どちらかになさい、という、まあ、お言いつけなの」

「御奉公って、女中の事？」

「いいえ、叔父さまがね、ほら、あの、駒場《こまば》の」

とある宮様のお名前を挙げて、

「あの宮様なら、私たちとも血縁つづきだし、姫宮の家庭教師をかねて、御奉公にあがっても、かず子が、そんなに淋《さび》しく窮屈な思いをせずにすむだろう、とおっしゃっているのです」

「他に、つとめ口がないものかしら」

「他の職業は、かず子には、とても無理だろう、とおっしゃっていました」

「なぜ無理なの？　ね、なぜ無理なの？」

お母さまは、淋しそうに微笑《ほほえ》んでいらっしゃるだけで、何ともお答えにならなかった。

「いやだわ！　私、そんな話」

自分でも、あらぬ事を口走った、と思った。が、とまらなかった。

「私が、こんな地下足袋を、こんな地下足袋を」

と言ったら、涙が出てきて、思わずわっと泣き出した。顔を挙げて、涙を手の甲で払いのけながら、お母さまに向って、いけない、いけない、と思いながら、言葉が無意識みたいに、肉体とまるで無関係に、つぎつぎと続いて出た。

「いつだか、おっしゃったじゃないの。かず子がいるから、かず子がいてくれるから、お母さまは伊豆へ行くのですよ、とおっしゃったじゃないの。かず子がいないと、死んでしまうとおっしゃったじゃないの。だから、それだから、かず子は、どこへも行かずに、お母さまのお傍《そば》にいて、こうして地下足袋をはいて、お母さまにおいしいお野菜をあげたいと、そればっかり考えているのに、直治が帰って来るとお聞きになったら、急に私を邪魔にして、宮様の女中に行けなんて、あんまりだわ、あんまりだわ」

自分でも、ひどい事を口走ると思いながら、言葉が別の生き物のように、どうしてもとまらないのだ。

「貧乏になって、お金がなくなったら、私たちの着物を売ったらいいじゃないの。このお家も、売ってしまったら、いいじゃないの。私には、何だってできるわよ。この村の役場の女事務員にだって何にだってなれるわよ。役場で使って下さらなかったら、ヨイトマケにだってなれるわよ。貧乏なんて、なんでもない。お母さまさえ、私を可愛《かわい》がって下さったら、私は一生お母さまのお傍にいようとばかり考えていたのに、お母さまは、私よりも直治のほうが可愛いのね。出て行くわ。私は出て行く。どうせ私は、直治とは昔から性格が合わないのだから、三人一緒に暮していたら、お互いに不幸よ。私はこれまで永いことお母さまと二人きりで暮したのだから、もう思い残すことはない。これから直治がお母さまとお二人で水いらずで暮して、そうして直治がたんとたんと親孝行をするといい。私はもう、いやになった。これまでの生活が、いやになった。出て行きます。きょうこれから、すぐに出て行きます。私には、行くところがあるの」

私は立った。

「かず子！」

お母さまはきびしく言い、そうしてかつて私に見せた事のなかったほど、威厳に満ちたお顔つきで、すっとお立ちになり、私と向い合って、そうして私よりも少しお背が高いくらいに見えた。

私は、ごめんなさい、とすぐに言いたいと思ったが、それが口にどうしても出ないで、かえって別の言葉が出てしまった。

「だましたのよ。お母さまは、私をおだましになったのよ。直治がくるまで、私を利用していらっしゃったのよ。私は、お母さまの女中さん。用がすんだから、こんどは宮様のところに行けって」

わっと声が出て、私は立ったまま、思いきり泣いた。

「お前は、馬鹿《ばか》だねえ」

と低くおっしゃったお母さまのお声は、怒りに震えていた。

私は顔を挙げ、

「そうよ、馬鹿よ。馬鹿だから、だまされるのよ。馬鹿だから、邪魔にされるのよ。いないほうがいいのでしょう？　貧乏って、どんな事？　お金って、なんの事？　私には、わからないわ。愛情を、お母さまの愛情を、それだけを私は信じて生きてきたのです」

とまた、ばかな、あらぬ事を口走った。

お母さまは、ふっとお顔をそむけた。泣いておられるのだ。私は、ごめんなさい、と言い、お母さまに抱きつきたいと思ったが、畑仕事で手がよごれているのが、かすかに気になり、へんに白々しくなって、

「私さえ、いなかったらいいのでしょう？　出て行きます。私には、行くところがあるの」

と言い捨て、そのまま小走りに走って、お風呂場に行き、泣きじゃくりながら、顔と手足を洗い、それからお部屋へ行って、洋服に着換えているうちに、またわっと大きい声が出て泣き崩れ、思いのたけもっともっと泣いてみたくなって二階の洋間に駈《か》

け上り、ベッドにからだを投げて、毛布を頭からかぶり、痩《や》せるほどひどく泣いて、そのうちに気が遠くなるみたいになって、だんだん、あるひとが恋いしくて、恋いしくて、お顔を見て、お声を聞きたくてたまらなくなり、両足の裏に熱いお灸《きゅう》を据え、じっとこらえているような、特殊な気持ちになって行った。

夕方ちかく、お母さまは、しずかに二階の洋間にはいっていらして、パチと電燈に灯《ひ》をいれて、それから、ベッドのほうに近寄って来られ、

「かず子」

と、とてもお優しくお呼びになった。

「はい」

私は起きて、ベッドの上に坐《すわ》り、両手で髪を掻《か》きあげ、お母さまのお顔を見て、ふふと笑った。

お母さまも、幽《かす》かにお笑いになり、それから、お窓の下のソファに、深くからだを沈め、

「私は、生れてはじめて、和田の叔父さまのお言いつけに、そむいた。……お母さまはね、いま、叔父さまに御返事のお手紙を書いたの。私の子供たちの事は、私におまかせ下さい、と書いたの。かず子、着物を売りましょうよ。二人の着物をどんどん売って、思い切りむだ使いして、ぜいたくな暮しをしましょうよ。私はもう、あなたに、

畑仕事などさせたくない。高いお野菜を買ったって、いいじゃないの。あんなに毎日の畑仕事は、あなたには無理です」

実は私も、毎日の畑仕事が、少しつらくなりかけていたのだ。さっきあんなに、狂ったみたいに泣き騒いだのも、畑仕事の疲れと、悲しみがごっちゃになって、何もかも、うらめしく、いやになったからなのだ。

私はベッドの上で、うつむいて、黙っていた。

「かず子」

「はい」

「行くところがある、というのは、どこ？」

私は自分が、首すじまで赤くなったのを意識した。

「細田さま？」

私は黙っていた。

お母さまは、深い溜息《ためいき》をおつきになり、

「昔の事を言ってもいい？」

「どうぞ」

と私は小声で言った。

「あなたが、山木さまのお家から出て、西片町のお家へ帰って来た時、お母さまは何もあなたをとがめるような事は言わなかったつもりだけど、でも、たった一ことだけ、（お母さまはあなたに裏切られました）って言ったわね。おぼえている？　そしたら、あなたは泣き出しちゃって、……私も裏切ったなんてひどい言葉を使ってわるかったと思ったけど、……」

けれども、私はあの時、お母さまにそう言われて、何だか有難くて、うれし泣きに泣いたのだ。

「お母さまがね、あの時、裏切られたって言ったのは、あなたが山木さまのお家を出て来た事じゃなかったの。山木さまから、かず子は実は、細田と恋仲だったのです、と言われた時なの。そう言われた時には、本当に、私は顔色が変る思いでした。だって、細田さまには、あのずっと前から、奥さまもお子さまもあって、どんなにこちらがお慕いしたって、どうにもならぬ事だし、……」

「恋仲だなんて、ひどい事を。山木さまのほうで、ただそう邪推なさっていただけなのよ」

「そうかしら。あなたは、まさか、あの細田さまを、まだ思いつづけているのじゃないでしょうね。行くところって、どこ？」

「細田さまのところなんかじゃないわ」

「そう？　そんなら、どこ？」

「お母さま、私ね、こないだ考えた事だけれども、人間が他の動物と、まるっきり違っている点は、何だろう、言葉も智慧《ちえ》も、思考も、社会の秩序も、それぞれ程度の差はあっても、他の動物だって皆持っているでしょう？　信仰も持っているかも知れないわ。人間は、万物の霊長だなんて威張っているけど、ちっとも他の動物と本質的なちがいがないみたいでしょう？　ところがね、お母さま、たった一つあったの。おわかりにならないでしょう。他の生き物には絶対になくて、人間にだけあるもの。それはね、ひめごと、というものよ。いかが？」

お母さまは、ほんのりお顔を赤くなさって、美しくお笑いになり、

「ああ、そのかず子のひめごとが、よい実《み》を結んでくれたらいいけどねえ。お母さまは、毎朝、お父さまにかず子を幸福にして下さるようにお祈りしているのですよ」

私の胸にふうっと、お父上と那須野《なすの》をドライヴして、そうして途中で降りて、その時の秋の野のけしきが浮んできた。萩《はぎ》、なでしこ、りんどう、女郎花《おみなえし》などの秋の草花が咲いていた。野葡萄《のぶどう》の実は、まだ青かった。

それから、お父上と琵琶湖《びわこ》でモーターボートに乗り、私が水に飛び込み、藻《も》に棲《す》む小魚が私の脚にあたり、湖の底に、私の脚の影がくっきりと写っていて、そうしてうごいている、そのさまが前後と何の聯関《れんかん》もなく、ふっと胸に浮んで、消えた。

私はベッドから滑り降りて、お母さまのお膝に抱きつき、はじめて、

「お母さま、さっきはごめんなさい」

と言う事ができた。

思うと、その日あたりが、私たちの幸福の最後の残り火の光が輝いた頃で、それから、直治が南方から帰って来て、私たちの本当の地獄がはじまった。

三

どうしても、もう、とても、生きておられないような心細さ。これが、あの、不安、とかいう感情なのであろうか、胸に苦しい浪《なみ》が打ち寄せ、それはちょうど、夕立がすんだのちの空を、あわただしく白雲がつぎつぎと走って走り過ぎて行くように、私の心臓をしめつけたり、ゆるめたり、私の脈は結滞して、呼吸が稀薄《きはく》になり、眼のさきがもやもやと暗くなって、全身の力が、手の指の先からふっと抜けてしまう心地がして、編物をつづけてゆく事ができなくなった。

このごろは雨が陰気に降りつづいて、何をするにも、もの憂《う》くて、きょうはお座敷の縁側に籐椅子《とういす》を持ち出し、ことしの春にいちど編みかけてそのままにしていたセエタを、また編みつづけてみる気になったのである。淡い牡丹色《ぼたんいろ》のぼやけたような毛糸

で、私はそれに、コバルトブルウの糸を足して、セエタにするつもりなのだ。そうして、この淡い牡丹色の毛糸は、いまからもう二十年も前、私がまだ初等科にかよっていた頃、お母さまがこれで私の頸巻《くびまき》を編んで下さった毛糸だった。その頸巻の端が頭巾《ずきん》になっていて、私はそれをかぶって鏡を覗《のぞ》いてみたら、小鬼のようであった。それに、色が、他の学友の頸巻の色と、まるで違っているので、私は、いやでいやで仕様がなかった。関西の多額納税の学友が、「いい頸巻してはるな」と、おとなびた口調でほめて下さったが、私は、いよいよ恥ずかしくなって、もうそれからは、いちどもこの頸巻をした事がなく、永い事うち棄《す》ててあったのだ。それを、ことしの春、死蔵品の復活とやらいう意味で、ときほぐして私のセエタにしようと思ってとりかかってみたのだが、どうも、このぼやけたような色合いが気に入らず、また打ちすて、きょうはあまりに所在ないまま、ふと取り出して、のろのろと編みつづけてみたのだ。けれども、編んでいるうちに、私は、この淡い牡丹色の毛糸と、灰色の雨空と、一つに溶け合って、なんとも言えないくらい柔かくてマイルドな色調を作り出している事に気がついた。私は知らなかったのだ。コスチウムは、空の色との調和を考えなければならぬものだという大事なことを知らなかったのだ。調和って、なんて美しくて素晴しい事なんだろうと、いささか驚き、呆然《ぼうぜん》とした形だった。灰色の雨空と、淡い牡丹色の毛糸と、その二つを組合せると両方が同時にいきいきしてくるから不思議である。

手に持っている毛糸が急にほっかり暖かく、つめたい雨空もビロウドみたいに柔かく感ぜられる。そうして、モネーの霧の中の寺院の絵を思い出させる。私はこの毛糸の色によって、はじめて「グウ」というものを知らされたような気がした。よいこのみ。そうしてお母さまは、冬の雪空に、この淡い牡丹色が、どんなに美しく調和するかちゃんと識《し》っていらしてわざわざ選んで下さったのに、私は馬鹿でいやがって、けれども、それを子供の私に強制しようともなさらず、私のすきなようにさせて置かれたお母さま。私がこの色の美しさを、本当にわかるまで、二十年間も、この色に就《つ》いて一言も説明なさらず、黙って、そしらぬ振りをして待っていらしたお母さま。しみじみ、いいお母さまだと思うと同時に、こんないいお母さまを、私と直治と二人でいじめて、困らせ弱らせ、いまに死なせてしまうのではなかろうかと、ふうっとたまらない恐怖と心配の雲が胸に湧《わ》いて、あれこれ思いをめぐらせばめぐらすほど、前途にとてもおそろしい、悪い事ばかり予想せられ、もう、とても、生きておられないくらいに不安になり、指先の力も抜けて、編棒を膝に置き、大きい溜息をついて、顔を仰《あお》向《む》け眼をつぶって、

「お母さま」

と思わず言った。

お母さまは、お座敷の隅《すみ》の机によりかかって、ご本を読んでいらしたのだが、

「はい？」

と、不審そうに返事をなさった。

私は、まごつき、それから、ことさらに大声で、

「とうとう薔薇《ばら》が咲きました。お母さま、ご存じだった？　私は、いま気がついた。とうとう咲いたわ」

お座敷のお縁側のすぐ前の薔薇。それは、和田の叔父さまが、むかし、フランスだかイギリスだか、ちょっと忘れたけれど、とにかく遠いところからお持帰りになった薔薇で、二、三箇月前に、叔父さまが、この山荘の庭に移し植えて下さった薔薇である。けさそれが、やっと一つ咲いたのを、私はちゃんと知っていたのだけれども、てれ隠しに、たったいま気づいたみたいに大げさに騒いで見せたのである。花は、濃い紫色で、りんとした傲《おご》りと強さがあった。

「知っていました」

とお母さまはしずかにおっしゃって、

「あなたには、そんな事が、とても重大らしいのね」

「そうかも知れないわ。可哀《かわい》そう？」

「いいえ、あなたには、そういうところがあるって言っただけなの。お勝手のマッチ箱にルナアルの絵を貼《は》ったり、お人形のハンカチイフを作ってみたり、そういう事が

好きなのね。それに、お庭の薔薇のことだって、あなたの言うことを聞いていると、生きている人の事を言っているみたい」

「子供がないからよ」

自分でも全く思いがけなかった言葉が、口から出た。言ってしまって、はっとして、まの悪い思いで膝の編物をいじっていたら、

——二十九だからなあ。

そうおっしゃる男の人の声が、電話で聞くようなくすぐったいバスで、はっきり聞えたような気がして、私は恥ずかしさで、頰《ほお》が焼けるみたいに熱くなった。

お母さまは、何もおっしゃらず、また、ご本をお読みになる。お母さまは、こないだからガーゼのマスクをおかけになっていらして、そのせいか、このごろめっきり無口になった。そのマスクは、直治の言いつけに従って、おかけになっているのである。

直治は、十日ほど前に、南方の島から蒼黒《あおぐろ》い顔になって還《かえ》って来たのだ。

何の前触れもなく、夏の夕暮、裏の木戸から庭へはいって来て、

「わあ、ひでえ。趣味のわるい家だ。来々軒《らいらいけん》。シュウマイあります、と貼りふだしろよ」

それが私とはじめて顔を合せた時の、直治の挨拶《あいさつ》であった。

その二、三日前からお母さまは、舌を病んで寝ていらした。舌の先が、外見はなん

の変りもないのに、うごかすと痛くてならぬとおっしゃって、お食事も、うすいおかゆだけで、お医者さまに見ていただいたら？　と言っても、首を振って、

「笑われます」

と苦笑いしながら、おっしゃる。ルゴールを塗ってあげたけれども、少しもききめがないようで、私は妙にいらいらしていた。

そこへ、直治が帰還して来たのだ。

直治はお母さまの枕元《まくらもと》に坐って、ただいま、と言ってお辞儀をし、すぐに立ち上って、小さい家の中をあちこちと見て回り、私がその後をついて歩いて、

「どう？　お母さまは、変った？」

「変った、変った。やつれてしまった。早く死にゃいいんだ。こんな世の中に、ママなんて、とても生きて行けやしねえんだ。あまりみじめで、見ちゃおれねえ」

「私は？」

「げびて来た。男が二、三人もあるような顔をしていやがる。酒は？　今夜は飲むぜ」

私はこの部落でたった一軒の宿屋へ行って、おかみさんのお咲さんに、弟が帰還したから、お酒を少しわけて下さい、とたのんでみたけれども、お咲さんは、お酒はあいにく、いま切らしています、というので、帰って直治にそう伝えたら、直治は、見

た事もない他人のような表情の顔になって、ちえっ、交渉が下手だからそうなんだ、と言い、私から宿屋の在る場所を聞いて、庭下駄《にわげた》をつっかけて外に飛び出し、それっきり、いくら待っても家へ帰って来なかった。私は直治の好きだった焼き林檎《りんご》と、それから卵のお料理などこしらえて、食堂の電球も明るいのと取りかえ、ずいぶん待って、そのうちに、お咲さんが、お勝手口からひょいと顔を出し、

「もし、もし。大丈夫でしょうか。焼酎《しょうちゅう》を召し上っているのですけど」

と、れいの鯉《こい》の眼のようなまんまるい眼を、さらに強く見はって、一大事のように、低い声で言うのである。

「焼酎って。あの、メチル？」

「いいえ、メチルじゃありませんけど」

「飲んでも、病気にならないのでしょう？」

「ええ、でも、……」

「飲ませてやって下さい」

お咲さんは、つばきを飲み込むようにしてうなずいて帰って行った。

私はお母さまのところに行って、

「お咲さんのところで、飲んでいるんですって」

と申し上げたら、お母さまは、少しお口を曲げてお笑いになって、

「そう。阿片《アヘン》のほうは、よしたのかしら。あなたは、ごはんをすませなさい。それから今夜は、三人でこの部屋におやすみ。直治のお蒲団《ふとん》を、まんなかにして」

私は泣きたいような気持ちになった。

夜ふけて、直治は、荒い足音をさせて帰って来た。私たちは、お座敷に三人、一つの蚊帳《かや》にはいって寝た。

「南方のお話を、お母さまに聞かせてあげたら？」

と私が寝ながら言うと、

「何もない。何もない。忘れてしまった。日本に着いて汽車に乗って、汽車の窓から、水田が、すばらしく綺麗《きれい》に見えた。それだけだ。電気を消せよ。眠られやしねえ」

私は電燈を消した。夏の月光が洪水《こうずい》のように蚊帳の中に満ちあふれた。

あくる朝、直治は寝床に腹這《はらば》いになって、煙草を吸いながら、遠く海のほうを眺《なが》めて、

「舌が痛いんですって？」

と、はじめてお母さまのお加減の悪いのに気がついたみたいなふうの口のきき方をした。

お母さまは、ただ幽《かす》かにお笑いになった。

「そいつあ、きっと、心理的なものなんだ。夜、口をあいておやすみになるんでしょ

う。だらしがない。マスクをなさい。ガーゼにリバノール液でもひたして、それをマスクの中にいれて置くといい」

　私はそれを聞いて噴き出し、

「それは、何療法っていうの？」

「美学療法っていうんだ」

「でも、お母さまは、マスクなんか、きっとおきらいよ」

　お母さまは、マスクに限らず、眼帯でも、眼鏡でも、お顔にそんなものを付ける事は大きらいだったはずである。

「ねえ、お母さま。マスクをなさる？」

　と私がおたずねしたら、

「致します」

　とまじめに低くお答えになったので、私は、はっとした。直治の言う事なら、なんでも信じて従おうと思っていらっしゃるらしい。

　私が朝食の後に、さっき直治が言ったとおりに、ガーゼにリバノール液をひたしなどして、マスクを作り、お母さまのところに持って行ったら、お母さまは、黙って受け取り、おやすみになったままで、マスクの紐《ひも》を両方のお耳に素直におかけになり、そのさまが、本当にもう幼い童女のようで、私には悲しく思われた。

お昼すぎに、直治は、東京のお友達や、文学のほうの師匠さんなどに逢わなければならぬと言って背広に着換え、お母さまから、二千円もらって東京へ出かけて行ってしまった。それっきり、もう十日ちかくなるのだけれども、直治は、帰って来ないのだ。そうして、お母さまは、毎日マスクをなさって、直治を待っていらっしゃる。

「リバノールって、いい薬なのね。このマスクをかけていると、舌の痛みが消えてしまうのですよ」

と、笑いながらおっしゃったけれども、私には、お母さまが嘘《うそ》をついていらっしゃるように思われてならないのだ。もう大丈夫、とおっしゃって、いまは起きていらっしゃるけれども、食欲はやっぱりあまりない御様子だし、口数もめっきり少く、とても私は気がかりで、直治はまあ、東京で何をしているのだろう、あの小説家の上原さんなんかと一緒に東京中を遊びまわって、東京の狂気の渦《うず》に巻き込まれているのにちがいない、と思えば思うほど、苦しくつらくなり、お母さまに、だしぬけに薔薇の事など報告して、そうして、子供がないからよ、なんて自分にも思いがけなかったへんな事を口走って、いよいよ、いけなくなるばかりで、

「あ」

と言って立ち上り、さて、どこへも行くところがなく、身一つをもてあまして、ふらふら階段をのぼって行って、二階の洋間にはいってみた。

ここは、こんど直治の部屋になるはずで、四、五日前に私が、お母さまと相談して、下の農家の中井さんにお手伝いをたのみ、直治の洋服箪笥《だんす》や机や本箱、また、蔵書やノートブックなど一ぱいつまった木の箱五つ六つ、とにかく昔、西片町のお家の直治のお部屋にあったもの全部を、ここに持ち運び、いまに直治が東京から帰って来たら、直治の好きな位置に、箪笥本箱などそれぞれ据《す》える事にして、それまではただ雑然とここに置き放しにしていたほうがよさそうに思われたので、もう、足の踏み場もないくらいに、部屋一ぱい散らかしたままで、私は、何気なく足もとの木の箱から、直治のノートブックを一冊取りあげて見たら、そのノートブックの表紙には、

夕顔日誌

と書きしるされ、その中には、次のような事が一ぱい書き散らされていたのである。直治が、あの、麻薬中毒で苦しんでいた頃の手記のようであった。

焼け死ぬる思い。苦しくとも、苦しと一言、半句、叫び得ぬ、古来、未曾有《みぞう》、人の世はじまって以来、前例もなき、底知れぬ地獄の気配を、ごまかしなさんな。

思想？　ウソだ。主義？　ウソだ。理想？　ウソだ。秩序？　ウソだ。誠実？　真理？　純粋？　みなウソだ。牛島の藤は、樹齢千年、熊野《ゆや》の藤は、数百年と称《とな》えられ、その花穂の如きも、前者で最長九尺、後者で五尺余と聞いて、ただその花穂にのみ、心がおどる。

アレモ人ノ子。生キテイル。

論理は、所詮《しょせん》、論理への愛である。生きている人間への愛ではない。

金と女。論理は、はにかみ、そそくさと歩み去る。

歴史、哲学、教育、宗教、法律、政治、経済、社会、そんな学問なんかより、ひとりの処女の微笑が尊いというファウスト博士の勇敢なる実証。

学問とは、虚栄の別名である。人間が人間でなくなろうとする努力である。

ゲエテにだって誓って言える。僕は、どんなにでも巧《うま》く書けます。一篇《いっぺん》の構成あやまたず、適度の滑稽《こっけい》、読者の眼のうらを焼く悲哀、若《も》しくは、粛然、所謂襟《いわゆるえり》を正さしめ、完璧《かんぺき》のお小説、朗々音読すれば、これすなわち、スクリンの説明か、はずかしくって、書けるかっていうんだ。どだいそんな、傑作意識が、ケチくさいというんだ。小説を読んで襟を正すなんて、狂人の所作《しょさ》である。そんなら、いっそ、羽織袴《はおりはかま》でせにゃなるまい。よい作品ほど、取り澄ましていないように見えるのだがなあ。僕は友人の心からたのしそうな笑顔を見たいばかりに、一篇の小説、わざとしくじって、下手くそに書いて、尻餅《しりもち》ついて頭かきかき逃げて行く。ああ、その時の、友人のうれしそうな顔ったら！

文いたらず、人いたらぬ風情《ふぜい》、おもちゃのラッパを吹いてお聞かせ申し、ここに日本一の馬鹿がいます、あなたはまだいいほうですよ、健在なれ！　と願う愛情は、これはいったい何でしょう。

友人、したり顔にて、あれがあいつの悪い癖、惜しいものだ、と御述懐。愛されている事を、ご存じない。

不良でない人間があるだろうか。

味気ない思い。

金が欲しい。

さもなくば、

眠りながらの自然死！

薬屋に千円ちかき借金あり。きょう、質屋の番頭をこっそり家へ連れて来て、僕の部屋へとおして、何かこの部屋に目ぼしい質草ありや、あるなら持って行け、火急に金が要る、と申せしに、番頭ろくに部屋の中を見もせず、およしなさい、あなたのお道具でもないのに、とぬかした。よろしい、それならば、僕がいままで、僕のお小遣い銭で買った品物だけ持って行け、と威勢よく言って、かき集めたガラクタ、質草の資格あるしろもの一つもなし。

まず、片手の石膏像《せっこうぞう》。これは、ヴィナスの右手。ダリヤの花にも似た片手、まっしろい片手、それがただ台上に載っているのだ。けれども、これをよく見ると、これはヴィナスが、その全裸を、男に見られて、あなやの驚き、含羞旋風《がんしゅうせんぷう》、裸身むざん、薄くれない、残りくまなき、かッかッのほてり、からだをよじってこの手つき、そのようなヴィナスの息もとまるほどの裸身のはじらいが、指先に指紋もなく、掌《てのひら》に一本の手筋もない純白のこのきゃしゃな右手によって、こちらの胸も苦しくなるくらいに哀れに表情せられているのが、わかるはずだ。けれども、これは、所詮、非実用のガラクタ。番頭、五十銭と値踏みせり。

その他、パリ近郊の大地図、直径一尺にちかきセルロイドの独楽《こま》、糸よりも細く字の書ける特製のペン先、いずれも掘出物のつもりで買った品物ばかりなのだが、番頭笑って、もうおいとま致します、と言う。待て、と制止して、結局また、本を山ほど番頭に背負わせて、金五円也を受け取る。僕の本棚《ほんだな》の本は、ほとんど廉価《れんか》の文庫本のみにして、しかも古本屋から仕入れしものなるによって、質の値もおのずから、このように安いのである。

千円の借銭を解決せんとして、五円也。世の中に於《お》ける、僕の実力、おおよそかくの如し。笑いごとではない。

デカダン？　しかし、こうでもしなけりゃ生きておれないんだよ。そんな事を言って、僕を非難する人よりは、死ね！　と言ってくれる人のほうがありがたい。さっぱりする。けれども人は、めったに、死ね！　とは言わないものだ。ケチくさく、用心深い偽善者どもよ。

正義？　所謂階級闘争の本質は、そんなところにありはせぬ。人道？　冗談じゃない。僕は知っているよ。自分たちの幸福のために、相手を倒す事だ。殺す事だ。死ね！　という宣告でなかったら、何だ。ごまかしちゃいけねえ。

しかし、僕たちの階級にも、ろくな奴がいない。白痴、幽霊、守銭奴《しゅせんど》、狂犬、ほら吹き、ゴザイマスル、雲の上から小便。

死ね！　という言葉を与えるのさえ、もったいない。

戦争。日本の戦争は、ヤケクソだ。

ヤケクソに巻き込まれて死ぬのは、いや。いっそ、ひとりで死にたいわい。

人間は、嘘をつく時には、必ず、まじめな顔をしているものである。この頃の、指導者たちの、あの、まじめさ。ぷ！

人から尊敬されようと思わぬ人たちと遊びたい。

けれども、そんないい人たちは、僕と遊んでくれやしない。

僕が早熟を装って見せたら、人々は僕を、早熟だと噂《うわさ》した。僕が、なまけものの振りをして見せたら、人々は僕を、なまけものだと噂した。僕が小説を書けない振りをしたら、人々は僕を、書けないのだと噂した。僕が嘘つきの振りをしたら、人々は僕を、嘘つきだと噂した。僕が金持ちの振りをしたら、人々は僕を、金持ちだと噂した。僕が冷淡を装って見せたら、人々は僕を、冷淡なやつだと噂した。けれども、僕が本当に苦しくて、思わず呻《うめ》いた時、人々は僕を、苦しい振りを装っていると噂した。

どうも、くいちがう。

結局、自殺するよりほか仕様がないのじゃないか。

このように苦しんでも、ただ、自殺で終るだけなのだ、と思ったら、声を放って泣いてしまった。

春の朝、二、三輪の花の咲きほころびた梅の枝に朝日が当って、その枝にハイデルベルヒの若い学生が、ほっそりと縊《くび》れて死んでいたという。


「ママ！　僕を叱《しか》って下さい！」

「どういう工合《ぐあい》に？」

「弱虫！　って」

「そう？　弱虫。……もう、いいでしょう？」

ママには無類のよさがある。ママを思うと、泣きたくなる。ママへおわびのためにも、死ぬんだ。


オユルシ下サイ。イマ、イチドダケ、オユルシ下サイ。

年々や
めしいのままに
鶴《つる》のひな
育ちゆくらし
あわれ、太るも　　（元旦《がんたん》試作）

モルヒネ　アトロモール　ナルコポン　パントポン　パビナアル　パンオピン　アトロピン

プライドとは何だ、プライドとは。

人間は、いや、男は、（おれはすぐれている）（おれにはいいところがあるんだ）などと思わずに、生きて行く事ができぬものか。

・・・人をきらい、人にきらわれる。

ちえくらべ。

厳粛＝阿呆感《あほうかん》

とにかくね、生きているのだからね、インチキをやっているに違いないのさ。

ある借銭申込みの手紙。

「御返事を。

御返事を下さい。

そうして、それが必ず快報であるように。
僕はさまざまの屈辱を思い設けて、ひとりで呻いています。
芝居をしているのではありません。絶対にそうではありません。
お願いいたします。
僕は恥ずかしさのために死にそうです。
誇張ではないのです。
毎日毎日、御返事を待って、夜も昼もがたがたふるえているのです。
僕に、砂を嚙《か》ませないで。
壁から忍び笑いの声が聞えてきて、深夜、床の中で輾転《てんてん》しているのです。
僕を恥ずかしい目に逢《あ》わせないで。
姉さん！」

そこまで読んで私は、その夕顔日誌を閉じ、木の箱にかえして、それから窓のほうに歩いて行き、窓を一ぱいにひらいて、白い雨に煙っているお庭を見下《みおろ》しながら、あの頃の事を考えた。
もう、あれから、六年になる。直治の、この麻薬中毒が、私の離婚の原因になった、いいえ、そう言ってはいけない、私の離婚は、直治の麻薬中毒がなくっても、べつな何かのきっかけで、いつかは行われているように、そのように、私の生れた時から、さだまっていた事みたいな気もする。直治は、薬屋への支払いに困って、しばしば私にお金をねだった。私は山木へ嫁《とつ》いだばかりで、お金などそんなに自由になるわけはなし、また、嫁ぎ先のお金を、里の弟へこっそり融通してやるなど、たいへん工合いの悪い事のようにも思われたので、里から私に付き添って来たばあやのお関《せき》さんと相談して、私の腕輪や、頸飾《くびかざ》りや、ドレスを売った。弟は私に、お金を下さい、という手紙を寄こして、そうして、いまは苦しくて恥ずかしくて、姉上と顔を合せる事も、また電話で話す事さえ、とてもできませんから、お金は、お関に言いつけて、京橋の×町×丁目のカヤノアパートに住んでいる、姉上も名前だけはご存じのはずの、小説家上原二郎さんのところにとどけさせるよう、上原さんは、悪徳のひとのように世の中から評判されているが、決してそんな人ではないから、安心してお金を上原さんのところへとどけてやって下さい、そうすると、上原さんがすぐに僕に電話で知らせる事になっているのですから、必ずそのようにお願いします、僕はこんどの中毒を、ママにだけは気付かれたくないのです、ママの知らぬうちに、なんとかしてこの中毒をなおしてしまうつもりなのです、僕は、こんど姉上からお金をもらったら、それでもって薬屋への借りを全部支払って、それから塩原の別荘へでも行って、健康なからだになって帰って来るつもりなのです、本当です、薬屋の借りを全部すましたら、もう僕は、その日から麻薬を用いる事はぴったりよすつもりです、神さまに誓います、信じて下さい、ママには内緒に、お関をつかってカヤノアパートの上原さんに、たのみます、というような事が、その手紙に書かれていて、私はその指図《さしず》どおりに、お関さんにお金を持たせて、こっそり上原さんのアパートにとどけさせたものだが、弟の手紙の誓いは、いつも嘘《うそ》で、塩原の別荘にも行かず、薬品中毒はいよいよひどくなるばかりの様子で、お金をねだる手紙の文章も、悲鳴に近い苦しげな調子で、こんどこそ薬をやめると、顔をそむけたいくらいの哀切な誓いをするので、また嘘かも知れぬと思いながらも、ついまた、ブローチなどお関さんに売らせて、そのお金を上原さんのアパートにとどけさせるのだった。

「上原さんって、どんな方？」

「小柄《こがら》で顔色の悪い、ぶあいそな人でございます」

と、お関さんは答える。

「でも、アパートにいらっしゃる事は、めったにございませぬです。たいてい、奥さんと、六つ七つの女のお子さんと、お二人がいらっしゃるだけでございます。この奥さんは、そんなにお綺麗《きれい》でもございませぬけれども、お優しくて、よくできたお方のようでございます。あの奥さんになら、安心してお金をあずける事ができます」

その頃の私は、いまの私に較《くら》べて、いいえ、較べものにも何もならぬくらい、まるで違った人みたいに、ぼんやりの、のんき者ではあったが、それでも流石《さすが》に、つぎつぎと続いてしかも次第に多額のお金をねだられて、たまらなく心配になり、一日、お能からの帰り、自動車を銀座でかえして、それからひとりで歩いて京橋のカヤノアパートを訪ねた。

上原さんは、お部屋でひとり、新聞を読んでいらした。縞《しま》の袷《あわせ》に、紺絣《こんがすり》のお羽織を召していらして、お年寄りのような、お若いような、いままで見た事もない奇獣のような、へんな初印象を私は受取った。

「女房はいま、子供と、一緒に、配給物を取りに」

すこし鼻声で、とぎれとぎれにそうおっしゃる。私を、奥さんのお友達とでも思いちがいしたらしかった。私が、直治の姉だと言う事を申し上げたら、上原さんは、ふん、と笑った。私は、なぜだか、ひやりとした。

「出ましょうか」

そう言って、もう二重回《にじゅうまわし》をひっかけ、下駄箱《げたばこ》から新しい下駄を取り出しておはきになり、さっさとアパートの廊下を先に立って歩かれた。

外は、初冬の夕暮。風が、つめたかった。隅田川《すみだがわ》から吹いてくる川風のような感じであった。上原さんは、その川風にさからうように、すこし右肩をあげて築地のほうに黙って歩いて行かれる。私は小走りに走りながら、その後を追った。

東京劇場の裏手のビルの地下室にはいった。四、五組の客が、二十畳くらいの細長いお部屋で、それぞれ卓をはさんで、ひっそりお酒を飲んでいた。

上原さんは、コップでお酒をお飲みになった。そうして、私にも別なコップを取り寄せて下さって、お酒をすすめた。私は、そのコップで二杯飲んだけれども、なんともなかった。

上原さんは、お酒を飲み、煙草《たばこ》を吸い、そうしていつまでも黙っていた。私も、黙っていた。私はこんなところへ来たのは、生まれてはじめての事であったけれども、とても落ちつき、気分がよかった。

「お酒でも飲むといいんだけど」

「え?」

「いいえ、弟さん。アルコールのほうに転換するといいんですよ。僕も昔、麻薬中毒になった事があってね、あれは人が薄気味わるがってね、アルコールだって同じ様なものなんだが、アルコールのほうは、人は案外ゆるすんだ。弟さんを、酒飲みにしちゃいましょう。いいでしょう?」

「私、いちど、お酒飲みを見た事がありますわ。新年に、私が出掛けようとした時、うちの運転手の知合いの者が、自動車の助手席で、鬼のような真赤《まっか》な顔をして、ぐうぐう大いびきで眠っていましたの。私がおどろいて叫んだら、運転手が、これはお酒飲みで、仕様がないんです、と言って、自動車からおろして肩にかついでどこかへ連れて行きましたの。骨がないみたいにぐったりして、何だかそれでも、ぶつぶつ言っていて、私あの時、はじめてお酒飲みってものを見たのですけど、面白かったわ」

「僕だって、酒飲みです」

「あら、だって、違うんでしょう？」

「あなただって、酒飲みです」

「そんな事は、ありませんわ。私は、お酒飲みを見た事があるんですもの。まるで、違いますわ」

上原さんは、はじめて楽しそうにお笑いになって、

「それでは、弟さんも、酒飲みにはなれないかも知れませんが、とにかく、酒を飲む人になったほうがいい。帰りましょう。おそくなると、困るんでしょう？」

「いいえ、かまわないんですの」

「いや、実は、こっちが窮屈でいけねえんだ。ねえさん！　会計！」

「うんと高いのでしょうか。少しなら、私、持っているんですけど」

「そう。そんなら、会計は、あなただ」

「足りないかも知れませんわ」

私は、バッグの中を見て、お金がいくらあるかを上原さんに教えた。

「それだけあれば、もう二、三軒飲める。馬鹿にしてやがる」

上原さんは顔をしかめておっしゃって、それから笑った。

「どこかへ、また、飲みにおいでになりますか？」

と、おたずねしたら、まじめに首を振って、

「いや、もうたくさん。タキシーを拾ってあげますから、お帰りなさい」

私たちは、地下室の暗い階段をのぼって行った。一歩さきにのぼって行く上原さんが、階段の中頃《なかごろ》で、くるりとこちら向きになり、素早く私にキスをした。私は唇《くちびる》を固く閉じたまま、それを受けた。

べつに何も、上原さんをすきでなかったのに、それでも、その時から私に、あの「ひめごと」ができてしまったのだ。かたかたかたと、上原さんは走って階段を上って行って、私は不思議な透明な気分で、ゆっくり上って、外へ出たら、川風が頬《ほお》にとても気持ちよかった。

上原さんに、タキシーを拾っていただいて、私たちは黙ってわかれた。

車にゆられながら、私は世間が急に海のようにひろくなったような気持ちがした。

「私には、恋人があるの」

或る日、私は、夫からおこごとをいただいて淋しくなって、ふっとそう言った。

「知っています。細田でしょう？　どうしても、思い切る事ができないのですか？」

私は黙っていた。

その問題が、何か気まずい事の起る度毎《たびごと》に、私たち夫婦の間に持ち出されるようになった。もうこれは、だめなんだ、と私は思った。ドレスの生地《きじ》を間違って裁断した時みたいに、もうその生地は縫い合せる事もできず、全部捨てて、また別の新しい生地の裁断にとりかからなければならぬ。

「まさか、その、おなかの子は」

とある夜、夫に言われた時には、私はあまりおそろしくて、がたがた震えた。いま思うと、私も夫も、若かったのだ。私は、恋も知らなかった。愛、さえ、わからなかった。私は、細田さまのおかきになる絵に夢中になって、あんなお方の奥さまになったら、どんなに、まあ、美しい日常生活を営むことができるでしょう、あんなよい趣味のお方と結婚するのでなければ、結婚なんて無意味だわ、と私は誰にでも言いふらしていたので、そのために、みんなに誤解されて、それでも私は、恋も愛もわからず、平気で細田さまを好きだという事を公言し、取消そうともしなかったので、へんにもつれて、その頃、私のおなかで眠っていた小さい赤ちゃんまで、夫の疑惑の的になったりして、誰ひとり離婚などあらわに言い出したお方もいなかったのに、いつのまにやら周囲が白々しくなっていって、私は付き添いのお関さんと一緒に里のお母さまのところに帰って、それから、赤ちゃんが死んで生れて、私は病気になって寝込んで、もう、山木との間は、それっきりになってしまったのだ。

直治は、私が離婚になったという事に、何か責任みたいなものを感じたのか、僕は死ぬよ、と言って、わあわあ声を挙げて、顔が腐ってしまうくらいに泣いた。私は弟に、薬屋の借りがいくらになっているのかたずねてみたら、それはおそろしいほどの金額であった。しかも、それは弟が実際の金額を言えなくて、嘘をついていたのがあとでわかった。あとで判明した実際の総額は、その時に弟が私に教えた金額の約三倍ちかくあったのである。

「私、上原さんに逢《あ》ったわ。いいお方ね。これから、上原さんと一緒にお酒を飲んで遊んだらどう？　お酒って、とても安いものじゃないの。お酒のお金くらいだったら、私いつでもあなたにあげるわ。薬屋の払いの事も、心配しないで。どうにか、なるわよ」

私が上原さんと逢って、そうして上原さんをいいお方だと言ったのが、弟を何だかひどく喜ばせたようで、弟は、その夜、私からお金をもらって早速、上原さんのところに遊びに行った。

中毒は、それこそ、精神の病気なのかも知れない。私が上原さんをほめて、そうして弟から上原さんの著書を借りて読んで、偉いお方ねえ、などと言うと、弟は、姉さんなんかにはわかるもんか、と言って、それでも、とてもうれしそうに、じゃあこれを読んでごらん、とまた別の上原さんの著書を私に読ませ、そのうちに私も上原さんの小説を本気に読むようになって、二人であれこれ上原さんの噂《うわさ》などして、弟は毎晩のように上原さんのところに大威張りで遊びに行き、だんだん上原さんの御計画どおりにアルコールのほうへ転換していったようであった。薬屋の支払いに就いて、私がお母さまにこっそり相談したら、お母さまは、片手でお顔を覆《おお》いなさって、しばらくじっとしていらっしゃったが、やがてお顔を挙げて淋しそうにお笑いになり、考えたって仕様がないわね、何年かかるかわからないけど、毎月すこしずつでもかえして行きましょうよ、とおっしゃった。

あれから、もう、六年になる。

夕顔。ああ、弟も苦しいのだろう。しかも、途《みち》がふさがって、何をどうすればいいのか、いまだに何もわかっていないのだろう。ただ、毎日、死ぬ気でお酒を飲んでいるのだろう。

いっそ思い切って、本職の不良になってしまったらどうだろう。そうすると、弟もかえって楽になるのではあるまいか。

不良でない人間があるだろうか、とあのノートブックに書かれていたけれども、そう言われてみると、私だって不良、叔父さまも不良、お母さまだって、不良みたいに思われてくる。不良とは、優しさの事ではないかしら。

四

お手紙、書こうか、どうしようか、ずいぶん迷っていました。けれども、けさ、鳩《はと》のごとく素直《すなお》に、蛇《へび》のごとく慧《さと》かれ、というイエスの言葉をふと思い出し、奇妙に元気が出て、お手紙を差し上げる事にしました。直治《なおじ》の姉でございます。お忘れかしら。お忘れだったら、思い出して下さい。

直治が、こないだまたお邪魔にあがって、ずいぶんごやっかいを、おかけしたようで、相すみません。(でも、本当は、直治の事は、それは直治の勝手で、私が差し出ておわびをするなど、ナンセンスみたいな気もするのです。)きょうは、直治の事でなく、私の事で、お願いがあるのです。京橋のアパートで罹災《りさい》なさって、それから今の御住所にお移りになった事を直治から聞きまして、よっぽど東京の郊外のそのお宅にお伺いしようかと思ったのですが、お母さまがこないだからまた少しお加減が悪く、お母さまをほっといて上京する事は、どうしてもできませぬので、それで、お手紙で申し上げる事に致しました。

あなたに、御相談してみたい事があるのです。

私のこの相談は、これまでの「女大学」の立場から見ると、非常にずるくて、けがらわしくて、悪質の犯罪でさえあるかも知れませんが、けれども私は、いいえ、私たちは、いまのままでは、とても生きて行けそうもありませんので、弟の直治がこの世で一ばん尊敬しているらしいあなたに、私のいつわらぬ気持を聞いていただき、お指図をお願いするつもりなのです。

私には、いまの生活が、たまらないのです。すき、きらいどころではなく、とても、このままでは私たち親子三人、生きて行けそうもないのです。

昨日も、くるしくて、からだも熱っぽく、息ぐるしくて、自分をもてあましていましたら、お昼すこしすぎ、雨の中を下の農家の娘さんが、お米を背負って持って来ました。そうして私のほうから、約束どおりの衣類を差し上げました。娘さんは、食堂で私と向い合って腰かけてお茶を飲みながら、じつに、リアルな口調で、

「あなた、ものを売って、これから先、どのくらい生活して行けるの？」

と言いました。

「半歳《はんとし》か、一年くらい」

と私は答えました。そうして、右手で半分ばかり顔をかくして、

「眠いの。眠くて、仕方がないの」

と言いました。

「疲れているのよ。眠くなる神経衰弱でしょう」

「そうでしょうね」

涙が出そうで、ふと私の胸の中に、リアリズムという言葉と、ロマンチシズムという言葉が浮んで来ました。私に、リアリズムは、ありません。こんな具合いで、生きて行けるのかしら、と思ったら、全身に寒気《さむけ》を感じました。お母さまは、半分御病人のようで、寝たり起きたりですし、弟は、ご存じのように心の大病人で、こちらにいる時は、焼酎《しょうちゅう》を飲みに、この近所の宿屋と料理屋とをかねた家へ御精勤で、三日にいちどは、私たちの衣類を売ったお金を持って東京方面へ御出張です。でも、くるしいのは、こんな事ではありません。私はただ、私自身の生命が、こんな日常生活の中で、芭蕉《ばしょう》の葉が散らないで腐って行くように、立ちつくしたままおのずから腐って行くのをありありと予感せられるのが、おそろしいのです。とても、たまらないのです。だから私は、「女大学」にそむいても、いまの生活からのがれ出たいのです。

それで、私、あなたに、相談いたします。

私は、いま、お母さまや弟に、はっきり宣言したいのです。私が前から、あるお方に恋をしていて、私は将来、そのお方の愛人として暮らすつもりだという事を、はっきり言ってしまいたいのです。そのお方は、あなたもたしかご存じのはずです。そのお方のお名前のイニシャルは、M・Cでございます。私は前から、何か苦しい事が起ると、そのM・Cのところに飛んで行きたくて、こがれ死にをするような思いをして来たのです。
M・Cには、あなたと同じ様に、奥さまもお子さまもございます。また、私より、もっと綺麗で若い、女のお友達もあるようです。けれども私は、M・Cのところへ行くより他《ほか》に、私の生きる途がない気持ちなのです。M・Cの奥さまとは、私はまだ逢った事がありませんけれども、とても優しくてよいお方のようでございます。私は、その奥さまの事を考えると、自分をおそろしい女だと思います。けれども、私のいまの生活は、それ以上におそろしいもののような気がして、M・Cにたよる事を止《よ》せないのです。鳩《はと》のごとく素直《すなお》に、蛇《へび》のごとく慧《さと》く、私は、私の恋をしとげたいと思います。でも、きっと、お母さまも、弟も、また世間の人たちも、誰ひとり私に賛成して下さらないでしょう。あなたは、いかがです。私は結局、ひとりで考えて、ひとりで行動するより他はないのだ、と思うと、涙が出てきます。生れて初めての、ことなのですから。この、むずかしいことを、周囲のみんなから祝福されてしとげる法はないものかしら、とひどくややこしい代数の因数分解か何かの答案を考えるように、思いをこらして、どこかに一箇所、ぱらぱらと綺麗に解きほぐれる糸口があるような気持ちがしてきて、急に陽気になったりなんかしているのです。

　けれども、かんじんのM・Cのほうで、私をどう思っていらっしゃるのか。それを考えると、しょげてしまいます。謂《い》わば、私は、押しかけ、……なんというのかしら、押しかけ女房といってもいけないし、押しかけ愛人、とでもいおうかしら、そんなものなのですから、M・Cのほうでどうしても、いやだといったら、それっきり。だから、あなたにお願いします。どうか、あのお方に、あなたからきいてみて下さい。六年前のある日、私の胸に幽《かす》かな淡い虹《にじ》がかかって、それは恋でも愛でもなかったけれども、年月の経つほど、その虹はあざやかに色彩の濃さを増してきて、私はいままで一度も、それを見失った事はございませんでした。夕立の晴れた空にかかる虹は、やがてはかなく消えてしまいますけど、ひとの胸にかかった虹は、消えないようでございます。どうぞ、あのお方に、きいてみて下さい。あのお方は、ほんとに、私を、どう思っていらっしゃったのでしょう。それこそ、雨後の空の虹みたいに、思っていらっしゃったのでしょうか。そうして、とっくに消えてしまったものと？

それなら、私も、私の虹を消してしまわなければなりません。けれども、私の生命をさきに消さなければ、私の胸の虹は消えそうもございません。

御返事を、祈っています。

上原二郎様（私のチェホフ。マイ、チェホフ。M・C）

私は、このごろ、少しずつ、太って行きます。動物的な女になってゆくというよりは、ひとらしくなったのだと思っています。この夏は、ロレンスの小説を、一つだけ読みました。

御返事がないので、もういちどお手紙を差し上げます。こないだ差し上げた手紙は、とても、ずるい、蛇のような奸策《かんさく》に満ち満ちていたのを、いちいち見破っておしまいになったのでしょう。本当に、私はあの手紙の一行々々に狡智《こうち》の限りを尽してみたのです。結局、私はあなたに、私の生活をたすけていただきたい、お金がほしいという意図だけ、それだけの手紙だとお思いになった事でしょう。そうして、私もそれを否定いたしませぬけれども、しかし、ただ私が自身のパトロンが欲しいのなら、失礼ながら、特にあなたを選んでお願い申しませぬ。他にたくさん、私を可愛《かわい》がって下さる老人のお金持ちなどあるような気がします。げんにこないだも、妙な縁談みたいなものがあったのです。そのお方のお名前は、あなたもご存じかも知れませんが、六十すぎた独身のおじいさんで、芸術院とかの会員だとか何だとか、そういう大師匠のひとが、私をもらいにこの山荘にやって来ました。この師匠さんは、私どもの西片町のお家の近所に住んでいましたので、私たちも隣組のよしみで、時たま逢う事がありました。いつか、あれは秋の夕暮だったと覚えていますが、私とお母さまと二人で、自動車でその師匠さんのお家の前を通り過ぎた時、そのお方がおひとりでぼんやりお宅の門の傍《そば》に立っていらして、お母さまが自動車の窓からちょっと師匠さんにお会釈なさったら、その師匠さんの気むずかしそうな蒼黒《あおぐろ》いお顔が、ぱっと紅葉よりも赤くなりました。

「こいかしら」

　私は、はしゃいで言いました。

「お母さまを、すきなのね」

　けれども、お母さまは落ちついて、

「いいえ、偉いお方」

　とひとりごとのように、おっしゃいました。芸術家を尊敬するのは、私どもの家の家風のようでございます。

　その師匠さんが、先年奥さまをなくなされたとかで、和田の叔父さまと謡曲のお天《てん》狗《ぐ》仲間のある宮家のお方を介し、お母さまに申し入れをなさって、お母さまは、かず子から思ったとおりの御返事を師匠さんに直接さしあげたら？　とおっしゃるし、私は深く考えるまでもなく、いやなので、私にはいま結婚の意志がございません、という事を何でもなくスラスラと書けました。

「お断りしてもいいのでしょう？」

「そりゃもう。……私も、無理な話だと思っていたわ」

　その頃、師匠さんは軽井沢の別荘のほうにいらしたので、そのお別荘へお断りの御返事をさし上げたら、それから、二日目に、その手紙と行きちがいに、師匠さんご自身、伊豆の温泉へ仕事に来た途中でちょっと立ち寄らせていただきましたとおっしゃって、私の返事の事は何もご存じでなく、出し抜けに、この山荘にお見えになったのです。芸術家というものは、おいくつになっても、こんな子供みたいな気ままな事をなさるものらしいのね。

お母さまは、お加減がわるいので、私が御相手に出て、支那間でお茶を差し上げ、

「あの、お断りの手紙、いまごろ軽井沢のほうに着いている事と存じます。私、よく考えましたのですけど」

と申し上げました。

「そうですか」

とせかせかした調子でおっしゃって、汗をお拭《ふ》きになり、

「でも、それは、もう一度、よくお考えになってみて下さい。私は、あなたを、何と言ったらいいか、謂《い》わば精神的には幸福を与える事ができないかも知れないが、その代り、物質的にはどんなにでも幸福にしてあげる事ができる。これだけは、はっきり言えます。まあ、ざっくばらんの話ですが」

「お言葉の、その、幸福というのが、私にはよくわかりません。生意気を申し上げるようですけど、ごめんなさい。チェホフの妻への手紙に、子供を生んでおくれ、私たちの子供を生んでおくれ、って書いてございましたわね。ニイチェだかのエッセイの中にも、子供を生ませたいと思う女、という言葉がございましたわ。私、子供がほし

いのです。幸福なんて、そんなものは、どうだっていいのですの。お金もほしいけど、子供を育てて行けるだけのお金があったら、それでたくさんですわ」

師匠さんは、へんな笑い方をなさって、

「あなたは、珍らしい方ですね。誰にでも、思ったとおりを言える方だ。あなたのような方と一緒にいると、私の仕事にも新しい霊感が舞い下りてくるかもしれない」

と、おとしに似合わず、ちょっと気障《きざ》みたいな事を言いました。こんな偉い芸術家のお仕事を、もし本当に私の力で若返らせる事ができたら、それも生き甲斐《がい》のある事に違いない、とも思いましたが、けれども、私は、その師匠さんに抱かれる自分の姿を、どうしても考えることができなかったのです。

「私に、恋のこころがなくてもいいのでしょうか?」

と私は少し笑っておたずねしたら、師匠さんはまじめに、

「女のかたは、それでいいんです。女のひとは、ぼんやりしていて、いいんですよ」

とおっしゃいます。

「でも、私みたいな女は、やっぱり、恋のこころがなくては、結婚を考えられないのです。私、もう、大人《おとな》なんですもの。来年は、もう、三十」

と言って、思わず口を覆《おお》いたいような気持がしました。

三十。女には、二十九までは乙女《おとめ》の匂《にお》いが残っている。しかし、三十の女のからだ

には、もう、どこにも、乙女の匂いがない、というむかし読んだフランスの小説の中の言葉がふっと思い出されて、やりきれない淋しさに襲われ、外を見ると、真昼の光を浴びて海が、ガラスの破片のようにどぎつく光っていました。あの小説を読んだ時には、そりゃそうだろうと軽く肯定して澄ましていた。三十歳までで、女の生活は、おしまいになると平気でそう思っていたあの頃がなつかしい。腕輪、頸飾《くびかざ》り、ドレス、帯、ひとつひとつ私のからだの周囲から消えてなくなって行くに従って、私のからだの乙女の匂いも次第に淡くうすれて行ったのでしょう。まずしい、中年の女。おお、いやだ。でも、中年の女の生活にも、女の生活が、やっぱり、あるんですのね。このごろ、それがわかってきました。英人の女教師が、イギリスにお帰りの時、十九の私にこうおっしゃったのを覚えています。

「あなたは、恋をなさっては、いけません。あなたは、恋をしたら、不幸になります。恋を、なさるなら、もっと、大きくなってからになさい。三十になってからになさい」

けれども、そう言われても私は、きょとんとしていました。三十になってからの事など、その頃の私には、想像も何もできないことでした。

「このお別荘を、お売りになるとかいう噂《うわさ》を聞きましたが」

師匠さんは、意地わるそうな表情で、ふいとそうおっしゃいました。

私は笑いました。

「ごめんなさい。桜の園を思い出したのです。あなたが、お買いになって下さるのでしょう？」

師匠さんは、さすがに敏感にお察しになったようで、怒ったように口をゆがめて黙しました。

ある宮様のお住居《すまい》として、新円五十万円でこの家を、どうこうという話があったのも事実ですが、それは立ち消えになり、その噂でも師匠さんは聞き込んだのでしょう。でも、桜の園のロパーヒンみたいに私どもに思われているのではたまらないと、すっかりお機嫌《きげん》を悪くした様子で、あと、世間話を少ししてお帰りになってしまいました。

私がいま、あなたに求めているものは、ロパーヒンではございません。それは、はっきり言えるんです。ただ、中年の女の押しかけを、引受けて下さい。

私がはじめて、あなたとお逢いしたのは、もう六年くらい昔の事でした。あの時には、私はあなたという人に就いて何も知りませんでした。ただ、弟の師匠さん、それもいくぶん悪い師匠さん、そう思っていただけでした。そうして、一緒にコップでお酒を飲んで、それから、あなたは、ちょっと軽いイタズラをなさったでしょう。けれども、私は平気でした。ただ、へんに身軽になったくらいの気分でいました。あなたを、すきでもきらいでも、なんでもなかったのです。そのうちに、弟のお機嫌をとるために、あなたの著書を弟から借りて読み、面白かったり面白くなかったり、あまり熱心な読者ではなかったのですが、六年間、いつの頃からか、あなたの事が霧のように私の胸に滲《し》み込んでいたのです。あの夜、地下室の階段で、私たちのした事も、急にいきいきとあざやかに思い出されてきて、なんだかあれは、私の運命を決定するほどの重大なことだったような気がして、あなたがしたわしくて、これが、恋かも知れぬと思ったら、とても心細くたよりなく、ひとりでめそめそ泣きました。あなたは、他の男のひとと、まるで全然ちがっています。私は、「かもめ」のニーナのように、作家に恋しているのではありません。私は、小説家などにあこがれてはいないのです。文学少女、などとお思いになったら、こちらも、まごつきます。私は、あなたの赤ちゃんがほしいのです。

もっとずっと前に、あなたがまだおひとりの時、そうして私もまだ山木へ行かない時に、お逢いして、二人が結婚していたら、私もいまみたいに苦しまずにすんだのかも知れませんが、私はもうあなたとの結婚はできないものとあきらめています。あなたの奥さまを押しのけるなど、それはあさましい暴力みたいで、私はいやなんです。私は、おメカケ、(この言葉、言いたくなくて、たまらないのですけど、でも、愛人、と言ってみたところで、俗に言えば、おメカケに違いないのですから、はっきり、言うわ)それだって、かまわないんです。でも、世間普通のお妾《めかけ》の生活って、むずかしいものらしいのね。人の話では、お妾は普通、用がなくなると、捨てられるものですって。六十ちかくなると、どんな男のかたでも、みんな、本妻の所へお戻りになるんですって。ですから、お妾にだけはなるものじゃないって、西片町のじいやと乳母《うば》が話合っているのを、聞いた事があるんです。でも、それは、世間普通のお妾のことで、私たちの場合は、ちがうような気がします。あなたにとって、一番、大事なのは、やはり、あなたのお仕事だと思います。そうして、あなたが、私をおすきだったら、二人が仲よくする事が、お仕事のためにもいいでしょう。すると、あなたの奥さまも、私たちの事を納得して下さいます。へんな、こじつけの理窟《りくつ》みたいだけど、でも、私の考えは、どこも間違っていないと思うわ。

問題は、あなたの御返事だけです。私を、すきなのか、きらいなのか、それとも、なんともないのか、その御返事、とてもおそろしいのだけれども、でも、伺わなければなりません。こないだの手紙にも、私、押しかけ愛人、と書き、また、この手紙にも、中年の女の押しかけ、などと書きましたが、いまよく考えてみましたら、あなたからの御返事がなければ、私、押しかけようにも、何も、手がかりがなく、ひとりでぼんやり痩《や》せて行くだけでしょう。やはりあなたの何かお言葉がなければ、ダメだったんです。

いまふっと思った事でございますが、あなたは、小説ではずいぶん恋の冒険みたいな事をお書きになり、世間からもひどい悪漢のように噂をされていながら、本当は、常識家なんでしょう。私には、常識という事が、わからないんです。すきな事ができさえすれば、それはいい生活だと思います。私は、あなたの赤ちゃんを生みたいのです。他のひとの赤ちゃんは、どんな事があっても、生みたくないんです。それで、私は、あなたに相談をしているのです。おわかりになりましたら、御返事を下さい。あなたのお気持を、はっきり、お知らせ下さい。

雨があがって、風が吹き出しました。いま午後三時です。これから、一級酒（六合）の配給を貰《もら》いに行きます。ラム酒の瓶《びん》を二本、袋にいれて、胸のポケットに、この手紙をいれて、もう十分ばかりしたら、下の村に出かけます。このお酒は、弟に飲ませません。かず子が飲みます。毎晩、コップで一ぱいずついただきます。お酒は、本当は、コップで飲むものですわね。

こちらに、いらっしゃいません？

M・C様

きょうも雨降りになりました。目に見えないような霧雨《きりさめ》が降っているのです。毎日々々、外出もしないで御返事をお待ちしているのに、とうとうきょうまでおたよりがございませんでした。いったいあなたは、何をお考えになっているのでしょう。こないだの手紙で、あの大師匠さんの事など書いたのが、いけなかったのかしら。こんな縁談なんかを書いて、競争心をかき立てようとしていやがる、とでもお思いになったのでしょうか。でも、あの縁談は、もうあれっきりだったのです。さっきも、お母さまと、その話をして笑いました。お母さまは、こないだ舌の先が痛いとおっしゃって、直治にすすめられて、美学療法をして、その療法によって、舌の痛みもとれて、この頃はちょっとお元気なのです。

さっき私がお縁側に立って、渦《うず》を巻きつつ吹かれて行く霧雨を眺めながら、あなたのお気持ちの事を考えていましたら、

「ミルクを沸《わか》したから、いらっしゃい」

とお母さまが食堂のほうからお呼びになりました。

「寒いから、うんと熱くしてみたの」

私たちは、食堂で湯気の立っている熱いミルクをいただきながら、先日の師匠さんの事を話合いました。

「あの方と、私とは、どだい何も似合いませんでしょう?」

お母さまは平気で、

「似合わない」

とおっしゃいました。

「私、こんなにわがままだし、それに芸術家というものをきらいじゃないし、おまけ

に、あの方にはたくさんの収入があるらしいし、あんな方と結婚したら、そりゃいいと思うわ。だけど、ダメなの」

お母さまは、お笑いになって、

「かず子は、いけない子ね。そんなに、ダメでいながら、こないだあの方と、ゆっくり何かとたのしそうにお話をしていたでしょう。あなたの気持が、わからない」

「あら、だって、面白かったんですもの。もっと、いろいろ話をしてみたかったわ。私、たしなみがないのね」

「いいえ、べったりしているのよ。かず子べったり」

お母さまは、きょうは、とてもお元気。

そうして、きのうはじめてアップにした私の髪をごらんになって、

「アップはね、髪の毛の少いひとがするといいのよ。あなたのアップは立派すぎて、金《きん》の小さい冠でも載せてみたいくらい。失敗ね」

「かず子がっかり。だって、お母さまはいつだったか、かず子は頸《くび》すじが白くて綺麗《きれい》だから、なるべく頸すじを隠さないように、っておっしゃったじゃないの」

「そんな事だけは、覚えているのね」

「少しでもほめられた事は、一生わすれません。覚えていたほうが、たのしいもの」

「こないだ、あの方からも、何かとほめられたのでしょう」

「そうよ。それで、べったりになっちゃったの。私と一緒にいると霊感が、ああ、たまらない。私、芸術家はきらいじゃないんですけど、あんな、人格者みたいに、もったいぶってるひとは、とても、ダメなの」

「直治の師匠さんは、どんなひとなの？」

　私は、ひやりとしました。

「よくわからないけど、どうせ直治の師匠さんですもの、札つきの不良らしいわ」

「札つき？」

　と、お母さまは、楽しそうな眼つきをなさって呟《つぶや》き、

「面白い言葉ね。札つきなら、かえって安全でいいじゃないの。鈴を首にさげている子猫《こねこ》みたいで可愛らしいくらい。札のついていない不良が、こわいんです」

「そうかしら」

　うれしくて、うれしくて、すうっとからだが煙になって空に吸われて行くような気持でした。おわかりになります？　なぜ、私が、うれしかったか。おわかりにならなかったら、……殴るわよ。

　いちど、本当に、こちらへ遊びにいらっしゃいません？　私から直治に、あなたをお連れしてくるように、って言いつけるのも、何だか不自然で、へんですから、あなたご自身の酔興から、ふっとここへ立寄ったという形にして、直治の案内でおいでに

なってもいいけれども、でも、なるべくならおひとりで、そうして直治が東京に出張した留守においでになって下さい。直治がいると、あなたを直治にとられてしまって、きっとあなたたちは、お咲さんのところへ焼酎《しょうちゅう》なんかを飲みに出かけて行って、それっきりになるにきまっていますから。私の家では、先祖代々、芸術家を好きだったようです。光琳《こうりん》という画家も、むかし私どもの京都のお家に永く滞在して、襖《ふすま》に綺麗な絵をかいて下さったのです。だから、お母さまも、あなたの御来訪を、きっと喜んで下さると思います。あなたは、たぶん、二階の洋間におやすみという事になるでしょう。お忘れなく電燈を消して置いて下さい。私は小さい蠟燭《ろうそく》を片手に持って、暗い階段をのぼって行って、それは、だめ？　早すぎるわね。

私、不良が好きなの。それも、札つきの不良が、すきなの。そうして私も、札つきの不良になりたいの。そうするよりほかに、私の生きかたが、ないような気がするの。あなたは、日本で一ばんの、札つきの不良でしょう。そうして、このごろはまた、たくさんのひとが、あなたを、きたならしい、けがらわしい、と言って、ひどく憎んで攻撃しているとか、弟から聞いて、いよいよあなたを好きになりました。あなたの事ですから、きっといろいろのアミをお持ちでしょうけれども、いまにだんだん私ひとりをすきにおなりでしょう。なぜだか、私には、そう思われて仕方がないんです。そうして、あなたは私と一緒に暮して、毎日、たのしくお仕事ができるでしょう。小さい時から私は、「よく人から、「あなたと一緒にいると苦労を忘れる」と言われて来ました。私はいままで、人からきらわれた経験がないんです。みんなが私を、いい子だと言って下さいました。だから、あなたも、私をおきらいのはずは、けっしてないと思うのです。

逢《あ》えばいいのです。もう、いまは御返事も何も要りません。お逢いしとうございます。私のほうから、東京のあなたのお宅へお伺いすれば一ばん簡単におめにかかれるのでしょうけれど、お母さまが、何せ半病人のようで、私は付きっきりの看護婦兼お女中さんなのですから、どうしてもそれができません。おねがいでございます。どうか、こちらへいらして下さい。ひとめお逢いしたいのです。そうして、すべては、お逢いすれば、わかること。私の口の両側にできた幽《かす》かな皺《しわ》を見て下さい。世紀の悲しみの皺を見て下さい。私のどんな言葉より、私の顔が、私の胸の思いをはっきりあなたにお知らせするはずでございます。

さいしょに差し上げた手紙に、私の胸にかかっている虹の事を書きましたが、その虹は螢《ほたる》の光みたいな、またはお星さまの光みたいな、そんなお上品な美しいものではないのです。そんな淡い遠い思いだったら、私はこんなに苦しまず、次第にあなたを忘れて行く事ができたでしょう。私の胸の虹は、炎の橋です。胸が焼きこげるほどの思いなのです。麻薬中毒者が、麻薬が切れて薬を求める時の気持だって、これほどつらくはないでしょう。間違ってはいない、よこしまではないと思いながらも、ふっと、私、たいへんな、大馬鹿の事をしようとしているのではないかしら、と思って、ぞっとする事もあるんです。発狂しているのではないかしらと反省する、そんな気持も、たくさんあるんです。でも、私だって、冷静に計画している事もあるんです。本当に、こちらへいちどいらして下さい。いつ、いらして下さっても大丈夫。私はどこへも行かずに、いつもお待ちしています。私を信じて下さい。

もう一度お逢いして、その時、いやならハッキリ言って下さい。私のこの胸の炎は、あなたが点火したのですから、あなたが消して行って下さい。私ひとりの力では、とても消す事ができないのです。とにかく逢ったら、逢ったら、私が助かります。万葉や源氏物語の頃《ころ》だったら、私の申し上げているようなこと、何でもない事でしたのに。私の望み。あなたの愛妾《あいしょう》になって、あなたの子供の母になる事。

このような手紙を、もし嘲笑《ちょうしょう》するひとがあったら、そのひとは女の生きて行く努力を嘲笑するひとです。女のいのちを嘲笑するひとです。私は港の息づまるような澱《よど》んだ空気に堪え切れなくて、港の外は嵐《あらし》であっても、帆をあげたいのです。憩《いこ》える帆は、例外なく汚い。私を嘲笑する人たちは、きっとみな、憩える帆です。何もできやしないんです。

困った女。しかし、この問題で一ばん苦しんでいるのは私なのです。この問題に就いて、何も、ちっとも苦しんでいない傍観者が、帆を醜くだらりと休ませながら、この問題を批判するのは、ナンセンスです。私を、いい加減に何々思想なんて言ってもらいたくないんです。私は無思想です。私は思想や哲学なんてもので行動した事は、いちどだってないんです。

世間でよいと言われ、尊敬されているひとたちは、みな嘘つきで、にせものなのを、私は知っているんです。私は、世間を信用していないんです。札つきの不良だけが、私の味方なんです。札つきの不良。私は、その十字架にだけは、かかって死んでもいいと思っています。万人に非難せられても、それでも、私は言いかえしてやれるんです。お前たちは、札のついていないもっと危険な不良じゃないか、と。

おわかりになりまして？

恋に理由はございません。すこし理窟みたいな事を言いすぎました。弟の口真似《くちまね》に過ぎなかったような気もします。おいでをお待ちしているだけなのです。もう一度おめにかかりたいのです。それだけなのです。

待つ。ああ、人間の生活には、喜んだり怒ったり悲しんだり憎んだり、いろいろの感情があるけれども、けれどもそれは人間の生活のほんの一パーセントを占めているだけの感情で、あとの九十九パーセントは、ただ待って暮らしているのではないでしょうか。幸福の足音が、廊下に聞えるのを今か今かと胸のつぶれる思いで待って、からっぽ。ああ、人間の生活って、あんまりみじめ。生れてこないほうがよかったとみんなが考えているこの現実。そうして毎日、朝から晩まで、はかなく何かを待っている。みじめすぎます。生れてきてよかったと、ああ、いのちを、人間を、世の中を、よろこんでみとうございます。

はばむ道徳を、押しのけられませんか？

M・C（マイ、チェホフのイニシャルではないんです。私は、作家に恋しているのではございません。マイ、チャイルド）

五

私は、ことしの夏、ある男のひとに、三つの手紙を差し上げたが、ご返事はなかった。どう考えても、私には、それより他《ほか》に生き方がないと思われて、三つの手紙に、私のその胸のうちを書きしたため、岬《みさき》の尖端《せんたん》から怒濤《どとう》めがけて飛び下りる気持ちで、投函《とうかん》したのに、いくら待っても、ご返事がなかった。弟の直治に、それとなくそのひとの御様子を聞いても、そのひとは何の変るところもなく、毎晩お酒を飲み歩き、いよいよ不道徳の作品ばかり書いて、世間のおとなたちに、ひんしゅくせられ、憎まれていらしく、直治に出版業をはじめよ、などとすすめて、直治は大乗気《おおのりき》で、あのひとの他にも二、三、小説家のかたに顧問になってもらい、資本を出してくれるひともあるとかどうとか、直治の話を聞いていると、私の恋しているひとの身のまわりの雰囲気《ふんいき》に、私の匂《にお》いがみじんも滲《し》み込んでいないらしく、私は恥ずかしいという思いよりも、この世の中というものが、私の考えている世の中とは、まるでちがった別な奇妙な生き物みたいな気がしてきて、自分ひとりだけ置き去りにされ、呼んでも叫んでも、何の手応《てごた》えのないたそがれの秋の曠野《こうや》に立たされているような、これまで味わった事のない悽愴《せいそう》の思いに襲われた。これが、失恋というものであろうか。曠野にこうして、ただ立ちつくしているうちに、日がとっぷり暮れて、夜露にこごえて死ぬより他はないのだろうかと思えば、涙の出ない慟哭《どうこく》で、両肩と胸が烈《はげ》しく浪打《なみう》ち、息もできない気持ちになるのだ。

もうこの上は、何としても私が上京して、上原さんにお目にかかろう、私の帆は既に挙げられて、港の外に出てしまったのだもの、立ちつくしているわけにゆかない、行くところまで行かなければならない、とひそかに上京の心支度をはじめたとたんに、お母さまの御様子が、おかしくなったのである。

一夜、ひどいお咳《せき》が出て、お熱を計ってみたら、三十九度あった。

「きょう、寒かったからでしょう。あすになれば、なおります」

とお母さまは、咳《せ》き込みながら小声でおっしゃったが、私には、どうも、ただのお咳ではないように思われて、あすはとにかく下の村のお医者にきてもらおうと心にきめた。

翌《あく》る朝、お熱は三十七度にさがり、お咳もあまり出なくなっていたが、それでも私は、村の先生のところへ行って、お母さまが、この頃にわかにお弱りになったこと、ゆうべからまた熱が出て、お咳も、ただの風邪のお咳と違うような気がすること等《など》を申し上げて、御診察をお願いした。

先生は、ではのちほど伺いましょう、これは到来物でございますが、とおっしゃって応接間の隅《すみ》の戸棚《とだな》から梨《なし》を三つ取り出して私に下さった。そうして、お昼すこし過ぎ、白絣《しろがすり》に夏羽織をお召しになって診察にいらした。れいの如く、ていねいに永い事、聴診や打診をなさって、それから私のほうに真正面に向き直り、

「御心配はございません。おくすりを、お飲みになれば、なおります」

とおっしゃる。

私は妙に可笑《おか》しく、笑いをこらえて、

「お注射は、いかがでしょうか」

とおたずねすると、まじめに、

「その必要は、ございませんでしょう。おかぜでございますから、しずかにしていら

っしゃると、間もなくおかぜが抜けますでしょう」

とおっしゃった。

けれども、お母さまのお熱は、それから一週間経《た》っても下らなかった。咳はおさまったけれども、お熱のほうは、朝は七度七分くらいで、夕方になると九度になった。お医者は、あの翌日から、おなかをこわしたとかで休んでいらして、私がおくすりを頂きに行って、お母さまのご容態の思わしくない事を看護婦さんに告げて、先生に伝えていただいても、普通のお風邪で心配はありません、という御返事で、水薬と散薬をくださる。

直治は相変らずの東京出張で、もう十日あまり帰らない。私ひとりで、心細さのあまり和田の叔父さまへ、お母さまの御様子の変った事を葉書にしたためて知らせてやった。

発熱してかれこれ十日目に、村の先生が、やっと腹工合《はらぐあい》がよろしくなりましたと言って、診察しにいらした。

先生は、お母さまのお胸を注意深そうな表情で打診なさりながら、

「わかりました、わかりました」

とお叫びになり、それから、また私のほうに真正面に向き直られて、

「お熱の原因が、わかりましてございます。左肺に浸潤を起しています。でも、ご心

配は要りません。お熱は、当分つづくでしょうけれども、おしずかにしていらっしゃったら、ご心配はございません」

とおっしゃる。

そうかしら？　と思いながらも、溺《おぼ》れる者の藁《わら》にすがる気持ちもあって、村の先生のその診断に、私は少しほっとしたところもあった。

お医者がお帰りになってから、

「よかったわね、お母さま。ほんの少しの浸潤なんて、たいていのひとにあるものよ。お気持を丈夫にお持ちになっていさえしたら、わけなくなおってしまいますわ。ことしの夏の季候不順がいけなかったのよ。夏はきらい。かず子は、夏の花も、きらい」

お母さまはお眼をつぶりながらお笑いになり、

「夏の花の好きなひとは、夏に死ぬっていうから、私もことしの夏あたり死ぬのかと思っていたら、直治が帰って来たので、秋まで生きてしまった」

あんな直治でも、やはりお母さまの生きるたのみの柱になっているのか、と思ったら、つらかった。

「それでも、もう夏がすぎてしまったのですから、お母さまの危険期も峠を越したってわけなのね。お母さま、お庭の萩《はぎ》が咲いていますわ。それから、女郎花《おみなえし》、われもこう、桔梗《ききょう》、かるかや、芒《すすき》。お庭がすっかり秋のお庭になりましたわ。十月になったら、きっとお熱も下るでしょう」

　私は、それを祈っていた。早くこの九月の、蒸暑い、謂《い》わば残暑の季節が過ぎるといい。そうして、菊が咲いて、うららかな小春日和《びより》がつづくようになると、きっとお母さまのお熱も下ってお丈夫になり、私もあのひとと逢《あ》えるようになって、私の計画も大輪の菊の花のように見事に咲き誇る事ができるかも知れないのだ。ああ、早く十月になって、そうしてお母さまのお熱が下るとよい。

　和田の叔父さまにお葉書を差し上げてから、一週間ばかりして、和田の叔父さまのお取計《とりはから》いで、以前侍医などしていらした三宅《みやけ》さまの老先生が看護婦さんを連れて東京から御診察にいらして下さった。

　老先生は私どもの亡くなったお父上とも御交際のあった方なので、お母さまは、たいへんお喜びの御様子だった。それに、老先生は昔からお行儀が悪く、言葉遣《づか》いもぞんざいで、それがまたお母さまのお気に召しているらしく、その日は御診察など、そっちのけで何かとお二人で打ち解けた世間話に興じていらっしゃった。私がお勝手で、プリンをこしらえて、それをお座敷に持って行ったら、もうその間に御診察もおすみの様子で、老先生は聴診器をだらしなく頸飾《くびかざ》りみたいに肩にひっかけたまま、お座敷の廊下の籐椅子《とういす》に腰をかけ、

「僕などもね、屋台にはいって、うどんの立食いでさ。うまいも、まずいもありゃし

ません」

と、のんきそうに世間話をつづけていらっしゃる。お母さまも、何気ない表情で天《てん》井《じょう》を見ながら、そのお話を聞いていらっしゃる。なんでもなかったんだ、と私は、ほっとした。

「いかがでございました？　この村の先生は、胸の左のほうに浸潤があるとかおっしゃっていましたけど？」

と私も急に元気が出て、三宅さまにおたずねしたら、老先生は、事もなげに、

「なに、大丈夫だ」

と軽くおっしゃる。

「まあ、よかったわね、お母さま」

と私は心から微笑して、お母さまに呼びかけ、

「大丈夫なんですって」

その時、三宅さまは籐椅子から、つと立ち上って支那間のほうへいらっしゃった。何か私に用事がありげに見えたので、私はそっとその後を追った。

老先生は支那間の壁掛の蔭《かげ》に行って立ちどまって、

「バリバリ音が聞えているぞ」

とおっしゃった。

「浸潤では、ございませんの？」

「違う」

「気管支カタルでは？」

私は、もはや涙ぐんでおたずねした。

「違う」

結核《テーベ》！　私はそれだと思いたくなかった。肺炎や浸潤や気管支カタルだったら、必ず私の力でなおしてあげる。けれども、結核だったら、ああ、もうだめかも知れない。私は足もとが、崩れて行くような思いをした。

「音、とても悪いの？　バリバリ聞えてるの？」

心細さに、私はすすり泣きになった。

「右も左も全部だ」

「だって、お母さまは、まだお元気なのよ。ごはんだって、おいしいおいしいとおっしゃって、……」

「仕方がない」

「うそだわ。ね、そんな事ないんでしょう？　バタやお卵や、牛乳をたくさん召し上ったら、なおるんでしょう？　おからだに抵抗力さえついたら、熱だって下るんでしょう？」

「うん、なんでも、たくさん食べる事だ」

「ね？　そうでしょう？　トマトも毎日、五つくらいは召し上っているのよ」

「うん、トマトはいい」

「じゃあ、大丈夫ね？　なおるわね？」

「しかし、こんどの病気は命取りになるかも知れない。そのつもりでいたほうがいい」

人の力で、どうしてもできない事が、この世の中にたくさんあるのだという絶望の壁の存在を、生れてはじめて知ったような気がした。

「二年？　三年？」

私は震えながら小声でたずねた。

「わからない。とにかくもう、手のつけようがない」

そうして、三宅さまは、その日は伊豆《いず》の長岡温泉に宿を予約していらっしゃるとかで、看護婦さんと一緒にお帰りになった。門の外までお見送りして、それから、夢中で引返してお座敷のお母さまの枕《まくら》もとに坐《すわ》り、何事もなかったように笑いかけると、お母さまは、

「先生は、なんとおっしゃっていたの？」

とおたずねになった。

「熱さえ下ればいいんですって」

「胸のほうは？」

「たいした事もないらしいわ。ほら、いつかのご病気の時みたいなのよ、きっと。いまに涼しくなったら、どんどんお丈夫になりますわ」

　私は自分の嘘を信じようと思った。命取りなどというおそろしい言葉は、忘れようと思った。私には、このお母さまが、亡くなるという事は、それは私の肉体も共に消失してしまうような感じで、とても事実として考えられないことだった。これからは何も忘れて、このお母さまに、たくさんたくさんご馳走《ちそう》をこしらえて差し上げよう。おさかな。スウプ。罐詰《かんづめ》。レバ。肉汁。トマト。卵。牛乳。おすまし。お豆腐があればいいのに。お豆腐のお味噌汁《みそしる》。白い御飯。お餅《もち》。おいしそうなものは何でも、私の持物を皆売って、そうしてお母さまにご馳走してあげよう。

　私は立って、支那間へ行った。そうして、支那間の寝椅子《ねいす》をお座敷の縁側ちかくに移して、お母さまのお顔が見えるように腰かけた。やすんでいらっしゃるお母さまのお顔は、ちっとも病人らしくなかった。眼は美しく澄んでいるし、お顔色も生き生きしていらっしゃる。毎朝、規則正しく起床なさって洗面所へいらして、それからお風呂場の三畳でご自分で髪を結って、身じまいをきちんとなさって、それからお床に帰って、お床にお坐りのままお食事をすまし、それからお床に寝たり起きたり、午前中はずっと新聞やご本を読んでいらして、熱の出るのは午後だけである。

「ああ、お母さまは、お元気なのだ。きっと、大丈夫なのだ」

と私は、心の中で三宅さまのご診断を強く打ち消した。

十月になって、そうして菊の花の咲く頃になれば、など考えているうちに私は、うとうとと、うたた寝をはじめた。現実には、私はいちども見た事のない風景なのに、それでも夢では時々その風景を見て、ああ、またここへ来たと思うなじみの森の中の湖のほとりに私は出た。私は、和服の青年と足音もなく一緒に歩いていた。風景全体が、みどり色の霧のかかっているような感じであった。そうして、湖の底に白いきゃしゃな橋が沈んでいた。

「ああ、橋が沈んでいる。きょうは、どこへも行けない。ここのホテルでやすみましょう。たしか、空《あ》いた部屋があったはずだ」

湖のほとりに、石のホテルがあった。そのホテルの石は、みどり色の霧でしっとり濡《ぬ》れていた。石の門の上に、金文字《きんもじ》でほそく、HOTEL SWITZERLAND と彫り込まれていた。SWIと読んでいるうちに、不意に、お母さまの事を思い出した。お母さまは、どうなさるのだろう。お母さまも、このホテルへいらっしゃるのかしら？　と不審になった。そうして、青年と一緒に石の門をくぐり、前庭へはいった。霧の庭に、アジサイに似た赤い大きい花が燃えるように咲いていた。子供の頃、お蒲団《ふとん》の模様に、真赤《まっか》なアジサイの花が散らされてあるのを見て、へんに悲しかったが、やっぱり赤いアジサイの花って本当にあるものなんだと思った。

「寒くない？」

「ええ、少し。霧でお耳が濡れて、お耳の裏が冷たい」

と言って笑いながら、

「お母さまは、どうなさるのかしら」

とたずねた。

すると、青年は、とても悲しく慈愛深く微笑《ほほえ》んで、

「あのお方は、お墓の下です」

と答えた。

「あ」

と私は小さく叫んだ。そうだったのだ。お母さまは、もういらっしゃらなかったのだ。お母さまのお葬《とむら》いも、とっくに済ましていたのじゃないか。ああ、お母さまは、もうお亡くなりになったのだと意識したら、言い知れぬ淋《さび》しさに身震いして、眼がさめた。

ヴェランダは、すでに黄昏《たそがれ》だった。雨が降っていた。みどり色のさびしさは、夢のまま、あたり一面にただよっていた。

「お母さま」

と私は呼んだ。

静かなお声で、

「何してるの？」

というご返事があった。

私はうれしさに飛び上って、お座敷へ行き、

「いまね、私、眠っていたのよ」

「そう。何をしているのかしら、と思っていたの。永いおひる寝ね」

と面白そうにお笑いになった。

私はお母さまのこうして優雅に息づいて生きていらっしゃる事が、あまりうれしくて、ありがたくて、涙ぐんでしまった。

「御夕飯のお献立は？　ご希望がございます？」

私は、少しはしゃいだ口調でそう言った。

「いいの。なんにも要らない。きょうは、九度五分にあがったの」

にわかに私は、ぺしゃんこにしょげた。そうして、途方にくれて薄暗い部屋の中をぼんやり見回し、ふと、死にたくなった。

「どうしたんでしょう。九度五分なんて」

「なんでもないの。ただ、熱の出る前が、いやなのよ。頭がちょっと痛くなって、寒《さむ》

気《け》がして、それから熱が出るの」

外は、もう、暗くなっていて、雨はやんだようだが、風が吹き出していた。灯をつけて、食堂へ行こうとすると、お母さまが、

「まぶしいから、つけないで」

とおっしゃった。

「暗いところで、じっと寝ていらっしゃるの、おいやでしょう」

と立ったまま、おたずねすると、

「眼をつぶって寝ているのだから、同じことよ。ちっとも、さびしくない。かえって、まぶしいのが、いやなの。これから、ずっと、お座敷の灯はつけないでね」

とおっしゃった。

私には、それもまた不吉な感じで、黙ってお座敷の灯を消して、隣りの間へ行き、隣りの間のスタンドに灯をつけ、たまらなく侘《わ》びしくなって、いそいで食堂へ行き、罐詰の鮭《さけ》を冷たいごはんにのせて食べたら、ぽろぽろと涙が出た。

風は夜になっていよいよ強く吹き、九時頃から雨もまじり、本当の嵐《あらし》になった。二、三日前に巻き上げた縁先の簾《すだれ》が、ばたんばたんと音をたてて、私はお座敷の隣りの間で、ローザ・ルクセンブルグの「経済学入門」を奇妙な興奮を覚えながら読んでいた。これは私が、こないだお二階の直治の部屋から持って来たものだが、その時、これと

一緒に、レニン選集、それからカウツキイの「社会革命」なども無断で拝借してきて、隣りの間の私の机の上にのせて置いたら、お母さまが、朝お顔を洗いにいらした帰りに、私の机の傍《そば》を通り、ふとその三冊の本に目をとどめ、いちいちお手にとって、眺《なが》めて、それから小さい溜息《ためいき》をついて、そっとまた机の上に置き、淋しいお顔で私のほうをちらと見た。けれども、その眼つきは、深い悲しみに満ちていながら、決して拒否や嫌悪《けんお》のそれではなかった。お母さまのお読みになる本は、ユーゴー、デュマ父子、ミュッセ、ドオデエなどであるが、私はそのような甘美な物語の本にだって、革命のにおいがあるのを知っている。お母さまのように、天性の教養、という言葉もへんだが、そんなものをお持ちのお方は、案外なんでもなく、当然の事として革命を迎える事ができるのかも知れない。私だって、こうして、ローザ・ルクセンブルグの本など読んで、自分がキザったらしく思われる事もないではないが、けれどもまた、やはり私は私なりに深い興味を覚えるのだ。ここに書かれてあるのは、経済学という事になっているのだが、経済学として読むと、まことにつまらない。実に単純でわかり切った事ばかりだ。いや、或《あ》るいは、私には経済学というものがまったく理解できないのかも知れない。とにかく、私には、すこしも面白くない。人間というものは、ケチなものなので、そうして、永遠にケチなものだという前提がないと全く成り立たない学問で、ケチでない人にとっては、分配の問題でも何でも、まるで興味のない事だ。それでも私はこの本を読み、べつなところで、奇妙な興奮を覚えるのだ。それは、この本の著者が、何の躊躇《ちゅうちょ》もなく、片端から旧来の思想を破壊して行くがむしゃらな勇気である。どのように道徳に反しても、恋するひとのところへ涼しくさっさと走り寄る人妻の姿さえ思い浮ぶ。破壊思想。破壊は、哀れで悲しくて、そうして美しいものだ。破壊して、建て直して、完成しようという夢。そうして、いったん破壊すれば、永遠に完成の日がこないかもしれぬのに、それでも、したう恋ゆえに、破壊しなければならぬのだ。革命を起さなければならぬのだ。ローザはマルキシズムに、悲しくひたむきの恋をしている。

あれは、十二年前の冬だった。

「あなたは、更級《さらしな》日記の少女なのね。もう、何を言っても仕方がない」

そう言って、私から離れて行ったお友達。あのお友達に、あの時、私はレニンの本を読まないで返したのだ。

「読んだ？」

「ごめんね。読まなかったの」

ニコライ堂の見える橋の上だった。

「なぜ？　どうして？」

そのお友達は、私よりさらに一寸くらい背《せい》が高くて、語学がとてもよくできて、赤いベレー帽がよく似合って、お顔もジョコンダみたいだという評判の、美しいひとだった。

「表紙の色が、いやだったの」

「へんなひと。そうじゃないんでしょう？　本当は、私をこわくなったのでしょう？」

「こわかないわ。私、表紙の色が、たまらなかったの」

「そう」

と淋しそうに言い、それから、私を更級日記だと言い、そうして、何を言っても仕方がない、ときめてしまった。

私たちは、しばらく黙って、冬の川を見下《みおろ》していた。

「ご無事で。もし、これが永遠の別れなら、永遠に、ご無事で。バイロン」

と言い、それから、そのバイロンの詩句を原文で口早に誦《しょう》して、私のからだを軽く抱いた。

私は恥ずかしく、

「ごめんなさいね」

と小声でわびて、お茶の水駅のほうに歩いて、振り向いてみると、そのお友達は、やはり橋の上に立ったまま、動かないで、じっと私を見つめていた。

それっきり、そのお友達と逢わない。同じ外人教師の家へかよっていたのだけれども、学校がちがっていたのである。

　あれから十二年たったけれども、私はやっぱり更級日記から一歩も進んでいなかった。いったいまあ、私はそのあいだ、何をしていたのだろう。革命を、あこがれた事もなかったし、恋さえ、知らなかった。いままで世間のおとなたちは、この革命と恋の二つを、最も愚かしく、いまわしいものとして私たちに教え、戦争の前も、戦争中も、私たちはそのとおりに思い込んでいたのだが、敗戦後、私たちは世間のおとなを信頼しなくなって、何でもあのひとたちの言う事の反対のほうに本当の生きる道があるような気がしてきて、革命も恋も、実はこの世で最もよくて、おいしい事で、あまりいい事だから、おとなのひとたちは意地わるく私たちに青い葡萄《ぶどう》だと嘘《うそ》ついて教えていたのに違いないと思うようになったのだ。私は確信したい。人間は恋と革命のために生れてきたのだ。

　すっと襖《ふすま》があいて、お母さまが笑いながら顔をお出しになって、

「まだ起きていらっしゃる。眠くないの？」

　とおっしゃった。

　机の上の時計を見たら、十二時だった。

「ええ、ちっとも眠くないの。社会主義のご本を読んでいたら、興奮しちゃいましたわ」

「そう。お酒ないの？　そんな時には、お酒を飲んでやすむと、よく眠れるんですけどね」

とからかうような口調でおっしゃったが、その態度には、どこやらデカダンと紙一重のなまめかしさがあった。

やがて十月になったが、からりとした秋晴れの空にはならず、梅雨時《つゆどき》のような、じめじめして蒸し暑い日が続いた。そうして、お母さまのお熱は、やはり毎日夕方になると、三十八度と九度のあいだを上下した。

そうしてある朝、おそろしいものを私は見た。お母さまのお手が、むくんでいるのだ。朝ごはんが一ばんおいしいと言っていらしたお母さまも、このごろは、お床に坐って、ほんの少し、おかゆを軽く一碗《わん》、おかずも匂《にお》いの強いものは駄目《だめ》で、その日は、松茸《まつたけ》のお清汁《すまし》をさし上げたのに、やっぱり、松茸の香さえおいやになっていらっしゃる様子で、お椀《わん》をお口元まで持って行って、それきりまたそっとお膳《ぜん》の上におかえしになって、その時、私は、お母さまの手を見て、びっくりした。右の手がふくらんで、まあるくなっていたのだ。

「お母さま！　手、なんともないの？」

お顔さえ少し蒼《あお》く、むくんでいるように見えた。

「なんでもないの。これくらい、なんでもないの」

「いつから、腫《は》れたの？」

お母さまは、まぶしそうなお顔をなさって、黙っていらした。私は、声を挙げて泣きたくなった。こんな手は、お母さまの手じゃない。よそのおばさんの手だ。私のお母さまのお手は、もっとほそくて小さいお手だ。私のよく知っている手。優しい手。可愛い手。あの手は、永遠に、消えてしまったのだろうか。左の手は、まだそんなに腫れていなかったけれども、とにかく傷《いた》ましく、見ている事ができなくて、私は眼をそらし、床の間の花籠《はなかご》をにらんでいた。

涙が出そうで、たまらなくなって、つと立って食堂へ行ったら、直治がひとりで、半熟卵をたべていた。たまに伊豆のこの家にいる事があっても、夜はきまってお咲さんのところへ行って焼酎《しょうちゅう》を飲み、朝は不機嫌な顔で、ごはんは食べずに半熟の卵を四つか五つ食べるだけで、それからまた二階へ行って、寝たり起きたりなのである。

「お母さまの手が腫れて」

と直治に話しかけ、うつむいた。言葉をつづける事ができず、私は、うつむいたまま、肩で泣いた。

直治は黙っていた。

私は顔を挙げて、

「もう、だめなの。あなた、気が付かなかった？　あんなに腫れたら、もう、駄目なの」

と、テーブルの端を摑《つか》んで言った。

直治も、暗い顔になって、

「近いぞ、そりゃ。ちぇっ、つまらねえ事になりやがった」

「私、もう一度、なおしたいの。どうかして、なおしたいの」

と右手で左手をしぼりながら言ったら、突然、直治が、めそめそと泣き出して、

「なんにも、いい事がねえじゃねえか。僕たちには、なんにもいい事がねえじゃねえか」

と言いながら、滅茶苦茶《めちゃくちゃ》にこぶしで眼をこすった。

その日、直治は、和田の叔父さまにお母さまの容態を報告し、今後の事の指図《さしず》を受けに上京し、私はお母さまのお傍《そば》にいない間、朝から晩まで、ほとんど泣いていた。朝霧の中を牛乳をとりに行く時も、鏡に向って髪を撫《な》でつけながらも、口紅を塗りながらも、いつも私は泣いていた。お母さまと過した仕合せの日の、あの事この事が、絵のように浮んで来て、いくらでも泣けて仕様が無かった。夕方、暗くなってから、支那間のヴェランダへ出て、永いことすすり泣いた。秋の空に星が光っていて、足許《あしもと》に、よその猫《ねこ》がうずくまって、動かなかった。

翌日、手の腫れは、昨日よりも、また一そうひどくなっていた。お食事は、何も召し上らなかった。お蜜柑《みかん》のジュースも、口が荒れて、しみて、飲めないとおっしゃった。

「お母さま、また、直治のあのマスクを、なさったら？」

と笑いながら言うつもりであったが、言っているうちに、つらくなって、わっと声を挙げて泣いてしまった。

「毎日いそがしくて、疲れるでしょう。看護婦さんを、やとって頂戴《ちょうだい》」

と静かにおっしゃったが、ご自分のおからだよりも、かず子の身を心配していらっしゃる事がよくわかって、なおの事かなしく、立って、走って、お風呂場の三畳に行って、思いのたけ泣いた。

お昼すこし過ぎ、直治が三宅さまの老先生と、それから看護婦さん二人を、お連れして来た。

いつも冗談ばかりおっしゃる老先生も、その時は、お怒りになっていらっしゃるような素振りで、どしどし病室へはいって来られて、すぐにご診察を、おはじめになった。そうして、誰に言うともなく、

「お弱りになりましたね」

と一こと低くおっしゃって、カンフルを注射して下さった。

「先生のお宿は？」

とお母さまは、うわ言のようにおっしゃる。

「また長岡です。予約してありますから、ご心配無用。このご病人は、ひとの事など心配なさらず、もっとわがままに、召し上りたいものは何でも、たくさん召し上るようにしなければいけませんね。栄養をとったら、よくなります。明日また、まいります。看護婦をひとり置いて行きますから、使ってみて下さい」

と老先生は、病床のお母さまに向って大きな声で言い、それから直治に眼くばせして立ち上った。

直治ひとり、先生とお供の看護婦さんを送って行って、やがて帰って来た直治の顔を見ると、それは泣きたいのを怺《こら》えている顔だった。

私たちは、そっと病室から出て、食堂へ行った。

「だめなの？　そうでしょう？」

「つまらねえ」

と直治は口をゆがめて笑って、

「衰弱が、ばかに急激にやって来たらしいんだ。今《こん》、明日《みょうにち》も、わからねえと言っていやがった」

と言っているうちに直治の眼から涙があふれて出た。

「ほうぼうへ、電報を打たなくてもいいかしら」

　私はかえって、しんと落ちついて言った。

「それは、叔父さんにも相談したが、叔父さんは、いまはそんな人集めのできる時代ではないと言っていた。来ていただいても、こんな狭い家では、かえって失礼だし、この近くには、ろくな宿もないし、長岡の温泉にだって、二部屋も三部屋も予約はできない、つまり、僕たちはもう貧乏で、そんなお偉《え》らがたを呼び寄せる力がねえってわけなんだ。叔父さんは、すぐあとで来るはずだが、でも、あいつは、昔からケチで、頼みにも何もなりゃしねえ。ゆうべだってもう、ママの病気はそっちのけで、僕にさんざんのお説教だ。ケチなやつからお説教されて、眼がさめたなんて者は、古今東西にわたって一人もあった例《ためし》がねえんだ。姉と弟でも、ママとあいつとではまるで、雲《うん》泥《でい》のちがいなんだからなあ、いやになるよ」

「でも、私はとにかく、あなたは、これから叔父さまにたよらなければ、……」

「まっぴらだ。いっそ乞食《こじき》になったほうがいい。姉さんこそ、これから、叔父さんによろしくおすがり申し上げるさ」

「私には、……」

　涙が出た。

「私には、行くところがあるの」

「縁談？　きまってるの？」

「いいえ」

「自活か？　はたらく婦人。よせ、よせ」

「自活でもないの。私ね、革命家になるの」

「へえ？」

直治は、へんな顔をして私を見た。

その時、三宅先生の連れていらした付添いの看護婦さんが、私を呼びに来た。

「奥さまが、何かご用のようでございます」

いそいで病室に行って、お蒲団《ふとん》の傍に坐り、

「何？」

と顔を寄せてたずねた。

けれども、お母さまは、何か言いたげにして、黙っていらっしゃる。

「お水？」

とたずねた。

幽《かす》かに首を振る。お水でもないらしかった。

しばらくして、小さいお声で、

「夢を見たの」

とおっしゃった。

「そう？　どんな夢？」

「蛇《へび》の夢」

私は、ぎょっとした。

「お縁側の沓脱石《くつぬぎいし》の上に、赤い縞《しま》のある女の蛇が、いるでしょう。見てごらん」

私はからだの寒くなるような気持ちで、つと立ってお縁側に出て、ガラス戸越しに、見ると、沓脱石の上に蛇が、秋の陽《ひ》を浴びて長くのびていた。私は、くらくらと目まいした。

私はお前を知っている。お前はあの時から見ると、すこし大きくなって老《ふ》けているけど、でも、私のために卵を焼かれたあの女蛇なのね。お前の復讐《ふくしゅう》は、もう私よく思い知ったから、あちらへお行き。さっさと、向うへ行っておくれ。

と心の中で念じて、その蛇を見つめていたが、いっかな蛇は、動こうとしなかった。私はなぜだか、看護婦さんに、その蛇を見られたくなかった。トンと強く足踏みして、

「いませんわ、お母さま。夢なんて、あてになりませんわよ」

とわざと必要以上の大声で言って、ちらと沓脱石のほうを見ると、蛇は、やっと、からだを動かし、だらだらと石から垂れ落ちて行った。

もうだめだ。だめなのだと、その蛇を見て、あきらめが、はじめて私の心の底に湧《わ》

いて出た。お父上のお亡くなりになる時にも、枕もとに黒い小さい蛇がいたというし、またあの時に、お庭の木という木に蛇がからみついていたのを、私は見た。

お母さまはお床の上に起き直るお元気もなくなったようで、いつもうつらうつらしていらして、もうおからだをすっかり付添いの看護婦さんにまかせて、そうして、お食事は、もうほとんど喉《のど》をとおらない様子であった。蛇を見てから、私は、悲しみの底を突き抜けた心の平安、とでも言ったらいいのかしら、そのような幸福感にも似た心のゆとりが出て来て、もうこの上は、できるだけ、ただお母さまのお傍にいようと思った。

そうしてその翌《あく》る日から、お母さまの枕元にぴったり寄り添って坐って編物などをした。私は、編物でもお針でも、人よりずっと早いけれども、しかし、下手だった。それで、いつもお母さまは、その下手なところを、いちいち手を取って教えて下さったものである。その日も私は、別に編みたい気持もなかったのだが、お母さまの傍にべったりくっついていても不自然でないように、恰好《かっこう》をつけるために、毛糸の箱を持ち出して余念なげに編物をはじめたのだ。

お母さまは私の手もとをじっと見つめて、

「あなたの靴下《くつした》をあむんでしょう？　それなら、もう、八つふやさなければ、はくとき窮屈よ」

とおっしゃった。

私は子供の頃、いくら教えて頂いても、どうもうまく編めなかったが、その時のようにまごつき、そうして、恥ずかしく、なつかしく、ああもう、こうしてお母さまに教えていただく事も、これでおしまいと思うと、つい涙で編目が見えなくなった。

お母さまは、こうして寝ていらっしゃると、ちっともお苦しそうでなかった。お食事は、もう、けさから全然とおらず、ガーゼにお茶をひたして時々お口をしめしてあげるだけなのだが、しかし意識は、はっきりしていて、時々私におだやかに話しかける。

「新聞に陛下のお写真が出ていたようだけど、もういちど見せて」

私は新聞のその箇所をお母さまのお顔の上にかざしてあげた。

「お老けになった」

「いいえ、これは写真がわるいのよ。こないだのお写真なんか、とてもお若くて、はしゃいでいらしたわ。かえってこんな時代を、お喜びになっていらっしゃるんでしょう」

「なぜ？」

「だって、陛下もこんど解放されたんですもの」

お母さまは、淋しそうにお笑いになった。それから、しばらくして、

「泣きたくても、もう、涙が出なくなったのよ」

とおっしゃった。

私は、お母さまはいま幸福なのではないかしら、とふと思った。幸福感というものは、悲哀の川の底に沈んで、幽かに光っている砂金のようなものではなかろうか。悲しみの限りを通り過ぎて、不思議な薄明りの気持ち、あれが幸福感というものならば、陛下も、お母さまも、それから私も、たしかにいま、幸福なのである。静かな、秋の午前。日ざしの柔らかな、秋の庭。私は、編物をやめて、胸の高さに光っている海を眺め、

「お母さま。私いままで、ずいぶん世間知らずだったのね」

と言い、それから、もっと言いたい事があったけれども、お座敷の隅《すみ》で静脈注射の支度などしている看護婦さんに聞かれるのが恥ずかしくて、言うのをやめた。

「いままでって、……」

とお母さまは、薄くお笑いになって聞きとがめて、

「それでは、いまは世間を知っているの？」

私は、なぜだか顔が真赤になった。

「世間は、わからない」

とお母さまはお顔を向うむきにして、ひとりごとのように小さい声でおっしゃる。

「私には、わからない。わかっているひとなんか、ないんじゃないの？　いつまで経《た》っても、みんな子供です。なんにも、わかってやしないのです」

けれども、私は生きて行かなければならないのだ。子供かも知れないけれども、しかし、甘えてばかりもおられなくなった。私はこれから世間と争って行かなければならないのだ。ああ、お母さまのように、人と争わず、憎まずうらまず、美しく悲しく生涯《しょうがい》を終る事のできる人は、もうお母さまが最後で、これからの世の中には存在し得ないのではなかろうか。死んで行くひとは美しい。生きるという事。生き残るという事。それは、たいへん醜くて、血の匂いのする、きたならしい事のような気もする。私は、みごもって、穴を掘る蛇の姿を畳の上に思い描いてみた。けれども、私には、あきらめ切れないものがあるのだ。あさましくてもよい、私は生き残って、思う事をしとげるために世間と争って行こう。お母さまのいよいよ亡くなるという事がきまると、私のロマンチシズムや感傷が次第に消えて、何か自分が油断のならぬ悪がしこい生きものに変って行くような気分になった。

その日のお昼すぎ、私がお母さまの傍で、お口をうるおしてあげていると、門の前に自動車がとまった。和田の叔父さまが、叔母さまと一緒に東京から自動車で馳《は》せつけて来て下さったのだ。叔父さまが、病室にはいっていらして、お母さまの枕元《まくらもと》に黙ってお坐りになったら、お母さまは、ハンケチでご自分のお顔の下半分をかくし、叔父さまのお顔を見つめたまま、お泣きになった。けれども、泣き顔になっただけで、涙は出なかった。お人形のような感じだった。

「直治は、どこ？」

と、しばらくしてお母さまは、私のほうを見ておっしゃった。

私は二階へ行って、洋間のソファに寝そべって新刊の雑誌を読んでいる直治に、

「お母さまが、お呼びですよ」

というと、

「わあ、また愁歎場《しゅうたんば》か。汝等《なんじら》は、よく我慢してあそこに頑張っておれるね。神経が太いんだね。薄情なんだね。我等は、何とも苦しくて、実に心《こころ》は熱《ねっ》すれども肉体《にくたい》よわく、とてもママの傍にいる気力はない」

などと言いながら上衣《うわぎ》を着て、私と一緒に二階から降りて来た。

二人ならんでお母さまの枕もとに坐ると、お母さまは、急にお蒲団の下から手をお出しになって、そうして、黙って直治のほうを指差し、それから私を指差し、それから叔父さまのほうへお顔をお向けになって、両方の掌をひたとお合せになった。

叔父さまは、大きくうなずいて、

「ああ、わかりましたよ。わかりましたよ」

とおっしゃった。

お母さまは、ご安心なさったように、眼を軽くつぶって、手をお蒲団の中へそっとおいれになった。

　私も泣き、直治もうつむいて嗚咽《おえつ》した。

　そこへ、三宅さまの老先生が、長岡からいらして、取り敢《あ》えず注射した。お母さまも、叔父さまに逢えて、もう、心残りがないとお思いになったか、

「先生、早く、楽にして下さいな」

　とおっしゃった。

　老先生と叔父さまは、顔を見合せて、黙って、そうしてお二人の眼に涙がきらと光った。

　私は立って食堂へ行き、叔父さまのお好きなキツネうどんをこしらえて、先生と直治と叔母さまと四人分、支那間へ持って行き、それから叔父さまのお土産の丸ノ内ホテルのサンドウィッチを、お母さまにお見せして、お母さまの枕元に置くと、

「忙しいでしょう」

　とお母さまは、小声でおっしゃった。

　支那間で皆さんがしばらく雑談をして、叔父さま叔母さまは、どうしても今夜、東京へ帰らなければならぬ用事があるとかで、私に見舞いのお金包を手渡し、三宅さまも看護婦さんと一緒にお帰りになる事になり、付添いの看護婦さんに、いろいろ手当

の仕方を言いつけ、とにかくまだ意識はしっかりしているし、心臓のほうもそんなにまいっていないから、注射だけでも、もう四、五日は大丈夫だろうという事で、その日いったん皆さんが自動車で東京へ引き上げたのである。

皆さんをお送りして、お座敷へ行くと、お母さまが、私にだけ笑う親しげな笑いかたをなさって、

「忙しかったでしょう」

と、また、囁《ささや》くような小さいお声でおっしゃった。そのお顔は、活《い》き活《い》きとして、むしろ輝いているように見えた。叔父さまにお逢いできてうれしかったのだろう、と私は思った。

「いいえ」

私もすこし浮き浮きした気分になって、にっこり笑った。

そうして、これが、お母さまとの最後のお話であった。

それから、三時間ばかりして、お母さまは亡くなったのだ。秋のしずかな黄昏《たそがれ》、看護婦さんに脈をとられて、直治と私と、たった二人の肉親に見守られて、日本で最後の貴婦人だった美しいお母さまが。

お死顔は、殆《ほと》んど、変らなかった。お父上の時は、さっと、お顔の色が変ったけれども、お母さまのお顔の色は、ちっとも変らずに、呼吸だけが絶えた。その呼吸の絶

えたのも、いつと、はっきりわからぬ位であった。お顔のむくみも、前日あたりからとれていて、頬《ほお》が蠟《ろう》のようにすべすべして、薄い唇《くちびる》が幽かにゆがんで微笑《ほほえ》みを含んでいるようにも見えて、生きているお母さまより、なまめかしかった。私は、ピエタのマリヤに似ていると思った。

六

戦闘、開始。

いつまでも、悲しみに沈んでもおられなかった。私には、是非とも、戦いとらなければならぬものがあった。新しい倫理。いいえ、そう言っても偽善めく。恋。それだけだ。ローザが新しい経済学にたよらなければ生きておられなかったように、私はいま、恋一つにすがらなければ、生きて行けないのだ。イエスが、この世の宗教家、道徳家、学者、権威者の偽善をあばき、神の真の愛情というものを少しも躊躇《ちゅうちょ》するところなくありのままに人々に告げあらわさんがために、その十二弟子《でし》をも諸方に派遣なさろうとするに当って、弟子たちに教え聞かせたお言葉は、私のこの場合にも全然、無関係でないように思われた。

「帯《おび》のなかに金銀《きんぎん》または銭《ぜに》を持《も》つな。旅《たび》の嚢《ふくろ》も、二枚《にまい》の下衣《したぎ》も、鞋《くつ》も、杖《つえ》も持《も》つな。

視《み》よ、我《われ》なんじらを遣《つかわ》すは、羊《ひつじ》を豺狼《おおかみ》のなかに入《い》るが如《ごと》し。この故《ゆえ》に蛇《へび》のごとく慧《さと》く、鴿《はと》のごとく素直《すなお》なれ。人々《ひとびと》に心《こころ》せよ、それは汝《なんじ》らを衆議所《しゅうぎしょ》に付《わた》し、会堂《かいどう》にて鞭《むち》たん。また汝等《なんじら》わが故《ゆえ》によりて、司《つかさ》たち王《おう》たちの前《まえ》に曳《ひ》かれん。かれら汝《なんじ》らを付《わた》さば、如何《いかに》なにを言《い》わんと思《おも》い煩《わずら》うな、言《い》うべき事《こと》は、その時《とき》さずけられるべし。これ言《い》うものは汝等《なんじら》にあらず、其《そ》の中《うち》にありて言《い》いたまう汝《なんじ》らの父《ちち》の霊《れい》なり。又《また》なんじら我《わ》が名《な》のために凡《すべ》ての人《ひと》に憎《にく》まれん。されど終《おわり》まで耐《た》え忍《しの》ぶものは救《すく》わるべし。この町《まち》にて、責《せ》めらるる時《とき》は、かの町《まち》に逃《のが》れよ。誠《まこと》に汝《なんじ》らに告《つ》ぐ、なんじらイスラエルの町々《まちまち》を巡《めぐ》り尽《つく》さぬうちに人《ひと》の子《こ》は来《きた》るべし。

身《み》を殺《ころ》して霊魂《たましい》をころし得《え》ぬ者《もの》どもを懼《おそ》るな、身《み》と霊魂《たましい》とをゲヘナにて滅《ほろぼ》し得《う》る者《もの》をおそれよ。われ地《ち》に平和《へいわ》を投《とう》ぜんために来《きた》れりと思《おも》うな、平和《へいわ》にあらず、反《かえ》って剣《つるぎ》を投《とう》ぜん為《ため》に来《きた》れり。それ我《わ》が来《きた》れるは人《ひと》をその父《ちち》より、娘《むすめ》をその母《はは》より、嫁《よめ》をその姑嫜《しゅうとめ》より分《わか》たん為《ため》なり。人《ひと》の仇《あだ》は、その家《いえ》の者《もの》なるべし。我《われ》よりも父《ちち》または母《はは》を愛《あい》する者《もの》は、我《われ》に相応《ふさわ》しからず。我《われ》よりも息子《むすこ》または娘《むすめ》を愛《あい》する者《もの》は、我《われ》に相応《ふさわ》しからず。又《また》おのが十字架《じゅうじか》をとりて我《われ》に従《したが》わぬ者《もの》は、我《われ》に相応《ふさわ》しからず。生命《いのち》を得《う》る者《もの》は、これを失《うしな》い、我《わ》がために生命《いのち》を失《うしな》う者《もの》は、これを得《う》べし」

戦闘、開始。

もし、私が恋ゆえに、イエスのこの教えをそっくりそのまま必ず守ることを誓ったら、イエスさまはお叱《しか》りになるかしら。なぜ、「恋」がわるくて、「愛」がいいのか、私にはわからない。同じもののような気がしてならない。何だかわからぬ愛のために、恋のために、その悲しさのために、身《み》と霊魂《たましい》とをゲヘナにて滅《ほろぼ》し得《う》る者《もの》、ああ、私は自分こそ、それだと言い張りたいのだ。

叔父さまたちのお世話で、お母さまの密葬を伊豆で行い、本葬は東京ですまして、それからまた直治と私は、伊豆の山荘で、お互い顔を合せても口をきかぬような、理由のわからぬ気まずい生活をして、直治は出版業の資本金と称して、お母さまの宝石類を全部持ち出し、東京で飲み疲れると、伊豆の山荘へ大病人のような真蒼《まっさお》な顔をしてふらふら帰って来て、寝て、ある時、若いダンサアふうのひとを連れて来て、さすがに直治も少し間が悪そうにしているので、

「きょう、私、東京へ行ってもいい？　お友だちのところへ、久し振りで遊びに行ってみたいの。二晩か、三晩、泊って来ますから、あなた留守番してね。お炊事は、あのかたに、たのむといいわ」

直治の弱味にすかさず付け込み、謂《い》わば蛇のごとく慧く、私はバッグにお化粧品やパンなど詰め込んで、きわめて自然に、あのひとと逢いに上京する事ができた。

東京郊外、省線荻窪《おぎくぼ》駅の北口に下車すると、そこから二十分くらいで、あのひとの大戦後の新しいお住居《すまい》に行き着けるらしいという事は、直治から前にそれとなく聞い

ていたのである。

こがらしの強く吹いている日だった。荻窪駅に降りた頃《ころ》には、もうあたりが薄暗く、私は往来のひとをつかまえては、あのひとのところ番地を告げて、その方角を教えてもらって、一時間ちかく暗い郊外の路地をうろついて、あまり心細くて、涙が出て、そのうちに砂利道《じゃりみち》の石につまずいて下駄の鼻緒がぷつんと切れて、どうしようかと立ちすくんで、ふと右手の二軒長屋のうちの一軒の家の表札が、夜目にも白くぼんやり浮んで、それに上原と書かれているような気がして、片足は足袋はだしのまま、その家の玄関に走り寄って、なおよく表札を見ると、たしかに上原二郎としたためられていたが、家の中は暗かった。

どうしようか、とまた瞬時立ちすくみ、それから、身を投げる気持ちで、玄関の格子戸《こうしど》に倒れかかるようにひたと寄り添い、

「ごめん下さいまし」

と言い、両手の指先で格子を撫《な》でながら、

「上原さん」

と小声で囁《ささや》いてみた。

返事は、有った。しかし、それは、女のひとの声であった。

玄関の戸が内からあいて、細おもての古風な匂いのする、私より三つ四つ年上のよ

うな女のひとが、玄関の暗闇《くらやみ》の中でちらと笑い、

「どちらさまでしょうか」

とたずねるその言葉の調子には、なんの悪意も警戒もなかった。

「いいえ、あのう」

けれども私は、自分の名を言いそびれてしまった。このひとにだけは、私の恋も、奇妙にうしろめたく思われた。おどおどと、ほとんど卑屈に、

「先生は？　いらっしゃいません？」

「はあ」

と答えて、気の毒そうに私の顔を見て、

「でも、行く先は、たいてい、……」

「遠くへ？」

「いいえ」

と、可笑《おか》しそうに片手をお口に当てられて、

「荻窪ですの。駅の前の、白石《しらいし》というおでんやさんへおいでになれば、たいてい、行く先がおわかりかと思います」

私は飛び立つ思いで、

「あ、そうですか」

「あら、おはきものが」

すすめられて私は、玄関の内へはいり、式台に坐《すわ》らせてもらい、奥さまから、軽便鼻緒とでもいうのかしら、鼻緒の切れた時に手軽に繕うことのできる革の仕掛紐《しかけひも》をいただいて、下駄を直して、そのあいだに奥さまは、蠟燭《ろうそく》をともして玄関に持ってきて下さったりしながら、

「あいにく、電球が二つとも切れてしまいまして、このごろの電球は馬鹿高い上に切れ易《やす》くていけませんわね、主人がいると買ってもらえるんですけど、ゆうべも、おといの晩も帰ってまいりませんので、私どもは、これで三晩、無一文の早寝ですのよ」

などと、しんからのんきそうに笑っておっしゃる。奥さまのうしろには、十二、三歳の眼の大きな、めったに人になつかないようなほっそりした女のお子さんが立っている。

敵。私はそう思わないけれども、しかし、この奥さまとお子さんは、いつかは私を敵と思って憎む事があるに違いないのだ。それを考えたら、私の恋も、一時にさめ果てたような気持ちになって、下駄の鼻緒をすげかえ、立ってはたはたと手を打ち合せて両手のよごれを払い落しながら、わびしさが猛然と身のまわりに押し寄せてくる気配に堪えかね、お座敷に駈《か》け上って、まっくら闇の中で奥さまのお手を摑《つか》んで泣こうかしらと、ぐらぐら烈《はげ》しく動揺したけれども、ふと、その後の自分のしらじらしい何

とも形のつかぬ味気ない姿を考え、いやになり、

「ありがとうございました」

と、ばか叮嚀《ていねい》なお辞儀をして、外へ出て、こがらしに吹かれ、戦闘、開始、恋する、すき、こがれる、本当に恋する、本当にすき、本当にこがれる、恋いしいのだから仕様がない、すきなのだから仕様がない、こがれているのだから仕様がない、あの奥さまはたしかに珍らしくいいお方、あのお嬢さんもお綺麗《きれい》だ、けれども私は、神の審判の台に立たされたって、少しも自分をやましいとは思わぬ、人間は、恋と革命のために生れてきたのだ、神も罰し給《たま》うはずがない、私はみじんも悪くない、本当にすきなのだから大威張り、あのひとに一目お逢いするまで、二晩でも三晩でも野宿しても、必ず。


駅前の白石というおでんやは、すぐに見つかった。けれども、あのひとはいらっしゃらない。

「阿佐ヶ谷ですよ、きっと。阿佐ヶ谷駅の北口をまっすぐにいらして、そうですね、一丁半かな？　金物屋さんがありますからね、そこから右へはいって、半丁かな？　柳やという小料理屋がありますからね、先生、このごろは柳やのおステさんと大あつあつで、いりびたりだ、かなわねえ」


駅へ行き、切符を買い、東京行きの省線に乗り、阿佐ヶ谷で降りて、北口、約一丁

半、金物屋さんのところから右へ曲って半丁、柳やは、ひっそりしていた。

「たったいまお帰りになりましたが、大勢さんで、これから西荻《にしおぎ》のチドリのおばさんのところへ行って夜明しで飲むんだ、とかおっしゃっていましたよ」

私よりも年が若くて、落ちついて、上品で、親切そうな、これがあの、おステさんとかいうあのひとと大あつあつの人なのかしら。

「チドリ？　西荻のどのへん？」

心細くて、涙が出そうになった。自分がいま、気が狂っているのではないかしら、とふと思った。

「よく存じませんのですけどね、何でも西荻の駅を降りて、南口の、左にはいったところだとか、とにかく、交番でお聞きになったら、わかるんじゃないでしょうか。何せ、一軒ではおさまらないひとで、チドリに行く前にまたどこかにひっかかっているかも知れませんですよ」

「チドリへ行ってみます。さようなら」

また、逆もどり。阿佐ヶ谷から省線で立川行きに乗り、荻窪、西荻窪、駅の南口で降りて、こがらしに吹かれてうろつき、交番を見つけて、チドリの方角をたずねて、それから、教えられたとおりの夜道を走るようにして行って、チドリの青い燈籠《とうろう》を見つけて、ためらわず格子戸をあけた。

土間があって、それからすぐ六畳間くらいの部屋があって、たばこの煙で濛々《もうもう》として、十人ばかりの人間が、部屋の大きな卓をかこんで、わあっわあっとひどく騒がしいお酒盛りをしていた。私より若いくらいのお嬢さんも三人まじって、たばこを吸い、お酒を飲んでいた。

私は土間に立って、見渡し、見つけた。そうして、夢見るような気持ちになった。ちがうのだ。六年。まるっきり、もう、違ったひとになっているのだ。

これが、あの、私の虹《にじ》、M・C、私の生き甲斐《がい》の、あのひとであろうか。六年。蓬《ほう》髪《はつ》は昔のままだけれども哀れに赤茶けて薄くなっており、顔は黄色くむくんで、眼のふちが赤くただれて、前歯が抜け落ち、絶えず口をもぐもぐさせて、一匹の老猿が背中を丸くして部屋の片隅《かたすみ》に坐っている感じであった。

お嬢さんのひとりが私を見とがめ、目で上原さんに私の来ている事を知らせた。あのひとは坐ったまま細長い首をのばして私のほうを見て、何の表情もなく、顎《あご》であがれという合図をした。一座は、私に何の関心もなさそうに、わいわいの大騒ぎをつづけ、それでも少しずつ席を詰めて、上原さんのすぐ右隣りに私の席をつくってくれた。

私は黙って坐った。上原さんは、私のコップにお酒をなみなみといっぱい注いでくれて、それからご自分のコップにもお酒を注ぎ足して、

「乾杯」

としゃがれた声で低く言った。

二つのコップが、力弱く触れ合って、カチと悲しい音がした。ギロチン、ギロチン、シュルシュルシュ、と誰かが言って、それに応じてまたひとりが、ギロチン、ギロチン、シュルシュルシュ、と言い、カチンと音高くコップを打ち合せてぐいと飲む。ギロチン、ギロチン、シュルシュルシュ、ギロチン、ギロチン、シュルシュルシュ、とあちこちから、その出鱈目《でたらめ》みたいな歌が起って、さかんにコップを打ち合せて乾杯をしている。そんなふざけ切ったリズムでもってはずみをつけて、無理にお酒を喉《のど》に流し込んでいる様子であった。

「じゃ、失敬」

と言って、よろめきながら帰るひとがあるかと思うと、また、新客がのっそりはいって来て、上原さんにちょっと会釈しただけで、一座に割り込む。

「上原さん、あそこのね、上原さん、あそこのね、あああ、というところですがね、あれは、どんな具合《ぐあ》いに言ったらいいんですか？　あ、あ、あ、ですか？　ああ、あ、ですか？」

と乗り出してたずねているひとは、たしかに私もその舞台顔に見覚えのある新劇俳優の藤田である。

「ああ、あ、だ。ああ、あ、チドリの酒は、安くねえ、といったような塩梅《あんばい》だね」

と上原さん。

「お金の事ばっかり」

とお嬢さん。

「二羽の雀《すずめ》は一銭、とは、ありゃ高いんですか？　安いんですか？」

と若い紳士。

「一厘も残りなく償わずば、という言葉もあるし、或者《あるもの》には五タラント、或者には二タラント、或者には一タラントなんて、ひどくややこしい譬話《たとえばなし》もあるし、キリストも勘定はなかなかこまかいんだ」

と別の紳士。

「それに、あいつあ酒飲みだったよ。妙にバイブルには酒の譬話が多いと思っていたら、果せるかなだ、視《み》よ、酒を好む人、と非難されたとバイブルに録《しる》されてある。酒を飲む人でなくて、酒を好む人というんだから、相当な飲み手だったに違いねえのさ。まず、一升飲みかねえ」

ともうひとりの紳士。

「よせ、よせ。ああ、あ、汝《なんじ》らは道徳におびえて、イエスをダシに使わんとす。チエちゃん、飲もう。ギロチン、ギロチン、シュルシュルシュ」

と上原さん、一ばん若くて美しいお嬢さんと、カチンと強くコップを打ち合せて、ぐっと飲んで、お酒が口角からしたたり落ちて、顎が濡《ぬ》れて、それをやけくそみたいに乱暴に掌で拭《ぬぐ》って、それから大きいくしゃみを五つも六つも続けてなさった。私はそっと立って、お隣りの部屋へ行き、病身らしく蒼白《あおじろ》く痩《や》せたおかみさんに、お手洗いをたずね、また帰りにその部屋をとおると、さっきの一ばんきれいで若いチエちゃんとかいうお嬢さんが、私を待っていたような恰好《かっこう》で立っていて、

「おなかが、おすきになりません？」

と親しそうに笑いながら、尋ねた。

「ええ、でも、私、パンを持ってまいりましたから」

「何もございませんけど」

と病身らしいおかみさんは、だるそうに横坐りに坐って長火鉢に寄りかかったままで言う。

「この部屋で、お食事をなさいまし。あんな呑《の》んべえさんたちの相手をしていたら、一晩中なにも食べられやしません。お坐りなさい、ここへ。チエ子さんも一緒に」

「おうい、キヌちゃん、お酒がない」

とお隣りで紳士が叫ぶ。

「はい、はい」

と返辞して、そのキヌちゃんという三十歳前後の粋《いき》な縞《しま》の着物を着た女中さんが、

お銚子《ちょうし》をお盆に十本ばかり載せて、お勝手からあらわれる。

「ちょっと」

とおかみさんは呼びとめて、

「ここへも二本」

と笑いながら言い、

「それからね、キヌちゃん、すまないけど、裏のスズヤさんへ行って、うどんを二つ大いそぎでね」

私とチエちゃんは長火鉢の傍《そば》にならんで坐って、手をあぶっていた。

「お蒲団《ふとん》をおあてなさい。寒くなりましたね。お飲みになりませんか」

おかみさんは、ご自分のお茶のお茶碗《ちゃわん》にお銚子のお酒をついで、それから別の二つのお茶碗にもお酒を注いだ。

そうして私たち三人は黙って飲んだ。

「みなさん、お強いのね」

とおかみさんは、なぜだか、しんみりした口調で言った。

がらがらと表の戸のあく音が聞えて、

「先生、持ってまいりました」

という若い男の声がして、

「何せ、うちの社長ったら、がっちりしていますからね、二万円と言ってねばったのですが、やっと一万円」

「小切手か？」

と上原さんのしゃがれた声。

「いいえ、現なまですが。すみません」

「まあ、いいや、受取りを書こう」

ギロチン、ギロチン、シュルシュルシュ、の乾杯の歌が、そのあいだも一座に於《お》いて絶える事なくつづいている。

「直《なお》さんは？」

と、おかみさんは真面目《まじめ》な顔をしてチエちゃんに尋ねる。私は、どきりとした。

「知らないわ。直さんの番人じゃあるまいし」

と、チエちゃんは、うろたえて、顔を可憐《かれん》に赤くなさった。

「この頃、何か上原さんと、まずい事でもあったんじゃないの？　いつも、必ず、一緒だったのに」

とおかみさんは、落ちついて言う。

「ダンスのほうが、すきになったんですって。ダンサアの恋人でもできたんでしょうよ」

「直さんたら、まあ、お酒の上にまた女だから、始末が悪いね」

「先生のお仕込みですもの」

「でも、直さんのほうが、たちが悪いよ。あんなお坊《ぼっ》ちゃんくずれは、……」

「あの」

私は微笑《ほほえ》んで口をはさんだ。黙っていては、かえってこのお二人に失礼なことになりそうだと思ったのだ。

「私、直治の姉なんですの」

おかみさんは驚いたらしく、私の顔を見直したが、チエちゃんは平気で、

「お顔がよく似ていらっしゃいますもの。あの土間の暗いところにお立ちになっていたのを見て、私、はっと思ったわ。直さんかと」

「左様でございますか」

とおかみさんは語調を改めて、

「こんなむさくるしいところへ、よくまあ。それで？　あの、上原さんとは、前から？」

「ええ、六年前にお逢いして、……」

言い澱《よど》み、うつむき、涙が出そうになった。

「お待ちどおさま」

女中さんが、おうどんを持って来た。

「召し上れ。熱いうちに」

とおかみさんはすすめる。

「いただきます」

おうどんの湯気に顔をつっ込み、するするとおうどんを啜《すす》って、私は、いまこそ生きている事の侘《わ》びしさの、極限を味わっているような気がした。

ギロチン、ギロチン、シュルシュルシュ、ギロチン、ギロチン、シュルシュルシュ、と低く口ずさみながら、上原さんが私たちの部屋にはいって来て、私の傍にどかりとあぐらをかき、無言でおかみさんに大きい封筒を手渡した。

「これだけで、あとをごまかしちゃだめですよ」

おかみさんは、封筒の中を見もせずに、それを長火鉢の引出しに仕舞い込んで笑いながら言う。

「持って来るよ。あとの支払いは、来年だ」

「あんな事を」

一万円。それだけあれば、電球がいくつ買えるだろう。私だって、それだけあれば、一年らくに暮せるのだ。

ああ、何かこの人たちは、間違っている。しかし、この人たちも、私の恋の場合と同じ様に、こうでもしなければ、生きて行かれないのかも知れない。人はこの世の中に生れて来た以上は、どうしても生き切らなければいけないものならば、この人たちのこの生き切るための姿も、憎むべきではないかも知れぬ。生きている事。生きている事。ああ、それは、何というやりきれない息もたえだえの大事業であろうか。

「とにかくね」

と隣室の紳士がおっしゃる。

「これから東京で生活して行くにはだね、コンチワァ、という軽薄きわまる挨拶《あいさつ》が平気でできるようでなければ、とても駄目《だめ》だね。いまのわれらに、重厚だの、誠実だの、そんな美徳を要求するのは、首くくりの足を引っぱるようなものだ。重厚？　誠実？　ペッ、プッだ。生きて行けやしねえじゃないか。もしもだね、コンチワァを軽く言えなかったら、あとは、道が三つしかないんだ、一つは帰農だ、一つは自殺、もう一つは女のヒモさ」

「その一つもできやしねえ可哀想《かわいそう》な野郎には、せめて最後の唯一の手段」

と別な紳士が、

「上原二郎にたかって、痛飲」

ギロチン、ギロチン、シュルシュルシュ、ギロチン、ギロチン、シュルシュルシュ。

「泊るところが、ねえんだろ」

と、上原さんは、低い声でひとりごとのようにおっしゃった。

「私？」

私は自身に鎌首《かまくび》をもたげた蛇《へび》を意識した。敵意。それにちかい感情で、私は自分のからだを固くしたのである。

「ざこ寝ができるか。寒いぜ」

上原さんは、私の怒りに頓着《とんちゃく》なく呟《つぶや》く。

「無理でしょう」

とおかみさんは、口をはさみ、

「お可哀そうよ」

ちぇっ、と上原さんは舌打ちして、

「そんなら、こんなところへこなけれあいいんだ」

私は黙っていた。このひとは、たしかに、私のあの手紙を読んだ。そうして、誰よりも私を愛している、と、私はそのひとの言葉の雰囲気《ふんいき》から素早く察した。

「仕様がねえな。福井さんのとこへでも、たのんでみようかな。チエちゃん、連れて行ってくれないか。いや、女だけだと、途中が危険か。やっかいだな。かあさん、このひとのはきものを、こっそりお勝手のほうに回して置いてくれ。僕が送りとどけてくるから」

外は深夜の気配だった。風はいくぶんおさまり、空にいっぱい星が光っていた。私たちは、ならんで歩きながら、

「私、ざこ寝でも何でも、できますのに」

上原さんは、眠そうな声で、

「うん」

とだけ言った。

「二人っきりに、なりたかったのでしょう。そうでしょう」

私がそう言って笑ったら、上原さんは、

「これだから、いやさ」

と口をまげて、にが笑いなさった。私は自分がとても可愛がられている事を、身にしみて意識した。

「ずいぶん、お酒を召し上りますのね。毎晩ですの？」

「そう、毎日。朝からだ」

「おいしいの？　お酒が」

「まずいよ」

そう言う上原さんの声に、私はなぜだか、ぞっとした。

「お仕事は？」

「駄目です。何を書いても、ばかばかしくって、そうして、ただもう、悲しくって仕様がないんだ。いのちの黄昏《たそがれ》。人類の黄昏。芸術の黄昏。それも、キザだね」

「ユトリロ」

私は、ほとんど無意識にそれを言った。

「ああ、ユトリロ。まだ生きていやがるらしいね。アルコールの亡者《もうじゃ》。死骸《しがい》だね。最近十年間のあいつの絵は、へんに俗っぽくて、みな駄目」

「ユトリロだけじゃないんでしょう？　他《ほか》のマイスターたちも全部、……」

「そう、衰弱。しかし、新しい芽も、芽のままで衰弱しているのです。霜。フロスト。世界中に時ならぬ霜が降りたみたいなのです」

上原さんは私の肩を軽く抱いて、私のからだは上原さんの二重回しの袖《そで》で包まれたような形になったが、私は拒否せず、かえってぴったり寄りそってゆっくり歩いた。

路傍の樹木の枝。葉の一枚も付いていない枝、ほそく鋭く夜空を突き刺していて、

「木の枝って、美しいものですわねえ」

と思わずひとりごとのように言ったら、

「うん、花と真黒い枝の調和が」

と少しうろたえたようにしておっしゃった。

「いいえ、私、花も葉も芽も、何もついていない、こんな枝がすき。これでも、ちゃ

んと生きているのでしょう。枯枝とちがいますわ」

「自然だけは、衰弱せずか」

そう言って、また烈《はげ》しいくしゃみをいくつもいくつも続けてなさった。

「お風邪じゃございませんの？」

「いや、いや、さにあらず。実はね、これは僕の奇癖でね、お酒の酔いが飽和点に達すると、たちまちこんな工合《ぐあい》のくしゃみが出るんです。酔いのバロメーターみたいなものだね」

「恋は？」

「え？」

「どなたかございますの？　飽和点くらいにすすんでいるお方が」

「なんだ、ひやかしちゃいけない。女は、みな同じさ。ややこしくていけねえ。ギロチン、ギロチン、シュルシュルシュ、実は、ひとり、いや、半人くらいある」

「私の手紙、ごらんになって？」

「見た」

「ご返事は？」

「僕は貴族は、きらいなんだ。どうしても、どこかに、鼻持ちならない傲慢《ごうまん》なところがある。あなたの弟の直さんも、貴族としては、大出来の男なんだが、時々、ふっと、とても付き合い切れない小生意気なところを見せる。僕は田舎の百姓の息子でね、こんな小川の傍をとおると必ず、子供のころ、故郷の小川で鮒《ふな》を釣った事や、めだかを掬《すく》った事を思い出してたまらない気持ちになる」

暗闇《くらやみ》の底で幽《かす》かに音立てて流れている小川に、沿った路《みち》を私たちは歩いていた。

「けれども、君たち貴族は、そんな僕たちの感傷を絶対に理解できないばかりか、軽《けい》蔑《べっ》している」

「ツルゲーネフは?」

「あいつは貴族だ。だからいやなんだ」

「でも、猟人日記、……」

「うん、あれだけは、ちょっとうまいね」

「あれは、農村生活の感傷、……」

「あの野郎は田舎貴族、というところで妥協しようか」

「私もいまでは田舎者ですわ。畑を作っていますのよ。田舎の貧乏人」

「今でも、僕をすきなのかい」

乱暴な口調であった。

「僕の赤ちゃんが欲しいのかい」

私は答えなかった。

岩が落ちてくるような勢いでそのひとの顔が近づき、遮二無二《しゃにむに》私はキスされた。性欲のにおいのするキスだった。私はそれを受けながら、涙を流した。屈辱の、くやし涙に似ているにがい涙であった。涙はいくらでも眼からあふれ出て、流れた。

また、二人ならんで歩きながら、

「しくじった。惚《ほ》れちゃった」

とそのひとは言って、笑った。

けれども、私は笑う事ができなかった。眉《まゆ》をひそめて、口をすぼめた。

仕方がない。

言葉で言いあらわすなら、そんな感じのものだった。私は自分が下駄《げた》を引きずってすさんだ歩き方をしているのに気がついた。

「しくじった」

とその男は、また言った。

「行くところまで行くか」

「キザですわ」

「この野郎」

上原さんは私の肩をとんとこぶしで叩《たた》いて、また大きいくしゃみをなさった。

福井さんとかいうお方のお宅では、みなさんがもうおやすみになっていらっしゃる様子であった。

「電報、電報。福井さん、電報ですよ」

と大声で言って、上原さんは玄関の戸をたたいた。

「上原か？」

と家の中で男のひとの声がした。

「そのとおり。プリンスとプリンセスと一夜の宿をたのみに来たのだ。どうもこう寒いと、くしゃみばかり出て、せっかくの恋の道行《みちゆき》もコメディになってしまう」

玄関の戸が内からひらかれた。もうかなりの、五十歳を越したくらいの、頭の禿《は》げた小柄《こがら》なおじさんが、派手なパジャマを着て、へんな、はにかむような笑顔で私たちを迎えた。

「たのむ」

と上原さんは一こと言って、マントも脱がずにさっさと家の中へはいって、

「アトリエは、寒くていけねえ。二階を借りるぜ。おいで」

私の手をとって、廊下をとおり突き当りの階段をのぼって、暗いお座敷にはいり、部屋の隅《すみ》のスイッチをパチとひねった。

「お料理屋のお部屋みたいね」

「うん、成金趣味さ。でも、あんなヘボ画《え》かきにはもったいない。悪運が強くて罹災《りさい》

も、しやがらねえ。利用せざるべからずさ。さあ、寝よう、寝よう」

　ご自分のお家みたいに、勝手に押入れをあけてお蒲団《ふとん》を出して敷いて、

「ここへ寝給《ねたま》え。僕は帰る。あしたの朝、迎えに来ます。便所は、階段を降りて、すぐ右だ」

　だだだだと階段からころげ落ちるように騒々しく下へ降りて行って、それっきり、しんとなった。

　私はまたスイッチをひねって、電燈を消し、お父上の外国土産の生地で作ったビロードのコートを脱ぎ、帯だけほどいて着物のままでお床へはいった。疲れている上に、お酒を飲んだせいか、からだがだるく、すぐにうとうととまどろんだ。

　いつのまにか、あのひとが私の傍に寝ていらして、……私は一時間ちかく、必死の無言の抵抗をした。

　ふと可哀そうになって、放棄した。

「こうしなければ、ご安心ができないのでしょう？」

「まあ、そんなところだ」

「あなた、おからだを悪くしていらっしゃるんじゃない？　喀血《かっけつ》なさったでしょう」

「どうしてわかるの？　実はこないだ、かなりひどいのをやったのだけど、誰にも知らせていないんだ」

「お母さまのお亡くなりになる前と、おんなじ匂《にお》いがするんですもの」

「死ぬ気で飲んでいるんだ。生きているのが、悲しくて仕様がないんだよ。わびしさだの、淋しさだの、そんなゆとりのあるものでなくて、悲しいんだ。陰気くさい、嘆きの溜息《ためいき》が四方の壁から聞えている時、自分たちだけの幸福なんてあるはずはないじゃないか。自分の幸福も光栄も、生きているうちには決してないとわかった時、ひとは、どんな気持ちになるものかね。努力。そんなものは、ただ、飢餓の野獣の餌食《えじき》になるだけだ。みじめな人が多すぎるよ。キザかね」

「いいえ」

「恋だけだね。おめえの手紙のお説のとおりだよ」

「そう」

私のその恋は、消えていた。

夜が明けた。

部屋が薄明るくなって、私は、傍で眠っているそのひとの寝顔をつくづく眺《なが》めた。ちかく死ぬひとのような顔をしていた。疲れはてているお顔だった。

犠牲者の顔。貴い犠牲者。

私のひと。私の虹《にじ》。マイ、チャイルド。にくいひと。ずるいひと。

この世にまたとないくらいに、とても、とても美しい顔のように思われ、恋があらたによみがえって来たようで胸がときめき、そのひとの髪を撫《な》でながら、私のほうからキスをした。

かなしい、かなしい恋の成就《じょうじゅ》。

上原さんは、眼をつぶりながら私をお抱きになって、

「ひがんでいたのさ。僕は百姓の子だから」

もうこのひとから離れまい。

「私、いま幸福よ。四方の壁から嘆きの声が聞えて来ても、私のいまの幸福感は、飽和点よ。くしゃみが出るくらい幸福だわ」

上原さんは、ふふ、とお笑いになって、

「でも、もう、おそいなあ。黄昏だ」

「朝ですわ」

弟の直治は、その朝に自殺していた。

七

直治の遺書。

姉さん。

だめだ。さきに行くよ。

僕《ぼく》は自分がなぜ生きていなければならないのか、それが全然わからないのです。

生きていたい人だけは、生きるがよい。

人間には生きる権利があると同様に、死ぬる権利もあるはずです。

僕のこんな考え方は、少しも新しいものでも何でもなく、こんな当り前の、それこそプリミチヴな事を、ひとはへんにこわがって、あからさまに口に出して言わないだけなんです。

生きて行きたいひとは、どんな事をしても、必ず強く生き抜くべきであり、それは見事で、人間の栄冠とでもいうものも、きっとその辺にあるのでしょうが、しかし、死ぬことだって、罪ではないと思うんです。

僕は、僕という草は、この世の空気と陽《ひ》の中に、生きにくいんです。生きて行くのに、どこか一つ欠けているんです。足りないんです。いままで、生きて来たのも、これでも、精一ぱいだったのです。

僕は高等学校へはいって、僕の育って来た階級と全くちがう階級に育って来た強くたくましい草の友人と、はじめて付き合い、その勢いに押され、負けまいとして、麻薬を用い、半狂乱になって抵抗しました。それから兵隊になって、やはりそこでも、生きる最後の手段として阿片《アヘン》を用いました。姉さんには僕のこんな気持、わからねえだろうな。

僕は下品になりたかった。強く、いや強暴になりたかった。そうして、それが、所《いわ》謂《ゆる》民衆の友になり得る唯一《ゆいいつ》の道だと思ったのです。お酒くらいでは、とても駄目だったんです。いつも、くらくら目まいしていなければならなかったんです。そのためには、麻薬以外になかったのです。僕は、家を忘れなければならない。父の血に反抗しなければならない。母の優しさを、拒否しなければならない。姉に冷たくしなければならない。そうでなければ、あの民衆の部屋にはいる入場券が得られないと思っていたんです。

僕は下品になりました。下品な言葉づかいをするようになりました。けれども、それは半分は、いや、六十パーセントは、哀れな付け焼刃でした。へたな小細工でした。民衆にとって、僕はやはり、キザったらしく乙《おつ》にすました気づまりの男でした。彼等は僕と、しんから打ち解けて遊んでくれはしないのです。しかし、また、いまさら捨てたサロンに帰ることもできません。いまでは僕の下品は、たとい六十パーセントは人工の付け焼刃でも、しかし、あとの四十パーセントは、ほんものの下品になっているのです。僕はあの、所謂上流サロンの鼻持ちならないお上品さには、ゲロが出そうで、一刻も我慢できなくなっていますし、また、あのおえらがたとか、お歴々とか称せられている人たちも、僕のお行儀の悪さに呆《あき》れてすぐさま放逐するでしょう。捨てた世界に帰ることもできず、民衆からは悪意に満ちたクソていねいの傍聴席を与えられているだけなんです。

いつの世でも、僕のような謂《い》わば生活力が弱くて、欠陥のある草は、思想もクソもないただおのずから消滅するだけの運命のものなのかも知れませんが、しかし、僕にも、少しは言いぶんがあるのです。とても僕には生きにくい、事情を感じているんです。

人間は、みな、同じものだ。

これは、いったい、思想でしょうか。僕はこの不思議な言葉を発明したひとは、宗教家でも哲学者でも芸術家でもないように思います。民衆の酒場からわいて出た言葉です。蛆《うじ》がわくように、いつのまにやら、誰が言い出したともなく、もくもく湧《わ》いて出て、全世界を覆《おお》い、世界を気まずいものにしました。

この不思議な言葉は、民主々義とも、またマルキシズムとも、全然無関係のものなのです。それは、かならず、酒場に於《お》いて醜男《ぶおとこ》が美男子に向って投げつけた言葉です。ただの、イライラです。嫉妬《しっと》です。思想でも何でも、ありゃしないんです。

けれども、その酒場のやきもちの怒声が、へんに思想めいた顔つきをして民衆のあいだを練り歩き、民主々義ともマルキシズムとも全然、無関係の言葉のはずなのに、いつのまにやら、その政治思想や経済思想にからみつき、奇妙に下劣なあんばいにしてしまったのです。メフィストだって、こんな無茶な放言を、思想とすりかえるなんて芸当は、さすがに良心に恥じて、躊躇《ちゅうちょ》したかもしれません。

人間は、みな、同じものだ。

なんという卑屈な言葉であろう。人をいやしめると同時に、みずからをもいやしめ、何のプライドもなく、あらゆる努力を放棄せしめるような言葉。マルキシズムは、働く者の優位を主張する。同じものだ、などとは言わぬ。民主々義は、個人の尊厳を主張する。同じものだ、などとは言わぬ。ただ、牛太郎だけがそれを言う。「へへ、いくら気取ったって、同じ人間じゃねえか」

なぜ、同じだと言うのか。優《すぐ》れている、と言えないのか。奴隷《どれい》根性の復讐《ふくしゅう》。

けれども、この言葉は、実に猥《わい》せつで、不気味で、ひとは互いにおびえ、あらゆる思想が姦《かん》せられ、努力は嘲笑《ちょうしょう》せられ、幸福は否定せられ、美貌《びぼう》はけがされ、栄光は引きずりおろされ、所謂「世紀の不安」は、この不思議な一語からはっしていると僕は思っているんです。

イヤな言葉だと思いながら、僕もやはりこの言葉に脅迫せられ、おびえて震えて、何を仕様としてもてれくさく、絶えず不安で、ドキドキして身の置きどころがなく、いっそ酒や麻薬の目まいによって、つかのまの落ちつきを得たくて、そうして、めちやくちゃになりました。

弱いのでしょう。どこか一つ重大な欠陥のある草なのでしょう。また、何かとそんな小理屈《こりくつ》を並べたって、なあに、もともと遊びが好きなのさ、なまけ者の、助平の、身勝手な快楽児なのさ、とれいの牛太郎がせせら笑って言うかも知れません。そうして、僕はそう言われても、いままでは、ただてれて、あいまいに首肯していましたが、しかし、僕も死ぬに当って、一言、抗議めいた事を言って置きたい。

姉さん。

信じて下さい。

僕は、遊んでも少しも楽しくなかったのです。快楽のイムポテンツなのかも知れません。僕はただ、貴族という自身の影法師から離れたくて、狂い、遊び、荒《すさ》んでいました。

姉さん。

いったい、僕たちに罪があるのでしょうか。貴族に生れたのは、僕たちの罪でしょうか。ただ、その家に生れただけに、僕たちは、永遠に、たとえばユダの身内の者みたいに、恐縮し、謝罪し、はにかんで生きていなければならない。

僕は、もっと早く死ぬべきだった。しかし、たった一つ、ママの愛情。それを思うと、死ねなかった。人間は、自由に生きる権利を持っていると同時に、いつでも勝手に死ぬる権利も持っているのだけれども、しかし、「母」の生きているあいだは、その死の権利は留保されなければならないと僕は考えているんです。それは同時に、「母」をも殺してしまう事になるのですから。

　いまはもう、僕が死んでも、からだを悪くするほど悲しむひともいないし、いいえ、姉さん、僕は知っているんです、僕を失ったあなたたちの悲しみはどの程度のものだか、いいえ、虚飾の感傷はよしましょう、あなたたちは、僕の死を知ったら、きっとお泣きになるでしょうが、しかし、僕の生きている苦しみと、そうしてそのイヤな生《ヴィ》から完全に解放される僕のよろこびを思ってみて下さったら、あなたたちのその悲しみは、次第に打ち消されて行く事と存じます。

　僕の自殺を非難し、あくまでも生き伸びるべきであった、と僕になんの助力も与えず口先だけで、したり顔に批判するひとは、陛下に菓物屋《くだものや》をおひらきなさるよう平気でおすすめできるほどの大偉人にちがいございませぬ。

　姉さん。

　僕は、死んだほうがいいんです。僕には、所謂、生活能力がないんです。お金の事で、人と争う力がないんです。僕は、人にたかる事さえできないんです。上原さんと遊んでも、僕のぶんのお勘定は、いつも僕が払ってきました。上原さんは、それを貴族のケチくさいプライドだと言って、とてもいやがっていましたが、しかし、僕は、プライドで支払うのではなくて、上原さんのお仕事で得たお金で、僕がつまらなく飲み食いして、女を抱くなど、おそろしくて、とてもできないのです。上原さんのお仕事を尊敬しているから、と簡単に言い切ってしまっても、ウソで、僕にも本当は、はっきりわかっていないんです。殊《こと》にも、そのひとご自身の腕一本で得たお金で、ごちそうになるのが、そらおそろしいんです。ただ、ひとのごちそうになるのが、ごちそうになるのは、つらくて、心苦しくて、たまらないんです。

そうしてただもう、自分の家からお金や品物を持ち出して、ママやあなたを悲しませ、僕自身も、少しも楽しくなく、出版業など計画したのも、ただ、てれかくしのお体裁で、実はちっとも本気でなかったのです。本気でやってみたところで、ひとのごちそうにさえなれないような男が、金もうけなんて、とてもとてもできやしないのは、いくら僕が愚かでも、それくらいの事には気付いています。

姉さん。

僕たちは、貧乏になってしまいました。生きて在るうちは、ひとにごちそうしたいと思っていたのに、もう、ひとのごちそうにならなければ生きて行けなくなりました。

姉さん。

この上、僕は、なぜ生きていなければならねえのかね？　もう、だめなんだ。僕は、死にます。らくに死ねる薬があるんです。兵隊の時に、手にいれて置いたのです。

姉さんは美しく、（僕は美しい母と姉を誇りにしていました）そうして、賢明だから、僕は姉さんの事に就《つ》いては、なんにも心配していませぬ。心配などする資格さえ僕には有りません。どろぼうが被害者の身の上を思いやるみたいなもので、赤面するばかりです。きっと姉さんは、結婚なさって、子供ができて、夫にたよって生き抜いて行くのではないかと僕は、思っているんです。

姉さん。

僕に、一つ、秘密があるんです。

永いこと、秘めに秘めて、戦地にいても、そのひとの事を思いつめて、そのひとの夢を見て、目がさめて、泣きべそをかいた事も幾度あったか知れません。

そのひとの名は、とても誰にも、口がくさっても言われないんです。僕は、いま死ぬのだから、せめて、姉さんにだけでも、はっきり言って置こうか、と思いましたが、やっぱり、どうにもおそろしくて、その名を言うことができません。

でも、僕は、その秘密を、絶対秘密のまま、とうとうこの世で誰にも打ち明けず、胸の奥に蔵して死んだならば、僕のからだが火葬にされても、胸の裏だけが生臭く焼け残るような気がして、不安でたまらないので、姉さんにだけ、遠まわしに、ぼんやり、フィクションみたいにして教えて置きます。フィクション、といっても、しかし、姉さんは、きっとすぐその相手のひとは誰だか、お気付きになるはずです。フィクションというよりは、ただ、仮名を用いる程度のごまかしなのですから。

姉さんは、ご存じかな？

姉さんはそのひとをご存じのはずですが、しかし、おそらく、逢った事はないでしょう。そのひとは、姉さんよりも、少し年上です。一重瞼《ひとえまぶた》で、目尻《めじり》が吊《つ》り上って、髪にパーマネントなどかけた事がなく、いつも強く、ひっつめ髪、とでもいうのかしら、そんな地味な髪形で、そうして、とても貧しい服装で、けれどもだらしない恰好《かっこう》ではなくて、いつもきちんと着付けて、清潔です。そのひとは、戦後あたらしいタッチの画をつぎつぎと発表して急に有名になったある中年の洋画家の奥さんで、その洋画家の行いは、たいへん乱暴ですさんだものなのに、その奥さんは平気を装って、いつも優しく微笑《ほほえ》んで暮しているのです。

僕は立ち上って、

「それでは、おいとま致します」

そのひとも立ち上って、何の警戒もなく、僕の傍に歩み寄って、僕の顔を見上げ、

「なぜ？」

と普通の音声で言い、本当に不審のように少し小首をかしげて、しばらく僕の眼を見つづけていました。そうして、そのひとの眼に、何の邪心も虚飾もなく、僕は女のひとと視線が合えば、うろたえて視線をはずしてしまうたちなのですが、その時だけ

は、みじんも含羞《はにかみ》を感じないで、二人の顔が一尺くらいの間隔で、六十秒もそれ以上もとてもいい気持で、そのひとの瞳《ひとみ》を見つめて、それからつい微笑んでしまって、

「でも、……」

「すぐ帰りますわよ」

と、やはり、まじめな顔をして言います。

正直、とは、こんな感じの表情を言うのではないかしら、とふと思いました。それは修身教科書くさい、いかめしい徳ではなくて、正直という言葉で表現せられた本来の徳は、こんな可愛らしいものではなかったのかしら、と考えました。

「またまいります」

「そう」

はじめから終りまで、すべてみな何でもない会話です。僕が、ある夏の日の午後、その洋画家のアパートをたずねて行って、洋画家は不在で、けれどもすぐ帰るはずですから、おあがりになってお待ちになったら？　という奥さんの言葉に従って、部屋にあがって、三十分ばかり雑誌など読んで、帰って来そうもなかったから、立ち上って、おいとましました、それだけの事だったのですが、僕は、その日のその時の、そのひとの瞳に、くるしい恋をしちゃったのです。

高貴、とでも言ったらいいのかしら。僕の周囲の貴族の中には、ママはとにかく、

できます。あんな無警戒な「正直」な眼の表情のできる人は、ひとりもいなかった事だけは断言

それから僕は、ある冬の夕方、そのひとのプロフィルに打たれた事があります。やはり、その洋画家のアパートで、洋画家の相手をさせられて、炬燵《こたつ》にはいって朝から酒を飲み、洋画家と共に、日本の所謂《いわゆる》文化人たちをクソミソに言い合って笑いころげ、やがて洋画家は倒れて大鼾《おおいびき》をかいて眠り、僕も横になってうとうとしていたら、ふわと毛布がかかり、僕は薄目をあけて見たら、東京の冬の夕空は水色に澄んで、奥さんはお嬢さんを抱いてアパートの窓縁に、何事もなさそうにして腰をかけ、奥さんの端正なプロフィルが、水色の遠い夕空をバックにして、あのルネッサンスの頃のプロフィルの画のようにあざやかに輪郭が区切られ浮んで、僕にそっと毛布をかけて下さった親切は、それは何の色気でもなく、欲でもなく、ああ、ヒュウマニティという言葉はこんな時にこそ使用されて蘇生《そせい》する言葉なのではなかろうか、ひとの当然の侘《わ》びしい思いやりとして、ほとんど無意識みたいになされたもののように、絵とそっくりの静かな気配で、遠くを眺《なが》めていらっしゃった。

僕は眼をつぶって、こいしく、こがれて狂うような気持になり、瞼《まぶた》の裏から涙があふれ出て、毛布を頭から引かぶってしまいました。

姉さん。

僕がその洋画家のところに遊びに行ったのは、それは、さいしょはその洋画家の作品の特異なタッチと、その底に秘められた熱狂的なパッションに、酔わされたせいでありましたが、しかし、付き合いの深くなるにつれて、そのひとの無教養、出鱈目《でたらめ》、きたならしさに興覚めて、そうして、それと反比例して、そのひとの奥さんの心情の美しさにひかれ、いいえ、正しい愛情のひとがこいしくて、したわしくて、奥さんの姿を一目見たくて、あの洋画家の家へ遊びに行くようになりました。

あの洋画家の作品に、多少でも、芸術の高貴なにおい、とでもいったようなものが現れているとすれば、それは、奥さんの優しい心の反映ではなかろうかとさえ、僕はいまでは考えているんです。

その洋画家は、僕はいまこそ、感じたままをはっきり言いますが、ただ大酒飲みで遊び好きの、巧妙な商人なのです。遊ぶ金がほしさに、ただ出鱈目にカンヴァスに絵具をぬたくって、流行の勢いに乗り、もったい振《ぶ》って高く売っているのです。あのひとの持っているのは、田舎者の図々《ずうずう》しさ、馬鹿《ばか》な自信、ずるい商才、それだけなんです。

おそらくあのひとは、他のひとの絵は、外国人の絵でも日本人の絵でも、なんにもわかっていないでしょう。おまけに、自分の画いている絵も、何の事やらご自身わかっていないでしょう。ただ遊興のための金がほしさに、無我夢中で絵具をカンヴァスにぬたくっているだけなんです。

そうして、さらに驚くべき事は、あのひとはご自身のそんな出鱈目に、何の疑いも、羞恥《しゅうち》も、恐怖も、お持ちになっていないらしいという事です。

ただもう、お得意なんです。何せ、自分で画いた絵が自分でわからぬというひとなのですから、他人の仕事のよさなどわかるはずがなく、いやもう、けなす事、けなす事。

つまり、あのひとのデカダン生活は、口では何のかのと苦しそうな事を言っていますけれども、その実は、馬鹿な田舎者が、かねてあこがれの都に出て、かれ自身にも意外なくらいの成功をしたので有頂天になって遊びまわっているだけなんです。

いつか僕が、

「友人がみな怠けて遊んでいる時、自分ひとりだけ勉強するのは、てれくさくて、おそろしくて、とてもだめだから、ちっとも遊びたくなくても、自分も仲間入りして遊ぶ」

と言ったら、その中年の洋画家は、

「へえ？　それが貴族気質《かたぎ》というものかね、いやらしい。僕は、ひとが遊んでいるのを見ると、自分も遊ばなければ、損だ、と思って大いに遊ぶね」

と答えて平然たるものでしたが、僕はその時、その洋画家を、しんから軽蔑《けいべつ》しました。このひとの放埒《ほうらつ》には苦悩がない。むしろ、馬鹿遊びを自慢にしている。ほんものの阿呆《あほう》の快楽児。

けれども、この洋画家の悪口を、この上さまざまに述べ立てても、姉さんには関係のない事ですし、また僕もいま死ぬるに当って、やはりあのひととの永い付き合いを思い、なつかしく、もう一度逢《あ》って遊びたい衝動をこそ感じますが、憎い気はちっともないのですし、あのひとだって淋しがりの、とてもいいところをたくさん持っているひとなのですから、もう何も言いません。

ただ、僕は姉さんに、僕がそのひとの奥さんにこがれて、うろうろして、つらかったという事だけを知っていただいたらいいのです。だから、姉さんはそれを知っても、別段、誰かにその事を訴え、弟の生前の思いをとげさせてやるとか何とか、そんなキザなおせっかいなどなさる必要は絶対にないのですし、姉さんおひとりだけが知って、そうして、こっそり、ああ、そうか、と思って下さったらそれでいいんです。なおまた欲を言えば、こんな僕の恥ずかしい告白によって、せめて姉さんだけでも、僕のこれまでの生命《いのち》の苦しさを、さらに深くわかって下さったら、とても僕は、うれしく思います。

僕はいつか、奥さんと、手を握り合った夢を見ました。そうして奥さんも、やはりずっと以前から僕を好きだったのだという事を知り、夢から醒《さ》めても、僕の手のひらに奥さんの指のあたたかさが残っていて、僕はもう、これだけで満足して、あきらめなければなるまいと思いました。道徳がおそろしかったのではなく、僕にはあの半気違いの、いや、ほとんど狂人と言ってもいいあの洋画家が、おそろしくてならないのでした。あきらめようと思い、胸の火をほかへ向けようとして、手当り次第、さすがのあの洋画家も或《あ》る夜しかめつらをしたくらいひどく、滅茶苦茶《めちゃくちゃ》にいろんな女と遊び狂いました。何とかして、奥さんの幻から離れ、忘れ、なんでもなくなりたかったんです。けれども、だめ。僕は、結局、ひとりの女にしか、恋のできないたちの男なんです。僕は、はっきり言えます。僕は、奥さんの他《ほか》の女友達を、いちどでも、美しいとか、いじらしいとか感じた事がないんです。

姉さん。

死ぬ前に、たった一度だけ書かせて下さい。

……スガちゃん。

その奥さんの名前です。

僕がきのう、ちっとも好きでもないダンサア（この女には、本質的な馬鹿なところがあります）それを連れて、山荘へ来たのは、けれども、まさかけさ死のうと思って、やって来たのではなかったのです。いつか、近いうちに必ず死ぬ気でいたのですが、でも、きのう、女を連れて山荘へ来たのは、女に旅行をせがまれ、僕も東京で遊ぶのに疲れて、この馬鹿な女と二、三日、山荘で休むのもわるくないと考え、姉さんには少し工合《ぐあ》いが悪かったけど、とにかくここへ一緒にやって来てみたら、姉さんは東京のお友達のところへ出掛け、その時ふと、僕は死ぬなら今だ、と思ったのです。

僕は昔から、西片町のあの家の奥の座敷で死にたいと思っていました。街路や原っぱで死んで、弥次馬《やじうま》たちに死骸《しがい》をいじくり回されるのは、何としても、いやだったんです。けれども、西片町のあの家は人手に渡り、いまではやはりこの山荘で死ぬよりほかはなかろうと思っていたのですが、でも、僕の自殺をさいしょに発見するのは姉さんで、そうして姉さんは、その時どんなに驚愕《きょうがく》し恐怖するだろうと思えば、姉さんと二人きりの夜に自殺するのは気が重くて、とてもできそうもなかったのです。

それが、まあ、何というチャンス。姉さんがいなくて、そのかわり、頗《すこぶ》る鈍物のダンサアが、僕の自殺の発見者になってくれる。

昨夜、ふたりでお酒を飲み、女のひとを二階の洋間に寝かせ、僕ひとりママの亡くなった下のお座敷に蒲団《ふとん》をしいて、そうして、このみじめな手記にとりかかりました。

姉さん。

僕には、希望の地盤がないんです。さようなら。

結局、僕の死は、自然死です。人は、思想だけでは、死ねるものではないんですから。

それから、一つ、とてもてれくさいお願いがあります。ママのかたみの麻の着物。あれを姉さんが、直治が来年の夏に着るようにと縫い直して下さったでしょう。あの着物を、僕の棺にいれて下さい。僕、着たかったんです。

夜が明けてきました。永いこと苦労をおかけしました。

さようなら。

ゆうべのお酒の酔いは、すっかり醒めています。僕は、素面《しらふ》で死ぬんです。

もういちど、さようなら。

姉さん。

僕は、貴族です。

八

ゆめ。

皆が、私から離れて行く。

直治の死のあと始末をして、それから一箇月間、私は冬の山荘にひとりで住んでいた。

そうして私は、あのひとに、おそらくはこれが最後の手紙を、水のような気持ちで、書いて差し上げた。

どうやら、あなたも、私をお捨てになったようでございます。いいえ、だんだんお忘れになるらしゅうございます。

けれども、私は、幸福なんですの。私の望みどおりに、赤ちゃんができたようでございますの。私は、いま、いっさいを失ったような気がしていますけど、でも、おなかの小さい生命が、私の孤独の微笑のたねになっています。

けがらわしい失策などとは、どうしても私には思われません。この世の中に、戦争だの平和だの貿易だの組合だの政治だのがあるのは、なんのためだか、このごろ私にもわかって来ました。あなたは、ご存じないでしょう。だから、いつまでも不幸なのですわ。それはね、教えてあげますわ、女がよい子を生むためです。

私には、はじめからあなたの人格とか責任とかをあてにする気持ちはありませんでした。私のひとすじの恋の冒険の成就《じょうじゅ》だけが問題でした。そうして、私のその思いが完成せられて、もういまでは私の胸のうちは、森の中の沼のように静かでございます。

私は、勝ったと思っています。

マリヤが、たとい夫の子でない子を生んでも、マリヤに輝く誇りがあったら、それは聖母子になるのでございます。

私には、古い道徳を平気で無視して、よい子を得たという満足があるのでございます。

あなたは、その後もやはり、ギロチンギロチンと言って、紳士やお嬢さんたちとお酒を飲んで、デカダン生活とやらをお続けになっていらっしゃるのでしょう。でも、私は、それをやめよ、とは申しませぬ。それもまた、あなたの最後の闘争の形式なのでしょうから。

お酒をやめて、ご病気をなおして、永生きをなさって立派なお仕事を、などそんな白々しいおざなりみたいなことは、もう私は言いたくないのでございます。「立派なお仕事」などよりも、いのちを捨てる気で、所謂悪徳生活をしとおす事のほうが、のちの世の人たちからかえって御礼を言われるようになるかも知れません。

犠牲者。道徳の過渡期《かとき》の犠牲者。あなたも、私も、きっとそれなのでございましょう。

革命は、いったい、どこで行われているのでしょう。すくなくとも、私たちの身のまわりに於《お》いては、古い道徳はやっぱりそのまま、みじんも変らず、私たちの行く手をさえぎっています。海の表面の波は何やら騒いでいても、その底の海水は、革命どころか、みじろぎもせず、狸寝入《たぬきねい》りで寝そべっているんですもの。

けれども私は、これまでの第一回戦では、古い道徳をわずかながら押しのけ得たと思っています。そうして、こんどは、生れる子と共に、第二回戦、第三回戦をたたかうつもりでいるのです。

こいしいひとの子を生み、育てる事が、私の道徳革命の完成なのでございます。

あなたが私をお忘れになっても、また、あなたが、お酒でいのちをおなくしになっても、私は私の革命の完成のために、丈夫で生きて行けそうです。

あなたの人格のくだらなさを、私はこないだもあるひとから、さまざま承りましたが、でも、私にこんな強さを与えて下さったのは、あなたです。私の胸に、革命の虹《にじ》をかけて下さったのはあなたです。生きる目標を与えて下さったのは、あなたです。

私はあなたを誇りにしていますし、また、生れる子供にも、あなたを誇りにさせようと思っています。

私生児と、その母。

けれども私たちは、古い道徳とどこまでも争い、太陽のように生きるつもりです。

どうか、あなたも、あなたの闘いをたたかい続けて下さいまし。

革命は、まだ、ちっとも、何も、行われていないんです。もっと、もっと、いくつもの惜しい貴い犠牲が必要のようでございます。

いまの世の中で、一ばん美しいのは犠牲者です。

小さい犠牲者が、もうひとりいました。

上原さん。

私はもうあなたに、何もおたのみする気はございませんが、けれども、その小さい犠牲者のために、一つだけ、おゆるしをお願いしたい事があるのです。

それは、私の生れた子を、たったいちどでよろしゅうございますから、あなたの奥さまに抱かせていただきたいのです。そうして、その時、私にこう言わせていただきます。

「これは、直治が、ある女のひとに内緒に生ませた子ですの」

なぜ、そうするのか、それだけはどなたにも申し上げられません。いいえ、私自身にも、なぜそうさせていただきたいのか、よくわかっていないのです。でも、私は、どうしても、そうさせていただかなければならないのです。直治というあの小さい犠牲者のために、どうしても、そうさせていただかなければならないのです。

ご不快でしょうか。ご不快でも、しのんでいただきます。これが捨てられ、忘れかけられた女の唯一《ゆいいつ》の幽《かす》かないやがらせと思召《おぼしめ》し、ぜひお聞きいれのほど願います。

M・C　マイ、コメデアン。

昭和二十二年二月七日。

わが半生を語る

初出　一九四七年十一月　小説新潮

生い立ちと環境

私は田舎のいわゆる金持ちと云われる家に生れました。たくさんの兄や姉がありまして、その末ッ子として、まず何不自由なく育ちました。その為に世間知らずの非常なはにかみやになって終《しま》いました。この私のはにかみが何か他人《ひと》からみると自分がそれを誇っているように見られやしないかと気にしています。

私は殆《ほとん》ど他人には満足に口もきけないほどの弱い性格で、従って生活力も零《ゼロ》に近いと自覚して、幼少より今迄《まで》すごして来ました。ですから私はむしろ厭世《えんせい》主義といってもいいようなもので、余り生きることに張合いを感じない。ただもう一刻も早くこの生活の恐怖から逃げ出したい。この世の中からおさらばしたいというようなことばかり、子供の頃から考えている質《たち》でした。

こういう私の性格が私を文学に志さしめた動機となったと云えるでしょう。育った家庭とか肉親とかあるいは故郷という概念、そういうものがひどく抜き難く根ざしているような気がします。

私は自分の作品の中で、私の生れた家を自慢しているように思われるかもしれませんが、かえって、まだ自分の家の事実の大きさよりも更に遠慮して、殆どそれは半分、いや、もっとはにかんで語っている程です。

一事が万事、なにかいつも自分がそのために人から非難せられ、仇敵視《きゅうてきし》されているような、そういう恐怖感がいつも自分につきまとっております。そのためにわざと、最下等の生活をしてみせたり、あるいはどんな汚いことにでも平気になろうと心がけたけれども、しかしまさか私は縄の帯は締められない。

それが人はやはりどこか私を思い上っていると思う第一の原因になっているようであります。けれども私に言わせれば、それが私の弱さの一番の原因なので、そのために自分の身につけているもの全部をほうり出して差上げたいような思いをしたことが幾度あったかしれません。

例えば恋愛にしても、私だってそれは女から好意を寄せられることはたまにはありますけれども、自分がそんな金持ちの子供に生れたという点で女に好意をもたれているに過ぎないというように、人から思われるのが嫌で、恋愛をさえ幾度となく自分で断念したこともあります。

現に私の兄がいま青森県の民選知事をしておりますが、そういうことを女にひと言でも云えば、それを種に女を口説《くど》くと思われはせぬかというので、却《かえ》っていつも芝居をしているように、自分をくだらなく見せるというような、殆ど愚かといってもいいくらいの努力をして生きて参りました。これは自分でももて余していて、どうにも解決のしようが未だに発見出来ません。

文壇生活？……

私がまだ東大の仏文科でまごまごしていた二十五歳の時、改造社の「文芸」という雑誌から何か短篇を書けといわれて、その時、あり合せの「逆行」という短篇を送った。それが二、三ヶ月後くらいに新聞の広告に大きく名前が他の諸先輩と並んで出て、それが後日第一回芥川賞の時に候補に上げられました。その「逆行」と殆ど前後して同人雑誌「日本浪曼派《ろうまんは》」に「道化の華」が発表されました。それが佐藤春夫先生の推奨にあずかり、その後、文学雑誌に次々と作品を発表することができました。

それで自分も文壇生活というか、小説を書いてあるいは生活ができるのではないかしらとかすかな希望をもつようになりました。それは大体年代からいうと昭和十年頃です。

省みますと、自分でははっきりと斯々《かくかく》の動機で文学を志したということは、判らないことで、殆ど無意識といってもいい位に、私はいつの間にやら文学の野原を歩いていたような気がするのです。気がついたらそれこそ往くも千里、帰るも千里というような、のっぴきならない文学の野原のまん中に立っていたのに気がついて、たいへん驚いたというようなところが真に近いかと思います。

先輩・好きな人達

私がおつき合いをお願いしている先輩は井伏鱒二《ますじ》氏一人といっていい位です。あと評論家では河上徹太郎、亀井勝一郎、この人達も「文学界」の関係から飲み友達になりました。もっと年とった方の先輩では、これは交友というのは失礼かもしれないけれど、お宅に上らせて頂いた方《かた》は佐藤先生と豊島与志雄先生です。そうして井伏さんにはとうとう現在の家内を媒酌《ばいしゃく》して頂いた程、親しく願っております。井伏さんといえば、初期の「夜ふけと梅の花」という本の諸作品は、殆ど宝石を並べたような印象を受けました。また嘉村礒多《かむらいそた》なども昔から大変えらい人だと思っています。

これは弱い性格の人間の特徴かもしれませんが、人が余り騒ぐような、また尊敬しているような作品には一応、疑惑を持つ癖があります。

明治文壇では国木田独歩の短篇は非常にうまいと思っております。

フランス文学では、十九世紀だったらばたいてい皆、バルザック、フローベル、そういう所謂《いわゆる》大文豪に心服していなければ、なにか文人たるものの資格に欠けるというような、へんな常識があるようですけれども、私はそんな大文豪の作品は、本当はあまり読んで好きじゃないのです。却ってミュッセ、ドーデー、あの辺の作家をひそかに愛読しております。ロシアではトルストイ、ドストイエフスキーなど、やはりみな、それに感心しなければ、文人の資格に欠けるというようなことが常識になっていて、それは確かにそういうものなのでしょうけれども、やはり自分はチエホフとか、誰よりもロシアではプーシュキン一人といってもいい位に傾倒しています。

私は変人に非ず

先月号の小説新潮の、文壇「話の泉」の会で、私は変人だということになっているし、なにか縄帯でも締めているように思われている。また私の小説もただ風変わりで珍らしい位に云われてきて、私はひそかに憂鬱な気持ちになっていたのです。世の中から変人とか奇人などといわれている人間は、案外気の弱い度胸のない、そういう人が自分を護《まも》るための擬装をしているのが多いのではないかと思われます。やはり生活に対して自信のなさから出ているのではないでしょうか。

私は自分を変人とも、変った男だとも思ったことはなく、きわめて当り前の、また旧い道徳などにも非常にこだわる質の男です。それなのに、私が道徳など全然無視しているように思っている人が多いようですが、事実は全くその反対だ。

けれども、私は前にも云ったように、弱い性格なのでその弱さというものだけは認めなければならないと思っているのです。また人と議論することも私にはできない、これも自分の弱さといってもいいけれども、何か自分のキリスト主義みたいなものも多少含まれているような気がするのです。

キリスト主義といえば、私はいまそれこそ文字通りのあばら家に住んでいます。私だってそれは人並の家に住みたいとは思っています。子供も可哀そうだと思うこともあります。けれども私にはどうしてもいい家に住めないのです。それはプロレタリア意識とか、プロレタリアイデオロギーとか、そんなものから教えられたものでなく、キリストの汝等《なんじら》己を愛する如く隣人を愛せよという言葉をへんに頑固に思いこんでしまっているらしい。しかし己を愛する如く隣人を愛するということは、とてもやり切れるものではないと、この頃つくづく考えてきました。人間はみな同じものだ。そういう思想はただ人を自殺にかり立てるだけのものではないでしょうか。

キリストの己を愛するが如く汝の隣人を愛せよという言葉を、私はきっと違った解釈をしているのではなかろうか。あれはもっと別の意味があるのではなかろうか。そう考えた時、己を愛するが如くという言葉が思い出される。やはり己も愛さなければいけない。己を嫌って、あるいは己を虐《しいた》げて人を愛するのでは、自殺よりほかはないのが当然だということを、かすかに気がついてきましたが、然《しか》しそれはただ理窟です。

自分の世の中の人に対する感情はやはりいつもはにかみで、背の丈を二寸くらい低くして歩いていなければいけないような実感をもって生きてきました。こんなところにも、私の文学の根拠があるような気がするのです。

また私は社会主義というものはやはり正しいものだという実感をもっております。そうしていま社会主義の世の中にやっとなったようで、片山総理などが日本の大将になったということは、やはり嬉しいことではないかと思いながらも、私は昔と同じように、いやあるいは昔以上に荒《すさ》んだ生活をしなければならん。この自分の不幸を思うと、もう自分に幸福というものは一生ないのかと、それはセンチメンタルな気持ちでなく、何だかいやに明瞭にわかってきたようにこの頃感じます。

あれ、これと考え出すと私は酒を飲まずにおられなくなります。酒によって自分の文学観や作品が左右されるとは思いませんが、ただ酒は私の生活を非常にゆすぶっている。前にも申しましたように人と会っても満足に話ができず、後であれを言えばよかった、こうも言えばよかったなどと口惜《くや》しく思います。いつも人と会うときには殆どぐらぐら眩暈《めまい》をして、話をしていなければならんような性格なので、つい酒を飲むことになる。それで健康を害し、あるいは経済の破綻《はたん》などもしばしばあって、家庭はいつも貧寒の趣きを呈しております。寝てからいろいろその改善を企図することもあるけれども、これはどうにも死ななきゃ直らないというような程度に迄《まで》なっているようです。

私も、もう三十九になりますが、世間にこれから暮してゆくということを考えると、呆然とするだけで、まだ何の自信もありません。だから、そういういわば弱虫が、妻子を養ってゆくということは、むしろ悲惨といってもいいのではないかと思うこともあります。

桜桃

初出　一九四八年五月　世界

われ、山にむかいて、目を挙《あ》ぐ。

――詩篇、第百二十一。

子供より親が大事、と思いたい。子供のために、などと古風な道学者みたいな事を殊勝らしく考えてみても、何、子供よりも、その親のほうが弱いのだ。少くとも、私の家庭においては、そうである。まさか、自分が老人になってから、子供に助けられ、世話になろうなどという図々しい虫《むし》のよい下心は、まったく持ち合わせてはいないけれども、この親は、その家庭において、常に子供たちのご機嫌《きげん》ばかり伺っている。子供、といっても、私のところの子供たちは、皆まだひどく幼い。長女は七歳、長男は四歳、次女は一歳である。それでも、既にそれぞれ、両親を圧倒し掛けている。父と母は、さながら子供たちの下男下女の趣きを呈しているのである。

夏、家族全部三畳間に集まり、大にぎやか、大混乱の夕食をしたため、父はタオルでやたらに顔の汗を拭《ふ》き、

「めし食って大汗かくもげびた事、と柳多留《やなぎだる》(江戸時代の川柳の句集)にあったけれども、どうも、こんなに子供たちがうるさくては、いかにお上品なお父《とう》さんといえども、汗が流れる」

と、ひとりぶつぶつ不平を言い出す。

母は、一歳の次女におっぱいを含ませながら、そうして、お父さんと長女と長男のお給仕をするやら、子供たちのこぼしたものを拭くやら、拾うやら、鼻をかんでやるやら、八面六臂《はちめんろっぴ》のすさまじい働きをして、

「お父さんは、お鼻に一ばん汗をおかきになるようね。いつも、せわしくお鼻を拭いていらっしゃる」

父は苦笑して、

「それじゃ、お前はどこだ。内股《うちまた》かね？」

「お上品なお父さんですこと」

「いや、何もお前、医学的な話じゃないか。上品も下品もない」

「私はね」

と母は少しまじめな顔になり、

「この、お乳とお乳のあいだに、……涙の谷、……」

涙の谷。

父は黙して、食事をつづけた。

私は家庭に在《あ》っては、いつも冗談を言っている。それこそ「心には悩みわずらう」事の多いゆえに、「おもてには快楽《けらく》」をよそわざるを得ない、とでも言おうか。いや、

から家庭に在る時ばかりでなく、私は人に接する時でも、心がどんなにつらくても、からだがどんなに苦しくても、ほとんど必死で、楽しい雰囲気《ふんいき》を創《つく》る事に努力する。そうして、客とわかれた後、私は疲労によろめき、お金の事、道徳の事、自殺の事を考える。いや、それは人に接する場合だけではない。小説を書く時も、それと同じである。私は、悲しい時に、かえって軽い楽しい物語の創造に努力する。自分では、もっとも、おいしい奉仕のつもりでいるのだが、人はそれに気づかず、太宰という作家も、このごろは軽薄である、面白さだけで読者を釣る、すこぶる安易、と私をさげすむ。

人間が、人間に奉仕するというのは、悪い事であろうか。もったいぶって、なかなか笑わぬというのは、善《よ》い事であろうか。

つまり、私は、糞真面目《くそまじめ》で興覚めな、気まずい事に堪え切れないのだ。私は、私の家庭においても、絶えず冗談を言い、薄氷を踏む思いで冗談を言い、一部の読者、批評家の想像を裏切り、私の部屋の畳は新しく、机上は整頓《せいとん》せられ、夫婦はいたわり、尊敬し合い、夫は妻を打った事などないのは無論、出て行け、出て行きます、などの乱暴な口争いした事さえ一度もなかったし、父も母も負けずに子供を可愛がり、子供たちも父母に陽気によくなつく。

しかし、これは外見。母が胸をあけると、涙の谷、父の寝汗も、いよいよひどく、夫婦は互いに相手の苦痛を知っているのだが、それに、さわらないように努めて、父が冗談を言えば、母も笑う。

しかし、その時、涙の谷、と母に言われて父は黙し、何か冗談を言って切りかえそうと思っても、とっさにうまい言葉が浮かばず、黙しつづけると、いよいよ気まずさが積り、さすがの「通人」の父も、とうとう、まじめな顔になってしまって、

「誰《だれ》か、人を雇いなさい。どうしたって、そうしなければ、いけない」

と、母の機嫌《きげん》を損じないように、おっかなびっくり、ひとりごとのように呟《つぶや》く。

子供が三人。父は家事には全然、無能である。蒲団《ふとん》さえ自分で上げない。そうして、ただもう馬鹿げた冗談ばかり言っている。配給だの、登録だの、そんな事は何も知らない。全然、宿屋住いでもしているような形。来客。饗応《きょうおう》。仕事部屋《しごとべや》にお弁当を持って出かけて、それっきり一週間も御帰宅にならない事もある。仕事、仕事、といつも騒いでいるけれども、一日に二、三枚くらいしかお出来にならないようである。あとは、酒。飲みすぎると、げっそり痩《や》せてしまって寝込む。そのうえ、あちこちに若い女の友達《ともだち》などもある様子だ。

子供、……七歳の長女も、ことしの春に生れた次女も、少し風邪をひき易《やす》いけれども、まずまあ人並。しかし、四歳の長男は、痩せこけていて、まだ立てない。言葉は、アアとかダアとか言うきりで一語も話せず、また人の言葉を聞きわける事もできない。這《は》って歩いていて、ウンコもオシッコも教えない。それでいて、ごはんは実にたくさ

ん食べる。けれども、いつも痩せて小さく、髪の毛も薄く、少しも成長しない。

父も母も、この長男について、深く話し合うことを避ける。白痴、唖《おし》、……それを一言でも口に出して言って、二人で肯定し合うのは、あまりに悲惨だからである。母は時々、この子を固く抱きしめる。父はしばしば発作的に、この子を抱いて川に飛び込み死んでしまいたく思う。

「唖の次男を斬殺《ざんさつ》す。×日正午すぎ×区×町×番地×商、何某（五三）さんは自宅六畳間で次男何某（一八）君の頭を薪割《まきわり》で一撃して殺害、自分はハサミで喉《のど》を突いたが死に切れず附近の医院に収容したが危篤《きとく》、同家では最近二女某（二二）さんに養子を迎えたが、次男が唖の上に少し頭が悪いので娘可愛さから思い余ったもの」

こんな新聞の記事もまた、私にヤケ酒を飲ませるのである。

ああ、ただ単に、発育がおくれているというだけの事であってくれたら！この長男が、いまに急に成長し、父母の心配を憤り嘲笑《ちょうしょう》するようになってくれたら！夫婦は親《しん》戚《せき》にも友人にも誰にも告げず、ひそかに心でそれを念じながら、表面は何も気にしていないみたいに、長男をからかって笑っている。

母も精一ぱいの努力で生きているのだろうが、父もまた、一生懸命であった。もともと、あまりたくさん書ける小説家ではないのである。極端な小心者なのである。それが公衆の面前に引き出され、へどもどしながら書いているのである。書くのがつらくて、ヤケ酒に救いを求める。ヤケ酒というのは、自分の思っていることを主張できない、もどっかしさ、いまいましさで飲む酒の事である。いつでも、自分の思っていることをハッキリ主張できるひとは、ヤケ酒なんか飲まない。（女に酒飲みの少いのは、この理由からである）

私は議論をして、勝ったためしがない。必ず負けるのである。相手の確信の強さ、自己肯定のすさまじさに圧倒せられるのである。そうして私は沈黙する。しかし、だんだん考えてみると、相手の身勝手に気がつき、ただこっちばかりが悪いのではないのが確信せられて来るのだが、いちど言い負けたくせに、またしつこく戦闘開始するのも陰惨だし、それに私には言い争いは殴《なぐ》り合いと同じくらいにいつまでも不快な憎しみとして残るので、怒りにふるえながらも笑い、沈黙し、それから、いろいろさまざま考え、ついヤケ酒という事になるのである。

はっきり言おう。くどくどと、あちこち持ってまわった書き方をしたが、実はこの小説、夫婦喧嘩《ふうふげんか》の小説なのである。

「涙の谷」

それが導火線であった。この夫婦は既に述べたとおり、手荒なことはもちろん、口《くち》汚《ぎたな》く罵《ののし》り合った事さえないすこぶるおとなしい一組ではあるが、しかし、それだけまた一触即発の危険におののいているところもあった。両方が無言で、相手の悪さの証伏せ、また一枚ちらと見ては伏せ、また一枚ちらと見ては伏せ、いつか、出し抜けに、さあ出来ましたと札をそろえて眼前にひろげられるような危険、それが夫婦を互いに遠慮深くさせていたと言って言えないところがないでもなかった。妻のほうはとにかく、夫のほうは、たたけばたたくほど、いくらでもホコリの出そうな男なのである。

「涙の谷」

そう言われて、夫は、ひがんだ。しかし、言い争いは好まない。沈黙した。お前はおれに、いくぶんあてつける気持で、そう言ったのだろうが、しかし、泣いているのはお前だけでない。おれだって、お前に負けず、子供の事は考えている。自分の家庭は大事だと思っている。子供が夜中に、へんな咳《せき》一つしても、きっと眼《め》がさめて、たまらない気持になる。もう少し、ましな家に引越して、お前や子供たちをよろこばせてあげたくてならぬが、しかし、おれには、どうしてもそこまで手が廻《まわ》らないのだ。これでもう、精一ぱいなのだ。おれだって、凶暴《きょうぼう》な魔物ではない。妻子を見殺しにして平然、というような「度胸」を持ってはいないのだ。配給や登録の事だって、知らないのではない、知るひまがないのだ。……父は、そう心の中で呟《つぶや》き、しかし、それを言い出す自信もなく、また、言い出して母から何か切りかえされたら、ぐうの音《ね》も出ないような気もして、

「誰か、ひとを雇いなさい」

と、ひとりごとみたいに、わずかに主張してみた次第なのだ。

母も、いったい、無口なほうである。しかし、言うことに、いつも、つめたい自信を持っていた。（この母に限らず、どこの女も、たいていそんなものであるが）

「でも、なかなか、来てくれるひともありませんから」

「捜せば、きっと見つかりますよ。来てくれるひとがないんじゃない、いてくれるひとが無いんじゃないかな？」

「私が、ひとを使うのが下手《へた》だとおっしゃるのですか？」

「そんな、……」

父はまた黙した。じつは、そう思っていたのだ。しかし、黙した。

ああ、誰かひとり、雇ってくれたらいい。母が末の子を背負って、用足しに外に出かけると、父はあとの二人の子の世話を見なければならぬ。そうして、来客が毎日、きまって十人くらいずつある。

「仕事部屋のほうへ、出かけたいんだけど」

「これからですか？」

「そう。どうしても、今夜のうちに書き上げなければならない仕事があるんだ」

それは、嘘《うそ》でなかった。しかし、家の中の憂鬱《ゆううつ》から、のがれたい気もあったのである。

「今夜は、私、妹のところへ行って来たいと思っているのですけど」

それも、私は知っていた。妹は重態なのだ。しかし、女房が見舞いに行けば、私は子供のお守りをしていなければならぬ。

「だから、ひとを雇って、……」

言いかけて、私は、よした。女房の身内のひとの事に少しでも、ふれると、ひどく二人の気持がややこしくなる。

生きるという事は、たいへんな事だ。あちこちから鎖がからまっていて、少しでも動くと、血が噴《ふ》き出す。

私は黙って立って、六畳間の机の引出しから稿料のはいっている封筒を取り出し、袂《たもと》につっ込んで、それから原稿用紙と辞典を黒い風呂敷に包み、物体でないみたいに、ふわりと外に出る。

もう、仕事どころではない。自殺の事ばかり考えている。そうして、酒を飲む場所へまっすぐに行く。

「いらっしゃい」

「飲もう。きょうはまた、ばかに綺麗《きれい》な縞《しま》を、……」

「わるくないでしょう？　あなたの好《す》く縞だと思っていたの」

「きょうは、夫婦喧嘩でね、陰《いん》にこもってやりきれねえんだ。飲もう。今夜は泊るぜ。だんぜん泊る」

子供より親が大事、と思いたい。子供よりも、その親のほうが弱いのだ。

桜桃が出た。

私の家では、子供たちに、ぜいたくなものを食べさせない。子供たちは、桜桃など、見た事もないかもしれない。食べさせたら、よろこぶだろう。父が持って帰ったら、よろこぶだろう。蔓《つる》を糸でつないで、首にかけると、桜桃は、珊瑚《さんご》の首飾りのように見えるだろう。

しかし、父は、大皿に盛られた桜桃を、極めてまずそうに食べては種を吐《は》き、食べては種を吐き、食べては種を吐き、そうして心の中で虚勢みたいに呟く言葉は、子供よりも親が大事。

人間失格

初出　一九四八年六月　展望

はしがき

私は、その男の写真を三葉、見たことがある。

一葉は、その男の、幼年時代、とでも言うべきであろうか、十歳前後かと推定される頃の写真であって、その子供が大勢の女のひとに取りかこまれ、(それは、その子供の姉たち、妹たち、それから、従姉妹《いとこ》たちかと想像される)庭園の池のほとりに、荒い縞の袴《はかま》をはいて立ち、首を三十度ほど左に傾け、醜く笑っている写真である。醜く？　けれども、鈍い人たち(つまり、美醜などに関心を持たぬ人たち)は、面白くも何ともないような顔をして、

「可愛い坊ちゃんですね」

といい加減なお世辞を言っても、まんざら空《から》お世辞に聞えないくらいの、謂《い》わば通俗の「可愛らしさ」みたいな影もその子供の笑顔にないわけではないのだが、しかし、いささかでも、美醜に就いての訓練を経て来たひとなら、ひとめ見てすぐ、

「なんて、いやな子供だ」

と頗《すこぶ》る不快そうに呟《つぶや》き、毛虫でも払いのける時のような手つきで、その写真をほうり投げるかも知れない。

まったく、その子供の笑顔は、よく見れば見るほど、何とも知れず、イヤな薄気味

悪いものが感ぜられてくる。どだい、それは、笑顔でない。この子は、少しも笑ってはいないのだ。その証拠には、この子は、両方のこぶしを固く握って立っている。人間は、こぶしを固く握りながら笑えるものではないのである。猿だ。猿の笑顔だ。ただ、顔に醜い皺《しわ》を寄せているだけなのである。「皺くちゃ坊ちゃん」とでも言いたくなるくらいの、まことに奇妙な、そうして、どこかけがらわしく、へんにひとをムカムカさせる表情の写真であった。私はこれまで、こんな不思議な表情の子供を見た事が、いちどもなかった。

第二葉の写真の顔は、これはまた、びっくりするくらいひどく変貌《へんぼう》していた。学生の姿である。高等学校時代の写真か、大学時代の写真か、はっきりしないけれども、とにかく、おそろしく美貌の学生である。しかし、これもまた、不思議にも、生きている人間の感じはしなかった。学生服を着て、胸のポケットから白いハンケチを覗《のぞ》かせ、籐椅子《とういす》に腰かけて足を組み、そうして、やはり、笑っている。こんどの笑顔は、皺くちゃの猿の笑いでなく、かなり巧みな微笑になってはいるが、しかし、人間の笑いと、どこやら違う。血の重さ、とでも言おうか、生命《いのち》の渋さ、とでも言おうか、そのような充実感は少しもなく、それこそ、鳥のようではなく、羽毛のように軽く、ただ白紙一枚、そうして、笑っている。つまり、一から十まで造り物の感じなのである。キザと言っても足りない。軽薄と言っても足りない。ニヤケと言っても足りない。おしゃれと言っても、もちろん足りない。しかも、よく見ていると、やはりこの美貌の学生にも、どこか怪談じみた気味悪いものが感ぜられてくるのである。私はこれまで、こんな不思議な美貌の青年を見た事が、いちどもなかった。

もう一葉の写真は、最も奇怪なものである。まるでもう、としの頃がわからない。頭はいくぶん白髪のようである。それが、ひどく汚い部屋（部屋の壁が三箇所ほど崩れ落ちているのが、その写真にハッキリ写っている）の片隅で、小さい火鉢に両手をかざし、こんどは笑っていない。どんな表情もない。謂わば、坐って火鉢に両手をかざしながら、自然に死んでいるような、まことにいまわしい、不吉なにおいのする写真であった。奇怪なのは、それだけでない。その写真には、わりに顔が大きく写っていたので、私は、つくづくその顔の構造を調べる事ができたのであるが、額は平凡、額の皺も平凡、眉も平凡、眼も平凡、鼻も口も顎《あご》も、ああ、この顔には表情がないばかりか、印象さえない。特徴がないのだ。たとえば、私がこの写真を見て、眼をつぶる。既に私はこの顔を忘れている。部屋の壁や、小さい火鉢は思い出す事ができるけれども、その部屋の主人公の顔の印象は、すっと霧消して、どうしても、何としても思い出せない。画にならない顔である。漫画にも何もならない顔である。眼をひらく。あ、こんな顔だったのか、思い出した、というようなよろこびさえない。極端な言い方をすれば、眼をひらいてその写真を再び見ても、思い出せない。そうして、ただもう不愉快、イライラして、つい眼をそむけたくなる。

所謂《いわゆる》「死相」というものにだって、もっと何か表情なり印象なりがあるものだろうに、人間のからだに駄馬の首でもくっつけたなら、こんな感じのものになるであろうか、とにかく、どこという事なく、見る者をして、ぞっとさせ、いやな気持にさせるのだ。私はこれまで、こんな不思議な男の顔を見た事が、やはり、いちどもなかった。

第一の手記

恥の多い生涯を送って来ました。

自分には、人間の生活というものが、見当つかないのです。自分は東北の田舎に生れましたので、汽車をはじめて見たのは、よほど大きくなってからでした。自分は停車場のブリッジを、上って、降りて、そうしてそれが線路をまたぎ越えるために造られたものだという事には全然気づかず、ただそれは停車場の構内を外国の遊戯場みたいに、複雑に楽しく、ハイカラにするためにのみ、設備せられてあるものだとばかり思っていました。しかも、かなり永い間そう思っていたのです。ブリッジの上ったり降りたりは、自分にはむしろ、ずいぶん垢抜《あかぬ》けのした遊戯で、それは鉄道のサーヴィスの中でも、最も気のきいたサーヴィスの一つだと思っていたのですが、のちにそれはただ旅客が線路をまたぎ越えるための頗《すこぶ》る実利的な階段に過ぎないのを発見して、にわかに興が覚めました。

また、自分は子供の頃、絵本で地下鉄道というものを見て、これもやはり、実利的な必要から案出せられたものではなく、地上の車に乗るよりは、地下の車に乗ったほうが風がわりで面白い遊びだから、とばかり思っていました。

自分は子供の頃から病弱で、よく寝込みましたが、寝ながら、敷布、枕のカヴァ、掛蒲団のカヴァを、つくづく、つまらない装飾だと思い、それが案外に実用品だった事を、二十歳ちかくになってわかって、人間のつましさに暗然とし、悲しい思いをしました。

また、自分は、空腹という事を知りませんでした。いや、それは、自分が衣食住に困らない家に育ったという意味ではなく、そんな馬鹿な意味ではなく、自分には「空腹」という感覚はどんなものだか、さっぱりわからなかったのです。へんな言いかたですが、おなかが空いていても、自分でそれに気がつかないのです。小学校、中学校、自分が学校から帰ってくると、周囲の人たちが、それ、おなかが空いたろう、自分たちにも覚えがある、学校から帰ってきた時の空腹は全くひどいからな、甘納豆はどう？　カステラも、パンもあるよ、などと言って騒ぎますので、自分は持ち前のおべっか精神を発揮して、おなかが空いた、と呟いて、甘納豆を十粒ばかり口にほうり込むのですが、空腹感とは、どんなものだか、ちっともわかっていやしなかったのです。

自分だって、それは勿論《もちろん》、大いにものを食べますが、しかし、空腹感から、ものを食べた記憶は、ほとんどありません。めずらしいと思われたものを食べます。豪華と思われたものを食べます。また、よそへ行って出されたものも、無理をしてまで、たいてい食べます。そうして、子供の頃の自分にとって、最も苦痛な時刻は、実に、自分の家の食事の時間でした。

自分の田舎の家では、十人くらいの家族全部、めいめいのお膳《ぜん》を二列に向い合せに並べて、末っ子の自分は、もちろん一ばん下の座でしたが、その食事の部屋は薄暗く、昼ごはんの時など、十幾人の家族が、ただ黙々としてめしを食っている有様には、自分はいつも肌寒い思いをしました。それに田舎の昔気質《かたぎ》の家でしたので、おかずも、たいていきまっていて、めずらしいもの、豪華なもの、そんなものは望むべくもなかったので、いよいよ自分は食事の時刻を恐怖しました。自分はその薄暗い部屋の末席に、寒さにがたがた震える思いで口にごはんを少量ずつ運び、押し込み、人間は、どうして一日に三度々々ごはんを食べるのだろう、実にみな厳粛な顔をして食べている、これも一種の儀式のようなもので、家族が日に三度々々、時刻をきめて薄暗い一部屋に集り、お膳を順序正しく並べ、食べたくなくても無言でごはんを嚙《か》みながら、うつむき、家中にうごめいている霊たちに祈るためのものかも知れない、とさえ考えた事があるくらいでした。

めしを食べなければ死ぬ、という言葉は、自分の耳には、ただイヤなおどかしとしか聞えませんでした。その迷信は、(いまでも自分には、何だか迷信のように思われてならないのですが)しかし、いつも自分に不安と恐怖を与えました。人間は、めしを食べなければ死ぬから、そのために働いて、めしを食べなければならぬ、という言葉ほど自分にとって難解で晦渋《かいじゅう》で、そうして脅迫めいた響きを感じさせる言葉は、なかったのです。

つまり自分には、人間の営みというものが未《いま》だに何もわかっていない、という事になりそうです。自分の幸福の観念と、世のすべての人たちの幸福の観念とが、まるで食いちがっているような不安、自分はその不安のために夜々、輾転《てんてん》し、呻吟《しんぎん》し、発狂しかけた事さえあります。自分は、いったい幸福なのでしょうか。自分は小さい時から、実にしばしば、仕合せ者だと人に言われてきましたが、自分ではいつも地獄の思いで、かえって、自分を仕合せ者だと言ったひとたちのほうが、比較にも何もならぬくらいずっとずっと安楽なように自分には見えるのです。

自分には、禍《わざわ》いのかたまりが十個あって、その中の一個でも、隣人が背負ったら、その一個だけでも充分に隣人の生命取りになるのではあるまいかと、思った事さえありました。

つまり、わからないのです。隣人の苦しみの性質、程度が、まるで見当つかないのです。プラクテカルな苦しみ、ただ、めしを食えたらそれで解決できる苦しみ、しかし、それこそ最も強い痛苦で、自分の例の十個の禍いなど、吹っ飛んでしまう程の、凄惨《せいさん》な阿鼻《あび》地獄なのかも知れない、それは、わからない、しかし、それにしては、よく自殺もせず、発狂もせず、政党を論じ、絶望せず、屈せず生活のたたかいを続けて行ける、苦しくないんじゃないか？　エゴイストになりきって、しかもそれを当然の事と確信し、いちども自分を疑った事がないんじゃないか？　それなら、楽だ、しかし、人間というものは、皆そんなもので、またそれで満点なのではないかしら、わからない、……夜はぐっすり眠り、朝は爽快《そうかい》なのかしら、どんな夢を見ているのだろう、道を歩きながら何を考えているのだろう、金？　まさか、それだけでもないだろう、人間は、めしを食うために生きているのだ、という説は聞いた事があるような気がするけれども、金のために生きている、という言葉は、耳にした事がない、いや、しかし、ことによると、……いや、それもわからない、……考えれば考えるほど、自分には、わからなくなり、自分ひとり全く変っているような、不安と恐怖に襲われるばかりなのです。自分は隣人と、ほとんど会話ができません。何を、どう言ったらいいのか、わからないのです。

そこで考え出したのは、道化でした。

それは、自分の、人間に対する最後の求愛でした。自分は、人間を極度に恐れていながら、それでいて、人間を、どうしても思い切れなかったらしいのです。そうして自分は、この道化の一線でわずかに人間につながる事ができたのでした。おもてでは、絶えず笑顔をつくりながらも、内心は必死の、それこそ千番に一番の兼ね合いとでもいうべき危機一髪の、油汗流してのサーヴィスでした。

自分は子供の頃から、自分の家族の者たちに対してさえ、彼等がどんなに苦しく、またどんな事を考えて生きているのか、まるでちっとも見当つかず、ただおそろしく、その気まずさに堪える事ができず、既に道化の上手になっていました。つまり、自分は、いつのまにやら、ひと言も本当の事を言わない子になっていたのです。

その頃の、家族たちと一緒にうつした写真などを見ると、他の者たちは皆まじめな顔をしているのに、自分ひとり、必ず奇妙に顔をゆがめて笑っているのです。これもまた、自分の幼く悲しい道化の一種でした。

また自分は、肉親たちに何か言われて、口応《くちごた》えした事はいちども有りませんでした。そのわずかなおこごとは、自分には霹靂《へきれき》の如く強く感ぜられ、狂うみたいになり、口応えどころか、そのおこごとこそ、謂わば万世一系の人間の「真理」とかいうものに違いない、自分にはその真理を行う力がないのだから、もはや人間と一緒に住めないのではないかしら、と思い込んでしまうのでした。だから自分には、言い争いも自己弁解もできないのでした。人から悪く言われると、いかにも、もっとも、自分がひどい思い違いをしているような気がしてきて、いつもその攻撃を黙して受け、内心、狂うほどの恐怖を感じました。

それは誰でも、人から非難せられたり、怒られたりしていい気持がするものではないかも知れませんが、自分は怒っている人間の顔に、獅子《しし》よりも鰐《わに》よりも竜よりも、もっとおそろしい動物の本性を見るのです。ふだんは、その本性をかくしているようですけれども、何かの機会に、たとえば、牛が草原でおっとりした形で寝ていて、突如、尻尾《しっぽ》でピシッと腹の虻《あぶ》を打ち殺すみたいに、不意に人間のおそろしい正体を、怒りによって暴露する様子を見て、自分はいつも髪の逆立つほどの戦慄《せんりつ》を覚え、この本性もまた人間の生きて行く資格の一つなのかも知れないと思えば、ほとんど自分に絶望を感じるのでした。

人間に対して、いつも恐怖に震えおののき、また、人間としての自分の言動に、みじんも自信を持てず、そうして自分ひとりの懊悩《おうのう》は胸の中の小箱に秘め、その憂鬱、ナアヴァスネスを、ひたかくしに隠して、ひたすら無邪気の楽天性を装い、自分はお道化たお変人として、次第に完成されて行きました。

何でもいいから、笑わせておればいいのだ、そうすると、人間たちは、自分が彼等の所謂「生活」の外にいても、あまりそれを気にしないのではないかしら、とにかく、彼等人間たちの目障りになってはいけない、自分は無だ、風だ、空《そら》だ、というような思いばかりが募り、自分はお道化によって家族を笑わせ、また、家族よりも、もっと不可解でおそろしい下男や下女にまで、必死のお道化のサーヴィスをしたのです。

自分は夏に、浴衣の下に赤い毛糸のセエターを着て廊下を歩き、家中の者を笑わせました。めったに笑わない長兄も、それを見て噴き出し、

「それあ、葉ちゃん、似合わない」

と、可愛くてたまらないような口調で言いました。なに、自分だって、真夏に毛糸のセエターを着て歩くほど、いくら何でも、そんな、暑さ寒さを知らぬお変人ではありません。姉の脚絆《レギンス》を両腕にはめて、浴衣の袖口から覗かせ、以《もっ》てセエターを着ているように見せかけていたのです。

自分の父は、東京に用事の多いひとでしたので、上野の桜木町に別荘を持っていて、月の大半は東京のその別荘で暮していました。そうして帰る時には家族の者たち、また親戚《しんせき》の者たちにまで、実におびただしくお土産を買ってくるのが、まあ、父の趣味みたいなものでした。

いつかの父の上京の前夜、父は子供たちを客間に集め、こんど帰る時には、どんなお土産がいいか、一人々々に笑いながら尋ね、それに対する子供たちの答をいちいち手帖《てちょう》に書きとめるのでした。父が、こんなに子供たちと親しくするのは、めずらしい

事でした。

「葉蔵は？」

と聞かれて、自分は、口ごもってしまいました。

何が欲しいと聞かれると、とたんに、何も欲しくなくなるのでした。どうでもいい、どうせ自分を楽しくさせてくれるものなんかないんだという思いが、ちらと動くのです。と、同時に、人から与えられるものを、どんなに自分の好みに合わなくても、それを拒む事もできませんでした。イヤな事を、イヤと言えず、また、好きな事も、おずおずと盗むように、極めてにがく味《あじ》わい、そうして言い知れぬ恐怖感にもだえるのでした。つまり、自分には、二者選一の力さえなかったのです。これが、後年に到り、いよいよ自分の所謂「恥の多い生涯」の、重大な原因ともなる性癖の一つだったように思われます。

自分が黙って、もじもじしているので、父はちょっと不機嫌な顔になり、

「やはり、本か。浅草の仲店にお正月の獅子舞いのお獅子、子供がかぶって遊ぶのには手頃な大きさのが売っていたけど、欲しくないか」

欲しくないか、と言われると、もうダメなんです。お道化た返事も何もできやしないんです。お道化役者は、完全に落第でした。

「本が、いいでしょう」

長兄は、まじめな顔をして言いました。

「そうか」

父は、興覚め顔に手帖に書きとめもせず、パチと手帖を閉じました。

何という失敗、自分は父を怒らせた、父の復讐《ふくしゅう》は、きっと、おそるべきものに違いない、いまのうちに何とかして取りかえしのつかぬものか、とその夜、蒲団の中でがたがた震えながら考え、そっと起きて客間に行き、父が先刻、手帖をしまい込んだはずの机の引き出しをあけて、手帖を取り上げ、パラパラめくって、お土産の注文記入の個所を見つけ、手帖の鉛筆をなめて、シシマイ、と書いて寝ました。自分はその獅子舞いのお獅子を、ちっとも欲しくはなかったのです。かえって、本のほうがいいくらいでした。けれども、自分は、父がそのお獅子を自分に買って与えたいのだという事に気がつき、父のその意向に迎合《げいごう》して、父の機嫌を直したいばかりに、深夜、客間に忍び込むという冒険を、敢《あ》えておかしたのでした。

そうして、この自分の非常の手段は、果して思いどおりの大成功を以て報いられました。やがて、父は東京から帰ってきて、母に大声で言っているのを、自分は子供部屋で聞いていました。

「仲店のおもちゃ屋で、この手帖を開いてみたら、これ、ここに、シシマイ、と書いてある。これは、私の字ではない。はてな？　と首をかしげて、思い当りました。これは、葉蔵のいたずらですよ。あいつは、私が聞いた時には、にやにやして黙っていたが、あとで、どうしてもお獅子が欲しくてたまらなくなったんだね。何せ、どうも、あれは、変った坊主ですからね。知らん振りして、ちゃんと書いている。そんなに欲しかったのなら、そう言えばよいのに。私は、おもちゃ屋の店先で笑いましたよ。葉蔵を早くここへ呼びなさい」

また一方、自分は、下男や下女たちを洋室に集めて、下男のひとりに滅茶苦茶《めちゃくちゃ》にピアノのキイをたたかせ、（田舎ではありましたが、その家には、たいていのものが、そろっていました）自分はその出鱈目《でたらめ》の曲に合せて、インデヤンの踊りを踊って見せて、皆を大笑いさせました。次兄は、フラッシュを焚《た》いて、自分のインデヤン踊りを撮影して、その写真ができたのを見ると、自分の腰布（それは更紗《さらさ》の風呂敷でした）の合せ目から、小さいおチンポが見えていたので、これがまた家中の大笑いでした。自分にとって、これまた意外の成功というべきものだったかも知れません。

自分は毎月、新刊の少年雑誌を十冊以上も、とっていて、またその他《ほか》にも、さまざまの本を東京から取り寄せて黙って読んでいましたので、メチャラクチャラ博士だの、また、ナンジャモンジャ博士などとは、たいへんな馴染《なじみ》で、また、怪談、講談、落語、江戸小咄《こばなし》などの類にも、かなり通じていましたから、剽軽《ひょうきん》な事をまじめな顔をして言って、家の者たちを笑わせるのには事を欠きませんでした。

しかし、嗚呼《ああ》、学校！

自分は、そこでは、尊敬されかけていたのです。尊敬されるという観念もまた、甚《はなは》だ自分を、おびえさせました。ほとんど完全に近く人をだまして、そうして、或るひとりの全知全能の者に見破られ、木っ葉みじんにやられて、死ぬる以上の赤恥をかかせられる、それが、「尊敬される」という状態の自分の定義でありました。人間をだまして、「尊敬され」ても、誰かひとりが知っている、そうして、人間たちも、やがて、そのひとりから教えられて、だまされた事に気づいた時、その時の人間たちの怒り、復讐は、いったい、まあ、どんなでしょうか。想像してさえ、身の毛がよだつ心地がするのです。

自分は、金持ちの家に生れたという事よりも、俗にいう「できる」事によって、学校中の尊敬を得そうになりました。自分は、子供の頃から病弱で、よく一つき二つき、また一学年ちかくも寝込んで学校を休んだ事さえあったのですが、それでも、病み上りのからだで人力車に乗って学校へ行き、学年末の試験を受けてみると、クラスの誰よりも所謂「できて」いるようでした。からだ具合いのよい時でも、自分は、さっぱり勉強せず、学校へ行っても授業時間に漫画などを書き、休憩時間にはそれをクラスの者たちに説明して聞かせて、笑わせてやりました。また、綴り方には、滑稽噺《こっけいばなし》ばかり書き、先生から注意されても、しかし、自分は、やめませんでした。先生は、実はこっそり自分のその滑稽噺を楽しみにしている事を自分は、知っていたからでした。

或る日、自分は、れいによって、自分が母に連れられて上京の途中の汽車で、おしっこを客車の通路にある痰壺《たんつぼ》にしてしまった失敗談（しかし、その上京の時に、自分は痰壺と知らずにしたのではありませんでした。子供の無邪気をてらって、わざと、そうしたのでした）を、ことさらに悲しそうな筆致で書いて提出し、先生は、きっと笑うという自信がありましたので、職員室に引き揚げて行く先生のあとを、そっとつけて行きましたら、先生は、教室を出るとすぐ、自分のその綴り方を、他のクラスの者たちの綴り方の中から選び出し、廊下を歩きながら読みはじめて、クスクス笑い、やがて職員室にはいって読み終えたのか、顔を真赤にして大声を挙げて笑い、他の先生に、さっそくそれを読ませているのを見とどけ、自分は、たいへん満足でした。

お茶目。

自分は、所謂お茶目に見られる事に成功しました。尊敬される事から、のがれる事に成功しました。通信簿は全学科とも十点でしたが、操行というものだけは、七点だったり、六点だったりして、それもまた家中の大笑いの種でした。

けれども自分の本性は、そんなお茶目さんなどとは、凡《およ》そ対蹠《たいせき》的なものでした。その頃、既に自分は、女中や下男から、哀《かな》しい事を教えられ、犯されていました。幼少の者に対して、そのような事を行うのは、人間の行い得る犯罪の中で最も醜悪で下等で、残酷な犯罪だと、自分はいまでは思っています。しかし、自分は、忍びました。これでまた一つ、人間の特質を見たというような気持ちさえして、そうして、力無く笑っていました。もし自分に、本当の事を言う習慣がついていたなら、悪びれず、彼等の犯罪を父や母に訴える事ができたのかも知れませんが、しかし、自分は、その父や母をも全部は理解する事ができなかったのです。人間に訴える、自分は、その手段には少しも期待できませんでした。父に訴えても、母に訴えても、お巡《まわ》りに訴えても、政府に訴えても、結局は世渡りに強い人の、世間に通りのいい言いぶんに言いまくられるだけの事ではないかしら。

必ず片手落のあるのが、わかり切っている、所詮《しょせん》、人間に訴えるのは無駄である、自分はやはり、本当の事は何も言わず、忍んで、そうしてお道化をつづけているより他、ない気持ちなのでした。

なんだ、人間への不信を言っているのか？　へえ？　お前はいつクリスチャンになったんだい、と嘲笑《ちょうしょう》する人も或いはあるかも知れませんが、しかし、人間への不信は、必ずしもすぐに宗教の道に通じているとは限らない、と、自分には思われるのですけど。現にその嘲笑する人をも含めて、人間は、お互いの不信の中で、エホバも何も念頭に置かず、平気で生きているではありませんか。やはり、自分の幼少の頃の事でありましたが、父の属していた或る政党の有名人が、この町に演説にきて、自分は下男たちに連れられて劇場に聞きに行きました。満員で、そうして、この町の特に父と親しくしている人たちの顔は皆、見えて、大いに拍手などしていました。演説がすんで、聴衆は雪の夜道を三々五々かたまって家路に就き、クソミソに今夜の演説会の悪口を言っているのでした。中には、父と特に親しい人の声もまじっていました。父の開会の辞も下手、れいの有名人の演説も何が何やら、わけがわからぬ、とその所謂父の「同志たち」が怒声に似た口調で言っているのです。そうしてそのひとたちは、自分の家に立ち寄って客間に上り込み、今夜の演説会は大成功だったと、しんから嬉しそうな顔をして父に言っていました。下男たちまで、今夜の演説会はどうだったと母に聞かれ、とても面白かった、と言ってけろりとしているのです。演説会ほど面白くないものはない、と帰る途々《みちみち》、下男たちが嘆き合っていたのです。

しかし、こんなのは、ほんのささやかな一例に過ぎません。互いにあざむき合って、しかもいずれも不思議に何の傷もつかず、あざむき合っている事にさえ気がついていないみたいな、実にあざやかな、それこそ清く明るくほがらかな不信の例が、人間の生活に充満しているように思われます。けれども、自分には、あざむき合っているという事には、さして特別の興味もありません。自分だって、お道化によって、朝から晩まで人間をあざむいているのです。自分は、修身教科書的な正義とか何とかいう道徳には、あまり関心を持てないのです。自分には、あざむき合っていながら、清く明るく朗らかに生きている、或いは生き得る自信を持っているみたいな人間が難解なのです。人間は、ついに自分にその妙諦《みょうてい》を教えてはくれませんでした。それさえわかったら、自分は、人間をこんなに恐怖し、また、必死のサーヴィスなどしなくて、すんだのでしょう。人間の生活と対立してしまって、夜々の地獄のこれほどの苦しみを嘗《な》めずにすんだのでしょう。つまり、自分が下男下女たちの憎むべきあの犯罪をさえ、誰にも訴えなかったのは、人間への不信からではなく、また勿論クリスト主義のためでもなく、人間が、葉蔵という自分に対して信用の殻を固く閉じていたからだったと思います。父母でさえ、自分にとって難解なものを、時折、見せる事があったのですから。

そうして、その、誰にも訴えない、自分の孤独の匂いが、多くの女性に、本能によって嗅《か》ぎ当てられ、後年さまざま、自分がつけ込まれる誘因の一つになったような気もするのです。

つまり、自分は、女性にとって、恋の秘密を守れる男であったというわけなのでした。

第二の手記

海の、波打際、といってもいいくらいに海にちかい岸辺に、真黒い樹肌の山桜の、かなり大きいのが二十本以上も立ちならび、新学年がはじまると、山桜は、褐色のねばっこいような嫩葉《わかば》と共に、青い海を背景にして、その絢爛《けんらん》たる花をひらき、やがて、花吹雪の時には、花びらがおびただしく海に散り込み、海面を鏤《ちりば》めて漂い、波に乗せられ再び波打際に打ちかえされる、その桜の砂浜が、そのまま校庭として使用せられている東北の或る中学校に、自分は受験勉強もろくにしなかったのに、どうやら無事に入学できました。そうして、その中学の制帽の徽章《きしょう》にも、制服のボタンにも、桜の花が図案化せられて咲いていました。

その中学校のすぐ近くに、自分の家と遠い親戚に当る者の家がありましたので、その理由もあって、父がその海と桜の中学校を自分に選んでくれたのでした。自分は、その家にあずけられ、何せ学校のすぐ近くなので、朝礼の鐘の鳴るのを聞いてから、走って登校するというような、かなり怠惰な中学生でしたが、それでも、れいのお道化によって、日一日とクラスの人気を得ていました。

生れてはじめて、謂わば他郷へ出たわけなのですが、自分には、その他郷のほうが、自分の生れ故郷よりも、ずっと気楽な場所のように思われました。それは、自分のお道化もその頃にはいよいよぴったり身についてきて、人をあざむくのに以前ほどの苦労を必要としなくなっていたからである、と解説してもいいでしょうが、しかし、それよりも、肉親と他人、故郷と他郷、そこには抜くべからざる演技の難易の差が、どのような天才にとっても、たとい神の子のイエスにとっても、存在しているものなのではないでしょうか。俳優にとって、最も演じにくい場所は、故郷の劇場であって、しかも六親眷属《けんぞく》全部そろって坐っている一部屋の中に在っては、いかな名優も演技どころではなくなるのではないでしょうか。けれども自分は演じてきました。しかも、それが、かなりの成功を収めたのです。それほどの曲者《くせもの》が、他郷に出て、万が一にも演じ損ねるなどという事はないわけでした。

自分の人間恐怖は、それは以前にまさるとも劣らぬくらい烈しく胸の底で蠕動《ぜんどう》していましたが、しかし、演技は実にのびのびとしてきて、教室にあっては、いつもクラスの者たちを笑わせ、教師も、このクラスは大庭さえいないと、とてもいいクラスなんだが、と言葉では嘆じながら、手で口を覆って笑っていました。自分は、あの雷の如き蛮声を張り上げる配属将校をさえ、実に容易に噴き出させる事ができたのです。

もはや、自分の正体を完全に隠蔽《いんぺい》し得たのではあるまいか、とほっとしかけた矢先に、自分は実に意外にも背後から突き刺されました。それは、背後から突き刺す男のごたぶんにもれず、クラスで最も貧弱な肉体をして、顔も青ぶくれで、そうしてたしかに父兄のお古と思われる袖が聖徳太子の袖みたいに長すぎる上衣《うわぎ》を着て、学課は少しもできず、教練や体操はいつも見学という白痴に似た生徒でした。自分もさすがに、その生徒にさえ警戒する必要は認めていなかったのでした。

その日、体操の時間に、その生徒（姓はいま記憶していませんが、名は竹一といったかと覚えています）その竹一は、れいによって見学、自分たちは鉄棒の練習をさせられていました。自分は、わざとできるだけ厳粛な顔をして、鉄棒めがけて、えいっと叫んで飛び、そのまま幅飛びのように前方へ飛んでしまって、砂地にドスンと尻餅をつきました。すべて、計画的な失敗でした。果して皆の大笑いになり、自分も苦笑しながら起き上ってズボンの砂を払っていると、いつそこへきていたのか、竹一が自分の背中をつつき、低い声でこう囁《ささや》きました。

「ワザ。ワザ」

自分は震撼《しんかん》しました。ワザと失敗したという事を、人もあろうに、竹一に見破られるとは全く思いも掛けない事でした。自分は、世界が一瞬にして地獄の業火に包まれて燃え上るのを眼前に見るような心地がして、わあっ！　と叫んで発狂しそうな気配を必死の力で抑えました。

それからの日々の、自分の不安と恐怖。

表面は相変らず哀しいお道化を演じて皆を笑わせていましたが、ふっと思わず重苦しい溜息《ためいき》が出て、何をしたってすべて竹一に木っ葉みじんに見破られていて、そうしてあれは、そのうちにきっと誰かれとなく、それを言いふらして歩くに違いないのだ、と考えると、額にじっとり油汗がわいてきて、狂人みたいに妙な眼つきで、あたりをキョロキョロむなしく見回したりしました。できる事なら、朝、昼、晩、四六時中、竹一の傍《そば》から離れず彼が秘密を口走らないように監視していたい気持ちでした。そうして、自分が、彼にまつわりついている間に、自分のお道化は、所謂「ワザ」ではなくて、ほんものであったというよう思い込ませるようにあらゆる努力を払い、あわよくば、彼と無二の親友になってしまいたいものだ、もし、その事が皆、不可能なら、もはや、彼の死を祈るより他はない、とさえ思いつめました。しかし、さすがに、彼を殺そうという気だけは起りませんでした。自分は、これまでの生涯に於《お》いて、人に殺されたいと願望した事は幾度となくありましたが、人を殺したいと思った事は、いちどもありませんでした。それは、おそるべき相手に、かえって幸福を与えるだけの事だと考えていたからです。

自分は、彼を手なずけるため、まず、顔に偽クリスチャンのような「優しい」媚《び》笑《しょう》を湛《たた》え、首を三十度くらい左に曲げて、彼の小さい肩を軽く抱き、そうして猫撫《ねこな》で声に似た甘ったるい声で、彼を自分の寄宿している家に遊びにくるようしばしば誘いましたが、彼は、いつも、ぼんやりした眼つきをして、黙っていました。しかし、自分は、ある日の放課後、たしか初夏の頃の事でした、夕立ちが白く降って、生徒たちは帰宅に困っていたようでしたが、自分は家がすぐ近くなので平気で外へ飛び出そうとして、ふと下駄箱のかげに、竹一がしょんぼり立っているのを見つけ、行こう、傘を貸してあげる、と言い、臆する竹一の手を引っぱって、一緒に夕立ちの中を走り、家に着いて、二人の上衣を小母さんに乾かしてもらうようにたのみ、竹一を二階の自分の部屋に誘い込むのに成功しました。

その家には、五十すぎの小母さんと、三十くらいの、眼鏡をかけて、病身らしい背の高い姉娘（この娘は、いちどよそへお嫁に行って、それからまた、家へ帰っているひとでした。自分は、このひとを、ここの家のひとたちにならって、アネサと呼んでいました）それと、最近女学校を卒業したばかりらしい、セッちゃんという姉に似ず背が低く丸顔の妹娘と、三人だけの家族で、下の店には、文房具やら運動用具を少々並べていましたが、主な収入は、なくなった主人が建てて残して行った五、六棟《むね》の長屋の家賃のようでした。

「耳が痛い」

竹一は、立ったままでそう言いました。

「雨に濡れたら、痛くなったよ」

自分が、見てみると、両方の耳が、ひどい耳だれでした。膿《うみ》が、いまにも耳殻の外に流れ出ようとしていました。

「これは、いけない。痛いだろう」

と自分は大袈裟《おおげさ》におどろいて見せて、

「雨の中を、引っぱり出したりして、ごめんね」

と女の言葉みたいな言葉を遣って「優しく」謝り、それから、下へ行って綿とアルコールをもらってきて、竹一を自分の膝《ひざ》を枕にして寝かせ、念入りに耳の掃除をしてやりました。竹一も、さすがに、これが偽善の悪計であることには気付かなかったようで、

「お前は、きっと、女に惚《ほ》れられるよ」

と自分の膝枕で寝ながら、無智なお世辞を言ったくらいでした。

しかしこれは、おそらく、あの竹一も意識しなかったほどの、おそろしい悪魔の予言のようなものだったという事を、自分は後年に到って思い知りました。惚れると言い、惚れられると言い、その言葉はひどく下品で、ふざけて、いかにも、やにさがったものの感じで、どんなに所謂「厳粛」の場であっても、そこへこの言葉がひと言でもひょいと顔を出すと、みるみる憂鬱の伽藍《がらん》が崩壊し、ただののっぺらぼうになってしまうような心地がするものですけれども、惚れられるつらさ、などという俗語でなく、愛せられる不安、とでもいう文学語を用いると、あながち憂鬱の伽藍をぶちこわす事

にはならないようですから、奇妙なものだと思います。

竹一が、自分に耳だれの膿の仕末をしてもらって、お前は惚れられるという馬鹿なお世辞を言い、自分はその時、ただ顔を赤らめて笑って、何も答えませんでしたけれども、しかし、実は、幽《かす》かに思い当るところもあったのでした。でも、「惚れられる」というような野卑な言葉によって生じるやにさがった雰囲気《ふんいき》に対して、そう言われると、思い当るところもある、などと書くのは、ほとんど落語の若旦那のせりふにさえならぬくらい、おろかしい感懐を示すようなもので、まさか、自分は、そんなふざけた、やにさがった気持ちで、「思い当るところもあった」わけではないのです。

自分には、人間の女性のほうが、男性よりもさらに数倍難解でした。自分の家族は、女性のほうが男性よりも数が多く、また親戚にも、女の子がたくさんあり、またれいの「犯罪」の女中などもいまして、自分は幼い時から、女とばかり遊んで育ったといっても過言ではないと思っていますが、それは、また、しかし、実に、薄氷を踏む思いで、その女のひとたちと付合ってきたのです。ほとんど、まるで見当が、つかないのです。五里霧中で、そうして時たま、虎の尾を踏む失敗をして、ひどい痛手を負い、それがまた、男性から受ける笞《むち》とちがって、内出血みたいに極度に不快に内攻して、なかなか治癒《ちゆ》し難い傷でした。

女は引き寄せて、つっ放す、或いはまた、女は、人のいるところでは自分をさげすみ、邪慳《じゃけん》にし、誰もいなくなると、ひしと抱きしめる、女は死んだように深く眠る、女は眠るために生きているのではないかしら、その他、女に就いてのさまざまの観察を、すでに自分は、幼年時代から得ていたのですが、同じ人類のようでありながら、男とはまた、全く異った生きもののような感じで、そうしてまた、この不可解で油断のならぬ生きものは、奇妙に自分をかまうのでした。「惚れられる」なんていう言葉も、また「好かれる」という言葉も、自分の場合にはちっとも、ふさわしくなく、「かまわれる」とでも言ったほうが、まだしも実状の説明に適しているかも知れません。

女は、男よりも更に、道化には、くつろぐようでした。自分がお道化を演じ、男はさすがにいつまでもゲラゲラ笑ってもいませんし、それに自分も男のひとに対し、調子に乗ってあまりお道化を演じすぎると失敗するという事を知っていましたので、必ず適当のところで切り上げるように心掛けていましたが、女は適度という事を知らず、いつまでもいつまでも、自分にお道化を要求し、自分はその限りないアンコールに応じて、へとへとになるのでした。実に、よく笑うのです。いったいに、女は、男よりも快楽をよけいに頬張る事ができるようです。

自分が中学時代に世話になったその家の姉娘も、妹娘も、ひまさえあれば、二階の自分の部屋にやってきて、自分はその度毎に飛び上らんばかりにぎょっとして、そう

して、ひたすらおびえ、

「御勉強？」

「いいえ」

と微笑して本を閉じ、

「きょうね、学校でね、コンボウという地理の先生がね」

とするする口から流れ出るものは、心にも無い滑稽噺でした。

「葉ちゃん、眼鏡をかけてごらん」

ある晩、妹娘のセッちゃんが、アネサと一緒に自分の部屋へ遊びにきて、さんざん自分にお道化を演じさせた揚句の果に、そんな事を言い出しました。

「なぜ？」

「いいから、かけてごらん。アネサの眼鏡を借りなさい」

いつでも、こんな乱暴な命令口調で言うのでした。道化師は、素直にアネサの眼鏡をかけました。とたんに、二人の娘は、笑いころげました。

「そっくり。ロイドに、そっくり」

当時、ハロルド・ロイドとかいう外国の映画の喜劇役者が、日本で人気がありました。

自分は立って片手を挙げ、

「諸君」

と言い、

「このたび、日本のファンの皆様がたに、……」

と一場の挨拶を試み、さらに大笑いさせて、それから、ロイドの映画がそのまちの劇場にくるたび毎に見に行って、ひそかに彼の表情などを研究しました。

また、ある秋の夜、自分が寝ながら本を読んでいると、アネサが鳥のように素早く部屋へはいってきて、いきなり自分の掛蒲団の上に倒れて泣き、

「葉ちゃんが、あたしを助けてくれるのだわね。そうだわね。こんな家、一緒に出てしまったほうがいいのだわ。助けてね。助けて」

などと、はげしい事を口走っては、また泣くのでした。けれども、自分には、女から、こんな態度を見せつけられるのは、これが最初ではありませんでしたので、アネサの過激な言葉にも、さして驚かず、かえってその陳腐、無内容に興が覚めた心地で、そっと蒲団から脱け出し、机の上の柿をむいて、その一きれをアネサに手渡してやりました。すると、アネサは、しゃくり上げながらその柿を食べ、

「何か面白い本がない？　貸してよ」

と言いました。

自分は漱石の「吾輩は猫である」という本を、本棚から選んであげました。

「ごちそうさま」
アネサは、恥ずかしそうに笑って部屋から出て行きましたが、このアネサに限らず、いったい女は、どんな気持ちで生きているのかを考える事は、自分にとって、蚯蚓《みみず》の思いをさぐるよりも、ややこしく、わずらわしく、薄気味の悪いものに感ぜられていました。ただ、自分は、女があんなに急に泣き出したりした場合、何か甘いものを手渡してやると、それを食べて機嫌を直すという事だけは、幼い時から、自分の経験によって知っていました。

また、妹娘のセッちゃんは、その友だちまで自分の部屋に連れてきて、自分がれいによって公平に皆を笑わせ、友だちが帰ると、セッちゃんは、必ずその友だちの悪口を言うのでした。あのひとは不良少女だから、気をつけるように、ときまって言うのでした。そんなら、わざわざ連れてこなければ、よいのに、おかげで自分の部屋の来客の、ほとんど全部が女、という事になってしまいました。

しかし、それは、竹一のお世辞の「惚れられる」事の実現では未だ決してなかったのでした。つまり、自分は、日本の東北のハロルド・ロイドに過ぎなかったのです。竹一の無智なお世辞が、いまわしい予言として、なまなまと生きてきて、不吉な形貌《けいぼう》を呈するようになったのは、更にそれから、数年経った後の事でありました。

竹一は、また、自分にもう一つ、重大な贈り物をしていました。

「お化けの絵だよ」

いつか竹一が、自分の二階へ遊びにきた時、ご持参の、一枚の原色版の口絵を得意そうに自分に見せて、そう説明しました。

おや？　と思いました。その瞬間、自分の落ち行く道が決定せられたように、後年に到って、そんな気がしてなりません。自分は、知っていました。それは、ゴッホの例の自画像に過ぎないのを知っていました。自分たちの少年の頃には、日本ではフランスの所謂印象派の画が大流行していて、洋画鑑賞の第一歩を、たいていこのあたりからはじめたもので、ゴッホ、ゴーギャン、セザンヌ、ルナアルなどというひとの絵は、田舎の中学生でも、たいていその写真版を見て知っていたのでした。自分なども、ゴッホの原色版をかなりたくさん見て、タッチの面白さ、色彩の鮮やかさに興趣を覚えてはいたのですが、しかし、お化けの絵、だとは、いちども考えた事がなかったのでした。

「では、こんなのは、どうかしら。やっぱり、お化けかしら」

自分は本棚から、モジリアニの画集を出し、焼けた赤銅のような肌の、れいの裸婦の像を竹一に見せました。

「すげえなあ」

竹一は眼を丸くして感嘆しました。

「地獄の馬みたい」

「やっぱり、お化けかね」

「おれも、こんなお化けの絵がかきたいよ」

あまりに人間を恐怖している人たちは、かえって、もっともっと、おそろしい妖怪《ようかい》を確実にこの眼で見たいと願望するに到る心理、神経質な、ものにおびえ易い人ほど、暴風雨の更に強からん事を祈る心理、ああ、この一群の画家たちは、人間という化け物に傷《いた》めつけられ、おびやかされた揚句の果、ついに幻影を信じ、白昼の自然の中に、ありありと妖怪を見たのだ、しかも彼等は、それを道化などでごまかさず、見えたままの表現に努力したのだ、竹一の言うように、敢然と「お化けの絵」をかいてしまったのだ、ここに将来の自分の、仲間がいる、と自分は、涙が出たほどに興奮し、

「僕も画くよ。お化けの絵を画くよ。地獄の馬を、画くよ」

と、なぜだか、ひどく声をひそめて、竹一に言ったのでした。

自分は、小学校の頃から、絵はかくのも、見るのも好きでした。けれども、自分のかいた絵は、自分の綴り方ほどには、周囲の評判が、よくありませんでした。自分は、どだい人間の言葉を一向に信用していませんでしたので、綴り方などは、自分にとって、ただお道化の御挨拶みたいなもので、小学校、中学校、と続いて先生たちを狂喜させてきましたが、しかし、自分では、さっぱり面白くなく、絵だけは、（漫画など

は別ですけれども）その対象の表現に、幼い我流ながら、多少の苦心を払っていました。学校の図画のお手本はつまらないし、先生の絵は下手くそだし、自分は、全く出鱈目にさまざまの表現法を自分で工夫して試みなければならないのでした。中学校へはいって、自分は油絵の道具も一揃《そろ》い持っていましたが、しかし、そのタッチの手本を、印象派の画風に求めても、自分の画いたものは、まるで千代紙細工のようにのっぺりして、ものになりそうもありませんでした。けれども自分は、竹一の言葉によって、自分のそれまでの絵画に対する心構えが、まるで間違っていた事に気が付きました。美しいと感じたものを、そのまま美しく表現しようと努力する甘さ、おろかしさ。マイスターたちは、何でもないものを、主観によって美しく創造し、或いは醜いものに嘔吐《おうと》をもよおしながらも、それに対する興味を隠さず、表現のよろこびにひたっている、つまり、人の思惑に少しもたよっていないらしいという、画法のプリミチヴな虎の巻を、竹一から、さずけられて、れいの女の来客たちには隠して、少しずつ、自画像の制作に取りかかってみました。

自分でも、ぎょっとしたほど、陰惨な絵が出来上りました。しかし、これこそ胸底にひた隠しに隠している自分の正体なのだ、おもては陽気に笑い、また人を笑わせているけれども、実は、こんな陰鬱な心を自分は持っているのだ、仕方がない、とひそかに肯定し、けれどもその絵は、竹一以外の人には、さすがに誰にも見せませんでした。自分のお道化の底の陰惨を見破られ、急にケチくさく警戒せられるのもいやでしたし、また、これを自分の正体とも気づかず、やっぱり新趣向のお道化と見なされ、大笑いの種にせられるかも知れぬという懸念もあり、それは何よりもつらい事でしたので、その絵はすぐに押入れの奥深くしまい込みました。

また、学校の図画の時間にも、自分はあの「お化け式手法」は秘めて、いままでどおりの美しいものを美しく画く式の凡庸なタッチで画いていました。

自分は竹一にだけは、前から自分の傷み易い神経を平気で見せていましたし、こんどの自画像も安心して竹一に見せ、たいへんほめられ、さらに二枚三枚と、お化けの絵を画きつづけ、竹一からもう一つの、

「お前は、偉い絵画きになる」

という予言を得たのでした。

惚れられるという予言と、偉い絵画きになるという予言と、この二つの予言を馬鹿の竹一によって額に刻印せられて、やがて、自分は東京へ出てきました。

自分は、美術学校にはいりたかったのですが、父は、前から自分を高等学校にいれて、末は官吏にするつもりで、自分にもそれを言い渡してあったので、口応え一つできないたちの自分は、ぼんやりそれに従ったのでした。四年から受けて見よ、と言われたので、自分も桜と海の中学はもういい加減あきていましたし、五年に進級せず、

四年修了のままで、東京の高等学校に受験して合格し、すぐに寮生活にはいりましたが、その不潔と粗暴に辟易《へきえき》して、道化どころではなく、医師に肺浸潤の診断書を書いてもらい、寮から出て、上野桜木町の父の別荘に移りました。自分には、団体生活というものが、どうしてもできません。それにまた、青春の感激だとか、若人の誇りだとかいう言葉は、聞いて寒気がしてきて、とても、あの、ハイスクール・スピリットとかいうものには、ついて行けなかったのです。教室も寮も、ゆがめられた性慾の、はきだめみたいな気さえして、自分の完璧《かんぺき》に近いお道化も、そこでは何の役にも立ちませんでした。

父は議会のない時は、月に一週間か二週間しかその家に滞在していませんでしたので、父の留守の時は、かなり広いその家に、別荘番の老夫婦と自分と三人だけで、自分は、ちょいちょい学校を休んで、さりとて東京見物などをする気も起らず（自分はとうとう、明治神宮も、楠正成《くすのきまさしげ》の銅像も、泉岳寺の四十七士の墓も見ずに終りそうです）家で一日中、本を読んだり、絵をかいたりしていました。父が上京してくると、自分は、毎朝そそくさと登校するのでしたが、しかし、本郷千駄木町の洋画家、安田新太郎氏の画塾に行き、三時間も四時間も、デッサンの練習をしている事もあったのです。高等学校の寮から脱けたら、学校の授業に出ても、自分はまるで聴講生みたいな特別の位置にいるような、それは自分のひがみかも知れなかったのですが、何とも自分自身で白々しい気持ちがしてきて、いっそう学校へ行くのが、おっくうになったのでした。自分には、小学校、中学校、高等学校を通じて、ついに愛校心というものが理解できずに終りました。校歌などというものも、いちども覚えようとした事がありません。

自分は、やがて画塾で、ある画学生から、酒と煙草と淫売婦《いんばいふ》と質屋と左翼思想とを知らされました。妙な取合せでしたが、しかし、それは事実でした。

その画学生は、堀木正雄といって、東京の下町に生れ、自分より六つ年長者で、私立の美術学校を卒業して、家にアトリエがないので、この画塾に通い、洋画の勉強をつづけているのだそうです。

「五円、貸してくれないか」

お互いただ顔を見知っているだけで、それまでひと言も話合った事がなかったのです。自分は、へどもどして五円差し出しました。

「よし、飲もう。おれが、お前におごるんだ。よかチゴじゃのう」

自分は拒否し切れず、その画塾の近くの、蓬莱《ほうらい》町のカフエに引っぱって行かれたのが、彼との交友のはじまりでした。

「前から、お前に眼をつけていたんだ。それそれ、そのはにかむような微笑、それが見込みのある芸術家特有の表情なんだ。お近づきのしるしに、乾杯！　キヌさん、こいつは美男子だろう？　惚れちゃいけないぜ。こいつが塾へきたおかげで、残念ながらおれは、第二番の美男子という事になった」

堀木は、色が浅黒く端正な顔をしていて、画学生には珍らしく、ちゃんとした背広《せびろ》を着て、ネクタイの好みも地味で、そうして頭髪もポマードをつけてまん中からぺったりとわけていました。

自分は馴れぬ場所でもあり、ただもうおそろしく、腕を組んだりほどいたりして、それこそ、はにかむような微笑ばかりしていましたが、ビイルを二、三杯飲んでいるうちに、妙に解放せられたような軽さを感じてきたのです。

「僕は、美術学校にはいろうと思っていたんですけど、……」

「いや、つまらん。あんなところは、つまらん。学校は、つまらん。われらの教師は、自然の中にあり！　自然に対するパアトス！」

しかし、自分は、彼の言う事に一向に敬意を感じませんでした。馬鹿なひとだ、絵も下手にちがいない、しかし、遊ぶのには、いい相手かも知れないと考えました。つまり、自分はその時、生れてはじめて、ほんものの都会の与太者を見たのでした。それは、自分と形は違っていても、やはり、この世の人間の営みから完全に遊離してしまって、戸迷《とまよ》いしている点に於いてだけは、たしかに同類なのでした。そうして、彼はそのお道化を意識せずに行い、しかも、そのお道化の悲惨に全く気がついていないのが、自分と本質的に異色のところでした。

ただ遊ぶだけだ、遊びの相手として付合っているだけだ、とつねに彼を軽蔑《けいべつ》し、時には彼との交友を恥ずかしくさえ思いながら、彼と連れ立って歩いているうちに、結局、自分は、この男にさえ打ち破られました。

しかし、はじめは、この男を好人物、まれに見る好人物とばかり思い込み、さすが人間恐怖の自分も全く油断をして、東京のよい案内者ができた、くらいに思っていました。自分は、実は、ひとりでは、電車に乗ると車掌がおそろしく、歌舞伎座へはいりたくても、あの正面玄関の緋《ひ》の絨緞《じゅうたん》が敷かれてある階段の両側に並んで立っている案内嬢たちがおそろしく、レストランへはいると、自分の背後にひっそり立って、皿のあくのを待っている給仕のボーイがおそろしく、殊にも勘定を払う時、ああ、ぎごちない自分の手つき、自分は買い物をしてお金を手渡す時には、吝嗇《りんしょく》ゆえでなく、あまりの緊張、あまりの恥ずかしさ、あまりの不安、恐怖に、くらくら目まいして、世界が真暗になり、ほとんど半狂乱の気持ちになってしまって、値切るどころか、お釣を受け取るのを忘れるばかりでなく、買った品物を持ち帰るのを忘れた事さえ、しばしばあったほどなので、とても、ひとりで東京のまちを歩けず、それで仕方なく、一日一ぱい家の中で、ごろごろしていたという内情もあったのでした。

それが、堀木に財布を渡して一緒に歩くと、堀木は大いに値切って、しかも遊び上手というのか、わずかなお金で最大の効果のあるような支払い振りを発揮し、また、高い円タクは敬遠して、電車、バス、ポンポン蒸気など、それぞれ利用し分けて、最短時間で目的地へ着くという手腕をも示し、淫売婦のところから朝帰る途中には、何々という料亭に立ち寄って朝風呂へはいり、湯豆腐で軽くお酒を飲むのが、安い割に、ぜいたくな気分になれるものだと実地教育をしてくれたり、その他、屋台の牛めし焼とりの安価にして滋養に富むものたる事を説き、酔いの早く発するのは、電気ブランの右に出るものはないと保証し、とにかくその勘定に就いては自分に、一つも不安、恐怖を覚えさせた事がありませんでした。

さらにまた、堀木と付合って救われるのは、堀木が聞き手の思惑などをてんで無視して、その所謂情熱《パトス》の噴出するがままに、(或いは、情熱とは、相手の立場を無視する事かも知れませんが）四六時中、くだらないおしゃべりを続け、あの、二人で歩いて疲れ、気まずい沈黙におちいる危惧《きく》が、全くないという事でした。人に接し、あのおそろしい沈黙がその場にあらわれる事を警戒して、もともと口の重い自分が、ここを先途《せんど》と必死のお道化を言ってきたものですが、いまこの堀木の馬鹿が、意識せずに、そのお道化役をみずからすすんでやってくれているので、自分は、返事もろくにせずに、ただ聞き流し、時折、まさか、などと言って笑っておれば、いいのでした。

酒、煙草、淫売婦、それは皆、人間恐怖を、たとい一時でも、まぎらす事のできるずいぶんよい手段である事が、やがて自分にもわかってきました。それらの手段を求めるためには、自分の持ち物全部を売却しても悔いない気持ちさえ、抱くようになりました。

自分には、淫売婦というものが、人間でも、女性でもない、白痴か狂人のように見え、そのふところの中で、自分はかえって全く安心して、ぐっすり眠る事ができました。みんな、哀しいくらい、実にみじんも慾というものがないのでした。そうして、自分に、同類の親和感とでもいったようなものを覚えるのか、自分は、いつも、その淫売婦たちから、窮屈でない程度の自然の好意を示されました。何の打算もない好意、押し売りではない好意、二度とこないかも知れぬひとへの好意、自分には、その白痴か狂人の淫売婦たちに、マリヤの円光を現実に見た夜もあったのです。

しかし、自分は、人間への恐怖からのがれ、幽かな一夜の休養を求めるために、そこへ行き、それこそ自分と「同類」の淫売婦たちと遊んでいるうちに、いつのまにやら無意識の、あるいまわしい雰囲気を身辺にいつもただよわせるようになった様子で、これは自分にも全く思い設けなかった所謂「おまけの付録」でしたが、次第にその「付録」が、鮮明に表面に浮き上ってきて、堀木にそれを指摘せられ、愕然《がくぜん》として、そうして、いやな気が致しました。はたから見て、俗な言い方をすれば、自分は、淫売婦によって女の修行をして、しかも、最近めっきり腕をあげ、女の修行は、淫売婦によるのが一ばん厳しく、またそれだけに効果のあがるものだそうで、既に自分には、あの、「女達者」という匂いがつきまとい、女性は、（淫売婦に限らず）本能によってそれを嗅ぎ当て寄り添ってくる、そのような、卑猥《ひわい》で不名誉な雰囲気を、「おまけの付録」としてもらって、そうしてそのほうが、自分の休養などよりも、ひどく目立ってしまっているらしいのでした。

堀木はそれを半分はお世辞で言ったのでしょうが、しかし、自分にも、重苦しく思い当る事があり、たとえば、喫茶店の女から稚拙な手紙をもらった覚えもあるし、桜木町の家の隣りの将軍のはたちくらいの娘が、毎朝、自分の登校の時刻には、用もなさそうなのに、ご自分の家の門を薄化粧して出たりはいったりしていたし、牛肉を食いに行くと、自分が黙っていても、そこの女中が、……また、いつも買いつけの煙草屋の娘から手渡された煙草の箱の中に、……また、歌舞伎を見に行って隣りの席のひとに、……また、深夜の市電で自分が酔って眠っていて、……また、思いがけなく故郷の親戚の娘から、思いつめたような手紙が来て、……また、誰かわからぬ娘が、自分の留守中にお手製らしい人形を、……自分が極度に消極的なので、いずれも、それっきりの話で、ただ断片、それ以上の進展は一つもありませんでしたが、何か女に夢を見させる雰囲気が、自分のどこかにつきまとっている事は、それは、のろけだの何だのといういい加減な冗談でなく、否定できないのでありました。自分は、それを堀木ごとき者に指摘せられ、屈辱に似た苦《にが》さを感ずると共に、淫売婦と遊ぶ事にも、にわかに興が覚めました。

堀木は、また、その見栄坊《みえぼう》のモダニティから、（堀木の場合、それ以外の理由は、自分には今もって考えられませんのですが）ある日、自分を共産主義の読書会とかいう（R・Sとかいっていたか、記憶がはっきり致しません）そんな、秘密の研究会に連れて行きました。堀木などという人物にとっては、共産主義の秘密会合も、れいの「東京案内」の一つくらいのものだったのかも知れません。自分は所謂「同志」に紹介せられ、パンフレットを一部買わされ、そうして上座のひどい醜い顔の青年から、マルクス経済学の講義を受けました。しかし、自分には、それはわかり切っている事のように思われました。それは、そうに違いないだろうけれども、人間の心には、もっとわけのわからない、おそろしいものがある。慾、と言っても、言いたりない、ヴァニティ、と言っても、言いたりない、色と慾、とこう二つ並べても、言いたりない、何だか自分にもわからぬが、人間の世の底に、経済だけでない、へんに怪談じみたものがあるような気がして、その怪談におびえ切っている自分には、所謂唯物論を、水の低きに流れるように自然に肯定しながらも、しかし、それによって、人間に対する恐怖から解放せられ、青葉に向って眼をひらき、希望のよろこびを感ずるなどという事はできないのでした。けれども、自分は、いちども欠席せずに、そのR・S（と言ったかと思いますが、間違っているかも知れません）なるものに出席し、「同志」たちが、いやに一大事の如く、こわばった顔をして、一プラス一は二、というような、ほとんど初等の算術めいた理論の研究にふけっているのが滑稽に見えてたまらず、れいの自分のお道化で、会合をくつろがせる事に努め、そのためか、次第に研究会の窮屈な気配もほぐれ、自分はその会合になくてかなわぬ人気者という形にさえなってきたようでした。この、単純そうな人たちは、自分の事を、やはりこの人たちと同じ様に単純で、そうして、楽天的なおどけ者の「同志」くらいに考えていたかも知れませんが、もし、そうだったら、自分は、この人たちを一から十まで、あざむいていたわけです。自分は、同志ではなかったんです。けれども、その会合に、いつも欠かさず出席して、皆にお道化のサーヴィスをしてきました。

好きだったからなのです。自分には、その人たちが、気にいっていたからなのです。しかし、それは必ずしも、マルクスによって結ばれた親愛感ではなかったのです。

非合法。自分には、それが幽かに楽しかったのです。むしろ、居心地がよかったのです。世の中の合法というもののほうが、かえっておそろしく、（それには、底知れず強いものが予感せられます）そのからくりが不可解で、とてもその窓のない、底冷えのする部屋には坐っておられず、外は非合法の海であっても、それに飛び込んで泳いで、やがて死に到るほうが、自分には、いっそ気楽のようでした。

日蔭者《ひかげもの》、という言葉があります。人間の世に於いて、みじめな、敗者、悪徳者を指差していう言葉のようですが、自分は、自分を生れた時からの日蔭者のような気がしていて、世間から、あれは日蔭者だと指差されている程のひとと逢うと、自分は、必ず、優しい心になるのです。そうして、その自分の「優しい心」は、自身でうっとりするくらい優しい心でした。

また、犯人意識、という言葉もあります。自分は、この人間の世の中に於いて、一生その意識に苦しめられながらも、しかし、それは自分の糟糠《そうこう》の妻の如き好伴侶《はんりょ》で、そいつと二人きりで侘《わ》びしく遊びたわむれているというのも、自分の生きている姿勢の一つだったかも知れないし、また、俗に、脛《すね》に傷持つ身、という言葉もあるようですが、その傷は、自分の赤ん坊の時から、自然に片方の脛にあらわれて、長ずるに及んで治癒するどころか、いよいよ深くなるばかりで、骨にまで達し、夜々の痛苦は千変万化の地獄とは言いながら、しかし、（これは、たいへん奇妙な言い方ですけど）その傷は、次第に自分の血肉よりも親しくなり、その傷の痛みは、すなわち傷の生きている感情、または愛情の囁《ささや》きのようにさえ思われる、そんな男にとって、れいの地下運動のグルウプの雰囲気が、へんに安心で、居心地がよく、つまり、その運動の本来の目的よりも、その運動の肌が、自分に合った感じなのでした。堀木の場合は、ただもう阿呆のひやかしで、いちど自分を紹介しにその会合へ行ったきりで、マルキシストは、生産面の研究と同時に、消費面の視察も必要だなどと下手な洒落《しゃれ》を言って、その会合には寄りつかず、とかく自分を、その消費面の視察のほうにばかり誘いたがるのでした。思えば、当時は、さまざまの型のマルキシストがいたものです。堀木のように、虚栄のモダニティから、それを自称する者もあり、また自分のように、ただ非合法の匂いが気にいって、そこに坐り込んでいる者もあり、もしもこれらの実体が、マルキシズムの真の信奉者に見破られたら、堀木も自分も、烈火の如く怒られ、卑劣なる裏切者として、たちどころに追い払われた事でしょう。しかし、自分も、また、堀木でさえも、なかなか除名の処分に遭わず、殊にも自分は、その非合法の世界に於いては、合法の紳士たちの世界に於けるよりも、かえってのびのびと、所謂「健康」に振舞う事ができましたので、見込みのある「同志」として、噴き出したくなるほど過度に秘密めかした、さまざまの用事をたのまれるほどになったのです。また、事実、自分は、そんな用事をいちども断ったことはなく、平気でなんでも引受け、へんにぎくしゃくして、犬（同志は、ポリスをそう呼んでいました）にあやしまれ不審訊問《じんもん》などを受けてしくじるような事もなかったし、笑いながら、また、ひとを笑わせながら、そのあぶない（その運動の連中は、一大事の如く緊張し、探偵小説の下手な真似みたいな事までして、極度の警戒を用い、そうして自分にたのむ仕事は、まことに、あっけにとられるくらい、つまらないものでしたが、それでも、彼等は、その用事を、さかんに、あぶながって力んでいるのでした）と、彼等の称する仕事を、とにかく正確にやってのけていました。自分のその当時の気持ちとしては、党員になって捕えられ、たとい終身、刑務所で暮すようになったとしても、平気だったのです。世の中の人間の「実生活」というものを恐怖しながら、毎夜の不眠の地獄で呻《うめ》いているよりは、いっそ牢屋《ろうや》のほうが、楽かも知れないとさえ考えていました。

父は、桜木町の別荘では、来客やら外出やら、同じ家にいても、三日も四日も自分と顔を合せる事がないほどでしたが、しかし、どうにも、父がけむったく、おそろしく、この家を出て、どこか下宿でも、と考えながらもそれを言い出せずにいた矢先に、父がその家を売払うつもりらしいという事を別荘番の老爺《ろうや》から聞きました。

父の議員の任期もそろそろ満期に近づき、いろいろ理由のあった事に違いありませんが、もうこれきり選挙に出る意志もない様子で、それに、故郷に一棟、隠居所など建てたりして、東京に未練もないらしく、たかが、高等学校の一生徒に過ぎない自分のために、邸宅と召使いを提供して置くのも、むだな事だとでも考えたのか、（父の心もまた、世間の人たちの気持と同様に、自分にはよくわかりません）とにかく、その家は、間もなく人手にわたり、自分は、本郷森川町の仙遊館という古い下宿の、薄暗い部屋に引越して、そうして、たちまち金に困りました。

それまで、父から月々、きまった額の小遣いを手渡され、それはもう、二、三日でなくなっても、しかし、煙草も、酒も、チイズも、くだものも、いつでも家にあったし、本や文房具やその他、服装に関するものなど一切、いつでも、近所の店から所謂「ツケ」で求められたし、堀木におそばか天井などをごちそうしても、父のひいきの町内の店だったら、自分は黙ってその店を出てもかまわなかったのでした。

それが急に、下宿のひとり住いになり、何もかも、月々の定額の送金で間に合わせなければならなくなって、自分は、まごつきました。送金は、やはり、二、三日で消えてしまい、自分は慄然《りつぜん》とし、心細さのために狂うようになり、父、兄、姉などへ交互にお金を頼む電報と、イサイフミの手紙（その手紙に於いて訴えている事情は、ことごとく、お道化の虚構でした。人にものを頼むのに、まず、その人を笑わせるのが上策と考えていたのです）を連発する一方、また、堀木に教えられ、せっせと質屋がよいをはじめ、それでも、いつもお金に不自由をしていました。

所詮、自分には、何の縁故もない下宿に、ひとりで「生活」して行く能力がなかったのです。自分は、下宿のその部屋に、ひとりでじっとしているのが、おそろしく、いまにも誰かに襲われ、一撃せられるような気がしてきて、街に飛び出しては、れいの運動の手伝いをしたり、或いは堀木と一緒に安い酒を飲み回ったりして、ほとんど学業も、また画の勉強も放棄し、高等学校へ入学して、二年目の十一月、自分より年上の有夫の婦人と情死事件などを起し、自分の身の上は、一変しました。

学校は欠席するし、学科の勉強も、すこしもしなかったのに、それでも、妙に試験の答案に要領のいいところがあるようで、どうやらそれまでは、故郷の肉親をあざむき通してきたのですが、しかし、もうそろそろ、出席日数の不足など、学校のほうから内密に故郷の父へ報告が行っているらしく、父の代理として長兄が、いかめしい文章の長い手紙を、自分に寄こすようになっていたのでした。けれども、それよりも、自分の直接の苦痛は、金のない事と、それから、れいの運動の用事が、とても遊び半分の気持ちではできないくらい、はげしく、いそがしくなってきた事でした。中央地区と言ったか、何地区と言ったか、とにかく本郷、小石川、下谷、神田、あの辺の学校全部の、マルクス学生の行動隊々長というものに、自分はなっていたのでした。武装蜂起《ほうき》、と聞き、小さいナイフを買い（いま思えば、それは鉛筆をけずるにも足りない、きゃしゃなナイフでした）それを、レンコオトのポケットにいれ、あちこち飛び回って、所謂《いわゆる》「聯絡《れんらく》」をつけるのでした。お酒を飲んで、ぐっすり眠りたい、しかし、お金がありません。しかも、Ｐ（党の事を、そういう隠語で呼んでいたと記憶していますが、或いは、違っているかも知れません）のほうからは、次々と息をつくひまもないくらい、用事の依頼がまいります。自分の病弱のからだでは、とても勤まりそうもなくなりました。もともと、非合法の興味だけから、そのグルウプの手伝いをしていたのですし、こんなに、それこそ冗談から駒が出たように、いやにいそがしくなってくると、自分は、ひそかにPのひとたちに、それはお門《かど》ちがいでしょう、あなたたちの直系のものたちにやらせたらどうですか、というようないまいましい感を抱くのを禁ずる事ができず、逃げました。逃げて、さすがに、いい気持ちはせず、死ぬ事にしました。

その頃、自分に特別の好意を寄せている女が、三人いました。ひとりは、自分の下宿している仙遊館の娘でした。この娘は、自分がれいの運動の手伝いでへとへとになって帰り、ごはんも食べずに寝てしまってから、必ず用箋《ようせん》と万年筆を持って自分の部屋にやってきて、

「ごめんなさい。下では、妹や弟がうるさくて、ゆっくり手紙も書けないのです」

と言って、何やら自分の机に向って一時間以上も書いているのです。

自分もまた、知らん振りをして寝ておればいいのに、いかにもその娘が何か自分に言ってもらいたげの様子なので、れいの受け身の奉仕の精神を発揮して、実にひと言も口をききたくない気持ちなのだけれども、くたくたに疲れ切っているからだに、ウムと気合いをかけて腹這《はらば》いになり、煙草を吸い、

「女からきたラヴ・レターで、風呂をわかしてはいった男があるそうですよ」

「あら、いやだ。あなたでしょう？」

「ミルクをわかして飲んだ事はあるんです」

「光栄だわ、飲んでよ」

早くこのひと、帰らねえかなあ、手紙だなんて、見えすいているのに。へへののもへじでも書いているのに違いないんです。

「見せてよ」

と死んでも見たくない思いでそう言えば、あら、いやよ、あら、いやよ、と言って、そのうれしがる事、ひどくみっともなく、興が覚めるばかりなのです。そこで自分は、用事でも言いつけてやれ、と思うんです。

「すまないけどね、電車通りの薬屋に行って、カルモチンを買ってきてくれない？　あんまり疲れすぎて、顔がほてって、かえって眠れないんだ。すまないね。お金は、……」

「いいわよ、お金なんか」

よろこんで立ちます。用を言いつけるというのは、決して女をしょげさせる事ではなく、かえって女は、男に用事をたのまれると喜ぶものだという事も、自分はちゃんと知っているのでした。

もうひとりは、女子高等師範の文科生の所謂「同志」でした。このひととは、れいの運動の用事で、いやでも毎日、顔を合せなければならなかったのです。打ち合せがすんでからも、その女は、いつまでも自分について歩いて、そうして、やたらに自分に、ものを買ってくれるのでした。

「私を本当の姉だと思っていてくれていいわ」

そのキザに身震いしながら、自分は、

「そのつもりでいるんです」

と、愁《うれ》いを含んだ微笑の表情を作って答えます。とにかく、怒らせては、こわい、何とかして、ごまかさなければならぬ、という思い一つのために、自分はいよいよその醜い、いやな女に奉仕をして、そうして、ものを買ってもらっては、（その買い物は、実に趣味の悪い品ばかりで、自分はたいてい、すぐにそれを、焼きとり屋の親爺《おやじ》などにやってしまいました）うれしそうな顔をして、冗談を言っては笑わせ、ある夏の夜、どうしても離れないので、街の暗いところで、そのひとに帰ってもらいたいばかりに、キスをしてやりましたら、あさましく狂乱の如く興奮し、自動車を呼んで、そのひとたちの運動のために秘密に借りてあるらしいビルの事務所みたいな狭い洋室に連れて行き、朝まで大騒ぎという事になり、とんでもない姉だ、と自分はひそかに苦笑しました。

下宿屋の娘と言い、またこの「同志」と言い、どうしたって毎日、顔を合せなければならぬ具合になっていますので、これまでの、さまざまの女のひとのように、うまく避けられず、つい、ずるずるに、れいの不安の心から、この二人のご機嫌をただ懸命に取り結び、もはや自分は、金縛り同様の形になっていました。

同じ頃また自分は、銀座のある大カフエの女給から、思いがけぬ恩を受け、たったいちど逢っただけなのに、それでも、その恩にこだわり、やはり身動きできないほどの、心配やら、空《そら》おそろしさを感じていたのでした。その頃になると、自分も、敢えて堀木の案内に頼らずとも、ひとりで電車にも乗れるし、また、歌舞伎座にも行けるし、または、絣《かすり》の着物を着て、カフエにだってはいれるくらいの、多少の図々しさを装えるようになっていたのです。心では、相変らず、人間の自信と暴力とを怪しみ、恐れ、悩みながら、うわべだけは、少しずつ、他人と真顔の挨拶、いや、ちがう、自分はやはり敗北のお道化の苦しい笑いを伴わずには、挨拶できないたちなのですが、とにかく、無我夢中のへどもどの挨拶でも、どうやらできるくらいの「伎倆《ぎりょう》」を、これの運動で走り回ったおかげ？　または、女の？　または、酒？　けれども、おもに金銭の不自由のおかげで修得しかけていたのです。どこにいても、おそろしく、かえって大カフエでたくさんの酔客または女給、ボーイたちにもまれ、まぎれ込む事ができたら、自分のこの絶えず追われているような心も落ちつくのではなかろうか、と十円持って、銀座のその大カフエに、ひとりではいって、笑いながら相手の女給に、

「十円しかないんだからね、そのつもりで」

と言いました。

「心配要りません」

どこかに関西の訛《なま》りがありました。そうして、そのひと言が、奇妙に自分の、震えおののいている心をしずめてくれました。いいえ、お金の心配が要らなくなったからではありません、そのひとの傍にいる事に心配が要らないような気がしたのです。

自分は、お酒を飲みました。そのひとに安心しているので、かえってお道化など演じる気持ちも起らず、自分の地金《じがね》の無口で陰惨なところを隠さず見せて、黙ってお酒を飲みました。

「こんなの、おすきか？」

女は、さまざまの料理を自分の前に並べました。自分は首を振りました。

「お酒だけか？　うちも飲もう」

秋の、寒い夜でした。自分は、ツネ子（といったと覚えていますが、記憶が薄れ、たしかではありません。情死の相手の名前をさえ忘れているような自分なのです）に言いつけられたとおりに、銀座裏の、ある屋台のお鮨《すし》やで、少しもおいしくない鮨を食べながら、（そのひとの名前は忘れても、その時の鮨のまずさだけは、どうした事か、はっきり記憶に残っています。そうして、青大将の顔に似た顔つきの、丸坊主のおやじが、首を振り振り、いかにも上手みたいにごまかしながら鮨を握っている様も、眼前に見るように鮮明に思い出され、後年、電車などで、はて見た顔だ、といろいろ考え、なんだ、あの時の鮨やの親爺に似ているんだ、と気が付き苦笑した事も再三あったほどでした。あのひとの名前も、また、顔かたちさえ記憶から遠ざかっている現在なお、あの鮨やの親爺の顔だけは絵にかけるほど正確に覚えているとは、よっぽどあの時の鮨がまずく、自分に寒さと苦痛を与えたものと思われます。もともと、自分は、うまい鮨を食わせる店というところに、ひとに連れられて行って食っても、うまいと思った事は、いちどもありませんでした。大き過ぎるのです。親指くらいの大きさにキチッと握れないものかしら、といつも考えていました）そのひとを、待っていました。

本所の大工さんの二階を、そのひとが借りていました。自分は、その二階で、日頃の自分の陰鬱な心を少しもかくさず、ひどい歯痛に襲われてでもいるように、片手で頬をおさえながら、お茶を飲みました。そうして、自分のそんな姿態が、かえって、そのひとには、気にいったようでした。そのひとも、身のまわりに冷たい木枯しが吹いて、落葉だけが舞い狂い、完全に孤立している感じの女でした。

一緒にやすみながらそのひとは、自分より二つ年上であること、故郷は広島、あたしには主人があるのよ、広島で床屋さんをしていたの、昨年の春、一緒に東京へ家出して逃げてきたのだけれども、主人は、東京で、まともな仕事をせずそのうちに詐欺罪に問われ、刑務所にいるのよ、あたしは毎日、何やらかやら差し入れしに、刑務所へかよっていたのだけれども、あすから、やめます、などと物語るのでしたが、自分は、どういうものか、女の身の上噺《ばなし》というものには、少しも興味を持てないたちで、それは女の語り方の下手なせいか、つまり、話の重点の置き方を間違っているせいなのか、とにかく、自分には、つねに、馬耳東風なのでありました。

侘びしい。

自分には、女の千万言の身の上噺よりも、そのひと言の呟《つぶや》きのほうに、共感をそそられるに違いないと期待していても、この世の中の女から、ついにいちども自分は、その言葉を聞いた事がないのを、奇怪とも不思議とも感じております。けれども、そのひとは、言葉で「侘びしい」とは言いませんでしたが、無言のひどい侘びしさを、からだの外郭に、一寸くらいの幅の気流みたいに持っていて、そのひとに寄り添うと、こちらのからだもその気流に包まれ、自分の持っている多少トゲトゲした陰鬱の気流と程よく溶け合い、「水底の岩に落ち付く枯葉」のように、わが身は、恐怖からも不安からも、離れる事ができるのでした。

あの白痴の淫売婦たちのふところの中で、安心してぐっすり眠る思いとは、また、全く異って、（だいいち、あのプロステチュウトたちは、陽気でした）その詐欺罪の犯人の妻と過した一夜は、自分にとって、幸福な（こんな大それた言葉を、なんの躊《ちゅう》躇《ちょ》もなく、肯定して使用する事は、自分のこの全手記に於いて、再びないつもりです）解放せられた夜でした。

しかし、ただ一夜でした。朝、眼が覚めて、はね起き、自分はもとの軽薄な、装えるお道化者になっていました。弱虫は、幸福をさえおそれるものです。綿で怪我をするんです。幸福に傷つけられる事もあるんです。傷つけられないうちに、早く、このまま、わかれたいとあせり、れいのお道化の煙幕を張りめぐらすのでした。

「金の切れめが縁の切れめ、ってのはね、あれはね、解釈が逆なんだ。金がなくなると女にふられるって意味、じゃあないんだ。男に金がなくなると、男は、ただおのずから意気銷沈《しょうちん》して、ダメになり、笑う声にも力がなく、そうして、妙にひがんだりなんかしてね、ついには破れかぶれになり、男のほうから女を振る、半狂乱になって振って振って振り抜くという意味なんだね、金沢大辞林という本によればね、可哀そうに。僕にも、その気持ちわかるがね」

たしか、そんなふうの馬鹿げた事を言って、ツネ子を噴き出させたような記憶があります。長居は無用、おそれありと、顔も洗わずに素早く引上げたのですが、その時の自分の、「金の切れめが縁の切れめ」という出鱈目《でたらめ》の放言が、のちに到って、意外のひっかかりを生じたのです。

それから、ひとつき、自分は、その夜の恩人とは逢いませんでした。別れて、日が経つにつれて、よろこびは薄れ、かりそめの恩を受けた事がかえってそらおそろしく、自分勝手にひどい束縛を感じてきて、あのカフエのお勘定を、あの時、全部ツネ子の負担にさせてしまったという俗事さえ、次第に気になりはじめて、ツネ子もやはり、下宿の娘や、あの女子高等師範と同じく、自分を脅迫するだけの女のように思われ、遠く離れていながらも、絶えずツネ子におびえていて、その上に自分は、一緒に休んだ事のある女に、また逢うと、その時にいきなり何か烈火の如く怒られそうな気がしてたまらず、逢うのに頗《すこぶ》るおっくうがる性質でしたので、いよいよ、銀座は敬遠の形でしたが、しかし、そのおっくうがるという性質は、決して自分の狡猾《こうかつ》さではなく、女性というものは、休んでからの事と、朝、起きてからの事との間に、一つの、塵《ちり》ほどの、つながりをも持たせず、完全の忘却の如く、見事に二つの世界を切断させて生きているという不思議な現象を、まだよく呑みこんでいなかったからなのでした。

十一月の末、自分は、堀木と神田の屋台で安酒を飲み、この悪友は、その屋台を出てからも、さらにどこかで飲もうと主張し、もう自分たちにはお金がないのに、それでも、飲もう、飲もうよ、とねばるのです。その時、自分は、酔って大胆になっているからでもありましたが、

「よし、そんなら、夢の国に連れて行く。おどろくな、酒池肉林という、……」

「カフエか?」

「行こう!」

というような事になって二人、市電に乗り、堀木は、はしゃいで、

「おれは、今夜は、女に飢え渇いているんだ。女給にキスしてもいいか」

自分は、堀木がそんな酔態を演じる事を、あまり好んでいないのでした。堀木も、それを知っているので、自分にそんな念を押すのでした。

「いいか。キスするぜ。おれの傍に坐った女給に、きっとキスして見せる。いいか」

「かまわんだろう」

「ありがたい！　おれは女に飢え渇いているんだ」

銀座四丁目で降りて、その所謂酒池肉林の大カフエに、ツネ子をたのみの綱としてほとんど無一文ではいり、あいているボックスに堀木と向い合って腰をおろしたとたんに、ツネ子ともう一人の女給が走り寄ってきて、そのもう一人の女給が自分の傍に、そうしてツネ子は、堀木の傍に、ドサンと腰かけたので、自分は、ハッとしました。ツネ子は、いまにキスされる。

惜しいという気持ちではありませんでした。自分には、もともと所有慾というものは薄く、また、たまに幽かに惜しむ気持ちはあっても、その所有権を敢然と主張し、人と争うほどの気力がないのでした。のちに、自分は、自分の内縁の妻が犯されるのを、黙って見ていた事さえあったほどなのです。

自分は、人間のいざこざにできるだけ触りたくないのでした。その渦に巻き込まれ

るのが、おそろしいのでした。ツネ子と自分とは、一夜だけの間柄です。ツネ子は、自分のものではありません。惜しい、など思い上った慾は、自分に持てるはずはありません。けれども、自分は、ハッとしました。

自分の眼の前で、堀木の猛烈なキスを受ける、そのツネ子の身の上を、ふびんに思ったからでした。堀木によごされたツネ子は、自分とわかれなければならなくなるだろう、しかも自分にも、ツネ子を引き留める程のポジティヴな熱はない、ああ、もう、これでおしまいなのだ、とツネ子の不幸に一瞬ハッとしたものの、すぐに自分は水のように素直にあきらめ、堀木とツネ子の顔を見較べ、にやにやと笑いました。

しかし、事態は、実に思いがけなく、もっと悪く展開せられました。

「やめた！」

と堀木は、口をゆがめて言い、

「さすがのおれも、こんな貧乏くさい女には、……」

閉口し切ったように、腕組みしてツネ子をじろじろ眺め、苦笑するのでした。

「お酒を。お金はない」

自分は、小声でツネ子に言いました。それこそ、浴びるほど飲んでみたい気持ちでした。所謂俗物の眼から見ると、ツネ子は酔漢のキスにも価いしない、ただ、みすぼらしい、貧乏くさい女だったのでした。案外とも、意外とも、自分には霹靂《へきれき》に撃ちくだかれた

だかれた思いでした。自分は、これまで例のなかったほど、いくらでも、いくらでも、お酒を飲み、ぐらぐら酔って、ツネ子と顔を見合せ、哀《かな》しく微笑《ほほえ》み合い、いかにもそう言われてみると、こいつはへんに疲れて貧乏くさいだけの女だな、と思うと同時に、金のない者どうしの親和（貧富の不和は、陳腐のようでも、やはりドラマの永遠のテーマの一つだと自分は今では思っていますが）そいつが、その親和感が、胸に込み上げてきて、ツネ子がいとしく、生れてこの時はじめて、われから積極的に、微弱ながら恋の心の動くのを自覚しました。吐きました。前後不覚になりました。お酒を飲んで、こんなに我を失うほど酔ったのも、その時がはじめてでした。

眼が覚めたら、枕もとにツネ子が坐っていました。本所の大工さんの二階の部屋に寝ていたのでした。

「金の切れめが縁の切れめ、なんておっしゃって、冗談かと思うていたら、本気か。きてくれないのだもの。ややこしい切れめやな。うちが、かせいであげても、だめか」

「だめ」

それから、女も休んで、夜明けがた、女の口から「死」という言葉がはじめて出て、女も人間としての営みに疲れ切っていたようでしたし、また、自分も、世の中への恐怖、わずらわしさ、金、れいの運動、女、学業、考えると、とてもこの上こらえて生きて行けそうもなく、そのひとの提案に気軽に同意しました。

けれども、その時にはまだ、実感としての「死のう」という覚悟は、できていなかったのです。どこかに「遊び」がひそんでいました。

その日の午前、二人は浅草の六区をさまよっていました。喫茶店にはいり、牛乳を飲みました。

「あなた、払うて置いて」

自分は立って、袂《たもと》からがま口を出し、ひらくと、銅銭が三枚、羞恥《しゅうち》よりも凄惨《せいさん》の思いに襲われ、たちまち脳裡《のうり》に浮ぶものは、仙遊館の自分の部屋、制服と蒲団だけが残されてあるきりで、あとはもう、質草になりそうなものの一つもない荒涼たる部屋、他には自分のいま着て歩いている絣の着物と、マント、これが自分の現実なのだ、生きて行けない、とはっきり思い知りました。

自分がまごついているので、女も立って、自分のがま口をのぞいて、

「あら、たったそれだけ？」

無心の声でしたが、これがまた、じんと骨身にこたえるほどに痛かったのです。はじめて自分が、恋したひとの声だけに、痛かったのです。それだけも、これだけもない、銅銭三枚は、どだいお金でありません。それは、自分が未《いま》だかつて味わった事のない奇妙な屈辱でした。とても生きておられない屈辱でした。所詮《しょせん》その頃の自分は、

まだお金持ちの坊ちゃんという種属から脱し切っていなかったのでしょう。その時、自分は、みずからすすんでも死のうと、実感として決意したのです。

その夜、自分たちは、鎌倉の海に飛び込みました。女は、この帯はお店のお友達から借りている帯やから、と言って、帯をほどき、畳んで岩の上に置き、自分もマントを脱ぎ、同じ所に置いて、一緒に入水《じゅすい》しました。

女のひとは、死にました。そうして、自分だけ助かりました。

自分が高等学校の生徒ではあり、また父の名にもいくらか、所謂ニュウス・ヴァリュがあったのか、新聞にもかなり大きな問題として取り上げられたようでした。

自分は海辺の病院に収容せられ、故郷から親戚《しんせき》の者がひとり駈けつけ、さまざまの始末をしてくれて、そうして、くにの父をはじめ一家中が激怒しているから、これっきり生家とは義絶になるかも知れぬ、と自分に申し渡して帰りました。けれども自分は、そんな事より、死んだツネ子が恋いしく、めそめそ泣いてばかりいました。本当に、いままでのひとの中で、あの貧乏くさいツネ子だけを、すきだったのですから。

下宿の娘から、短歌を五十も書きつらねた長い手紙がきました。「生きくれよ」というへんな言葉ではじまる短歌ばかり、五十でした。また、自分の病室に、看護婦たちが陽気に笑いながら遊びにきて、自分の手をきゅっと握って帰る看護婦もいました。

自分の左肺に故障のあるのを、その病院で発見せられ、これがたいへん自分に好都合な事になり、やがて自分が自殺幇助罪《ほうじょざい》という罪名で病院から警察に連れて行かれましたが、警察では、自分を病人あつかいにしてくれて、特に保護室に収容しました。

深夜、保護室の隣りの宿直室で、寝ずの番をしていた年寄りのお巡《まわ》りが、間のドアをそっとあけ、

「おい！」

と自分に声をかけ、

「寒いだろう。こっちへきて、あたれ」

と言いました。

自分は、わざとしおしおと宿直室にはいって行き、椅子に腰かけて火鉢にあたりました。

「やはり、死んだ女が恋いしいだろう」

「はい」

ことさらに、消え入るような細い声で返事しました。

「そこが、やはり人情というものだ」

彼は次第に、大きく構えてきました。

「はじめ、女と関係を結んだのは、どこだ」

ほとんど裁判官の如く、もったいぶって尋ねるのでした。彼は、自分を子供とあな

ど、秋の夜のつれづれに、あたかも彼自身が取調べの主任でもあるかのように装い、自分から猥談《わいだん》めいた述懐を引き出そうという魂胆のようでした。自分は素早くそれを察し、噴き出したいのを怺《こら》えるのに骨を折りました。そんなお巡りの「非公式な訊問」には、いっさい答を拒否してもかまわないのだという事は、自分も知っていましたが、しかし、秋の夜ながに興を添えるため、自分は、あくまでも神妙に、そのお巡りこそ取調べの主任であって、刑罰の軽重の決定もそのお巡りの思召《おぼしめ》し一つに在るのだ、という事を固く信じて疑わないような所謂誠意をおもてにあらわし、彼の助平の好奇心を、やや満足させる程度のいい加減な「陳述」をするのでした。

「うん、それでだいたいわかった。何でも正直に答えると、わしらのほうでも、そこは手心を加える」

「ありがとうございます。よろしくお願いいたします」

ほとんど入神の演技でした。そうして、自分のためには、何も、一つも、とくにならない力演なのです。

夜が明けて、自分は署長に呼び出されました。こんどは、本式の取調べなのです。

ドアをあけて、署長室にはいったとたんに、

「おう、いい男だ。これあ、お前が悪いんじゃない。こんな、いい男に産んだお前のおふくろが悪いんだ」

色の浅黒い、大学出みたいな感じのまだ若い署長でした。いきなりそう言われて自分は、自分の顔の半面にべったり赤痣《あかあざ》でもあるような、みにくい不具者のようなみじめな気がしました。

この柔道か剣道の選手のような署長の取調べは、実にあっさりしていて、あの深夜の老巡査のひそかな、執拗《しつよう》きわまる好色の「取調べ」とは、雲泥の差がありました。訊問がすんで、署長は、検事局に送る書類をしたためながら、

「からだを丈夫にしなけれゃ、いかんね。血痰《けったん》が出ているようじゃないか」

と言いました。

その朝、へんに咳《せき》が出て、自分は咳の出るたびに、ハンケチで口を覆っていたのですが、そのハンケチに赤い霰《あられ》が降ったみたいに血がついていたのです。けれども、それは、喉《のど》から出た血ではなく、昨夜、耳の下にできた小さいおできをいじって、そのおできから出た血なのでした。しかし、自分は、それを言い明さないほうが、便宜な事もあるような気がふっとしたものですから、ただ、

「はい」

と、伏眼になり、殊勝げに答えて置きました。

署長は書類を書き終えて、

「起訴になるかどうか、それは検事殿がきめることだが、お前の身元引受人に、電報

か電話で、きょう横浜の検事局にきてもらうように、たのんだほうがいいな。誰か、あるだろう、お前の保護者とか保証人とかいうものが」

父の東京の別荘に出入りしていた書画骨董《こっとう》商の渋田という、自分たちと同郷人で、父のたいこ持ちみたいな役も勤めていたずんぐりした独身の四十男が、自分の学校の保証人になっているのを、自分は思い出しました。その男の顔が、殊に眼つきが、ヒラメに似ているというので、父はいつもその男をヒラメと呼び、自分も、そう呼びなれていました。

自分は警察の電話帳を借りて、ヒラメの家の電話番号を捜し、見つかったので、ヒラメに電話して、横浜の検事局にきてくれるように頼みましたら、ヒラメは人が変ったみたいな威張った口調で、それでも、とにかく引受けてくれました。

「おい、その電話機、すぐ消毒したほうがいいぜ。何せ、血痰が出ているんだから」

自分が、また保護室に引き上げてから、お巡りたちにそう言いつけている署長の大きな声が、保護室に坐っている自分の耳にまで、とどきました。

お昼すぎ、自分は、細い麻縄で胴を縛られ、それはマントで隠すことを許されましたが、その麻縄の端を若いお巡りが、しっかり握っていて、二人一緒に電車で横浜に向いました。

けれども、自分には少しの不安もなく、あの警察の保護室も、老巡査もなつかしく、嗚呼《ああ》、自分はどうしてこうなのでしょう、罪人として縛られると、かえってほっとして、そうしてゆったり落ちついて、その時の追憶を、いま書くに当っても、本当にのびのびした楽しい気持ちになるのです。

しかし、その時期のなつかしい思い出の中にも、たった一つ、冷汗三斗の、生涯わすれられぬ悲惨なしくじりがあったのです。自分は、検事局の薄暗い一室で、検事の簡単な取調べを受けました。検事は四十歳前後の物静かな、（もし自分が美貌だったとしても、それは謂《い》わば邪淫の美貌だったに違いありませんが、その検事の顔は、正しい美貌、とでも言いたいような、聡明な静謐《せいひつ》の気配を持っていました）コセコセしない人柄のようでしたので、自分も全く警戒せず、ぼんやり陳述していたのですが、突然、れいの咳が出てきて、自分は袂からハンケチを出し、ふとその血を見て、この咳もまた何かの役に立つかも知れぬとあさましい駈引きの心を起し、ゴホン、ゴホンと二つばかり、おまけの贋《にせ》の咳を大袈裟《おおげさ》に付け加えて、ハンケチで口を覆ったまま検事の顔をちらと見た、間一髪、

「ほんとうかい？」

ものしずかな微笑でした。冷汗三斗、いいえ、いま思い出しても、きりきり舞いをしたくなります。中学時代に、あの馬鹿の竹一から、ワザ、ワザ、と言われて背中《せなか》を突かれ、地獄に蹴落《けおと》された、その時の思い以上と言っても、決して過言ではない気持

ちです。あれと、これと、二つ、自分の生涯に於ける演技の大失敗の記録です。検事のあんな物静かな侮蔑《ぶべつ》に遭うよりは、いっそ自分は十年の刑を言い渡されたほうが、ましだったと思う事さえ、時たまある程なのです。

自分は起訴猶予になりました。けれども一向にうれしくなく、世にもみじめな気持ちで、検事局の控室のベンチに腰かけ、引取り人のヒラメがくるのを待っていました。

背後の高い窓から夕焼けの空が見え、鷗《かもめ》が、「女」という字みたいな形で飛んでいました。

第三の手記

一

竹一の予言の、一つは当り、一つは、はずれました。惚《ほ》れられるという、名誉でない予言のほうは、あたりましたが、きっと偉い絵画きになるという、祝福の予言は、はずれました。

自分は、わずかに、粗悪な雑誌の、無名の下手な漫画家になる事ができただけでした。

鎌倉の事件のために、高等学校からは追放せられ、自分は、ヒラメの家の二階の、三畳の部屋で寝起きして、故郷からは月々、極めて小額の金が、それも直接に自分宛ではなく、ヒラメのところにひそかに送られてきている様子でしたが、（しかも、それは故郷の兄たちが、父にかくして送ってくれているという形式になっていたようでした）それっきり、あとは故郷とのつながりを全然、断ち切られてしまい、そうして、ヒラメはいつも不機嫌、自分があいそ笑いをしても、笑わず、人間というものはこんなにも簡単に、それこそ手のひらをかえすが如くに変化できるものかと、あさましく、いや、むしろ滑稽に思われるくらいの、ひどい変り様で、

「出ちゃいけませんよ。とにかく、出ないで下さいよ」

それぱかり自分に言っているのでした。

ヒラメは、自分に自殺のおそれありと、にらんでいるらしく、つまり、女の後を追ってまた海へ飛び込んだりする危険があると見てとっているらしく、自分の外出を固く禁じているのでした。けれども、酒も飲めないし、煙草も吸えないし、ただ、朝から晩まで二階の三畳のこたつにもぐって、古雑誌なんか読んで阿呆同然のくらしをしている自分には、自殺の気力さえ失われていました。

ヒラメの家は、大久保の医専の近くにあり、書画骨董商、青竜園、だなどと看板の

文字だけは相当に気張っていても、一棟二戸の、その一戸で、店の間口も狭く、店内はホコリだらけで、いい加減なガラクタばかり並べ、（もっとも、ヒラメはその店のガラクタにたよって商売しているわけではなく、こっちの所謂旦那の秘蔵のものを、あっちの所謂旦那にその所有権をゆずる場合などに活躍して、お金をもうけているらしいのです）店に坐っている事は殆どなく、たいてい朝から、むずかしそうな顔をしてそそくさと出かけ、留守は十七、八の小僧ひとり、これが自分の見張り番というわけで、ひまさえあれば近所の子供たちと外でキャッチボールなどしていても、二階の居候をまるで馬鹿か気違いくらいに思っているらしく、大人《おとな》の説教くさい事まで自分に言い聞かせ、自分は、ひとと言い争いのできない質《たち》なので、疲れたような、また、感心したような顔をしてそれに耳を傾け、服従しているのでした。この小僧は渋田のかくし子で、それでもへんな事情があって、渋田は所謂親子の名乗りをせず、また渋田がずっと独身なのも、何やらその辺に理由があっての事らしく、自分も以前、自分の家の者たちからそれに就いての噂《うわさ》を、ちょっと聞いたような気もするのですが、自分は、どうも他人の身の上には、あまり興味を持てないほうなので、深い事は何も知りません。しかし、その小僧の眼つきにも、妙に魚の眼を聯想《れんそう》させるところがありましたから、或いは、本当にヒラメのかくし子、……でも、それならば、二人は実に淋しい親子でした。夜おそく、二階の自分には内緒で、二人でおそばなどを取寄せて無言で食べている事がありました。

ヒラメの家では食事はいつもその小僧がつくり、二階のやっかい者の食事だけは別にお膳《ぜん》に載せて小僧が三度々々二階に持ち運んできてくれて、ヒラメと小僧は、階段の下のじめじめした四畳半で何やら、カチャカチャ皿小鉢の触れ合う音をさせながら、いそがしげに食事しているのでした。

三月末のある夕方、ヒラメは思わぬもうけ口にでもありついたのか、または何か他に策略でもあったのか、（その二つの推察が、ともに当っていたとしても、おそらくは、さらにまたいくつかの、自分などにはとても推察のとどかないこまかい原因もあったのでしょうが）自分を階下の珍らしくお銚子《ちょうし》など付いている食卓に招いて、ヒラメならぬマグロの刺身に、ごちそうの主人《あるじ》みずから感服し、賞讃《しょうさん》し、ぼんやりしている居候にも少しくお酒をすすめ、

「どうするつもりなんです、いったい、これから」

自分はそれに答えず、卓上の皿から畳鰯《たたみいわし》をつまみ上げ、その小魚たちの銀の眼玉を眺めていたら、酔いがほのぼの発してきて、遊び回っていた頃がなつかしく、堀木でさえなつかしく、つくづく「自由」が欲しくなり、ふっと、かぼそく泣きそうになりました。

自分がこの家へきてからは、道化を演ずる張合いさえなく、ただもうヒラメと小僧

の蔑視の中に身を横たえ、ヒラメのほうでもまた、自分と打ち解けた長噺をするのを避けている様子でしたし、自分もそのヒラメを追いかけて何かを訴える気などは起らず、ほとんど自分は、間抜けづらの居候になり切っていたのです。

「起訴猶予というのは、前科何犯とか、そんなものには、ならない模様です。だから、まあ、あなたの心掛け一つで、更生ができるわけです。あなたが、もし、改心して、あなたのほうから、真面目に私に相談を持ちかけてくれたら、私も考えてみます」

ヒラメの話方には、いや、世の中の全部の人の話方には、このようにややこしく、どこか朦朧《もうろう》として、逃腰とでもいったみたいな微妙な複雑さがあり、そのほとんど無益と思われるくらいの厳重な警戒と、無数といっていいくらいの小うるさい駈引とには、いつも自分は当惑し、どうでもいいやという気分になって、お道化で茶化したり、または無言の首肯で一さいおまかせという、謂わば敗北の態度をとってしまうのでした。

この時もヒラメが、自分に向って、だいたい次のように簡単に報告すれば、それですむ事だったのを自分は後年に到って知り、ヒラメの不必要な用心、いや、世の中の人たちの不可解な見栄、おていさいに、何とも陰鬱な思いをしました。

ヒラメは、その時、ただこう言えばよかったのでした。

「官立でも私立でも、とにかく四月から、どこかの学校へはいりなさい。あなたの生活費は、学校へはいると、くにから、もっと充分に送ってくる事になっているのです」

ずっと後になってわかったのですが、事実は、そのようになっていたのでした。そうして、自分もその言いつけに従ったでしょう。それなのに、ヒラメのいやに用心深く持って回った言い方のために、妙にこじれ、自分の生きて行く方向もまるで変ってしまったのです。

「真面目に私に相談を持ちかけてくれる気持ちがなければ、仕様がないですが」

「どんな相談？」

自分には、本当に何も見当がつかなかったのです。

「それは、あなたの胸にある事でしょう？」

「たとえば？」

「たとえばって、あなた自身、これからどうする気なんです」

「働いたほうが、いいんですか？」

「いや、あなたの気持ちは、いったいどうなんです」

「だって、学校へはいるといったって、……」

「そりゃ、お金が要ります。しかし、問題は、お金でない。あなたの気持ちです」

お金は、くにからくる事になっているんだから、となぜ一こと、言わなかったのでしょう。そのひと言によって、自分の気持ちも、きまったはずなのに、自分には、ただ五里霧中でした。

「どうですか？　何か、将来の希望、とでもいったものが、あるんですか？　いったい、どうも、ひとをひとり世話しているというのは、どれだけむずかしいものだか、世話されているひとには、わかりますまい」

「すみません」

「そりゃ実に、心配なものです。私も、いったんあなたの世話を引受けた以上、あなたにも、生半可《なまはんか》な気持ちでいてもらいたくないのです。立派に更生の道をたどる、という覚悟のほどを見せてもらいたいのです。たとえば、あなたの将来の方針、それに就いてあなたのほうから私に、まじめに相談を持ちかけてきたなら、私もその相談には応ずるつもりでいます。それは、どうせこんな、貧乏なヒラメの援助なのですから、以前のようなぜいたくを望んだら、あてがはずれます。しかし、あなたの気持ちがしっかりしていて、将来の方針をはっきり打ち樹《た》て、そうして私に相談をしてくれたら、私は、たといわずかずつでも、あなたの更生のために、お手伝いしようとさえ思っているんです。わかりますか？　私の気持ちが。いったい、あなたは、これから、どうするつもりでいるのです」

「ここの二階に、置いてもらえなかったら、働いて、……」

「本気で、そんな事を言っているのですか？　いまのこの世の中に、たとい帝国大学校を出たって、……」

「いいえ、サラリイマンになるんではないんです」

「それじゃ、何です」

「画家です」

思い切って、それを言いました。

「へええ？」

自分は、その時の、頸《くび》をちぢめて笑ったヒラメの顔の、いかにもずるそうな影を忘れる事ができません。軽蔑の影にも似て、それとも違い、世の中を海にたとえると、その海の千尋《ちひろ》の深さの箇所に、そんな奇妙な影がたゆとうていそうで、何か、おとなの生活の奥底をチラと覗《のぞ》かせたような笑いでした。

そんな事では話にも何もならぬ、ちっとも気持ちがしっかりしていない、考えなさい、今夜一晩まじめに考えてみなさい、と言われ、自分は追われるように二階に上って、寝ても、別に何の考えも浮びませんでした。そうして、あけがたになり、ヒラメの家から逃げました。

夕方、間違いなく帰ります。左記の友人の許《もと》へ、将来の方針に就いて相談に行ってくるのですから、御心配なく。ほんとうに。

と、用箋に鉛筆で大きく書き、それから、浅草の堀木正雄の住所姓名を記して、こっそり、ヒラメの家を出ました。

ヒラメに説教せられたのが、くやしくて逃げたわけではありませんでした。まさしく自分は、ヒラメの言うとおり、気持ちのしっかりしていない男で、将来の方針も何も自分にはまるで見当がつかず、この上、ヒラメの家のやっかいになっているのは、ヒラメにも気の毒ですし、そのうちに、もし万一、自分にも発奮の気持ちが起り、志を立てたところで、その更生資金をあの貧乏なヒラメから月々援助せられるのかと思うと、とても心苦しくて、いたたまらない気持ちになったからでした。

しかし、自分は、所謂「将来の方針」を、堀木ごときに、相談に行こうなどと本気に思って、ヒラメの家を出たのではなかったのでした。それは、ただ、わずかでも、つかのまでも、ヒラメに安心させて置きたくて、（その間に自分が、少しでも遠くへ逃げのびていたいという探偵小説的な策略から、そんな置手紙を書いた、というよりは、いや、そんな気持ちも幽《かす》かにあったに違いないのですが、それよりも、やはり自分は、いきなりヒラメにショックを与え、彼を混乱当惑させてしまうのが、おそろしかったばかりに、とでも言ったほうが、いくらか正確かも知れません。どうせ、ばれるにきまっているのに、そのとおりに言うのが、おそろしくて、必ず何かしら飾りをつけるのが、自分の哀しい性癖の一つで、それは世間の人が「嘘つき」と呼んで卑しめている性格に似ていながら、しかし、自分は自分に利益をもたらそうとしてその飾りつけを行った事はほとんどなく、ただ雰囲気《ふんいき》の興覚めた一変が、窒息するくらいにおそろしくて、後で自分に不利益になるという事がわかっていても、れいの自分の「必死の奉仕」それはたといゆがめられ微弱で、馬鹿らしいものであろうと、その奉仕の気持ちから、ついひと言の飾りつけをしてしまうという場合が多かったような気もするのですが、しかし、この習性もまた、世間の所謂「正直者」たちから、大いに乗ぜられるところとなりました）その時、ふっと、記憶の底から浮んできたままに堀木の住所と姓名を、用箋の端にしたためたまでの事だったのです。

自分はヒラメの家を出て、新宿まで歩き、懐中の本を売り、そうして、やっぱり途方にくれてしまいました。自分は、皆にあいそがいいかわりに、「友情」というものを、いちども実感した事がなく、堀木のような遊び友達は別として、いっさいの付き合いは、ただ苦痛を覚えるばかりで、その苦痛をもみほぐそうとして懸命にお道化を演じて、かえって、へとへとになり、わずかに知合っているひとの顔を、それに似た顔をさえ、往来などで見掛けても、ぎょっとして、一瞬、めまいするほどの不快な戦慄に襲われる有様で、人に好かれる事は知っていても、人を愛する能力に於《お》いては欠けているところがあるようでした。（もっとも、自分は、世の中の人間にだって、果して、「愛」の能力があるのかどうか、たいへん疑問に思っています）そのような自分に、所謂「親友」などできるはずはなく、そのうえ自分には、「訪問《ヴィジット》」の能力さえなかったのです。他人の家の門は、自分にとって、あの神曲の地獄の門以上に薄気味わるく、その門の奥には、おそろしい竜みたいな生臭い奇獣がうごめいている気配を、誇張でなしに、実感せられていたのです。

誰とも、付き合いがない。どこへも、訪ねて行けない。

堀木。

それこそ、冗談から駒が出た形でした。あの置手紙に、書いたとおりに、自分は浅草の堀木をたずねて行く事にしたのです。自分はこれまで、自分のほうから堀木の家をたずねて行った事は、いちどもなく、たいてい電報で堀木を自分のほうに呼び寄せていたのですが、いまはその電報料さえ心細く、それに落ちぶれた身のひがみから、電報を打っただけでは、堀木は、きてくれぬかも知れぬと考えて、何よりも自分に苦手の「訪問」を決意し、溜息《ためいき》をついて市電に乗り、自分にとって、この世の中でたった一つの頼みの綱は、あの堀木なのか、と思い知ったら、何か背筋《せすじ》の寒くなるような凄《すさま》じい気配に襲われました。

堀木は、在宅でした。汚い露路の奥の、二階家で、堀木は二階のたった一部屋の六畳を使い、下では、堀木の老父母と、それから若い職人と三人、下駄の鼻緒を縫ったり叩いたりして製造しているのでした。

堀木は、その日、彼の都会人としての新しい一面を自分に見せてくれました。それは、俗にいうチャッカリ性でした。田舎者の自分が、愕然《がくぜん》と眼をみはったくらいの、冷たく、ずるいエゴイズムでした。自分のように、ただ、とめどなく流れるたちの男ではなかったのです。

「お前には、全く呆《あき》れた。親爺さんから、お許しが出たかね。まだかい」

逃げてきた、とは、言えませんでした。

自分は、れいによって、ごまかしました。いまに、すぐ、堀木に気付かれるに違いないのに、ごまかしました。

「それは、どうにかなるさ」

「おい、笑いごとじゃないぜ。忠告するけど、馬鹿もこのへんでやめるんだな。おれは、きょうは、用事があるんだがね。この頃、ばかにいそがしいんだ」

「用事って、どんな？」

「おい、おい、座蒲団の糸を切らないでくれよ」

自分は話をしながら、自分の敷いている座蒲団の綴糸《とじいと》というのか、くくり紐《ひも》というのか、あの総《ふさ》のような四隅の糸の一つを無意識に指先でもてあそび、ぐいと引っぱったりなどしていたのでした。堀木は、堀木の家の品物なら、座蒲団の糸一本でも惜しいらしく、恥じる色もなく、それこそ、眼に角《かど》を立てて、自分をとがめるのでした。

考えてみると、堀木は、これまで自分との付合いに於いて何一つ失ってはいなかったのです。

堀木の老母が、おしるこを二つお盆に載せて持ってきました。

「あ、これは」

と堀木は、しんからの孝行息子のように、老母に向って恐縮し、言葉づかいも不自然なくらい丁寧に、

「すみません、おしるこですか。豪気だなあ。こんな心配は、要らなかったんですよ。用事で、すぐ外出しなけれゃいけないんですから。いいえ、でも、せっかくの御自慢のおしるこを、もったいない。いただきます。お前も一つ、どうだい。おふくろが、わざわざ作ってくれたんだ。ああ、こいつあ、うめえや。豪気だなあ」

と、まんざら芝居でもないみたいに、ひどく喜び、おいしそうに食べるのです。自分もそれを啜《すす》りましたが、お湯のにおいがして、そうして、お餅をたべたら、それはお餅でなく、自分にはわからないものでした。決して、その貧しさを軽蔑したのではありません。（自分は、その時それを、不味《まず》いとは思いませんでしたし、また、老母の心づくしも身にしみました。自分には、貧しさへの恐怖感はあっても、軽蔑感は、ないつもりでいます）あのおしること、それから、そのおしるこを喜ぶ堀木によって、自分は、都会人のつましい本性、また、内と外をちゃんと区別していとなんでいる東

京の人の家庭の実体を見せつけられ、内も外も変りなく、ただのべつ幕無しに人間の生活から逃げ回ってばかりいる薄馬鹿の自分ひとりだけ完全に取残され、堀木にさえ見捨てられたような気配に、狼狽《ろうばい》し、おしるこのはげた塗箸《ぬりばし》をあつかいながら、たまらなく侘《わ》びしい思いをしたという事を、記して置きたいだけなのです。

「わるいけど、おれは、きょうは用事があるんでね」

堀木は立って、上衣を着ながらそう言い、

「失敬するぜ、わるいけど」

その時、堀木に女の訪問者があり、自分の身の上も急転しました。

堀木は、にわかに活気づいて、

「や、すみません。いまね、あなたのほうへお伺いしようと思っていたのですがね、このひとが突然やってきて、いや、かまわないんです。さあ、どうぞ」

よほど、あわてているらしく、自分が自分の敷いている座蒲団をはずして裏がえしにして差し出したのを引ったくって、また裏がえしにして、その女のひとにすすめました。部屋には、堀木の座蒲団の他には、客座蒲団がたった一枚しかなかったのです。

女のひとは痩《や》せて、背の高いひとでした。その座蒲団は傍にのけて、入口ちかくの片隅に坐りました。

自分は、ぼんやり二人の会話を聞いていました。女は雑誌社のひとのようで、堀木にカットだか、何だかをかねて頼んでいたらしく、それを受取りにきたみたいな具合いでした。

「いそぎますので」

「できています。もうとっくにできています。これです、どうぞ」

電報がきました。

堀木が、それを読み、上機嫌のその顔がみるみる険悪になり、

「ちぇっ！　お前、こりゃ、どうしたんだい」

ヒラメからの電報でした。

「とにかく、すぐに帰ってくれ。おれが、お前を送りとどけるといいんだろうが、おれにはいま、そんなひまは、ねえや。家出していながら、その、のんきそうな面《つら》ったら」

「お宅は、どちらなのですか？」

「大久保です」

ふいと答えてしまいました。

「そんなら、社の近くですから」

女は、甲州の生れで二十八歳でした。五つになる女児と、高円寺のアパートに住んでいました。夫と死別して、三年になると言っていました。

「あなたは、ずいぶん苦労して育ってきたみたいなひとね。よく気がきくわ。可哀そうに」

はじめて、男めかけみたいな生活をしました。シヅ子（というのが、その女記者の名前でした）が新宿の雑誌社に勤めに出たあとは、自分とそれからシゲ子という五つの女児と二人、おとなしくお留守番という事になりました。それまでは、母の留守には、シゲ子はアパートの管理人の部屋で遊んでいたようでしたが、「気のきく」おじさんが遊び相手として現われたので、大いに御機嫌がいい様子でした。

一週間ほど、ぼんやり、自分はそこにいました。アパートの窓のすぐ近くの電線に、奴凧《やっこだこ》が一つひっからまっていて、春のほこり風に吹かれ、破られ、それでもなかなか、しつっこく電線にからみついて離れず、何やら首肯《うなず》いたりなんかしているので、自分はそれを見る度毎に苦笑し、赤面し、夢にさえ見て、うなされました。

「お金が、ほしいな」

「……いくら位？」

「たくさん。……金の切れ目が、縁の切れ目、って、本当の事だよ」

「ばからしい。そんな、古くさい、……」

「そう？　しかし、君には、わからないんだ。このままでは、僕は、逃げる事になるかも知れない」

「いったい、どっちが貧乏なのよ。そうして、どっちが逃げるのよ。へんねえ」

「自分でかせいで、そのお金で、お酒、いや、煙草を買いたい。絵だって僕は、堀木なんかより、ずっと上手なつもりなんだ」

このような時、自分の脳裡におのずから浮びあがってくるものは、あの中学時代に画いた竹一の所謂「お化け」の、数枚の自画像でした。失われた傑作。それは、たびたびの引越しの間に、失われてしまっていたのですが、あれだけは、たしかに優れている絵だったような気がするのです。その後、さまざま画いてみても、その思い出の中の逸品には、遠く遠く及ばず、自分はいつも、胸がからっぽになるような、だるい喪失感になやまされ続けてきたのでした。

飲み残した一杯のアブサン。

自分は、その永遠に償い難いような喪失感を、こっそりそう形容していました。絵の話が出ると、自分の眼前に、その飲み残した一杯のアブサンがちらついてきて、ああ、あの絵をこのひとに見せてやりたい、そうして、自分の画才を信じさせたい、という焦燥《しょうそう》にもだえるのでした。

「ふふ、どうだか。あなたは、まじめな顔をして冗談を言うから可愛い」

冗談ではないのだ、本当なんだ、ああ、あの絵を見せてやりたい、と空転の煩悶《はんもん》をして、ふいと気をかえ、あきらめて、

「漫画さ。すくなくとも、漫画なら、堀木よりは、うまいつもりだ」

その、ごまかしの道化の言葉のほうが、かえってまじめに信ぜられました。

「そうね。私も、実は感心していたの。シゲ子にいつもかいてやっている漫画、つい私まで噴き出してしまう。やってみたら、どう？　私の社の編輯長《へんしゅうちょう》に、たのんでみてあげてもいいわ」

その社では、子供相手のあまり名前を知られていない月刊の雑誌を発行していたのでした。

……あなたを見ると、たいていの女のひとは、何かしてあげたくて、たまらなくなる。……いつも、おどおどしていて、それでいて、滑稽家なんだもの。……時たま、ひとりで、ひどく沈んでいるけれども、そのさまが、いっそう女のひとの心を、かゆがらせる。

シヅ子に、そのほかさまざまの事を言われて、おだてられても、それが即《すなわ》ち男めかけのけがらわしい特質なのだ、と思えば、それこそいよいよ「沈む」ばかりで、一向に元気が出ず、女よりは金、とにかくシヅ子からのがれて自活したいとひそかに念じ、工夫しているものの、かえってだんだんシヅ子にたよらなければならぬ破目になって、家出の後仕末やら何やら、ほとんど全部、この男まさりの甲州女の世話を受け、いっそう自分は、シヅ子に対し、所謂「おどおど」しなければならぬ結果になったのでした。

シヅ子の取計らいで、ヒラメ、堀木、それにシヅ子、三人の会談が成立して、自分は、故郷から全く絶縁せられ、そうしてシヅ子と「天下晴れて」同棲《どうせい》という事になり、これまた、シヅ子の奔走のおかげで自分の漫画も案外お金になって、自分はそのお金で、お酒も、煙草も買いましたが、自分の心細さ、うっとうしさは、いよいよつのるばかりなのでした。それこそ「沈み」に「沈み」切って、シヅ子の雑誌の毎月の連載漫画「キンタさんとオタさんの冒険」を画いていると、ふいと故郷の家が思い出され、あまりの侘びしさに、ペンが動かなくなり、うつむいて涙をこぼした事もありました。

そういう時の自分にとって、幽かな救いは、シゲ子でした。シゲ子は、その頃になって自分の事を、何もこだわらずに「お父ちゃん」と呼んでいました。

「お父ちゃん。お祈りをすると、神様が、何でも下さるって、ほんとう？」

自分こそ、そのお祈りをしたいと思いました。

ああ、われに冷き意志を与え給え。われに、「人間」の本質を知らしめ給え。人が人を押しのけても、罪ならずや。われに、怒りのマスクを与え給え。

「うん、そう。シゲちゃんには何でも下さるだろうけれども、お父ちゃんには、駄目かも知れない」

自分は神にさえ、おびえていました。神の愛は信ぜられず、神の罰だけを信じているのでした。信仰。それは、ただ神の笞《むち》を受けるために、うなだれて審判の台に向う事のような気がしているのでした。地獄は信ぜられても、天国の存在は、どうしても信ぜられなかったのです。

「どうして、ダメなの？」

「親の言いつけに、そむいたから」

「そう？ お父ちゃんはとてもいいひとだって、みんな言うけどな」

それは、だましているからだ、このアパートの人たち皆に、自分が好意を示されているのは、自分も知っている、しかし、自分は、どれほど皆を恐怖しているか、恐怖すればするほど好かれ、そうして、こちらは好かれると好かれるほど恐怖し、皆から離れて行かねばならぬ、この不幸な病癖を、シゲ子に説明して聞かせるのは、至難の事でした。

「シゲちゃんは、いったい、神様に何をおねだりしたいの？」

自分は、何気なさそうに話頭を転じました。

「シゲ子はね、シゲ子の本当のお父ちゃんがほしいの」

ぎょっとして、くらくら目まいしました。敵。自分がシゲ子の敵なのか、シゲ子が自分の敵なのか、とにかく、ここにも自分をおびやかすおそろしい大人がいたのだ、他人、不可解な他人、秘密だらけの他人、シゲ子の顔が、にわかにそのように見えてきました。

シゲ子だけは、と思っていたのに、やはり、この者も、あの「不意に虻《あぶ》を叩き殺す牛のしっぽ」を持っていたのでした。自分は、それ以来、シゲ子にさえおどおどしなければならなくなりました。

「色魔《しきま》！　いるかい？」

堀木が、また自分のところへたずねてくるようになっていたのです。あの家出の日に、あれほど自分を淋しくさせた男なのに、それでも自分は拒否できず、幽かに笑って迎えるのでした。

「お前の漫画は、なかなか人気が出ているそうじゃないか。アマチュアには、こわいもの知らずの糞度胸《くそどきょう》があるからかなわねえ。しかし、油断するなよ。デッサンが、ちっともなってやしないんだから」

お師匠みたいな態度をさえ示すのです。自分のあの「お化け」の絵を、こいつに見せたら、どんな顔をするだろう、とれいの空転の身悶《みもだ》えをしながら、

「それを言ってくれるな。ぎゃっという悲鳴が出る」

堀木は、いよいよ得意そうに、

「世渡りの才能だけでは、いつかは、ボロが出るからな」

世渡りの才能。……自分には、ほんとうに苦笑の他はありませんでした。自分に、

世渡りの才能！　しかし、自分のように人間をおそれ、避け、ごまかしているのは、れいの俗諺《ぞくげん》の「さわらぬ神にたたりなし」とかいう怜悧狡猾《れいりこうかつ》の処生訓を遵奉しているのと、同じ形だ、という事になるのでしょうか。ああ、人間は、お互い何も相手をわからない、まるっきり間違って見ていながら、無二の親友のつもりでいて、一生、それに気付かず、相手が死ねば、泣いて弔詞なんかを読んでいるのではないでしょうか。

堀木は、何せ、（それはシヅ子に押してたのまれてしぶしぶ引受けたに違いないのですが）自分の家出の後仕末に立ち合ったひとなので、まるでもう、自分の更生の大恩人か、月下氷人のように振舞い、もっともらしい顔をして自分にお説教めいた事を言ったり、また、深夜、酔っぱらって訪問して泊ったり、また、五円（きまって五円でした）借りて行ったりするのでした。

「しかし、お前の、女道楽もこのへんでよすんだね。これ以上は、世間が、ゆるさないからな」

世間とは、いったい、何の事でしょう。人間の複数でしょうか。どこに、その世間というものの実体があるのでしょう。けれども、何しろ、強く、きびしく、こわいもの、とばかり思ってこれまで生きてきたのですが、しかし、堀木にそう言われて、ふと、

「世間というのは、君じゃないか」

という言葉が、舌の先まで出かかって、堀木を怒らせるのがイヤで、ひっこめました。


（それは世間が、ゆるさない）

（世間じゃない。あなたが、ゆるさないのでしょう？）

（そんな事をすると、世間からひどいめに逢うぞ）

（世間じゃない。あなたでしょう？）

（いまに世間から葬られる）

（世間じゃない。葬るのは、あなたでしょう？）

汝《なんじ》は、汝個人のおそろしさ、怪奇、悪辣《あくらつ》、古狸《ふるだぬき》性、妖婆《ようば》性を知れ！　などと、さまざまの言葉が胸中に去来したのですが、自分は、ただ顔の汗をハンケチで拭いて、

「冷汗《ひやあせ》、冷汗」

と言って笑っただけでした。

けれども、その時以来、自分は、（世間とは個人じゃないか）という、思想めいたものを持つようになったのです。

そうして、世間というものは、個人ではなかろうかと思いはじめてから、自分は、いままでよりは多少、自分の意志で動く事ができるようになりました。シヅ子の言葉を借りて言えば、自分は少しわがままになり、おどおどしなくなりました。また、堀

木の言葉を借りて言えば、へんにケチになりました。また、シゲ子の言葉を借りて言えば、あまりシゲ子を可愛がらなくなりました。

無口で、笑わず、毎日々々、シゲ子のおもりをしながら、「キンタさんとオタさんの冒険」やら、またノンキなトウサンの歴然たる亜流の「ノンキ和尚《おしょう》」やら、また、「セッカチピンチャン」という自分ながらわけのわからぬヤケクソの題の連載漫画やらを、各社の御注文（ぽつりぽつり、シヅ子の社の他からも注文がくるようになっていましたが、すべてそれは、シヅ子の社よりも、もっと下品な謂わば三流出版社からの注文ばかりでした）に応じ、実に実に陰鬱な気持ちで、のろのろと、（自分の画の運筆は、非常におそいほうでした）いまはただ、酒代がほしいばかりに画いて、そうして、シヅ子が社から帰るとそれと交代にぷいと外へ出て、高円寺の駅近くの屋台やスタンド・バアで安くて強い酒を飲み、少し陽気になってアパートへ帰り、

「見れば見るほど、へんな顔をしているねえ、お前は。ノンキ和尚の顔は、実は、お前の寝顔からヒントを得たのだ」

「あなたの寝顔だって、ずいぶんお老けになりましてよ。四十男みたい」

「お前のせいだ。吸い取られたんだ。水の流れと、人の身はあサ。何をくよくよ川端やなあぎいサ」

「騒がないで、早くおやすみなさいよ。それとも、ごはんをあがりますか？」

落ちついていて、まるで相手にしません。人の流れと、いや、水の流れえと、

「酒なら飲むがね。水の流れと、人の身はあサ。

水の身はあサ」

唄いながら、シヅ子に衣服をぬがせられ、シヅ子の胸に自分の額を押しつけて眠ってしまう、それが自分の日常でした。

してその翌日《あくるひ》も同じ事を繰返して、

昨日《きのう》に異《かわ》らぬ慣例《しきたり》に従えばよい。

即ち荒っぽい大きな歓楽《よろこび》を避《よ》けてさえいれば、

自然また大きな悲哀《かなしみ》もやって来《こ》ないのだ。

ゆくてを塞《ふさ》ぐ邪魔な石を

蟾蜍《ひきがえる》は回って通る。

上田敏訳のギイ・シャルル・クロオとかいうひとの、こんな詩句を見つけた時、自分はひとりで顔を燃えるくらいに赤くしました。

蟾蜍。

(それが、自分だ。世間がゆるすも、ゆるさぬもない。葬るも、葬らぬもない。自分

は、犬よりも猫よりも劣等な動物なのだ。蟾蜍。のそのそ動いているだけだ）

自分の飲酒は、次第に量がふえてきました。高円寺駅付近だけでなく、新宿、銀座のほうにまで出かけて飲み、外泊する事さえあり、ただもう「慣例《しきたり》」に従わぬよう、バアで無頼漢の振りをしたり、片端からキスしたり、つまり、また、あの情死以前の、いや、あの頃よりさらに荒《すさ》んで野卑な酒飲みになり、金に窮して、シヅ子の衣類を持ち出すほどになりました。

ここへきて、あの破れた奴凧に苦笑してから一年以上経って、葉桜の頃、自分は、またもシヅ子の帯やら襦袢《じゅばん》やらをこっそり持ち出して質屋に行き、お金を作って銀座で飲み、二晩つづけて外泊して、三日目の晩、さすがに具合い悪い思いで、無意識に足音をしのばせて、アパートのシヅ子の部屋の前までくると、中から、シヅ子とシゲ子の会話が聞えます。

「なぜ、お酒を飲むの？」

「お父ちゃんはね、お酒を好きで飲んでいるのでは、ないんですよ。あんまりいいひとだから、だから、……」

「いいひとは、お酒を飲むの？」

「そうでもないけど、……」

「お父ちゃんは、きっと、びっくりするわね」

「おきらいかも知れない。ほら、ほら、箱から飛び出した」

「セッカチピンチャンみたいね」

「そうねえ」

シヅ子の、しんから幸福そうな低い笑い声が聞えました。

自分が、ドアを細くあけて中をのぞいて見ますと、白兎の子でした。ぴょんぴょん部屋中を、はね回り、親子はそれを追っていました。

（幸福なんだ、この人たちは。自分という馬鹿者が、この二人のあいだにはいって、いまに二人を滅茶苦茶にするのだ。つつましい幸福。いい親子。幸福を、ああ、もし神様が、自分のような者の祈りでも聞いてくれるなら、いちどだけ、生涯にいちどだけでいい、祈る）

自分は、そこにうずくまって合掌したい気持ちでした。そっと、ドアを閉め、自分は、また銀座に行き、それっきり、そのアパートには帰りませんでした。

そうして、京橋のすぐ近くのスタンド・バアの二階に自分は、またも男めかけの形で、寝そべる事になりました。

世間。どうやら自分にも、それがぼんやりわかりかけてきたような気がしていました。個人と個人の争いで、しかも、その場の争いで、しかも、その場で勝てばいいのだ、人間は決して人間に服従しない、奴隷でさえ奴隷らしい卑屈なシッペがえしをするものだ、だから、人間にはその場の一本勝負にたよる他、生き伸びる工夫がつかぬのだ、大義名分らしいものを称《とな》えていながら、努力の目標は必ず個人、個人を乗り越えてまた個人、世間の難解は、個人の難解、大洋《オーシャン》は世間でなくて、個人なのだ、と世の中という大海の幻影におびえる事から、多少解放せられて、以前ほど、あれこれと際限のない心遣いする事なく、謂わば差し当っての必要に応じて、いくぶん図々しく振舞う事を覚えてきたのです。

高円寺のアパートを捨て、京橋のスタンド・バアのマダムに、

「わかれてきた」

それだけ言って、それで充分、つまり一本勝負はきまって、その夜から、自分は乱暴にもそこの二階に泊り込む事になったのですが、しかし、おそろしいはずの「世間」は、自分に何の危害も加えませんでしたし、また自分も「世間」に対して何の弁明もしませんでした。マダムが、その気だったら、それですべてがいいのでした。

自分は、その店のお客のようでもあり、亭主のようでもあり、走り使いのようでもあり、親戚の者のようでもあり、はたから見て甚《はなは》だ得態《えたい》の知れない存在だったはずなのに、「世間」は少しもあやしまず、そうしてその店の常連たちも、自分を、葉ちゃん、葉ちゃんと呼んで、ひどく優しく扱い、そうしてお酒を飲ませてくれるのでした。

自分は世の中に対して、次第に用心しなくなりました。世の中というところは、そ

んなに、おそろしいところではない、と思うようになりました。つまり、これまでの自分の恐怖感は、春の風には百日咳《ひゃくにちぜき》の黴菌《ばいきん》が何十万、銭湯には、目のつぶれる黴菌が何十万、床屋には禿頭病《とくとう》の黴菌が何十万、省線の吊皮《つりかわ》には疥癬《かいせん》の虫がうようよ、または、おさしみ、牛豚肉の生焼けには、さなだ虫の幼虫やら、ジストマやら、何やらの卵などが必ずひそんでいて、また、はだしで歩くと足の裏からガラスの小さい破片がはいって、その破片が体内を駈けめぐり眼玉を突いて失明させる事もあるとかいう謂わば「科学の迷信」におびやかされていたようなものなのでした。それは、たしかに何十万もの黴菌の浮び泳ぎうごめいているのは、「科学的」にも、正確な事でしょう。と同時に、その存在を完全に黙殺さえすれば、それは自分とみじんのつながりもなくなってたちまち消え失せる「科学の幽霊」に過ぎないのだという事をも、自分は知るようになったのです。お弁当箱に食べ残しのごはん三粒、千万人が一日に三粒ずつ食べ残しても既にそれは、米何俵をむだに捨てた事になる、とか、或いは、一日に鼻紙一枚の節約を千万人が行うならば、どれだけのパルプが浮くか、などという「科学的統計」に、自分は、どれだけおびやかされ、ごはんを一粒でも食べ残す度毎に、また鼻をかむ度毎に、山ほどの米、山ほどのパルプを空費するような錯覚に悩み、自分がいま重大な罪を犯しているみたいな暗い気持ちになったものですが、しかし、それこそ「科学の嘘」「統計の嘘」「数学の嘘」で、三粒のごはんは集められるものでなく、掛算割算の応用問題としても、まことに原始的で低能なテーマで、電気のついてない暗いお便所の、あの穴に人は何度にいちど片脚を踏みはずして落下させるか、または、省線電車の出入口と、プラットホームの縁《へり》とのあの隙間に、乗客の何人中の何人が足を落とし込むか、そんなプロバビリティを計算するのと同じ程度にばからしく、それは如何《いか》にも有り得る事のようでもありながら、お便所の穴をまたぎそこねて怪我をしたという例は、少しも聞かないし、そんな仮説を「科学的事実」として教え込まれ、それを全く現実として受取り、恐怖していた昨日までの自分をいとおしく思い、笑いたく思ったくらいに、自分は、世の中というものの実体を少しずつ知ってきたというわけなのでした。

そうは言っても、やはり人間というものが、まだまだ、自分にはおそろしく、店のお客と逢うのにも、お酒をコップで一杯ぐいと飲んでからでなければいけませんでした。こわいもの見たさ。自分は、毎晩、それでもお店に出て、子供が、実は少しこわがっている小動物などを、かえって強くぎゅっと握ってしまうみたいに、店のお客に向って酔ってつたない芸術論を吹きかけるようにさえなりました。

漫画家。ああ、しかし、自分は、大きな歓楽《よろこび》も、また、大きな悲哀《かなしみ》もない無名の漫画家。いかに大きな悲哀《かなしみ》があとでやってきてもいい、荒っぽい大きな歓楽《よろこび》が欲しいと内心あせってはいても、自分の現在のよろこびたるや、お客とむだ事を言い合い、お客の酒を飲む事だけでした。

京橋へきて、こういうくだらない生活を既に一年ちかく続け、自分の漫画も、子供相手の雑誌だけでなく、駅売りの粗悪で卑猥《ひわい》な雑誌などにも載るようになり、自分は、上司幾太（情死、生きた）という、ふざけ切った匿名で、汚いはだかの絵など画き、それにたいていルバイヤットの詩句を挿入《そうにゅう》しました。

無駄な御祈りなんか止《よ》せったら
涙を誘うものなんか　かなぐりすてろ
まア一杯いこう　好いことばかり思出して
よけいな心づかいなんか忘れっちまいな

不安や恐怖もて人を脅やかす奴輩《やから》は
自《みずか》の作りし大それた罪に怯《おび》え
死にしものの復讐《ふくしゅう》に備えんと
自《みずか》の頭にたえず計いを為《な》す

よべ　酒充ちて我ハートは喜びに充ち

けさ　さめて只《ただ》に荒涼
いぶかし　一夜《ひとよ》さの中
様変りたる此《この》気分よ
祟《たた》りなんて思うこと止《や》めてくれ
遠くから響く太鼓のように
何がなしそいつは不安だ
屁《へ》ひったこと迄《まで》一々罪に勘定されたら助からんわい

正義は人生の指針たりとや？
さらば血に塗られたる戦場に
暗殺者の切尖《きっさき》に
何の正義か宿れるや？

いずこに指導原理ありや？
いかなる叡智《えいち》の光ありや？
美《うる》わしくも怖《おそろ》しきは浮世なれ
かよわき人の子は背負切れぬ荷をば負わされ

どうにもできない情慾の種子を植えつけられた許《ばか》りに
善だ悪だ罪だと呪《のろ》わるるばかり
どうにもできない只まごつくばかり
抑え摧《くだ》く力も意志も授けられぬ許りに

どこをどう彷徨《うろつき》まわってたんだい
ナニ批判　検討　再認識？
ヘッ　空《むな》しき夢を　ありもしない幻を
エヘッ　酒を忘れたんで　みんな虚仮《こけ》の思案さ

どうだ　此涯《はて》もない大空を御覧よ
此中にポッチリ浮んだ点じゃい
此地球が何んで自転するのか分るもんか
自転　公転　反転も勝手ですわい

至る処《ところ》に　至高の力を感じ

あらゆる国にあらゆる民族に
同一の人間性を発見する
我は異端者なりとかや

みんな聖経をよみ違えてんのよ
でなきゃ常識も智慧《ちえ》もないのよ
生身《いきみ》の喜びを禁じたり　酒を止めたり
いいわ　ムスタッファ　わたしそんなの　大嫌い

けれども、その頃、自分に酒を止めよ、とすすめる処女がいました。

「いけないわ、毎日、お昼から、酔っていらっしゃる」

バアの向いの、小さい煙草屋の十七、八の娘でした。ヨシちゃんと言い、色の白い、八重歯のある子でした。自分が、煙草を買いに行くたびに、笑って忠告するのでした。

「なぜ、いけないんだ。どうして悪いんだ。あるだけの酒をのんで、人の子よ、憎悪を消せ消せ消せ、ってね、むかしペルシャのね、まあよそう、悲しみ疲れたるハートに希望を持ちこすは、ただ微醺《びくん》をもたらす玉杯なれ、ってね。わかるかい」

「わからない」

「この野郎。キスしてやるぞ」

「してよ」

ちっとも悪びれず下唇を突き出すのです。

「馬鹿野郎。貞操観念、……」

しかし、ヨシちゃんの表情には、あきらかに誰にも汚されていない処女のにおいがしていました。

としが明けて厳寒の夜、自分は酔って煙草を買いに出て、その煙草屋の前のマンホールに落ちて、ヨシちゃん、たすけてくれえ、と叫び、ヨシちゃんに引き上げられ、右腕の傷の手当を、ヨシちゃんにしてもらい、その時ヨシちゃんは、しみじみ、

「飲みすぎますわよ」

と笑わずに言いました。

自分は死ぬのは平気なんだけど、怪我をして出血してそうして不具者などになるのは、まっぴらごめんのほうですので、ヨシちゃんに腕の傷の手当をしてもらいながら、酒も、もういい加減によそうかしら、と思ったのです。

「やめる。あしたから、一滴も飲まない」

「ほんとう?」

「きっと、やめる。やめたら、ヨシちゃん、僕のお嫁になってくれるかい?」

しかし、お嫁の件は冗談でした。

「モチよ」

モチとは、「勿論」の略語でした。モボだの、モガだの、その頃いろんな略語がはやっていました。

「ようし。ゲンマンしよう。きっとやめる」

そうして翌《あく》る日、自分は、やはり昼から飲みました。

夕方、ふらふら外へ出て、ヨシちゃんの店の前に立ち、

「ヨシちゃん、ごめんね。飲んじゃった」

「あら、いやだ。酔った振りなんかして」

ハッとしました。酔いもさめた気持ちでした。

「いや、本当なんだ。本当に飲んだのだよ。酔った振りなんかしてるんじゃない」

「からかわないでよ。ひとがわるい」

てんで疑おうとしないのです。

「見ればわかりそうなものだ。きょうも、お昼から飲んだのだ。ゆるしてね」

「お芝居が、うまいのねえ」

「芝居じゃあないよ、馬鹿野郎。キスしてやるぞ」

「してよ」

「いや、僕には資格がない。お嫁にもらうのもあきらめなくちゃならん。顔を見なさい、赤いだろう？　飲んだのだよ」

「それあ、夕陽が当っているからよ。かつごうたって、だめよ。きのう約束したんですもの。飲むはずがないじゃないの。ゲンマンしたんですもの。飲んだなんて、ウソ、ウソ、ウソ」

薄暗い店の中に坐って微笑しているヨシちゃんの白い顔、ああ、よごれを知らぬヴァジニティは尊いものだ、自分は今まで、自分よりも若い処女と寝た事がない、結婚しよう、どんな大きな悲哀《かなしみ》がそのために後からやってきてもよい、荒っぽいほどの大きな歓楽《よろこび》を、生涯にいちどでいい、処女性の美しさとは、それは馬鹿な詩人の甘い感傷の幻に過ぎぬと思っていたけれども、やはりこの世の中に生きて在るものだ、結婚して春になったら二人で自転車で青葉の滝を見に行こう、と、その場で決意し、所謂「一本勝負」で、その花を盗むのにためらう事をしませんでした。

そうして自分たちは、やがて結婚して、それによって得た歓楽《よろこび》は、必ずしも大きくはありませんでしたが、その後にきた悲哀《かなしみ》は、凄惨《せいさん》と言っても足りないくらい、実に想像を絶して、大きくやってきました。自分にとって、「世の中」は、やはり底知れず、おそろしいところでした。決して、そんな一本勝負などで、何から何まできまってしまうような、なまやさしいところでもなかったのでした。

二

堀木と自分。

互いに軽蔑《けいべつ》しながら付き合い、そうして互いに自《みずか》らをくだらなくして行く、それがこの世の所謂「交友」というものの姿だとするなら、自分と堀木との間柄も、まさしく「交友」に違いありませんでした。

自分があの京橋のスタンド・バアのマダムの義俠心《ぎきょうしん》にすがり、(女のひとの義俠心なんて、言葉の奇妙な遣い方ですが、しかし、自分の経験によると、少くとも都会の男女の場合、男よりも女のほうが、その、義俠心とでもいうべきものをたっぷりと持っていました。男はたいてい、おっかなびっくりで、おていさいばかり飾り、そうして、ケチでした)あの煙草屋のヨシ子を内縁の妻にする事ができて、そうして築地《つきじ》、隅田川の近く、木造の二階建ての小さいアパートの階下の一室を借り、ふたりで住み、酒は止めて、そろそろ自分の定った職業になりかけてきた漫画の仕事に精を出し、夕食後は二人で映画を見に出かけ、帰りには、喫茶店などにはいり、また、花の鉢を買ったりして、いや、それよりも自分をしんから信頼してくれているこの小さい花嫁の言葉を聞き、動作を見ているのが楽しく、これは自分もひょっとしたら、いまにだんだん人間らしいものになる事ができて、悲惨な死に方などせずにすむのではなかろうかという甘い思いを幽かに胸にあたためはじめていた矢先に、堀木がまた自分の眼前に現われました。

「よう！　色魔。おや？　これでも、いくらか分別くさい顔になりやがった。きょうは、高円寺女史からのお使者なんだがね」

と言いかけて、急に声をひそめ、お勝手でお茶の仕度をしているヨシ子のほうを顎《あご》でしゃくって、大丈夫かい？　とたずねますので、

「かまわない。何を言ってもいい」

と自分は落ちついて答えました。

じっさい、ヨシ子は、信頼の天才と言いたいくらい、京橋のバアのマダムとの間はもとより、自分が鎌倉で起した事件を知らせてやっても、ツネ子との間を疑わず、それは自分が嘘がうまいからというわけではなく、時には、あからさまな言い方をする事さえあったのに、ヨシ子には、それがみな冗談としか聞きとれぬ様子でした。

「相変らず、しょっていやがる。なに、たいした事じゃないがね、たまには、高円寺のほうへも遊びにきてくれっていう御伝言さ」

忘れかけると、怪鳥が羽ばたいてやってきて、記憶の傷口をその嘴《くちばし》で突き破ります。たちまち過去の恥と罪の記憶が、ありありと眼前に展開せられ、わあっと叫びたいほどの恐怖で、坐っておられなくなるのです。

「飲もうか」

と自分。

「よし」

と堀木。

自分と堀木。形は、ふたり似ていました。そっくりの人間のような気がする事もありました。もちろんそれは、安い酒をあちこち飲み歩いている時だけの事でしたが、とにかく、ふたり顔を合せると、みるみる同じ形の同じ毛並の犬に変り降雪のちまたを駈けめぐるという具合いになるのでした。

その日以来、自分たちは再び旧交をあたためたという形になり、京橋のあの小さいバアにも一緒に行き、そうして、とうとう、高円寺のシヅ子のアパートにもその泥酔の二匹の犬が訪問し、宿泊して帰るなどという事にさえなってしまったのです。

忘れも、しません。むし暑い夏の夜でした。堀木は日暮頃、よれよれの浴衣を着て築地の自分のアパートにやってきて、きょうある必要があって夏服を質入したが、その質入が老母に知れるとまことに具合いが悪い、すぐ受け出したいから、とにかく金を貸してくれ、という事でした。あいにく自分のところにも、お金がなかったので、例によって、ヨシ子に言いつけ、ヨシ子の衣類を質屋に持って行かせてお金を作り、堀木に貸しても、まだ少し余るのでその残金でヨシ子に焼酎《しょうちゅう》を買わせ、アパートの屋上に行き、隅田川から時たま幽かに吹いてくるどぶ臭い風を受けて、まことに薄汚い納涼の宴を張りました。

自分たちはその時、喜劇名詞、悲劇名詞の当てっこをはじめました。これは、自分の発明した遊戯で、名詞には、すべて男性名詞、女性名詞、中性名詞などの別があるけれども、それと同時に、喜劇名詞、悲劇名詞の区別があって然るべきだ、たとえば、汽船と汽車はいずれも悲劇名詞で、市電とバスは、いずれも喜劇名詞、なぜそうなのか、それのわからぬ者は芸術を談ずるに足らん、喜劇に一個でも悲劇名詞をさしはさんでいる劇作家は、既にそれだけで落第、悲劇の場合もまた然り、といったようなわけなのでした。

「いいかい？　煙草は？」

と自分が問います。

「トラ。（悲劇《トラジディ》の略）」

と堀木が言下に答えます。

「薬は？」

「粉薬かい？　丸薬かい？」

「注射」

「トラ」

「そうかな？　ホルモン注射もあるしねえ」

「いや、断然トラだ。針が第一、お前、立派なトラじゃないか」

「よし、負けて置こう。しかし、君、薬や医者はね、あれで案外、コメ（喜劇《コメディ》の略）なんだぜ。死は？」

「コメ。牧師も和尚《おしょう》も然りじゃね」

「大出来。そうして、生はトラだなあ」

「ちがう。それも、コメ」

「いや、それでは、何でもかでも皆コメになってしまう。ではね、もう一つおたずねするが、漫画家は？　よもや、コメとは言えませんでしょう？」

「トラ、トラ。大悲劇名詞！」

「なんだ、大トラは君のほうだぜ」

こんな、下手な駄洒落《だじゃれ》みたいな事になってしまっては、つまらないのですけど、しかし自分たちはその遊戯を、世界のサロンにも嘗《か》つて存しなかった頗《すこぶ》る気のきいたものだと得意がっていたのでした。

またもう一つ、これに似た遊戯を当時、自分は発明していました。それは、対義語《アントニム》の当てっこでした。黒のアント（対義語《アントニム》の略）は、白。けれども、白のアントは、赤。赤のアントは、黒。

「花のアントは？」

　と自分が問うと、堀木は口を曲げて考え、

「ええっと、花月という料理屋があったから、月だ」

「いや、それはアントになっていない。むしろ、同義語《シノニム》だ。星と菫《すみれ》だって、シノニムじゃないか。アントでない」

「わかった、それはね、蜂《はち》だ」

「ハチ？」

「牡丹《ぼたん》に、……蟻《あり》か？」

「なあんだ、それは画題《モチイフ》だ。ごまかしちゃいけない」

「わかった！　花にむら雲、……」

「月にむら雲だろう」

「そう、そう。花に風。風だ。花のアントは、風」

「まずいなあ、それは浪花節《なにわぶし》の文句じゃないか。おさとが知れるぜ」

「いや、琵琶《びわ》だ」

「なおいけない。花のアントはね、……およそこの世で最も花らしくないもの、それをこそ挙げるべきだ」

「だから、その、……待てよ、なあんだ、女か」

「ついでに、女のシノニムは？」

「臓物」

「君は、どうも、詩《ポエジイ》を知らんね。それじゃあ、臓物のアントは？」

「牛乳」

「これは、ちょっとうまいな。その調子でもう一つ。恥。オントのアント」

「恥知らずさ。流行漫画家上司幾太」

「堀木正雄は？」

この辺から二人だんだん笑えなくなって、焼酎の酔い特有の、あのガラスの破片が頭に充満しているような、陰鬱な気分になってきたのでした。

「生意気言うな。おれはまだお前のように、縄目の恥辱など受けた事がねえんだ」

ぎょっとしました。堀木は内心、自分を、真人間あつかいにしていなかったのだ、自分をただ、死にぞこないの、恥知らずの、阿呆のばけものの、謂《い》わば「生ける屍《しかばね》」としか解してくれず、そうして、彼の快楽のために、自分を利用できるところだけは利用する、それっきりの「交友」だったのだ、と思ったら、さすがにいい気持ちはしませんでしたが、しかしまた、堀木が自分をそのように見ているのも、もっともな話で、自分は昔から、人間の資格のないみたいな子供だったのだ、やっぱり堀木にさえ軽蔑せられて至当なのかも知れない、と考え直し、

「罪。罪のアントニムは、何だろう。これは、むずかしいぞ」

と何気なさそうな表情を装って、言うのでした。

「法律さ」

堀木が平然とそう答えましたので、自分は堀木の顔を見直しました。近くのビルの明滅するネオンサインの赤い光を受けて、堀木の顔は、鬼刑事の如く威厳ありげに見えました。自分は、つくづく呆《あき》れかえり、

「罪ってのは、君、そんなものじゃないだろう」

罪の対義語が、法律とは！　しかし、世間の人たちは、みんなそれくらいに簡単に考えて、澄まして暮しているのかも知れません。刑事のいないところにこそ罪がうごめいている、と。

「それじゃあ、なんだい、神か？　お前には、どこかヤソ坊主くさいところがあるからな。いや味だぜ」

「まあそんなに、軽く片づけるなよ。も少し、二人で考えて見よう。これはでも、面白いテーマじゃないか。このテーマに対する答一つで、そのひとの全部がわかるような気がするのだ」

「まさか。……罪のアントは、善さ。善良なる市民。つまり、おれみたいなものさ」

「冗談は、よそうよ。しかし、善は悪のアントだ。罪のアントではない」

「悪と罪とは違うのかい？」

「違う、と思う。善悪の概念は人間が作ったものだ。人間が勝手に作った道徳の言葉だ」

「うるせえなあ。それじゃ、やっぱり、神だろう。神、神。なんでも、神にして置けば間違いない。腹がへったなあ」

「いま、したでヨシ子がそら豆を煮ている」

「ありがてえ。好物だ」

両手を頭のうしろに組んで、仰向《あおむけ》にごろりと寝ました。

「君には、罪というものが、まるで興味ないらしいね」

「そりゃそうさ、お前のように、罪人ではないんだから。おれは道楽はしても、女を死なせたり、女から金を巻き上げたりなんかはしねえよ」

死なせたのではない、巻き上げたのではない、と心の何処《どこ》かで幽かな、けれども必死の抗議の声が起っても、しかし、また、いや自分が悪いのだとすぐに思いかえしてしまうこの習癖。

自分には、どうしても、正面切っての議論ができません。焼酎の陰鬱な酔いのために刻一刻、気持ちが険しくなってくるのを懸命に抑えて、ほとんど独りごとのようにして言いました。

「しかし、牢屋《ろうや》にいれられる事だけが罪じゃないんだ。罪のアントがわかれば、罪の実体もつかめるような気がするんだけど、……神、……救い、……愛、……光、……しかし、神にはサタンというアントがあるし、救いのアントは苦悩だろうし、愛には憎しみ、光には闇というアントがあり、善には悪、罪と祈り、罪と悔い、罪と告白、罪と、……嗚呼《ああ》、みんなシノニムだ、罪の対語は何だ」

「ツミの対語は、ミツさ。蜜《みつ》の如く甘しだ。腹がへったなあ。何か食うものを持ってこいよ」

「君が持ってきたらいいじゃないか！」

ほとんど生れてはじめてと言っていいくらいの、烈しい怒りの声が出ました。

「ようし、それじゃ、したへ行って、ヨシちゃんと二人で罪を犯してこよう。議論より実地検分。罪のアントは、蜜豆、いや、そら豆か」

ほとんど、ろれつの回らぬくらいに酔っているのでした。

「勝手にしろ。どこかへ行っちまえ！」

「罪と空腹、空腹とそら豆、いや、これはシノニムか」

出鱈目《でたらめ》を言いながら起き上ります。

罪と罰。ドストイエフスキイ。ちらとそれが、頭脳の片隅をかすめて通り、はっと思いました。もしも、あのドスト氏が、罪と罰をシノニムと考えず、アントニムとして置き並べたものとしたら？　罪と罰、絶対に相通ぜざるもの、氷炭相容《あいい》れざるもの。罪と罰をアントとして考えたドストの青みどろ、腐った池、乱麻の奥底の、……ああ、わかりかけた、いや、まだ、……などと頭脳に走馬燈がくるくる回っていた時に、

「おい！　とんだ、そら豆だ。こい！」

堀木の声も顔色も変っています。堀木は、たったいまふらふら起きてしたへ行った、かと思うとまた引返してきたのです。

「なんだ」

異様に殺気立ち、ふたり、屋上から二階へ降り、二階から、さらに階下の自分の部屋へ降りる階段の中途で堀木は立ち止り、

「見ろ！」

と小声で言って指差します。

自分の部屋の上の小窓があいていて、そこから部屋の中が見えます。電気がついたままで、二匹の動物がいました。

自分は、ぐらぐら目まいしながら、これもまた人間の姿だ、これもまた人間の姿だ、おどろく事はない、など劇《はげ》しい呼吸と共に胸の中で呟《つぶや》き、ヨシ子を助ける事も忘れ、階段に立ちつくしていました。

堀木は、大きい咳《せき》ばらいをしました。自分は、ひとり逃げるようにまた屋上に駈け

上り、寝ころび、雨を含んだ夏の夜空を仰ぎ、そのとき自分を襲った感情は、怒りでもなく、嫌悪でもなく、また、悲しみでもなく、もの凄《すさ》まじい恐怖でした。それも、墓地の幽霊などに対する恐怖ではなく、神社の杉木立で白衣の御神体に逢った時に感ずるかも知れないような、四の五の言わさぬ古代の荒々しい恐怖感でした。自分の若白髪は、その夜からはじまり、いよいよ、すべてに自信を失い、いよいよ、ひとを底知れず疑い、この世の営みに対する一さいの期待、よろこび、共鳴などから永遠にはなれるようになりました。実に、それは自分の生涯に於いて、決定的な事件でした。自分は、まっこうから眉間《みけん》を割られ、そうしてそれ以来その傷は、どんな人間にでも接近する毎に痛むのでした。

「同情はするが、しかし、お前もこれで、少しは思い知ったろう。もう、おれは、二度とここへはこないよ。まるで、地獄だ。……でも、ヨシちゃんは、ゆるしてやれ。お前だって、どうせ、ろくな奴じゃないんだから。失敬するぜ」

気まずい場所に、永くとどまっているほど間《ま》の抜けた堀木ではありませんでした。

自分は起き上って、ひとりで焼酎を飲み、それから、おいおい声を放って泣きました。いくらでも、いくらでも泣けるのでした。

いつのまにか、背後に、ヨシ子が、そら豆を山盛りにしたお皿を持ってぼんやり立っていました。

「なんにも、しないからって言って、……」

「いい。何も言うな。お前は、ひとを疑う事を知らなかったんだ。お坐り。豆を食べよう」

並んで坐って豆を食べました。嗚呼、信頼は罪なりや？　相手の男は、自分に漫画をかかせては、わずかなお金をもったい振って置いて行く三十歳前後の無学な小男の商人なのでした。

さすがにその商人は、その後やってはきませんでしたが、自分には、どうしてだか、その商人に対する憎悪よりも、さいしょに見つけたすぐその時に大きい咳ばらいも何もせず、そのまま自分に知らせにまた屋上に引返してきた堀木に対する憎しみと怒りが、眠られぬ夜などにむらむら起って呻《うめ》きました。ゆるすも、ゆるさぬもありません。ヨシ子は信頼の天才なのです。ひとを疑う事を知らなかったのです。しかし、それゆえの悲惨。

神に問う。信頼は罪なりや。

ヨシ子が汚されたという事よりも、ヨシ子の信頼が汚されたという事が、自分にとってそののち永く、生きておられないほどの苦悩の種になりました。自分のような、いやらしくおどおどして、ひとの顔いろばかり伺い、人を信じる能力が、ひび割れてしまっているものにとって、ヨシ子の無垢《むく》の信頼心は、それこそ青葉の滝のようにすがすがしく思われていたのです。それが一夜で、黄色い汚水に変ってしまいました。見よ、ヨシ子は、その夜から自分の一顰《いっぴん》一笑にさえ気を遣うようになりました。

「おい」

と呼ぶと、ぴくっとして、もう眼のやり場に困っている様子です。どんなに自分が笑わせようとして、お道化を言っても、おろおろし、びくびくし、やたらに自分に敬語を遣うようになりました。

果して、無垢の信頼心は、罪の原泉なりや。

自分は、人妻の犯された物語の本を、いろいろ捜して読んでみました。けれども、ヨシ子ほど悲惨な犯され方をしている女は、ひとりもないと思いました。どだい、これは、てんで物語にも何もなりません。あの小男の商人と、ヨシ子とのあいだに、少しでも恋に似た感情でもあったなら、自分の気持ちもかえってたすかるかも知れませんが、ただ、夏の一夜、ヨシ子が信頼して、そうして、それっきり、しかもそのために自分の眉間は、まっこうから割られ声が嗄《か》れて若白髪がはじまり、ヨシ子は一生おろおろしなければならなくなったのです。たいていの物語は、その妻の「行為」を夫が許すかどうか、そこに重点を置いていたようでしたが、それは自分にとっては、そんなに苦しい大問題ではないように思われました。許す、許さぬ、そのような権利を留保している夫こそ幸いなる哉《かな》、とても許す事ができぬと思ったなら、何もそんなに大騒ぎせずとも、さっさと妻を離縁して、新しい妻を迎えたらどうだろう、それができなかったら、所謂《いわゆる》「許して」我慢するさ、いずれにしても夫の気持ち一つで四方八方がまるく収るだろうに、という気さえするのでした。つまり、そのような事件は、たしかに夫にとって大いなるショックであっても、しかし、それは「ショック」であって、いつまでも尽きることなく打ち返し打ち寄せる波と違い、権利のある夫の怒りでもってどうにでも処理できるトラブルのように自分には思われたのでした。けれども、自分たちの場合、夫に何の権利もなく、考えると何もかも自分がわるいような気がしてきて、怒るどころか、おこごと一つも言えず、また、その妻は、その所有している稀《まれ》な美質によって犯されたのです。しかも、その美質は、夫のかねてあこがれの、無垢の信頼心というたまらなく可憐《かれん》なものなのでした。

無垢の信頼心は、罪なりや。

唯一のたのみの美質にさえ、疑惑を抱き、自分は、もはや何もかも、わけがわからなくなり、おもむくところは、ただアルコールだけになりました。自分の顔の表情は極度にいやしくなり、朝から焼酎を飲み、歯がぼろぼろに欠けて、漫画もほとんど猥《わい》画《が》に近いものを画くようになりました。いいえ、はっきり言います。自分はその頃から、春画のコピイをして密売しました。焼酎を買うお金がほしかったのです。いつも自分から視線をはずしておろおろしているヨシ子を見ると、こいつは全く警戒を知らぬ女だったから、あの商人といちどだけではなかったのではなかろうか、また、堀木は？　いや、或いは自分の知らない人とも？　と疑惑は疑惑を生み、さりとて思い切ってそれを問い正す勇気もなく、れいの不安と恐怖にのたうち回る思いで、ただ焼酎を飲んで酔っては、わずかに卑屈な誘導訊問《じんもん》みたいなものをおっかなびっくり試み、内心おろかしく一喜一憂し、うわべは、やたらにお道化て、そうして、それから、ヨシ子にいまわしい地獄の愛撫《あいぶ》を加え、泥のように眠りこけるのでした。

その年の暮、自分は夜おそく泥酔して帰宅し、砂糖水を飲みたく、ヨシ子は眠っているようでしたから、自分でお勝手に行き砂糖壺を捜し出し、ふたを開けてみたら砂糖は何もはいってなくて、黒く細長い紙の小箱がはいっていました。何気なく手に取り、その箱にはられてあるレッテルを見て愕然《がくぜん》としました。そのレッテルは、爪で半分以上も掻《か》きはがされていましたが、洋字の部分が残っていて、それにははっきり書かれていました。DIAL。

ジアール。自分はその頃もっぱら焼酎で、催眠剤を用いてはいませんでしたが、しかし、不眠は自分の持病のようなものでしたから、たいていの催眠剤にはお馴染《なじ》みでした。ジアールのこの箱一つは、たしかに致死量以上の筈でした。まだ箱の封を切ってはいませんでしたが、しかし、いつかは、やる気でこんなところに、しかもレッテルを掻きはがしたりなどして隠していたのに違いありません。可哀想に、あの子には

レッテルの洋字が読めないので、爪で半分掻きはがして、これで大丈夫と思っていたのでしょう。(お前に罪はない)

自分は、音を立てないようにそっとコップに水を満たし、それから、ゆっくり箱の封を切って、全部、一気に口の中にほうり、コップの水を落ちついて飲みほし、電燈を消してそのまま寝ました。

三昼夜、自分は死んだようになっていたそうです。医者は過失と見なして、警察にとどけるのを猶予してくれたそうです。覚醒《かくせい》しかけて、一ばんさきに呟いたうわごとは、うちへ帰る、という言葉だったそうです。うちとは、どこの事を差して言ったのか、当の自分にも、よくわかりませんが、とにかく、そう言って、ひどく泣いたそうです。

次第に霧がはれて、見ると、枕元にヒラメが、ひどく不機嫌な顔をして坐っていました。

「このまえも、年の暮の事でしてね、お互いもう、目が回るくらいいそがしいのに、いつも、年の暮をねらって、こんな事をやられたひには、こっちの命がたまらない」

ヒラメの話の聞き手になっているのは、京橋のバアのマダムでした。

「マダム」

と自分は呼びました。

「うん、何？　気がついた？」

マダムは笑い顔を自分の顔の上にかぶせるようにして言いました。

自分は、ぽろぽろ涙を流し、

「ヨシ子とわかれさせて」

自分でも思いがけなかった言葉が出ました。

マダムは身を起し、幽かな溜息をもらしました。

それから自分は、これもまた実に思いがけない滑稽とも阿呆らしいとも、形容に苦しむほどの失言をしました。

「僕は、女のいないところに行くんだ」

うわっはっは、とまず、ヒラメが大声を挙げて笑い、マダムもクスクス笑い出し、自分も涙を流しながら赤面の態《てい》になり、苦笑しました。

「うん、そのほうがいい」

とヒラメは、いつまでもだらしなく笑いながら、

「女のいないところに行ったほうがよい。女がいると、どうもいけない。女のいないところとは、いい思いつきです」

女のいないところ。しかし、この自分の阿呆くさいうわごとは、のちに到って、非常に陰惨に実現せられました。

ヨシ子は、何か、自分がヨシ子の身代りになって毒を飲んだとでも思い込んでいるらしく、以前よりも尚《なお》いっそう、自分に対して、おろおろして、自分が何を言っても笑わず、そうしてろくに口もきけないような有様なので、自分もアパートの部屋の中にいるのが、うっとうしく、つい外へ出て、相変らず安い酒をあおる事になるのでした。しかし、あのジアールの一件以来、自分のからだがめっきり痩《や》せ細って、手足がだるく、漫画の仕事も怠けがちになり、ヒラメがあの時、見舞いとして置いて行ったお金（ヒラメはそれを、渋田の志です、と言っていかにもご自身から出たお金のようにして差出しましたが、これも故郷の兄たちからのお金のようでした。自分もその頃には、ヒラメの家から逃げ出したあの時とちがって、ヒラメのそんなもったい振った芝居を、おぼろげながら見抜く事ができるようになっていましたので、こちらもずるく、全く気づかぬ振りをして、神妙にそのお金のお礼をヒラメに向って申し上げたのでしたが、しかし、ヒラメたちが、なぜ、そんなややこしいカラクリをやらかすのか、わかるような、わからないような、どうしても自分には、へんな気がしてなりませんでした）そのお金で、思い切ってひとりで南伊豆の温泉に行ってみたりなどしましたが、とてもそんな悠長な温泉めぐりなどできる柄《がら》ではなく、ヨシ子を思えば侘《わ》びしさ限りなく、宿の部屋から山を眺めるなどの落ちついた心境には甚だ遠く、ドテラにも着換えず、お湯にもはいらず、外へ飛び出しては薄汚い茶店みたいなところに飛び込んで、焼酎を、それこそ浴びるほど飲んで、からだ具合いを一そう悪くして帰京しただけの事でした。

東京に大雪の降った夜でした。自分は酔って銀座裏を、ここはお国を何百里、ここはお国を何百里、と小声で繰り返し繰り返し呟くように歌いながら、なおも降りつもる雪を靴先で蹴散《けち》らして歩いて、突然、吐きました。それは自分の最初の喀血《かっけつ》でした。雪の上に、大きい日の丸の旗ができました。自分は、しばらくしゃがんで、それから、よごれていない個所の雪を両手で掬《すく》い取って、顔を洗いながら泣きました。

こうこは、どうこの細道じゃ？

こうこは、どうこの細道じゃ？

哀れな童女の歌声が、幻聴のように、かすかに遠くから聞えます。不幸。この世には、さまざまの不幸な人が、いや、不幸な人ばかり、と言っても過言ではないでしょうが、しかし、その人たちの不幸は、所謂世間に対して堂々と抗議ができ、また「世間」もその人たちの抗議を容易に理解し同情します。しかし、自分の不幸は、すべて自分の罪悪からなので、誰にも抗議の仕様がないし、また口ごもりながらひと言でも抗議めいた事を言いかけると、ヒラメならずとも世間の人たち全部、よくもまあそんな口がきけたものだと呆《あき》れかえるに違いないし、自分はいったい俗にいう「わがままもの」なのか、またはその反対に、気が弱すぎるのか、自分でもわけがわからないけれども、とにかく罪悪のかたまりらしいので、どこまでも自《おの》ら《ずか》どんどん不幸になるばかりで、防ぎ止める具体策などないのです。

自分は立って、取り敢えず何か適当な薬をと思い、近くの薬屋にはいって、そこの奥さんと顔を見合せ、瞬間、奥さんは、フラッシュを浴びたみたいに首をあげ眼を見はり、棒立ちになりました。しかし、その見はった眼には、驚愕の色も嫌悪の色もなく、ほとんど救いを求めるような、慕うような色があらわれているのでした。ああ、このひとも、きっと不幸な人なのだ、不幸な人は、ひとの不幸にも敏感なものなのだから、と思った時、ふと、その奥さんが松葉杖《まつばづえ》をついて危かしく立っているのに気がつきました。駈け寄りたい思いを抑えて、なおもその奥さんと顔を見合せているうちに涙が出てきました。すると、奥さんの大きい眼からも、涙がぽろぽろとあふれて出ました。

それっきり、ひと言も口をきかずに、自分はその薬屋から出て、よろめいてアパートに帰り、ヨシ子に塩水を作らせて飲み、黙って寝て、翌る日も、風邪気味だと嘘をついて一日一ぱい寝て、夜、自分の秘密の喀血がどうにも不安でたまらず、起きて、あの薬屋に行き、こんどは笑いながら、奥さんに、実に素直に今迄のからだ具合いを告白し、相談しました。

「お酒をおよしにならなければ」

自分たちは、肉親のようでした。

「アル中になっているかも知れないんです。いまでも飲みたい」

「いけません。私の主人も、テーベのくせに、菌を酒で殺すんだなんて言って、酒びたりになって、自分から寿命をちぢめました」

「不安でいけないんです。こわくて、とても、だめなんです」

「お薬を差し上げます。お酒だけは、およしなさい」

奥さん（未亡人で、男の子がひとり、それは千葉だかどこだかの医大にはいって、間もなく父と同じ病いにかかり、休学入院中で、家には中風の舅《しゅうと》が寝ていて、奥さん自身は五歳の折、小児痲痺《まひ》で片方の脚が全然だめなのでした）は、松葉杖をコトコトと突きながら、自分のためにあっちの棚、こっちの引出し、いろいろと薬品を取りそろえてくれるのでした。

これは、造血剤。

これは、ヴィタミンの注射液。注射器は、これ。

これは、カルシウムの錠剤。胃腸をこわさないように、ジアスターゼ。

これは、何。これは、何、と五、六種の薬品の説明を愛情こめてしてくれたのですが、しかし、この不幸な奥さんの愛情もまた、自分にとって深すぎました。最後に奥さんが、これは、どうしても、なんとしてもお酒を飲みたくて、たまらなくなった時のお薬、と言って素早く紙に包んだ小箱。

モルヒネの注射液でした。

酒よりは、害にならぬと奥さんも言い、自分もそれを信じて、また一つには、酒の酔いもさすがに不潔に感ぜられてきた矢先でもあったし、久し振りにアルコールというサタンからのがれる事のできる喜びもあり、何の躊躇《ちゅうちょ》もなく、自分は自分の腕に、そのモルヒネを注射しました。不安も、焦燥《しょうそう》も、はにかみも、綺麗《きれい》に除去せられ、自分は甚だ陽気な能弁家になるのでした。そうして、その注射をすると自分は、からだの衰弱も忘れて、漫画の仕事に精が出て、自分で画きながら噴き出してしまうほど珍妙な趣向が生れるのでした。

一日一本のつもりが、二本になり、四本になった頃には、自分はもうそれがなければ、仕事ができないようになっていました。

「いけませんよ、中毒になったら、そりゃもう、たいへんです」

薬屋の奥さんにそう言われると、自分はもう可成りの中毒患者になってしまったような気がしてきて、（自分は、ひとの暗示に実にもろくひっかかるたちなのです。このお金は使っちゃいけないよ、と言っても、お前の事だものなあ、なんて言われると、何だか使わないと悪いような、期待にそむくような、へんな錯覚が起って、必ずすぐにそのお金を使ってしまうのでした）その中毒の不安のため、かえって薬品をたくさん求めるようになったのでした。

「たのむ！　もう一箱。勘定は月末にきっと払いますから」

「勘定なんて、いつでもかまいませんけど、警察のほうが、うるさいのでねえ」

ああ、いつでも自分の周囲には、何やら、濁って暗く、うさん臭い日蔭者の気配がつきまとうのです。

「そこを何とか、ごまかして、たのむよ、奥さん。キスしてあげよう」

奥さんは、顔を赤らめます。

自分は、いよいよつけ込み、

「薬がないと仕事がちっとも、はかどらないんだよ。僕には、あれは強精剤みたいなものなんだ」

「それじゃ、いっそ、ホルモン注射がいいでしょう」

「ばかにしちゃいけません。お酒か、そうでなければ、あの薬か、どっちかでなければ仕事ができないんだ」

「お酒は、いけません」

「そうでしょう？　僕はね、あの薬を使うようになってから、お酒は一滴も飲まなかった。おかげで、からだの調子が、とてもいいんだ。僕だって、いつまでも、下手くそな漫画などをかいているつもりはない、これから、酒をやめて、からだを直して、勉強して、きっと偉い絵画きになって見せる。いまが大事なところなんだ。だからさ、ね、おねがい。キスしてあげようか」

奥さんは笑い出し、

「困るわねえ。中毒になっても知りませんよ」

コトコトと松葉杖の音をさせて、その薬品を棚から取り出し、

「一箱は、あげられませんよ。すぐ使ってしまうのだもの。半分ね」

「ケチだなあ、まあ、仕方がないや」

家へ帰って、すぐに一本、注射をします。

「痛くないんですか?」

ヨシ子は、おどおど自分にたずねます。「それあ痛いさ。でも、仕事の能率をあげるためには、いやでもこれをやらなければいけないんだ。僕はこの頃、とても元気だろう? さあ、仕事だ。仕事、仕事」

とはしゃぐのです。

深夜、薬屋の戸をたたいた事もありました。寝巻姿で、コトコト松葉杖をついて出てきた奥さんに、いきなり抱きついてキスして、泣く真似をしました。

奥さんは、黙って自分に一箱、手渡しました。

薬品もまた、焼酎同様、いや、それ以上に、いまわしく不潔なものだと、つくづく

思い知った時には、既に自分は完全な中毒患者になっていました。真に、恥知らずの極《きわみ》でした。自分はその薬品を得たいばかりに、またも春画のコピイをはじめ、そうして、あの薬屋の不具の奥さんと文字どおりの醜関係をさえ結びました。

死にたい、いっそ、死にたい、もう取返しがつかないんだ、どんな事をしても、何をしても、駄目になるだけなんだ、恥の上塗りをするだけなんだ、自転車で青葉の滝など、自分には望むべくもないんだ、ただけがらわしい罪にあさましい罪が重なり、苦悩が増大し強烈になるだけなんだ、死にたい、死ななければならぬ、生きているのが罪の種なのだ、などと思いつめても、やっぱり、アパートと薬屋の間を半狂乱の姿で往復しているばかりなのでした。

いくら仕事をしても、薬の使用量もしたがってふえているので、薬代の借りがおそろしいほどの額にのぼり、奥さんは、自分の顔を見ると涙を浮べ、自分も涙を流しました。

地獄。

この地獄からのがれるための最後の手段、これが失敗したら、あとはもう首をくくるばかりだ、という神の存在を賭《か》けるほどの決意を以《もっ》て、自分は、故郷の父あてに長い手紙を書いて、自分の実情一さいを（女の事は、さすがに書けませんでしたが）告白する事にしました。

しかし、結果は一そう悪く、待てど暮せど何の返事もなく、自分はその焦燥と不安のために、かえって薬の量をふやしてしまいました。

今夜、十本、一気に注射し、そうして大川に飛び込もうと、ひそかに覚悟を極めたその日の午後、ヒラメが、悪魔の勘で嗅《か》ぎつけたみたいに、堀木を連れてあらわれました。

「お前は、喀血したんだってな」

堀木は、自分の前にあぐらをかいてそう言い、いままで見た事もないくらいに優しく微笑《ほほえ》みました。その優しい微笑が、ありがたくて、うれしくて、自分はつい顔をそむけて涙を流しました。そうして彼のその優しい微笑一つで、自分は完全に打ち破られ、葬り去られてしまったのです。

自分は自動車に乗せられました。とにかく入院しなければならぬ、あとは自分たちにまかせなさい、とヒラメも、しんみりした口調で、（それは慈悲深いとでも形容したいほど、もの静かな口調でした）自分にすすめ、自分は意志も判断も何もない者の如く、ただメソメソ泣きながら唯々諾々《いいだくだく》と二人の言いつけに従うのでした。ヨシ子もいれて四人、自分たちは、ずいぶん永いこと自動車にゆられ、あたりが薄暗くなった頃、森の中の大きい病院の、玄関に到着しました。

サナトリアムとばかり思っていました。

自分は若い医師のいやに物やわらかな、鄭重《ていちょう》な診察を受け、それから医師は、

「まあ、しばらくここで静養するんですね」

と、まるで、はにかむように微笑して言い、ヒラメと堀木とヨシ子は、自分ひとりを置いて帰ることになりましたが、ヨシ子は着換の衣類をいれてある風呂敷包を自分に手渡し、それから黙って帯の間から注射器と使い残りのあの薬品を差し出しました。やはり、強精剤だとばかり思っていたのでしょうか。

「いや、もう要らない」

実に、珍らしい事でした。すすめられて、それを拒否したのは、自分のそれまでの生涯に於いて、その時ただ一度、といっても過言でないくらいなのです。自分の不幸は、拒否の能力のない者の不幸でした。すすめられて拒否すると、相手の心にも自分の心にも、永遠に修繕し得ない白々しいひび割れができるような恐怖におびやかされているのでした。けれども、自分はその時、あれほど半狂乱になって求めていたモルヒネを、実に自然に拒否しました。ヨシ子の謂わば「神の如き無智」に撃たれたのでしょうか。自分は、あの瞬間、すでに中毒でなくなっていたのではないでしょうか。けれども、自分はそれからすぐに、あのはにかむような微笑をする若い医師に案内せられ、ある病棟にいれられて、ガチャンと鍵《かぎ》をおろされました。脳病院でした。

女のいないところへ行くという、あのジアールを飲んだ時の自分の愚かなうわごと

が、まことに奇妙に実現せられたわけでした。その病棟には、男の狂人ばかりで、看護人も男でしたし、女はひとりもいませんでした。

いまはもう自分は、罪人どころではなく、狂人でした。いいえ、断じて自分は狂ってなどいなかったのです。一瞬間といえども、狂った事はないんです。けれども、ああ、狂人は、たいてい自分の事をそう言うものだそうです。つまり、この病院にいれられた者は気違い、いれられなかった者は、ノーマルという事になるようです。

神に問う。無抵抗は罪なりや？

堀木のあの不思議な美しい微笑に自分は泣き、判断も抵抗も忘れて自動車に乗り、そうしてここに連れてこられて、狂人という事になりました。いまに、ここから出ても、自分はやっぱり狂人、いや、癈人《はいじん》という刻印を額に打たれる事でしょう。

人間、失格。

もはや、自分は、完全に、人間でなくなりました。

ここへきたのは初夏の頃で、鉄の格子の窓から病院の庭の小さい池に紅《あか》い睡蓮の花が咲いているのが見えましたが、それから三つき経ち、庭にコスモスが咲きはじめ、思いがけなく故郷の長兄が、ヒラメを連れて自分を引き取りにやってきて、父が先月末に胃潰瘍《いかいよう》でなくなったこと、自分たちはもうお前の過去は問わぬ、生活の心配もかけないつもり、何もしなくていい、その代り、いろいろ未練もあるだろうがすぐに東京から離れて、田舎で療養生活をはじめてくれ、お前が東京でしでかした事の後仕末は、だいたい渋田がやってくれたはずだから、それは気にしないでいい、とれいの生真面目な緊張したような口調で言うのでした。

故郷の山河が眼前に見えるような気がしてきて、自分は幽かにうなずきました。

まさに癈人。

父が死んだ事を知ってから、自分はいよいよ腑抜《ふぬ》けたようになりました。父が、もういない、自分の胸中から一刻も離れなかったあの懐しくおそろしい存在が、もういない、自分の苦悩の壺がからっぽになったような気がしました。自分の苦悩の壺がやけに重かったのも、あの父のせいだったのではなかろうかとさえ思われました。まるで、張合いが抜けました。苦悩する能力をさえ失いました。

長兄は自分に対する約束を正確に実行してくれました。自分の生れて育った町から汽車で四、五時間、南下したところに、東北には珍らしいほど暖かい海辺の温泉地があって、その村はずれの、間数は五つもあるのですが、かなり古い家らしく壁は剥《は》げ落ち、柱は虫に食われ、ほとんど修理の仕様もないほどの茅屋《ぼうおく》を買いとって自分に与え、六十に近いひどい赤毛の醜い女中をひとり付けてくれました。

それから三年と少し経ち、自分はその間にそのテツという老女中に数度へんな犯され方をして、時たま夫婦喧嘩《げんか》みたいな事をはじめ、胸の病気のほうは一進一退、痩せたりふとったり、血痰《けったん》が出たり、きのう、テツにカルモチンを買っておいで、と言って、村の薬屋にお使いにやったら、いつもの箱と違う形の箱のカルモチンを買ってきて、べつに自分も気にとめず、寝る前に十錠のんでも一向に眠くならないので、おかしいなと思っているうちに、おなかの具合がへんになり急いで便所へ行ったら猛烈な下痢で、しかも、それから引続き三度も便所にかよったのでした。不審に堪えず、薬の箱をよく見ると、それはヘノモチンという下剤でした。

自分は仰向けに寝て、おなかに湯たんぽを載せながら、テツにこごとを言ってやろうと思いました。

「これは、お前、カルモチンじゃない。ヘノモチン、という」

と言いかけて、うふふふと笑ってしまいました。「癈人」は、どうやらこれは、喜劇名詞のようです。眠ろうとして下剤を飲み、しかも、その下剤の名前は、ヘノモチン。

いまは自分には、幸福も不幸もありません。

ただ、一さいは過ぎて行きます。

自分がいままで阿鼻叫喚で生きてきた所謂「人間」の世界に於いて、たった一つ、真理らしく思われたのは、それだけでした。

ただ、一さいは過ぎて行きます。

自分はことし、二十七になります。白髪がめっきりふえたので、たいていの人から、四十以上に見られます。

あとがき

この手記を書き綴った狂人を、私は、直接には知らない。けれども、この手記に出てくる京橋のスタンド・バアのマダムともおぼしき人物を、私はちょっと知っているのである。小柄で、顔色のよくない、眼が細く吊《つ》り上っていて、鼻の高い、美人というよりは、美青年といったほうがいいくらいの固い感じのひとであった。この手記には、どうやら、昭和五、六、七年、あの頃の東京の風景がおもに写されているように思われるが、私が、その京橋のスタンド・バアに、友人に連れられて二、三度、立ち寄り、ハイボールなど飲んだのは、れいの日本の「軍部」がそろそろ露骨にあばれはじめた昭和十年前後の事であったから、この手記を書いた男には、おめにかかる事ができなかったわけである。

然るに、ことしの二月、私は千葉県船橋市に疎開しているある友人をたずねた。その友人は、私の大学時代の謂わば学友で、いまは某女子大の講師をしているのであるが、実は私はこの友人に私の身内の者の縁談を依頼していたので、その用事もあり、かたがた何か新鮮な海産物でも仕入れて私の家の者たちに食わせてやろうと思い、リュックサックを背負って船橋市へ出かけて行ったのである。

船橋市は、泥海に臨んだかなり大きいまちであった。新住民たるその友人の家は、その土地の人に所番地を告げてたずねても、なかなかわからないのである。寒い上に、リュックサックを背負った肩が痛くなり、私はレコードの提琴の音にひかれて、ある喫茶店のドアを押した。

そこのマダムに見覚えがあり、たずねてみたら、まさに、十年前のあの京橋の小さいバアのマダムであった。マダムも、私をすぐに思い出してくれた様子で、互いに大《おお》袈裟《げさ》に驚き、笑い、それからこんな時のおきまりの、れいの、空襲で焼け出されたお互いの経験を問われもせぬのに、いかにも自慢らしく語り合い、

「あなたは、しかし、かわらない」

「いいえ、もうお婆さん。からだが、がたぴしです。あなたこそ、お若いわ」

「とんでもない、子供がもう三人もあるんだよ。きょうはそいつらのために買い出し」

などと、これもまた久し振りで逢った者同士のおきまりの挨拶を交し、それから、二人に共通の知人のその後の消息をたずね合ったりして、そのうちに、ふとマダムは口調を改め、あなたは葉ちゃんを知っていたかしら、と言う。それは知らない、と答

えると、マダムは、奥へ行って、三冊のノートブックと、三葉の写真を持ってきて私に手渡し、

「何か、小説の材料になるかも知れませんわ」

と言った。

私は、ひとから押しつけられた材料でものを書けないたちなので、すぐにその場でかえそうかと思ったが、（三葉の写真、その奇怪さに就いては、はしがきにも書いて置いた）その写真に心をひかれ、とにかくノートをあずかる事にして、帰りにはまたここへ立ち寄りますが、何町何番地の何さん、女子大の先生をしているひとの家をご存じないか、と尋ねると、やはり新住民同士、知っていた。時たま、この喫茶店にもお見えになるという。すぐ近所であった。

その夜、友人とわずかなお酒を汲《く》み交し、泊めてもらう事にして、私は朝まで一睡もせずに、れいのノートに読みふけった。

その手記に書かれてあるのは、昔の話ではあったが、しかし、現代の人たちが読んでも、かなりの興味を持つに違いない。下手に私の筆を加えるよりは、これはこのまま、どこかの雑誌社にたのんで発表してもらったほうが、なお、有意義な事のように思われた。

子供たちへの土産の海産物は、干物《ひもの》だけ。私は、リュックサックを背負って友人の

許《もと》を辞し、れいの喫茶店に立ち寄り、

「きのうは、どうも。ところで、……」

とすぐに切り出し、

「このノートは、しばらく貸していただけませんか」

「ええ、どうぞ」

「このひとは、まだ生きているのですか?」

「さあ、それが、さっぱりわからないんです。十年ほど前に、京橋のお店あてに、そのノートと写真の小包が送られてきて、差し出し人は葉ちゃんにきまっているのですが、その小包には、葉ちゃんの住所も、名前さえも書いていなかったんです。空襲の時、ほかのものにまぎれて、これも不思議にたすかって、私はこないだはじめて、全部読んでみて、……」

「泣きましたか?」

「いいえ、泣くというより、……だめね、人間も、ああなっては、もう駄目ね」

「それから十年、とすると、もう亡くなっているかも知れないね。これは、あなたへのお礼のつもりで送ってよこしたのでしょう。多少、誇張して書いているようなところもあるけど、しかし、あなたも、相当ひどい被害をこうむったようですね。もし、これが全部事実だったら、そうして僕がこのひとの友人だったら、やっぱり脳病院に連れて行きたくなったかも知れない」

「あのひとのお父さんが悪いのですよ」

何気なさそうに、そう言った。

「私たちの知っている葉ちゃんは、とても素直で、よく気がきいて、あれでお酒さえ飲まなければ、いいえ、飲んでも、……神様みたいないい子でした」

グッド・バイ

初出　一九四八年七月　朝日評論

変心（一）

文壇の、ある老大家が亡くなって、その告別式の終り頃から、雨が降りはじめた。早春の雨である。

その帰り、二人の男が相合傘《あいあいがさ》で歩いている。いずれも、その逝去《せいきょ》した老大家には、お義理一ぺん、話題は、女に就《つ》いての、極《きわ》めて不きんしんな事。紋服の初老の大男は、文士。それよりずっと若いロイド眼鏡《めがね》、縞《しま》ズボンの好男子は、編集者。

「あいつも」と文士は言う。「女が好きだったらしいな。お前も、そろそろ年貢《ねんぐ》のおさめ時じゃねえのか。やつれたぜ」

「全部、やめるつもりでいるんです」

その編集者は、顔を赤くして答える。

この文士、ひどく露骨で、下品な口をきくので、その好男子の編集者はかねがね敬遠していたのだが、きょうは自身に傘の用意がなかったので、仕方なく、文士の蛇《じゃ》の目傘《めがさ》にいれてもらい、かくは油をしぼられる結果となった。

全部、やめるつもりでいるんです。しかし、それは、まんざら嘘《うそ》でなかった。

何かしら、変ってきていたのである。終戦以来、三年経《た》って、どこやら、変った。

三十四歳、雑誌「オベリスク」編集長、田島周二、言葉に少し関西なまりがあるようだが、自身の出生については、ほとんど語らぬ。もともと、抜け目のない男で、「オベリスク」の編集は世間へのお体裁《ていさい》、実は闇商売《やみしょうばい》のお手伝いして、いつも、しこたま、もうけている。けれども、悪銭身につかぬ例えのとおり、酒はそれこそ、浴びるほど飲み、愛人を十人ちかく養っているという噂《うわさ》。

かれは、しかし、独身ではない。独身どころか、いまの細君は後妻である。先妻は、白痴の女児ひとりを残して、肺炎で死に、それから彼は、東京の家を売り、埼玉県の友人の家に疎開《そかい》し、疎開中に、いまの細君をものにして結婚した。細君のほうは、もちろん初婚で、その実家は、かなり内福の農家である。

終戦になり、細君と女児を、細君のその実家にあずけ、かれは単身、東京に乗り込み、郊外のアパートの一部屋を借り、そこはもうただ、寝るだけのところ、抜け目なく四方八方を飛び歩いて、しこたま、もうけた。

けれども、それから三年経ち、何だか気持ちが変ってきた。世の中が、何かしら微妙に変ってきたせいか、または、彼のからだが、日頃の不節制のために最近めっきり痩《や》せ細ってきたせいか、いや、いや、単に「とし」のせいか、色即是空《しきそくぜくう》、酒もつまらぬ、小さい家を一軒買い、田舎《いなか》から女房子供を呼び寄せて、……という里心に似たものが、ふいと胸をかすめて通る事が多くなった。

もう、この辺で、闇商売からも足を洗い、雑誌の編集に専念しよう。それについて、……。

それについて、さし当っての難関。まず、女たちと上手《じょうず》に別れなければならぬ。思いがそこに到ると、さすが、抜け目のない彼も、途方にくれて、溜息《ためいき》が出るのだ。

「全部、やめるつもり、……」大男の文士は口をゆがめて苦笑し、「それは結構だが、いったい、お前には、女が幾人あるんだい？」

変心（二）

田島は、泣きべその顔になる。思えば、思うほど、自分ひとりの力では、到底、処理の仕様がない。金ですむ事なら、わけないけれども、女たちが、それだけで引下るようにも思えない。

「いま考えると、まるで僕は狂っていたみたいなんですよ。とんでもなく、手をひろげすぎて、……」

この初老の不良文士にすべて打ち明け、相談してみようかしらと、ふと思う。

「案外、殊勝《しゅしょう》な事を言いやがる。もっとも、多情な奴に限って奇妙にいやらしいくらい道徳におびえて、そこがまた、女に好かれる所以《ゆえん》でもあるのだがね。男振りがよくて、金があって、若くて、おまけに道徳的で優しいときたら、そりゃ、もてるよ。当り前の話だ。お前のほうでやめるつもりでも、先方が承知しないぜ、これは」

「そこなんです」

ハンケチで顔を拭《ふ》く。

「泣いてるんじゃねえだろうな」

「いいえ、雨で眼鏡の玉が曇《くも》って、……」

「いや、その声は泣いてる声だ。とんだ色男さ」

闇商売の手伝いをして、道徳的も無いものだが、その文士の指摘したように、田島という男は、多情のくせに、また女にへんに律儀《りちぎ》な一面も持っていて、女たちは、それ故《ゆえ》、少しも心配せずに田島に深くたよっているらしい様子。

「何か、いい工夫《くふう》がないものでしょうか」

「ないね。お前が五、六年、外国にでも行って来たらいいだろうが、しかし、いまは簡単に洋行なんかできない。いっそ、その女たちを全部、一室に呼び集め、蛍《ほたる》の光でも歌わせて、いや、仰げば尊し、のほうがいいかな、お前が一人々々に卒業証書を授与してね、それからお前は、発狂の真似《まね》をして、まっぱだかで表に飛び出し、逃げる。これなら、たしかだ。女たちも、さすがに呆《あき》れて、あきらめるだろうさ」

まるで相談にも何もならぬ。

「失礼します。僕は、あの、ここから電車で、……」

「まあ、いいじゃないか。つぎの停留場まで歩こう。何せ、これは、お前にとって重大問題だろうからな。二人で、対策を研究してみようじゃないか」

文士は、その日、退屈していたものと見えて、なかなか田島を放さぬ。

「いいえ、もう、僕ひとりで、何とか、……」

「いや、いや、お前ひとりでは解決できない。まさか、お前、死ぬ気じゃないだろうな。実に、心配になってきた。女に惚《ほ》れられて、死ぬというのは、これは悲劇じゃない、喜劇だ。いや、ファース（茶番）というものだ。滑稽《こっけい》の極《きわみ》だね。誰も同情しやしない。死ぬのはやめたほうがよい。うむ、名案。すごい美人を、どこからか見つけてきてね、そのひとに事情を話し、お前の女房という形になってもらって、それを連れて、お前のその女たち一人々々を歴訪する。効果てきめん。女たちは、皆だまって引下る。どうだ、やってみないか」

おぼれる者のワラ。田島は少し気が動いた。

行進　（一）

田島は、やってみる気になった。しかし、ここにも難関がある。

すごい美人。醜くてすごい女なら、電車の停留場の一区間を歩く度毎《たびごと》に、三十人くらいは発見できるが、すごいほど美しい、という女は、伝説以外に存在しているものかどうか、疑わしい。

もともと田島は器量自慢、おしゃれで虚栄心が強いので、不美人と一緒に歩くと、にわかに腹痛を覚えると称してこれを避け、かれの現在のいわゆる愛人たちも、それぞれかなりの美人ばかりではあったが、しかし、すごいほどの美人、というほどのものはないようであった。

あの雨の日に、初老の不良文士の口から出まかせの「秘訣《ひけつ》」をさずけられ、何のばからしいと内心一応は反撥《はんぱつ》してみたものの、しかし、自分にも、ちっとも名案らしいものは浮ばない。

まず、試みよ。ひょっとしたらどこかの人生の片すみに、そんなすごい美人がころがっているかも知れない。眼鏡の奥のかれの眼は、にわかにキョロキョロいやらしく動きはじめる。

ダンス・ホール。喫茶店。待合。いない、いない。醜くてすごいものばかり。オフィス、デパート、工場、映画館、はだかレヴュウ。いるはずがない。女子大の校庭のあさましい垣《かき》のぞきをしたり、ミス何とかの美人競争の会場にかけつけたり、映画のニューフェースとやらの試験場に見学と称してまぎれ込んだり、やたらと歩き回ってみたが、いない。

獲物は帰り道にあらわれる。

かれはもう、絶望しかけて、夕暮の新宿駅裏の闇市をすこぶる憂鬱《ゆううつ》な顔をして歩いていた。彼のいわゆる愛人たちのところを訪問してみる気も起らぬ。思い出すさえ、ぞっとする。別れなければならぬ。

「田島さん！」

出し抜けに背後から呼ばれて、飛び上らんばかりに、ぎょっとした。

「ええっと、どなただったかな？」

「あら、いやだ」

声が悪い。鴉声《からすごえ》というやつだ。

「へえ？」

と見直した。まさに、お見それ申したわけであった。

彼は、その女を知っていた。闇屋、いや、かつぎ屋である。彼はこの女と、ほんの二、三度、闇の物資の取引きをした事があるだけだが、しかし、この女の鴉声と、それから、おどろくべき怪力によって、この女を記憶している。やせた女ではあるが、十貫は楽に背負う。さかなくさくて、ドロドロのものを着て、モンペにゴム長、男だか女だか、わけがわからず、ほとんど乞食《こじき》の感じで、おしゃれの彼は、その女と取引きしたあとで、いそいで手を洗ったくらいであった。

とんでもないシンデレラ姫。洋装の好みも高雅。からだが、ほっそりして、手足が可憐《かれん》に小さく、二十三、四、いや、五、六、顔は愁《うれ》いを含んで、梨《なし》の花の如《ごと》く幽《かす》かに青く、まさしく高貴、すごい美人、これがあの十貫を楽に背負うかつぎ屋とは。

声の悪いのは、傷だが、それは沈黙を固く守らせておればいい。

使える。

行進（二）

馬子《まご》にも衣裳《いしょう》というが、ことに女は、その装い一つで、何が何やらわけのわからぬくらいに変わる。元来、化け物なのかもしれない。しかし、この女（永井キヌ子という）のように、こんなに見事に変身できる女も珍らしい。

「さては、相当ため込んだね。いやに、りゅうとしてるじゃないか」

「あら、いやだ」

どうも、声が悪い。高貴性も何も、一ぺんに吹き飛ぶ。

「君に、たのみたい事があるのだがね」

「あなたは、ケチで値切ってばかりいるから、……」

「いや、商売の話じゃない。ぼくはもう、そろそろ足を洗うつもりでいるんだ。君は、まだ相変らず、かついでいるのか」

「あたりまえよ。かつがなきゃおまんまが食べられませんからね」

言うことが、いちいちゲスである。

「でも、そんな身なりでもないじゃないか」

「そりゃ、女性ですもの。たまには、着飾って映画も見たいわ」

「きょうは、映画か？」

「そう。もう見て来たの。あれ、何ていったかしら、アシクリゲ、……」

「膝栗毛《ひざくりげ》だろう。ひとりでかい？」

「あら、いやだ。男なんて、おかしくって」

「そこを見込んで、頼みがあるんだ。一時間、いや、三十分でいい、顔を貸してくれ」

「いい話？」

「君に損はかけない」

二人ならんで歩いていると、すれ違うひとの十人のうち、八人は、振りかえって、見る。田島を見るのではなく、キヌ子を見るのだ。さすが好男子の田島も、それこそすごいほどのキヌ子の気品に押されて、ゴミっぽく、貧弱に見える。

田島はなじみの闇の料理屋へキヌ子を案内する。

「ここ、何か、自慢の料理でもあるの？」

「そうだな、トンカツが自慢らしいよ」

「いただくわ。私、おなかが空《す》いてるの。それから、何ができるの？」

「たいていできるだろうけど、いったい、どんなものを食べたいんだい」

「ここの自慢のもの。トンカツの他に何かないの？」

「ここのトンカツは、大きいよ」

「ケチねえ。あなたは、だめ。私奥へ行って聞いてくるわ」

怪力、大食い、これが、しかし、全くのすごい美人なのだ。取り逃がしてはならぬ。

田島はウイスキイを飲み、キヌ子のいくらでもいくらでも澄まして食べるのを、すこぶるいまいましい気持ちでながめながら、彼のいわゆる頼み事について語った。キヌ子は、ただ食べながら、聞いているのか、いないのか、ほとんど彼の物語りには興味を覚えぬ様子であった。

「引受けてくれるね？」

「バカだわ、あなたは。まるでなってやしないじゃないの」

行進（三）

田島は敵の意外の鋭鋒《えいほう》にたじろぎながらも、

「そうさ、全くなってやしないから、君にこうして頼むんだ。往生しているんだよ」

「何もそんな、めんどうな事をしなくても、いやになったら、ふっとそれっきりあわなければいいじゃないの」

「そんな乱暴な事はできない。相手の人たちだって、これから、結婚するかもしれないし、また、新しい愛人をつくるかもしれない。相手のひとたちの気持ちをちゃんときめさせるようにするのが、男の責任さ」

「ぷ！　とんだ責任だ。別れ話だの何だのと言って、またイチャつきたいのでしょう？　ほんとに助平《すけべい》そうなツラをしている」

「おいおい、あまり失敬な事を言ったら怒るぜ。失敬にも程度があるよ。食ってばかりいるじゃないか」

「キントンができないかしら」

「まだ、何か食う気かい？　胃拡張とちがうか。病気だぜ、君は。いちど医者に見てもらったらどうだい。さっきから、ずいぶん食ったぜ。もういい加減によせ」

「ケチねえ、あなたは。女は、たいてい、これくらい食うの普通だわよ。もうたくさん、なんて断っているお嬢さんや何か、あれは、ただ、色気があるから体裁をとりつくろっているだけなのよ。私なら、いくらでも、食べられるわよ」

「いや、もういいだろう。ここの店は、あまり安くないんだよ。君は、いつも、こんなにたくさん食べるのかね」

「じょうだんじゃない。ひとのごちそうになる時だけよ」

「それじゃね、これから、いくらでも君に食べさせるから、ぼくの頼み事も聞いてくれ」

「でも、私の仕事を休まなければならないんだから、損よ」

「それは別に支払う。君のれいの商売で、儲《もう》けるぶんくらいは、その都度《つど》きちんと支払う」

「ただ、あなたについて歩いていたら、いいの？」

「まあ、そうだ。ただし、条件が二つある。よその女のひとの前では一言も、ものを言ってくれるな。たのむぜ。笑ったり、うなずいたり、首を振ったり、まあ、せいぜいそれくらいのところにしていただく。もう一つは、ひとの前で、ものを食べない事。ぼくと二人きりになったら、そりゃ、いくら食べてもかまわないけど、ひとの前では、まずお茶一ぱいくらいのところにしてもらいたい」

「その他、お金もくれるんでしょう？　あなたは、ケチで、ごまかすから」

「心配するな。ぼくだって、いま一生懸命なんだ。これが失敗したら、身の破滅さ」
「フクスイの陣って、とこね」
「フクスイ? バカ野郎、ハイスイ(背水)の陣だよ」
「あら、そう?」

けろりとしている。田島は、いよいよ、にがにがしくなるばかり。しかし、美しい。りんとして、この世のものとも思えぬ気品がある。

トンカツ。鶏のコロッケ。マグロの刺身《さしみ》。イカの刺身。支那《しな》そば。ウナギ。よせなべ。牛の串焼《くしやき》。にぎりずしの盛合せ。海老《えび》サラダ。イチゴミルク。

その上、キントンを所望とは。まさか女は誰でも、こんなに食うまい。いや、それとも?

行進(四)

キヌ子のアパートは、世田谷方面にあって、朝はれいの、かつぎの商売に出るので、午後二時以後なら、たいていひまだという。田島は、そこへ、一週間にいちどくらい、みなの都合のいいような日に、電話をかけて連絡をして、そうしてどこかで落ち合せ、二人そろって別離の相手の女のところへ向って行進することをキヌ子と約す。

そうして、数日後、二人の行進は、日本橋のあるデパート内の美容室に向って開始せられる事になる。

おしゃれな田島は、一昨年の冬、ふらりとこの美容室に立ち寄って、パーマネントをしてもらった事がある。そこの「先生」は、青木さんといって三十歳前後の、いわゆる戦争未亡人である。ひっかけるなどというのではなく、むしろ女のほうから田島についてきたような形であった。青木さんは、そのデパートの築地《つきじ》の寮から日本橋のお店にかよっているのであるが、収入は、女ひとりの生活にやっとというところ。そこで、田島はその生活費の補助をするという事になり、いまでは、築地の寮でも、田島と青木さんとの仲は公認せられている。

けれども、田島は、青木さんの働いている日本橋のお店に顔を出す事はめったにない。田島の如きあか抜けた好男子の出没は、やはり彼女の営業を妨げるに違いないと、田島自身が考えているのである。

それが、いきなり、すごい美人を連れて、彼女のお店にあらわれる。

「こんちは」というあいさつさえも、よそよそしく、「きょうは女房を連れて来ました。疎開先から、こんど呼び寄せたのです」

それだけで十分。青木さんも、目もと涼しく、肌《はだ》が白くやわらかで、愚かしいところのないかなりの美人ではあったが、キヌ子と並べると、まるで銀の靴と兵隊靴くらいの差があるように思われた。

二人の美人は、無言で挨拶《あいさつ》を交《かわ》した。青木さんは、既に卑屈な泣きべそみたいな顔になっている。もはや、勝敗の数は明かであった。

前にも言ったように、田島は女に対して律儀《りちぎ》な一面も持っていて、いまだ女に、自分が独身だなどとウソをついた事がない。田舎に妻子を疎開させてあるという事は、はじめから皆に打明けてある。それが、いよいよ夫の許《もと》に帰って来た。しかも、その奥さんたるや、若くて、高貴で、教養のゆたからしい絶世の美人。

さすがの青木さんも、泣きべそ以外、てがなかった。

「女房の髪をね、一つ、いじってやって下さい」と田島は調子に乗り、完全にとどめを刺そうとする。

「銀座にも、どこにも、あなたほどの腕前のひとはないってうわさですからね」

それは、しかし、あながちお世辞でもなかった。事実、すばらしく腕のいい美容師であった。

キヌ子は鏡に向って腰をおろす。

青木さんは、キヌ子に白い肩掛けを当て、キヌ子の髪をときはじめ、その眼には、涙が、いまにもあふれ出るほど一ぱい。

キヌ子は平然。

かえって、田島は席をはずした。

行進　(五)

セットの終ったころ、田島は、そっとまた美容室に入ってきて、一すんくらいの厚さの紙幣のたばを、美容師の白い上衣《うわぎ》のポケットに滑りこませ、ほとんど祈るような気持ちで、

「グッド・バイ」

とささやき、その声が自分でも意外に思ったくらい、いたわるような、あやまるような、優しい、哀調に似たものを帯びていた。

キヌ子は無言で立ち上がる。青木さんも無言で、キヌ子のスカートなど直してやる。田島は、一足さきに外に飛び出す。

ああ、別離は、くるしい。

キヌ子は無表情で、あとからやってきて、

「そんなに、うまくもないじゃないの」

「何が?」

「パーマ」

バカ野郎！　とキヌ子を怒鳴ってやりたくなったが、しかし、デパートの中なので、こらえた。青木という女は、他人の悪口など決して言わなかった。お金もほしがらなかったし、よく洗濯もしてくれた。

「これで、もう、おしまい？」

「そう」

田島は、ただもう、やたらにわびしい。

「あんな事で、もう、わかれてしまうなんて、あの子も、意気地《いくじ》がないね。ちょっと、べっぴんさんじゃないか。あのくらいの器量なら、……」

「やめろ！　あの子だなんて、失敬な呼び方は、よしてくれ。おとなしいひとなんだよ、あのひとは。君なんかとは、違うんだ。とにかく、黙っていてくれ。君のその鴉《からす》の声みたいなのを聞いていると、気が狂いそうになる」

「おやおや、おそれいりまめ」

わあ！　何というゲスな駄じゃれ。全く、田島は気が狂いそう。

田島は妙な虚栄心から、女と一緒に歩く時には、彼の財布《さいふ》を前もって女に手渡し、もっぱら女に支払わせて、彼自身はまるで勘定などに無関心のような、おうようの態度を装うのである。しかし、いままで、どの女も、彼に無断で勝手な買い物などはしなかった。

けれども、おそれいりまめ女史は、平気でそれをやった。デパートには、いくらでも高価なものがある。堂々と、ためらわず、いわゆる高級品を選び出し、しかも、それは不思議なくらい優雅で、趣味のよい品物ばかりである。

「いい加減に、やめてくれねえかなあ」

「ケチねえ」

「これから、また何か、食うんだろう？」

「そうね、きょうは、我慢してあげるわ」

「財布をかえしてくれ。これからは、五千円以上、使ってはならん」

いまは、虚栄もクソもあったものでない。

「そんなには、使わないわ」

「いや、使った。あとでぼくが残金を調べてみれば、わかる。一万円以上は、たしかに使った。こないだの料理だって安くなかったんだぜ」

「そんなら、よしたら、どう？　私だって何も、すき好んで、あなたについて歩いているんじゃないわよ」

脅迫にちかい。

田島は、ため息をつくばかり。

怪力（一）

しかし、田島だって、もともとただものではないのである。闇商売《やみしょうばい》の手伝いをして、一挙に数十万は楽にもうけるという、いわば目から鼻に抜けるほどの才物であった。キヌ子にさんざんムダ使いされて、黙って海容《かいよう》の美徳を示しているなんて、とてもそんな事のできる性格ではなかった。何か、それ相当のお返しをいただかなければ、どうしたって、気がすまない。

あんちきしょう！

生意気だ。ものにしてやれ。

別離の行進は、それから後の事だ。まず、あいつを完全に征服し、あいつを遠慮深くて従順で質素で小食の女に変化させ、しかるのちにまた行進を続行する。いまのままだと、とにかく金がかかって、行進の続行が不可能だ。

勝負の秘訣《ひけつ》。敵をして近づかしむべからず、敵に近づくべし。

彼は、電話の番号帳により、キヌ子のアパートの所番地を調べ、ウイスキイ一本とピイナツを二袋だけ買い求め、腹がへったらキヌ子に何かおごらせてやろうという下心、そうしてウイスキイをがぶがぶ飲んで、酔いつぶれた振りをして寝てしまえば、あとは、こっちのものだ。だいいち、ひどく安上りである。部屋代もいらない。

女に対して常に自信満々の田島ともあろう者が、こんな乱暴な恥知らずの、エゲツない攻略の仕方を考えつくとは、よっぽど、かれ、どうかしている。あまりに、キヌ子にむだ使いされたので、狂うような気持ちになっているのかもしれない。色欲のつつしむべきも、さる事ながら、人間あんまり金銭に意地汚くこだわり、モトを取る事ばかりあせっていても、これもまた、結果がどうもよくないようだ。

田島は、キヌ子を憎むあまりに、ほとんど人間ばなれのしたケチな卑《いや》しい計画を立て、果して、死ぬほどの大難に逢うに到った。

夕方、田島は、世田谷のキヌ子のアパートを捜し当てた。古い木造の陰気くさい二階建のアパートである。キヌ子の部屋は、階段をのぼってすぐ突当りにあった。

ノックする。

「だれ？」

中から、れいの鴉声《からすごえ》。

ドアをあけて、田島はおどろき、立ちすくむ。

乱雑。悪臭。

ああ、荒涼《こうりょう》。四畳半。その畳の表は真黒く光り、波の如く高低があり、縁《へり》なんてその痕跡《こんせき》をさえとどめていない。部屋一ぱいに、れいのかつぎの商売道具らしい石油かんやら、りんご箱やら、一升ビンやら、何だか風呂敷に包んだものやら、鳥かごのようなものやら、紙くずやら、ほとんど足の踏み場もないくらいに、ぬらついて散らばっている。

「なんだ、あなたか。なぜ、来たの？」

そのまた、キヌ子の服装たるや、数年前に見た時の、あの乞食姿、ドロドロによごれたモンペをはき、まったく、男か女か、わからないような感じ。

部屋の壁には、無尽会社の宣伝ポスター、たった一枚、他にはどこを見ても装飾らしいものがない。カーテンさえ無い。これが、二十五、六の娘の部屋か。小さい電球が一つ暗くともって、ただ荒涼。

怪力（二）

「あそびに来たのだけどね」と田島は、むしろ恐怖におそわれ、キヌ子同様の鴉声になり、「でも、また出直して来てもいいんだよ」

「何か、こんたんがあるんだわ。むだには歩かないひとなんだから」

「いや、きょうは、本当に、……」

「もっと、さっぱりなさいよ。あなた、少しニヤケ過ぎてよ」

それにしても、ひどい部屋だ。

ここで、あのウイスキイを飲まなければならぬのか。ああ、もっと安いウイスキイを買って来るべきであった。

「ニヤケているんじゃない。キレイというものなんだ。君は、きょうはまた、きたな過ぎるじゃないか」

にがり切って言った。

「きょうはね、ちょっと重いものを背負ったから、少し疲れて、いままで昼寝をしていたの。ああ、そう、いいものがある。お部屋へあがったらどう？　割に安いのよ」

どうやら商売の話らしい。もうけ口なら、部屋の汚なさなど問題でない。田島は、靴を脱ぎ、畳の比較的無難なところを選んで、外套《がいとう》のままあぐらをかいて坐る。

「あなた、カラスミなんか、好きでしょう？　酒飲みだから」

「大好物だ。ここにあるのかい？　ごちそうになろう」

「冗談じゃない。お出しなさい」

キヌ子は、おくめんもなく、右の手のひらを田島の鼻先に突き出す。

田島は、うんざりしたように口をゆがめて、

「君のする事なす事を見ていると、まったく、人生がはかなくなるよ。その手は、ひっこめてくれ。カラスミなんて、要らねえや。あれは、馬が食うもんだ」

「安くしてあげるったら、ばかねえ。おいしいのよ、本場ものだから。じたばたしな

いで、お出し」

からだをゆすって、手のひらを引込めそうもない。

不幸にして、田島は、カラスミが実に全く大好物、ウイスキイのさかなに、あれがあると、もう何も要らん。

「少し、もらおうか」

田島はいまいましそうに、キヌ子の手のひらに、大きい紙幣を三枚、載せてやる。

「もう四枚」

キヌ子は平然という。

田島はおどろき、

「バカ野郎、いい加減にしろ」

「ケチねえ、一ハラ気前よく買いなさい。鰹節《かつおぶし》を半分に切って買うみたい。ケチねえ」

「よし、一ハラ買う」

さすが、ニヤケ男の田島も、ここに到って、しんから怒り、

「そら、一枚、二枚、三枚、四枚。これでいいだろう。手をひっこめろ。君みたいな恥知らずを産んだ親の顔が見たいや」

「私も見たいわ。そうして、ぶってやりたいわ。捨てりゃ、ネギでも、しおれて枯れ

る、ってさ」

「なんだ、身の上話はつまらん。コップを借してくれ。これから、ウイスキイとカラスミだ。うん、ピイナツもある。これは、君にあげる」

怪力　（三）

田島は、ウイスキイを大きいコップで、ぐい、ぐい、と二挙動で飲みほす。きょうこそは、何とかしてキヌ子におごらせてやろうという下心で来たのに、逆にいわゆる「本場もの」のおそろしく高いカラスミを買わされ、しかも、キヌ子は惜しげも無くその一ハラのカラスミを全部、あっと思うまもなくざくざく切ってしまって汚いドンブリに山盛りにして、それに代用味《あじ》の素《もと》をどっさり振りかけ、

「召し上れ。味の素は、サーヴィスよ。気にしなくたっていいわよ」

カラスミ、こんなにたくさん、とても食べられるものでない。それにまた、味の素を振りかけるとは滅茶苦茶だ。田島は悲痛な顔つきになる。七枚の紙幣をろうそくの火でもやしたって、これほど痛烈な損失感を覚えないだろう。実に、ムダだ。意味がない。

山盛りの底のほうの、代用味の素の振りかかっていない一片のカラスミを、田島は、

泣きたいような気持で、つまみ上げて食べながら、

「君は、自分でお料理した事ある？」

と今は、おっかなびっくりで尋ねる。

「やればできるわよ。めんどうくさいからしないだけ」

「お洗濯は？」

「バカにしないでよ。私は、どっちかと言えば、きれいずきなほうだわ」

「きれいずき？」

田島はぼう然と、荒涼、悪臭の部屋を見回す。

「この部屋は、もとから汚くて、手がつけられないのよ。それに私の商売が商売だから、どうしたって、部屋の中がちらかってね。見せましょうか、押入れの中を」

立って押入れを、さっとあけて見せる。

田島は眼をみはる。

清潔、整然、金色の光を放ち、ふくいくたる香気が発するくらい。タンス、鏡台、トランク、下駄箱《げたばこ》の上には、可憐《かれん》に小さい靴が三足、つまりその押入れこそ、鴉声のシンデレラ姫の、秘密の楽屋であったわけである。

すぐにまた、ぴしゃりと押入れをしめて、キヌ子は、田島から少し離れて居汚く坐り、

「おしゃれなんか、一週間にいちどくらいでたくさん。べつに男に好かれようとも思わないし、ふだん着は、これくらいで、ちょうどいいのよ」

「でも、そのモンペは、ひどすぎるんじゃないか？　非衛生的だ」

「なぜ？」

「くさい」

「上品ぶったって、ダメよ。あなただって、いつも酒くさいじゃないの。いやな、におい」

「くさい仲、というものさね」

酔うにつれて、荒涼たる部屋の有様も、またキヌ子の乞食の如き姿も、あまり気にならなくなり、ひとつこれは、当初のあのプランを実行して見ようかという悪心がむらむら起る。

「ケンカするほど深い仲、ってね」

とはまた、下手《へた》な口説《くど》きよう。しかし、男は、こんな場合、たとい大人物、大学者と言われているほどのひとでも、かくの如きアホーらしい口説き方をして、しかも案外に成功しているものである。

怪力（四）

「ピアノが聞えるね」

彼は、いよいよキザになる。眼を細めて、遠くのラジオに耳を傾ける。

「あなたにも音楽がわかるの？　音痴みたいな顔をしているけど」

「ばか、僕の音楽通を知らんな、君は。名曲ならば、一日一ぱいでも聞いていたい」

「あの曲は、何？」

「ショパン」

でたらめ。

「へえ？　私は越後獅子《えちごじし》かと思った」

音痴同士のトンチンカンな会話。どうも、気持ちが浮き立たぬので、田島は、すばやく話頭を転ずる。

「君も、しかし、いままで誰かと恋愛した事は、あるだろうね」

「ばからしい。あなたみたいな淫乱《いんらん》じゃありませんよ」

「言葉をつつしんだら、どうだい。ゲスなやつだ」

急に不快になって、さらにウイスキイをがぶりと飲む。こりゃ、もう駄目《だめ》かもしれない。しかし、ここで敗退しては、色男としての名誉にかかわる。どうしても、ねばって成功しなければならぬ。

「恋愛と淫乱とは、根本的にちがいますよ。君は、なんにも知らんらしいね。教えてあげましょうかね」

自分で言って、自分でそのいやらしい口調に寒気を覚えた。これは、いかん。少し時刻が早いけど、もう酔いつぶれた振りをして寝てしまおう。

「ああ、酔った。すきっぱらに飲んだので、ひどく酔った。ちょっとここへ寝かせてもらおうか」

「だめよ！」

鴉声が蛮声に変った。

「ばかにしないで！　見えすいていますよ。泊りたかったら、五十万、いや百万円お出し」

すべて、失敗である。

「何も、君、そんなに怒る事はないじゃないか。酔ったから、ここへ、ちょっと、……」

「だめ、だめ、お帰り」

キヌ子は立って、ドアを開け放す。

田島は窮して、最もぶざまで拙劣な手段、立っていきなりキヌ子に抱きつこうとした。

グワンと、こぶしで頬《ほお》を殴《なぐ》られ、田島は、ぎゃっという甚《はなは》だ奇怪な悲鳴を挙げた。

その瞬間、田島は、十貫を楽々とかつぐキヌ子のあの怪力を思い出し、慄然《りつぜん》として、

「ゆるしてくれえ。どろぼう！」

とわけのわからぬ事を叫んで、はだしで廊下に飛び出した。

キヌ子は落ちついて、ドアをしめる。

しばらくして、ドアの外で、

「あのう、僕の靴を、すまないけど。……それから、ひものようなものがありましたら、お願いします。眼鏡のツルがこわれましたから」

色男としての歴史に於いて、かつて無かった大屈辱にはらわたの煮えくりかえるのを覚えつつ、彼はキヌ子から恵まれた赤いテープで、眼鏡をつくろい、その赤いテープを両耳にかけ、

「ありがとう！」

ヤケみたいにわめいて、階段を降り、途中、階段を踏みはずして、また、ぎゃっと言った。

コールド・ウォー　(一)

田島は、しかし、永井キヌ子に投じた資本が、惜しくてならぬ。こんな、割の合わぬ商売をした事がない。何とかして、彼女を利用し活用し、モトをとらなければ、ウソだ。しかし、あの怪力、あの大食い、あの強欲。

あたたかになり、さまざまの花が咲きはじめたが、田島ひとりは、頗る《すこぶ》憂鬱《ゆううつ》。あの大失敗の夜から、四、五日経ち、眼鏡も新調し、頬のはれも引いてから、彼は、とにかくキヌ子のアパートに電話をかけた。ひとつ、思想戦に訴えて見ようと考えたのである。

「もし、もし。田島ですがね、こないだは、酔っぱらいすぎて、あははははは」

「女がひとりでいるとね、いろんな事があるわ。気にしてやしません」

「いや、僕もあれからいろいろ深く考えましたがね、結局、ですね、僕が女たちと別れて、小さい家を買って、田舎《いなか》から妻子を呼び寄せ、幸福な家庭をつくる、という事ですね、これは、道徳上、悪い事でしょうか」

「あなたの言う事、何だか、わけがわからないけど、男のひとは誰でも、お金が、うんとたまると、そんなケチくさい事を考えるようになるらしいわ」

「それが、だから、悪い事でしょうか」

「けっこうな事じゃないの。どうも、よっぽどあなたは、ためたな?」

「お金の事ばかり言ってないで、……道徳のね、つまり、思想上のね、その問題なんですがね、君はどう考えますか？」

「何も考えないわ。あなたの事なんか」

「それは、まあ、無論そういうものでしょうが、僕はね、これはね、いい事だと思うんです」

「そんなら、それで、いいじゃないの？　電話を切るわよ。そんな無駄話は、いや」

「しかし、僕にとっては、本当に死活の大問題なんです。僕は、道徳は、やはり重んじなけりゃならん、と思っているんです。たすけて下さい、僕を、たすけて下さい。僕は、いい事をしたいんです」

「へんねえ。また酔った振りなんかして、ばかな真似《まね》をしようとしているんじゃないでしょうね。あれは、ごめんですよ」

「からかっちゃいけません。人間には皆、善事を行おうとする本能がある」

「電話を切ってもいいんでしょう？　他にもう用なんかないんでしょう？　さっきから、おしっこが出たくて、足踏みしているのよ」

「ちょっと待って下さい、ちょっと。一日、三千円でどうです」

　思想戦にわかに変じて金の話になった。

「ごちそうが、つくの？」

「いや、そこを、たすけて下さい。僕もこの頃どうも収入が少くてね」

「一本（一万円のこと）でなくちゃ、いや」

「それじゃ、五千円。そうして下さい。これは、道徳の問題ですからね」

「おしっこが出たいのよ。もう、かんにんして」

「五千円で、たのみます」

「ばかねえ、あなたは」

くつくつ笑う声が聞える。承知の気配だ。

コールド・ウォー　(二)

こうなったら、とにかく、キヌ子を最大限に利用し活用し、一日五千円を与える他は、パン一かけら、水一ぱいも饗応《きょうおう》せず、思い切り酷使しなければ、損だ。温情は大の禁物、わが身の破滅。

キヌ子に殴られ、ぎゃっという奇妙な悲鳴を挙げても、田島は、しかし、そのキヌ子の怪力を逆に利用する術《すべ》を発見した。

彼のいわゆる愛人たちの中のひとりに、水原ケイ子という、まだ三十前の、あまり上手《じょうず》でない洋画家がいた。田園調布のアパートの二部屋を借りて、一つは居間、一つはアトリエに使っていて、田島は、その水原さんがある画家の紹介状を持って、「オベリスク」に、さし画でもカットでも何でも描かせてほしいと顔を赤らめ、おどおどしながら申し出たのを可愛く思い、わずかずつ彼女の生計を助けてやる事にしたのである。物腰がやわらかで、無口で、そうして、ひどい泣き虫の女であった。けれども、吠《ほ》え狂うような、はしたない泣き方などは決してしない。童女のような可憐な泣き方なので、まんざらでない。

しかし、たった一つ非常な難点があった。彼女には、兄があった。永く満洲で軍隊生活をして、小さい時からの乱暴者の由で、骨組もなかなか頑丈《がんじょう》の大男らしく、彼は、はじめてその話をケイ子から聞かされた時には、実に、いやあな気持がした。どうも、この、恋人の兄の軍曹《ぐんそう》とか伍長《ごちょう》とかいうものは、ファウストの昔から、色男にとって甚だ不吉な存在だという事になっている。

その兄が、最近、シベリヤ方面から引揚げて来て、そうして、ケイ子の居間に、頑張っているらしいのである。

田島は、その兄と顔を合せるのがイヤなので、ケイ子をどこかへ引っぱり出そうとして、そのアパートに電話をかけたら、いけない、

「自分は、ケイ子の兄でありますが」

という、いかにも力のありそうな男の強い声。はたして、いたのだ。

「雑誌社のものですけど、水原先生に、ちょっと、画の相談、……」

語尾が震えている。

「ダメです。風邪《かぜ》をひいて寝ています。仕事は、当分ダメでしょう」

運が悪い。ケイ子を引っぱり出す事は、まず不可能らしい。

しかし、ただ兄をこわがって、いつまでもケイ子との別離をためらっているのは、ケイ子に対しても失礼みたいなものだ。それに、ケイ子が風邪で寝ていて、おまけに引揚者の兄が寄宿しているのでは、お金にも、きっと不自由しているだろう。かえって、いまは、チャンスというものかもしれない。病人に優しい見舞いの言葉をかけ、そうしてお金をそっと差し出す。兵隊の兄も、まさか殴りやしないだろう。あるいは、ケイ子以上に、感激し握手など求めるかもしれない。もし万一、自分に乱暴を働くようだったら、……その時こそ、永井キヌ子の怪力のかげに隠れるといい。

まさに百パーセントの利用、活用である。

「いいかい？　たぶん大丈夫だと思うけどね、そこに乱暴な男がひとりいてね、もしそいつが腕を振り上げたら、君は軽くこう、取りおさえて下さい。なあに、弱いやつらしいんですがね」

彼は、めっきりキヌ子に、ていねいな言葉でものを言うようになっていた。（未完）

本書は2008年12月に小社より刊行した『別冊宝島名作クラシックノベル　太宰治』を
文庫化したものです。

宝島社
文庫

読んでおきたいベスト集! 太宰治

(よんでおきたいべすとしゅう! だざいおさむ)

2011年7月21日　第1刷発行
2024年5月22日　第5刷発行

編　者　別冊宝島編集部
発行人　関川 誠
発行所　株式会社 宝島社
〒102-8388　東京都千代田区一番町25番地
電話：営業 03(3234)4621 ／編集 03(3239)0927
https://tkj.jp
印刷・製本　株式会社広済堂ネクスト

First published 2008 by Takarajimasha, Inc.
ISBN 978-4-7966-8511-5